常

关于常识的本源讨论

冯令沂　著

浙江工商大学出版社｜杭州

图书在版编目（CIP）数据

常：关于常识的本源讨论 / 冯令沂著 . -- 杭州：
浙江工商大学出版社, 2024.9
ISBN 978-7-5178-5857-7

Ⅰ.①常… Ⅱ.①冯… Ⅲ.①随笔—作品集—中国—
当代 Ⅳ.① I267.1

中国国家版本馆 CIP 数据核字（2024）第 018344 号

常：关于常识的本源讨论
CHANG: GUANYU CHANGSHI DE BENYUAN TAOLUN

冯令沂 著

责任编辑	沈明珠
责任校对	沈黎鹏
封面设计	观止堂 _ 未氓
责任印制	包建辉
出版发行	浙江工商大学出版社
	（杭州市教工路 198 号　邮政编码 310012）
	（E-mail：zjgsupress@163.com）
	（网址：http://www.zjgsupress.com）
	电话：0571-88904980，88831806（传真）
排　版	杭州浙信文化传播有限公司
印　刷	杭州宏雅印刷有限公司
开　本	787mm×1092mm　1/16
印　张	34.75
字　数	617 千
版印次	2024 年 9 月第 1 版　2024 年 9 月第 1 次印刷
书　号	ISBN 978-7-5178-5857-7
定　价	128.00 元

献给我的父亲冯伯恒
献给我的母亲张志永
献给我的弟弟冯今宁

老子曰："知和曰常，知常曰明。"

序

姚学正[1]

如冯令沂先生所述，这本书试图发掘"常识"概念的"常"之本源（即存在论），从而为众说纷纭的"常识"概念构建一个逻辑基底，然后构想出"归常"这个大旨趣。这种写作方式把人和世界最"常"的逻辑关系打通，在复杂异常中造就出一种平衡，这何止是为"回归常识"的诉求起导引作用，它借助"常之象""常之数""常之非""常可以是式－能""常观念""人之常"等论题，建立了一个由"如常""立常""守常""归常"构成的概念体系，这是一种哲学艺术品的创造。字里行间，我们在极为丰富的感官维度中顺藤摸瓜，自身的"智库"充实了，冯令沂先生的导引也自然发散出卓然风采。

（一）

这本书的写法是一种新颖别致的尝试，也是一种冒险。但我们相信，这样一部把众多碎片式的感悟用"常"理去串起的作品，一定会获得寻求多元风格的读者的喜爱。

世俗的思辨方式有时纷繁复杂，要寻求一种结构顺畅又能囊括庞大体系的表达总

---

[1] 姚学正（1947—　），广东广州人。20 世纪 80 年代，活跃于广州文学界及思想界，曾任广州青年文学爱好者协会会长，吐哺后学，名响四方；其后，作为高校教授，对公共关系学及旅游经济学等学科的设置传播具有开拓性贡献。曾在深圳开设专题讲座近百场；近年，作为饮食评委及专栏作家享誉广东美食界，并著有《舌尖上的广东》等多本专著。

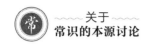

会遇到困难，现代性的蒙昧决定了在哲学作品写作上的困境。作者无视这种孤寡无助，执着坚持，用十几年的时间去探索这种表达的合理性和认受性。精神异质时代尤其应该倡导对这种表现形式的探索，相信在这条崎岖小道上，作者已留下了作为一个哲人的时代表情。

这本书的学术价值在书名中已得到生动体现。在"常识"的本源处着手展开讨论，实在是对世界存在样式的一种新概括。

哲学的多门类产生了众多的视角，它们甚至是不兼容的。但作者却将"常"的本源讨论作为一种通识，搭建了一个多维度的价值体系，如能领会书中全部的哲学意蕴，我相信已基本可以进入关于"常识"论题的新境界了。

（二）

大多时候，人体悟到的精警只能换成貌似普通乏味的矛盾概念和阐释，"常"作为"常识"之本源的价值，其个中意味更多地在作者自身思想中消解。作者由"常识"之本源处找到"常"这个饰物，这是一个可爱的小精灵，或许它应该被视为"神灵"。它早已存在于宇宙中，作者不仅感应了它，而且为它勾勒出一幅现世图，能意会者定会在内心发声去弥补作者文字表达的不完善，不会在文字的表达形式中较真。

在书中，作者让思绪自由地倾泻，无规无矩中我们还是清晰地看到"常"的轮廓。逻辑多元、思绪丰富有时候是一种更高境界的理性。啰唆无解可视为尼采价值重估的浓缩，当代哲人或许有过这种表达的构思，但思维上似乎跳不出二元对立泾渭分明的窠臼。他们注重在形式中寻找结构上的钥匙，以致长久矛盾彷徨。作者却能在经历了多年的彷徨后，将"常识"之本源讨论的逻辑作为全书的引擎，创立了一种合理、顺畅的结构。

作者由"常识"本源之"常"触及一切，也近乎掌握了世间的万事万物，它一定会在"有脑人"心中引起回响，会引发人们对世间事物的全新思考。此书的每部分都可以单独成书，它们都可以看作是"常"的思想体系下的分支，每一部分都可为今后成百上千的"常"的论道者赋形。作者已用大逻辑的混沌，使各种小混沌不再受困。

（三）

"常"之理论的核心，在于它可演绎出万事万物，可以千变万化。但一切也终归于"常"理之中。对"常"的横说竖说，都逃脱不了宇宙的"无常"。"常"的奇幻莫测也正是"常"不变的铁律。

人很难与宇宙进行身心对话，作者写"常"的固态和动态，虽然不能离开传统思维引导的观照方式和社会状态，但作者力求不拘泥守旧，努力让世界与自己的心交流。自然是这样展现，历史是这样展开。如果做平面扫描，那是"死"的世界；而作者描画的混沌的世界，更接近真实的世界。

许多哲学家都在追求用哲学去解释我们生存的世界。其实，哲学解释的不过是精神循环中的一个小节点。世界是由无穷的空间、多变的历史、多重的事实、多样的物质组成的能量结构，这是一种非得有解剖的视野和主客相融的形而上的回望才能解构的微妙工程。作者进入了这个结构，在彷徨中发出了呐喊，喊出了彷徨，也喊出了真实。因为世界是彷徨的，更是真实的，这种真实有时需要呐喊以求显现。

（四）

"常"所涉猎的是如此大的体量，作者探讨"常识"的一般意义，由"常识"而至"常"；专论关于人这个特别存在者之"常"，探讨围绕"常"之种种命运；展述"归常"以至"超常"之终极概念。在下笔时难免会有少许躁动，作者坚持思维的智性、平静和骨子里的幽默，没有贪婪，没有妄念，没有刻意显摆，相信同道一定会听到动人的弦外之音。

人类的行为往往表现出对规则的恪守，但人的思维往往表现出非逻辑性。众多的惶惑和无序，连人工智能也纠结。这一切，在作者的"常识"本源讨论中却获得了释然。

人工智能发展神速，形而上的思维让我们独显人的鲜明个性。这挣脱套路的潇洒，终将会令人工智能受挫。因为作者走的不仅是曲线，而且不是简单的复合和扩张。

冯令沂先生的"常识"本源讨论，如同他早期有关"嫡"的理论专著，貌似使人思维混沌，但其深邃的哲思，已被时间证明了其实有着丰富的营养。这本书从文化体系、哲学体系、社会生活体系等多个维度展开阐述，其论证没有主张，但有方法，没有立论，但通篇都会令思想者入迷。这是一种罕见的动人的价值表述，它将人性思维的痛点连接起来，成了现代人思想探索的全新入口。它就像貌似荒诞的街头涂鸦式亚文化，以其鲜明的、颠覆性的话语体系，为寻求独立精神的思想者提供一个表达出口。

目录 ┃ CONTENTS

引 言

一道中国普通高考语文试题 ┃ 003

一个在哈佛读经济学后成为西餐厨师的年轻人 ┃ 005

美国为鲑鱼拆除大坝 ┃ 005

青蛙真的有那么蠢吗？ ┃ 007

"反规划"与建设"海绵城市""海绵国土" ┃ 008

结 语 ┃ 009

1 说说"常识"

1.1 关于"常识"的一般认知 ┃ 011

1.2 "常识"本来简单 ┃ 015

1.3 "常识"之界说 ┃ 017

1.4 "常识"有无数 ┃ 020

1.5 "常识"有说道 ┃ 023

1.6 "常识"浅显地存在着 ┃ 026

2 中西方哲人说"常识"

2.1 中国人的说法 ┃ 031

2.2 西方人的说法 ┃ 035

2.3 学界热议"常识" | 046

2.4 中国人关于"常识"的哲学说法 | 053

3 一般说"常"：关于"常"之"有、是、在"

3.1 知"常"为始 | 061

3.2 "常"各有宗 | 065

3.3 "常"在经中 | 070

3.4 "常"：本有之性状 | 075

3.5 "常"：有始终，有限亦无限…… | 079

3.6 "常"有三分：本"常"、命"常"、伦"常" | 082

3.7 "常"与"五行" | 085

3.8 "常"道不明 | 088

4 "常"之象

4.1 "常"之形 | 092

4.2 "常"：关于时与空，关于有、是、在及非、否、无 | 096

4.3 "常"之时——时间观 | 099

4.4 "常"之空——空间观 | 103

4.5 "常"之矢——时空有矢 | 107

4.6 "常"有界 | 111

4.7 "常"在"云"与"钟"之间 | 115

4.8 "常"之"内稳态"说 | 119

5 "常"之数

5.1 "常"有数 | 123

5.2 "常"有标尺 | 127

5.3 "常"是地球特定不变者 | 132

5.4 "常"之线与数 | 135

5.5 "常"如阴阳太极 | 141

5.6 "常"之"基因"说 ｜ 145

5.7 "常"不易 ｜ 149

5.8 "常"有所分 ｜ 151

6 **"常"之非**

6.1 "常"亦"非" ｜ 155

6.2 "常"不争 ｜ 158

6.3 "非常"之象 ｜ 162

6.4 "常"之无 ｜ 165

6.5 大"常"与大"非常" ｜ 168

6.6 "烦"是"常" ｜ 171

6.7 "常"无关 ｜ 176

6.8 操心之"常" ｜ 179

7 **"道"与"常"**

7.1 《论道》表达的是金岳霖的"道" ｜ 184

7.2 "道"概念与"常"概念 ｜ 190

7.3 "常"之"式" ｜ 195

7.4 "常"之"能" ｜ 199

7.5 "常"合理，也合逻辑 ｜ 204

7.6 "常"之存有：个体 ｜ 207

7.7 "常"之存有：储蓄 ｜ 210

7.8 "常"之存有：生灭 ｜ 213

8 **"常"观念**

8.1 "常"之见 ｜ 216

8.2 "常"有识 ｜ 219

8.3 "常"以习惯 ｜ 223

8.4 "常"之"常常" ｜ 226

8.5 "常"之有用 | 230

8.6 "常"之应然 | 233

8.7 "常"之射影 | 237

8.8 "常"之中庸 | 240

9 人之"常"

9.1 人的"裸身" | 245

9.2 有人之境 | 249

9.3 人的自适存在 | 252

9.4 常人之有 | 255

9.5 常人之是 | 258

9.6 常人之在 | 260

9.7 人之日"常" | 263

9.8 需求，爱 | 266

10 人之行为

10.1 人自为地活着 | 270

10.2 人时间有计 | 273

10.3 人空间有量 | 276

10.4 人之独处 | 279

10.5 陌生之"常" | 282

10.6 熟稔之"常" | 284

10.7 人最好玩 | 287

10.8 关于多数事情 | 290

11 人之情理

11.1 思为"常" | 294

11.2 人之注意 | 297

11.3 记住为"常" | 300

11.4　不知悉与不认识　│ 303

11.5　人有智慧　│ 307

11.6　人之乐观　│ 310

11.7　人之相遇及错过　│ 313

11.8　人因有理性而独特　│ 315

12　人之能力

12.1　能力为"常"　│ 320

12.2　人类最终智慧满盈　│ 324

12.3　有能与无能　│ 327

12.4　人社会地存在　│ 330

12.5　人之出品　│ 333

12.6　人之破坏　│ 336

13　人之文化

13.1　"常"之言　│ 339

13.2　"常"言之成文　│ 341

13.3　由思而来之"常"　│ 344

13.4　文本诠释，文意解码　│ 347

13.5　德性，诚信，批判　│ 349

13.6　讲理为要　│ 352

14　"常"意识

14.1　"常"处是何处？　│ 357

14.2　"常"知在先　│ 360

14.3　"常"情继之　│ 362

14.4　"常"意续之　│ 364

14.5　"常"静默，"常"私意　│ 367

14.6　"常"定"常"移　│ 369

14.7 "常"有觉 | 371

14.8 "常"怀愿 | 374

15 事本——如"常"

15.1 本"常"与实"常" | 377

15.2 万事由"常" | 381

15.3 "常"之自然 | 384

15.4 "常"自显，又不自显 | 388

15.5 "常"问与"常"不问 | 392

15.6 "常"有可原——适应与形成 | 396

15.7 "常"有情 | 399

15.8 玩味"常" | 402

16 事成——立"常"

16.1 有事与成事 | 407

16.2 有多人是立"常"的基础 | 410

16.3 心意在立"常"之先 | 413

16.4 立"常"由命名始 | 416

16.5 立"常"：营造生态圈 | 419

16.6 求理想是立"常"之因 | 421

16.7 立标准，立制，立法，立实体，立国 | 424

16.8 竞争，不唯竞争 | 427

17 事运——守"常"

17.1 维护常态 | 431

17.2 求事运长久 | 435

17.3 持守本真 | 439

17.4 守护文本 | 441

17.5 维持"健康" | 443

17.6　守"常"之德　│ 446

17.7　常态之中的"多数人"　│ 449

17.8　守"常"在公　│ 452

18　事善——归"常"

18.1　乐"善"而事　│ 456

18.2　善意与善行　│ 460

18.3　"以善养人"　│ 463

18.4　归"常"之所愿　│ 465

18.5　归"常"旨趣种种　│ 467

18.6　归"常"课题系列　│ 471

18.7　可能与现实　│ 474

18.8　浪费者，就手者，无知者　│ 477

19　归"常"有道

19.1　最小滋扰　│ 481

19.2　有趣与有活力　│ 484

19.3　慢，一种"常"力　│ 487

19.4　非财务与非人格化？　│ 490

19.5　选择与普惠　│ 494

19.6　开放与兼容，缺省与"傻瓜"　│ 496

19.7　寻找"免费午餐"　│ 499

19.8　新技术与新思想　│ 504

20　从归"常"到超"常"

20.1　归"常"无涯　│ 509

20.2　归顺、融合、颠覆　│ 512

20.3　"常"有自归　│ 515

20.4　归范与创新　│ 518

20.5 使有闲暇 | 521

20.6 超越归"常" | 524

20.7 敏感,思辨,有为 | 529

20.8 超"常":应对你的未来 | 534

跋 | 539

引　言

　　战国末期大哲人荀子说过："天行有常，不为尧存，不为桀亡。应之以治则吉，应之以乱则凶。"荀子说，"天"（道）的运行是由一个叫作"常"的运数规定着的，是不为尧、桀之存亡而存亡的。你如果以适当的方法来适应（这个运数）的话，就吉利；如果以不适当的方法来扰乱（这个运数）的话，就凶险。

　　对于荀子说的"天"（道），老子、孔子、孟子等都有过很多论说，然而对于荀子所说的这个"常"字，历来竟然少有人注意，专门探究的就更少了。自然，对于诸如何谓"常"、"常"有何、"常"是何、"常"如何、"常"在何、"天"（道）的运行为何是"有常"等问题，古人更是鲜有讨论。

　　与古人对于"常"少有"申而论之"的态度不同，近代以来，人们对"常识"这两个字却是钟爱有加，尤其到了今日，谈论"常识"大有越来越热之势。常识告诉我们，当某个现象的表述成为热词的时候，有一个原因大概就是那个词所指的现象及对应的事物处于稀缺的状态，并且因为那种稀缺，我们处于某种不舒适的境地。例如我们谈论蓝天白云，当大家老是说希望能见到更多蓝天白云的时候，就意味着蓝天白云少了，阴霾天气多了，大气污染严重了，我们的呼吸不大畅快了，等等。由此推论，人们钟爱谈论"常识"，当中原因大概是人们看到周遭种种有违常理的现象越来越常态化，又看到对人们普遍认知的"常识"的违反日益成为一种因袭的惑乃至恶。而真正的，人们普遍认知的，乃至普遍认为应该实行的"按常识办事"反而无法实行。于是，重新重视"常识"的呼声就渐渐强烈，以至大力扬起了"回归常识"的旗帜。

　　本书不是去讨论某个具体的"常识"是其所是的问题；也不去讨论"常识"这个已经开始实用化、功利化的概念的过去未来；当然也不会用科学技术的或哲学的方式

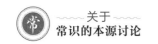
方法讨论它甚至解构它，从而考究"常识"在理性范畴内处于何种的地位。

本书的主旨，仅仅是想从"常识"之中的"常"切入，试图为那一大堆浮泛于世的种种"常识"，打造一个能够妥帖安置的居所，或者基座。又或是去设定一些界限，使"常识"之类不至于在它们应该发出威力（福荫人类）的时候找不到发出威力的支点或基座，也防止在它们不该发出威力（危害人类）的时候找不到拘束它们肆虐的界限或樊笼。

"常识"，越来越成了论辩、裁量、说理的神器，"依照常识""本属常识""违反常识""毫无常识"之类说辞大行其道。直到如今，除上述与"常识"相关的词汇继续在各个领域、各种场合发扬光大之外，那句"回归常识"也日渐流行，大家都盯着那些操办着一件件具体事情的责任人或相关官员，以"常识"为理据，指指点点，猛"抛书包"①、引知识，并且，到末了，还不时地教训他人：要"回归常识"！

一方面，如果将讲"常识"当作一种休闲，以简便就手的方式指说一些日常道理，或者，将"常识"当作一种具有辅助推论功能的思辨工具，作为支撑某个理论体系的后验证据或逻辑事实，那么，说"常识"有多么重要倒也未必确切。由于一般所指的"常识"具有相对稳定、简明，并且易于自圆其说的特点，往往能够直观地解答许多人们日常遇到的问题，也能如工具手册一般作为日常生活的指南。

另一方面，尽管由"常识"推断出来的结论未必完全合理，但若仅仅止于理论探究而不涉实践功利，那么，某些"常识"表现出来的粗陋自然也无伤大雅。然而，人们也许并不在意，前面讲到的那一句"回归常识"是要指涉结果的，也就是说，不但说事，还说某事之应该所是，更有吁请主事者将某件事按应该所是的那个方向或方式去做起来或做回来的强烈意蕴。所以，当那一句"回归常识"说出去之后，往往不同角色的听者就会有不同的理解，并且，还可能有不同的回应。理性的主事者会有深切的审视，力图避免后面的失误；但也有可能，即非理性的主事者将"回归常识"的吁请作为契机，想出一些具体的项目或动议以改变之前的工作，结果又陷入更加荒诞的结局，由此启动的"回归"动作就变成了一个恶的循环——如同建设一个本来就没有完善蓝图的建筑一样，一边建设一边改蓝图——没完没了地否定前面的工作。当然，你还要假设主事者之目的是单纯的。

通过上面的分析，我们看到在对待"常识"的问题上，人们的态度已经发生了微

---

① "抛书包"，粤港人士用于揶揄滥用学识以助力强辩的行为。

妙的变化。首先，讨论"常识"已经泛滥，人们在免费获得海量"常识"的当下，已经使自己处于选择困难的状态。在对待同一件事情上，人们不知道某几个相关的"常识"孰真孰假，何利何弊，有效的边界在哪里，采信的前提是什么，整体上对"常识"有一种不知所措的迷茫。其次，"常识"越来越与人们的功利因素相关联，价值观的多元，导致人们在接受"常识"时会采取实用主义的态度，即对我有利的、有好处的、有即时功用的建议，就接受。不是如此，哪怕那个"常识"再在理，也不去采纳（典型的如某些人对待戒烟的劝诫）。最后，就是将"常识"意识形态化，倡导者自己变身为悬壶济世者，而良方就是"常识"之种种。某人立志以高擎"常识"的旗帜，推动世事人情回归"常识"为己任，然而，对"常识"是否能够具有这种能力并不去追问，这实际上属于一种无根的理想主义。极端者更将不合（不尊）"常识"者划为异类，予以贬斥，乃至讨伐。这样看来，主事者借"常识"而为恶，就真与按"常识"为事之善愿，谬以千里了。

我重申，本书的任务并不专论"常识"，但是，我谈的关于"常"的概念又无法绕开"常识"而进入。因此，将一些关于"常识"的论说列示一番，也许是作为本书开篇所需要做的工作。下面，我打算用一些篇幅，讲一讲有关"常识"的一些说法。

这是一个充满想象的冒险旅程，因为这里满布诱人的芬芳却又时时见到处处丛生的荆棘，使你在抓到似是确定无疑的真理的时候，又很快地对自己的判断产生满腹狐疑，使你在以为自己的论说头头是道的时候，又觉察到其中蕴存的种种无可避免的悖谬。

作为开篇，让我们先从几个事例讲起吧。

一道中国普通高考语文试题

2009 年，普通高等学校招生全国统一考试（广东卷）的语文试题给出了这样一道题目。

阅读下面的文字，根据要求作文。（60 分）

我们生活在常识中，常识与我们同行。有时，常识虽易知而难行，有时，

常识须推陈而出新……

请写一篇文章，谈谈你生活中与"常识"有关的经历或你对"常识"的
看法，自拟标题，自定文体，不少于800字。

这是非常有见地的一道作文题。而题目设在高考试卷内，让万千学子在进入高等
学府之前先对"常识"做一番思考，做一番普查，留一个印记，确实令人对设题者之
心思及创意生出一番叹赏。

而这一年入试的学子也甚为争气，以其青春少年之学识及阅历触碰题目，于是，
迸发出奇特的思想火花，并迅捷地表达了出来，显现了他们的年少气盛、励志进取、
创意无穷。这次考试的优秀作文之一——《别拿常识不当干粮》，就写出了非常有见地
的文句："常识是一门指导我们生活得更好的艺术。衣、食、住、行等日常行为，无一
不需要常识的引导。"将"常识"定义为某种"指导我们生活得更好的艺术"，并点出
"好"及"引导"（实质是"善"及"为善"）这些字眼，确实抓住了常识论的核心。

另一篇题为《常识的非常识》的作文，也点出了关于常识问题的主旨："识而不
常——就是众所周知，却没有形成常规。'红灯停，绿灯行'是常识，有些人偏偏视
而不见横冲直撞；'借东西要还'是常识，现在却是'负债的是大爷'，老赖比比皆是；
'吸烟危害健康'是常识，却总是有人沉醉于吞云吐雾之间……""常而不识——经常
发生的事，却很少人知道为什么。比如，总是会有醉汉驾车闯祸，想杜绝这种现象却
不知从何下手；'跳楼秀''跳桥秀'近年如雨后春笋般涌现，连好事看客的兴致也日
渐衰退……"

对于这年的高考作文，有识之士给予了充分的表扬："常识，就是平常的普通的知
识，不言自明，无须论证的知识，也包括社会普遍认可的一些共识。对广大考生来说
无须单独去定义常识，因为一般情况下都能够心领神会，虽然可深可浅，可实可虚，
可涉及的时间、空间以及科学领域都不可计其数。"① 而上面这段表述，实际上也是关
于常识的定义。而后面"涉及的时间、空间"的表述，又表明常识论题所触碰的领域
或者有可能延伸到哲学家们所指的本体论的层面。

对此，有人就赞叹说："常识在人们的眼中是浅薄的，最伤人自尊的莫过于一句
'连这个常识你都不懂'。可今年（2009年，引者注）广东高考的语文作文就'卖弄'

---

① 唐建新：《常识中浸润着的文化理性——广东2009年高考作文试题的价值指向浅说》，《语文学
习》2009年第7—8期，第70页。

起'常识'了，让即将走入高等学府的考生们在'常识'面前大显身手。可见常识之中恰有高深之妙可论、可说。"

一个在哈佛读经济学后成为西餐厨师的年轻人

也是多年前，青年作家蒋方舟在她的博客里讲述过这样一个故事。

我去台湾见到一个报社的社长，他说他的儿子读了台湾最好的大学——台湾大学，然后去哈佛读了经济学，又去伯克利修了EMBA，等到全部的学位修完之后，他的儿子对他说："爸，我该念的书都念完了，我不欠你的啦，现在，我要去实现我的梦想了。"

按照我们的猜测，他儿子应该去创业了才对，结果，那个年轻人现在成了一个很优秀的西餐厨师。

我听完这个故事，忙不迭地对报社社长深表同情，他却非常诧异，他说自己为儿子感到非常自豪。

"做世界上最好吃的面包"也能被称为梦想，高学历的年轻人去做饭，他的父亲很为这种选择骄傲……这种种的命题，我也是经历了很长时间才去消化和理解，才承认：或许这些才是正常的，不正常的是我。

美国为鲑鱼拆除大坝

多年前，美国媒体有一篇报道写道：

经过将近4年的忙碌，目前（2015）美国终于完全拆除两座位于华盛顿的百年巨型水力发电大坝，拆除大坝的目的，只是让河中的鲑鱼能够无拘无束地洄游，前往它们出生的地方产卵并繁衍后代。

为了向当地的造纸厂供电，1912年，华盛顿电力公司开始在艾尔瓦河上

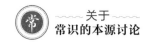
修建艾尔瓦大坝和葛莱恩斯峡谷大坝。下游的艾尔瓦大坝高33米，最初有鱼梯，后来遭到废弃，最终没有留下鱼类洄游的通道。规模更大的葛莱恩斯峡谷大坝高64米（1926年建成），同样没有鱼梯的功能。

两座大坝保证了当地的电力供应，却破坏了艾尔瓦河的生态系统，最显著的影响是挡住了河中鲑鱼的洄游道路。

每年鲑鱼都会在特定时间，由大自然划定的洄游之路，成群结队地从海中游回艾尔瓦河上游产卵。但它们只要向南游8公里，就会撞到用混凝土砌成的冷冰冰的大坝，无法继续前进，只能在河底聚集起来，然后转着圈游来游去。无法穿越大坝产卵，导致鲑鱼数量迅速减少，成为濒危物种。

美国河流协会致力于推动河流生态环境修复，在主席B.欧文提出让大坝从河上彻底消失，将河流还给野生动物的建议时，立即遭到极端分子的批评，认为他的想法是疯狂之举，大坝多年来为当地提供电力，拆除会对当地人的生活与经济利益造成严重影响。大坝应该保留还是拆除的问题，马上引起了美国民众的争论。

在艾尔瓦河下游沿岸，生活着有2700年历史的印第安部落，他们的河流生态恢复项目副指导L.苏格斯说："鲑鱼在河底洄游，它们往上游，往下游，不停地徘徊。修建大坝前，鲑鱼可以游113公里，大坝建成后，它们的洄游路线被截断，只能在下游仅8公里的河道中生存。"

在河流保护组织、渔业生态学家、当地印第安部落、各州以及联邦机构不断施加压力的情况下，美国政府开始考虑拆除大坝，前总统乔治·W.布什还签署了《艾尔瓦河流域生态及渔业恢复法案》，随即着手制订拆除大坝计划。

美国政府从20世纪90年代开始考虑拆除大坝。进入21世纪以来，美国已经拆除了200多座水坝，不过，大部分是小水坝。而艾尔瓦河项目，则是美国有史以来最大的水坝拆除工程，其目的在于恢复整条艾尔瓦河流的生态。

2008年，在时任总统奥巴马的指令下，艾尔瓦河生态恢复项目启动，并从2011年9月开始拆除艾尔瓦河的两座大坝。这个拆大坝的项目，从开始政治博弈到最终决策，再到最终拆除大坝，历时近20年，其过程可能比建造大坝更为复杂。

2011 年 9 月 17 日，美国历史上最大的大坝拆除工作正式开始，拆除大坝的计划主要分为 6 个阶段，步骤恰好是把建造大坝的顺序反过来。

经过近 4 年的努力，美国终于将艾尔瓦大坝和葛莱恩斯峡谷大坝全部拆除。艾尔瓦河流恢复项目，不仅让美国付出近 4 亿美元的费用，而且至少需要 30 年时间，河里的鲑鱼数量才能恢复到原来的 40 万条。沉重的代价让人们懂得，只有尊重自然，生态才会平衡。

这个例子给出的信息量很大，说明不但要有认识，还要有动作，还要有敢于行动的气魄。

青蛙真的有那么蠢吗？

有一个关于"温水煮青蛙"的著名故事被很多人引用过。大意是这样的：将青蛙投入已经煮沸的开水中时，青蛙会因受不了突如其来的高温刺激而奋力从开水中跳出来得以成功逃生；而把青蛙放入装着冷水的容器中，然后再慢慢加热，结果就不一样了，青蛙反倒因为开始时水温的舒适而在水中悠然自得，直至发现无法忍受高温时，已经心有余而力不足了，被煮死在热水中。

青蛙真的有那么蠢吗？

20 世纪 90 年代，北京一名生物老师，组织全班同学做了一次这样的实验（我认识的一位朋友正好在这个班）：两三人一组，分配一个容器和一只青蛙，文火加热，使水温缓缓升高，以符合"温水煮青蛙"的基本条件。同学们激动而焦急地看着显示水温的温度计和容器中的青蛙。当温度缓步升到 60℃时，开始有青蛙跳出。水温到 65℃的时候，所有容器中的青蛙一个不落地全部跳出来了。

生物老师说："青蛙在水温超过 60℃后跳走，说明它对水温的本能反应并不因为温度变化的快慢而存在大的差异。它们没有蠢到被煮死而不逃离的地步。你们要记住，即便所有人都认同并且经常说的道理，也可能是错的。那些被社会普遍认定的所谓'真理'，也可能是谎言。凡事一定要经过亲自试验、调查、思考，不要人云亦云。"

那位朋友告诉我说，那次实验改变了他一生，让他懂得理性思考是何等的重要。

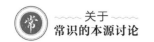

"反规划"与建设"海绵城市""海绵国土"

2003年，在"人文·科技·环保——2003亚太区景观建筑设计"论坛上，北京大学教授俞孔坚提出了"反规划"概念，建议城市规划从不建设用地入手。

"反规划"理论是在中国快速的城市化进程和城市无序扩张背景下提出的，"反规划"不是不规划，也不是反对规划，尽管在某种意义上它可以被认为等同于"控制规划"，也可以在某种意义上被认为是"生态规划"，也同样可以被称为"逆规划"或"负规划"。它是一种景观规划途径，本质上讲是一种强调通过优先进行不建设区域的控制，来规划城市空间的方法论。俞教授之所以敢冒天下之大不韪，主要想传达更丰富的含义，包括以下四个方面：

第一，反思城市状态。它表达了对我国城市和城市发展状态的一种反思。

第二，反思传统规划方法论。它表达了对我国几十年来实行的传统规划方法的反思，是对流行的多种发展规划方法论的反思。

第三，逆向的规划程序。它表达了在规划程序上的一种反思，一种逆向的规划过程，首先以土地的健康、安全和持久的公共利益为前提，而不是从眼前的开发商的利益和发展的需要出发来做规划。

第四，负的规划成果。提供给决策者的规划成果，体现的是一个强制性的不发展区域及其类型和控制的强度，构成城市的"底"和限制性格局，而把发展区域作为可变化的"图"，留给市场去完善。[①]

"反规划"作为一种城市物质空间规划的途径，旨在为城市的扩展建立一个真正理性的框架，为混沌而急于增长的城市提供一个渐进的、富有弹性的"答案空间"。这意味着城市规划必须将"图-底"的关系颠倒过来，先做一个底，即大地生命健康而安全的格局，然后，在此底上做图，即一个与大地相适应的城市。[②]

---

① 俞孔坚、李迪华、刘海龙、北京大学景观设计学研究院：《"反规划"途径》，中国建筑工业出版社2005年版，第11页。
② 俞孔坚、李迪华、刘海龙、北京大学景观设计学研究院：《"反规划"途径》，中国建筑工业出版社2005年版，第19页。

作为首个工作案例，俞孔坚等人为浙江省台州市制定了一个以"反规划"理念指导实施的城市区域发展规划方案，并进行了成功实施。①

基于多年实践探索，俞孔坚最终总结出他的工作理念——"让自然做功"：国土空间规划和生态修复之根本是让自然做功，并收获自然所提供的免费生态系统服务。这是人类福祉的基础，也是城市可持续发展的根本出路。

值得一提的是，俞孔坚坚持多年倡导的建设"海绵城市""海绵国土"主张，最终成为国家决策层的关注热点，并成为国家建设发展战略的一个重要部分，这在很大程度上得益于"反规划"理论的提出及成功实践。

结　语

长期以来，人们对"常识"的讨论只停留在日常使用（实用）的层面，大家虽然进行了许多讨论，但这种做法是不可能取得一劳永逸的结果的，因为这就如同在沙丘上建大厦一样，没有意识到基础工作的重要性。而我试图做的工作就是构造奠基意义上的基础，即探讨一种可能性，以某个命题的讨论为切入点，进入某个学理层面——所谓的形而上的——即类似本体论的讨论。

这本书，如果从"知行合一"的角度来研判，也许是一本关于行动的书，一本有实践意蕴的书，因为它不但强调知"常"，还强调归"常"，就是要在实践的层面探讨如何做的问题。蒙昧者不知其"常"，又或知"常"而不归"常"；被蛊惑者则是被知其"常"者刻意蒙蔽魅惑而无法获得真知，进而拒斥归"常"。一句话，全面的、完整的归"常"局面出现之日仍未到来。

本书中所言述的事例，其实有些已经日渐施行了，不过并不是一种自然、自觉的通识，并且也未成为大众认同的共识。除了对自然的诸多思考之外，本书选取的另一类实例是日常情景，我用新鲜的方法进行表述，也会有人觉得颇为无聊乏味，我希望读者在读完这本书之后，最终能够理解我的这种表述的旨趣。

---

① 俞孔坚、李迪华、刘海龙、北京大学景观设计学研究院：《"反规划"途径》，中国建筑工业出版社 2005 年版，第 35 页。

至此，我想引用美国学者 K. 凯利在 20 世纪 90 年代写的《失控》中的一段话作为这个引言的结束语：

> 人类在创造复杂机械的进程中，一次又一次地回归自然去寻求指引。因此自然绝不仅仅是一个储量丰富的生物基因库，为我们保存一些尚未面世的救治未来疾患的药物，自然还是一个文化基因库，是一个创意工厂。在丛林中的每一个蚁丘中都隐藏着鲜活的、后工业时代的壮丽蓝图。那些飞鸟鸣虫，那些奇花异草，还有那些从这些生命中吸取能量的原生态的人类文化，都值得我们去呵护——不为别的，就为那些它们所隐含着的后现代隐喻。对新生文明来说，摧毁一片草原，毁掉的不仅仅是一个生物基因库，还毁掉了一座蕴藏着各种启示、洞见和新生物文明模型的宝库。①

---

① ［美］K. 凯利：《失控》，东西文库译，新星出版社 2010 年版，第 6 页。

1

说说"常识"

德国大诗人歌德说过:"常识是人类独有的天赋。"[①]

让我们将"常识"这个话题作为切入口。

看看这个话题是如何开始的,关于这个话题我们可以走多远,以及我们为何转向了这个既古旧又依然新鲜的概念,并且这还是一个远未被透彻展开讨论的概念。

1.1 关于"常识"的一般认知

其实,关于"常识"的普通认知、关于"常识"的源流、关于"常识"的积习、关于"常识"与知识的界说之类的话题,早已在一些典籍中被深入探讨过了。

而关于"常识"生成的机制,关于"常识"的功用,以及关于伪"常识"的研判,等等,也有很多的文章讨论过。

1.1.1 人类有发现"常识"(规律)的偏好

我们知道,数学、物理里面的所谓定律、定理,以及观念及思维规律,本质上讲

---

① [德]歌德:《歌德的格言和感想集》,程代熙、张惠民译,中国社会科学出版社 1982 年版,第 11 页。

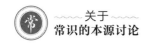
就是某种"常识"。

17—18 世纪的欧洲，发现定律、定理蔚然成风。其实，远在古希腊、古罗马时期甚至更早，人们更注重发现观念及思维规律，并取得了一系列进步。如古希腊的亚里士多德写的《工具论》（其实是后人对他的系列著作的合辑）及后来英国的培根写出的《新工具》，都是比较完善的关于观念及思维规律的综合述说。无论是定律、定理，还是观念、思维的规律，其实都是讲某个时期人们对普通事物的相关"常识"的认知。

读过《论语》《道德经》《孟子》《庄子》《孙子》《墨子》等典籍的人都知道，这些书多数是著者的只言片语经他们的学生编撰而成的。这些书里头讲得最多的，其实就是"常识"（虽然那时候"常识"一词远未诞生）。"常识"说出不易，说清楚不易，说好更不易，以某种美文箴言的方式表达出来又愈加不易。而如果把某种思想碎片集成起来，弄成一个体系、一种理论，甚至是一种哲学，那就更是十分不易。这些典籍经过千百年的淘洗而不朽，甚至依然具有强大的生命力，就是因为有太多"常识"的内容镶嵌其中。可见"常识"实有其非常强大的生命特质。

1.1.2　有自然"常识"，有人为"常识"

谈到"常识"，有自然"常识"和人为"常识"两类。

自然"常识"，即属于自有、自是、自在的种种"常识"。无论有人无人，自然"常识"的现象皆有发生。自然演进，从人的角度看，属于发现的对象，即所谓的"天然"的"常识"。而人为"常识"，则属于由人的社会经验常理生发出来的"常识"，其虽然有部分是由人的天性造就的，大部分却是人为后天养成的，即所谓"人伦"的"常识"。

1.1.3　关于"常识"的源流与积习

人们经过长年累月的日常生活积累，形成了数量庞大的各种正在积极使用、仍然偶尔在使用，以及已经淘汰不再使用的"常识"。

这些"常识"支撑着我们的生活，令我们自觉或不自觉地感受着它们的存在，享受着它们带给我们的益处、便利，甚至是乐趣；或由它们带领，规避着生活上遇到的各种困境、险阻及危难。在这些过程中，无疑，那些拥有"常识"越多的人、更能利用"常识"的人，更能够规避困境、险阻、危难，就会获得更多的生存空间、机会。人们会以其寿命的绵长或短促展示其生存能力的高低，而"常识"的作用就隐含其中。

1.1.4　获得"常识"有多途

有时我们又觉得，获得"常识"是件很容易的事。

一是重复看见、感知。见得多了（包括身体的各个器官的体验、感知），也就知道事物的某些性状，甚至是许多性状。因为知道的多了，也就认定那是"常识"。

二是重复经验。每日做着同样的事情，每日经过同样的道路，于是形成了习惯，形成了对于某个事情与某条道路的一般认知，形成了做事情及行路的经验。由此，我们也会将习惯认知的这些事情认定为某种"常识"。

三是教育习得。所谓的言传身教，是将许多以往的所见所知、经验教训，逐一整理，对晚辈讲授，形成笔记、记忆及认识。又或经过训练，达到充分的模拟体验，成为能够代代相传的经验型"常识"。

四是媒介传播。通过图像、文字，以及其他视听媒介所知、所得的种种知识，其中大多数是以"常识"的表达呈现出来的。

五是被安排在应用场所去实操、实践，去各种真实场景获得体验，获得真知灼见，从而形成真实的经验及智巧。一旦这种经验及智巧具有累积的价值及可重复的效应，即成为可重复使用的"常识"。

1.1.5　"常识"似乎难合乎"科学"

"太阳东升西落""云腾致雨""露结为霜"之类民谚，一表述出来就使人觉得朴实自然、浅白无奇。

但"常识"往往因为找不到对应学科的位置，找不到归属，于是就会被认为不合科学，最起码是不能纳入科学体系的。

1.1.6　有些"常识"不可不知

有一些"常识"因为关乎性命存续，一有不慎，则导致性命不保，所以不可不知。

例如，关于识别食肉兽的凶残程度，关于辨别野草的毒性，关于泅水的知识，关于用电的知识，等等，都关乎性命。

1.1.7 有没有绝对"常识"?

绝对"常识"就是那种在我们当下直接感受到的似乎是固定不变的东西。

在日常生活中,有许多直接的生活体验,例如日出日落、四季轮替、水软铁硬等。当没有更多的环境变化,我们已经具有的那些"常识"始终是经得起怀疑及拷问的。

说我们在日常生活中总能体会到一些绝对"常识"并无不妥。

1.1.8 关于"常识"的功用

有些"常识"只有短暂的功用,但有一些"常识"却令人终身受用。

比如说,多喝水、多运动、讷言敏行、乐善好施之类,都是终身受用的"常识"。

如果某些"常识"因为需要很长时间才能认知,而对身体有缓慢的影响,那么,对这种"常识"的认知,就是一种很严肃的事情。比如说你长时间地服食某种药物,比如说你长时间地保持某种姿势,又比如说你长时间地吃喝含有某一种元素的食物或饮料,等等,都会导致你的身体发生缓慢的变化。而你知道这种长时间的行为的利害,也就是一种修为了。

但是有一些"常识",比如心梗、脑梗的急救办法,在某个紧急的时刻,选择对了急救方式,也许就能挽回性命。

1.1.9 "常识"就是日常就手"工具"

很多"常识"并不需要发现甚至发掘,它们就是人们日常就手的种种"工具"。

如日常用语、日常行为方式、日常使用的种种用品,以及日常的所识所见之后形成的定识定见,等等。

1.1.10 "民族传统思维方式"的优劣

武汉大学教授徐水生说:"民族传统思维方式有着明显的优点,即强调世界的变化发展,重视自然与人的整体关系,注意事物之间的和谐统一。但它毕竟是一种只'把握了现象的总画面'的朴素辩证的思维方式,因而又存在着概念模糊、思想笼统,轻视分析、强调直观等缺乏发达的形式逻辑意识的缺点。要认识'这幅总画面的各个细节’还必须使思维方式向更高的层次转换。"[1]

这是徐水生对于国学大家金岳霖所著《论道》观点的一种认识。他认为，金岳霖把握了"总画面"的辩证思维方式，却对各个"细节"的表述流于疏浅。但其实金岳霖本来就未打算在某些概念的"细节"上讲得太多，他多次强调，这样做会碰到"麻烦"，又或者说，在"细节"的表述上，本身就是带有某些"麻烦"的。这是一个思想实验所无法避免的，甚至可以说《论道》呈现出来的许多"细节"，本来就是无法讲清楚的。

1.2 "常识"本来简单

"常识"与人的种种知觉相关，因而往往也表现得十分简单。

如《般若波罗蜜多心经》提到的"眼耳鼻舌身意"，一言以蔽之，就是人通过诸种器官得到的外界诸种观觉。并且，因为人每日每时不停地接收外界诸种观觉，于是便形成了习惯的观觉，这种习惯的观觉，可谓"常识"。

1.2.1 "常识其实很简单：老实人，不吃亏"

中国企业家李天田就说过很多关于"常识"的大实话："甭管您是网络新贵还是榜上富豪，找人干活，得给钱，这是常识，这是您说话的资格。"

"甭管您是卖卤煮的还是卖冰箱的，您的产品必须有一贯的水准、可靠的质量、合理的性价比，出错了就要认账，就要道歉，这是常识。"

"甭管您贴没贴着互联网抑或是移动互联网的标签，不是说傍着概念的裙边儿您的身子骨就金贵起来，产品要给力，运营要良性，团队要稳定。一句话，得替客户服务，得替投资人省心，这是常识。"

"所谓好企业，是没骗到投资人的时候也是好生意，不上市的时候也是好公司，这是常识。"

"即使做不到知行合一，至少要求自己不说自己做不到的事情，这是常识。"

---

[1] 徐水生：《金岳霖〈论道〉管窥》，《武汉大学学报》（社会科学版）1989年第3期，第15页。

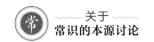
"常识其实很简单：老实人，不吃亏。"[1]

这是一个企业家关于"常识"的一系列切身体会。

1.2.2　我不相干及我不知情

世界在巨大的"我与之不相干""我完全不知情"的情况下运作，这就是"常识"。

1.2.3　后辈受益于前辈的"常识"传承

家庭或族群的长者见多识广，常常会主动教给后辈很多生活"常识"，使这种后辈受益于前辈的"常识"传承方式得以延续。

在正常的年景，即使没有更加有效的方式传承"常识"，这种简单的家庭或族群传承方式也足以使"常识"流传久远。

1.2.4　由教训带来的"常识"更容易留下深刻的印象

关于知之道，接受学习为主动知，接受教训为被动知。

通常由教训带来的"常识"会比从学习求得的"常识"更容易给人留下更深的印象。

1.2.5　用钱，看别人用钱

正在用钱的人，与看别人用钱的人立场是不同的。这就是一个"常识"。

这其实等于说正在行使权力的人，与正在看别人行使权力的人的立场是不同的。

1.2.6　人在自理能力下营生

"常识"告诉我们：人在很多方面能够管理自己。

例如，这些事情都是自明的：人会自己煮饭，感觉到自身身体变化的是人自己，人自己忧虑着自己的生计，人有自己的喜怒哀乐，人偶尔也会有自己的创新，等等。

---

① 李天田：《常识万岁》，《IT 经理世界》2011 年第 24 期，第 24 页。

1.2.7　人的远虑与近忧

人往往能够想到比现状更久远的事情，如自己的前途与命运。人偶尔还会想到国家、民族、社会环境是否会出现大变局……

人会忧虑自己日后是否会失去能力、失去工作，会忧虑自己的薪金、福利是否会减少，忧虑自己是否会生病（特别是生重病），忧虑夫妻及家人的感情是否会变坏，忧虑是否会遭受种种不测……

这些，都是人的种种远虑或近忧。

1.2.8　收费应该提供服务

以权能而获得的收费权利，应该以提供服务作为回报。

1.3　"常识"之界说

到了近代，人们对"常识"有了更多的认识，"常识"就开始被学术化为不同的认识层面，人们从不同的认知维度上，看到了"常识"属性的差异性表达，于是，画出了关于"常识"的种种边界，"常识"的界说由此产生。

1.3.1　有些"常识"很深奥

必须承认，有些"常识"是很深奥的。

你虽然知其然，但很难知其所以然（如从平常的"1＋1""1＋2"之类算式演进到属于数论范畴的"1＋1""1＋2"时，数论专家会告诉你，此类命题，其实证明起来相当麻烦）。

所以说，当"常识"进入理论（例如数论）范式时就会变得高深莫测。

1.3.2　"常识"有边界

所谓"常识"的边界之外，就是"常识"不能到达的地方，换句话说，就是指"常识"失效的地方。

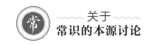

俗语有"对牛弹琴""风马牛不相及"等说法——说的都是"常识"不可逾越的边界。这是古人用来形容两人因知识见解的天然差异（分野）而无法沟通，又或指说将两件毫不相干的事情混为一谈引出的荒谬性的俗语。

1.3.3 "常识"有时间分界

庄子说过："夏虫不可语冰。"说的就是关于"常识"的时间区隔。

因为庄子认为，夏天的虫子不知有冬季，所以你是无法跟夏虫谈冬季的冰雪的。

季节之隔带出短暂时间的认知区隔，而不同时代的人对一件事情的不同看法，更显出人们在认知"常识"上的巨大鸿沟。

1.3.4 "常识"有空间分界

庄子又说："井蛙不可以语海。"说的就是关于"常识"的空间区隔。

庄子很形象地形容某人如井蛙，因为他（如井蛙）未见过大海，所以你是无法跟他谈大海的事情的。

井海之隔使人们看出了空间的差异造成"常识"的天然鸿沟，地理空间上的差异所造成的"常识"见解的不同，更是实实在在的认知差异。

1.3.5 "常识"有自然之维

"常识"有自然之维，这是自明的。

关于"常识"的自然之维，我们将在第4部分详述。

1.3.6 "常识"有人文之维

"常识"的人文（社会）之维，其实就是世界在有人之后的种种非自然习性。

很多"常识"的说法都是围绕人来展开的，正所谓"因人而事"，有人才有事。"常识"在有人这一域里头，显得复杂纷繁、多姿多彩，与"常识"的自然之维对照鲜明，但又不无关系。

关于"常识"的人文（社会）之维，还有一个人择原理的说法。[1]

1.3.7 "常识"的语言维度

因为人有独有的言语能力，于是"常识"伸展出一个独特的维度。

以中国的汉字为例，汉字有 4 万个左右[2]，但较常使用的汉字就 6000 个左右，高频字词也就在 3000 个左右。

英文词汇有多少，统计数字说有近 100 万个[3]，姑且信之。

1.3.8 "常识"有族裔的边界

不同族裔对许多问题都有各自不同的解读。

1.3.9 "常识"等于文化？文化之维？

往往有这种情形，当某人说别人无"常识"时，就隐含了说别人无文化的意思。

那么，似乎可以从某种意义上说，所谓某种"常识"，其实蕴含了某种文化。如果从"常识"是一种积淀的意义上去理解，那么，说"常识"蕴含了文化之维，似乎也讲得过去。又或者反过来说，从一个文化大系去考察，"常识"蕴含于文化之中也是说得通的。关于这一点，说起来困难不少，但也并非无路可寻。

其实，当我们说到某个具体的"常识"时，就知道说的只是某个类别的"常识"，把这样一种看法与文化勾连起来，其实是一种泛文化，或俗文化的见解。

1.3.10 "常识"之有、是、在，并不确定

"常识"这个东西，特别是当人们开始重视它，并有意识地去发现、发掘，以及展叙它，甚至将它归类为某种哲学的时候，人们都无法确定它是如何地"有"自己，如何地"是"自己，又如何地"在"自己，等等。只有在这时，人们才意识到"常识"

---

[1] 即人择宇宙学原理（简称人择原理）：由英国宇宙学家、理论物理学家和数学家 J. 鲍罗和美国数学家 F. 泰伯拉提出。但其实，更早提出这一概念的是英国天体物理学家 B. 卡特，他在 1973 年哥白尼诞生 500 周年纪念大会上提出了人择原理并将其分为两种：弱人择原理和强人择原理。简而言之，即所谓正是人类的存在，才能解释宇宙的种种特性，包括各个基本自然常数。因为宇宙若不是这个样子，就不会有我们这样的智慧生命来谈论它。

[2] 据统计，《康熙字典》收录的汉字就达 47035 个。

[3] 据全球语言监测机构（Global Language Monitor）曾经发布的统计数字，英文单词有 988900 多个，不过后来这一数字受到质疑。

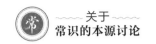

的某种真正的缺失，就是缺少一种本质性的规定（这里指本体的存在基础）。

为什么在"常识"存在、积累、发挥、扩充，甚至失效这么长的一个时间区间内，人们都还未对其本质性的规定有所认识呢？这是由"常识"长期以来的浅显及多样的性质规定（表达）的，即人们在见到、感受到、觉悟到它的存在之时，它已默默地、若隐若现地、自行地、早早地有着，也早早地是着、在着。并且，因为它的"有"、它的"是"、它的"在"，所以潜藏于草根庶人的浅显而含混的表达，以草根庶人的日常体验、日常实践作为基础，以各自的记忆及口口相传的方式互相传达。这些"常识"由草根庶人经意或不经意地使用，从而发挥着自身本来的作用。

"常识"，不等（也无须）外在于它的主体——不论是普通的草根庶人或是上帝——去对它的性质做出规定。

1.3.11 有些"常识"其实又不是"常识"

但有些"常识"看似是"常识"，其实又不是"常识"。这种说法必须从某个"常识"之具体表达去考察。

例如，没有人怀疑过太阳东升西沉这个"常识"，但东西概念只是某一个局部的地域概念，当我们的坐标向东或西移动之后，原来的"东"即成为"西"，或原来的"西"又成为"东"，而当我们的坐标向南或者北移，移到极地时，那么，太阳就在头顶转悠，或根本见不到太阳，这都与东、西无关。这样考虑，就连太阳东升西沉这个"常识"都被颠覆了。

那么，太阳东升西沉是"常识"吗？对多数人来说是；但对某些地域的人来说，其实又不是。

1.4 "常识"有无数

就需求（用这个层面）而论，人的一生需要知道并使用无数的"常识"。并且，"常识"因为漫长的存续、淘洗、演进，表现出不断更新的状态。

但也有很多日常就手的"常识"最终是无用的。

1.4.1　新的"常识"层出不穷

世界不断演进，新事物不断涌现，于是，与日常生活相关的种种新"常识"不断生出，"常识"的队伍也不断壮大。

1.4.2　许多旧"常识"被日渐淘汰

大多数"常识"会被日渐淘汰，这是毋庸置疑的。

如大多数以前使用的日常用具及日常习惯，最终会被新的生活方式所淘汰。各种新用具及习惯的进入，也不断地改变着我们的生存及生活方式。这些，我们可以从无数事例中得出结论。

1.4.3　说某个说法是"常识"，这可能是一个伪命题

人们通常认为的"常识"往往并非建立在一个坚实的综合分析研判的基础之上，充其量是对通识与通感的一个接近的论断，一旦具体穷究起来，出现纰漏在所难免。

尤其是见到一些重大命题最终被推翻的经历之后，怀疑"常识"，认为"常识"可能只是一个伪命题的想法，已经成为常态（"常识"）了。不过，从英国学人 G.E. 摩尔开始，人们对"常识"的重视、对"常识"在哲学界的地位或以"常识"为基础建构的一些新命题的做法，又变得再度勃兴起来。

1.4.4　许多"常识"在起作用而你不知

在你的一生中，有无数的"常识"围绕着你，为你服务，而你并不知晓。

例如：在你外部，有日月盈仄，有风雨润泽，滋长繁育着你的周边环境；在你的内部，有共生生物，有内分泌循环，使你的身体机能得以维持。这些你并不真切感知的、由"常识"维护着的种种自然自在的存在，无时无刻不在起作用，成为你一生的仆从、护卫。

1.4.5　"常识"其实可以不多

我们知道，人生在世，"常识"不可没有，但是，也是可以不多的。

也就是说，大多数人在世上，往往是靠不多的"常识"很惬意地生活着，无须理会世上还存在的绝大部分的其他"常识"。

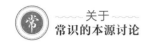

看看世居深山或村落一隅的老农，家宅简陋，种植小片土地，养殖几只禽畜，日出而作，日落而归，日复一日，年复一年。他们满足生存生活所需有的"常识"之少，可以想象。而再看看非洲原始部落更为简陋的生存状况，则世居深山或村落一隅的老农的"常识"又显得丰富不少。

"常识"可以不多的说法，也可以算是"常识"。

1.4.6　关于"常识"的知

就人们对待"常识"的态度及程度而言，有有知、有无知，有深知、有浅知，有主动知、有被动知，等等。

由此看来，"常识"在人们的"知"的层面上，表述不清晰，定义不清晰，边界也不清晰。但这并不妨碍"常识"在人们的"知"的表达上，无可无不可、自处且自在的状态。

1.4.7　发现一个从前未知的"常识"很难

当今世上，要发现一个人们尚未知道的"常识"，就好比生物学上发现新的物种一样，是很艰难的。

因为，如果我们假定"常识"的总量是能穷尽的话，那么，在人活动的有限时空范围内，每发现一个"常识"，便会减少一个发现"常识"的机会。并且同时，也增加了一分发现一个新"常识"的难度。这种情况，在天文、地理及一些基础学科那里得到了佐证。然而，发现新的"常识"虽然越来越难，但人们对过往"常识"却因为可以为常而趋于忽视。于是，哪怕是新发现的"常识"，也总是从能否给我们带来好处着眼。

1.4.8　通过宣传使"常识"家喻户晓

现在，"常识"被越来越广泛地宣传，最终家喻户晓、人人皆知。

无论是古代还是现代，"常识"通过种种传播方式向世人普及，使得大多数人因易于获得"常识"而受惠。

1.4.9　"批评常识仍得以常识为出发点"

作为一个看似自明的惯常就手的工具论体系，"常识"一直因为其不合（或不入）学理范式而为学者所轻视甚或诟病。

一个普遍的认识是，"常识"不是学问，更不是真理，充其量只是一种日常体验到的粗浅看法，属于经验论范畴。许多"常识"往往经不住深入推敲辩证，导致了人们对"常识"系统的整体不信任，从而使得人们在学理层面讨论"常识"时，往往都持批评乃至否定的态度。直到某个"常识"明白地将人们敲打得疼痛了，人们才始觉对"常识"批评的肤浅。

关于这一点，哲学大家金岳霖就很清醒，他说过："常识虽可以批评，有时非批评不可，然而常识不能抹杀，批评常识仍得以常识为出发点。"①

1.4.10　是否遵循"常识"，只在一念

"常识"要遵循，还是"常识"不必遵循，往往只在一念。

而这一念之差，后果往往大相径庭。而在某些情况下，这种一念之差，会导致永久的伤害甚至会让人失去性命。

1.5　"常识"有说道

很多"常识"由各种说道构成，但有很多"常识"又无须更多的说道。

如日常所谓人生无非"揾食"（粤人形容营生之说法，指赚钱、上班、上工等）——这种"常识"是无须更多解说的。

人们日常所说的那些自然而然的事情，就是无须说道的"常识"。

1.5.1　用脑及无须用脑

有人事事用脑，相较未用脑者即有不同的结果。然而，每事用脑者其实未必就能真正做对事情。

多数时候，人又是做事不动脑的。每事不用脑者其实未必就不能做对事情。所谓习惯，就是不动脑做事。

是否可说，不用动脑的时候才是人的真正常态？

---

① 金岳霖：《知识论》，载《金岳霖文集》第三卷，甘肃人民出版社 1995 年版，第 638 页。

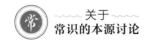

1.5.2 "常识"就是"不需要过脑子"

实际上,"常识"就是长久的习惯认知。

中国学者辛鸣把这种认知表述为一种"积淀":"公鸡打鸣后天就亮了,太阳每天从东方升起,穿上棉袄人就暖和了。这些都是人亲身经历过的真实事实,从来没有骗过任何一个人。天长日久,这些就都成了常识。""常识是人类社会世代经验的积淀,是人类把握世界与认识自己最基本、最普遍也最节约成本的方式。常识的特点就是'经验',是不需要过脑子的。"①

1.5.3 爱玩耍是人类的天性

爱玩耍是人类的天性,这是个无须证明的"常识"。

1.5.4 非丛林法则

在资源充裕的情况下,生存竞争并无必要。

如果某个地方资源充裕,且需求者聚集度有限(人气不旺盛),则生存竞争实无必要。

此或谓非丛林法则。

1.5.5 关于一条消息的遗漏

一条消息无法做到应该知道的人都会(能)知道,这导致消息的传播效果无法达到最佳。

这究竟是技术问题还是"常识"的问题?这未必是信息熵②的问题,或者是牵涉信息传播的控制问题。

1.5.6 很多"常识"其实早已被人说过

人们提出一个相关的命题,很有可能在过往典籍中找到对应说法。毕竟,这个世界头脑多、想法杂、说辞多,即人多嘴杂。

---

① 辛鸣:《超越常识又回归常识》,《深圳特区报·理论周刊》,2011年3月29日,第B12版。
② 信息熵是美国数学家C.E.香农于1948年提出的概念,用来描述信源的不确定度,是从热力学中借用过来的概念。

多数人（包括各种学者）所说的话很可能是前人已经说过的，有些所谓"新学说"，往往可能只是著者读书少，未读到相关的典籍。

1.5.7　一劳永逸是无利可图的

从做生意的角度来看，一劳永逸其实是无利可图的。如，研究能够灭绝某种疾病的药物，最终也会使药企变得无利可图。

所以，有一种理论认为，真正无利可图的事只有靠政府或公益机构来做。

1.5.8　自然界本来就没有医药、银行

自然界本来没有医药，只有人类社会才有医药。

动物会在身体需要时自发采集某种植物或矿物作为补充，最常见的现象就是猫会自己到野外去找草药吃，为自己治病。这就是一种遗传习性。

自然界本来也没有银行等机构，只有人类社会才有货币，也才有银行。

1.5.9　关于时间的治愈功能

我们很多时候会忘记时间的治愈功能。

首先，时间能够治愈身体上的很多疾患；其次，时间能够使一切真相大白于天下；再次，时间最终能够判明是非；最后，时间能够纠正自然或人类所犯的大多数"错误"。

人们往往因为急于替代时间的功能而去做各种人为的治疗，于是，就去揭露真相，就去进行是非判断，就去人为纠错，就去对病患施以猛药……于是就越讲越错，越描越黑，越治越病，越折腾越不可收拾，是非更加颠倒，对疾病的治疗效果更差，然后结果就是急病乱投医……一错再错，直至无法收拾。

1.5.10　"成世溜溜长"VS"人生苦短"

"成世溜溜长"（粤人喟叹时日之长：一生多么绵长啊），这与"人生苦短"寓意相反。

这两组词表达了不同的情景下人对时间流逝的不同感触。

就多数人特别是农民一生平凡无奇，日出而作、日落而息的慢时光而言，时间的流逝确有我生绵长不绝的感觉；而当某类人倏然进入一种快节奏的工作生活状态，一直到暮年阶段又忽而发现时日无多了，"光阴苦短"的感受即会油然而生。

1.6　"常识"浅显地存在着

显然，"常识"从一开始就存在于人们的日常生活视野之中，并且一直在自然地生发着、演进着，直到人们开始意识到它的存在并将其带入实践考察及理论阐述里来。

不过，一旦"常识"进入实践考察及理论阐述领域，又时时遇到由它的先天缺陷带来的实践及理论的不完备性障碍。这个障碍又被"常识"的有效性及便利性所遮蔽，使得"常识"在实用性层面不会因为其实践及理论的不完备性障碍而遭到彻底摒弃，甚至相反，它能在自己剩余的足够广大领地继续得到张扬与发挥。这也是"常识"惬意存在的基本理据。

1.6.1　宽泛、广谱及多样

"常识"具有宽泛性、广谱性及多样性的性质。

人们无法只在某个领域、某个区间、某个界面去把握"常识"，从而将它模板化、概念化。

显然，不去规定"常识"本质而由它自己去"有"、去"是"、去"在"（这显然是由来已久的），并不意味着这件事（即从"有""是""在"几方面寻找其本底的奠基性规定，发现其本质属性）不重要或不可为。因为，前人及今人在这方面已经做了太多的开创性及建设性工作了，取得了方方面面的进展，所以当我们继续行进时，除感到诸种迷茫外，也还是可以获得许多观念材料、思想表达，这些成为我们现成就手的理论素材。

1.6.2　"常识"往往无须实证也无法实证

大多数"常识"无须实证，也无法实证。

例如"天凉添衣""风吹幡动"，前者由"天凉"这个自然因推出要"添衣"这个人为动作，而后者则是由"风吹"这个自然因推出"幡动"这个自然动作。从自然因既能推出人为动作，也能推出自然动作，这个因果关系要怎么计算？

"鸡鸣天白""落日鸣鼓"也是如此，前者由"天白"自然因而致"鸡鸣"自然现象，后者由"落日"这个自然因而致"鸣鼓"这个人为动作现象。

对这些因果，只要习惯了就好，不用太去计较其本意。

1.6.3　常用的知识和经验

一般认为，生活中常用的知识和经验，就是"常识"。

然而，具体到日常所用，其实每个人的实际诉求千差万别。此人之常用，并非彼人之常用，这是常用之因人而异；每日之常用也不同于偶尔之常用，这是常用的频次差异；常使用某物与常实行某事，也是不同的常用行为；常知而知与常知而行，也是两种不同的知行方式。

总之，在经常反复的知、用、行的过程中，"常识"就渐渐形成了。

1.6.4　"更高层次的按常识办事"

中国学者陈一明说过："所有不按常理出牌的成功案例，都是更高层次的按常识办事，反对常识正是为了修正错的常识、创造新的常识。"①

"修正错的常识、创造新的常识"，这种说法本身其实是有违"常识"的。在同一个系统的行为集里面，往往只有一种行为可以被称为选对了的"常识"，而其他的行为可能都是选错了的"常识"。

1.6.5　所谓"带齐衣食"

粤人有所谓"带齐衣食"，即是指在江湖上行走的人应该准备好饮食衣物，以及防寒防病、趋利避害等生活基本知识。

所以粤谚又说某人："衣食未曾带得齐。"就是形容某个人出行（走入社会）未曾准备好应对日常生活的种种"常识"。

1.6.6　一个有趣的学术公案

所以，常识理论（哲学讨论这一端）一直只有少数的几个人或深或浅地涉足。不过，有一个有趣的人，或者可以佐证常识理论之重要性。这就是那位大名鼎鼎的、认为已经解决掉所有哲学问题而不再涉足哲学圈的英国哲学家维特根斯坦。当维特根斯

---

① 陈一明：《也说按常识办事》，《人力资源管理》2009 年第 9 期，卷首语。

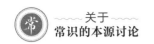

坦在几次学人小聚中听了 G.E. 摩尔讲常识哲学的问题后，即就摩尔的论题发表了多篇专论。显然，维特根斯坦回归哲学的这个举动，绝非一时冲动，而是蕴含深意，即说明摩尔的"常识哲学"击中了他，令他无法坐视不理。

这个公案最终似乎没有终结，这也昭示着"常识哲学"的宿命，即如果没有某种关于本质的理论奠基，"常识"哲学化的讨论只能是昙花一现。因为，当时有更多更鲜活有趣、更具有理论创新底蕴的哲学论题，比"常识"哲学化的讨论更能吸引哲学家的视线。

1.6.7　"不要被世上众人所说的错误常识所束缚"

日本学人养老孟司[①]说过："不要被世上众人所说的错误常识所束缚。想从事于显赫的职业是常识。想赚取大量的金钱是世间的常识。可是，这些真的是常识吗？如果被这些常识所束缚，就永远不会发现幸福。只能在那狭隘的视野里，发现微小的幸福。"

1.6.8　"常识"空置于天下各处

"常识"不说话，往往空置着。前文说过，"常识"为我服务一生而我不知，这是一种无知的空置；但更多的情形是，许多人明明知道"常识"在某处而不去使用，以致许多"常识"被白白地空置着，这又是一种令人唏嘘的情形。

1.6.9　"常识"静卧于书本里

更多的"常识"未得以发挥，静卧于尘封的书本里，成为某种本不应有的冗余。这个，我们不必展开讨论了。

1.6.10　先知冷暖饥饱，后知廉耻荣辱，最后是知四时天命

作为个体的人的生存体验，首先是知冷暖饥饱，然后是知廉耻荣辱，最后是知四时天命。

对于这些知，或许可以通过他人教诲、知会、训导，甚至是由惩戒而获得，但还有更多的东西是通过本人自身的学习、体会，以及随着年龄增长的历练而获得的。

---

① 养老孟司，《傻瓜的围墙》一书的作者，日本东京大学名誉教授。

故而人非夏虫，只知温暖而不知寒冰；而人又非草木，岁岁枯荣无情无义。所谓"有知"，就是人特有之本性，而所谓"有情"，就是人与人的一种特别关系，也是人与物的区别。

1.6.11 "常识是人类永恒的'精神家园'"

1998 年，《经济管理》杂志在第 9 期刊登了一篇卷首献辞，文章写道：

> 怎样在具体的经营活动中把握常识并使之产生实效呢？首先，要从企业基本问题入手，确定企业的宗旨、目标和组织等，选择与之相关的基本常识，并且抓住不放，持之以恒。其次，要创造良好而宽松的文化氛围，使基本常识的精髓能够深入人心，成为企业全体员工的自觉共识。再次，要相应制定一些规章制度，使基本常识能够外在化、有形化，从而使人们能够更好地遵循和执行。

> ……在知识化时代里，我们更应该珍重常识的价值。知识可以不断更新，但常识却永驻人间。从某种意义上讲，常识是人类永恒的"精神家园"。[①]

---

① 本刊编辑部：《常识的力量》，《经济管理》1998 年第 9 期，卷首献辞。

2

中西方哲人说"常识"

　　从一般意义上说,"常识"就是一种前知识,就是在人们将知识累积并系统化之前的那些由日常经历感知及感悟出来的知识(见识)碎片。

　　其实,在人类思维智巧发轫时,"常识"与学问的界限是模糊不清的。这种界限模糊的性质,使得人们进一步思考将两者截然分开的可能性及必要性。这样一来,便逐步将"常识"的学问内涵提升到了某个既纷繁又序列化的水平;同时,也将一般所谓的学问演绎到"常识"及日常习惯之外(或之上)的水平。于是我们看到,在这两个水平上,何谓"常识",何谓学问(或叫规律),各有说辞,各朝向某个方向延展。

　　因为两者有一定程度的同源性,所以最终难以做出某种明确的界定。但人们都倾向于认为:"规律是一个较近的发明,在常识的旧领域里,影响还占着统治地位。"[①]于是,就会有下面两个方面的区分,即关于西方人的传统认识,以及关于东方或者中国人的比较近期的认识。到今天,还有人一直在坚持关于"常识"问题的更进一步的研究。

---

① ［美］W.詹姆士:《实用主义——一些旧思想方法的新名称》,陈羽纶、孙瑞禾译,商务印书馆1979年版,第93页。

2.1　中国人的说法

中国古代没有"常识"这个词。但是我们如果将"常识"这个词分拆，即一个"常"字、一个"识"字，就会发觉，我们的祖先原来一直对"识"字有不少认知，不过对"常"字则讨论不多。

关于"识"，也就是关于认识、见识、知识等概念的探讨，古今先哲已经留下大量典籍，而且，若要参与这个概念的探讨，也超出了本人的学识能力。

但关于"常"，即单纯的关于这个概念及其延伸出去的种种问题讨论，从"日常转向本然"的讨论，则是我接下来的一个努力方向，这也是本书的一个基本任务。

2.1.1　关于谈论中国人之"常识"

讲到一国人的性格特征，就免不了讲某种关于一国人的"常识"论。

国学大家林语堂讲中国人时比较正面[①]，台湾文化学者柏杨讲中国人则比较负面[②]；美国人明恩溥[③]等"外人"（外国人），则提供了另外的视角。

2.1.2　庄子对"常然"的表述

庄子有一段很有趣的关于"常然"的说法。

庄子说："常然者，曲者不以钩，直者不以绳，圆者不以规，方者不以矩，附离不以胶漆，约束不以纆索。"这句话翻译成白话文，就是：所谓常态，就是弯曲的不依靠曲尺，笔直的不依靠墨线，正圆的不依靠圆规，端方的不依靠角尺，使离析的东西依附在一起不依靠胶漆，将事物捆束在一起不依靠绳索。庄子对于"常识"是用"常然"这个词来表述的，这令人觉得十分有趣。

庄子对于"常然"的概述，形象地抓住了其特质，很值得细细品味。

---

① 如林语堂所著《吾国与吾民》。
② 如柏杨所著《丑陋的中国人》。
③ 明恩溥（Arthur Henderson Smith），著有《中国人的素质》等专著。

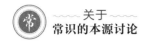

2.1.3　贾思勰：《齐民要术》

中国人以"常识"论"常识"，是近代的事情。但是在中国古代，其实有很多关于不同领域的博物学的书籍，其实就是讲"常识"。比如：北魏时期的农学家贾思勰的《齐民要术》，大约成书于公元 533—544 年。《齐民要术》是一部综合性农学著作，也是世界农学史上最早的专著之一，是中国现存最早的完整的农书。

2.1.4　沈括：《梦溪笔谈》

北宋人沈括的《梦溪笔谈》，是一本笔记体学术著作，广泛地记载了关于自然科学和社会科学的成就。该书是中国古代八大科学名著之首，被誉为"中国科学史上的里程碑""中国科学史上的坐标"。

2.1.5　李时珍：《本草纲目》

明人李时珍的《本草纲目》，是一部关于草药植物的大百科。

《本草纲目》是集中国 16 世纪前本草学大成的中医典籍，于明万历六年（1578）定稿，万历二十一年在南京正式刊行，被国外学者誉为"中国古代之百科全书"。

2.1.6　宋应星：《天工开物》

明末人宋应星写过一部书叫《天工开物》，被认为是世界上第一部关于农业和手工业生产的综合性著作，是中国古代一部综合性的科学技术著作，也有人称它是一部百科全书式的著作，外国学者则称它为"中国 17 世纪的工艺百科全书"。

2.1.7　《水经注》《农政全书》《九章算术》《徐霞客游记》……

中国著名的科学技术著作还有《水经注》《农政全书》《九章算术》《徐霞客游记》等，这些中国科技名著，都是"常识"的集成。

2.1.8　梁启超："常识"论大家

近至晚清，有梁启超这一"常识"论大家，其著述等身，古今中外、文史科哲无不涉猎，其行文论及西方之哲学、文化、政治，竟如百科全书，滔滔不绝。

其中，"礼治主义""无业阶级"等新鲜词汇，有很强的穿越感。

在梁启超的诸多文论中，有一篇不甚起眼的短文，即清宣统二年（1910）在《国风报》（1910 年第 2 期）发表的一篇《说常识》。

梁氏云："常识者，译英语 Common Sense 之义[①]，谓通常之智识也。孔子称庸德之行，庸言之谨，庸即常也。故常识宜称曰庸识，或曰庸智。但以其义近奥，故袭东人所译之名名之。"梁氏又云："孔子称庸德庸言，而申之曰，有所不足，不敢不勉，有余不敢尽。庸与常之义，具于是矣。"

为什么要写《说常识》？梁启超认为，一个人要自立，最重要的是"具备常识"，而人之有常识，"其得诸学校教育者半，其得诸社会教育者亦半"。自科举废除之后，"今国中之学校，既不足以语于此，而社会各方面之教育，又适足以窒塞常识"。于是梁启超大声疾呼"输进常识"，并发表了《说常识》一文。

2.1.9 孙中山："国之大事，无非是这些日常之事……"

不独梁氏致力于"常识"的见解及推广，中国民主革命的先驱孙中山先生对"常识"的宣讲也是不遗余力。

比较突出的是自民国六年（1917）始，孙中山为中华兴国大业撰写了《建国方略》。其中《民权初步（社会建设）》写得最早（完成于民国六年 2 月），讲的是如何为开会制定规则（《建国方略》合编时，此为第三部分）。民国七年（1918）12 月，孙中山撰写了《行易知难（心理建设）》一文，为系统构建国民心智"常识"设定路向——"必先求知而后乃敢从事于行"。三年后，即民国十年（1921）10 月，孙中山完成此书的最后一部分，即《实业计划》，这一部分细致描述了他为各地建设规划的蓝图（《建国方略》合编时，此成为第二部分）。现在看来，就孙中山"为国民所取法"的写作初衷而言，这部鸿篇巨制的后两部分的现实指导意义已经式微，反倒是第一部分《行易知难（心理建设）》，至今仍闪耀着理性的光辉，成为迄今仍然具有非凡现实意蕴的建设哲学，即关于建设实践的"知行观"的经典。

何有如是观？皆因孙中山之为文初衷——国民心理建设的目标远未达至也。孙中山在这篇宏文中具体讲了什么，一言以蔽之，回归"常识"而已。

---

① 时至今日，汉语的"常识"仍然是多与英文的"common sense"互译。有人认为，这两个词不尽相同。相对而言，汉语的常识偏重表面易明的事实，英语的 common sense 则偏重事里所含的道理。此外，还有 commonplace knowledge 的译法，见张嫒嫒、刘世理：《常识、原型与定势》，《长沙大学学报》2004 年第 18 卷第 1 期，第 57—59 页。

从《建国方略》开篇看：第一章讲"饮食"，第二章讲"用钱"，第三章讲"作文"，第四章讲"七件事"，即"建屋、造船、筑城、开河、电学、化学、进化"等。孙中山讲这么多日常琐事，无非告诉大家，国之大事，无非是这些日常之事，从事这些事情的人，知道得越多、越明晰、越细致，就越能够做成，甚至做好。孙中山总结："'行易知难'，实为宇宙间之真理，施之于事功，施之于心性，莫不皆然也。"最后，他得出结论："能知必能行！"

2.1.10 金岳霖：《论道》讲了不少"常识"

这里之所以首先提到哲学大家金岳霖先生，是因为从学理的层面讲，金岳霖的著作《论道》[①]把各中西学道理与道的相关概念关联起来，用西学的方法加以建构并有严密的逻辑构架作为支撑，堪称中西合璧的理论典范。而金氏的思想一直未见广泛传播，可见国人对其思想资源的领悟开发尚处于遮蔽状态，颇有遗珠之憾。

通览金岳霖的《论道》各章节，你会发现书中时时会用"常识"及"日常生活"之类的字眼来佐证论断[②]，并且会以日常事例去诠释种种道理，令人感觉到他的整个运思理路，无法与"常识"或"日常生活"分隔，也隐喻了"常识"或"日常生活"在金氏的关于"道"的形而上学中占有基础性的位置。

金岳霖说得很明白："哲学家既不能完全放弃常识，他也不能放弃常识中所承认的知识，他的确可以利用科学知识来修改一部分常识中的知识。"[③]这里的主旨并不是讲"道"，而是讲"常识"，或者专门讲一个"常"字，而金氏的思想及方法，无疑照亮了我们想走的道路，指明了方向，更为我们提供了一个翔实的思想实验范本。

纵观学术史可见，关于专门的"常识"，无论是古代中国还是近代中国的思想家，在论述层面上，其实都没有留下多少专论。显见关于"常识"这一主题，因为一直未进入学人的视野，于是，在中国学理史上，也就从来没有成为一门显学。

---

① 金岳霖：《论道》，商务印书馆 1987 年版。
② 在《论道》里，"在日常生活中"这个短语在第一章、第三章、第五章、第七章及第八章多次出现。
③ 金岳霖：《知识论》，载《金岳霖文集》第三卷，第 791 页。

2.2　西方人的说法

一般认为，古希腊、古罗马时期的学问家，喜欢将某些日常知识系统化的"常识"集指为"工具"。意思是某些已经为时人公认的"知识"（"常识"），因为已经成为人们运用思维智巧的就手使用模板，于是，这些模板就能被认为是某种意义上的"工具"了。

可以说，长期以来，关于这些已经就手使用的"常识"问题，西方人总是有议论的传统的，在这里，我们可以大略地举出下面一些例子。

英国哲学家 G. 贝克莱就认为："我们反而见到，大部分目不识丁的人，虽然走着平凡的常识大道，受着自然规律的支配，而他们大部分依然是很安然、很自在的。在他们看来，凡习见的东西都不是不可解释的，都不是难以理解的。"[①]

2.2.1　亚里士多德:《工具论》

世人皆知古希腊哲学大家亚里士多德著有多篇关于时人学问分门别类的著作。后学者把亚里士多德的《范畴篇》《解释篇》《论题篇》《辩谬篇》《前分析篇》及《后分析篇》合辑为《工具论》,《工具论》被看作是理性思维的一般规律理论作为人类学问思辨的集成工具。

作为一个百科全书式的学者，亚氏的这套"工具"，以及《物理学》《形而上学》《尼各马可伦理学》《政治学》《诗学》等（这些都可以称得上是各个门类学科的某种"工具"），以今人的眼光看，其思考之缜密，涉猎之广泛，分析综合方法之完备，的确令人惊异慨叹。

而整个西方思想的学理结构，就是从亚里士多德及其同时代的一批古希腊哲人肇始的，于是，亚里士多德及一批古希腊哲人的种种思想理论体系也就成为整个西方后学的"工具"（"常识"）了。因此，考证诠释亚氏等人的原著及其著作的原意，包括（除去）那些已被证明是明显的谬见的认识，一直是西方后学永不停歇的工作。

---

① ［英］G. 贝克莱:《人类知识原理》, 关文运译, 商务印书馆 2010 年版, 第 3 页。

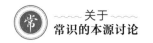

这里暂且不展开讨论苏格拉底、柏拉图、毕达哥拉斯等人的著述，其实这些古希腊先哲在他们相关著述里也谈到过很多"常识"。但集大成者，将早期的"常识"工具化并体系化的最大家，当数亚里士多德。当然，在亚里士多德那个时期，"常识"这个词还没有出现。

2.2.2　芝诺："飞矢不动""阿基里斯永远追不上乌龟"

古希腊哲学家芝诺曾提出过两个著名的论断：一个是"飞矢不动"。如果从"常识"看，在空中飞行的箭怎么能不动呢？但芝诺说，箭在某一个时间点肯定是在一个固定的位置上的，所以从这一个一个的时间点来看，箭当然是停止的。芝诺提出的另一个论断是"阿基里斯（古希腊神话中跑得最快的人）永远追不上乌龟"。芝诺说，假如让乌龟先爬上一段路，哪怕这段路很短，阿基里斯还是追不上乌龟的。为什么？因为在阿基里斯追上乌龟之前，必须先到达乌龟先前到达的地方，可是当他到乌龟先前到过的地方时，乌龟又往前爬了。不管乌龟爬得有多慢，阿基里斯都得先到达它先前已经爬过的地点，这样，阿基里斯当然就不可能追上乌龟了。

这两个论断从"常识"的实际情况上讲不值一驳。但在论证过程中，真正的"常识"应放在哪里呢？

2.2.3　培根：《新工具》

关于"常识"的论说，大概英国人的贡献最为突出。与亚里士多德的《工具论》类似的著作产生于 17 世纪——英国大哲人培根写的《新工具》。

培根对被亚里士多德古典逻辑固化了的形而上学思维进行了一次革命，而他的出发点，正是简单的感官知觉。培根"提议建立一列通到准确性的循序升进的阶梯。感官的证验，在某种校正过程的帮助和防护之下，我是要保留使用的。至于那继感官活动而起的心灵动作，大部分我都加以排斥；我要直接以简单的感官知觉为起点，另外开拓一条新的准确的通路，让心灵循以行进"[1]。

培根所说的"简单的感官知觉"，就是某种日常经验，即"常识"。培根认为："这一点的必要性显然早被那些重视逻辑的人们所感到；他们之重视逻辑就表明他们是在为理解力寻求帮助，就表明他们对于心灵的那种自然的和自发的过程没有信心。但是，

---

① ［英］培根：《新工具》，许宝骙译，商务印书馆 1984 年版，第 2 页。

当心灵经过日常生活中的交接和行事已被一些不健全的学说所占据，已被一些虚妄的想象所围困的时候，这个药方就嫌来得太迟，不能有所补救了。因此，逻辑一术，既是（如我所说）来救已晚，既是已经无法把事情改正，就不但没有发现真理的效果，反而把一些错误固定起来。"①

培根的《新工具》为我们罗列了他那个时代的种种观念，展示了当时人类理智发展所能到达的新水平，而所有这些无非就是对旧有"常识"观念的纠正及更新。如今，我们再来审视《新工具》的许多说法，能体会到培根在几百年前对人类本性的许多看法至今没有很大变化。

2.2.4　潘恩：《常识》的力量

"常识"会不时地显现力量的最突出的例证，是 1776 年 1 月 10 日，T. 潘恩在移民美国后出版了一本名叫《常识》的 50 页的小册子。这本小册子甫一发行即引起轰动，3 个月内售出 10 多万册。这本引起如此轰动的小书所讲的，无非是要说服当时的公众舆论支持北美从英国的殖民统治中独立出来。关于这本《常识》，按潘恩的话说："我所提供的，不过是一些简单的事实、朴实的论点和浅显的常识；预先要跟读者交代的，只有一句话：你得让自己摆脱偏见和成见，让你的理性和感情自行做出决定；你得拿出，或者说不要丢掉一个人的真正品格，并扩大视野，超越眼前。"② "社会是由我们的欲望产生的，政府是由我们的邪恶产生的。社会在各种情况下都是受人欢迎的。但说到政府，即使是在它最好的情况下，也是一件免不了的祸害，而一旦碰上它最坏的时候，它就成了不可容忍的祸害……"③

潘恩的"常识"学说更多是着墨于政治方面，倾向于从"常识"的角度讲政府的本质，讲人民需要什么样的政府。有了"常识"的指引，人们就有了理性的指向，国家也有了正确的发展轨道，这时，"常识"的力量就大大地彰显出来了。

2.2.5　里德："常识哲学"

比 T. 潘恩发表《常识》稍早些时候（1764），一位名叫 T. 里德的英国人出版了一本论文集，书名叫《按常识原理探究人类心灵》。在这本书里，里德认为："牛顿的《自

① ［英］培根：《新工具》，许宝骙译，商务印书馆 1984 年版，第 2—3 页。
② ［美］T. 潘恩：《常识》，秦传安译，北京联合出版公司 2016 年版，第 31 页。
③ ［美］T. 潘恩：《潘恩选集》，马清槐等译，商务印书馆 1982 年版，第 3 页。

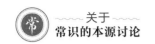
然哲学的数学原理》都是常识准则，在日常生活中每天都被实践，如果用其他的规则来做哲学研究，无论是物质体系，还是考察心灵，都会迷失方向。"①

里德从分析人体的嗅觉、味觉、听觉、触觉、视觉诸感觉入手，以实证的"常识"论分析方法去挑战当时占主流的，发轫于法国哲学家笛卡尔，并由英国哲学家休谟等人发扬光大的怀疑论的形而上学，从而意图建立起自己的哲学体系。此后，人们将里德的哲学称为"常识哲学"。而此时的欧洲大陆，正是以康德、黑格尔、费希特为代表的古典哲学集大成者将理性形而上学学说推向高峰，趋向完成并十分体系化的鼎盛时期，里德在这个时候发出的"常识哲学"声音无疑属于异类，加上其体系底层结构的先天不足（指其体系的论证存在着知识论、方法论基础薄弱的缺陷），使多数人对他的哲学的重要性认识不足，以致他的理论被整个哲学界长久地忽视。

直到两个世纪之后，里德连同他的"常识哲学"才重新回到学界的视野，此是后话。然而，正是"常识哲学"被形而上学观念全面地、严重地遮蔽，里德才会提出自己的主张，要重申为"常识"在哲学的领地保留一个不被忽视的地位。尽管在那个时期，以里德的学力及学术地位而言，他的主张与坚持显得有点不自量力。

2.2.6　摩尔："有两只人类的手存在……"

与 T. 里德不同，英国人 G.E. 摩尔（人们将其称为苏格兰常识学派的代表人物）的"常识"哲学论将"常识"当作哲学的自明真理。摩尔借助日常经验的逻辑分析方法赋予"常识"以完全现代的意义。摩尔强调哲学不能背离"常识"，哲学研究不能否定那些人们在生活中不得不接受的结论。他认为，"常识"的世界观既不能被哲学否定，也不需要哲学证明。人们之所以能知道它们确实为真，唯一的理由恰恰就是它们会成为"常识"的理由。

人们对摩尔理论提及最多的是他在 1939 年做的题为"外部世界的证明"的演讲（以下简称"摩尔证明"）。演讲的主题是为外部事物的存在给出不同于康德的新证明②，目的是回击怀疑论。"摩尔证明"的核心部分相当简明：摩尔向听众举起了他的右手，做了个手势说"这儿是一只手"，然后又举起左手，做了个手势说"这儿是另一只"。他宣称，由此证明了有两只人类的手存在。而既然人类的手属于"外部事物"，

---

① ［英］T. 里德：《按常识原理探究人类心灵》，李涤非译，浙江大学出版社 2009 年版，第 2 页。
② 康德是通过论证几何学定理的先天综合性来论证空间、时间的先验观念性即"物自性"的——引者注。

这也就证明了"外部事物"的存在。摩尔大张旗鼓地展示他自己的两只手是真实的手，究竟想干什么呢？他无非想以自己的方法表明，有些事实的正确性证明，未必都需要严格的逻辑方法去推论，而只要用简单的实证行为去"点通"即可。由此，我们会想到"皇帝的新装"的寓言。摩尔也是在新观念泛滥的当口，提出自己的理论的，并且也在当时的哲学小圈子里讨论从而引起了英国哲学家维特根斯坦的高度关注。为了回应摩尔，维特根斯坦还用了很大篇幅的文字去与摩尔进行讨论。[①] 从维特根斯坦对摩尔的重视态度表明，面对"常识"的挑战，高深的学理大家也表现出慎之又慎的态度。

2.2.7 柏阿蒂：有了外部感官的见证还必须辅之以常识的确证

此外，苏格兰派的代表人物之一 J.柏阿蒂说得很明确："人类朴素理智的常识是一切伦理、一切宗教和一切确定性的源泉。有了外部感官的见证还必须辅之以常识的确证。"柏阿蒂的说法甚至将"常识"置于"外部感官的见证"之外，说明其对"常识"的重视。

2.2.8 维柯：《新科学》

意大利人 G.维柯在他写的著作《新科学》中，较早使用了"共同意识"即后来所说的"常识"一词。他说道："人类的选择在本性上是最不确凿可凭的，要靠人们在人类的需要和效益这两个方面的共同意识（常识）才变成确凿可凭的。"[②] "人类心灵还另有一个特点：人对辽远的未知的事物，都根据已熟悉的近在手边的事物去进行判断。"[③]

《新科学》的内容庞杂，社会、科学、哲学通通涉及，人们可以从中发现很多关于"常识"的有趣说法，例如维柯说过："共同意识（或常识）是一整个阶级、一整个人民集体、一整个民族乃至整个人类所共有的不假思索的判断。"[④] "部落自然法和各民族的习俗是一回事，由于都来自人类共同意识，所以人们彼此必一致，不经过思考，

---

① ［英］L.维特根斯坦：《论确实性》，《维特根斯坦全集》第十卷，张金言译，河北教育出版社2003年版，第189页。
② ［意］G.维柯：《新科学》，朱光潜译，人民文学出版社1986年版，第87页。
③ ［意］G.维柯：《新科学》，朱光潜译，人民文学出版社1986年版，第83页。
④ ［意］G.维柯：《新科学》，朱光潜译，人民文学出版社1986年版，第87页。

2

中西方哲人说『常识』

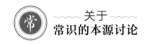
而且也没有这一民族效法另一民族的范例。"①

维柯还有一个很有趣的说法："人们首先感到必需，其次寻求效用，接着注意舒适，再迟一点就寻欢作乐，接着在奢华中就放荡起来，最后就变成疯狂，把财物浪费掉。"②

在维柯那里，"常识"的概念和"常识"一词已经跃然纸上了。

2.2.9 黑格尔：信赖"常识"，哦，不……

德国这个民族以思维严谨著称，产生过许多大思想家，自然也有不少关于"常识"的论述。大哲学家黑格尔就曾经写道："如果有人想知道一条通往科学的康庄大道，那么最简便的捷径莫过于这样的一条道路了：信赖常识……"③

不过大家都知道，德国那些大哲学家在构建各自庞大的知识（或哲学）体系时，因为层级化、学科化的结构规范日臻成熟，于是为"常识"留下的领地既不多，又边缘。但是，因为有关的"常识"总会顽强地在人们不注意的地方跑出来打扰，于是哲学家们对于"常识"的态度常常又是模棱两可甚至是自相矛盾的。这一点同样表现在黑格尔身上。所以，同样是这位黑格尔，他又说过："所谓健全的常识并不是哲学，——常常是很不健全的。健全的常识包括有它的时代的共同意见……是一个时代的思想方式，其中包含着这个时代的一切偏见，常识总是为它所不自觉的思想范畴所支配的。"④

"共同意见"里也包含"一切偏见"，这就是哲学家不信赖"常识"的理由。但在批判那种没有想象、没有内容、光满足于抽象讨论的经院哲学时，黑格尔又比任何时候都更强调健康"常识"的不可或缺性。于是，他又强调说："人们的健康常识是一种基础和准则，可以代替抽象的理智规定。"⑤

2.2.10 詹姆士："实际上，常识的思想方法是一贯胜利的"

美国哲学家 W. 詹姆士用了一个很有趣的词来表达"常识"这个概念，那就是他著

---

①　［意］G.维柯：《新科学》，朱光潜译，人民文学出版社 1986 年版，第 129 页。
②　［意］G.维柯：《新科学》，朱光潜译，人民文学出版社 1986 年版，第 109 页。
③　［德］黑格尔：《精神现象学》上卷，贺麟、王玖兴译，商务印书馆 1979 年版，第 48 页。
④　［德］黑格尔：《哲学史讲演录》第二卷，贺麟、王太庆等译，商务印书馆 1960 年版，第 34 页。
⑤　［德］黑格尔：《哲学史讲演录》第三卷，贺麟、王太庆等译，上海人民出版社 2013 年版，第206 页。

名的"实用主义"。以至于在他写《实用主义——一些旧思想方法的新名称》时，用了一整个章节来表述"实用主义与常识"的关系问题。

詹姆士说："在日常谈话中，一个人的常识是指他良好的判断能力，指他没有反常之处——用俗话说，就是指他的'机伶'。"[①]"实际上，常识的思想方法是一贯胜利的。无论谁如何有学问都还是依照常识的方法，认为一个'事物'是一个恒久的单位主体，交换地支持着事物的各种属性。"[②]"常识在我们对事物的了解上，显得是一个完全确定的阶段——是一个能十分成功地满足我们思想的各种目的的阶段。"[③]"为了生活的一切必要的实际目的，这些常识是足够的了。"[④]

在比较了三种生活范围之后，詹姆士认为："一个阶段的许多观念，有一种优点，而另一个阶段的许多观念又有另一种优点。但是不能说任何当前的阶段，就绝对比其他阶段更真实些。常识是更巩固的阶段，因为它得到的机会在先，所以使一切语言都和它结合起来。常识和科学，哪一个阶段更庄严些，须凭个人自己去判断。但是巩固与庄严都不是真理决定性的标志。"[⑤]

因此，詹姆士得出的结论是："常识对某一种生活范围较好，科学对另一种生活范围较好，而哲学的批判则对第三种生活范围较好，但是究竟哪一种是比较绝对真实的呢，那只有天知道了。"[⑥]

2.2.11　梭罗："最普通的常识是睡着的人的知觉"

H.D.梭罗说过："为什么我们总要把自己的认识能力降到最笨的水平而又美其名为常识？最普通的常识是睡着的人的知觉，他们是以打鼾来表达出来的。"[⑦]

---

① ［美］W.詹姆士：《实用主义——一些旧思想方法的新名称》，陈羽伦、孙瑞禾译，商务印书馆1979年版，第88页。
② ［美］W.詹姆士：《实用主义——一些旧思想方法的新名称》，陈羽伦、孙瑞禾译，商务印书馆1979年版，第94页。
③ ［美］W.詹姆士：《实用主义——一些旧思想方法的新名称》，陈羽伦、孙瑞禾译，商务印书馆1979年版，第94页。
④ ［美］W.詹姆士：《实用主义——一些旧思想方法的新名称》，陈羽伦、孙瑞禾译，商务印书馆1979年版，第94页。
⑤ ［美］W.詹姆士：《实用主义——一些旧思想方法的新名称》，陈羽伦、孙瑞禾译，商务印书馆1979年版，第97—98页。
⑥ ［美］W.詹姆士：《实用主义——一些旧思想方法的新名称》，陈羽伦、孙瑞禾译，商务印书馆1979年版，第98页。
⑦ ［美］梭罗：《梭罗集》下，陈凯等译，生活·读书·新知三联书店1996年版，第653页。

2.2.12　皮尔斯：关于"常识"的非批判性

"C.S. 皮尔斯（C.S. Peirce）认为，常识的特点就其真正的本质而言，是非批判的，这就是常识（就其归纳的宽度和强度而言）同本质上是批判的科学思想和哲学分析的无关之处。而正是这种批判的出现成为由常识向科学转变中的关节点……"①

"科学和常识之间最重要的区别就在于科学命题的明确性和可反驳性，在于科学的目标理所当然具有自觉的和审慎的批判性。可批判性的条件至少是，批判的对象必须是被明确表达出来的，是自觉反思的对象，而不再是不能言传的东西。但是，构成这样一种批判对象的是什么呢？什么东西能够用这种方式加以批判呢？这不能只是经验本身，因为经验不过是过去的存在。要使经验成为批判性的，就需要用一种方法来表述经验，以使得经验能够成为反思的对象。"②

2.2.13　艾耶尔：不可轻视关于"常识"的信念

英国哲学家 A.J. 艾耶尔指出："哲学家没有权利轻视关于常识的信念。如果他轻视常识的信念，这只表明他对于他所进行的探究的真实目的毫无所知。"③

不过，艾耶尔并没有深入探究什么是"常识的信念"，他的这句话，最终也没有产生足够的影响。

2.2.14　伽达默尔：一种形而上学的根基

常识、通识、共通感在拉丁文里译作"sensus communis"，德国人 H.G. 伽达默尔在讨论"常识"时，更多使用这个词组，中译又为"共通感"。

"共通感在这里显然不仅是指那种存在于一切人之中的普遍能力，而且它同时是指那种导致共同性的感觉。"④

伽达默尔引述了维柯的观点，认为共通感"是在所有人中存在的一种对于合理事物和公共福利的感觉，而且更多的还是一种通过生活的共同性而获得，并为这种共同

---

① ［美］M.W. 瓦托夫斯基：《科学思想的概念基础——科学哲学导论（新校译本）》，范岱年等译，求实出版社 1989 年版，第 87 页。
② ［美］M.W. 瓦托夫斯基：《科学思想的概念基础——科学哲学导论（新校译本）》，范岱年等译，求实出版社 1989 年版，第 89 页。
③ ［英］A.J. 艾耶尔：《语言、真理与逻辑》，尹大饴译，上海译文出版社 1981 年版，第 53 页。
④ ［德］H.G. 伽达默尔：《真理与方法》上卷，洪汉鼎译，上海译文出版社 1992 年版，第 25 页。

性生活的规章制度和目的所限定的感觉"①。显然，这种"共通感"的表述已明显超出了现今我们对"常识"概念的一般认知。

"我们将会看到，在所有这些说法里，亚里士多德所认识的那种伦理习俗知识的存在方式都在起作用。记住亚里士多德的这种认识，对于精神科学的正当的自我理解来说将是重要的。"②

"如果共通感在这里几乎像是一种社会交往品性一样，那么共通感中实际包含着一种道德的也就是一种形而上学的根基。"③显然，伽达默尔的这个表述，把共通感的概念上升到本体论的层面了。

2.2.15 瓦托夫斯基："从常识到科学：著名的希腊人和批判的起源"

对"常识"学说有所了解的人会注意到当代著名美国哲学家 M.W. 瓦托夫斯基，他在《科学思想的概念基础——科学哲学导论》中，专门辟出一章讲述"常识"哲学，即第一篇的第四章："从常识到科学：著名的希腊人和批判的起源"。在这一章里，瓦托夫斯基根据古希腊人的理论为我们描绘出一幅图景，即"常识"是如何从经验走向科学的。瓦托夫斯基关于"常识"的观点也许是最广泛的，且也是十分深刻的。如他写道："在为常识辩护时，一个人可以说，常识是逐渐地仔细地形成的，是在最广泛的共同经验领域内经过有效检验的，其核心的形成也许已经经过上百万年，它是生活和工作的实际事务中的社交性和共同性的条件。不过虽然常识也许是科学赖以成长起来的土壤，但它并不属于科学，因为它不是有意识的反思批判的对象。"④

瓦托夫斯基提到了苏格兰的常识学派，认为 T. 里德等人关于"常识"的理论可归结为"自然本能"："常识面对着变化时的这种固定性业已向某些批评家和辩护人表明，常识接近于本能。常识的第一批哲学辩护人，即所谓的苏格兰的常识实在主义者，如托马斯·里德和杜高尔德·斯图尔特，他们认为，对常识的基本信念是自然的本能，有了这种本能，我们才适合生存在这个世界上。例如，关于存在着一种不依赖于我们的认识的客观实在的信念，被这些常识的理论家看成并不是一种哲学概括，也不是靠

① ［德］H.G. 伽达默尔：《真理与方法》上卷，洪汉鼎译，上海译文出版社 1992 年版，第 27 页。
② ［德］H.G. 伽达默尔：《真理与方法》上卷，洪汉鼎译，上海译文出版社 1992 年版，第 29 页。
③ ［德］H.G. 伽达默尔：《真理与方法》上卷，洪汉鼎译，上海译文出版社 1992 年版，第 31 页。
④ ［美］M.W. 瓦托夫斯基：《科学思想的概念基础——科学哲学导论（新校译本）》，范岱年等译，求实出版社 1989 年版，第 86 页。

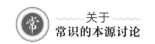

经验得来的某种东西，而是一种无可置疑的天然本能的信念。"①

瓦托夫斯基阐述了哲学与"常识"的关系，对这种关系是从哲学诞生之初就未停止过讨论的，他认为："我们可以说，哲学部分地是对常识的一种阐明，这种阐明使常识成为持续的和系统的反思的对象，因而它迫使我们去考虑我们自己用常识的普通方法所认识、所解释和所相信的到底是什么。在哲学上对语言的探讨并不是语言学家的那种探讨，虽然语言是怎样构成的，它的意义如何，以及怎样变化，可以对哲学问题具有影响。然而，哲学是对语言的思想内容进行批判性探讨，也是对这样一种方法进行批判性探讨，用这种方法，一种语言形式的明确表达方式得以形成并靠这种思想内容而形成。因此，哲学取代了常识，它是关于常识的知识，而不是常识性知识自身的另一种形式。这样，哲学就从对常识的直接实用的考虑中分离出来了，常识的对象是日常的决定和行动本身，而哲学则是对支配这种实践的各种概念的批判，或者说是对体现在其中的各种信念的批判。"②

2.2.16　坎贝尔："常识"的"认识优先权"

关于哲学与常识，澳大利亚学者 K. 坎贝尔将 20 世纪新的认识理路表述为三个阶段，即 "G.E. 穆尔（即摩尔）时代，奎因 - 费耶阿本德阶段，而对常识的新颖谦和的辩护现在正出现在 J. 福德的著作中"③。

坎贝尔认为，在第一阶段的所谓摩尔时代，"常识的作用在于抑制形而上学，使它别过度"。摩尔认为，"常识""是哲学家探索的支撑点，但是不能起古典的笛卡尔意义上的基础那样的作用。它们并不提供正确系统可以建于其上的基础。相反，它们起试金石作用，用以检验经过其他途径得到的命题。因为所有命题都必须与它们相一致，所以常识信念，连同所蕴含的内容，就用作为一切类型命题的明确的、否定的标尺"④。

关于第二阶段，即奎因 - 费耶阿本德阶段，"流传的口号简单地说就是：事情并非如此简单。如果为论辩起见，我们承认我们确实知道许多平凡的常识真理，那么由此

① ［美］M.W. 瓦托夫斯基：《科学思想的概念基础——科学哲学导论（新校译本）》，范岱年等译，求实出版社 1989 年版，第 86—87 页。
② ［美］M.W. 瓦托夫斯基：《科学思想的概念基础——科学哲学导论（新校译本）》，范岱年等译，求实出版社 1989 年版，第 89—90 页。
③ ［澳］K. 坎贝尔：《哲学与常识》，张学广摘译，《哲学译丛》1990 年第 3 期。
④ ［澳］K. 坎贝尔：《哲学与常识》，张学广摘译，《哲学译丛》1990 年第 3 期。

进而追问我们何以知道它们，就会出现复杂情况"①。

关于第三阶段，即福德阶段。J. 福德说："老奶奶说过，事情已走得太远了。"福德的老奶奶便是素朴"常识"的极好化身。福德实际上想强调的是"普通观察在面对理论时毕竟不是那么温顺，而的确有一定的认识优先权"②。

坎贝尔在这里提到了一个有趣的概念，即"常识"的"认识优先权"。这个"认识优先权"依据的是"常识"的自然主义的核心，这一核心很大程度上为使用日常语言的所有常人所共同拥有。

"为什么有关许多人这一自然事实应给所讨论的信念以一定认知优先权呢？它何以不只是一件事实，而是一件规范的和调节的事实，该事实是最确信和最大约定的一套思想和信念呢？首先，如果承认知觉系统确实包括感觉，也就承认它们的陈述具有可被接受的自明主张。因为说一生物有感觉，就尤其是指它对环境的一定物理特性敏感。就是说，不仅有机体确实处在相应于环境物理性质差异的彻底不同的状态，而且机体的这些变化是环境变化的定时、方向和大小的极可靠的向导。"③

坎贝尔还引述达尔文的观点作为佐证："纵使我们的知觉世界是现象世界，而不是现实，它也并非单纯的现象世界。它是其特征系统地联结着现实世界现实特征的被知觉的世界。否则，我们就不会到这儿。知觉可靠性的存在价值如此巨大，以致获得它的首批生物就遗传了其合适地位。"④

坎贝尔据此认为："进化论过程发生在常识本身的基本观察片段内。这批共享的概念和信念并非一块独石。它在文化内、在个体内是灵活的、可塑的、向修正敞开着的。它实质上是一具自我改正的主体。尽管它现在很稳固，但我们要引出的结论不是说我们的偏见根深蒂固，而是说我们的见识大体上正确。得到广泛持久的日常使用的验证，主体生存下来并旺盛了。它容易地代代相传，已从语言翻译成语言。它必然是做了正确的事情。"⑤

坎贝尔得出的结论是："常识的基本观察片段为对待形而上学暴行的呼哨态度提供基本原理（rationale）。对近来很多的哲学探讨之崇高的人类中心说趋势，不会再有比

① ［澳］K. 坎贝尔：《哲学与常识》，张学广摘译，《哲学译丛》1990 年第 3 期。
② ［澳］K. 坎贝尔：《哲学与常识》，张学广摘译，《哲学译丛》1990 年第 3 期。
③ ［澳］K. 坎贝尔：《哲学与常识》，张学广摘译，《哲学译丛》1990 年第 3 期。
④ ［澳］K. 坎贝尔：《哲学与常识》，张学广摘译，《哲学译丛》1990 年第 3 期。
⑤ ［澳］K. 坎贝尔：《哲学与常识》，张学广摘译，《哲学译丛》1990 年第 3 期。

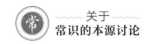

这更实质性的或更有益的抑制了。"①

这里简述了西方各个时期及各个流派关于"常识"的论说，显然并没有收集完整，尤其是关于"常识"的理论探讨方面，因为译著的数量有限，难免挂一漏万。于是，我们努力去发现关于"常识"概念的总谱系时，就只是见到支离破碎的图景，这与西方的学术发展演进套路及学科建构体系化的传统，显得特别不协调。

2.3 学界热议"常识"

与旧学的情况不同，对于"常识"问题，中国人其实也开始有系统而严谨的讨论，特别是近现代，已经出现了专门的研究课题，例如在关于"常识哲学"这样的论题方面，出现了大量的文论，显示中国学界在相关理论方面有了明显的进展。

2.3.1 "大学里（至少文科）……缺少的唯有常识"

中国当代文学家张承志曾经说过这样一段话："前几天在报纸上见过这样一个题目：'我们的大学还缺点什么'。这是一个好问题。如果允许我'村言无忌'插嘴作答，我想说：在我们的大学里（至少文科），那缺的'一点'不是别的，缺少的唯有常识。是的，常识。在中国知识分子的聪明大脑里和我们高校的课程与教材中，缺少的东西可以数出两样：真理，以及常识。"②

2.3.2 "常识好比飞机场，哲学好比飞机……"

中国学人俞吾金引述了黑格尔的说法："常识是一种自然的、未经陶冶的、缺乏概念的意识，这是它的根本的标志。如果具体言之，它有三个基本特征，即表象性、情感性和坚执性。"③

然后，俞吾金从学术史论的角度，将哲学与"常识"的关系做了阐述，最后他得出结论："纵观整个哲学史，哲人们的思维都在常识与哲学的两极中摆动着。常

①　［澳］K. 坎贝尔：《哲学与常识》，张学广摘译，《哲学译丛》1990 年第 3 期。
②　张承志：《向常识的求知》，在北京大学国家发展研究院 2010 年毕业典礼上的演讲。
③　俞吾金：《精神现象学：哲学对常识的扬弃》，《复旦学报》（社会科学版）1992 年第 6 期。

识好比飞机场，哲学好比飞机，哲学从常识中起飞，不管想象力把它带得多远，飞得多久，它总得折回到常识中来，重新在常识中获得信心和力量。然后再度起飞再度降落……"①

2.3.3 "坚守常识，比什么都重要"

中国作家毕飞宇认为："一个作家对道德演变，对社会发展，通过常识理性来进行判断，往往是最可靠的。从这个角度来说，坚守常识，比什么都重要。天冷了，要穿衣服，天热了，要脱衣服，类似这样最简单的道理。因而，一个作家，就像小区的热心大妈，在小区里喊着，要下雨了，大家快收衣服，天晴了，大家快晾衣服。也许，大多数人根本没有听到，但总会有人听到，这就够了。"②

2.3.4 "常识在知识论乃至整个哲学研究中本应扮演着一个重要角色"

中国学者杨修志、曹剑波在文章中指出："常识在知识论乃至整个哲学研究中本应扮演着一个重要角色。早在古希腊亚里士多德那里就提到了常识概念，然而，在整个哲学史中，常识一直都处于被忽视的地位。理性主义者往往对常识持有一种批判和拒斥的态度，认为常识乃至各种外部世界的经验都是不可靠的，由于缺乏先天的基础，它们难以形成真正的知识。里德、摩尔等经验主义哲学家所提出的捍卫常识的哲学理论，在很大程度上扭转了这一局面。"③

这段文字表明，中国许多学者沿着西方哲人的指向探究"常识"的源流及功用，对"常识"理论已经有了一定程度的把握。

2.3.5 "常识就是普通的知识……"

中国学者张超认为："什么是常识呢？顾名思义，常识就是普通的知识，众所周知的知识，一般的知识，是使我们的日常生活得以顺利进行的知识基础。根据瓦托夫斯基的论述，常识是一种'操作知识'，它告诉'一个人在通常的情况下应当怎样行

---

① 俞吾金：《精神现象学：哲学对常识的扬弃》，《复旦学报》（社会科学版）1992年第6期。
② 贾梦雨：《坚守常识，比什么都重要——毕飞宇应聘南大教授后接受本报独家专访》，《新华日报》2013年3月21日。
③ 杨修志、曹剑波：《日常语言分析下的新常识哲学——论新摩尔主义》，《自然辩证法研究》2013年第1期。

动'，'是每个人都应该懂得的知识'。以此为基础，他进一步提出了常识的三个主要特点，即：日常性和共同性；具体性和历史性；非系统性和非批判性。""瓦托夫斯基认为，常识'是一批日常的、到处皆是的真理'。常识尽人皆知，并主导我们日常的实际言行。常识的这种特点在人类创造的诸多文化形式中得到了大量的展现。这些文化形式包括宗教、神话、道德以及技术格言等。""瓦托夫斯基声称'常识并不是一成不变的或万能的，它要随着具体情况和历史时代而变化'。也就是说，曾经被视作常识的知识，经过知识的增长和积累，可能就被证明为谬误，而在一个地区被普遍认可的常识，换个地方就可能被当作特例。然而，这并不否认某些常识性的认识具有持久的有效性和生命力，也不否认某些常识性的认识具有普遍的实用性。""瓦托夫斯基指出，常识的特征就在于'它既不是明确地系统的，也不是明确地批判的'。也就是说，常识性的知识零散的部分的存在，而没有形成一个完整的连贯的体系。但这也不否认常识在一定层次上是整体的，那就是在文化的层次上。"①

2.3.6 "常识的'认识功能'及'规范功能'"

中国学者支钰如认为："在哲学意义上，常识可以被定义为：'理智正常人通常具有的、可以用判断或命题来表示的知识或信念。'它具有经验性、直观性和惰性等特点。""人类认识的对象包括自然、社会和人本身三大方面。相应地，作为人类观念地把握世界的一种基本方式，常识也包括自然常识、社会常识、关于人本身的常识等三种基本类型。""人们正是在改造自然界的过程中，形成了对自然的认识，从而形成了自然常识。作为人类对自然界的认识形式之一，自然常识较多依赖于经验和观察……自然常识是我们对世界的整体理解的一部分，它在人类处理与自然关系的活动中起着重要的作用。""社会常识是人们根据一定的社会道德、规范、成文法律、风俗习惯等去看待社会关系、社会事物或人的行为而形成的社会生活知识。社会常识不是某个或某些个体关于社会的独特理解，而是每个时代的人们普遍具有的关于社会的知识。""关于人本身的常识主要包括以下内容：一是有关人的身体的常识。……二是有关人的心理的常识。……三是生活常识。……关于人本身的常识属于一种较低层次的自我意识。尽管如此，关于人本身的常识在人的日常实践中仍然具有极其重要的作用。"

支钰如在文中列举了常识的两大功能，即"认识功能"及"规范功能"。在"认识

---

① 张超：《瓦托夫斯基论"常识"》，《鸡西大学学报》2013年第7期。

功能"方面，又阐述为三个方面，即选择功能、理解功能及建构功能；在"规范功能"方面，则强调了在"人们的物质生产活动""人们的社会交往活动""人们的身心调节和自我修养"等三个方面"具有重要的规范和引导作用"。①

2.3.7 "常识""既包含我们知道'什么'又包含我们知道'怎么'"

中国学者张媛媛、刘世理在《常识、原型与定势》一文中有这样的见解："常识（commonplace knowledge）即我们对世界的了解，既包含我们知道'什么'（knowing what）又包含我们知道'怎么'（knowing how）。""知道'什么'表示我们对世界及其组织所具有的信念。知道'怎么'则由一系列固有的命题来体现，其中主要是方式。人类获取常识具有双重性：必然性和条件性。以人对狗的认知为例，在人脑的想象中至少有两种狗：普遍意义上的狗（necessary dogs），如关于狗的概念；以及个体所知道的那种狗（contingent dogs），如猎人的狗、养宠物者的狗。"

"有一种观点认为是意义图式组成了常识。还是以"狗"的命题为例，意义图式提供了有关狗的全部知识：狗的存在（existence）、狗的归因（attribution）、狗的施事功能（agent function）以及狗的受事功能（patient function）。意义图式并不筛选出个体关于狗的知识。可以看出，意义图式一方面表明我们对事物情形了解多少，另一方面又规定了我们能讲出事物情形的适宜程度。它使得人类能够对未来做出预想、对过去进行重构。"

"常识和意义图式的以上特征所引出的讨论问题，既关系到原型，又涉及定势。如在'狗'的范畴中，人们是以常识所形成的概念或图式为原型。但范畴中成员之间的关系则具有个体认知属性，不同文化社会的人对狗的概念就会产生定势。原型在一定程度上受到定势的影响。"②

这里有一个表述比较有趣，即把中文"常识"的英译改为（commonplace knowledge）。

---

① 支钰如：《论常识的类型及其功能》，《济源职业技术学院学报》2011年第1期。
② 张媛媛、刘世理：《常识、原型与定势》，《长沙大学学报》2004年第1期。

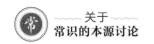

2.3.8　"洛克宁愿牺牲理论的逻辑性而求得与常识的共存……"

中国学者唐清涛认为："洛克承认我们人类的知识是有缺陷的，且真正的知识是非常缺乏而稀少的，但'人如果除了具有真正知识的确实性的东西外，便不能再有指导自己的东西，那他就茫然不知所措了'。因此，虽然我们对客观事物只能有感性的知识，其确实性的程度很低，但运用得当，它们就可以指导我们的生活。"

"洛克详细阐明了概然性判断对我们的作用。不同于解证通过具有恒常联系的论据指出两个观念之间的契合，'概然性则是我们用本没有恒常不变联系（至少亦是我们见不到这种联系）的各种证明作为媒介所见的貌似的契合或相违'。概然性推理给出可能性的判断，但不保证其正确性，其依据就是与自己的经验相符和别人的经验所提供的证据。我们对概然性的处理态度就是同意或不同意。概然性有两类：一类是感官可及的，可以有相关的经验的论据进行证明，并根据它们与经验相符的程度可以区分出不同的概然性级别。以概然性为基础建立起来的我们对它们的同意也可以分为各个不同的级别，从'确信''信赖'到最低的'疑心'和'不信'等。另一类是感官所不能达到的事情，如外界有限的非物质的东西（比如精灵、天使、恶魔等），或者对于感官而言过于小和过于远的东西，或者是绝大多数自然事物产生、运动和灭亡的途径、原因，对这些事情的概然性推理我们只能求助于类推来达到对它们的概然性判断。"

"在洛克那里，他的清醒的常识理智，使他不否认有客观的外物的存在，虽然对其认识而获得的知识的确实性不高，但仍然是可以相信并用来指导现实生活的。他的这一立场是与他在社会政治领域中观念上和活动中宽容的自由主义精神一致的。"

"洛克宁愿牺牲理论的逻辑性而求得与常识的共存，虽然矛盾，但更符合'现实'——世事和人事存在的自然状态。"①

2.3.9　"常识是一种直觉的判断"

中国学者周晓亮认为："常识是一种直觉的判断。人们具有一些内在的看法或判断，这些看法和判断在某一种程度上对一切人都是共同的，是人们之能够处理自身事务，与他人交往，理解和解释各自的行为所必不可少的，这就是常识。"②

---

① 唐清涛：《洛克观念论与其常识信念的冲突及其解决》，《兰州学刊》2004 年第 4 期。
② 周晓亮：《托马斯·黎德和苏格兰常识学派》，《国内哲学动态》1984 年第 7 期。

2.3.10 "常识真理论"

在"常识"理论探讨的方面,学人周志羿的理论可谓独树一帜。他在一篇名为《常识怀疑论所表现出来的认识论坍塌箭头》的文章中,列出了 7 条关于"常识真理"及 7 条关于"常识怀疑论"的论点,很是有理论"常识"论的意味。

常识真理(1):"在常识中,实在事物以如此这般的样子——性质、延展、动变——鲜明地显现着,恰如其在人类身体正常状态下所显现出来的样子,这看起来是不可置疑的。"

常识真理(2):"实在事物之间的内在关联——因果关系——是存在的。"

常识真理(3):"没有任何认知者亲身经验到的实在事物是存在的;对一个自我来说,自己没有亲身经验到但其他认知者亲身经验到的实在事物是存在的;对一个自我来说,亲身经验到的外在事物(含自己的身体)是存在的。"

常识真理(4):"对一个自我来说,至少另外的自我是存在的,或者是以身体承载的方式存在,或者是以某种未知方式存在。"

常识真理(5):"对自己来说,自我——从出生到死亡的,可被自己回忆、反思和期待的,在时间中保持同一的意识活动主体——是存在的。"

常识真理(6):"对当前的自己来说,在当前,转瞬之间,现身的'当前自我-表象'是在自身反思中面向隐身的作为反思主体的当前自我而现身。"

最后,常识真理(7),周志羿将其与常识怀疑论(7)并行列出。[①]

虽然,周志羿列出了 7 条"常识真理",但很明显,对各条的解释因为篇幅所限都未能展开论述,故而显得简单粗糙,与旧日哲人的专论有所重复,难免流于泛泛之谈。

2.3.11 "常识怀疑论"

"在常识中,对自己来说,似乎真正困难的反而是'自我是什么'。Reid(T. 里德,引者注)的观察是:

"不管这自我是什么,反正它能思想,会思考,能做出决定,能行动,也能感受痛

---

① 周志羿:《常识怀疑论所表现出来的认识论坍塌箭头》,《中山大学学报》(社会科学版)2008 年第 6 期。

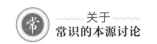

苦。我不是思想，我不是行动，我不是感觉；我是某种能思想、行动、感受的东西。

"看来，在常识中，对'自我是什么'的间接理解有：自我，就是那个在感知的东西（即是'我'在感知，在感知的是'我'）、在意愿的东西、在思考的东西、在回忆的东西、在反思的东西、在期待的东西，等等。对'自我是什么'的直接理解有：自我，就是在回忆中被回忆的那个过去之我，在反思中被反思的那个当前之我，在期待中被期待的那个未来之我，等等。"

由此，周志羿又列出了常识怀疑论的7种样式。

"常识怀疑论（1）：实在事物自身所是的样子——性质、延展、动变——是否恰如其所显现出来的样子，无论认知者身体是否处在正常状态，是不可知的。"

"常识怀疑论（2）：实在事物之间是否存在内在关联——因果关系——是不可知的。"

"常识怀疑论（3）：对一个自我来说，外在事物（相对于这个自我的意识内容而言的）——这包括没有任何认知者亲身经验到的实在事物、自己没有亲身经验到但其他认知者亲身经验到的实在事物和自己亲身经验到的外在事物（含自己的身体）——是否存在，是不可知的。"

"常识怀疑论（4）：对一个自我来说，另外的自我——无论是以身体承载的方式，还是以某种未知方式——是否存在，是不可知的。"

"常识怀疑论（5）：对当前自己来说，记忆中的过去之我、期待中的未来的/下一瞬的自我是否存在，是不可知的。"

"常识怀疑论（6）：对当前自己来说，在当前，转瞬之间，在自身反思中现身的'当前自我–表象'是否是反思主体自己的现身表象，甚而，作为反思主体的隐身当前自我是否存在，都是不可知的。"

"常识真理（7）暨常识怀疑论（7）：对刹那出现、转瞬之间的表象本身，权当能够忠实记录，这些忠实记录是孤立的、不可二次记录的、不可复述的、不可转述的等。"①

显然，周志羿的这种表达的方法，对"常识"论的讨论还是有很独特的一面的。

由上述论说我们看到，现今多数的中国学人对"常识"的讨论是离散的，仅仅停

---

① 周志羿：《常识怀疑论所表现出来的认识论坍塌箭头》，《中山大学学报》（社会科学版）2008年第6期。

留在一般的概述性的学科探讨，停留于观点重复、旧学翻新的泛泛之论。就是说，真正有实质性的原创的理论建树尚未出现。

而我们将视线拓宽一下，就会发现，纵览古今中外，有关"常识"的讨论，无论是早期工具式罗列建构，还是近现代的哲学式探究，总是令人觉得触碰不到这个叫作"常识"的概念的本质性表达。这难免让人疑惑，究竟是这座装载无数"常识"的古老而又庞杂的千年老店，因为堆头太大、积淀太深而令有意对之进行改造的人无从下手，还是这个叫作"常识"的巨大的工具箱本身，至今仍缺少可供其支承的基座。

我们或者可以勉强想象一下，这个基座是否能够像二进制那两个基本符号"0""1"那样，是一个简单而又无所不包的东西。这样，问题就能够变成在五花八门的"常识"堆里面，有没有可能存在这样一种我们想象出来的东西？如果事实上是有可能存在这种东西，那么这个东西是什么？它在世上是如何向我们呈现其存在的面貌的？我们会如何去命名它？

我觉得，最可能的答案就是，那样一个我们可能想象出来的东西，其实大约就在"常识"这个概念里面。我指的就是那个比"常识"更浅显的叫作"常"的概念。下面，我们将开启一个独特的旅程，去探究那个叫作"常"的东西。

2.4　中国人关于"常识"的哲学说法

"常识"最终要走到哲学层面，这大约是"常识"被学术升级（进入哲学家的视野）到非实用层面上的一个必然路径。

中国学者周晓亮说过，"常识"（common sense）这个词在哲学意义上可以被定义为："理智正常的人通常所具有的、可以用判断或命题来表示的知识或信念。"[①]

不过，这个用中文做出的定义是有瑕疵的，譬如在表述时使用了"理智正常"及"通常"这样一些字眼，其实都犯了概念自证的毛病。如果使用如"心智健全"及"本来"等字眼，表述起来会显得妥当些。

① 周晓亮：《试论西方哲学中的"常识"概念》，《江苏行政学院学报》2004年第3期。

2.4.1 "常识……差不多人所共知"

关于"常识",中国学人陈嘉映曾有过专论。

陈嘉映认为:"常识的一层意思是差不多人所共知的事实、关于一些简单而基本的事实的知识(general knowledge)。烹调小常识是凡烧菜做饭的都知道的或应该知道的,说出来写出来给那些要学烧菜做饭的人学习。常识的又一层意思是这些基本事实中包含的道理,所谓常理。接着这层意思,常识又指自然而然的理解,以及依于这些理解而生的基本的判断力(native good judgment)。"

"常识所关的既然是简单而基本的事实,所以通常无须证明,也不用解释。常识是说:事情就是这样。……不过,世上并非只有常情常理。万里无云,月亮圆圆,却来了月食。善有善报,却也不少见善良的人首先死去。这些事情需要解释。何况,常与非常原无确定的界限。太阳东升西落,偏有人要问为什么不是西升东落,要问太阳落到哪里去了。君君臣臣父父子子,偏有人要问帝王将相宁有种乎。……但总有不少事情,常识无能为力。"①

2.4.2 "让哲学的认识不断地变成常识"

中国学者辛鸣在《超越常识 又回归常识》一文中说:"就根本上讲,哲学并不是必须与常识对立。如果把哲学与常识的关系比作现象与本质的关系,固然会有一些现象似乎显得与本质没有关系,甚至相背离,但更多的时候,现象还是在忠实地反映着本质。所以,哲学其实有一个很艰巨的任务,就是要让哲学的认识不断地变成常识,用新常识去替代旧常识。"

"超越常识,又回归常识,这既是哲学的悖谬之处,更是哲学的责任。"

"超越常识,又回归常识,这才是活的哲学。"②

这里说"超越常识,又回归常识",或许可以讲得通,但说这样才是"活的哲学",就把哲学庸俗化了。显然,这其实不是在讲哲学(哲学通常不顾及经世致用的学问),而是在讲一种关于"常识"说法的话题。

---

① 陈嘉映:《常识与理论》,《南京大学学报》(哲学·人文科学·社会科学)2007 年第 5 期。
② 辛鸣:《超越常识 又回归常识》,《深圳特区报》2011 年 3 月 29 日。

2.4.3 "白马非马""坚白石三"

战国时期的公孙龙，曾经提出过一些似乎有悖"常识"的命题（说法），如"白马非马""坚白石三"等，应该算作关于"常识"的最早思考。而且，公孙龙使用的方法是"否证"，即从看似成立的关系现象中，通过概念的抽离，推出了原来指称的实物不存在（即存在的悖谬之处）。

如"白马非马"的观点，认为"白"是颜色，"马"是形状，"白"和"马"只不过是两个概念，是各自独立分离的，两个概念一旦抽离出来，具体的"马"就不存在了。

又如"坚白石三"（坚、白、石三个元素相分离）的观点，认为"坚"是性，"白"是色，"石"是质，三者是相分离的概念，性、色、质互不相关，不能同时被感知，见"白"就没了"坚"和"石"，抚摸到"坚"就没了"白""石"，最后，就否定了"坚白石"的存在，把具体的、现实的、物质的事物的存在排斥掉了。

2.4.4 "常识真理与理论系统真理相比……"

中国学者马原生、潘峰的文章说："常识真理与理论系统真理相比，必然具有如下一些基本特征：第一，非理论系统性。它的存在和运用形式一般是单纯、离散的陈述、命题、判断、定义、原则、概念等，除了一定的经验、逻辑、语言系统性外，并不具备完善的理论系统形式。……第二，直接的生活实践性。这种真理与生活实践不存在任何中间环节，直接地相互联系和作用。它直接或归根结底来源于生活实践，又反过来每时每刻到处制约着人们的生活实践活动，成为'生活实践的真理'。……第三，突出的社会性。理论系统真理也有社会性，但不如常识真理强烈和广泛。它之所以是常识真理，就是因为它每时每刻与人们的生活实践打交道，成为被大多数社会主体所承认和接受的真理。对于大多数社会主体来说，不论其受教育程度和知识水平如何，不论自觉或不自觉，都一样要遵循和运用常识真理。'多数人的公认'虽然不就是真理，但常识真理必定是多数人公认的。……第四，认识发展的基础性。它处在人类全部真理的最低层次，既是以往认识的成果，又是认识向上发展的基础。人类的一切认识包括感性的认识、理性认识和科学哲学理论认识，都必须以这种真理为依托，尊重和信赖常识，才能不断发展。

"首先，……常识就是把完整的系统整体割碎、分离，只反映或提取其中某个方面，

这样它就是十分相对的，是'片面的真理'。如'拿破仑死于 1821 年 5 月 5 日'，该陈述只反映了拿破仑的死期这一简单事实，而对其一生的许多事实包括与其死期直接相关的滑铁卢之役和放逐圣赫勒拿岛都毫无涉及。如'玫瑰花是红的'，黑格尔说：'玫瑰花是一个具体的东西，它不单纯是红的，而又有香气，还有特定的形状和其他别的特性，都没有包含在谓词"红"之内。'

"其次，常识真理也有其适用范围的限度，在一定范围内它是正确的，超出了这个范围就不一定正确，就是相对的。这个范围，是由事物对象和人类生活实践、认识的不同侧面、层次和发展阶段所决定的，如'二乘二等于四'，恩格斯说只适用于十进位制运算，而'在二进位记数法和三进位记数法中，2×2 不等于 4，而等于 100 或 11。'如：'鸟有喙'和'雌性哺乳动物都有乳腺'，也只适用于除澳洲鸭嘴兽以外的哺乳类动物，恩格斯就曾为扩大了该命题的范围登报向鸭嘴兽道歉。

"再次，对于特定对象和一定范围，常识真理的内涵规定也不是绝对精确和完备的，随着生活实践和认识的不断发展，这种非精确性、非完备性会日益显露，展示出其相对性。"①

2.4.5 "启蒙其实就是以常识对'蒙昧'的思想点拨……"

学者郭铁成认为："启蒙其实就是以常识对'蒙昧'的思想点拨。""人类一经那常识的点拨，就如醍醐灌顶，眼前豁然开朗，仿佛拨云雾而见青天。'要有勇气运用自己的理智'不就是一种常识吗？然而，之所以会有那种'点拨'，出现那种'点拨'的'奇效'，却要有长期的历史积累，特别是思想成长的铺垫。中国有两千多年以儒道为核心的专制文明，要从那固有的文化中走出来，走进那种'常识'，对于我们来说，决不是一件轻而易举的事情。"②

2.4.6 "'常识'所具有的思维替代的三个方面……"

中国学者魏丹在《论"常识"是一种思维》一文中以思维的特点作为出发点，来观察"常识"，即从"常识"的历史性，以及由历史性所产生的思维习惯和思维定式，展述了"常识"所具有的思维替代的三个方面。

---

① 马原生、潘峰：《试探常识真理》，《山西大学学报》（哲学社会科学版）1993 年第 4 期。
② 郭铁成：《中国"启蒙"的历史方向》，《粤海风》2014 年第 2 期。

第一，常识的历史性——思维的独立性："'常识'是历史给予的，对事物的理解有其正面的价值。它来自人对某一时期历史文化的见解，同时连接着每一代人与历史的存在上的关系。这是常识的历史因素的决定性功能。"

第二，常识的思维习惯与思维定式："常识所具有的历史性的特征，必然导致人们思维习惯与思维定式，对事物理解的出发点有一定的规定与限制，成为社会事件与社会问题解决的范式，遵循单一的逻辑思维来解决问题，局限了思维开拓与发散。历史给予的常识，具有历史合法性和历史合理性的内涵，它对理解历史中的人的活动有着积极的价值，对认识当时所构成社会的、文化的传统有一定的帮助。"

第三，常识的思维替代——思维广阔性与深刻性的统一："从问题的广阔范围出发，进行创造性地思考，但其间又不忽略对问题有关的一切重要细节。……在解决问题的过程中善于钻研，善于揭示事物现象的本质及现象间的内在联系，善于从简单的、普遍的、人们所熟知的现象中看出更为深刻而重要的规律来。"

伽达默尔认为，理解活动是人的一种历史性的存在，总以某种"前结构""前设"为出发点和依据。这个"前结构""前设"就是在传统中保留下来的当时对这一事物做出的被普遍接受的定义，即"常识"。事实上活动在任何一个历史环境中的人都或多或少地受制于当时社会的"常识"。因为"当一个婴儿降生在现存的社会时，周围已经充满等待他去学会的规则、风俗、意义等"，而正是通过这些规则、风俗和意义，人们才能不断地接受所谓的"常识"，在现有的社会中得以生存，否则将被社会淘汰、被遗弃。

任何一种"常识"，都不是瞬间产生的，它是历史的存在，需要有时间上和空间上的跨度和整合。历史要变迁，人类要发展，"常识"随之要变成"传统"。正如伽达默尔所强调的那样，"传统"虽然并不是我们理解的对象，但它却是产生理解的条件。同样，"常识"亦是如此。[①]

2.4.7 "当理论和常识发生冲突……"

陈嘉映说过："当理论和常识发生冲突，孰是孰非？有人主张坚守常识，理论必须合乎常识，否则就是理论出了毛病。有人相信理论，声称历史早已证明常识常常是错的。"

---

① 魏丹：《论"常识"是一种思维》，《今日科苑》2009 年第 16 期。

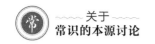
"这个问题须分几层来考虑。首先，我们很难笼统地拿理论来和常识比较。理论是个系统，常识却是个筐，装着不相连属的知识和见识。它们的来历也五花八门，有的来自传说，有的来自经验或印象，有的干脆就来自科学理论，我们称之为'科学常识'。鲸鱼是一种鱼，但鲸鱼是哺乳动物，不是鱼类，这也是'小学生的常识'。太阳东升西落，这是常识，不是太阳在转而是地球在围着太阳转，这也是常识。"①

2.4.8 "常识会紊乱……"

学者子强在《不被信任的常识》中提道："大多数人知道、一般情况下成立，就可以称为常识了。当然，常识是一种文化体系，美国人的常识和中国人的常识不一样，广州人的常识和香港人的常识不一样。

"常识会紊乱，是因为发展变化本身也是常识的一个特征，而当发展变化的过程尚未完结的时候，常识就紊乱了。

"常识告诉我们，当这个社会开始倡导什么的时候，通常意味着（这种东西）已经极度缺乏了。现在，连高考作文也开始以'常识'为题了，这也是这个社会致力于普及常识的又一个例证，毕竟，高考作文题是社会热点的风向标，这也是我们的一个常识。"②

2.4.9 常识无能为力的一些事例

陈嘉映分析了常识无能为力的一些事例。他说：

"细致、系统观察到的现象，仪器观察和实验所产生的结果，更是常识难以解释的。水往低处流，可是在虹吸管里，水却升了起来。行星与恒星的步调不一致，相对于恒星，行星有从东向西的运动。③

"日食月食、行星逆行、指北针、虹吸现象、人的无常命运，这些现象诱惑着好奇多思的心智。这些多思的心智，不自囿于常识解释，而是通过对形形色色道理的组织，发展出理论，要对所有现象提供一揽子的整体解释。④

"对照来看，常识高低不平、厚薄不一，也没有总体指向。各个片段的常识以极为

① 陈嘉映：《常识与理论》，《南京大学学报》（哲学·人文科学·社会科学）2007 年第 5 期。
② 子强：《不被信任的常识》，《杂文选刊》2009 年第 7 期。
③ 陈嘉映：《常识与理论》，《南京大学学报》（哲学·人文科学·社会科学）2007 年第 5 期。
④ 陈嘉映：《常识与理论》，《南京大学学报》（哲学·人文科学·社会科学）2007 年第 5 期。

繁杂的方式互相勾连，有时通过类比，有时通过认知原型，有时通过语词，有时通过某个单独的事例或印象极深的个人经历。常识不是体系，它不是由原理统帅的。重要的常识是那些在日常生活中常要用到的常识，它们具有感性上和经验上的重要性，而不是像原理那样，具有在一个解释体系中的重要地位。"[①]

陈嘉映这段话对"常识"的性质做了极好的概括。

2.4.10 "常识会不会出错?"

关于"常识会不会出错"的问题，陈嘉映做了分析："我们得先从语义方面进行澄清。'常识'这个词像'知识'一样，不指称错误的东西。人们普遍而长期地相信蚤虱蚊蚋从泥土污垢中自然发生，可一旦知道其为错误，按照'常识'这个词的日常用法，就不能称之为'常识'，这时我们得说'流行看法'、common belief 之类。但恐怕也不能把'常识是否可错'这个问题理解为我们普遍而长期相信的事情或曰通行看法是否可错，因为这个问题的答案是太明显了。人们提出'常识是否可错'这样的问题，有着特殊的视线，那就是着眼于常识和理论的分张。"[②]

"常识"会出错，这是一个显而易见的结论。但当发现一个"常识"出错之后，人们就会将其剔除出"常识"的队伍，即不认为那个看法还是"常识"，这也是通常的情况。

2.4.11 "常识"如何让人敬畏?

中国古人有"畏天命，畏大人，畏圣人之言"的说法，而无"畏常识"的说法。因为，那时尚未出现"常识"的概念，也没有"常识"真正生出并有用的情况，以及那些假设"常识"缺位会造成的祸害体验。既然"常识"概念未出，更未在某时某地发出自有的威力，那么，敬畏"常识"也就是一句无法让人说出的话了。

---

① 陈嘉映：《常识与理论》，《南京大学学报》（哲学·人文科学·社会科学）2007 年第 5 期。
② 陈嘉映：《常识与理论》，《南京大学学报》（哲学·人文科学·社会科学）2007 年第 5 期。

3

一般说"常": 关于"常"
之"有、是、在"

在我们开始讨论"常"的概念时,首先摆在面前的,是一堆有关"常"的泛泛之论。列数出来,即有时间之"常"、空间之"常"、物性之"常"、数理之"常"、人伦之"常"、人心之"常"……显然,比之从"常识"那端说来说去,"常"的概念看上去就更基本、更本质、更纯粹,也更具形而上的味道。人们也会看得明白,这里所说的"常",与"常识"有关联,但深究起来,又其实与"常识"关系不大。

接下来的讨论,我将表明,比起"常识"概念,"常"概念的含义要更宽泛而纯粹,但其中引来的麻烦也不少。可以说,当你越是对"常"进行思考,就越觉得它虽然浅显明白,但却又难以名状。

当我们单独对这个"常"字进行考察时,会发现:它有时有,有时无(有—无端);有时是,有时非(是—非端);有时在,有时不在(在—否端);有时表现为有形,有时表现为无形(形—非形端)。总之,"常"有、是、在;"常"又无、非、否。

"常"就是这样,是万千而不已是,涵万千而不已涵,道万千而不已道,为万千而不已为。所谓"常"者,已是,已涵,已道;自己所是,所涵,所道。

统而言之,"常"就是一个跨态的有者,是者,在者。

"常"之自存特质,即所谓的"常"态:不以某种具体的实体而为自有,不以某种具体的样态而为自是,不以某种具体的性质而为自在。

3.1 知"常"为始

先知"常"，余不论。

此处所论之"常"，属于名词之"常"，并非形容词或副词之"常"。

对于这个"常"，我们讨论下去，将会觉得是某个可以独立言说的事实东西。

3.1.1 "常"首先是一个十分中国的概念

前文提到，"常"从"常识"里面生发而出。这是因为"常识"里面包含了"常"字，显然，这是中国汉字构成的一个特点。但其实，具体考究汉字的源流，"常"的出现比"常识"不知早了多少年代。

据考证，"常"字最早的意思是旗幡，另外也有裙裾（所以"常"又通"裳"字）的意思，都属于名词，与现在的"常常"其实没什么关系。

"常"字最初出现在经学著作里，之后开始有用来指规则、规律的，如人们常常引用荀子那句"天行有常"。荀子所说的"常"，就是指自然规律。

而在西方人的概念里，其实并无单独之"常"的概念。英语里与"常"相关的词汇如 often 等，用来表示某个事件发生的频度，属于副词，本身完全不涉及中文的"常"字那么丰富的内涵。英语里用来指称"常识"的单词为"common sense"，没有副词的意蕴。而拉丁文"sensus communis"，则有"常识""通感"等多重意思。

3.1.2 老子曰："道可道，非常道……"

在《道德经》里，老子说："道可道，非常道；名可名，非常名。"

《道德经》虽然多处提到"常"，但里面所说的"常"其实是"恒"。① 虽然在古代"常"与"恒"通，但由今所见，讨论《道德经》里面的"常"，似乎未达本书意旨，此为别说。

---

① 《道德经》所提之"常"，本为"恒"（见马王堆出土的帛书），只是由于汉朝的文人要避汉文帝刘恒的名讳，所以将《道德经》内的"恒"字都改为了"常"字，并删去了"恒也"一句。

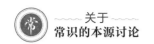

3.1.3　荀子曰："天有常道矣……"

《荀子·天论》曰："天有常道矣，地有常数矣，君子有常体矣。君子道其常，而小人计其功。"荀子所说的"常"分了天、地、人（君子）三格，分别为"道"（道规）、"数"（命数）、"体"（体统）三等。

3.1.4　墨子："言足以迁行者常之……"

《墨子·贵义》说："言足以迁行者常之，不足以迁行者勿常。"这句话的意思是，无论什么学说，只要能改良人的行为，便值得尊尚，否则就不值得尊尚。由墨子的说法得知，"常"有"尊尚""推尚"的意思。胡适是据此说而认为："'常'是'尊尚'的意思。"[①]

3.1.5　"常"有"常识"

"常"有"常识"，但不仅限于"常识"，此乃"常"与"常识"概念的一个显著的不同。

"常"非"常识"，"常"是由"常识"延伸出来而又非"常识"所能涵盖与规限的，是远比"常识"更具有基底含义而又更具有宽泛意境的概念。

3.1.6　"常"之名，"常"之实

在中文中，关于"常"，有许多词汇，词性也复杂纷乱。

例如表达时态的正常、反常、无常、非常、超常、惯常、照常等（复合副词），表达频次的常去、常流、常驻、常做、常犯等（副词），表示状态的常开、常闭、常合、常聚、常散等（副词），不一而足。

也有很多成语讲到"常"，如知足常乐、世事无常等。而"常"又因所处的词句的位置不同而被赋予不同的词性，这就显得很麻烦。

"常"又表达为通感、周知，如常规、常理、常情、常态、常见、常言、常数、常变、家常、日常、常年、常人、伦常……

当然，这里说到的中文中的"常×"或"×常"，与英文的"common sense"并无

---

① 胡适：《中国哲学史大纲》，崇文书局 2015 年版，第 89 页。

多少关联。

3.1.7　单独说"常"

人们说到"常"态，有许多简单针对对象的不同情态的使用，如：

居屋乃"常"，流浪乃"常"？有界乃"常"，无界乃"常"？有知乃"常"，无知乃"常"？心静乃"常"，心动乃"常"？

不疾不徐，是谓"常"；不张不弛，是谓"常"；不偏不倚，是谓"常"；不隐不显，是谓"常"。

以上说法，逐对都是对立的，但又都属于"常"，这个简述系列足够有意思了。

3.1.8　"常"：相是是，相反是

有许多含义相反的词，却都合于"常"，这确实是"常"的一个特质。例如，我们说：

看见乃"常"，不见亦"常"；感知乃"常"，不觉亦"常"；生长乃"常"，枯萎亦"常"；奢侈乃"常"，节俭亦"常"；在线即"常"，离线也"常"；等等。

此外，手册、词典、典籍乃为"常"，而弃用手册、忽视词典、背离典籍也是"常"态。总之，我们时时经验到的种种实况，也可谓"常"。

3.1.9　"常"如何？

有时，甚至在很多情形下，性状差异巨大的事物，同样为"常"，例如我们见到：

"常"如金（金属），又如水（液体）；"常"如绿（植物），又如蓝（天空）；"常"如亮（光明），又如暗（灰黑）；"常"如净（光洁），又如秽（脏乱）；"常"如巨（宏观），又如细（微观）……

"常"在很多方面，都是某种广谱物及稳定现象的表征。有趣的地方是，"常"指涉杂多而归一，是多所是而一是。

3.1.10　"常"之状

在谈到物之存在状态时，"常"又表达为多种性状：

聚合之"常"，此乃常有之象；散逸之"常"，此乃常有之象；嬗变之"常"，此乃常有之象；递归之"常"，此乃常有之象；轮回之"常"，此乃常有之象。

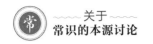

"××"之"常"总是归于"常有之象",说明"常"有种种变化表现,而总有不变在其中。

3.1.11 "常"之"夷""希""微"

老子曾经讲过:"视之不见,名曰夷;听之不闻,名曰希;搏之不得,名曰微。"河上公注:"无色曰夷……无声曰希……无形曰微……"①

"常",夷、希、微,又曰夷、希、微之"常","常"在细小朦胧淡静之处,时有一些轻微之动静发生,但努力感觉之,又似乎无法听到、见到、触到。

从自然论,"常"如植物及微生物之滋生滋长,又如山川大地之难以见闻之物移造化,这些从微小到巨大的存在物的变化,多数时候总在无声无息地发生,对动物,特别是人类而言,总是毫无知觉的。就"常"在人世而论,虽喧哗扰攘,似乎热闹,但观察者若稍移远位,其实亦只是依稀感到轻微之动静,认真体会,变化亦是在无声无息之中发生着。

3.1.12 关于"常"说的原则

作为一种述说旨趣,我为论"常"(或"常"论)设定了某种范式框架,在这个设定的范式框架内,就有各种原则作为范式框架的要求,这里略为分说。

第一,当下(现世)原则。这是由"归常"(后面会详述)这种实践性的目的因决定的,包括现世知识及现世经验两个方面。所谓现世知识,是指我们受惠于前人的两个积累:一个是遗传学方面的积累,即我们因为自身族类繁衍进化而获得的先天的能力(包括通过向同类及向自然学习而获得的那种先天综合能力);二是由文字语言建立起来的文化乃至文明的知识积累,于是我们通过阅读文化典籍,通过互联网检索,即可获得惠及自身的种种知识。而所谓现世经验,是指当下人们根据种种实践活动积累下来(记录下来)的实例,也就是那种类似常识的存在。

第二,直感原则。直观或直感往往带有欺骗成分,例如外观的形状及颜色,但真实的"常"往往就是与直感相通的。后面要讨论的关于"回归常识"的一个任务,就是让直感成为现实的某种存在状态。

第三,稳定原则。"常"作为一个综合系统,稳定是存在的基础,是存在得以实证

---

① 《老子道德经河上公章句》,王卡点校,中华书局1993年版,第52页。

的前提，并且，不但是长期的（时间的）稳定，还是置放的（空间的）稳定，不但是形的稳定，还要是质的稳定。

第四，演绎、归纳（即逻辑上自洽）原则。这是"常"作为某种普适性原则的基础。任何成体系的论说，都不能与这个原则相悖。

第五，合取与析取的原则。这是属于方法论方面要把握的原则，实际上也可以归类到逻辑自洽的范畴。

第六，对称原则。从表面上看，这是属于美学范畴的一个原则。但很多时候，对称原则能够指引我们发现某种破缺，从而还原事实的全貌。类似对称原则的还有简约原则、和谐原则等，都可以归类到这个属性里。中国古代的"阴阳"表达，实际上也可以归类到这里面。

第七，诉求与回应原则。此是社会的或行为学的一个原则要求。从物理学的角度看，这个原则也可表达为作用力的响应（反作用力）原则，显然，这是自然最普遍的一种响应，也就是自然的普遍的回响。

第八，善的原则。这是关乎伦理方面的一个原则，可以与王阳明的心学里面"致良知"的说法相呼应。关于这个方面，实际上是一个最基本的问题，尤其是在社会交往（包括经济及日常生活）关系方面，缺乏善，缺乏善意，也就缺乏了关系活动的基础。而缺乏了这个基础，也就缺乏了关系活动的终极诉求。可以认为，这个原则包含更大、更广泛的含义，这里只是提及（作为一个结论）而不展开论说。

关于"常"说的种种原则，这里其实并未列举完全，仅仅属于一种并未穷说的简论。

3.2 "常"各有宗

不同的"常"有不同的宗（归宿）。

首先，自然与人伦显然分为两宗，即自然之"常"宗及人伦之"常"宗。

在自然之"常"方面，有自然的运行之常态法则，有天行之"常"，有地设之"常"，并且有四时更替之"常"、万物生息之"常"；在人伦之"常"方面，即有纲纪伦理之"常"，或有礼义廉耻之"常"、道德诚信之"常"，围绕的是人的种种

行为规范。

但人对自然的深度介入，使自然这一宗越来越变得不完全自然了，于是自然又可再分为两宗：自然之"常"宗，即自然的本然面貌；人造自然之"常"宗，即自然按照人的想法被改造之后的面貌。尤其是人造自然之"常"，就是人之建造、构造、筑造，已经将自然界的很多地域改造得面目全非了，那些人造建筑，造成了只为适应人这一单一物种栖居，而将所有其他物种排挤在外（除家禽家畜之外）的局面。

因此，后面讲"归常之道"，也要因不同之"常"而区别对待。

可举山林火灾之例。很多地方有定期主动放火焚林的机制，这种以人为放火之方式调节林地的生态环境的做法，实际上就是一种以人为之力行使自然权力的意蕴，这是人在对自然力有了相当透彻理解之后的一种作为，但体现出来，却是某种令人觉得"反常"的行为。

3.2.1 "常"如自然

"常"如自然，说的是"常"与自然的密切关系。

在自然当中，你会发现一切如"常"，一切皆"常"，一切"常"然。非但死物界，而且生物界，包括人类社会，都是如此。

在生物界，除了"常"，亦有反常、非常、异常。但对于反常、非常、异常之现象，我们很难去言说，更是很难去界说，我是指要使用反常、非常、异常这一类词汇去表述某一现象的时候，会遇到困难。因为，谁能说反常、非常、异常不是某种"常"？

3.2.2 "常自然""常人伦"

若将世情沧桑演化分为自然、社会两大类，我也似乎很容易就将"常"分为两个大系，即"常自然""常人伦"之和及"常自然""常人伦"之不和，这两个大系构成了一对悖论。

我们通常讲生活之"常"，就是把自然之"常"（"常自然"）与人伦之"常"（"常人伦"）混为一谈，同时，过于强调人伦之"常"的发展，而忽视了自然之"常"的发展。于是，就造成这两种"常××"失衡，造成某种对立。两种"常××"的对立是什么状态？就是两者的不和谐、不协调的状态，并造成人伦之"常"对自然之"常"的滋扰与破坏，如人们常说的对环境资源的过度开发与毁坏。而自然之"常"终又毫不留情地展开对人伦之"常"的"报复"，但这种"报复"归根到底，与人对自然的主动破坏不同，是一种被动的、修复式的"报复"，是自然自身固有之禀赋对破坏者"施暴"的一种反制。

世人强调和谐，和谐其实就是讲两种"常"（"常自然""常人伦"）之混合、协调、平衡。

3.2.3 自然而"常"

无论自然还是社会，都会在经历短暂的剧变之后，出现一个长时间的稳定期，就是这里所说的自然而"常"，以及社会的既然而"常"。

这个长期缓慢的自然的生息演化及社会的发展演进过程，往往给人一种恒久固化、安定繁荣的感觉。当然，比起人类社会百年级别的变动周期，自然变化的时间尺度又要大得多。除了一些活跃现象，如仍然活跃的火山，以及一些气候变化，如四季变化或短期骤变的风云雨雪，自然会给人一种从大格局上看永恒不变的感觉。

当然，在人类群体这一端，社会的变化看上去较为激烈，时间的尺度也短很多。只是到了某个时点的自然或社会突发的大的变化，打破了原有那种周而复始的生息演化或发展演进的轨迹，这时，无论自然还是社会，都会呈现出新鲜的样式、新鲜的格局。然后，当变动逐渐平息下来时，又总会开启一个恢复过程，即我们后面会花许多笔墨去讨论的所谓"归常"的过程，去回到前面所说的自然而"常"或既然而"常"的状态。

3.2.4 古者有"常"

古者有"常"说，但又未必是本书所谓之"常"。

虽然古代中国人没讲过"常识"，但从春秋战国以降，大家却没少使用"常"字。如果针对词性来讲，"常"首先是副词或形容词，然后也可以作为名词用。关于"常"的论述，最有名的是荀子《天论》里的那句："天行有常，不为尧存，不为桀亡。"（"常"为名词）又有老子《道德经》里的："道可道，非常道；名可名，非常名。"（"常"为形容词）

不过，在中文这一端，就日常所用由"常"构成的词汇的意思而论，作为名词的"常"与作为形容词或副词的"常"的区别有时也不太大，甚至也有使用上的混淆。因为汉字的词性（单个字作为词）定义并不严格，尤其是字与字构成一个词之后，这个

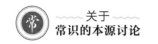

词的词性与原来那个字的词性（单个字为词）可能会有显著差异。

3.2.5　微生物之处处相同

就一般而言，偏僻村落中的微生物，其结构与大城市的同种微生物是一样的（这里不讨论微观上的因适应环境而发生的代际变异）。

那么，如果在乡村感染上某种微生物而得病，和在城市感染了同种微生物而得病，因为医疗水平不同而导致处置方法的不同是没有道理的。

3.2.6　浣纱流溪与自来水

看看那些居住在山村农舍的女人在溪流旁边洗衣服、淘米、洗菜，洗涤一切日常用品，这一切的前提是溪流要保持源源不绝并清澈卫生。

显然，在现代的城市或乡村，源源不绝并清澈卫生的溪水，最终被相同形态（品质）的自来水所取代了。而从小生活在城市的人，并无乡村农妇用水的生活体验，只知道使用自来水天经地义，此也就是城里人对自来水的常态认识。

3.2.7　自然万物自己生息，社会万物自己生息

自然万物自己生息，这一点是自明的。在人类没出现之前，其实自然一直是自己生息的。

自从有了人类，在社会这方面，人类社群、公司及机构就一直是自营自理、自生自灭的。面对市场、人伦，社会万物走的是自然发展之路，于是可以说，许多年以来，社会万物也是自己生息的。

3.2.8　自然其实有为

自然实际上用自己的密码控制着万物生成、发展、死亡的一个个轮回。

虽然密码都在一个个自然生物个体的身上。但事实上，自然总是一个个生物个体的合集，这是自然有为的一个具体表现。此即自然有为之"常"道。

3.2.9　自然异动与人为扰动

在海洋里，蓝绿藻的大面积繁衍，会造成某些海域发生"红潮"这种生态灾难；在陆地上，自然地理的火山喷发，会造成巨大的地质灾害。这都属于自然自发的局域

异动现象引发的灾难。

无论是自然的异动还是人为的扰动，自然或人伦的生态平衡一旦被打破，都会酿成灾难，这是由"常"到"非常"的一些极端的例子。当然，人类的种植驯养行为为人类繁衍带来巨大的福祉，则更多是由"非常"而"常"的事例。

3.2.10 常不足与常有余

老子说过："天之道，损有余而补不足。人之道则不然，损不足以奉有余。孰能有余以奉天下？唯有道者。"这其实讲的是公平大同思想的最初动机。"马太效应"也认为，在丛林法则支配下的社会法则是"损不足以奉有余"。

但在"常"这个处所下，无论是损有余，或是损不足，却都是无态度的：无可无不可。

3.2.11 "圈子"与"自组织"

通过建立事物之间的联系，自然或人为地构建一个个运营机制，世界形成了众多大大小小的生态圈。

这些圈子在一个时间区间内相对稳定地存在，成为某种常态的鲜活的关系形态。从系统论的角度观察，这些小圈子类的常态其实就被称为小微的自组织形态，属于在一个大系统的平衡态下的一些小微偏离正统状态的局域组织（由某些稳定的"湍流"形成——属于"自组织"的能量源），有人将这种小微偏离正统状态的局域组织称为"岛"——一些稳定存在的小系统。由于稳定存在，因而表面看来就是一个"常态"的系统。甚至能够生长壮大，繁衍生息，成为超稳态的系统。只要外部源流不衰竭，也就看不出系统本身会出现什么危机。

此外，还有各种人造"生物圈"。从社会的角度看，更有各种专业领域人群组成的集合，即各式各样的圈子，如今日我们常说的种种社交圈子。

3.2.12 "三纲五常"的"常"

传统文化中所谓"三纲五常"，对"五常"之论往往有多种表述。

"五常"就是五条人伦关系行为准则，也叫"五伦"，即封建礼教规定的君臣、父子、兄弟、夫妇、朋友之间的关系。

"五常"又是指人与人之间的道德标准，即仁、义、礼、智、信。

此外，中国人又把"常"指为大自然的五种要素（即木、火、土、金、水），此又谓"五行"，系指大自然的五种要素的正常运动和变化。在这方面，中国的中医说得特别通透，如《伤寒论》就讲过："人禀五常，以有五脏。"

与西方人讲究对学术用语的概念有明确的、独立的定义或界说不同，中国古人不讲究字词的规范定义，对很多十分重要的字词都没有严格的、能够论定的定义，"常"也不例外。作为一个汉字，"常"有其十分独特的性质，也有许多模糊不清之处。而要从哲学（那时或者叫作理学、玄学，或叫作儒学、道学、佛学，等等）的范畴展开讨论，似乎专论不多（我们发现，在佛学里头，反倒有些散论）。

3.3 "常"在经中

中国学者倪梁康说过："'易经'之'经'，可以说是确切词义上的'经常'：经中有常。在'易'中寻'常'，'说易'与'论衡'并举，这是传统中国哲学中的一个基本诉求，一直影响到道家和儒家创始者的基本世界观。"

倪梁康关于"经中有常。在'易'中寻'常'"的论述很有趣，说明还是有学人注意到了"经"与"常"的某种关系。应该说，"经"本身就是某种"常"。所有的"经"往往在传播的过程中已经经过时间的淘洗，成为思想观念及理性智慧的记录沉淀，这也就是一般意义上的"常"了。

不止"经"，诗词字画、文物遗址之类，都有相同的性质。作为"常"的这类文化物品的存留，有一个明显的标志，就是它的已经固定并留存下来的文本及物形（质料状态不重要，主要是外在的形象）状态。即随着著（制）作者的离世，无论它们本身是否完善，都成为人们恒久珍视并保存的存在物。因其存留时间之长短、人们认知价值之轻重，以及它们对外部世界影响力之强弱而最终被标定出不同的价值，并因此成为普遍的常态。即当人们提起某物时，就会有关于此物的知识概念的模糊呈现，而这个呈现，即有"常"之显现的意蕴了。

3.3.1 "常"与"道"之同与不同

谈到"常"，会令人想起一个很中国的概念——"道"。

表面上，"道"与"常"是两个很不同的东西，但或许又似乎是同一类东西。因为两者都蕴含了"有""是""在"三种属性，都属于某种对于存在的认知。

应该说，"道"（孔孟老庄）与"常"（古今中外之说）都蕴含了某种中国式的形而上学的意味，但又因为没有形成形而上学特有的"元"概念的明确表达，[①] 并且，对每个字词或概念都有因人而设的种种歧义，因而一直无法成为具有与古希腊形而上学相媲美的、具有范式性的表述结构。[②]

3.3.2　为什么是"常"而非"道"？

"常"与"道"如何放置？似乎，"常"的概念在"道"之下位，或者与"道"的位置并列。

"道"者，古义道路也。后来更多的含义是指大的路径、法则、规律，指事物之间的关系，同时又有方法、技巧、门道的意思。而这里的"常"，离开原来字面的表达，则更多是指某种认知、识见、知识，又或有对时空概念的度量、衡量，往往在不同的情态下呈现出不同的概念集合的趣味。

3.3.3　"常"的本体论特征

从存在论的角度看，"常"具有比较显著的本体特征、基底特征、自性特征，即属于某种"有"，某种"是"，某种"在"；是某种似乎确定又非确定的有"常"，是"常"，在"常"；又是在某个时间及空间的区间规定下的常"有"，常"是"，常"在"。

首先，"常"如万物现世所见，即为某种"有"。因此，无论所见者身处何方，总可以见到所见，所见其实，思意其实。这种"其实"，无关死活，无关流变，无关隐显，乃至无关是虚幻的还是实在的。

其次，"常"又确定了自己的"是"。"是"是什么？是某种确定性，是某个对象，是某种可以用于指证某个对象的手续，当"是"一给出，那个指证的对象就呈现出确实性，即被聚焦到一个视域之中心点，成其为所"是"，这个所"是"不论虚实。

最后，"常"又如一个生命的历程下的种种"在"。这个生命可以指生物形态的生

---

① 其实，古代中国人对"道""常"一直没有进行过明确的定义，又或者没有一个确定得下来的定义，并且也没有对它们的言说边界做出划定。或许，古人从来就没有意识到这样做的必要性。

② 在这点上，"易"的概念反而比较完整，并且有鲜明的言说架构，这是从爻的呈现形态而论的，但到了爻的解析这个层面，其实也存在各种混乱。

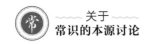

命，如蚍蜉、蝼蚁，生命虽短暂，但生死之间，有一个完整的生存表演；也可以是指非生物形态的存续状态，如太阳系，按照行星演化的学说，之前是一团混沌，然后形成现在我们常见的有八大行星的系统，按照科学观察的推演，过亿万年后，太阳又会演化为红巨星之类的星球，然后又可能塌缩成为白矮星，然后的然后，再演化成为黑洞类的暗物质，归于某种形态的寂灭……总之，"常"既指两个短暂（小尺度）态变之间的存在，又指两个长久（大尺度）态变之间的存在。

这个说法与佛学说法倒是相类似。

3.3.4 "常"即本有、本是、本在

由上文之推演，我们讨论的"常"，就是某种本有、本是、本在。

本有，即"常"的本来之有，本来之所应有，本来之实有；

本是，即"常"的本来之是，本来之所应是，本来之实是；

本在，即"常"的本来之在，本来之所应在，本来之实在。

关于"常"的本来之所应有、本来之所应是、本来之所应在，在具体的情形下，似乎就是指那种已经形成的规则、机制、规定及实体。运行起来就应该照规则、机制、规定及实体而行，不应再有其他问题。

也就是不应再去讨论那种在"常"之外的有、是、在，即只讨论在"常"之内的那种有、是、在。

3.3.5 "常"无一、无多，"常"亦一、亦多

"常"乃一，"常"亦多。

即是说，"常"无一，亦无多。

"常"可指一，亦可指多。并且，"常"不分一、多。

或者说，一、多不属于"常"之内的分野。是以说，"常"无一、多。

因为"一"总在"多"内，而"多"最终也表现为一个"一"，一个至大无外的"一"，成为包纳无遗的"一"，所以"多"最终为"一"。

3.3.6 《阿毗达磨大毗婆沙论》："问：何谓为常？答：寂灭涅槃。"

我们从佛学的典籍中发现，佛经里有很多内容都对"常"这个字讲得比较深、比较透。所以我们说："常"在经中。

如《阿毗达磨大毗婆沙论》云："问：何谓为常？答：寂灭涅槃。"将死寂与重生归之于"为常"。这里"为常"与通常的"常"或有不同，经里讲"为常"的"为"是"造成""成为""变化为"的意思。如何"寂灭涅槃"，这里头有大智慧。"寂灭"与"涅槃"是一对相反的概念，将两者复合在一起，指为"为常"，表明"为常"这个概念涵盖两者，有更高一层的意蕴。

3.3.7 《成唯识论》："无生无灭，性无变易，故说为常……"

《成唯识论》有云："清净法界无生无灭，性无变易，故说为常。四智心品所依常故，无断尽故，亦说为常。非自性常，从因生故。生者归灭，一向说故。不见色心，非无常故。然四智品由本愿力所化有情无尽期故，穷未来际，无断无尽。"

似乎，在佛学那边，"常"是一个独立的概念，《成唯识论》更强调的是"无生无灭，性无变易，故说为常"，当然，"为常"之外，还有关于"常"的种种分别的认识。

此外在世俗社会，还有一句俗话是："真佛只讲平常话。"的确有深刻意蕴。

3.3.8 《佛地经论》："常有三种"

《佛地经论》说："常有三种。一本性常，谓自性身。此身本来，性常住故。二不断常，谓受用身。恒受法乐，无间断故。三相续常，谓变化身。没已复现，化无尽故。如是法身，虽离一切分别戏论；而无生灭，故说名常。"

从某个角度看，《佛地经论》的这个说法，离我们所说的"常"的概念已经很近了。

说"常有三种"，一是说自性，二是说恒常性，三是说变化不断之中的稳定性。"三种常"都在说明一个"无生灭"的自在体。于是，最后得出了"无生灭，故说名常"这个结论。

3.3.9 "×是常，名涅槃因"——"常"即"涅槃因"

印度哲学或佛学中，有关于地、水、火、风、虚空、方、时诸外道，皆指为"涅槃因"的种种述说。如佛经说道："水能生物，水能坏物，水是常，名涅槃因。"[1]佛经

---

[1] 梁漱溟：《印度哲学概论》，上海人民出版社 2005 年版，第 51—52 页。

又说："最初生诸方，从诸方生世间人，从人生天地，天地灭没还入彼处。故方是常，名为涅槃。"① 再有，佛经说："一切物时生，一切物时灭。故时是常，名涅槃因。"②

由上"×是常，名涅槃因"句式可见，在印度人那里，"常"与"涅槃"有因果关系，有"常"是涅槃的因的意蕴。并且，在到达"涅槃"这个形态之前，"常"作为一个大的集合，涵盖了自然万物的种种形态，成为一种中介、一种引导，又或是一个混合、搅拌、汇通的巨大容器，使万物由"常"始生至灭再到"涅槃"为终。

这是一个很有趣的说法，本书后面也会讲到，佛学的这个说法，其实也可以延伸到凡尘世界的。

3.3.10 "真常"：本体之德

国学大家熊十力曾经提出过"真常"这个概念，他说："余以为真常者，言乎本体之德也，非虚妄故，曰真。不易其性故，曰常。真常，克就本体之德而言，非以本体是超越乎变动不居之万象而独在，方谓真常。"③ 熊十力将"真常"与本体并论，十分有趣。

3.3.11 "常"如"如如"

从某些方面看，"常"又很像佛家的"如如"状态。关于"如如"有几种解释。

（1）佛教语。谓诸法皆平等不二的法性理体。如，理的异名。慧远《大乘义章》曰："诸法体同，故名为如……彼此皆如，故曰如如。"

（2）佛教语。指永恒存在的真如。唐白居易《读禅经》云："摄动是禅禅是动，不禅不动即如如。"宋苏轼《浊醪有妙理赋》云："如如不动而体无碍，了了常知而心不用。"

（3）佛教语。引申为永存、常在。唐贾岛《寄无得头陀》云："落涧水声来远远，当空月色自如如。"

（4）恭顺儒雅貌。元刘时中《端正好·上高监司》云："法则有准使民服，期于无刑佐皇图。说与当途，无毒不丈夫，为如如把平生误。"

（5）络绎不绝。《尔雅·释天》言："二月为如。"清郝懿行义疏曰："如者，随从

---

① 梁漱溟：《印度哲学概论》，上海人民出版社 2005 年版，第 51—52 页。
② 梁漱溟：《印度哲学概论》，上海人民出版社 2005 年版，第 51—52 页。
③ 熊十力：《体用论》，中华书局 1994 年版，第 101 页。

之义，万物相随而出，如如然也。"

（6）形容词词尾。金董解元《西厢记·诸宫调》云："痒如如把心不定，肚皮儿里骨辘辘地雷鸣，眼悬悬地专盼着人来请。"

由此可见，除佛教的释义，"如如"到了俗世的运用，已经有许多含义了。

3.3.12 古代中印文明的虚拟量词表述

古代中印文明（尤其是关涉宗教方面）中有许多虚拟的摹状词表达，如心念、善恶、阴阳、虚实、有无、觉慧、法力、因果（此非西方学理所指的因果）、断舍离、广大希微、无形影、无界域、无时限、通古今、法自然等，这些摹状词都是无法用计算的方法去量度的。古代中国人和古代印度人也将此类虚拟表述引入世俗世界，甚至用以指导日常生活、行为方式，形成独特的世界观、人生观、价值观等一整套观念体系，然后就生发出许多西方文明体系难以理解的伦理范式及价值观念，这是十分值得探究的。

3.4 "常"：本有之性状

"常"者，诸事物本有之性状。

如本有之形状，本有之颜色，本有之气味，本有之质感，等等。

3.4.1 "常"跨越（物与人）之边界

物之常态，人之常情。当我们观察物与人、情与态的差别，会发现居中有一个共同的东西，那就是所谓的"常"。

但如果我们细心一点看，会觉得这时的"常"其实是一个形容词，即相对于变态、移情而言，又或相对于物之短暂态、人之短暂情状而言，"常"就表现为比较恒久延续的状态。

似乎，这个"常"又不能离开形容的对象而独存。

但实际上，如果我们将前面的表述"物之常态，人之常情"做一个简化，变为"物之常，人之常"，这时，我们就会发现，说两者（物与人）之边界有了一个貌似共同的东西，即"常"，或许是可以接受的。而我们这时再看一看，"常"已经成了一个

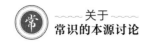

独立自存的名词，它的两个定语分别为"物"及"人"，而原有的"态"及"情"已经收敛到"常"里面，俨然化为同一个东西了。而当我们觉得做了这样一个简化之后并无大不妥时，说明我们已经初步接受了"常"的理念。

3.4.2 "常"在当下，又在弥远

"常"在当下者，所见所感，日复一日，年复一年，驻在一生，似乎永恒。

"常"在弥远者，今见如昨见，今感如昨感，变幻在永恒中，在日子的流逝中。过一段时间再来审视，"常"虽犹在，然今"常"又似不是昨"常"。

3.4.3 "常"如一汪水，"常"又如水无限涌现

"常"如一汪容量有限之水，常积，常有，常清，常静。

但"常"又如那无限涌现之水，于是，就有常流变，常涡旋，常涌入或冒出……

3.4.4 对某种常态的基本判断就成了"常"

经过一段时间的考察认识，人们都会对某物或某人有一个总的印象，即会形成某种概观。

例如孔子所说的"君子坦荡荡"与"小人长戚戚"，都是对某类人的一般认识的概括。

成见既成，"常"即在那既成处。

3.4.5 "常"，由内心生发还是由身外发现？

有人即有内心，那么"常"放在哪里？

例如，在写汉字时，对某一字体的某个字形如何进行最佳的理解及书写，往往就取决于书写者的内心审美能力。但如果想要有一个有效力甚至是权威的评价，则需要时间淘洗，也需要另外一些名人去评说，此外还要有足够广泛的传播。总之，需要有一个外在的、类似市场的机制去衡定。

物外之"常"则是身外感受发现之"常"之相，如气温，体感、耳听、眼见之事物，此为身外直接感知，而不由内心厘定。对于某种处于两者之间的事物的判定，往往使人无所适从。如对某人某物的判定，你拿既有的标准都会有所偏颇，这就是难题。

3.4.6 锚定或定在是"常"

当某物自然地置于某个空间，我们即说该物在某时常在那某个地方。

而当某人在某时将某物常放置于某个空间，如用锚将某艘船锚定在某处，那么在这艘船没有起锚之前，它就常在这个水域（空间）中，此即是它在这个水域（空间）之常态。

可见，锚作为某艘船在某个水域的固定物，起着确定空间的作用。

同理，如果我们习惯将某物放置于某处（例如某个家具放置于室内某处），这由内心自然生发的预设某处成为某物惯常位置的想法，其实也等同于锚定。

3.4.7 "常"者，静静地安放在那里

"常"，如某物静静地安放在某处，不动如常，自在如如。

至于某物，为何及如何会安放在某处，则不去考究。

3.4.8 西方哲学家爱好探讨及玩味"元"

"常"的本与实，都包含了某种"元"的概念。

所谓"元"，即在某个概念前冠以 mata－（希腊语词根）。有"在其中，在……之后"的意思，即指某事物的基底，有穷究某事物的终极成因及基本构成的意蕴，翻译成中文，就是"元×"。

如古希腊哲人讲到的世界成因，就有水成说（泰勒斯）、气成说（阿那克西米尼）、火成说（赫拉克利特）、数成说（毕达哥拉斯）。可见，在古希腊人那里，他们所指的"元"，就是水、气、火、数之类。

但如将"常"呈现出来，即把"元×"概念转置为"常"概念，结果会简单而有趣。

因为"常"概念述说下来，会比"元×"揽下更多、更庞杂的内容。

3.4.9 中国哲学的"易""道"里面也表达了某种"元"

在中国哲学中的"易"里面的"阴""阳"，以及老庄所谓的"天""道"等，亦是表达了某种"元"。

老子说："道生一，一生二，二生三，三生万物。"但中国古人所谓的"元"，与古

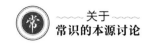

希腊人为逻辑推演或演算方便而设的"起点"或"基点"那种"元"，似乎关系不大。

所以对于"常"或可以等于"元 ×"一说，还有待商榷。

科学家发现的"元素"以及其后门捷列夫发现的化学元素周期律倒很有"常"的意蕴，这里，我们或许可以将"元素"的说法推演一下，将"元素"称为元"常"之素。

3.4.10 太阳底下······100 岁不死······

有两种相反的说法：一种说太阳底下没有新鲜事；另一种说 100 岁不死都能听到新鲜事。

我们怎么去理解这两种说法？"常"可以解。

因为这就是"常"。在"常"这一端，某事无非就是如此，某事无奈地如此发生了，某事的发生无可避免。无可无不可，某事只服从自己的法则而发生出来。

3.4.11 大多数情况是我制我不用······

我取不是为我用，我煮不是为我吃，我写不是为我看，我制作不是为我听与看······这是常情。

但也有专属于我的（制作），如我呼吸，我排泄，我思虑，我表达，等等。

我的自产自销，因为是为自己服务（如煮早餐），所以我的制品为我所用，这种制品也是最有诚意（及最随意）的。

3.4.12 我看我听自是无意

我看与我听自是无意，并且，当我看、我听时也是无特别效用的。

3.4.13 居"常"无变与居变无"常"

居"常"无变是为"常"，居变无"常"亦为"常"。"常"这个东西就是这样神奇。

居"常"无变是静态，居变无"常"属动态，一静一动，均是"常"也。

3.5 "常"：有始终，有限亦无限……

从广义讲，"常"就是一切事实，并且，"常"又是一切事情。

这里，事实与事情显然是两个不同的东西。

就某物而论其"常"，即是说到某物之"常"的时候，指的是我们体会到了属于某物之有其有的性状，也指我们体会到了属于某物之是其是的性状，还有指我们体会到了属于某物之在其在的性状。

"有其有""是其是""在其在"，说"常"也就是讲物性的这几个方面了。

3.5.1 "常"有始有终

谈到"常"之始终，与易学里面提到的无极与太极并不相同。

通常，"常"非始非终，即始即终。

说某物之"常"有始终时，即指某"常"之态为居于中段之态，也就是说，那个"常"能始能终。

3.5.2 "常"有限与"常"无限

在讲到有限与无限这一端时，说"常"有限等于说"常"无限，这似乎也是自明的。

说一物之"常"有限，一目所见：活动有限，所知有限，所做有限。

说一物之"常"无限，一目所见：活动有无限可能，所知有无限可能，所做有无限可能。

3.5.3 "常"有时日

"常"有时日，这个与"道"有不同。但"常"也有无时日，当看所指为何。

3.5.4 "常"有力与"常"无力

有力与无力，是一对我们在谈某物之性状时经常讲到的常态。

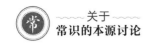

是"常"有力（典型如原子力、分子力）还是"常"无力（例如水、空气那般的柔软可塑、变化无定），需要看我们的观察对象所处的具体情状。

我们常常见到的某物，往往是处在"常"之无力状，所谓柔弱如水，稀薄如空气。但当同样的某物受到压迫、限制时，物性的另一面即凸显出来，于是就见到那表面似乎十分柔弱稚嫩的植物根茎，能够从坚硬的石头缝隙中生长出来。这时，我们即观察到那存在于根茎中的强大的水分子在其中显现的威力。

3.5.5 "常"所知及所不知

说到人之所知，我们很容易就想到，人"常"有所知，人"常"有所不知。

人"常"有所知者，因为人也。有所不知者，也是因为人。

3.5.6 "常在"：隐显无定，驻留自适

"常在"，即在自己所在之所。它隐显无定，驻留自适。

当某物在自己所处之境时，"常"会自然而然地显现自有之力量，如一般所说的分子力、原子力。

3.5.7 "常"之"体""用"

当今天下是"常"体，当今天下也是"常"用。这个与北宋理学家程颐所谓"至微者理也，至著者象也；体用一源，显微无间"的说法相同。

在"常"这个概念下，亦体亦用，体用合而两分。

3.5.8 有"体用不二"说

国学大家熊十力的自然观主张"体用不二"。

所以熊十力在《体用论》中说："当知体用可分，而实不可分。可分者，体无差别，用乃万殊。实不可分者，即体即用，即用即体。……王阳明有言：'即体而言，用在体；即用而言，体在用。'此乃证真之谈。"

3.5.9 中学西学的体用观

在西方，人由对自然生物演化规则状态的守望，转向对依照几何及逻辑的机械（机器）的规则状态的追求，走的是运用及改变自然的发展演进型的路径，一般是指由

西方人的世界观确定的人与自然的路径。而这个进程的思想资源，就是从古希腊亚里士多德等人开始的（一般是这样认为），到了英国人培根，再到德国人康德等近现代哲人所承传的所谓使用理性的一大堆工具，人们运用由这些工具所建构起来的工具理性，最终构建起一个色彩斑斓，无不与理想的、物理的、人伦的秩序关联的法治良序的世界。

所以，探究人运用理性的种种言行机制，使工具理性置于近代人所说的体用大系中的"体"的位置，是西方人学的一个核心。

反观东方，就是人由对自然生物演化规则状态的守望，转向对依照社会的及人伦的情理（关系）的规则的建构，走的是运用及维系人际关系的协和型的路径，这个路径一般是指东方人情世界。而这个进程的思想起源，就是中国春秋战国时期的孔孟老庄、印度及南亚的印度教（哲学）及佛学，以及西亚中东的伊斯兰教教义，等等。这些东方哲学直接将人情关系置于"体"的地位（如儒家的"仁"、印度哲学的"有情"）。

所以，探究如何维系及建构更完善的人际关系的种种言行机制，将"人情"更好地置于体用大系中的"体"的位置，始终是东方人学的一个核心。

无论西方的工具理性及其构建的那个色彩斑杂的秩序世界对东方有多大的影响，注重伦理人情的东方世界始终将西方的工具理性置于"用"的位置。

3.5.10 关于"常"之体用说

清人冯桂芬所倡"中学为体，西学为用"一说，将体、用分开，以为能够分得开。但实际上，这个说法已经被驳倒，体、用其实难分。

因为到了现代，中体的东西往往被西用的东西所覆没，而在西用的层面上又不见得能够成体统，于是就形成了一个无体之用、见用不见体的局面。

但如果在体用之上，冠以"常"式，也许会圆融一些。

3.5.11 "常"是单，也有对，兼有群

"常"是单，也有对，兼有群。
于是，单、对、群皆为"常"。

3.5.12 "常"与"常"有隐显

"常"与"常"之间互相遮蔽亦互为隐显。

隐者未必不在，显者未必真在。那种影像、射影，尤其是那种全息影像，颇能说明问题。

3.6 "常"有三分：本"常"、命"常"、伦"常"

本"常"属于自然的范畴，当然生物尤其是人类也包括在内。

命"常"属于生物的范畴，包括人类，属于相对狭小的范围。

伦"常"只属于人类社会范畴，其实还可以分为生物学意义上的人类范畴，以及社会学意义上的人类范畴，伦"常"所指的范围更加缩窄。

由以上界定，就看出要讨论的范畴究竟是"常"还是"常识"，需要选择所要讨论的范畴，并且应该驻足于该范畴所涵盖的论域，否则，说下来一大通论点总是难以圆融的。

3.6.1 自然散慢——本"常"

生长散慢，变化散慢；分布散，运作慢。

其实，因观照时间的尺度问题，这里所谓的"慢"，也许并不慢。同理，按大尺度看世界，只要站在足够远处，看起来似乎散的分布，其实也并不散。

3.6.2 "常"即"舒服"

"常"就是"舒服"：自在、愉悦、适应、如如。

人的所有行为无不围绕人的日常感觉去追求，去努力，去反复践行。不但求结果，同时也求过程。人从不自觉到自觉，来回反复体会，进而止于"舒服"这个境界。止于"舒服"，是止于最好吗？还是止于某种想象的境界？其实，"舒服"本身，并无境界，只是一种身体的基本认知，一种对那个"我"而言非常平淡的感觉。

从另一个角度看，"舒服"就是某种人与环境（包括自然环境及人类环境）的和谐状态，虽然可凭人的主观感受将某种感觉表达为"舒服"，但人的"舒服"的真正感受究竟如何，其实大有学问。这个学问的核心，就是是否有真实的"舒服"本身。其中蕴含了感觉"舒服"、可能"舒服"及本真"舒服"等关于感觉的几个层次的真问题。

臻于"舒服"而止于"舒服"，这是一个人对于改善自己的感觉诉求的一次次试验，通过试验、试错，最终找到了一个暂时的平衡点，即所谓的"舒服"。

3.6.3 "常"是轨道、轨迹

最初，人们说"道"的时候，狭义地只指轨道、轨迹。

最典型的事例是某一条轨道。轨道可以是道路、航线、路线，我们还想到宏观上众多的天体运行"轨迹"，以及微观上无数原子、电子的运行"轨迹"。此外，人们还将自己设计、构想出来的思路、规划、战略等，也以与轨道相类似的意象来表达。

又或，说人生有几条并行的轨道：一曰生命之"轨道"，生存、生活、身体之状况变化；二曰事情之"轨道"，事情的运行、路向、轨迹等；三曰思虑情绪之"轨道"，情感的、诗性的、理性的日常之思。三条"轨道"都由命定之时间来统摄，由自由之区间来呈现，并行地、交错地、起伏地、跃迁地行进。

可见，说某种"常"，有时就是说某条"轨道"，无论是实体的"轨道"，还是念想的"轨道"。轨道承载了某种可以因循的实体，又或承载了许多的念想。无论是实体的，或者念想的，总有一个固定的径迹。

3.6.4 "常"可谓可复制又不可复制者

有时，"常"可以指一种能够反复复制的状态。这种状态又分为可复制者及不可复制者。可复制者，等于可重复者、可再生者、有剧本的重复演出，等于一场游戏因为游戏规则的规定，而可以一次次重新开始……

但是，说到一个可复制的状态时，例如某一场比赛，又是不可重复的。更何况是生命种群之中的一个具体的生命，则更有其不可重复的特性。所以从此种意义上说，一个个体人的生命的产生、存活及存在属于一个非常事件，但如果从群体角度去观察，其可重复性，其生生不息，是不言而喻的。关于这一点，佛教认为，个体生命的过程就是无数个生命轮回中的一个片段而已。

3.6.5 "常"有等级

"常"有等级。或者说，"常"可分级别设为一次"常"、二次"常"、n 次"常"，但不是那种次方（"幂"）的表达。

一次"常"可被定义为"元常"大常"，为诸次"常"之基底。如平常所说之大环境，可归类于此。二次、n 次"常"则为诸"常"之级类，属于"元常"之上的种种"常"之形态。由于其以某"元常"为基底，因而衬染着那个"元常"的底色。往上看，会见到诸级次"常"沾染着那个"元常"的基底。

诸"常"级不能超越"元常"，只能安然自置于"元常"之上，这是"常"之等级所规定的。正如地球运行于地日之轨，而地球之上的车船按路线及航线去行进一样。

3.6.6 无人之事与有人之事

世界上有两种事：一为无人之事，二为有人之事。

在无人之世界所发生之事，因为事无主体，事成或不成，都不是问题，所以，这时讲"事本如常"比较容易讲得通。

当人类出现在地球上之后，事成或不成，对人类而言是有区别的，也有了作为，有了判据，于是，就有了成事的规矩。要办成某事，需要先立个规矩，然后按规矩来，即所谓"事成立常"。

然后，当所立之常具有效用，得到普遍认可，成为教条、规则，以至成为习惯，立例立法者就会有很强的运事守成的意愿，此可谓"事运守常"。

最后，当人们体察、觉悟到无事无为才是大正道，人们起事、做事、理事都应有由"常"而来的律令去指引，都要最终归顺于那个最真切的、由善意善识产生之"常"，也就是我们所说的"善"的境界，即达至"事善归常"的状态。

如常、立常、守常及归常，这一通说下来，构成了事本、事成、事运及事善的有事链条。

3.6.7 时代背景亦可谓"大常"

诸如新石器时代、农耕时代、工业时代、信息时代之类，这些大时代背景决定了基本的人的生存环境及生活状态，也决定了那个时代的人的性情特征。

人的基本生存境况无法脱离这些"大常"的时代背景。于是，这些"××时代"

即为"××大常"之表达。

3.6.8 "常"生"常"灭

"常"自动，"常"自变，"常"自生灭，即所谓"常"生"常"灭。

有时，"常"在周而复始地运作，是完完全全的"周而复始"，此即佛家所指的"常"之轮回。

3.6.9 "常"自行走，"常"由人运

自然的"常"，你不理它时，它自己理自己，你不用驱使它，它自己会按自己的方式行走。社会的"常"，却是要你时时打理、维护，如此，系统方能运行畅顺、长久。

甚至还有一些"常"，你不能违背它的意旨，如若不然，它将会无情地与你对抗，甚至进行报复，直到你臣服于它的威力……

3.6.10 持守一隅为"常"，也为"非常"底

持守一隅为"常"，也为"非常"底。

新奇的前提，是对往昔的熟稔，而对往昔的熟稔只能是长时间地持守一隅。

例如，关于某种舞蹈的身姿与手势，只有长时间浸淫在一个行当之后，才能全面体会把握到，也才能由此而知道何者为往昔所无有（指对全行业而言）。由此可知创新为何困难，亦可能摸到创新之某个重要门径。

3.7 "常"与"五行"

中国之"五行"说认定世界是由"金、木、水、火、土"五种基本元素构成的。在这五个元素当中，金、木、土主静而长久，水、火主动而流变。五行相生相克，相消相长，在本质上，"五行"属于某种"常"。

3.7.1 "五行"——"常"之质料因

水、火质常而性无常；金、木、土则性常而质无常。

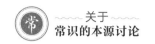

水、火为使物质变之变化因，而金、木、土则为本身质变之自性因。统而言之，这里的"五行"，总为自然之"常"之生化蜕变因。

3.7.2 "五行"各属性

然考察"五行"的各个元素，按照我们已经厘定了的关于"常"的某些属性，又很快觉察到五者在质性上的差异。

水的本源是纯净单一的，但水通过渗透、滋养、调和、蒸腾、冲刷、汹涌等现象，表现出由纯一向杂多转变的功能属性，其自性无穷，生化万物，出入于万物而自存，腾挪于万方而自是。而火则是诸多化学变化中最常见（可见）的变化的形式，一切可以燃烧的物质，在达到燃点燃烧时，表现出"燃烧"的状态，这便统称为"火"的状态。燃烧成为灰烬后，留下不可再分解的物质，便归于土。金、木、土则表现了世界的杂多而又稳定的性质，表现为自在自然万物原初的存在特性及相生相克循环接续的过程。

由此看来，简单用相生相克把这五者糅合在一起的办法，其实未必能描述好一个完整的世界。

3.7.3 水为"常"

古希腊人泰勒斯说："水是形成万物的始因，一切均由水产生，最后还原于水。"

"兵无常势，水无常形。"孙子之说，只是一个借喻。但说"水无常形"，也不够准确，水只在流动时无常形，而在静止的时候会显出常形来。

晋人郭璞在《玄中记》说："天下之多者水也，浮地载天。高下无所不至，万物无所不润。"

各地水质各有差异，即因其中所含的微量元素有所不同，这也会影响人的体质。

以广大而论，水质、水利、水害对万物影响很大，使得治水总是成为人们治理环境的优先事项。

3.7.4 水常流

此种情形可以看作时间流及空间流共时呈现的现象。

3.7.5 "常"燥与"常"润

人们都有这样的日常体验：如果环境湿度低，那么湿的东西在这种环境中就会很快返回干燥状态；但如果环境湿度大，那么湿的东西就很难返回干燥状态。

可以说，这种大环境显现的"干""湿"之态，就是湿度之"常"的具体写照。

3.7.6 火不为"常"

火（燃烧），仅仅是诸种化学反应之中令人炫目的瞬间现象。

欧洲人曾经有过"燃素"一说，就是讲各种物质普遍存在的足以构成燃烧现象的性质。在未被引燃的条件下，这种物质性状不显露，甚至是永远不显露。于是，某些物质之被燃烧，实际上表现为一种偶然，而更多情况下，物质的燃烧性状是隐而不显的。所以，着火这种情况，实际上不是常态。

考察一段燃烧过程，如点燃一支蜡烛，或点燃一盏油灯，或引起一次火药爆燃，然后会看到燃尽之景象。燃烧这个现象，其实总是在持续变化之中。人为在燃烧的区域不断添加可燃物，始能维持一个火势（此时燃烧乃为一个不稳定的常态），此为人造的持续常态。

3.7.7 小变如"常"

世事万物，总是以小变乃至无变为常态，而且以小变乃至无变为生命（存续期）的基本保障。也就是说，变化越小乃至全无变化预示着个体的生命（存续期）越长。

3.7.8 大变如"常"

但同样的世事万物，又总是在小变的累积下，逐渐酿成大变，甚至剧变。事物大变之后，改变了原来的样貌，甚至完全摒弃了原来的样貌，变得面目全非，也是常态。

3.7.9 变幻：一种恒常之变

生物，高级生物，特别是人类，由于其本性，总是喜欢改变环境、改造事物，甚至创造事物。这是由人所具有的所谓"妖"性使然。由于生物或人类的这种天性，又反过来有一种环境诉求，即要求处于某种富有生机活力、保持变动不居的状态，所以

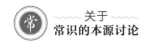

生物或人类成为某种恒常之变。

恒常之变是为"常"，这最终还是一种自然的情况——以变化求平衡。

3.7.10 金如"常"

金属、晶体之类，都属不变之物。

这种恒久不变的元素及元素的结晶，直接代表了"常"性的一大类型。

3.7.11 因果无定

"常因"致"常果"，但"常因"又未必致"常果"。这个判定未必有确切的结论。

譬如射箭、射击，击发出去之后，就未必能正中标的。你可以说就独立事件而言，无论是否中标的，射箭、射击本身已经完成一个因果序列，这是"常因"一般致"常果"的说法。但"常"的概念就是探讨一个预设的事实，在这个事实实际出现之前，因果序列并不确定。

因果实际上就是一个时间序列的表述，"常因"是在前设定之规定，但"常果"不能说是在后设定的规定，这个序列无法倒置，所以"常因"就未必致"常果"。

3.8 "常"道不明

老子说："道可道，非常道。"虽然此中之"常"并非我们正在讨论之"常"，但就文意而言，"常"与"恒"也通。

对于"常"，只可以说：你越是讨论它，就越觉得不能说清楚它。

3.8.1 "常识"之间有冲突

各种"常识"之间会有冲突。

不同的地域、不同的文化、不同的见识、不同的体验，甚至是不同的立场及价值观之类，会引起"常识"之间的冲突。

如四季轮替，这是很多人的"常识"，但放到一些特殊的地方，例如在热带，四季就不分明，如果放在南北两个极地，当地人就会认为四季不是"常识"。太阳朝升暮落也是一样，有些地方就是长久的暗夜，当地人也许会把长久的暗夜看作一种"常识"。而有些地方是长久的白天，当地人会把总是明亮的天空看作"常识"。

至于说到对某人的看法（类似某种"常识"），则更是见仁见智，差异更大。各个人有各自的看法、各自的判断，这是一种简单的观感差异，亦即观感冲突。

3.8.2 "常"不会有冲突

"常"概念一般不存在冲突。

这是由"常"之位置的空间性及时间性决定的。

常见的例子如人的体温、人的生存表现，总是一个恒定的数值或状态；又如数学所指的圆周率 π 值及自然常数 e 等，都是恒定值。提到这些数值时，我们通常不会感到它们会与什么数值有冲突。由此也可推出一些结论：我们说到某类"常"，首先有绝对、恒定的特点，而"常识"则往往无须顾及这些方面，只要生活体验能够验证则可。

人们常说"一切如常""一切照常"，但并不会说一切如"常识"，或一切照"常识"。此亦浅显地界说了"常"与"常识"在日常表述习惯上的差异，同时也表明人们在习惯上已经对"常"与"常识"做了区分。"如常""照常"中的"常"指的是什么？其实多是指那种居定不变的状态，也或者是指那种意料之中的变化状态。显然，在已有十分明确的前提的情况下，"常"其实是内在明确的。但"常"摆在"如""照"之后，却又未必表达出单独的"常"的意蕴。

3.8.3 "常"说不清

我们很容易就觉察到，"常"往往是说不清楚的。

一方面，它与"易""道""理""术""数"等概念是混搭的。如老子说的"非常道"，又如人们常说的"常理""常情"，等等。以老子的"道"而论，明明是"可道"的，却又说是"非常道"的。究竟是可为之道，还是可说之道，都未曾明确。[①]

而另一方面，"常"字本身也存在着无法明确其界说的困境。关于这一点，我们越是深入探讨，就越感到"常"的界定之种种麻烦。

---

① 我为此曾做了一番考证，并自拟断句应为"道可，道非，恒道"。

3.8.4 否定及反对为"常"

在思想学术领域，当某人提出一个观点、概念、命题、述说之后，必会招致反对声音，这是常态，故归为"常"。

3.8.5 "常"不喜不厌

所谓"常"不喜乐，不厌恶，即"常"往往站在事情旁边，面无表情，无所作为。

"常"面无表情，无所作为，表明这个"常"与存在论所指的那个"烦"相伴，即放任"烦"之扰，感受"烦"之累，更听任"烦"之怨，"烦"不绝而自身清净。"常"能够置身事外，以至面无表情、无所作为。

3.8.6 "常"无用之用

"常"往往表现出无用之用。

但唯其无用，实为有用。如庄子所说的，"常"是某种无用之物，行"无用之用"。

3.8.7 "常"不见，又"常"见

"常"者，看不见，但又"常"见，例如：

看不见，水自流，又自静，但我们又分明见到整体的现象；

看不见，虫自生，又自亡，但我们又分明见到整体的现象；

看不见，花自开，花又自谢，但我们又分明见到整体的现象……

3.8.8 成语、格言、箴言、寓言、典故之类

成语、格言、箴言、寓言、典故之类，均蕴含"常识"或"通感"。

但如果我们把"常识"换成"常"，似乎更加合适。

3.8.9 "常常"之"常"，还是"常"之"常常"？

注意，这两个字词组合的含义是不同的。

"常常"之"常"，指的是空间在延续，如"常常"如"常"，"常常"是"常"等；

而"常"之"常常"指的是时间在延续，可以表述为"常"如"常常"，反复的是"常常"的意思。

3.8.10 以非常写"常"

我们以非常的方式表达"常"的概念，如能引起某种"非常"的反应，这个事物本身就很"非常"，但是又太"常"了。原因无他，"常"本不易（变易）也。

我们说，"易"为"常"，不"易"也为"常"，这就是其中之妙趣。

4

"常"之象

题目中的"象",指的是宇宙万象的"象"。

古人定义宇宙有一句话:"往古来今谓之宙,四方上下谓之宇。"将整个时间空间的绵延关系都概括进去了。而这里所谓"常"之象,其实是要从时间空间的绵延关系角度探讨"常"这个概念。

4.1 "常"之形

在诸多人类发明的数学图形中,某些图形十分贴合自然生物的生长形态,横跨动、植物两界,如一个"泄密者",将大自然的某些奥秘揭示出来,使人惊讶赞叹的同时,又使人迷惑。

我把这种图形指为"常"之形,皆因它并不是某个具体生物的外部形态的数学描写,而是代表了某种具有共性的外部形态,即除了记录着某种生物基因生长的过程之外,还表达了某种由更广谱意义下的自然生物基因所统摄的生长过程的控制机制。

4.1.1 "常"之前——"混沌"

今人讲的"混沌"与古人谈论的"混沌"并不相同。古所谓"混沌"(浑沌)者,指的是神话传说中的四大凶兽之一；另外，"混沌"又指天地开辟以前宇宙模糊一团的状态。如老子《道德经》就有言："有物混成，先天地生……可以为天地母。"老子所说的"有物混成"之状态，其实就是指"混沌"状态。但老子却将这个状态说成是"先天地生""可以为天地母"的"混成"之"物"，这就使原来的"无"（混沌）态直接被指为某种"有"（物），于是，产生了矛盾。

但如果将"常"概念与"混沌"联系起来，则"混沌"作为"常"成为自身之前的某种状态，又有很具体的"无"的意蕴。

作为"常"之前的状态，"混沌"是否也是某种"常"，这个颇不好说，因为这是在说某种"无"。

因为在"常"之前之状态，时间与空间都处于未曾被打开的"无"的情状，所以，只能说那时的"常"态，是一种将有未有、将是未是、将在未在的"混沌"情状。说这个"混沌"的时段属于"常"之"本来"之状，似乎就设置了"常"与前"常"的分野。

4.1.2　自然之形为"常"

大千世界的自然之形，各式其式、各是其式，有所定形、有所变形，此刻此形，彼刻又遁形。从大尺度时间观之，总在形变；但从小尺度看，又不变居多。概而观之，不离"常"形。

4.1.3　天生之形——以为"常"形

天生之形就是人们所说的某人的天赋形态，如某个人的样貌、气质、态度之类，又或是这几种的综合。这种每个人（包括同种动物之间）形体近似的现象，也可称为"常"形。

4.1.4　关于"常"形

人体形与人脸形的普通呈现，就是一种典型的"常"形。在我们人类看来，人的这两种形态很容易从一堆繁杂的形态中被分辨出来。因而，人体形与人脸形作为人类自身辨识的标志，就显出了独特的意义。

此外，各种动物的典型形态，也是一种"常"形。于是，也由此而成为人类辨识及表达各种动物的标志形态。

4.1.5 "常"形天定，无能变易

生物之所有形，是为"常"形，皆由天定。其形既定，皆不变易。

以植物为例，竹有竹形，杉有杉形，榕有榕形……竹形、杉形、榕形等，生长以来，永无变易。在动物界也是如是，虎豹牛羊，鸟兽虫鱼，总是各形各式，不会变易（但某些动物中的拟形拟态此不论）。

4.1.6 "常"生者，不分昼夜

"常"生在昼夜。"常"生既在昼，"常"生也在夜。

看看那些动物，昼夜觅食营生，不动声色，也总不懈怠；再看看那些植物，昼夜生长，不动声色，也从不停顿。

4.1.7 "常"不分凉热

"常"有凉热。"常"既有凉，"常"也有热，还有不凉不热。

地球有寒带及寒极区，有热带及热极区，还有温带区。处在寒带的动物与人，往往无法体会处在热带的动物与人的感受。自然，处于寒极区、热极区的动物与人，也不能体会温带气候带给动物与人的感受。

4.1.8 植物常绿，天常蓝，皆为"常"

人们或许会问，那么，这个世界究竟"常"是绿还是蓝？这个问题可以这样来回答，"常"自无色，而"常"色其色。

"常"如如自在，由光照而自显，由自色而分别。当自然之光不去照射时，自然无色。

4.1.9 形其所是，以适辨别

所有的事物皆自是其形，所有生物则各有其形，由于生物自是不变的形，所以人类据此而将事物种种及生物种种加以分辨（动物中的拟形拟态又别论）。

4.1.10 永恒之物是为"常"

在人们的心目中，自然界存在的那些化学特性稳定的天然金属以及大量的天然硅

化物是恒久存在于自然的存在物，此即可谓自然之"常"。

由于那些自然存在物有这种天然永恒不变的特性，人们就将某些恒久不变并稀有的事物珍视为宝石，并形成了这些事物本身价值超出其实际价值的印象。

4.1.11 "常"为杂多，又为一致

在自然存在物及生物这个观察级别（尺度），我们见到的，是存在着普遍、杂多的无序景观。于是我们似乎可以说，杂多无序是为"常"。

人们以为，只是在种群的复制及人为制造中才会有一致的现象。但在巨观及微观等观察层级，其实不是如此。在原子、分子这一层，常见的是一致，并无杂多景象。但观察上升到原子、分子的构成物时，则呈现杂多无序的自然景观；而在巨观系统，如太阳系之类的恒星、行星系统，大体的一致结构就成为"常"观，以杂多为"非常"；但若观察视域转到了星系、星系团这种超巨观系统级别时，景观又转向了某种无序杂多，如各种螺旋形星系结构。

此种在不同的观察尺度下交替呈现不同景观的现象，令人慨叹宇宙的无穷宏大及永恒不变的既杂多又一致的性质。

4.1.12 关于"常"之积淀

积淀物被无意中抛于、失落于、遗弃于某个境况，或者积淀物被有意地保存、保管及保护起来（甚至有说明书）。

同样生存环境下的人，经过几十年的颠扑打磨，种种差异就慢慢显现出来。同样的生活条件下，会有不同的境遇，于是产生了所谓"常"之积淀的差异表征。人群之间也由同样的原因而显现出这种差异。

4.2 "常"：关于时与空，关于有、是、在及非、否、无

金岳霖先生说过："物占时间，就是说物有死生。"① "物占时间"，表达了物与时间是有分别的，"物有死生"又说明物与时间是不可分的。这看起来是矛盾的。

但如果我们将金岳霖所指的"物"换指为"常"，无论在占有时间及占有空间上，都会觉得有点顺畅的感觉。

英国哲学家 T. 里德说："没有空间，就不可能存在具有广延的事物。没有时间，就不可能存在具有绵延的事物。"②

美国科学家约翰·A. 惠勒说："在全面彻底地深入存在的过程中所遇到的一切障碍，没有什么比'时间'更令人沮丧了。解释时间？不先解释存在是不可能的。解释存在？不先解释时间也是不可能的。"③

4.2.1 关于"常"之"物"性问题

首先，"常"可指为"物"，因为"常"有"有、是、在"的性质；但"常"又不是纯粹的"物"，因为"常"也有"非有、非是、非在"的性质。因为"常"的"非"的性质，就使"常"的个性凸显出来了：原来，"常"还可以有"非"的一面。

由于"常"有"有、是、在"的一面，即实在存在的一面，还有"非有、非是、非在"，即非、否、无的一面，于是就撇清了"常"与"物"的关系，也就使"常"与时间、空间的关系也随即具有了自身的特点。

4.2.2 时与空不语

时与空不语，是为"常"。与孔子所谓"天何言哉"是同一个意思。

---

① 金岳霖：《论道》，商务印书馆 1987 年版，第 31 页。
② ［英］T. 里德：《论人的理智能力》，李涤非译，浙江大学出版社 2010 年版，第 196 页。
③ ［美］J.A. 惠勒：《宇宙逍遥》，田松、南宫梅芳译，北京理工大学出版社 2006 年版，第 217 页。

4.2.3 "常"既含时，又含空，且含人

从典常、家常，恒常、日常、时常，纲常、伦常，等等词汇，可以看出"常"有很多意思包含了空间，又有很多意思表述了时间，当然"常"也有很多意思指向人伦。

4.2.4 "常"占时间，但又不占时间

"常"有时占时间，这是"常"靠近"物"性的时候的特质；但"常"有时又不占时间，这时，"常"又明显地远离"物"性，也就是"常"之"非"。

4.2.5 "常"占空间，但又不占空间

"常"有时占空间，这是"常"靠近"物"性的时候的特质；但"常"有时又不占空间，这时，"常"也是明显地远离"物"性，也就是"常"之"非"。

4.2.6 "常"有与"常"非有，"常"是与"常"非是，"常"在与"常"非在

说"常"有是什么意思？若无所指，则有什么？

说"常"非有又是什么意思？实际上就是指非、否、无。

所指止于非、否、无。

说"常"是是什么意思？若无所指，则是什么？

说"常"非是，实际上也是指非、否、无。

所指止于非、否、无。

说"常在"是什么意思？若无所指，则在什么？

说"常"非在，实际上也是指非、否、无。

所指止于非、否、无。

这三条排列下来，有、是、在，三者意指不同。但非有、非是、非在，三者最终指向非、否、无，止于非、否、无，也就是同归于非、否、无。这就是与非有、非是、非在的同构性，这也表达了三者本来的相关性。

4.2.7 "常"否为"常"

"常"有、"常"是、"常"在是"常"的不同性状表述，三者是有差异的；但

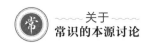

"常"不有、"常"不是、"常"不在具有同性状，即"常"的否定性的同一，这是比较好理解的。

有即有，是即是，在即在；不有、不是、不在，即非、否、无。前者属于肯定范畴，后者属于否定范畴，但两者在"常"性上，是同一的。

在说明在有、是、在的"否"的意义上，最终并无差别，此又为"常"。所以说，"非常"为"常"，非亦为"常"。

4.2.8 反常：非常，否常，无常

人世的种种事情的本质就是变化，就是导向事情的非常、否常、无常。

遇到有人亡政息之大变局，常态反而会在其中出现。你会看到，在大变局下，各种事体戛然而止，各种原来使用之物立时静置。整体上，呈现出从此不变，这又是另外一种"常"之象。

4.2.9 "常"者不动而又动

"常"者不动，不变；"常"者常动，常变。

所谓不动、不变者，非系主动不动、主动不变，而是自然地不动、自然地不变（牛顿三大定律中的"惯性定律"说明了这种不动的本质）；所谓常动、常变者，也不是主动而动、主动而变，而是本然地动、本然地变（在天体及原子世界中"自旋"现象属于样例）。

这里讲的，都是自然在没有生物"侵扰"时的情形，若有生物的"侵扰"（这里所谓"侵扰"仅仅是一种形象的说法，生命物质其实是地球特有的自然物质进化的产物）时，则是另外一番景象了。

观察生物，我们看到它们无时无刻不在动。如观察一群到处游走觅食的蚂蚁，你会见到它们不分昼夜几乎总是在动。由此我们得知，蚂蚁之动、生物之动乃有生者之"常"。

4.2.10 非、否、无，亦为"常"

非、否、无为有、是、在的对面，即可指为"常"的对面。

此又是一"大常"之象。但在非、否、无之内，有、是、在如何孕育、生发、形成的？这又回到老子所说的"道生一，一生二，二生三，三生万物"上去了。

4.2.11 "常"有、是、在及其反

常有自无中生，常是自否处成，常在自非处实。

但常无自有处变，常否自是处出，常非自在处现。

4.3 "常"之时——时间观

我们说过，"常"无时空分野，但作为现代意识，都有时间及空间两个维度分别表述的习惯，于是这里又循例将"常"的意蕴分述为时、空两维。

人类活动现象的本质是消费时间及存储时间。

在时间之维——我们说，某物某事的存续时间越长则近"常"也。

德国哲学家叔本华说："时间是正人君子！"[①] 这等于说，时间是光明磊落、秉公持平的。

古罗马皇帝、哲人 M. 奥勒留说："时间就好像是一条河，一条急流，里面含着无穷的变化。"[②]

4.3.1 时即"常"，而"常"非时

时除了指时点、时段、时长之类，还可指时令、时节。

如中国农历有廿四节气，又如春夏秋冬，都是一年中居定不变的状态，这可以说就是归到了"常"的那个类。

但不能反过来，说"常"即"时"，因为"常"的含义远远不止于"时"。

4.3.2 "常"时又不时

对大多数人而言，无论是主观上还是在客观上，本无时间之疾徐之感。人有时间之疾徐感，仅仅是被计时器所累。

---

① ［德］A. 叔本华：《自然界中的意志》，任立、刘林译，商务印书馆 1997 年版，第 102 页。
② ［古罗马］M. 奥勒留：《沉思录》，梁实秋译，译林出版社 2012 年版，第 53 页。

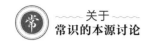
人在通常情况下的这种没有时间疾徐之感，就是"常"不时（没有时间感知）。

所谓"常"时，是指大尺度的"时"，如四季轮替、廿四气节之类。

人类有时间疾徐之感，就体现在耕作要遵守农时。到了某个时节，就要做某种农事，如不按农时而行农事，就会颗粒无收。

当然，现代农业中，人们已发展出温室栽培技术，栽种作物无须按时节，而只看市场需求，也培育出了"反季节"果蔬以适应市场。这样，按时令耕作的规律就被打破了。此谓不时之"常"。

4.3.3 "常"有矢，即时矢

从时间关系来说，时间只有先后两向，并且不可逆。此即时之矢，也就是"常"之矢。"常"因有时而有矢，这是"常"不愿接受又不得不接受的。

无论你如何设置时间之坐标原点，时间总是单向的、不可逆的。所谓"时光不可倒流"，讲的就是这种时间特性。而"时光不可倒流"这个讲法，或"时光不可逆转"这个性质，即是指"常"的一种"时"性，即不可逆性。

4.3.4 "常"有（由）时定

国人有"十年树木，百年树人"的说法。

比如种庄稼，又比如煮饭，不到某个必须的时间点，则工作（事情）未完成；而一旦超过了时间，则事情或者已经破败（庄稼过熟了），又或者已经毁烂了（如饭烧煳了）。

如孟子所说："虽有智慧，不如乘势；虽有镃基，不如待时。"比起好的工具（镃基），不如待时（农时）。这个"时"就是四季与节气，农民按时耕种，预期就有收成。此即时之"常"。

4.3.5 时之"常"VS"常"不时——"常"有两分

"常"一定要与时间相捆绑，无时不"常"吗？实际上，数学及物理的大部分常数类之"常"与时间因素是不相干的。

所以，"常"有两分。一为有时间因子之"常"，表达的是事件出现之频度，如通常说的时常、惯常、日常之类；另一为没有时间因子之"常"，如数理之常数类，日常讲的常规、常态类，及自然生物之常性、常形之类。

4.3.6 常是如何（或能否）与时间因素脱钩的？

"常"是如何与时间因素脱钩的？或者说，"常"是如何褪掉时间因子的？

其实，"常"在实存的那个有、是、在的状态下，已经与时间脱钩，而自成为所有、所是、所在，当是其"常"，则无时间限制。

如我们下的一个判断："天总是要下雨。"这就没有哪天、哪时之问。

更何况那些数学及物理上的常数所指，在根本上摆脱了时间因子。

不过，若谈到自然及人为的种种积淀，时间又在其中扮演了重要的角色。因为，无时间积淀，则无"常"之所成。"常"有其所有，是其所是，在其所在，本质上无处不体现了由时间生成的样貌与痕迹，是时间的一种眷顾与滋生的结果，"常"与"时"关系梳理的麻烦就在这里。

这可能就是"常"与"常识"及其他概念（如"道""理""易""仁""礼"等）不一样的一个原因。

4.3.7 自然有冬夏春秋之交替，然后有夏虫冬梅之分别

在每个季节的隆盛之时，其实就是一个所谓的偏离稳态的短暂的极端时期，很有可能在这个时候系统就会生成一些超稳态的"小岛"[1]，也就是产生出某些自己变异的小"非常"来。这些小"非常"因为是超稳态，也就具有"常"的属性，即有性、是性、在性。

而因为冬夏春秋的交替是周而复始的，所以那些属于小变异（小"非常"）的生物的生灭轮回也就循例上演了。

4.3.8 时间积淀每一"常"

说时间积淀每一"常"，就是说，通过时间的淘洗，人们会渐渐从自己的日常所念、所说的东西中将含有的思想、知识、否定、论辩、实践、欣喜、失败、忧虑、流血、生死的积淀等沉淀出来，最终显现的就是"常"。

"常"就是这一切，但又并非这一切之具体所是。

---

① 关于超稳态的"小岛"，参看［比］I.普里戈金、I.斯唐热：《从混沌到有序》，曾庆宏、沈小峰译，上海译文出版社1987年版。

4.3.9　生命时间有限——人一生短促，人类的历史也短促

"常"说的往往是在时间的有限性之下的存在，如"常"设定在时间的无限性上去讨论，则很难说下去，也很难说得圆融。

例如说某人的一生，短短不过百年，就是一个短暂的瞬间，一生一死，转瞬间成为过往，即所谓的"生灭无常"。对于人类历史长河而言，这只是一个微小的片段。

由此而论，在"人在"的这个时间尺度上，人是一个变动不居的存在（因为他的存在而引发地球的剧变），以此而论，人在（我在）的这个时空，就注定是一个一直处于变动状态的非常时期。所以，如果单指人这个因素，对于大尺度时间上的"常"，也注定只是一个奇点。关于这一点，庄子很早就说得明白："吾生也有涯，而知也无涯。以有涯随无涯，殆已！"

在人生这个尺度上看，"我"总被时间催促着，也只有在这种催促之中，"我"才感知到了时间之有、之是、之在。于是，人们就认为，这其实是由钟表（计时）带来的错觉。

所以，古罗马哲人 M.奥勒留就说："每人能享受的时间乃是广大无垠的时间中多么渺小的一部分！"[1]

4.3.10　我时间与他时间

我时间即由我自由支配之时间，他时间即除我自由支配之外的一切时间。

4.3.11　有事时间与无事时间

在大多数境况下，人往往活在无事时间当中。但往往也有不少的时间"有事"。

我们当然会觉得，时间"有事"与时间"无事"是有区别的，但"有事"的时间就比"无事"的时间有更多的意义吗？这个问题值得探讨。

此牵涉关于"常"的事性，即是"常"有事，还是"常"无事？

4.3.12　"动物时间"与"人文时间"

人的一日、一年、一生，又分为"动物时间"及"人文时间"。

---

① ［古罗马］M.奥勒留：《沉思录》，梁实秋译，译林出版社 2012 年版，第 211 页。

"动物时间"涉及人的生物属性及生存状态，"人文时间"涉及人的活动及人的意志。

显然，无论是按一日计算还是按一年乃至一生计算，相对于人耗费的"动物时间"，人真正据有的"人文时间"是极其短暂的。

4.3.13　时间的淘洗力

许多所谓"大家"，其实在他的生平中还有很多不为人知的故事，但是能够流传下来的，或者说，能够为多数人所称道的，其实也就是一些作品、书画，以及他说过的一些片言只语，或者，还可能包括一些已经过粉饰得很厉害的传记体个人事迹。

4.4　"常"之空——空间观

英国哲学家罗素说过："有两种空间：一种是一个人的个人经验所占据的空间；另一种是物理空间，这种空间容纳有他人的躯体、椅子和桌子、太阳、月亮、星星等，这些东西不仅为我们个人的感觉所反映，而且我们还假定它们是独立存在的。"罗素这里说的"个人经验所占据的空间"显然包括了人类特有的想象空间、思辨空间等。

关于"常"之空间，也是包括两个空间类型：一是实然的空间，如自然的物理空间及包括人类所在的实景空间等；二是除物理空间及实景空间之外的，人类经验及想象的空间，这是人所特有的空间。

德国哲学家 I.康德说："空间是一个作为一切外部直观基础的必然的、验前的表象。"[1] "在一切空间概念的基础上的乃是一个验前的直观，而不是一个经验性的直观。"[2] 康德强调空间的验前性，即非经验性，也就是把空间概念看作是存在的形而上学的奠基。

---

① ［德］I.康德：《纯粹理性批判》，韦卓民译，华中师范大学出版社 2000 年版，第 66 页。
② ［德］I.康德：《纯粹理性批判》，韦卓民译，华中师范大学出版社 2000 年版，第 67 页。

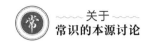

4.4.1 空间万向

空间之向度在坐标原点设定之前，各点各自呈"自在如如"之状，并无具体方向，此时空间之内任一点，都呈万向之象。直到有一个原点出现，或者说有一个原点被定义（选定），于是就有一个实在的空域被确定于某处，这个某处是有原点的，向各处延伸，始成一个具体的"常"域。

假设有一个确定的空间，先有上下左右四方，再呈立体六面，于是，人们可以开始讨论这个空间方向关系。

4.4.2 所谓"五方"，即南北东西中

《礼记》云："五方之民，言语不通，嗜欲不同。"

所谓"五方"，就是南北东西中五个地方。这个"五方"很玄妙，无论你身处何处，你总能有"五方"定位。而一旦你留在一地，你的"五方"即为一个相对的方位。

对于某个常住（居中）的居民而言，以他们的驻地为原点（中点），很容易区分出东南西北。但如果他们是处在其他方位，要判定自己所处的位置其实并不容易。

正如你在荒野中行进，遇到一个没有太阳的漫射光环境，又没有带指南针之类仪器，你要辨别东南西北就不容易。

4.4.3 点、线、面，因时而空有，因时而空是，因动而空在

当两个或多个点建立了关系，用多条线联系起来，就产生了一个或一些具体的向度。也只是在这时，某个空域才有了意义。继而，某些相连的线整体地移动（伸展），即产生了二维的面。继而二维的面整体地向第三个维度方向去移动（拓开），就有了三维的立体构造，最后如加上时间这一维，就是四维空间。尽管这时产生了实的四维空间，但因为这时的空间质料未明，则空间虽然有时间也只是一个虚空，成为空的有、是、在。即因时而空有，因时而空是，因动而空在。

无论点延伸为线，还是线伸展为面，面又拓开为体，都意味着空间从万向的状态向定向的有限的状态演化，空间只有定向有限化之后，才是一个具体的空域。加上时间这个因子，这个空域才可以指为是居定不变的"常"。只是，这个"常"仍然是一个虚空的东西，除非有具体的材料填入其中。

4.4.4　"道"是空间之"常"的前概念

老子所谓"道生一，一生二，二生三，三生万物"就说明了"道"在空间上的扩张性。虽然在"道生一，一生二，二生三，三生万物"的过程中，"常"并不呈现出来，但到了"万物"生成之后，呈现出广大的空间，"常"即喷薄而出，也同时具有了生生不息的万物生长的"常"态表现。

这里，似乎表明"常"是在"道"之后才产生的，即"常"是"道"生万物之后那个空间之域的表象，但这个事情说起来比较麻烦。

4.4.5　"道"生而"常"不生

"道""生万物"，但"常"是不生的。

"常"是在某种混沌之后（"道""生万物"之后）呈现出来的。是在混沌生化落定、稳定之后现身的。于是，"道""生万物"而最终为"常"。是自"道""生万物"之后而"常"的，以至到达"常"有、"常"是、"常"在之境。

4.4.6　"常"空又不空

我们说空间某处居定不变，往往指的是一个具体的居定之所，就是我们常说的空间所确定的一个具体的点（或一个个体）。这时，这个"点"是无限的、虚空的。这就是空间之"常"呈现"空"的性质。

但当"我"确定自己栖息于某地，并且有人已经为此地命名，有人已经频繁在这个地点留下种种印迹，展开种种活动，我就将此地定义为"我"的常住地。这时，这个空间之"常"呈现的是"不空"的性质。

4.4.7　以人类的立场谈空间

I.康德说："我们唯有以人类的立场才能谈到空间，谈到广延的事物等等。"①

康德这句话的关切点是"唯有以人类的立场"这个限定词，说明空间的意义很大程度是人类的有限的主观想象，是人类观念的产物，这与"验前的直观"的观点是一致的。

---

① ［德］I.康德：《纯粹理性批判》，韦卓民译，华中师范大学出版社2000年版，第69页。

4.4.8　关于南极与北极

地磁自然分为两极，即南极与北极。

并且，自然界天然就存在某些永磁体，这些永磁体破碎之后，每一个破碎的小块又自然存在南极与北极。

后来，人们还进一步发现有单极磁体，即只有南极或北极的磁体。

联想起分形几何，永磁体的小碎块又形成各自具有两极的性状，很能够说明某种空间同构及递归的关系意蕴。

4.4.9　我空间与他空间

世上有在我空间及他空间。我空间即由我自由支配（占有）之空间，他空间即除我自由支配（占有）之外的一切其他人自由支配（占有）的空间。

我空间是我的私域，非在我同意之下，他不可以进入及进犯；同样，他空间是他的私域。我空间及他空间的确立，以我或他的生存（存活）为前提，这可以说是一种特别的"常"态。

4.4.10　有事空间与无事空间

我们肯定会认为，空间"有事"与空间"无事"是有区别的。

在日常境况下，大多数人往往是活在"无事"的空间当中。但同时，往往也有不少的人是活在"有事"甚至"多事"空间之中的。

但"有事"的空间就比"无事"的空间有更多的生存意义吗？这个问题同"有事"时间及"无事"时间一样值得探讨。

4.4.11　常住之"常"——居定由人

这是地点之确定不易之义。

我常住淘金路某地。有一段时间曾搬到广州南面一个叫南沙的地方住，我熟悉了南沙的环境，也就慢慢觉得原来的淘金路陌生了……后来，因为一些原因，我又住回到淘金路的房子，熟悉回原来的住处，于是，对南沙又渐渐觉得陌生了。

显然，因为人的主观意愿的变动，即发生人住所的变动，于是，常住这个意象就变得不确定了，所以就有居定由人这个说法。这个"常"之居所，最终是由人来定的。

4.4.12　计时器没有空间规定

一个时空分离的实在示例：当我早晨煮蛋时，要用闹铃（计时器）确定煮蛋的时间长度。当我设定了时间长度之后，这时，这个闹铃放置于室内什么地方都可以，只要能听见铃响。这个例子告诉我们，（计时）铃响的效果不由闹铃的位置（空间）决定。

4.4.13　基本时空之谓"常"

在世的基本空间谓之"常"，在世的基本时间亦谓之"常"，这是"常"的基本性状。何谓"在世的"？在世者，我生存，你生存，活着的人生存。"基本空间"比较好理解，但"基本时间"比较麻烦。何谓"基本时间"？可能就是你、我、我们活着的那个时段，或者还可以久一点，但总归是那么一个你、我、我们熟悉的时段，我们称之为"基本时间"。我随"基本时间"之在而生，也随"基本时间"之不在而灭。其他生物也如是。至于死物，则"基本时间"并没有附着其上。

4.5　"常"之矢——时空有矢

"常"之矢，是关于时空向量的表述。

时间之矢表示事件发生顺序，是一种因果关系序列。并且时间之矢总为单向，因为时间之此种性质，才有热力学第二定律的成立；空间之矢表示空间上下四方的位置置放，是一种物质质点因延展、延拓而得到点、线、面而定下的关系序列。空间之矢可有万向，如果确定某一坐标原点，则可定义一个空间矢量坐标，这时，空间之任何一点的矢量都是可逆的，这个与时间的性质完全不同。

在地球上，人们感受的是重力的自由落体作用，到了水下，这种作用效应有所减弱。无论重力的强弱，人们都能感受到地球向心力的存在，这是空间之矢的呈现；而到了太空，特别是假设当人造飞行器飞离太阳系之后，则重力作用完全消失，空间之矢又复无定。万向，仅仅由相互作用的引力加速度的方向确定。

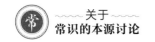
4.5.1 "常"有（是）时空

时空无定，并且，两者未必两分。

很多时候，时空其实是一种混沌，但不同于原始混沌那种天地未分的状态，而是一种时空的本来所是。

时空不两分，即天时、地时、生物时、人时、神鬼时，总在非时非空、亦时亦空、此时此空、那时那空的状态。

当空间被天、地、生物、人、神鬼等具体物或抽象物因时间而确定时，则"常"相应而会有一个在。

4.5.2 "常"之时间维度及空间维度

于原来（时间）未有之事物（空间），"常"未显见。于是，"常"为原初，"常"不二端，"常"未有分别，亦无所谓时间 – 处所。

于原来已有之事物，"常"终显见。于是，"常"为大显，"常"有二端，"常"有分别。继而，"常"在其中有自己的处所。

并且，当"常"有了分别（具体的时、空），也就开始有了自性。

4.5.3 这是时间与空间的合谋

我们的世界，每天都有无数的影像及记忆彻底地消散（湮灭），这令人觉得不可思议。只有刻意的记录，才有真正的遗留。当然，所谓"刻意"，并非单指人为的所为，其实也有自然的"刻意"。例如树木的枯萎、山石的风化、海岸的沉积，都是自然无意的"刻意"。

探究起来，遗留的原因似有无数，但其实只是一条——是时间、空间在时间之矢的作用下的共同作用（合谋）的结果。

4.5.4 "常"有矢，"常"无矢

有矢的意思，首先是指"常"在时间这一维是有指向的（箭头），并且是有绝对指向的，即从过去指向未来，这是不可逆的；但"常"在空间这一维则是无矢量的，即是万向的，此又是无矢之谓。

"常"既有矢也无矢，指的是"常"的哪一个因子，是时间因子还是空间因子，还

是自性因子？有矢对无矢是没有解的，只有“常”之在，或曰“如如”。

4.5.5　关于“常”之矢

人们在讲到彼此关系的维持时，有“常来常往”的讲法。一方面表达的是有事的频度，另一方面表达的是一种双方方位的相对性，此外，还有一重意思是表达相关的意愿：“向”（同意、趋向、簇拥）或“背”（反对、背离、散逸）的问题。

“常”之矢寓意其中也。

自然之矢，不特表现在时间，也表现在空间。在人伦方面，如上所述的向、背，也是箭头，但都为“常”所收纳。

4.5.6　散乃“常”，聚亦“常”

这种说法由耗散结构理论所规定。

散：耗散，是封闭系统的一种最终的常态——平衡态、热寂态（各处温度趋于平均）。这是常有的“常”象。聚：聚敛，是开放系统的局域现象，在系统远离平衡态的时候，就会出现这种现象。[①] 这是不常有的随机出现的“非常”之“常”象。

4.5.7　周期乃“常”

关于“常”与“变”的关系，当某种变化最终固定为周期变化，即意味着“变”之“常”。然后，可谓：“变”乃“常”。

“常”变而为周期化，乃可叫作某种“规律”。如四季之交替变换，如风吹树木之左右摇曳，如海面之波浪上下起伏，是谓自然律；在人为方面，如钟摆、交流电、石英振荡器等的运动，都是人造周期运行现象。无论是自然之周期还是人造之周期，事物变化表现出周期往复的现象，皆指为“常”之象。

4.5.8　需时乃“常”

从事种养农事的人都知道，无论植物动物，都有种养周期。

这里有两重意思：一是按时耕种，如果不合农时，则不能保证种养的收成；另一

---

① 参看［比］伊·普里戈金、［法］伊·斯唐热：《从混沌到有序——人与自然的新对话》，曾庆宏、沈小峰译，上海译文出版社 1987 年版。

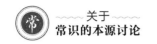

重意思是按时收获，种养的天数只能多不能少，够天数了就可收获，不够天数则无法收获到有用的果实。（当然，现代农业发明了"反季节"种养方式——使作物无须按季节种植；也发明了果实"催熟剂"——使果实可采集于未成熟之时。）

当然，过了天数，果实也可能错过最佳食用期。

4.5.9 "常"之变：恒久

按事物存续的恒久而论，"常"变比"常"不变来得恒久。

但"常"不变也是一种恒久的见识，也总在一个大尺度的时、空下得到见证。

于是，"常"不变比起"常"变来，就大尺度时间的观照而言，其实也无分伯仲，这也是令人困惑的常态。

4.5.10 "常"之强弱

就某个音源、热源、震源感受而论，趋近那个源，则感受为强，可谓强之"常"；远离那个源，则感受为弱，可谓弱之"常"。

而就某个点而言，既无趋近之远近，则"常"无强弱，又"常"亦强亦弱。

4.5.11 庞大乃"常"之基础

在生物世界，总有一些类型的动植物，会演变出庞大的体貌。

这些生物因为庞大，所以有存续的稳定不变的性状，并且，在自身的体貌膨胀过程中，积累自己的存在力量，形成自己特有的存在的机制，在自我运作的过程中，稳定存续。并且，在两个阶段，即由微小累积成庞大体貌的阶段，以及在由庞大至极盛而衰的阶段都是一个漫长的过程。因而，在走向盛衰两端的过程之间，即可设定为一个相对稳定的常态。

由此可见，某个事物之成"常"态，是长成庞大之物的原因。

4.5.12 金木水火土之"常"

在五行表述金、木、水、火、土之中，以性质稳定之"常"态而论，金最强，土次之，木又次之，水、火最弱。

这是一种宽泛之论。因为除了"火"不论纯杂，其他几项，都未必是纯净之物，或者说，它们都不属于本己之物。

4.6 "常"有界

自然有很多自然而然的边界设定。

但最常见的边界设定就是包裹细胞质的外膜。由种种的膜而至种种的皮肤，都是每个实体与相邻的实体、个体与外界相区隔的界面。正因为有这些界面的存在，个体作为独立自存的实体的存在才有意义，个体繁衍生息、发展壮大及生老病死也才成为可能。由此可见，边界区隔对于个体生命的重要性。

此外，自然还划定了一些大的边界，如河山之界、树石之界、生死之界、雌雄之界等。因为有了这些分界，世界的面貌才有万千分别，以"常"之象观之，有界也才有"常"之测度。

在人这一端，人的种种边界设定就是以人之某种"常"度为度。因为有人，才生出更多的人为之界。孟子就说过："夫仁政必自经界始。经界不正，井地不钧，谷禄不平。是故暴君污吏必慢其经界。经界既正，分田制禄可坐而定也。"例如，人为自己占有的地域划定边界，为自己占有的财富设定边界，为自己的居所设定"家庭"这种边界，等等。此外，人也为自己的身份种种划出边界，使自己有不同于其他人的标识。

4.6.1 观察我们的脏腑及表皮

世事有界，万千体现而不事表达。

以我们体内的五脏六腑为例，各个脏器能够自存于腹腔之内而各不融合，不发生相互粘连，从而各个器官能够各自存养，各司其职，成就我们生命整体自存的奇迹，这就是边界包膜的作用。

边界的材料表现繁多，对人体而言，是内外有别。在内部，器官的隔膜由各种包膜去执行；在外部，则人体与外部世界的分隔主要由皮肤实施。表面上，内部的包膜与外表的皮肤没有共同之处，但其区隔区分的功能是一样的。

4.6.2 设定分界是自然及人类的一个存在方式

设定分界是自然及人类的一个存在方式，这个说法可参考物种的繁殖原理。

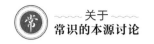

我们通过大量的事例观察到，动植物的两性的分体其实不是单纯分开雌雄两体那么简单，而是从生活空间的具体位置上将两个不同的种群分隔开来。从同种繁衍的优势来考察，这种生活空间分隔的距离越大，对后代繁衍的优势就越明显。分开生长，分开形成雌雄异体，这又是另外的话题。

以植物为例，大多数的花朵雌雄蕊分开时间发育，并从结构上设计了增大异体植株间授粉机会的机制，其媒介就是风吹或动物接触等，这种授粉方式的一个核心点，就是自然的分界。

对于自然的这种分界现象，或可定义为某种"常"态的设置。

4.6.3 "常"因为自身自洽的需要而定界

当"常"论及边界问题时，会使人感到困惑：别人在别处以别的观念或方式已不厌其烦地对边界问题谈论多时了，说"常"的时候为什么也要谈边界呢？原理其实也很简单，"常"是一种总是"能够言说"的理论体系，只要它认为自己这一套理论有基本的逻辑上自洽的品格，于是就说，体系已经为自己设定好边界了。

并且，"常"概念还有某些不同的性质，那就是，将"边界"作为自己的言述的对象。这是什么意思？就是说，"边界"不但是"常"言说本身的某种界限，并且也是"常"概念的一个构成要素，即是它自身的某一属性。

正如谈到"常是"与"常非"时，就有某个边界的规定在其中。

4.6.4 关于人世的种种分界

边界者，如男女、语言、职业、年龄、旨趣等，总有分界。

人通常因遇有种种边界，而使得彼此实际上互不相干（当然，人的这些边界可以跨越）。

此外，人在探索自然、经世务实、竞技游戏及人生思辨的时候，也需要为种种观念行为在时空两个维度设定种种边界。

最明显的事例是竞技游戏，如果博弈双方（及各方）的边界不确定，则游戏无法进行。

4.6.5 家庭是最典型的边界

家庭是人类社会最古老的边界单位，也是人为自我设定的边界形态。

人因为有了家，以及由家附属的地域划分，从而就有了稳定的栖居活动，即进入某种"常"态。

4.6.6　私而"常"，公亦"常"

人因私产而设定种种边界，社会因有公共产品而界定种种公产。

"私产"与"公产"，是构成人类社会之"常"物，而两者的属性又是那样泾渭分明。

4.6.7　有立场又是一种界限设定

在有人的世界，所谓有界限、有原则就是有立场。或者也可以说，有立场就是为自己设定界限、原则。

无论何种状况，"常"总在那里，作为边界的两端，静静地安放着。

4.6.8　为"常"划定界域——某个宇宙层次（时空维度）

从"我们所生活的这个宇宙层次"[1]，到我们日常所处的地球的某个界域，再到我们所处的某个国度、区划、社群，"常"的说法实际上包含了一系列界域的问题。

就是说，我们在讨论问题之前，要为论题设定一个界域（场域），这也是有道理、能想通的。如，我们从哪里来？将要向何处走？最终止于何处？当我们的讨论超出了某个边界，整个论说体系或许就不成立了。

4.6.9　有一种意识叫作分界

分界意识，体现在人类社会的传统意识里是一篇大文章。

古有所谓君臣有别、尊卑有别、长幼有别、男女有别，除了是封建等级的区分，还包括社会人伦秩序的设定。此是另外一种界别意识。

4.6.10　人往往不自觉地跑出界外

人类向往自由的天性里包含了先天地想跑出界外的意念。最形象的比喻是在山间、林间或乡间的那些断断续续、隐隐显显的小路，那本来是前人经过很多年的行走（习

---

① 苗东升：《分形研究的哲学思考》，《自然辩证法研究》1993年第8期。

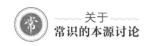

惯）而形成的，但行走这些老路的人往往就喜欢走到路的外边，甚至还想尝试自己走出一条新路来。

尽管某人可能是第一次走某条路，但走路的人往往怀着探险者的心态，在走新路的同时，不忘在路上探究出某些新鲜事物，甚至企图在跑出界外时意外地发现奇迹……

中外都有的种种界外探险，如"鲁滨孙漂流记"（D. 笛福）、"桃花源纪行"（陶渊明）等，都属于跑出界外的具体表述。

但是在多数的情况下，小路最终会被人类走成了大路，这又是一个"常"景。

4.6.11 "常"洁净还是"常"不洁？

对于自然是洁净的还是不洁净的，有两种截然不同的看法。

从微观上来说，自然，我们从显微镜就可以看到，处处其实都是不干净的，任何地方都有细菌，有细小的生物，有很多微小的颗粒，如尘埃之类。此或谓"常"不洁。

不过，只要显微镜的倍数继续加大，我们看到在足够微小的空间里，自然又变得纯净起来，那些微小的物体在更小的层次中，又变得洁净起来了。不但洁净，而且那些小颗粒的排列及运行也是井然有序的。此又可谓"常"洁净。

此外，若从宏观上看，我们在海洋、山川、雪山高原又能经常看见一些人迹罕至的地方，那里是很干净、原始的。看到这些景象，又使我们相信自然其实是很纯洁的。所谓"常"不洁而"常"洁净。

4.6.12 年龄作为一种"界"

年龄是特定的（天然的）一种界。

人的寿命因为种种原因而有限，以年龄（如60岁退休之说）作为界限，很多事业会因而无法有长久的积累努力而停止，这就是我们总是见到的所谓短期行为的一个原因。

4.7 "常"在"云"与"钟"之间

哲学界一直存在着历史演化的"或然（偶然）论"与"决定（必然）论"之争。

延续到物理学界，就是一直持续的关于"云"和"钟"的讨论。

讲到"钟"，荷兰哲学家 B. 斯宾诺莎说："自然中没有任何偶然的东西，反之一切事物都受神的本性的必然性所决定而以一定的方式存在和动作。"[①]

爱因斯坦终其一生多次说："上帝不会掷骰子。"

"钟"可以说是对确定的、有因果的、机械的、有规律可循的状态的描述，即属于"决定论"的观点。

而谈到"云"，则可以说是对混沌的、偶然的、不确定的、随机的、无规律可循的状态的描述，即属于"或然论"的观点。

对"云"的理论贡献最多的要数现代量子理论。这个理论告诉我们，在宇宙的起点处，"并没有大大小小的齿轮，也没有成队的瑞士钟表匠把它们安装起来，甚至没有一个预先存在的计划"，"所有的物理定律，必然在根本上类似于热力学第二定律，杂乱无章，混沌无序，完全建立在盲目的随机性上"。[②]"杂乱无章，混沌无序，完全建立在盲目的随机性上"就是典型的"云"的性质。

但在"常"那里，"云"和"钟"未必就那么确定，需看所处的具体视域。

4.7.1 自然之"钟"——自旋与绕核旋转

关于物质的运动轨迹，如电子绕原子核旋转及原子核自旋这种现象，是微观层面的普遍现象；而星球之自旋与行星（卫星）的绕行，则上升到宏观层面的普遍景象。这就是自然所谓的典型的"钟"态，也是自然之"常"态。

可见，大到星球天体运行，小到原子电子运动，无不是自然而然、秩序井然、永恒不易地遵循运动轨迹运行。

---

① ［荷］B. 斯宾诺莎：《伦理学》，贺麟译，商务印书馆 1959 年版，第 29 页。
② ［美］J. A. 惠勒：《宇宙逍遥》，田松、南宫梅芳译，北京理工大学出版社 2006 年版，第 213 页。

4.7.2　星球运行及原子运行不见操控者、指挥者

不论是星球运行还是原子运行，其中并不能见到任何的操控者、指挥者，使人不禁慨叹自然之神奇造化。

4.7.3　自然之"云"——如"布朗运动"

微小物体在充满介质的环境下自由下落，遵循的是另一种独特的运动形态，被称为"布朗运动"。

"布朗运动"虽然由某种运动状态描述给予定义，但实际上每一个（次）"布朗运动"的运行轨迹都是独一无二的。之所以如此，是因为那个被描述的粒子在给定介质下做悬垂下落运动时，所受到的其他介质（粒子）的随机扰动是不确定的，但它向下的运动总趋势是确定的。于是，从起始点到终点这个过程的某一个段落就会有不同的运动轨迹，而两个同时坠落的粒子在运动过程中，相同时段所描述出来的运动轨迹也是不同的。这种起始点及终点相同，中间过程千差万别的运动模式，其实可以描述为一种特别的式样，姑且称之为例程。这就是所谓自然普遍存在的"云"态，同时也是自然之"常"态。

4.7.4　"常"即轨道、轨迹

关于"常"态，最典型的样式是轨道样式。

轨道包含道路、（航空、航海）航线、（公交）路线，此外人们还将自己设计、构想出来的思路、规划、战略之类归入轨道范围。

但在巨观及微观的层面，存在诸多无须由人设定的自然的轨道及轨迹，这些轨道、轨迹所呈现出来的，就是一种自然之"常"。

4.7.5　"常"又是种种无常

种种无常，如风雨雷电，落雨蒸云，即是"云"态。于是"常"又是"云"。

4.7.6　自然"或然论"（"云"）还是自然"决定论"（"钟"）？

"决定论"认为，人类对事物的存在发展抱有某种定见，即认为事物发展是先（前）定的，有规律可循的；"或然论"认为，事物发展并无规律可循，各个事件发生发展是不可预见（预测）的。简单地说，就是人们对事件发生形成一种链条序列的因果判定通式：究竟是"云"形态，即认为事件的 A，B，C，…，N 的发生是按一种不可知的随机序列呈现的，如一团由水汽构成的云雾，是瞬息万变、不可捉摸的；还是"钟"形态，即认为事件的 A，B，C，…，N 是严格按照时间的顺序有序发生并可重复的，如钟表那样由内部结构的预设而运行的。

其实，撇除了人的因素（人是造"钟"者），大自然这个世界在宏观尺度上观察，纯然是一片云遮雾罩的"云"景象，本不存在"钟"；但是如若进入到某个更宏观或更微观的尺度去观察，又会看到自然处处呈现出"钟"的结构。

4.7.7 以"常"观之：微观及宏观无"云"，中观无"钟"

如果从宏观和微观两个层面来观察"常"的界域，那么就会得出微观及宏观无"云"，中观无"钟"的观感。

所谓"微观及宏观无'云'"即是说，在微观的视域下，自然处处是"钟"，无论是有机界、无机界，还是更深一层的微观层面，如分子、原子、中子、质子，又或大到星球、星系的宏观层面，处处（层层）见到的都是由不同粒子及星球构成的结构有序、运行稳定、变化可测的微观及宏观世界图景；而所谓"中观无'钟'"，指的是从地球表面的中观世界图景来看，如山川河流、林木鱼虫、风雨雷电，处处呈现出无序的、杂乱的、个体化的、随机的、变幻不定的、一片混沌的"云"景象。

令人不可思议的是，"常"却可以统摄三者。

4.7.8 "常"态，既不"云"不"钟"，又亦"云"亦"钟"态

如果将考察的点置于"云"与"钟"之间，即是我们设定的那个中间之观即"常"观的地带，又可以看出，所谓"常"观状态，就是既不"云"不"钟"，又亦"云"亦"钟"的状态。

只要将视觉逐次放大，延伸到宏观的视域，又可看到一个个无序自存的自然物（无论生物还是死物），身上都携带着一堆数不清的排列有序的分子原子（显然是死物）在生活着、运动着、繁衍着。

4.7.9 人生之"轨"

人生有几条并行的轨道：一曰生命之轨道，即生存、生活、身体之状况；二曰事

情之轨道,即自己的事情、周遭的事情、被迫的事情等。

人生两条轨道都由命定之时间来统摄,由自由之区间来呈现。

不过,从人一生这个尺度来看,每个人的人生之轨,又是各不相同、各自呈现的。

4.7.10 自然界的"中等尺度"的对象

中国学者苗东升说:"在描述自然界中等尺度的对象(即我们所生活的这个宇宙层次上的物体)的形状时,整形几何往往无能为力。"[①] 苗东升在这句话里提出了"自然界中等尺度"即"我们所生活的这个宇宙层次"的意念。

"自然界中等尺度"等于"我们所生活的这个宇宙层次",这就是"常"所指谓的那个"尺度"("层次")。

4.7.11 由"云"到"钟",又由"钟"到"云"

虽然我们说"微观无'云',宏观无'钟'",但大自然里又确实有不少有序化的例证。正是这些例证,使我们知道,若从大的视域聚焦于其局域的小的视点,又或者从大的视域到更大的视域,我们会赫然发现,原来在这两个方向上迁移我们的视域,自然都有由"云"到"钟"及由"钟"到"云"的内在结构的奇异的变幻景象。

由于此类例子多不胜数,也使人感觉到大自然的"云""钟"互为演化的现象,特别是那种分布在"云"里的"钟"迹满布的境况,总是自然的一个"常"态。

4.7.12 人造"钟",又思"云"

造"钟"者,制定秩序。这里说人造的"钟",除了指狭义的"钟表"之外,更是指广义的"钟",即规制、秩序、行为守则之类。

人一直有设计秩序的偏向。希望社会有序、行为有序,想着"钟",制造"钟"。

但人又无时不向往自由。希望人人平等,打破人造秩序的种种禁锢,思想"云",向往"云",为能"云"地思而奋斗。

这是由自然演化而来的神奇生物——人类的最不可思议的个性特征——既造"钟",又想"云"。

---

① 苗东升:《分形研究的哲学思考》,《自然辩证法研究》1993 年第 8 期。

4.8 "常"之"内稳态"说

1926 年，美国生理学家 W. B. 坎农提出一个有趣的概念，叫"内稳态"。即有机体在自主神经系统和内分泌系统的调控下，保持对内环境的不断调整的动态过程。作为生物有机体特有的活动，内稳态是脑、神经、心、肺、肾、脾等脏器协同工作的结果。

90 多年后，即 2017 年，葡萄牙学者 A.达马西奥将"内稳态"的概念大大扩展并充实了。

在《万物的古怪秩序》这本书中，达马西奥明确表达了一个观点，即认为"内稳态是一种强有力的、非思想性的、无言的命令，对各种形态的生物体来说，颁布这道命令的唯一目的就是确保生命的持续和繁荣兴旺"[1]。达马西奥认为，内稳态"是所有生命形式的无处不在的管理者"[2]。

我们在达马西奥那里，强烈感受到这个被他讲得很复杂的内稳态，其实就是生命体的内在之"常"。

4.8.1 "内稳态"定义

关于"内稳态"，达马西奥在书中给出了这样一个定义："不管多么艰辛，生命都有一种存活和发展的欲望，这种欲望既不是深思熟虑过的，也不是有意为之的，而执行这种欲望所需要的那组协调过程被称为内稳态。"[3]

这种"不是深思熟虑过的，也不是有意为之的"东西，可以简单地说，就是生命体内部那种自适、自存之"常"。

4.8.2 "常"感，即生命体内部的自发感受

达马西奥把生命体内部的自发感受称为内稳态感受，在本书中的表述，就

---

① ［葡］A.达马西奥：《万物的古怪秩序》，李恒威译，浙江教育出版社 2020 年版，第 19 页。
② ［葡］A.达马西奥：《万物的古怪秩序》，李恒威译，浙江教育出版社 2020 年版，第 21 页。
③ ［葡］A.达马西奥：《万物的古怪秩序》，李恒威译，浙江教育出版社 2020 年版，第 28 页。

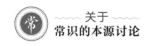
是"常"感。

达马西奥认为:"内稳态感受对应着倾听生命永不止息的背景音乐(连同步调、韵律和音调,更不用说音量了),即持续对生命状态做出评价,当我们体验到内稳态感受时,这就要求我们协调好生物体的内部工作。没有比这更简单和更自然的事了。"[1]

4.8.3 "内稳态起源于最简单的细胞生命"

达马西奥从最原初的单细胞生物入手,论证了远早于人类智慧形成的年代,"内稳态"就已经是维护简单生命体运行的核心机制,他认为:"内稳态是这样一种过程:它对抗着物质陷于无序的倾向,从而在一个新水平上维持物质的秩序,它是一种最有效的稳定状态。"[2]据此,他认为:"我们有理由说,内稳态起源于最简单的细胞生命,在所有形态和尺度上,细菌都是生命最基本的范例。"[3]

4.8.4 内稳态驱动着生命演化过程

达马西奥认为:"生物演化过程与文化演化过程这两组过程之间的鸿沟相当大,它往往让人忽视了这样一个事实,即两者背后的引导性力量都是内稳态。"[4]

达马西奥让我们不知不觉地感受到一个存在于生物体内部的无所不包的驱动力,在他那里叫作"内稳态"命令,在本书里,可以称之为"常"。

4.8.5 内稳态命令先于遗传物质

达马西奥甚至认为:"我们可以合理地假设:自人们在生命形式中第一次发现内稳态的命令,它就是先于遗传物质的,而不是相反。"[5]

一直以来,遗传物质是生命演化驱动力量的先决条件这种认知在生物学界获得广泛认同,达马西奥关于"内稳态"的命令先于遗传物质这个论断,无疑颠覆了生物学的传统认知。

---

① [葡] A.达马西奥:《万物的古怪秩序》,李恒威译,浙江教育出版社2020年版,第93页。
② [葡] A.达马西奥:《万物的古怪秩序》,李恒威译,浙江教育出版社2020年版,第28页。
③ [葡] A.达马西奥:《万物的古怪秩序》,李恒威译,浙江教育出版社2020年版,第28页。
④ [葡] A.达马西奥:《万物的古怪秩序》,李恒威译,浙江教育出版社2020年版,第136页。
⑤ [葡] A.达马西奥:《万物的古怪秩序》,李恒威译,浙江教育出版社2020年版,第36页。

4.8.6 内稳态的功能在哪里体现?

关于内稳态命令,达马西奥一直未能给出一个前后一致概述,例如对内稳态的功能,达马西奥就认为:"起源于洞穴壁画的视觉艺术具有内稳态的功能,而出现在诗歌、剧院和政治演说中的口述故事的传统也具有内稳态的功能。"①

很明显,达马西奥将人类不同时期发明的种种艺术形态,都意指到内稳态功能上面了。

4.8.7 内稳态与医学及寿命

从维护生命进程来看,"内稳态"最终与动物或人类的医疗行为结为显性的同盟,关于这一点,达马西奥指出:"我们不难找到大多数人类文化实践与内稳态的关联,但这些关联都不如医学与内稳态的关联显著。"②

当然,"内稳态"最大的一个功用,就是维护并最终延续生命,无疑,其结果就是使生命得以延长,因此,达马西奥说:"就基本的内稳态而言,延长生命是完美的,是生命永恒之梦的实现。内稳态的早期状况促进了正在进行的生命,并不知不觉地推动着生命走向未来。"③

4.8.8 生物体的感受服务于生命调节

内稳态感受就是这样一种神奇的东西,它能够维护和促进生命的和谐生长,达马西奥说:生物体的感受"服务于生命调节,它是关于我们生命的基础内稳态或社会近况的信息的提供者","生命中那些让我们感受舒适的事件能促进有利的内稳态状态"。④

4.8.9 单细胞生物体就有智能行为?

达马西奥认为,智能行为并非高级生物所特有,低等生物甚至是原始的单细胞生物就已经智能行为了,他说:"生命、内稳态命令和自然选择还解释了演化过程中出现在单细胞生物体身上的智能行为(包括社会行为),并且也解释了最终出现在多细胞生

---

① [葡] A.达马西奥:《万物的古怪秩序》,李恒威译,浙江教育出版社2020年版,第153页。
② [葡] A.达马西奥:《万物的古怪秩序》,李恒威译,浙江教育出版社2020年版,第162页。
③ [葡] A.达马西奥:《万物的古怪秩序》,李恒威译,浙江教育出版社2020年版,第166页。
④ [葡] A.达马西奥:《万物的古怪秩序》,李恒威译,浙江教育出版社2020年版,第120页。

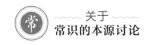

物体身上的神经系统以及他们富有感受、意识和创新力的心智。"[1]

4.8.10　几十亿年 VS 几千年

单细胞生物内部的内稳态命令已经演进几十亿年，而人类文明的成熟期也就短短几千年，这两种演进过程的时间的差异值得令人深刻反思。对此，达马西奥提出问题："在文化方面，我们有很多工作要进行，在社会文化空间中，这些工作远远没有达到演化经历几十亿年才在基本生物层面上实现的近乎完美的内稳态。鉴于演化经历如此多的时间才优化了内稳态的运行，人们如何能期待在我们共享的短短几千年里就能使如此和如此多样的文化群体的内稳态需求实现和谐呢？"[2]

4.8.11　内稳态控制新陈代谢，也控制生命调节和复制

达马西奥认为："不管万物究竟是如何诞生的，内稳态的命令不仅表现在细胞的新陈代谢机制中，而且也表现在对生命进行调节和复制的机制中。"[3] 这个"对生命进行复制"的机制，说的就是生命体的基因及基因复制过程。达马西奥这段话的意思很明确，"内稳态命令"不仅仅是"基因及基因复制"所专有。

4.8.12　对抗基因

生物学家认为，生物之所以能够长久而顽强地按照基因脚本繁衍，是因为基因本身有强大的专制力量，这是使生物维护自身属性的力量。达马西奥则认为，文化的发展使人类能够对抗基因的自然力量。达马西奥说："当我们追随一个违背自然倾向的观念时，我们可以直接而有意地对抗自己的基因施加的强制措施。同样新鲜的事实是，我们可以通过口头和书写传统来传承文化发展，这些传统反过来又会创造出历史发展的外部记录并为反思和理论活动开辟道路。由此导致的后果是惊人的。今天这些总要经历选择过程的生命、基因和文化背后的各种物理或化学力量之间存在着大量的相互作用。"[4]

---

① ［葡］A. 达马西奥：《万物的古怪秩序》，李恒威译，浙江教育出版社 2020 年版，第 36 页。
② ［葡］A. 达马西奥：《万物的古怪秩序》，李恒威译，浙江教育出版社 2020 年版，第 189 页。
③ ［葡］A. 达马西奥：《万物的古怪秩序》，李恒威译，浙江教育出版社 2020 年版，第 33 页。
④ ［葡］A. 达马西奥：《万物的古怪秩序》，李恒威译，浙江教育出版社 2020 年版，第 192 页。

5

"常"之数

"常"有大小，有先后，有高下：大小之"常"，是谓空间，是谓宇；先后之"常"，是谓时间，是谓宙；高下之"常"，是谓能势；微声微色之"常"，是谓希夷。

古希腊毕达哥拉斯学派就将世界的本原归到"数"，就如同其他学派认为万物本原是"火""水""气"一样，他们"看到许多可感觉事物具有数的属性，便设想实事实物均为数——不是说事物可用数来为之计算，而是说事物就是数所组成"[①]。

但作为某个说"常"者（即"常"之显现者、表现者、表达者），又似乎是一个全知全觉者，经由说"常"而说道万物，照见古今。

美国哲人梭罗说："我勘察一切，像一个皇帝，谁也不能够否认我的权利。"[②]

5.1 "常"有数

前述"常"为一或多？此或未有定论。

但在自然现象方面，"常"有太多的定"数"，这是无疑的。

---

① ［古希腊］亚里士多德：《形而上学》，吴寿彭译，商务印书馆 1959 年版，第 296 页。
② ［美］梭罗：《瓦尔登湖》，徐迟译，吉林人民出版社 1997 年版，第 77 页。

科学家发现，数学、物理的公式在表达某种数理及物理关系的过程中，尚需要以某些常数作为辅助工具，才能使这些公式的计算结果合乎实际（成功运用于科学实验）。

例如人们比较熟悉的圆周率 π，以及自然常数 e，等等。

此外，还有通过数理推演或物理实验得到的一些常数。此类常数的特点非但适用于地日（太阳系）系统，还适用于太阳系之外的其他天体，是具有全宇宙普适性的物理常数。

5.1.1　见"常"不易之常数发现

见"常"不易（变易）的例证群，如科学家孜孜以求去发现那些常数、新元素、玻色子，乃至"上帝粒子"[①]，等等。

我们知道，粒子测量往往要耗费大量的人力物力。此外，还要设计种种奇巧的数据采样、分析工具、方法及设施之类（如对撞机之类），只有这些要素配合得当，并假以时日，才能获得某个数据，然后还要对数据进行分析，才能最终确证某种粒子的存在。

5.1.2　无理数、虚数及复数等

在数学领域，无理数是指实数范围内不能表示成两个整数之比的数。

简单地说，无理数就是 10 进制下的无限不循环小数。常见的无理数有大部分的平方根（如 $\sqrt{2}$）、π（圆周率）和 e（自然常数）等，无理数的另一特征是无限的连分数表达式。

虚数就是指数幂是负数的数。"虚数"这个名词是 17 世纪著名法国数学家笛卡尔创制的，因为当时的观念认为这是不存在的数字。后来发现虚数可对应平面上的纵轴，与对应平面上横轴的实数同样真实。所有的虚数都是复数，定义为 $i^2=-1$。但是虚数是没有算术根这一说的，所以 $\pm\sqrt{(-1)}$（-1 的开平方）$=\pm i$。对于 $z=a+bi$，也可以表示为 e 的 i^A 次方的形式，其中 e 是常数，i 为虚数单位，A 为虚数的幅角，即可表示为 $z=\cos A+i\sin A$。实数和虚数组成的一对数在复数范围内被看成一个数，取名为复数。

---

① "上帝粒子"又叫作希格斯玻色子，是以英国物理学家彼得·希格斯的名字命名的。希格斯在 1964 年与其他五位科学家一起提出了这种粒子存在的机制，"上帝粒子"的存在于 2012 年由欧洲核子中心（CERN）的 ATLAS 实验组和 CMS 实验组基于大型强子对撞机（LHC）上的对撞实验数据联合确认。

虚数没有正负可言，虚数不是实数的复数，即使是纯虚数，也不能比较大小。现在，复数一般用来表示向量（有大小、有方向的量），这在水利学、地图学、航空学中的应用十分广泛，虚数越来越显示出其丰富的内容。

5.1.3　生命是"常"：以变温动物与恒温动物做例子

自然的造化过程中，出现了两类动物，即恒温动物和变温动物。

恒温动物的体温由身体内部的机能调节，无论外部环境温度如何改变，体温都能保持恒定；变温动物的体温则随环境温度变化而变化，只要环境温度变化在身体可承受的幅度内，生命体征如常（当恒温动物遇到极寒的外部环境时，会进入休眠状态，即"冬眠"，这是恒温动物适应自然的结果）。这正好为"常"之两种样态，即恒定之"常"及变幻之"常"提供了自然的例证。

但无论是恒温还是变温，都是生物的自然演进为生命存续所做的"设计"，即是说，生命之"常"乃系最根本之"常"，可以称之为常"常"。

5.1.4　大气如"常"——大气中氢氧氮元素的含量是一致的

大气的组成：氧气、氮气、二氧化碳、水蒸气、稀有气体，还有其他含量极小的附着物。

现代空气的成分是长期以来自然界里各种变化所形成的。科学研究表明，在绿色植物出现以前，原始大气是以一氧化碳、二氧化碳、甲烷和氨为主的。在绿色植物出现以后，植物在光合作用中放出的游离氧，使原始大气里的一氧化碳转化成为二氧化碳，甲烷氧化成为水蒸气和二氧化碳，氨氧化成为水蒸气和氮气。以后，由于植物的光合作用持续地进行，空气里的二氧化碳在植物发生光合作用的过程中被吸收了大部分，并使空气里的氧气越来越多，终于形成了以氮气和氧气为主的现代空气。

世界离开农耕时代而转向工业化时代，于是空气的成分也随不同的制造业及城镇交通的发展，日渐增加种种灰霾，从而演变为现代人类环境持续恶化的状况。以此而论，灰霾对人影响很大（如某个时期特别关注的所谓 $PM_{2.5}$ 值），值得优先处置。

5.1.5　常温是多少度?

常温是什么意思?

常温大体就是在一个区域及在一个时间区间下各个时刻温度标量的平均值，这是

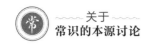

气象部门的专业测量数值。不过，我们大体都知道人的正常体温大约是37℃。于是，以黄金律作为设定，就将人体感觉最舒适的温度设定在23℃左右。

5.1.6　寂静是多少分贝？

关于寂静的问题，其实人处于绝对的寂静的环境时并不舒服。常态下，人在一个有一定噪声背景的环境下会感觉相对舒适，所以这里的问题是问我们所处的所谓舒服的环境背景噪声大概在多少分贝范围内。

5.1.7　植物常绿，绿色乃"常"

在大自然中，植物之普遍表象就是外表呈绿色。

因此说，绿色代表了由行使光合作用的叶绿素所决定的一种生物基色，这种基色涵盖了不同的植物物种，并仅仅呈现（聚集）在土表一面，示意活的生命体之生长延续繁衍，这种绿色现象跨越久远时空，亘古不变。我们指称植物常绿为绿色之"常"。

5.1.8　海天常蓝，蓝色乃"常"

我们知道，天空是蓝色的，大海是蓝色的，大海的蓝是由天空的蓝映衬出来的。蓝色作为天色及海色的基本色调，实际上是天光色受到大气层阻隔而产生散射效应的结果。

蓝天蓝海的始作俑者是大气层，是地球这个星球被一团大气包裹的独特的结构所决定的。地球蓝天蓝海的景象，构成了这样一种"常"态，可以指称这种现象为蓝色之"常"。

5.1.9　以冰点作为一个标度

0℃在某种意义上可以称为温度原点，是以冰点作为一个标度（此或可指为"常"）。

但真正的温度原点应该是绝对零度（-273.15℃）。这个绝对零度才可被称为终极意义上的温度基点。由此，我们或可以推出一个更为基础的"常"来。从"常"这个点看，在那个我们常常指称的冰点那个"常"之外，似乎还有一个标度上更为基础的点。

因为此系自然标量。当然，将冰点0℃作为一个自然的标量也无不可，正如人通常的体温为37℃左右，这也是一个典型的"常"标量。

5.1.10　万有引力常数是一种"常"

万有引力常数，就是一种"常"。

根据牛顿发现的万有引力定律，任何有质量的两种物质之间都存在这种力。放在地球，就是地心引力。这是地球对一切有质量的物体产生的一种作用力。

5.1.11　多者少者皆为"常"

统计的结果是"常"。此说如成立，意味着事件发生之量多者或量少者皆为"常"。

考察海洋中的翻车鱼，一次产卵上亿个；再看热带鱼孔雀鱼，一次产子也就十数条而已。在植物中，如豆类的结籽，一次也就一百几十颗而已；再看蕨类植物，常年在叶片边缘散布孢子，孢子的数量不可计数。

这就是动植物界的天然数量，有多有寡，皆为"常"数。

5.1.12　大数定律

关于大数定律，在数学界，说的是概率统计的精确描述。

大数定律，通俗一点来讲，就是当一个统计过程的测试样本数量很大的时候，统计结果会显示出样本的平均值和真实情况的平均值充分接近。这一结论与中心极限定理一起，成为现代概率论、统计学、理论科学和社会科学的基石。有人认为，其重要性甚至不亚于微积分。但人们在应用大数定律时，通常只是取其近义，如按常年的统计数字会知道，某地每年的出生人数或死亡人数是一个大概可估量的数值之类。

5.2　"常"有标尺

虽然有自然之"常"，但自然之"常"并无标尺。

但我们如果讨论到人伦之"常"，其实意指就明确了，就是以人为"常"之标尺。

古希腊人普罗塔哥拉说："人是万物之尺度。"若以人作为原点，从人出发，则人可以对自然包括人自身做出量度，则一切又变得可以量度，并且因而可以由量度而辨识万事万物。

5.2.1　自然有标尺，但无须标尺

在自然之常态下，存在种种标尺，这些标尺虽然由人标出，但却是自然之实际存在。

但对于自然本身，标尺既不存在也无存在意义。

5.2.2　"人"为"常"之标尺

"人"为"常"之标尺。其实是说以人之在、人之见、人之好为一个广大的"标尺"。

讲的是由人用"人"这个"标尺"，去权衡天地万物的利害，包括权衡人自身的真假、善恶、美丑。

而由人用"人"这个"标尺"去权衡的结果——作为一种文化传承而后成为稳定不易的结果——就是一种名为"常"的广大观照。

5.2.3　一种"常"之标尺

人将自己放在自然的位置上，就成了一种"常"的标尺。

以人为准，可以求解事物之高下、善恶、美丑，而这个前提首先是赋予人以看见、知晓及改变的能力。

而将人的能力放大到所看、所知以外，就是所谓的人的理智能力。而由人的理智能力进一步展示为行动能力，就成了人的变革自然的伟大能力了。

5.2.4　"常"有所适

有科学家计算过，相对于人的体温 37℃，体感比较舒适的环境温度有一定值，即以黄金分割值 0.618 作为自然环境温度对于人的体温的合宜温度比值，得出的数值为：

37℃ × 0.618 = 22.866℃

即约为 23℃。

但何为"体感比较舒适"？其实是一个主观性颇大的推断值。也就是说，每个人或许有各自不同的主观标准。若往具体的体感指标来看，通常会因人在某个环境温度下衣着的不同、体质不同，甚至精神状态不同而有差异。以衣着为例，你的衣着穿厚一点，环境温度低就会感到比较舒服，但如果你穿得比较薄，那么就不需要太低的环境温度。如果从生理指标来看，体感温暖舒爽而不出汗，可以认为是一个普遍的"舒适"标准。以这个"舒适"度作为衡量标准，或许未必要遵循以23℃左右作为"舒适"的绝对的环境温度标准。

5.2.5　天然生物之大小

关于天然生物的大小问题，我们自然会联想到动物界那些活动着的庞然大物及微细生物。大者如鲸鱼，小者如磷虾；又如大象之大，老鼠之小；蜜蜂之大，蚂蚁之小；等等。因为这种属于动物种系的天然差别，就形成了样貌、品性、食物链势位的差异，此亦系自然动物界所显现之"常"象。

当然，这里不能提到人为的基因改造。在人类的基因改造技术面前，讲生物的天然大小并无多大意义。

5.2.6　"常"有大小之分

"常"有"大常"，又有"小常"。

"大常"为天地万物洪荒沧桑之所指；"小常"为近物、近人、近时，甚至是"就手"之所指。

"大常"往往未必一时得见、得闻、得体悟；"小常"则时时见着、处处听到、时刻贴身感受着。

5.2.7　共相：某种"常"态

相，同相，共相——相的部分乃"常"。名与相都是某种"常"。

名是同称，相是同观。"常"也可说是某种共相，或是某种共相集之关系描述。

哲学有共相（universal）一义，又译为普遍性，是一个在哲学与佛学中常用的词汇，但两者意思不尽相同。

据传，在形而上学哲学中，共相概念最早源于柏拉图与亚里士多德，是指在某些个别物体中所拥有的共通（普遍和一般）的特性。共相不但是一种实体，并且也是个别事物存在的本源。但不同的哲学派别其实在共相概念的认识上是有许多差异的。在佛教中，诸法有"自相"和"共相"二种相，各自不同的相叫作"自相"，与它共同的相叫作"共相"。也有"共相者，即色身诸法和合之相也。谓此色身皆从地、水、火、

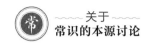

风，和合为相也"的说法。无论是西方哲学的说法还是佛学的说法，"相"都有相近的意义，即是某物类的普遍、同通、和合。

5.2.8 "上天之载，无声无臭"

《诗经》有云："上天之载，无声无臭。"

全句指上天生育天地，滋养万物，一无声音，二无气味。它形象地表达了"常"的惯常状态。

5.2.9 平衡是"常"

平衡是某种"常"，这是一个不稳定的点，是两端之间的中点。

不过，也许不是单一的点，而是某些点的集合。

5.2.10 自然生物之"常"道

自然的种种生物都会听从自己与生俱来的遗传机制的指挥，十分忠实地展示着自己每一阶段应有的显现。

如昆虫类的蛾蝶，从幼虫咬穿卵皮出生，到一次次脱皮蜕变，吐丝做茧，最后破蛹而出，成为蛾蝶飞向天空……通观昆虫一生，我们留意到，其正常的生存生活过程及路径就是不紧不慢地踩着由 DNA 给定的（预先规划好的）过程演化的节奏，演绎好一生的每一个阶段，尤其是要小心演绎每一个惊心动魄的蜕变时刻，完成最后一次蜕变化成蛾蝶，成就一次也许是短暂的，却也是辉煌的最终自由飞翔的生命旅程。

5.2.11 "常"大于（重于）变

以水流为例，水流水静俱为常形。

水长流，水常静，水常下淹（渗漏），水常升腾（蒸发）。

旧日有论，水长流（常变）而虫不生。反过来，虫若想生，则不能居定于长流水中。

后来人们知道，设若鱼类属于"大虫"，则无论水是否流动，只要水的容积大到适合鱼的生长，就不存在鱼的生存受水流、水静影响的问题（关于这一点，今有水族爱好者最能体会其中的蓄养机巧）。

5.2.12　"黄金分割律"与"倍塔（β）"脑电波

除了一些客观可感的常量之外，还有一些是由人从自然律提取出来的常量，如"黄金分割律"。

长久以来，科学界就有一种关于黄金分割律的规则，即所谓 0.618 或 1.618 分割规则。X.618 是一个特别的数字，代表了某种存在于自然界，令人觉得有美、和谐与均衡感的几何比例。而因为能够在自然物中发现众多与这种独特的几何比例相契合的事物，又使人相信自然有一种神奇的力量能够按某种美学或和谐与均衡原则去构造事物。

今天看来，这种有时称为"前定和谐"的现象，实际上可以用某种常态来表征。

现代科学家还发现，当大脑呈现的"倍塔（β）"脑电波的高频与低频之比是 1：0.618 的近似值（12.9 赫兹与 8 赫兹之比）时，人的身心最愉快。

5.2.13　斐波那契数列

提到"黄金分割律"，就要提一下"斐波那契数列"（Fibonacci sequence）。

"斐波那契数列"又称"黄金分割数列"，因意大利数学家斐波那契于 1202 年撰写的《算盘全书》一书中，以发现兔子繁殖的规律为例子而引出，故又称为"兔子数列"。

斐波那契数列具体是这样一个数列：1、1、2、3、5、8、13、21、34、…这个数列从第 3 项开始，每一项都等于前两项之和。在数学上，斐波那契数列被以如下递推的方法定义：$F(1)=1$，$F(2)=1$，$F(n)=F(n-1)+F(n-2)$（$n \geqslant 3$，$n \in N^*$）。在现代物理、准晶体结构、化学等领域，斐波那契数列都有直接的应用。

斐波那契数列中的斐波那契数会经常出现在自然（生物）现象之中——比如松果、凤梨、树叶的排列、某些花朵的花瓣数（典型的有向日葵花瓣）、蜂巢、蜻蜓翅膀等。

斐波那契数随着数列项数的增加，前一项与后一项之比越来越逼近黄金分割的数值。

无论是"黄金分割律"抑或"斐波那契数列"，都表达了自然存在的特别"标尺"，也就是"常"。

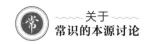

5.3 "常"是地球特定不变者

地球之所以能作为宇宙中特殊的（目前人类所知）星球，是因为太阳、地球及月球特定的方位、质量及运行模式而具有特定之种种常量。

例如地球绕太阳公转，因为是椭圆形的轨道，于是地球上大部分区域存在季节轮替。万有引力表现在地球对其他物体产生的作用力时，就叫地心引力。月球环绕地球一周，称为一月；而海洋之有潮汐，就是月球对地球作用力的一个效应。

凡此种种，"常"就在其中。

5.3.1 人在生活这个层次很重要——本然之"常"

人的生活这个层次其实指我们现在这个世界。这是大多数人感知、体验、实践、造成的世界。也是人与自然（天然）介入、相处、认知、改造的世界。因此，这个层次（世界）也是我们认知、探讨、论证、思考的界限，同时也是我们认知、探讨、论证、思考的尺度。

这是本然之"常"。

5.3.2 关于"常"之本然与实然

"常"有本然，即是有"先天的"（"先验的"）"常"之气象；

"常"也有实然，即"后天"所成之"常"。这是有人之"常"表现最常。

5.3.3 自然而"常"与人为而"常"

自然因有自然形成的资源源泉而能维持某个恒动的常态，如河流、海洋、季风；人因为设计了合适的资源源泉，并且赋予其维持运作的资源供给机制，则也能在一个时期内维持某个恒动的常态，如供电、供水、供暖等。

此即自然而"常"与人为而"常"的分别。

5.3.4 水滴及水性

科学研究表明，在地球表面环境下，一滴水由大约 1.67×10^{21} 个水分子聚成，体积为 0.05 mL。但大气环境及水的密度的差异将导致水滴的大小会有差异。如果在远离地球的地方，一滴水会随着重力（引力）效应的减弱而逐渐膨胀，水滴质量的大小由重力（引力）大小决定。

常温及海拔为零的区位下，水的沸点是 100℃，但在高纬度的地区，水的沸点就只有 70—80℃。

研究表明，水之常态，其实囿于水所处的环境及区位，主要的因素是大气压（而大气压又与所处的纬度高下有关）及重力（引力）。

5.3.5 放置，留置，置在

存在是虚的，置在是实的。

我们通常只体会到置在，而无法体会存在。

5.3.6 河水弯弯，流淌日久，即固化

河水弯弯，流淌日久，即固化出固定河床。这就是常态所形成的。

5.3.7 "常"有事，"常"无事

无事即不做事、不生事之意，有点类似老子的"为无为"。这时，关键就是在起"平常"之心，以"平常"之道行"平常"之事。

所谓"平常"之事，即是有事以及无事之事。"平常"之事运作起来，若有事，若无事；若是事，若否事；若在事，若非事。

以无事行有事，以是事行否事，以在事行非事。

5.3.8 "常"刚柔，"常"也无刚柔

"常"柔，"常"刚；但"常"也无刚柔。

5.3.9 "常"无事

老子说："取天下常以无事，及其有事，不足以取天下。"

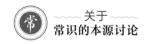

日出而作，日落而息，春种夏耘，秋收冬藏，诸事皆由四时而规定，依农事编排，因而此属常有之事。事"常"而不觉其有，故也可归于无，是之谓常无事。

5.3.10 "常"统摄万亿而不自恃

"常"统摄万亿而不自恃。

统摄万亿者，即有无穷的包容度。

5.3.11 "常"有善恶

善即"常"？恶乃"非常"？未必如此。

应该说，"常"本无善恶，总在你的断想之中。但不能由此推出不善即为"非常"，或者说，以恶为"非常"。在这里，并不是不善即为恶，从而推出"非常"即为恶这样的关系。

"非常"往往仅仅是对"常"而言，即异于"常"，非于"常"而已，非但不属于恶，还可能属于一种更高级的善。如我们通常在美学领域讲到的美感，往往就是指一种独特、新奇的视觉体验。但有些"非常"确实属于某种恶，如杀生，如"七宗罪"，又如种族隔离的制度，就是恶法。

"常"与"非常"并非好坏、是非的判据，这个结论非常重要。

5.3.12 技术即人将想法植入物中之"常"

自然的原物，例如树木、石头、泥土、矿物及动物的皮毛、骸骨，皆没有人所意指的用途，后来人将自己的经验想法通过手工方式而使其改变成规范，成为人所谓的"用具"，并进而成为所谓的"工具"，则那个自然的原物就被人所思量的用途赋予了新的意蕴。

例如，原始人类打磨石块制造狩猎工具，将贝壳之类作为钱币，用木头制作各种器具及房舍，用禽兽毛皮为服饰，等等。此种制作使用不同于食用之类的耗费，具有可重复使用的特性，此即意味着某物被人植入了想法之后成了某种"常"器。

5.4 "常"之线与数

在数学领域有一些分支是研究天然存在物的几何形态的，如对数螺线、分形几何等。当我们看到这些几何曲线之后，我们才仿佛对"常"有了新的思考。我们开始觉得，在这些曲线的世界里，"常"毫不费力地显现自身的有、是、在。

学者苗东升就认为："描述事物的几何形状，是认识客观世界的一项重要内容。从欧氏几何、仿射几何、黎曼几何、微分几何到现代的流形，研究的都是规则的形状，即由至少是分段光滑的线段或圆弧、平面或曲面组合成的对象，可统称为整形。传统几何就是整形几何。它首先为描述人造物提供了强有力的工具，建构屋宇，制造机器，架桥筑堤，广泛应用整形几何知识。在描述自然界的几何形状时，大到星球运行轨道，小至原子模型、DNA 结构，整形几何也颇奏效。然而，在描述自然界中等尺度的对象（即我们所生活的这个宇宙层次上的物体）的形状时，整形几何往往无能为力。山是什么形状？若用整形几何回答这个极平常的问题，最逼近的模型要算锥体。但是，如果我们用一个或一组锥体去描述黄山，那么，黄山的奇峰、险壑、怪石所产生的特殊观赏价值和地质地貌考察的科学价值便荡然无存了。整形几何不是描述本文开头列举的那类形状的适当工具，这里需要的是一门崭新的数学，它就是分形几何。"①

请注意他的这个表述："在描述自然界中等尺度的对象（即我们所生活的这个宇宙层次上的物体）的形状时……"

5.4.1 对数螺线

"纵然变化，依然故我。"（"Eadem mutata resurgo."旧译："虽经沧桑，吾将固吾。"）瑞士数学家 J. 伯努利平生最着迷的一个工作，就是研究对数螺线（见图 1）。他发现螺线的各个部分如渐屈线、渐伸线等经过各种几何变换之后，仍然与对数螺线同构。他惊叹曲线的神奇，

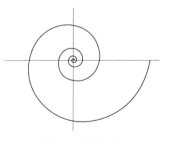

图 1　对数螺线

---

① 苗东升：《分形研究的哲学思考》，《自然辩证法研究》1993 年第 8 期。

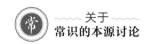
于是在自己的遗嘱里要求后人将对数螺线刻在自己的墓碑上，并附以本段开头的颂词。

对数螺线的公式为：

$$\rho = \alpha e^{k\theta} （其中 \alpha，k 为常数）$$

5.4.2　鹦鹉螺与向日葵花序等

有人罗列了对数螺线在自然界的对应现象："这种既美又奇特的对数螺线，它的原形在生物界中随处可见：例如在鹦鹉螺壳中所表现出的螺线形状与抽象的对数螺线竟然是令人惊讶的完美和逼真；向日葵种子的管状小花总是很自然地将自己摆布成对数螺线形状；延命菊头花序形状为正反两种绕卷的对数螺线；还有牵牛花的嫩芽、松果的鳞片、菠萝的瘤状物，甚至在象牙的牙齿、野羊的角、金丝雀的脚爪里都可以见到对数螺线形状。难怪歌德曾谈到过：'大自然有一种螺旋的倾向。'这种数学现象与自然界现象的奇妙吻合，居然成了众多植物学家、动物学家们长期思考的课题。对数螺线是揭示自然规律的一种自然物的量化反映。对数螺线的美的内容方面的因素，必须通过作为构成其数学美的物质属性再次显现出来。而其外壳应是客观物质世界及其规律。"[①]

从大自然显示给我们的鹦鹉螺截面及向日葵花序排列，我们领略到对数螺线潜藏于自然的神功造化。我将这种自然造化的神奇现象，看作是"常"形的图例诠释。

5.4.3　"纵然变化，依然故我"

我对对数螺线之类最感兴趣的地方是"纵然变化，依然故我"这一特性。

这使人联想到另外一个新的几何学大系——分形几何。因为对数螺线与分形几何的曲线特性，以及对数螺线同样具有摹写诸种自然生物形态的特性，其实可以将对数螺线归类到分形几何里头。

5.4.4　分形理论

中国学者李后强等就认为：分形作为一个涵盖多个图形集的数图概念，令人惊讶的同时，也让人对其概念外延有很多的联想。分形理论从它诞生之始，就将整个自然界作为自身的研究对象。它"被誉为大自然的几何学的分形理论，是现代数学的一个

①　金福：《关于对数螺线美学价值之研究》，《沈阳师范学院学报》（自然科学版）2000 年第 1 期。

新分支，但其本质却是一种新的世界观和方法论"①。

此外，分形的研究开拓了人们对于维度、尺度、结构的新看法。

5.4.5 分形几何

分形几何又叫"碎形几何"。

据苗东升介绍："分形几何诞生后，迅速在地质、地震、石油、材料断裂等应用科学和影视风光片制作中获得广泛应用，充分证明它是名副其实的大自然的几何学。"②

5.4.6 "海岸线的长度"课题与"棉花价格"曲线

据学者刘和平介绍："分形几何是美籍法国数学家曼德尔布罗特1975年冬提出的一种新型跨学科超领域数学研究。分形（Fractal）一词源于拉丁文 Fractus 和英文 Fractare、Fraction，意为不规则的碎片和分数双重含义，反映不连续但具有自相似和自仿射性质的奇异集合。1967年，曼德尔布罗特通过美国的《科学》杂志，提出'海岸线的长度'课题。研究结果表明：在空中拍摄的10公里长的海岸线照片与放大了的10公里长的海岸线照片进行比较，二者之间在几何形态上是自相似的；即使逐级变换拍摄尺度，这种奇妙的自相似性仍未消失。早在20世纪60年代，曼德尔布罗特就从欧洲棉花价格变动长期数据记录的数学分析中发现：虽然棉花价格的每次变动都是无规则的，但是，日价格与月价格之间变化的曲线形态却是相似的，并且，经历了两次世界大战和60年代经济大萧条的考验。他将此类集合称为自相似集，由相似映射定义。1975年，曼德尔布罗特出版了首部分形几何学专著《分形：形状、机遇和维数》，将分形定义为豪斯道夫维数严格大于其拓扑维数的某类集合。随着曼德尔布罗特第二本分形几何学专著《自然界的分形几何》问世，他进一步将分形定义为局部与整体以某种方式相似的集合。至此，分形几何学完成了学科的初创期工作。通常把分形几何理论、分维（Fractal Dimension）计算方法及其应用研究的总体称为分形理论。"③

5.4.7 分形地生长？

据学者项葵介绍："在自然界中，分形现象普遍存在，俯拾即得。如：微观世界中

---

① 李后强等：《分形理论的哲学发轫》，四川大学出版社1993年版，第30页。
② 苗东升：《分形研究的哲学思考》，《自然辩证法研究》1993年第8期。
③ 刘和平：《分形（Fractal）哲学》，《河北师范大学学报》（哲学社会科学版）1994年第3期。

晶体的生长、相变过程和化学反应等；宇观世界中太阳黑子的活动和星际空间物质的分布等；宏观世界中河流的走向、树枝的分叉以及地震震级的分布等；就连我们人体血液循环系统中血管的分支和脑电波分布都是分形的。也就是说，自然界（无论是非生物界还是生物界）似乎都存在着'分形地生长'这一规律。

"既然我们赖以生存的这个世界到处都充满着分形，既然我们的血管分支和脑电波都是分形的，因而想必在我们的潜意识中（或者是本能地）对分形现象定会有着某种默契或产生共鸣，或者说我们人也偏爱分形，正是这种偏爱形成了音乐创作与欣赏在主体心理与对象间的锁定。沃斯和科拉克等人首先从实验上证明了这一点，他们发现优美动听的音乐的音量是分形的，后来许氏父子（许靖华和安得鲁·许）又从理论上证明了古典音乐中旋律的进行也是分形的。"①

5.4.8 大自然的几何学

据学者苗东升介绍："当（20世纪——引者注）70年代初掀起混沌研究高潮后，分形几何的建立立即成为不可避免的；而分形几何一经产生，又立即成为混沌学的基本工具之一，以至常被称为混沌几何学。分形几何还在生长现象、布朗粒子运动等理论课题中找到用处，并在描述宇宙星体分布等大尺度现象和大分子结构特征等小尺度现象中派上用场，进一步表明它是大自然的几何学。"②

5.4.9 分形几何无形不有，"常"就显现其中

当分形几何无处不在、无形不可有相应的描述时，"常"就显现在那里了。

因此，这个统称分形的数学图集，或可在这里定义为"常"形。

5.4.10 关于分形几何的几种形态

图2是一种在复平面上组成分形的点的集合，以数学家曼德博的名字命名。这是分形中

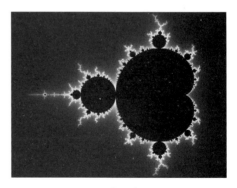

图2　曼德博集合

---

① 项葵：《古琴音乐中的分形几何》，《艺术教育》2006年第4期。
② 苗东升：《分形研究的哲学思考》，《自然辩证法研究》1993年第8期。

的一个很有名的例子。

图 3 为曼德博集合放大 1、6、100、2000 倍的不同形状，即使将曼德博集合放大 2000 倍，还是会显示出类似整个集合的精细结构。

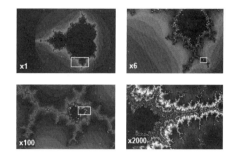

图 4 是一个在复平面上形成分形的点的集合，是一个与曼德博集合有关的分形，以法国数学家 G. 朱利亚的名字命名。

图 3　曼德博集合分形中的"局部"

图 5 是一种分形，由波兰数学家 W. F. 谢尔宾斯基在 1915 年提出，它是自相似集的例子。

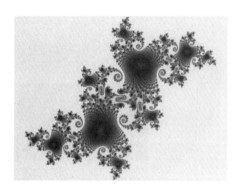

图 4　朱利亚集合

图 5　谢尔宾斯基三角形

图 6 是德国数学家 G. 康托尔在 1883 年提出的。这是由任意设定的一条直线，不断去掉线段的中间三分之一而得出的。

图 6　康托尔集

瑞典数学家 N. F. H. 冯·科赫于 1904 年的一篇论文中描述了科赫雪花（见图 7）的构造方法。这是以等边三角形三边生成的科赫曲线组成的，每条科赫曲线的长度无限大，并且是连续而无处可微的曲线。

门格海绵（见图 8）首先是由奥地利数学家卡尔·门格在 1926 年提出的，这是分

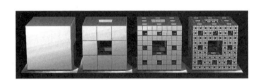

图7 科赫雪花   图8 门格海绵

形的一种。它是一个通用曲线，因为它的拓扑维数为一，且任何其他曲线或图都与门格海绵的某个子集同胚。

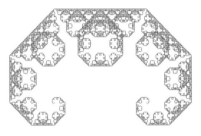

图9 莱维C形曲线

莱维C形曲线（见图9）是个自我相似的分形，最先由法国数学家保罗·P.莱维在1938年发表的论文中提出。

令人感兴趣的是莱维C形曲线的三维版本（见图10）看起来就像是一棵怒放的花椰菜。

综上所述，我们一方面领略到分形几何图的千姿百态，另一方面我们又实实在在感受到分形作为一种与"常"性质相类的图形形态，既具有无所不包的存在，又很难对其做确切的定义。一个普遍的结论是：实际上，对于什么是分形，到目前为止还不能给出一个确切的定义，正如生物学中对"生命"也没有严格明确的定义一样，人们通常是列出生命体的一系列特性来加以说明。对分形的定义也可做同样的处理。

图10 莱维C形曲线的三维版本

5.4.11 分形数学特点

学者陈运迪对分形数学的特点做了概括。

分形理论还是非线性科学的前沿和重要分支，作为一种方法论和认识论，其启示是多方面的：一是分形整体与局部形态的相似，启发人们通过认识局部来认识整体，从有限中认识无限；二是分形揭示了介于整体与部分、有序与无序、复杂与简单之间的新形态和秩序；三是分形从特定层面揭示了世界普遍联系和统一的图景。

数学上的分形有以下几个特点：

（1）具有无限精细的结构；

（2）比例自相似性；

（3）一般它的分数维大于它的拓扑维数；

（4）可以用非常简单的方法定义，并由递归、迭代产生等。

（1）（2）两项说明分形在结构上的内在规律性。自相似性是分形的灵魂，它使得分形的任何一个片段都包含了整个分形的信息。第（3）项说明了分形的复杂性，第（4）项则说明了分形的生成机制。[①]

5.5 "常"如阴阳太极

古人观察到自然界中各种对立又相连的大自然现象，静态现象如天地、日月、昼夜、寒暑、男女、上下等，动态现象如雨水的天降地受、月光来自日光、昼亮夜黑、寒冷暑热、男上女下等，以哲学的思想方式，归纳出"阴阳"的概念。

《周易·系辞上》就记载了"一阴一阳之谓道，继之者善也，成之者性也"的说法。

西汉人董仲舒也说："天地之常，一阴一阳。"董仲舒将"一阴一阳"讲成是天地之"常"，也是明确表达了"常"与"阴阳"的关系了。

大约在北宋年间，出现了太极图。

太极图以一条曲线将圆形分为两半，形成一半白一半黑，白者为阳，黑者为阴，白中又有一个黑点，黑中又有一个白点，表示阳中有阴，阴中有阳。分开的两半，酷似两条鱼，所以俗称阴阳鱼。

5.5.1 中国之"阴阳"学说

关于"阴阳"的概念，源自古代中国人的自然观。

早至春秋时期的《周易》以及老子的《道德经》都有提到阴阳。《周易》中提到："一阴一阳之谓道，继之者善也，成之者性也。仁者见之谓之仁，知者见之谓之知，百

---

① 陈运迪：《分形理论：大自然的几何学》，《计算机教育》2004 年第 7 期。

姓日用而不知，故君子之道鲜矣……效法之谓坤，极数知来之谓占，通变之谓事，阴阳不测之谓神。"

阴阳理论渗透在中国传统文化的方方面面，包括宗教、哲学、历法、中医、书法、建筑等。哲学家认为，阴阳是"对立统一或矛盾关系"的一种划分或细分，两者是种属关系。

5.5.2 "阴阳者，天地之道也"

《黄帝内经》更是将"阴阳"说成是另一种"道"了："阴阳者，天地之道也，万物之纲纪，变化之父母，生杀之本始，神明之府也。"

5.5.3 "常阴""常阳"而至"常""阴阳"

中国古代的太极符号，从一个圆分为两瓣，谓之"阴阳"，这个"阴""阳"都可谓"常"。而"阴阳"两瓣中间有一条"S"形的弧线，将"阴"与"阳"划分出两条"鱼"形来。中间这条弧线既属于"阴"，也属于"阳"；但同时，也既不属于"阴"，又不属于"阳"。即是"常阴"与"常阳"，以至"常""阴阳"。用这个比喻去说明那个边界，意思就清晰了。

5.5.4 关于"太极八卦阴阳图"

太极八卦阴阳图将《易经》的八卦组合进去，说明了八卦演变的一个周期。随中间阴阳图之演变而幻化，生生灭灭，周而复始，循环往复。

5.5.5 太极图

太极由无极而来，很多人都将太极阴阳图（又称"太极两仪图"）错认为太极图。太极是由无极而来，是阴阳两分前之混沌状态，没有阴阳分明的"阴阳鱼"，只有外面之圆圈，内部有一群小点。然后是阴阳分明的"两仪（一般所说之太极图）"，最后是阴阳中有阴阳，是"皇极"。

不少人认为太极图起源于原始时代，甚至比《周易》的成书还要早四五千年。

5.5.6 把阴阳的分形维数定为1

值得注意的是，阴阳学说在现代有新的发展，并且与分形理论联系在一起，如国内有学者就创建了"阴阳分形集"等概念，并把阴阳的分形维数定为 1。[1]

这个"把阴阳的分形维数定为 1"的构想很有创意，但显然阴阳图的特性并不能够在衍生同构方面展开，即不具有数学分形所列出的几个特点，如自相似，由递归、迭代生成等。不过，如果考虑以阴阳图的中心为原点，然后将图旋转（无论顺时针或逆时针），则图形马上呈现出阴阳两边由大到小或由小到大的变化，但最终总有一个结论，即：大的极致是圆融，继而反转（转阴或转阳）向小；小的极致是无穷，继而反转（转阴或转阳）向大。

学者靳之林 2013 年在西安美术学院开讲座时提出："中国的本原文化、本原哲学是一个完整的、科学的体系。这把钥匙能够解开整个中国从自然科学到社会科学的科学文化。在这一点上，我认为中国人，在七千年前已经完成了这个认识上的飞跃。我在中国和世界范围进行文化考察的时候，我是带着阴阳观和生生观的两把钥匙去的。在国内考察的时候，我从陕北开始，由黄河流域到长江流域文化，必须要用两把钥匙，但我在西方考察只用生生观一把钥匙就可以了。宇宙本体论的生生观是全人类的，而阴阳观是中国的。"[2]

靳之林的"两把钥匙"将一个"常"的论说表达得完整了。

5.5.7　宇宙的真正的动力是"太极"

南宋朱熹对阴阳说也有自己的见解，他于《太极图说解》中云："太极，形而上之道也；阴阳，形而下之器也。"朱熹把太极与阴阳分说，认为"阴阳二力"仅仅是形而下的器位之力，不能够成为宇宙的根本动力，而"太极"之道，才是形而上之道，这个"太极"才是宇宙的真正动力。

但看过太极图的人都会认为，图的核心就是阴阳，周边由八卦围绕，并无太极作为核心的意蕴。

5.5.8　"常"也顺，"常"也逆

关于世间事物的运行方向，有天然形成的，有约定俗成的。

并且，从某些现象去观察，也是有顺有逆，端赖初始条件。在宏观上看，太阳系

---

[1]　邓宇等：《中医分形集》，《数理医药学杂志》1999 年第 3 期。
[2]　靳之林：《中国的本原文化与本原哲学》，西安美术学院专题讲座，2013 年 9 月 26 日。

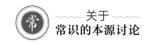

九大行星，无一例外在一个方向上（逆时针）绕太阳公转，并且多数的行星的自转方向也相同（逆时针），只有金星和天王星两个例外。关于水盆排水水流的旋涡，科学家已经表示，和地传偏向没有什么关系，即不管在南半球或北半球，水的旋涡方向可能是顺时针的，也可能是逆时针的。但对于钟表，则约定俗成确定了时针的旋转方向，即顺时针。

关于世间事物的运行方向的顺逆问题，实际上就是典型的"常"之象。即"常"无分顺逆。这个"顺逆"总看起来，也就与"阴阳"的图式相近似了。

5.5.9 "常""道"："理"—"能"—"势"

借观察昆虫的一生，我们或许可以这样来定义一个生命历程：一生为一个大"常"，其整个的演化流程步骤可称为大"道"，每个阶段性的过程的稳定态为那个时段之小"常"；每个阶段的蜕变流程则为小"道"，而整个的蜕变又为"常"。从各个存活阶段的特点来看，包括蜕变的方式的差异，可指为"理"（或"式"）；生物在存活时间下从事觅食呼吸等吐纳，从而取得营养，驱动着生命演化的那种动力可以称为"能"；而单个生命过程的不可逆进程的指向，可以称为必经之"势"（含时间之矢）。整个过程，"常""道"："理"—"能"—"势"而至完成，总为一生。

如果这样一种过程套代表述可被接纳的话，那么我们明白地感到，每每"常"在其中，并且"常"又在其外。

5.5.10 "动静无端，阴阳无始……"

南宋理学家朱熹说："动静无端，阴阳无始，天道也。始于阳，成于阴，本于静，流于动者，人道也。"

5.5.11 "万物生于阴阳，死于阴阳"

明吕坤说："万物生于阴阳，死于阴阳。阴阳于万物原不相干，任其自然而已。"

5.5.12 "天地之理，阴阳而已……"

康有为有言："天地之理，阴阳而已。其发于气，阳为湿热。阴为干冷，湿热则生发，干冷则枯槁，二者循环相乘，无有终极也。"①

5.6 "常"之"基因"说

前面，我们讲述了"常"之"内稳态"表现，这是生物自存在以来所具有的内部表现。虽然，写过《万物的古怪秩序》一书的 A. 达马西奥讲述了关于生物内部"内稳态"命令的冗长故事，强调了"内稳态"命令在生物体几十亿年演化过程无时不在的核心作用，但究竟"内稳态"在生物体乃至人类内部存在着什么样的形象及作用机理，达马西奥还是无法讲得清楚。所以，达马西奥回过头来，又提到了基因："基因无疑是重要的、有效的，甚至是有些专制的，但基因在万物秩序中的位置仍是一个有待讨论的问题。"②

无论是"内稳态"决定论还是"基因"决定论，在这方面，我觉得"常"的表达或许能够给出新的解决方案。想来，我们认为，"内稳态"或"内稳态"命令，抑或是"基因"，似乎"常"能够表达得更理想。

谈到基因，英国学人 R. 道金斯的《自私的基因》或许会让你大开眼界。

5.6.1 基因就是脚本

自然这出大戏有脚本吗？从宏观的视角看，自然并无脚本。但自然生物种种，在大多数情况下，却是按脚本演戏的。

可以说，生命物质的 DNA（脱氧核糖核酸）就是最精致的自然"脚本"了。

如果脚本复制走样，那就叫变异。观察蛾（蝶）的一生，从虫咬破卵的出生，到一轮二轮三轮的蜕变，再到成虫，然后羽化成蛾（蝶），蛾（蝶）生卵……完成一个生长周期（轮回），就是一个很好的例子。

---

① 康有为：《康有为政论集》，中华书局 1981 年版，第 17 页。
② ［葡］A. 达马西奥：《万物的古怪秩序》，李恒威译，浙江教育出版社 2020 年版，第 37 页。

5.6.2 基因——生而不灭

R. 道金斯在书中所说的"小的遗传单位",就是指基因。

他谈到基因有一个令人惊讶的特性是:"它不会衰老,即使是活了 100 万年的基因也不会比它仅活了 100 年更有可能死去。它一代一代地从一个个体转到另一个个体,用它自己的方式和为了它自己的目的,操纵着一个又一个的个体;它在一代接一代的个体陷入衰老死亡之前抛弃这些将要死亡的个体。"①

基因的这种依靠精确的拷贝以达到不生不灭(在某个时间尺度内可以这样说)的"目的"的特性就是我们所说的那个"常"。或曰:基因之"常"。

5.6.3 成功的基因是自私的

《自私的基因》这本书的写作宗旨是要论证那些成功的基因的自私性。R. 道金斯认为:"成功的基因的一个突出特性是其无情的自私性。这种基因的自私性通常会导致个体行为的自私性。然而我们也会看到,基因为了更有效地达到其自私的目的,在某些特殊情况下,也会滋长一种有限的利他主义。"②虽然他也清醒地意识到:"一个单纯以基因那种普遍的、无情的自私性法则为基础的人类社会,生活在其中将会令人厌恶之极。然而我们无论怎样感到惋惜,事实毕竟就是事实。"③

5.6.4 基因、遗传、种子属于"常"

基因、遗传、种子等,这些之所以在这里被定义为"常",乃系时间及环境作用下,物种生长发展变化有一定的控制机制之稳定性表现。

如果没有这种基因、遗传、种子等控制机制,物种的演化就不稳定,世界的物种就会大乱。种子是承载基因的实体,当我们说某种基因属于"常"的时候,就无异于说种或种子也属于某种"常"的物质表现。

5.6.5 基因的"可逆"与"不可逆"

R. 道金斯说:"动物已经变成活跃而有进取心的基因运载工具——基因机器。在

---

① [英] R. 道金斯:《自私的基因》,卢允中等译,中信出版社 2012 年版。
② [英] R. 道金斯:《自私的基因》,卢允中等译,中信出版社 2012 年版。
③ [英] R. 道金斯:《自私的基因》,卢允中等译,中信出版社 2012 年版。

生物学家的词汇里面，行为具有快速的特性。植物也会动，但动得异常缓慢。在电影的快镜头里，攀缘植物看起来像是活跃的动物，但大多数植物的活动其实只限于不可逆转的生长。而另一方面，动物则发展了种种的活动方式，其速度超过植物数十万倍。此外，动物的动作是可逆转的，可以无数次重复。"①

R.道金斯这段描述，将植物生长的动作与动物一般的动作混为一谈，他本来是想说明基因的可逆与不可逆，其实并不妥当。植物的生长的确是不可逆过程，但植物的"动作"何尝没有可逆的现象呢；反观动物，其实动物的生长也是一个不可逆的过程，至于说动物的动作可逆重复，这个表述并无特别意义。

5.6.6　关于排他性的一种——基因的排异性

基因的排异性乃生物之本性。但映射在人之性情身上，就是人与人之间，往往会因某事某物一时激动而闹翻，乃至老死不相往来。这其实就是人之性情潜藏的某种排他因素在起作用。

想要证明排他性的普遍性，我们可以举出人体器官移植遇到的自体（受体）对植入体（供体）排异的情况作为例子。在医学上，器官移植产生排异反应，往往要靠服食抗排异的药物来维持移植异体共生的境况。

5.6.7　"自私"本质上是动物的特征

"自私"本质上是一种动物性（或更广谱的生物性）的特征，也就是基因的特征。因此，与其说叫"自私"的基因，还不如说基因是"自私"的。

5.6.8　乌鸫与鼹鼠

为了说明同类竞争有时甚于异类的竞争，R.道金斯以乌鸫与鼹鼠为例："属于同一物种的生存机器往往更加直接地相互影响对方的生活。发生这种情况有许多原因。原因之一是，自己物种的一半成员可能是潜在的配偶，而且对其子女来讲，它们有可能是勤奋和可以利用的双亲；另一个原因是，同一物种的成员，由于相互非常相似，由于都是在同一类地方保存基因的机器，生活方式又相同，因此它们是一切生活必需资源的更直接的竞争者。对乌鸫来说，鼹鼠可能是它的竞争对手，但其重要性却远不及

---

① 〔英〕R.道金斯：《自私的基因》，卢允中等译，中信出版社 2012 年版。

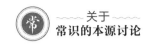
另一只乌鸦。鼹鼠同乌鸦可能为蚯蚓而进行竞争，但乌鸦同乌鸦不仅为蚯蚓而且还为其他一切东西而相互争夺。如果它们属于同一性别，还可能争夺配偶。通常是雄性动物为争夺雌性配偶而相互竞争，其中的道理我们将会看到。这种情况说明，如果雄性动物被与之竞争的另一只雄性动物造成损害的话，也许会给它自己的基因带来好处。"①

5.6.9 "自私"的主客观动机界限

R. 道金斯对"自私"的主客观动机进行了划分："上述有关利他和自私的定义是指行为上的，而不是指主观意识上的，弄清这一点至关重要。这里我的旨趣不在动机的心理学方面，我不准备去论证人们在做出利他行为时，是否'真的'私下或下意识地抱有自私的动机。他们或许是，或许不是，也许我们永远也不可能知道。"②

5.6.10 "人的道德思想由基因决定？"

纽约大学的社会心理学家 J. 海特曾出版了一本名为《正义之心》的书。这本书说，有不同政治意识形态的人，可能的确是不同类型的人。人的道德思想并非是后天习得，更不是自己临时理性计算的结果，而是头脑中固有，甚至在一定程度上是由基因决定的。最重要的是，海特通过自己的研究，给我们还原了各种政治意识形态背后的道德根基。

5.6.11 人脑中有六个最基本的道德模块

J. 海特通过对大量受试者的道德测试题进行统计的办法，提出一个关于道德观的基础理论。他认为人脑中有六个最基本的道德模块，能够对生活中出现的各种事件进行模式识别，来自动做出道德判断。

这真是一个非常漂亮的理论，与中国儒家的仁义礼智信这"五常"有不谋而合的对应关系。仔细想来，"智"并不是一种道德，而剩下的仁、义、礼、信都各自对应一个海特的道德模块。你不能不佩服孔子、孟子和董仲舒，他们还真抓住了一些特别基本的东西，不知道海特是否了解过中国文化。

---

① ［英］R. 道金斯：《自私的基因》，卢允中等译，中信出版社 2012 年版。
② ［英］R. 道金斯：《自私的基因》，卢允中等译，中信出版社 2012 年版。

5.6.12　关于基因——阿城说

作家阿城说过："正好在本世纪当中间，一九五三年，科学家发现了DNA的构造，这是本世纪最重要的事件，其他事件，相较之下都黯然失色，而且基因、DNA已经成了一个现代人的常识。随着本世纪晚期的电子计算机的进步，下个世纪的特色之一是数码，别忘了，基因的本质也是单纯的数位，只不过它不是两位码，而是四位码。

"生物只不过是基因的载体和基因传递的媒介，这也就是说，生物本身没有意义。如果将来'生物'这个词具体为'人类'，我们所谓的尊严将受到致命的打击，说被摧毁也不为过。生命，人生，没有意义，也就无所谓价值，都不过是佛家所说的'幻想'，人类创造了文明与文化，无非是让人更好地成为基因的载体和传递的媒介。"[1]

5.7　"常"不易

这里的"常"不易之"易"，系"变易"之"易"。"不易"，就是不变的意思。

老生常谈，常想一二……无常是"常"。

个体是"常"还是群众（此非指人之群众）是"常"？又是不易说明的。

5.7.1　过去是确定之"常"，而未来却是不确定之"常"

这是一个大概念，也是一个基础性的概念，或者叫作本源性的概念。

从时间轴观察，过去的一切，都意味着已然的存在，是可见、可知、可考、可证的对象。过去是确定之"常"，这是一个比较容易理解的命题；而未来的一切，都是不确定的，暂时是不可见、不可知、不可考、不可证的对象。

未来是不确定之"常"不那么好理解，这里有一个问题是，你不知道会不会有一些变化的因素，使过去或当下之"常"，平稳地延续为与过去或当下类似之"常"，以致未来的"过去"与现在所指的"过去"相同或相类似。但是用"类似"这个字眼，足以说明未来之"常"之不确定性。如此，臆测的未来之"常"存在着"非常"之意

---

① 阿城：《常识与通识》，作家出版社1999年版，第193—194页。

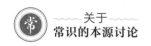

蕴，所以不能明确指定。又或者从善的意义上去看，就是使未来一个时段的"过去"之"常"比现在的"过去"之"常"更好。

5.7.2 时间让一切都变得模糊不清

那些过往的人，一个个变成了某种符号，这些符号有的变清晰了，有些又变得朦胧，再有一些，变得凝固了……

只有欢愉，只有宴饮，只有歌咏，只有叙谈，使得这些或那些符号保持形象，成为依然热闹非凡的篇章。

5.7.3 周期即"常"

周期者，反复出现，惯常出现，到某个时刻必然出现。周期有多种表现，如天体之运行，原子、电子之运行，钟摆之往复，各种振荡现象，各种反复（重复）发生之现象，等等，都在此列。由此，周期也有其固有特性，反复显现，周而复始，所以被称为"常"。

5.7.4 自序之"常"与他序之"常"

此序即秩序。自序为自然而然的秩序，如自然数之 1、2、3、4、5……；他序则由某种外在规定而设定的秩序，如质数的排列 1、2、3、5、7、11、13……但可以见到，无论自然之秩序，还是规定之秩序，总有一定之规，如果总是稳定而连续的，两者都可被称为"常"。

5.7.5 人往往囿于两个维度的浅薄见识而处事失当

有些人注重短视、浅表的即时计算，即所谓一言不合（利益不能摆平），即恶言相向，拳脚相加或官司相见。

殊不知许多事情，就是由当事人的两个方面（或维度）的眼光去做最终的判决：一是时间上的维度，即某事会在时间的绵延下消失无痕，并非需要当时的计较处置；二是空间上的维度，即某事于此地此位发生其实具有特殊的偶在性，并无须以前例律令而引申而硬判解。

5.7.6 知"常"不难

知"常"或许不难，尤其现在有庞大的检索引擎，几乎无事物、无知识不可以检索出来。

问题是，往往"常"已在那里，但有人就是不知或不想知，甚或是有意不去知，甚至找借口说，"常"无处得知。

5.7.7 太阳生情

往远处说，太阳孕育万物，生化众生，养育人口；太阳使人得见彼此，朝夕相对，感恩戴德，故生情意。

往近处说，太阳提供观照广大，照见五蕴，照见众生一切营役生息，照见人间一切悲欢苦乐，故有情意。

5.7.8 太阳无差别地普照大地

太阳无差别地普照大地。照在水泥面上，无声无色，因此，水泥的地面是人造的无常形态；照在绿色植物上，则因为阳光和绿叶的光合作用效应，而使大地郁郁葱葱、充满生机。无疑，太阳与绿地关系，才是自然的常态。

5.7.9 人之相遇总是不期

不期而遇是一种"常"，如公车之偶遇，机场之偶遇，路途之偶遇。因为每个人作为个体，其念想与行为都具有诸多不确定性，所以其对两两相遇之偶然性，就会感到遭遇神奇之体验。

5.8 "常"有所分

"常"可分长短，分高下，分有无。

一件事发生，因为有"常"（常数，常量），所以一个分析工具（公式）得以确立。

5.8.1 "常"有分别，以及双胞胎的困惑

"常"有分别，所谓"一样米养百样人"；但"常"又有相同，如种群族类的近似性，甚至还有更极致的，如双胞胎、三胞胎。通常人们会用千分之几、万分之几、百万分之几之类的词汇来形容多胞胎出生的概率。但当组织一个活动或一个节目将这些多胞胎召集起来，现场观众又会发现，原来世上有如此多的多胞胎。即是说，其实多胞胎的现象，也是为数众多的一种常态。

5.8.2 吐纳乃是大"常"

一个生命诞生之后，这个生命的吐故纳新就成为常态。这个常态对所有生命种类而言都是同一的，并且是在不知不觉中，它自己就按遗传机制赋予的运行方式在运作，维护着生命全程，即所谓"一饮一啄，莫非前定"。由此可见，生命体的吐纳机制乃是一个生命之大常态。

5.8.3 开合周期，时间窗口

这是生物体惯常的设置。对很多生物而言，会有各种各样的开合周期动作，即如一个开关，一时自动打开，一时自动关闭，如此往复，完成特定的生理动作（如觅食、排泄、呼吸等）。又例如自然界里的一只蜗牛、一只乌龟，它们会在认为外界没有天敌的情况下，把它的身体从躯壳中伸出，自然，它这个时候的防御力是最弱的，如它们的天敌在这个时候冷不防出击，结果会是致命的。这个蜗牛、乌龟身体伸出的时间段，对于它们的天敌来说，就是一个觅食的"窗口期"。

在宏观方面，有"时间窗口"的说法———一种对某个关键的机遇期的表述。

5.8.4 时间窗口往往未必在合适的时刻打开

时间窗口往往未必在合适的时刻打开，而因为这种不合适，往往使错失时间窗口成为"常"。

5.8.5 待机、候命、准备就绪———一种"常"

待机意即机器准运行状态。

如电器设定的某种准启动状态（在现代工业设计中，日常电器几乎都设置这个装

置），是未启动之前最节省能耗的热准备状态，时刻等候遥控器发出启动指令，此又可看作是一种常态。

需要指出的是，待机之能够维持，是有条件的：一是系统要处于启动状态（即设备处于供电状态，甚至关键的零部件都在准运行态）；二是设计方案通常为最低的待机损耗状态。

5.8.6 "常"不智

这是一个非常有趣的命题。我们知道，生物出现智慧其实是很晚近的事情，并且，即使人类不是唯一的拥有智慧的动物，那么也只有为数极少的灵长类动物拥有这种生存能力。

毫无疑问，在出现人类这种智慧生物之后，世界得到了极大的改造（改变）。然而，这丝毫未改变世界上绝大多数生物在未有智慧状态下继续生存及繁衍生息的现状。唯此说明，"常"不智。不智如此，其如常态。美国古生物学家杰克·塞普科斯基曾说："我认为智力只是让四足动物得以生存下来的多种适应性中的一种。我认为跑得像野兽一样快，但却蠢得像狗屎一样，这样也非常适合生存下去。"

5.8.7 "常"不觉与常觉

在我们的日常生活中，总是存在大量不知不觉的事情，而在很少的情况下，我们才会对某事某物有所察觉、有所关注，此谓"常"不觉，或可谓不觉之"常"。

而所谓"常觉"，则是指我们的知觉又无时无刻不被诸多事物所扰，以致不得不关注某事某物，虽然这种关注多数时候并非我们所愿意。

5.8.8 常有，"常"非有；常是，"常"非是；常在，"常"非在

似乎，"常"什么都不是，但又什么都是。

即所谓"常"有，"常"又非有；"常"是，"常"又非是；"常"在，"常"又非在。

5.8.9 "常"与"凡"同？

"凡"有凡例、平凡、凡是之说，也有非凡之说。

佛教讲"成住坏空"，但不是无缘无故的毁灭；佛教讲"劫"，但这更多是个时间

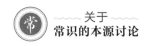

单位；佛教讲"无常"，但一切福祸都有其因果。佛陀要我们远离无明，不在愚昧的恐惧中虚度生命。日日都是好日，把握当下的生活，珍爱我们的世界，才会获得平安喜乐。

5.8.10 "常"是保守、老旧、平庸

"常"有时又是消极的，是保守、老旧、平庸的象征，并且是令人厌倦、乏味、疲劳的，于是，"常"是令人思变的原因。

但"常"的保守、老旧、平庸，又可以是善的、稳定的、完备的品质的代名词，有令人信任、认同、惯用的内涵，是维护稳定、保守、平庸性的初衷。这又是"常"被认知的另一面，即积极的一面。

5.8.11 有需要常例

为了减少在思想表述过程中出现援引例子的不当或缺失，需要对应的常例。

法律界的判例法（海洋法系）裁判原则，就是重视常例的最好事例。

这套方法就是持续不断地积累一些判案的例证，在日后遇到相近的案例时，能够援引作为佐证，成为法官及陪审团在断案、量刑及判决时的实例依据，从而使判案能够完成。

6

"常"之非

我们前面讲到，"有"是"常"，"是"是"常"，"在"亦是"常"。"常"是有、是、在的一种统摄的表征。

同时，我们也提到"非"也是"常"，是非有、非是、非在的一种统摄的表征。

这是我们讨论"常"时提到的一个重要属性，即"非"也属于某种"常"。

6.1 "常"亦"非"

如果只有讲"常"之有、是、在，则"常"并不完整，因为缺少非有、非是、非在。

是故，有"有"必有"非有"，有"是"必有"非是"，有"在"必有"非在"。并且，"有、是、在"为"常"，而其"非"亦无不为"常"。由此，"有、是、在"与"非有、非是、非在"自然地总而成为完整的"常"。

这一点，或许与南宋理学家朱熹之见不同。朱熹说："惟其平常，故不可易；若非常，则不得久矣。"朱熹显然对"非常"未认识透彻。朱熹还用"五谷"与"珍馐异味"做比喻："譬如饮食，如五谷是常，自不可易；若是珍馐异味不常得之物，则暂一食之可也，焉能久乎！"显然，朱熹将一般的"五谷"视为"常"，而将"珍馐异味"

视为"常"之非，这种比拟其实不当。因为，若将"五谷"视为"常"之食，则只能将"五谷"之缺视为"常"非有食，而不能将"珍馐异味"作为"常"非有食。

6.1.1 "常"VS"非常"

常物VS异物。

从人体这个常态机体来说，只有异物植（置、介）入人体时，才会有异物感，人体才会有排异反应。无论是植入人造异物，还是移植捐献的器官，当植入机体以后，都要靠服用排异药物来维持人体与异物的共存生态，是为"常"对"非常"之"常"态的例子。

6.1.2 "常"有"非常"——关于变温动物及耐高温生物

科学家将身体可以随外界环境温度的变化而改变体温的动物界定为变温动物，由此，则引申出关于"温水煮蛙"的著名公案（见引言）。

探险家发现，在海底有某些独特的火山活动区域，在那个海水区域，海水温度常年达到100℃甚至更高，在周边区域却生活着无数能耐受这种高温的海葵、磷虾及蟹类等。这个事例说明，100℃并不是生命能够耐受的极限温度。

6.1.3 讫自为"常"

人生在世，各行各道，离群索居，独来独往，然后就有种种所谓讫自表现，即表现为讫自健康、讫自愉悦、讫自心善、讫自优秀、讫自省思等状态……

这类人惯于讫自料理自己的饮食起居，讫自笃定修为，趋吉避凶，讫自居闹市如藏深山，于其一生并无大碍。

这所谓讫自一统的生灭境况，也就构成一种"常"景。

6.1.4 关于弃生

有一种生存境况叫弃生，即放弃生存的意愿。

这个意愿有点像某个生命的死亡趋向，即放弃了生存的求死状态。某种生物个体只要有这种动机（主动或被动地）出现，那么随之发生的就是这个生物的"死"的状态的无意义性浮现了出来。这个生物个体会依随那个意愿，逐步走向沉沦，这是典型的"常"非态。

6.1.5　关于人之不知

大多数人的愚昧都源于不知及不自知。这种不知及不自知，即昧也。但其实，不知及不自知未必是愚昧。

德国剧作家 F. 席勒在剧作《奥里昂的姑娘》里写道："面对愚昧，神自己也缄口不言。"

因为，人在不知及不自知的情景里面，有真不知及不自知，有不想知，也有无意不知、刻意不知种种。这些，都与智力无关。

而人之不知及不自知其实是人的"常"景，属于非"常"之"常"景。

6.1.6　不知及不自知为"常"

设若，不知及不自知为"常"，则知及自知就为"非常"。

人一生受教育、受侵染、受熏陶不可谓少，但有很多领域因为人一生都不涉猎，因而人是一无所知的（包括对自己都知之甚少）。人到最终，盘点起来，知及自知其实都非常有限，识之不多、识之甚少其实就是"常"态。

6.1.7　多数人不知你写出来的东西

很多情况是：你写出来的东西，绝大多数人是不知、不理、不懂、不记的。

有意思的是，某人之不知，对于他者而言，其实等价于他者的不在。而在他者那边，如果知道某人在，则某人对他者而言就属于在。这时，如果出现一个第三者，则对于这个第三者来说，就发现以前两者的主观感觉而言，会出现一者在一者不在的情况，这怎么可能呢？这个问题就在于针对哪个主体做出提问了。

6.1.8　不了解，没看过与没读过

当一个反对的声音来自不明来历或不明真相的原因时，那么，这种贸然的反对就无异于"滥杀无辜"了。

其实际的情形往往是，对该人事不了解，对有关的文章及观点还没看过、没读过。

6.1.9 不病为"常"，病亦为"常"

不病为"常"。

出生之后体格健全者，终其一生，不患病为常态，但这也甚为难得，其实只是一种生命愿景而已。

病亦为"常"。

偶感风寒，偶有破损，偶尔不适，其实正常，即所谓病亦为"常"之理。

小病、小损、小不适，只要稍加处置、调养，即可恢复健康，即为不病之状态。但如不处理或处理不及时，也会酿成大患，也就变成大"非常"了，此即为新"常"态，是谓病之"常"。

6.1.10 艺术乃"非常"之美

从审美的角度看，艺术中之"非常"才是美之"常"。

所谓的异品、出众、非凡，"非常"之"常"象是也。

6.2 "常"不争

6.2.1 有争

常有争。自然有争，主要表现在生物界，尤其是动物界；人伦有争，民族的、地域的、男女的、老幼的、贵贱的，有文争、武争、政争、军争，还有美争种种，因为文明进步了，争的方式也由残酷转向平和，由非理性转向理性。

若我们将焦点聚集到最为常见的观点之争，则可以看到，大多数观点都是在可以争论的范围之中，大多数讨论的内容也是在能够讨论的范围之中。而且，大多数的情况是，如果要展开争论，只能够在一个预先框定的范围内进行。但是，有很多争论因为认识（知识）的不同，资讯掌握的不同，争论的目的不同，等等，因而展开争论又显得没有意义。

6.2.2 有不争

在某些方面，争论明显又是没有意义的。比如说我们讨论某种技能，如对一些有特殊技能的群体（比如说在钢琴分等级的人群中），那就囿于技术门槛的阻隔而不能够进行争论，而是要进行考级定级了。

也就是说，有一些技能是不可通过争论确定的，只能通过特定的比赛来确定结果。

6.2.3 争论与不争论

争与不争，其实都有道理，此为"常"论。

在了解到争论双方的认识层次差异太大时放弃争论或否定争论是有必要的；在了解到争论的一方对争议的对象的事理或事实认识不清晰的情况下，放弃或否定争论也是必要的。

6.2.4 争论需要平台

争论要得到结论，就要设置争论平台以供论辩。此时，一要看环境是不是和平，二要看时间是否许可，三要看论题是否为急迫，四要看大众是否急迫看到论辩的结论，等等。搞清楚这些因素之后，设置平台就成为水到渠成的事情了。

6.2.5 争论辩护需要时间

案例审理时，争论与辩护的时间太长，会影响判决的效率。

6.2.6 静默是不争的普遍形式

考察一片寂静的森林，荆棘丛生，百木争荣，种种生物为逼仄的空间，为有限的资源，其实无时无刻不在激烈竞争，但从动物及人类的视角，"竞争"又何尝见得到？一切总在静默中，总呈现"静默"这种"常"态。

世界常无事，非常自扰之。

6.2.7 观点争论是人的一个特点

将观点用语言来进行争论，是我们作为人的一个特点。

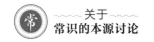
除了人，我们不会见到其他动物的观点争论行为。

6.2.8 市场是争还是不争？

市场的设置显然是为货品辟出竞争的平台，但市场让我们见到竞争吗？当然是既见到争又见不到争。见到争，是见到万亿种货品的价格在（交易时间内）时刻竞争，见到由此而呈现的各种指数的剧烈升跌；而所谓见不到争，又是各种变化（交易）止息（交易时间之外）的时候所呈现的平静。显然，相对于交易时间，平静的时间居多。

重要的是，市场既有事也无事。

对一个简略的我而言，无论多少的有事，终为无事，甚或以有事为无事，大事化小，小事化微，以至无事。

6.2.9 "常"之矛盾与"常"无矛盾

《列子·汤问》里面有一篇《两小儿辩日》的文章，说的是两个小孩子在争论太阳中午离我们近一点还是早上离我们近一点。一个小孩说太阳早上出来的时候挺凉的，到了中午就热起来，热的东西当然是离我们越近越热，可见太阳在中午离我们近些。另一个小孩说，太阳刚出来的时候那么大，到了中午就变小，什么东西都是离我们越远就越小，可见太阳中午离我们远些。两个小孩子争执不下，孔子路过，听了这争论，也决定不下孰是孰非。

两个孩子所依据的都是常理，热的东西离我们越近越热，一样东西离我们越近就越大，这两种道理各自都是再自然不过的常理，而这个故事，妙在找到一个焦点，两种常理在这里冤家碰头，得出了相反的结论。[1]

此可谓"常"之矛盾。

从今人的角度看，这两个判断都是建立在简单直观的基础之上而形成的误判。现在我们已经弄清楚了，早晨凉、中午热与前夜的降温有关，与太阳远近无关；太阳晨大、午小与空气折射成像的放大效应有关，同样与太阳远近无关。

此案例最终由科学去清楚说明，此也就表示，"常"到深刻之处，并无矛盾存在。此即谓"常"无矛盾。

---

[1] 陈嘉映：《常识与理论》，《南京大学学报》（哲学·人文科学·社会科学）2007 年第 5 期。

6.2.10 "常" 不喜怒哀乐

喜怒哀乐皆为"非常"，这也是比较容易明白的。

毕竟某人的情绪表现，其实是由种种外部原因的刺激而导致的。而人在寻常的状态下，能够遇到喜事、怒事、哀事、乐事也是不经常的。由此可见，因为事件的稀少，从而也导致一个人的喜怒哀乐的表达有限。

由此也推导出，一个人其实处于非喜怒哀乐状态的时候居多，也就是人的非喜怒哀乐状态为"常"。

6.2.11 "子非鱼，安知鱼之乐？"

在《庄子·秋水篇》里，有一段对白。

惠子曰："子非鱼，安知鱼之乐？"

庄子曰："子非我，安知我不知鱼之乐？"

古人在说这句话的时候用的是同音字，所以就变成了"子非余，焉知余之乐"。这个意思很平实，一个人有一个人的感受，你不会完全理解其他人，你的悲伤、欢乐只有你自己知道。我们其实可以直接推出"子非鱼，无由理会鱼之乐"，还可以推出"子非鱼，知鱼之乐又何如"，等等。显然，"子非鱼""子非余"都是前定的，是不可改变的事实，通过"知"，我们可以建立某些"我"与"鱼"的关系，如"知鱼之乐"。"鱼"为我所知之对象，除此之外，"我"对"鱼"也没有更多的作为，所以我的"知鱼"既不可靠，也很无奈。

这是一个关心他人的可能与限度问题。

6.2.12 反对并不会破坏善性

一个反对的意见不会破坏善性。只有将反对的意愿转化为某种意志，并化为具体的行动时，才会对善性的存在构成现实的威胁。所以，在某个反对的思想及反对的意见出现之时，只要没有化为某种具体的行动，并且没有针对真实的善性刻意形成主见，就没理由否定那种反对的正当性。

6.3 "非常"之象

痛而不叫，乐而不笑，苦而不怨，不平而不鸣，大美而不赞，善行而不褒扬。这些，都属于反常（非常）之象，却往往变为"经常"。

而叫、笑、怨、鸣、赞、褒扬之类本属人之常情之常表，是有痛、有乐、有苦、有不平、有大美、见善行等的自然反应，不应受到压抑，无论是外部原因还是内心原因，即所谓"常"之象。"常"之象反而为世所少见，这就是不寻常的情状，值得反思。

6.3.1 混沌——一种"非常"之象

从混沌学的角度看，生命的孕育实际上是一种远离平衡态时偶然形成的局域效应的结果。

科学家告诉我们，那些远离平衡态的事件都属于"非常"范畴，而这些"非常"状态一旦达到很高的聚集浓度，或者经过很高的试错机会之后，就会成为生命孕育的前提条件。顺着混沌学的观点考察生物界，最原始的物种的诞生往往可归类到那些远离平衡态的小概率事件的凝聚，并且这类事件在"原始汤"时代（即在地壳冷冻之后，原始海洋形成时期）并不罕见。

6.3.2 远离平衡态为"常"之非

"非常"往往是系统远离平衡态的一种现象。

例如，系统的局部由于置入一个热源而形成了一个相对高温的区域，则当热源撤去之后，这个高温区域即会降温到与整体的温度相同的常温态。但如果系统被看作一个开放系统，即系统内有局域限时的热源导致的温度异常，只要这个热源能够持续获得能量注入，则这个热源所导致的局部高温现象就有可能是一个远离平衡态的局部常态，即可视作"常"非态。

6.3.3　远离平衡态的子系统

"自组织"理论告诉我们，系统内形成一些极端状态是子系统形成的早期现象。

这些所谓的极端状态，即系统内出现某些远离平衡态的子系统。例如，在系统形成的急流中，发展出几个比较稳定形状的湍流（涡旋）状的子系统形态，就是比较常见现象。当系统出现了几个这样的状态时，意味着其后会出现两个方面的变化：

一是这些子系统会努力返回到原来的平衡态，即出现涨落式的周期变化的状态，这时，系统开始变得非常不稳定，那些子系统会在强弱形态之间做某种周期性变化。

二是系统进一步形成一些远离平衡态的相对稳定的"小岛"，也就是那些叫作自组织的小型有序系统（状态）。这些能够稳定下来的有序化的"小岛"就是能够在远离平衡态条件下"生存"的相对稳定的局域状态。然后，原来的大系统就开始提供能量去维系"小岛"的生存。

这些远离平衡态的"小岛"与前述打破"常"态而进入"变"态的组织不同，"变"态是在"小岛"里面的环境下产生的，属于更小的相对稳定的，甚至能够自己生活的"个体"。

6.3.4　小"非常"足以致命

说小"非常"足以致命，可以以人的生存条件做例子。如人的心脏、脑血管，只要这些器官里面任何一个出了问题，哪怕只是出小问题，无论身体的其余器官多么健康，也对生命整体健康运作无帮助，人也很难避免不会发生生命的整体颠覆。

小小"非常"，足以致命！

6.3.5　"常"毁烂

毁烂为"常"，这在自然界太正常不过了。

氧化（风蚀）是一个大类，腐（蚀）、（虫）蛀是一个大类。腐、蛀为"常"，但是从细部处看，腐、蛀之内，实有神奇、有新生，这又是一种自然之象。

6.3.6　毁烂为"非常"亦为"常"

人人都知道，一个产品如果使用寿命长则意味着对这个产品的需求量会降低，从而会造成这个产品需求饱和。于是，如何限定一个产品的使用寿命，就成为商家在设

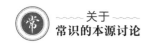

计产品时会考虑的因素。于是我们见到，在汽车工业高速发展时期，某些类型的汽车，会存在使用期限一到，其外观甚至内部器件的损毁（如锈蚀、磨损等）速度加快的情况，这就"催促"用户更换新品。这就属于人为毁烂之"常"的一个例子。

6.3.7 人生之种种不珍惜

人生过程中，会出现种种不珍惜的情况。如不珍惜过往的经历，不珍惜偶尔的相遇，不珍惜爱过的感觉，不珍惜用过的旧物，不珍惜曾有的习惯，不珍惜见过的风景，不珍惜闪过的念头，以及不珍惜种种快乐或痛苦的体验，等等。

其实，人之一生，绝大多数不珍惜的情况就是常态。当然，这么多不珍惜的情况也因为记录手段（技术）的进步而得以少部分弥补。例如照相技术、文字记录的进步，以及日渐发达的网络记录及传播，等等，就使人的日常行为的印迹得到更多的存留。

6.3.8 旧物不应舍弃于一旦

人生一世，难免舍弃许多旧物。而有的旧物，其实不应舍弃。如你旧时频繁使用过的用具，因为这些用具记录了你过往的许多印迹，将其舍弃，也就舍弃了你作为你的印迹；又如你的旧居，也有与用具相同的功用。

6.3.9 日常的不珍惜——乘车的启示

人之相遇因匆匆邂逅并匆匆别过而不被珍惜。

以乘车为例，有几个有趣的现象：

一是因乘搭陌生的交通工具的短暂共处；

二是在交通工具里陌生的非同行的同乘者的短暂共处（某人与某人短时间的亲密聚集）；

三是非同行的某人与某人因同一交通工具的一次邂逅之后，就不再有交集的必然命运。

然而，这种既是常态而又是非常态的现象就是人生相遇的典型事例。

6.3.10 浪费表现在自然产物上

最大的浪费是对自然缔造物的毁坏。自然的产出物在初生之时表现得多么认真严谨，然后又在舍弃时表现得同样认真严谨，这就是浪费之"常"象。

想想树木发芽的情形，新鲜稚嫩，青葱勃发，长势不可阻挡；再看看显微镜下，一只不起眼的蝼蚁，同样是那么结构精致，活力无限。再想想在一次洪水或飓风过后，这些结构精致的生命就这样悄无声息地湮灭了，这是何等残忍的事实，又是何等巨大的浪费！

然而，自然的浪费，即对毁坏种种精致，又是那样决绝地施行，重复演绎着，并不怜惜。这又是自然之"常"。

6.3.11　圆是"常"，方、三角等则是"非常"

圆并非天然是"常"形态，只是因为两种情况：一是因为物质运动（如绕核旋转类）时，核子对旋子形成的向心力的均衡性，以至形成圆球形（或为椭圆球形）基本形态，如行星及恒星；二是因为外部长期的均匀摩擦，以至原来的不规则形状趋于圆球形，如海上的卵石。但天然的方形、三角形等，则因为成形的时间晚，不免更多地保留原来的样貌，而自然的力量，则是将它们最终打磨成为一个圆形（磨圆了棱角）的物体。

6.4　"常"之无

金岳霖认为，"道是式、能"，所以"道无'无'"。[1]但"常"因为是有实的"有"（这与金岳霖"道"的虚的"有"有别），所以"常"除有"有"之外，其实也是有"无"的。而且，还有许多的"无"。

6.4.1　"常"无是非

当我们说"常"无是非，也就是在说"常"本身并无价值判断。

既然"常"无价值判断，因而"常"就可以自处、自在而无为。于是，"常"也因无为而无不为。

---

[1]　金岳霖：《论道》，商务印书馆1987年版，第24页。

6.4.2 "常"无善恶

"常"无善，"常"也无恶。

善恶是一种价值判断，因"常"无偏倚，所以无善恶分别。

但因为善恶有分两端的分别意，"常"无偏倚意味着处于中道，所以，"常"也不免既处于善，又处于恶，从而在实际上，也就沾染了善恶的实相。所以，当我们说"常"无善恶时，也往往无法将"常"的位置安放妥当。

故而说，"常"未必善，善未必"常"。又说，"常"未必恶，恶未必"常"，总是一理。

6.4.3 "常"无悲无喜

无悲无喜是谓"常"。人更多的时候，处于无悲无喜之情状。

因为，面对自然，"常"就只能是这个样子。悲或喜总是某人一地一时之事，悲喜一过，总归如"常"。

6.4.4 "常"无分别意

"常"在有无多寡巨细之间，所以，"常"自己总无分别意。

如室内与室外，院内与院外，圈内与圈外，等等，分别内外，并不分别"常"，故"常"无分别意。

6.4.5 "常"可谓不多不少

这个似乎与上文有悖，其实讲的是在"常"所处的位置上的不多不少，或者说是不增不减。

但"常"又不是那种死寂的状态。"常"大约可以指动态平衡，那种"刚刚合适"的变化着的平衡（均衡）。

"常"不过、不及，所谓"过犹不及"，也有点这个意味。

6.4.6 "常"无内外

我们说过，"常"有大，则至大无外；"常"有小，则至小无内。这个，与金岳霖的"道"近似。"常"既有大、小之分别，有至大、至小之别，所以，"常"就无内外分别。

是以说："常"无内外。

6.4.7 "常"有迟疾，有缓促

"常"有迟疾，有缓促，表达了事物运动变化过程的一种特性。

但"常"也无迟疾，也无缓促；"常"亦无忽（疏忽）无意（着意）。

事物运动变化过程的这种差异有相对的稳定性，因此构成了事物动态的稳定及平衡。

这种无疾无迟、无促无缓的境界，与那种有迟疾、有缓促的境界，其实并无分别。

可以将事物动态的稳定及平衡，称为某种"常"之态。

6.4.8 "常"无整齐，凌乱

散布、凌乱、皱褶乃"常"，聚拢、整齐、平顺属于"非常"。

为何在观感审美上，我们往往求散布、凌乱、皱褶，而不求聚拢、整齐、平顺？皆因散布、凌乱、皱褶更合乎事物"安放"的常态；而聚拢、整齐、平顺则需要人去跟进打理，并且，在若干时日之后，又向着相反方向复归散布、凌乱、皱褶的"常"态。

6.4.9 "常"关爱与"常"加害

关爱与加害非人所特有，在生物界，关爱与加害都算是一种常态。不过在特定的时期，如在动物的生育期、抚养期，对幼雏的关爱是出自本能的；又如在捕猎的过程中，所谓的加害也是天性所为。

但在人类这边，关爱与加害除了本能与天性，又往往多了一重含义，即文化。在这个层面下，关爱可施与子女及亲人之外，也可以施与生育及抚养期之外。

6.4.10 "常"无仇怨，无情亲

因为"常"无是无非，所以就无所谓仇怨，也无所谓情亲。

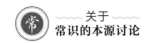
6.4.11 "常"没有疑心

"常"如自然,没有疑心。

因为自然的隐匿与隐匿的揭开皆非自然刻意而为,而是自然而然的结果。因此,自然如"常",从不起疑心,而只有人才会有疑心、疑念。

6.4.12 "常"如如不动,杳杳不思

"常"如如不动,"常"杳杳不思。

如如不动则是无所欲、无所动,但又无时不动。

杳杳不思则是无念想、无牵挂,但又无所疏忽。

6.5 大"常"与大"非常"

世间常无事,大"常"自在之。同样,"非常"也自在。

自然之"非常",自然有其因果;人事之"非常",则非利害而不能辨别。

冻馁、饥荒年代对于人类社会属于大"非常"("金融海啸"也是一个特例)。而所谓的风调雨顺的年景,或者是某些盛世,则可称为大"常"。在大"非常"与大"常"之境况下,"常"常不能自已而为"非"。

此所谓大"常"者,就是常说之大环境。在此大环境下,贫困者、落后者都会在一定程度上得到保障,得到善待。

而在所谓的大"非常"时势下,不要说是穷人,就算是当时的富裕者、中产者也不免为萧条所累。

这或可以以气候做比喻。春夏秋冬四季,即为大"常";而季节的转换,可看作是大"非常"。

冬日时分,万物肃杀,任何暴露在户外的物体都将受到低温的影响而凋敝;夏日时分,万物升腾,任何暴露在户外的物体也会受到高温的影响而兴盛。但究竟是冬日好还是夏日好,就要看不同物体的不同际遇,这种际遇即大好还是大坏的准绳。

6.5.1　在大"非常"的状态下，"常"常无所作为

在大"非常"的状态（环境）下，"常"（局域之"常"）无所作为，即无所自处，即是无是非，无所谓和谐，也就无所谓正常。此时，既无所谓"常"，也就无所谓"非常"，"常"与"非常"都由大"常"或大"非常"所裹挟，无所出离，无所逃遁，也就无所显现了。

6.5.2　好与坏都是一种"常"态

正如善与恶一样，当好与坏的状态延续下去，成为一种两相对立的常态时，我们就会将好态与坏态分别都指为某种"常"。

6.5.3　机会是大"非常"之前兆

一个偶然事件，即是一个小概率事件。

但某个机会（小概率事件）会演化为一个可能性（大概率事件），甚至会演化为一个巨大的可能性（也就是大的机会）。这就是我们时时会遇到的，由一个小事件演化为一个大的"非常"事件的前后情状。

并且，从某个事件的进程往回追溯可知，人们事前往往对某个小事件是熟视无睹的，或是原来安放在某个不起眼的地方的小"常"，小到你不会认真对它，然后，它就因一个偶然激发的小因素，渐次演变为一个大事件——一个其后无法收拾结局的大事件。

6.5.4　人类是自身问题的解决者

在一个物种（例如人类）成为整个地球的主宰之后，自然的力量最终无力修复人类造成的生态灾难，这时，就要由人类做出努力以解决自己产生的问题了。

6.5.5　让我们共同期待××日子到来吧……

我们为什么要等待某个日子的到来呢？为什么不是我们在这个日子到来之前继续做我们本该做的事情呢？为什么有的人希望别人跟他一起等待某一个事情发生，或者是为了他个人认为的某一个大日子即将到来而操心呢？

这就是一个"非常"之象，由本无之事（或本身无法解决自身面对的大环境问题）

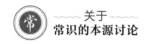

引致的一个令人期待的未来事实。

6.5.6　"常"等待

最典型等待如植物的开花，在开到灿烂分泌出蜜汁之时只有一个功能，就是等待昆虫的到来，让其为自己授粉，以繁衍后代；而动物的蛰伏，尤其是猎食类动物，就是等待猎物的出现，等待捕捉到那个猎物警觉松懈的时机；人类的等待含义更丰富，等待时机、等待时日、等待响应、等待反应、等待出现等。

等待的含义很丰富，这就是一个很实在的"常"。

6.5.7　序与非序，都是"常"态

人的秩序感，初看是一种"非常"。但秩序当前，异序就是"非常"，而秩序又反而是"常"。由此分析，序与非序本身都是某种"常"之状态，因为两者的存留时间都会有一定的长度。

6.5.8　"常"的历史遗憾观（关于完美做事的困惑）

我们总是不能够在一个很好的状态下，去将一件事情做完美。也就是说，一件应该做得完美的事情，会由于人的素质、最初的动机庞杂、资源配置的缺失、种种环境的原因，而最终做成为一个劣质品（俗称"烂尾"）。

要想做最好，却总是做不到。此即是"常非"之一种。

6.5.9　残留乃"常"

世上有诸多的残留物，如各种干枯腐朽的植物、动物的尸体骨骸，由水土运作形成的痕迹沉积等，由原来的变动，到如今的寂灭，此种种的寂灭，延续天年，非有另一种毁灭原因出现而不再变动。于是，"常"就在那里浮现出来了。

6.5.10　所谓的"错落有致"感及其他

这实际上就是感知一种如"常"之美的审美旨趣。然而，"错落有致"如何才被看成是如"常"的范式，才能够令人有长久的视觉区位乃至美感，却未必有定论，这是一个由时间去淘洗的过程。

而所谓时间的淘洗，也无非就是在不同时期，经过名家贤达对审美对象的种种反

复甄别及鉴赏之后，经过不同平台定价及成功的交易，直至成为某种定论，才可以有阶段性的结论。

6.5.11 专注即"非常"，有无怪异之心都是"常"心

"常"者，视而不见，听而不闻。我们目视所触及，其实满"屏"的杂物，所以，见多不怪即是"常"态。而专注、留意，就是一个"非常"事件出现了，但同时也是一个平常之行为。而不专注、不留意，才是一个"常"态。

简而言之，无怪异专注之心即是"常"心。

但有怪异专注之心，也不能说不是"常"心。

6.5.12 人造景物因有蓝图而成"常"态

自然之"常"，是自然之力自我复归之过程。

我们能在许多情况下见到这个过程，例如火山之喷发，大潮之暴涨，地震，海啸，自然发生之风、火、雷、电，这些似乎都属于自然的"非常"之象。当这些过程结束之后，则在自然长时间之运作下，由自然之力，将一切复归旧常，即回复到往日那个常态，只或留下一些痕迹，或连痕迹也抹平。

但在有人的系统里，这个复归过程（上述过程对人造景物的毁坏的修复）会异常快地得以实现。因为，人对自己建造的景物，往往保存了相应的"蓝图"，因为这些"蓝图"的存在，人造的景物就成为不能毁烂之物。就如不息的篝火，因为人懂得不断地再生火，于是篝火就成了不灭的热源和光源。

所以，这个"蓝图"自成"常"物。

6.6 "烦"是"常"

德国哲学大家海德格尔将人生之"烦"引入哲学论界，取得了一些有趣的结论。

中国学者缪川说过："海德格尔认为当人的存在沉沦到日常俗世，与众人相同的'共在'状态时，首先要面对物质与欲望的关系，即如何取舍外界横流的物质世界、物质利益，又如何权衡自身内在的欲望。是把物当成物来使，还是人被物所驱使；物是

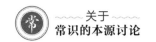

人的工具，还是人成了工具等等，人陷入了烦心状态。人与物的关系必然会涉及人与人的关系。当人在烦心中而不能抽身而退时，人与人的关系就更复杂。"①

但"烦心"的讨论是令人烦心的，因为真正的"烦心"，并不在确定性当中。

6.6.1　海德格尔之"烦"（sorge）

海德格尔说："此在之在绽露为烦。"②

海德格尔把人的全部存在状态归结为"烦"（sorge）。"烦"是"烦忙"（besorgen）和"烦神"（fürsorgen）的一般形式，但烦忙的对象是特定的事物，烦神的对象是特定的人，"烦"本身没有特定对象，它是一般的人生态度。我们会有这样的体会，即使在无所事事的时候，也会感到心烦。"烦"与人终生相伴，人从诞生那一天起就已把他的存在交由"烦"来支配。

因为人是"非常"之生物，所以总是伴随着各种"烦"。所以说，"烦"其实就是生命的伴生物，一种"常"非之物。

6.6.2　生存厌倦与生活厌倦是人类特有的感觉体验

而一个精力充沛的人，一个自由而又理性的人，总会为自己安排种种有意义的事，使自己充满热情、兴致、感恩及快慰；当人精力不济、行动不自由且理性不足时，则可能滑入无趣味且无意义的生存境况之中，即会产生（或过渡到）"厌倦""烦心"的情绪，于是，"厌烦"最终成为人生不可摆脱的困局。

而上面提到的"有意义的事"，实际上是对自然（包括他人）互动生出的人生充实感，如做环境维护、内务整理、亲情互动，甚至义务劳动，等等。但当一个人的状态萎靡不振、郁郁寡欢乃至难免遇到患病的困扰时，则会将生活的兴致渐渐转为"厌倦"，产生"烦"的情绪。并且，这种渐渐产生出来的占主导地位的"烦"，会慢慢将你缠绕，让你觉得挥之不去，无法自拔。这时，往日的种种由激情所驱动的生活作为，都会让你觉得是一堆生活上的累赘，这是人生的另一种感觉体验。

---

① 缪川：《海德格尔的死亡观》，《黑龙江史志》2009年第8期。
② ［德］海德格尔：《存在与时间》，陈嘉映、王庆节译，生活·读书·新知三联书店1987年版，第221页。

6.6.3 "烦"由"背负"而起

每个人从外表上看，没有什么差异。但事实上，每一个个人因为工作、生活乃至生存等各个方面的原因，都往身上背负了很多东西。因为有这些东西背负着，人自然不免有所"烦"心。看得出，人的"烦心"其实是因为诸多的"背负"。

6.6.4 "常"不知（晓）识（见）

某个人对某事物或某人的认识的差异在于：前者的认识是不能反向的，即你若已知道了某事物，但某事物既不知道你知道它，也不知道那个知道它的你。但若是对某人，在你知道他的同时，他大约也已可能知道你了，甚或进一步，也了解你了。说是可能，即有可能在你知道他的时候，他并不知道你已经注意并知道他这个事实。

6.6.5 存在之三维

在诸个存在物当中，可以分生物、自然、社会三维，而以人的存在维数最高。

当中，唯人可以不断地（自然而然地）进行着这三维（甚至多维）的角色转换与调适。如进食与排泄（生物维），闲懒与徜徉（自然维），穿衣与卸衣、上班上学（社会维）。但植物、动物、死物都只能存在于某个固定的维度，并以一个角色显现于光照之下。

由此而论，人是升维的。而其他生死之物，存在之维数，是渐次降低的。由此界说，我们也可以继续在人的存在维度之内做出划分，即在第三维之中，可划分为文艺之维、算术之维、政经之维等。

6.6.6 有教养或训练有素表达的是个人之"常"

有教养或训练有素表明某人是一个常人。

而很多人因为无教养或没有经过训练，即没有经过长时间重复做相同的动作而没有形成某种习惯，因而就不具备有教养的或训练有素的日常生活及执业的能力。

但人越是有教养，其实是越非"常"。人处在这种非"常"态往往并不自在、自由，此时的人，难免会起抗逆之心，并进行反抗。

6.6.7 遵循常理行事并不如"常"

人类发展进步方面一直在取得成绩，但在每个事体肇始之时，遵循常理行事或使遵循常理成为守则方面的进步并不尽如人意，有时，还能见到在某些方面有所退步，以至要经验界、知识界的有识之士不断提醒。

6.6.8 海德格尔的"烦"含义丰富

人因不循常理行事而无法做对事情，这就是产生"烦"的根源。这种"烦"的讨论理路，与海德格尔所讨论的"烦"尚不同。

海德格尔把"烦"分为"烦忙"与"烦神"两个部分，"烦忙"总是指向那种"上手事物的存在"，而"烦神"则属于一种情境，是一种"与他人的在世内照面的共同此在一起的存在"。①

正当人们大量应用海德格尔的"烦"概念来说事的时候，《存在与时间》的翻译者陈嘉映、王庆节先生却在这本书再版的时候，将"烦"（sorge）全部改译为"操心"，关于这个重大的译法改变，这个修订译本里有一个专门的说明。② 但这个说明，似乎并没有完全消除改译引发的疑虑，相反，就笔者个人而言，反而觉得原来的"烦"，更合意。否则，再改译下去，以"sorge"词根而将"besorgen"译成"操心忙"和将"fürsorgen"译成"操心神"，就又变得麻烦更多了。

6.6.9 循理而行即祛"烦"

人能遵循常理行事，这是祛"烦"（或"操心"）的方法。

但人在一事当前，往往不能循常理行事，非不能也，是不知也，当然也有不欲知的因素。而当人到了所知，或所欲知之时，则已经时过境迁了。所以，就一事而言，如果不是可以重复去做的，能够避免前例的种种缺失，总难免遗憾的结果居多；如若不欲见到不好的结果，即不鲁莽匆匆开始，乃将"烦忙"之事功先交由"烦神"去计算，于是，便会有可能最终减少"烦忙"而成就一事，成就一事之后，也就减省了"烦神"。这是一种简单的功利计算过程，一种由"烦忙"转向"烦神"乃至熄灭"烦

---

① ［德］海德格尔：《存在与时间》，陈嘉映、王庆节译，生活·读书·新知三联书店 1987 年版，第 221 页。
② 陈嘉映：《〈存在与时间〉读本》，生活·读书·新知三联书店 1999 年版，第 502 页。

忙"并且也熄灭"烦神"的过程。

6.6.10　给用过量与给用不足

给用过量则"非常"——偶然的"非常"引致浪费。

不过在自然界，却有许多"给用过量"的现象。如一棵树上成熟的果子，撒落一地而未必有动物或人能够完全采撷食用，只能任由其腐烂；又如原野上一个庞大的角马群，猫科动物也未必能捉住所有以供自己食用；又如海上的大鱼群，那些肉食性鱼类冲入鱼群中也只能捕食其中少量。

给用不足自是"常"——短缺其实是一种"非常"。在自然和谐的年景下，某些植物、动物或人无限制繁殖，个体的数量增长到一个高水平之后，自然的种种给用不足在很多时候就成了"常"非态。

无论短暂的给用过量，还是长久的给用不足，都是自然的某种"常"非态的显现，即是某种时间尺度下的局域的暂时的不平衡。当这种不平衡（"常"非态）延续时，自然又会以自有的方式（缓慢地）对这种"常"非态做出修复、弥补，以达到新的平衡（新常态）。

6.6.11　"过"即非常

孔子说："过犹不及。"这是一个十分恰切的表述，"常"即在不过不及之间。

现在存在过度消费的现象，其实是在说明提出勿过勿不及的重要性。显而易见，"过度××"问题的实质，就是原来的"××"被改变了性状（性质），即无法再从其本义去讨论问题了。

6.6.12　人是拂尘者

很多环境的有用有效常新，可以由自然去自我调节，但人造的环境或器具则往往需要人去打理，才能时时新净，才能避免毁烂，此时，人作为拂尘者，就无可或缺。

某个"常"有效用（这里所说的效用是指器物陈设的新净性及可观赏性），就赖有人去拂尘，日日时时去拂拭，即能常新常净。

由此看来，神秀和尚的"时时勤拂拭，勿使惹尘埃"一句，才是"常"。

关于
常识的本源讨论

6.7 "常"无关

因为学科领域的不同，因为学人与市井之人的差异，常常就是同处一寓而实不相交，此即为"常"无关之象。

6.7.1 有关与无关

因为不认识或身份背景的不同，所以就产生天然的隔阂。

例如，食客席间的谈话，说着一些与服务员无关的话题，服务员就算听见客人说的话也未必能领会其中意思。由此，就是因为无关而构成了简单的屏障。

6.7.2 无关性（隔阂）有时是一种很恐怖的因素

无关性导致对他人、族群、异类思想观念、异类产品存在的否定。这种否定可以悬搁起天理人伦，而径直去做区隔损害，甚至残害他者的事。强盗、杀戮者（如纳粹分子及近年出现的 ISIS）都是例证，这些罪犯往往可以以正常的天理人伦对待同类，而以灭天理、丧人伦的方式对待与己无关的异类。

6.7.3 因为不知而成为天然无关者

多数人不知道外部世界有许多事情其实已经在运作之中了，而这种不知道使得有些人白白错过了机会，即错过了本应享有的权利。

例如，我们一般不知道世界上有一个洛布纳奖（Loebner Prize），是为人工智能比赛而设的，内容是对参赛者制作的程序进行图灵测试，优胜者将获得奖金。但如若不知道有这个奖项，那些人就成了失去机会的无关者了。

6.7.4 世间绝大多数事情都与我无关

世间绝大多数事情都与我无关。

实际上，这种情况也是由绝大多数的"我"作为一个独立而又渺小的个体存在的状况所决定的，一方面是世界上绝大多数事情与我无关，另一方面是世界上绝大多数事情我关心不到，无论那个事是即时发生的事，还是过去或是将来发生的。因为，那个事情的时间、空间这两个因素都是确定了的，只要与我相隔，就无法与我相关。通常，我们讲得比较多的是共时与历时的关系问题，但实际上，更多的是遇到共域性与异域性的关系问题，即事情发生在我身边，并且是共时性的，如"现场直播"，我就无法逃避干系；但如果事情没有发生在我身边，或发生在我身边，但并不是我曾经在那个地方的那个时候，那么，我仍然和那个事扯不上关系。

6.7.5　关于在乎与不在乎

世界及他人是如何在乎我的？在乎其实就是关涉、关注、关心、关爱，并且会照耀、吹拂、施与、扰攘、触碰……

与此相对应的，就是无关，即不在乎。无关就是不关涉、漠视、冷漠、无爱心，对应的还有照耀不到、吹拂不到、吝啬、冷对、疏远……

6.7.6　当"关心"成为一种机制将引发一系列负面效应……

此也可以引用那句："××啊，多少罪恶假汝之名……"

"关心"啊，多少罪恶假汝之名……

6.7.7　无关性即"常"之非

无关性实际上与不认识是关联的，如语言分隔造成的无关性，代际远隔构成的无关性，种族区分的无关性，非亲缘性的无关性，男女之间之非爱情关系形成的无关性。不过，无关性是一种更彻底的不认识（隔阂）。因为这里的无关性往往延伸为不需要相关（认识）——一种主动的无关（不认识）——为的是避免外部因素对我现在的"介入"，从而避免对我的"侵害"、对我的"扰攘"、对我的"烦"，避免要我去"操持"，避免对我的"拖累"。

6.7.8　"无关性"种种

世界上大多数东西一般人是不需要都弄明白的。因为这个原因，所以社会才需要由各种不同专业的人来为各种不同需要的人服务。而一旦那些为别人服务的人的专业能力或者职业操守不过硬，则无法避免会使那些不懂专业的人蒙受灾难。

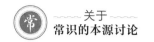
6.7.9　你不知道的某个人

世界上多数人不为别人所知道，包括某个人曾经存在过、生活过，某个人曾经说过什么，某个人曾经做过什么，某个人在某个领域曾经付出过巨大努力或做出过贡献……

6.7.10　上车下车不珍惜他人他事

人们通常都不会觉察的一个现象，就是每日的上下班途中，人们对乘坐的交通工具上巧遇（偶尔共处）的人是不珍惜的，同样对途中发生于周边的大小事也是视而不见的。

由此可见，人际的"不珍惜"其实也是人生之一大常态。

6.7.11　与你无关的公共汽车线路

再次以乘坐公共汽车为例。

在通常情况下，除惯常乘坐的线路之外，对于其他的多数线路，你可能一辈子也不会乘坐一次。

6.7.12　尽力关心他人之不可能

人因为在世上经历的事情越来越多，也就是说，生存越来越烦，会面对越来越多的操持对象，所以，人就不能够只对某件事情，或者说是只对某一个人有持续尽心的关心。

所以说真正持久尽心的关心，只能够来源于自己，来源于自己对自己的关心，或者是自己对自己的坚持不懈的操持。

6.7.13　世界有几个层次的关联

世界有几个层次的关联。首先是命运共同体（时世地域处境的关联及利益捆绑），其次是共同市场（交易规则的恒定使交换公平），最后是多元文化的体认及融通（语言、习俗、旨趣等关联）。

6.8 操心之"常"

世界上绝大多数人当下的事情都是他自己的事情，也就是说，世界上绝大多数人当下的事情都与"我"无关。这个"我"就是他之外者，尤其是一众之"我"及有机构属性的"我"。

由此推出，当下的"我"的事情与世界上绝大多数人也是无甚关系的。

6.8.1 大多数的操心并无意义

与大多数的知道、不知道没有意义一样，大多数的操心、操劳（操持）其实也是没有意义的。

这个就如俗话所说的"白操心""白操劳"。

6.8.2 我不操心大自然——系统自己运作

每个人、每个家庭、每个国家以及大自然的每一处，都由各个"自己"去运作，去生灭。

在这些当中，大自然是最不用我去操心的。如动植物、细菌，当这些自己运作的系统需要以外界的某些资源来维持自身的成长及平衡（即所谓的开放性系统），我们无法也无力去操心。因为，在我能够"操心"之前，自然已存在亿万年了。

但当我、我所属的家庭、我所属的国家的运作系统需要以外界的某些资源来维持自身的成长及日常生存之平衡时，就产生了与我的关联性，就要依赖我去操持，就触及外在的秩序或利益。于是，人的责任、操劳、无常、无奈就产生出来了。

6.8.3 "或许冷漠和万有引力是同样的事物"

美国犹太裔作家 I. B. 辛格说过："宇宙的奥秘是冷漠的。地球、太阳、岩石，它们

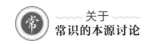

全是冷漠的，而且这是一种被动的力量。或许冷漠和万有引力是同样的事物。"①

辛格说的这后面一句话十分值得注意。表达了"冷漠"超出人伦的更宽泛的含义。

6.8.4　人有权不知、不学、不思

人生出而不得已，但人还是有不知、不学、不思的权利的。

无论如"常"抑或"归常"，其实都有一种被逼迫的意蕴在其中。试想若非不得已，一个自然的人何会去思、去知、去学？只是人在社会，如海德格尔所言，人被（上一辈人）抛入社会，于是才有被教化、被训诫的种种后来的手续跟随而来，才有某些人由被动变主动地谋求改变之种种可能，也才有另一些因被动或主动，甚至是偶然地谋求改变而改变自己的势位，成就不一样的人生的可能。关于这一点，在某个人的出生这件事情上面，人是无法自觉的。到他将死之时，他是自觉地知道自己已经得到了许多（偶然的、意外的死亡不在此列）。

此亦论证了人生出而自"常"的道理。

6.8.5　对于一己之幸福，他自己才是最关心的人

英国哲学家 J. 穆勒说过："对于一己之幸福，他自己才是最关心的人；除关系最亲密的人之外，旁人即便有所关心，与他自己相比也是微不足道的；（除非他的行为波及他人）社会对他个人的关心也必是支离破碎且完全隔膜的；而对于自己的感觉与处境，纵使最普通的男人和女人，他们自己拥有的认识手段，也必然是任何旁观者所远不能及的。"②

6.8.6　你仅仅限于知道他的姓名

世上多数人对某人的了解仅仅限于知道他的姓名，或最多只是知道他的一个职衔，如某位姓张的动物学教授之类。

除此之外，对他，你不会有更多的了解。

---

① ［美］I. B. 辛格：《一顶羽翎王冠》，引自［英］J. D. 巴罗：《大自然的常数：从开端到终点》，陆栋译，上海译文出版社 2016 年版，第 16 页。
② ［英］J. 穆勒：《论自由》，孟凡礼译，上海三联书店 2019 年版，第 87 页。

6.8.7 你怎么知道别人在说什么?

想象一个日常场景,你必定会同意这样的观察,即你是不知晓绝大多数人在相互谈论什么的。同样,绝大多数人也并不知道你和某人在某处谈论些什么。

6.8.8 不知道多数人正在讲、看、想什么

对你自身而言,世界上绝大多数人当下在干什么、讲什么、看什么、想什么……你并不知晓;他们过去曾经干过什么、讲过什么、看过什么、想过什么……你更不知晓;对于未来,他们想干什么、想讲什么、想看什么、想想什么……你也不可能知晓。

不过,假如你想知道某个具体的人的当下状况,还是有可能的,并且通过推断能知道他更多一些的外在信息。

6.8.9 谁会看免责声明

很多人办事(如买软件、做大宗交易等)很多时候是不看产品或合约上的"免责声明"的,甚至也不认真考究合同细则,也不研究合约责任,就算粗粗浏览这些相关文件,其实也不甚了了,这就是不拘小节的性格。

但其实,这些产品所附带的那些"免责声明",不能说是商业"陷阱",而更应理解为商家规避风险的保障条款。作为买卖一方,认真看清这些条文,也是一种稳妥的交易之道。

6.8.10 你永远无法真切了解他人的感受

既然有 99.99% 的人你不认识,你如何说可以代表他们?

美国埃默里大学的英语教授 M. 鲍尔莱因对 Facebook(现在改称 Meta)尤其深恶痛绝。尼尔森的调查数据显示,年轻人最常去的 10 个网站中,9 个是社交网站,这仅仅说明年轻人的孤独感是如此强烈,以至于他们中的多数人想要去结识自己完全不熟悉的人。鲍尔莱因在《最愚蠢的一代》一书中写道:"一个人成熟的标志之一就是,明白每天发生在自己身上的 99% 的事情对于别人而言根本毫无意义。"

6.8.11 我"仅仅只是来过日子……"

此可参看美国人梭罗的说法:"我来到这世上不是为了将这世界变成一个过好日子的好地方,而仅仅只是来过日子,无论日子是好是坏。"①

这是一种典型的"常"心。

---

① ［美］梭罗:《梭罗集》,陈凯译,生活·读书·新知三联书店 1996 年版,第 176 页。

7

"道"与"常"

　　我们在讨论"常"这个概念的当口，再回望以往的传统理学概念时，会发现在有意以某种现代范式方法去建立基于国学概念基础的哲学体系的前辈里，金岳霖先生可谓特立独行的一位。

　　说到"常"的诸种关系到如今，我们仍然会感觉到"常"述说展开时遇到的学理概念资源之匮乏问题，学理概念资源之匮乏的困境体现在"常"说的表述庞杂而宽泛，但总是停留在理论的表层，无法深入阐释以成道理。究其原因，似乎是"常"说一直缺乏一套成范式的表达，缺乏由相关字词表达构成的理论范式及逻辑体系。为走出这个理论困境，我想到了金岳霖的学说。

　　我想到金岳霖多年前建构的"道"这个理论体系，想到了金岳霖建构的"道"体系的方法，想到了金岳霖建构"道"体系时对中国传统陈旧字词的"翻新"使用……于是，我在论"常"时也尝试沿用金岳霖成功建构体系时所采用的一系列概念工具。结果证明，在金岳霖论"道"的"工具箱"里，那些有相当广谱应用价值的实用工具的确为论"常"提供了便利。

7.1 《论道》表达的是金岳霖的"道"

我感到，当今仍然在中国新国学的范畴里继续研究哲学的学者，应该重新进入金岳霖所开辟的领地，去继续对他所展列的新概念进行深入的探究，应该更深入地对那些金岳霖曾经使用过的概念进行更多的理论阐释。不过，仅以金岳霖80多年前写的《论道》这本书为例，要深切弄懂它的理论要旨实非易事。

我感到，借某个机会重新讨论一下《论道》，重新发掘《论道》蕴含的理论资源，其实不失为一个有益的做法。

7.1.1 一个高度自洽的体系

金岳霖在他的著作《论道》——作为一个新的学理高峰——里面试图建立一个以"道""式－能"[1] 等传统元概念集构架的新国学形而上学体系。就整体结构而言，这个体系是高度自洽的，这也是金老作为一个哲学逻辑学大家缜密的运思及组织的功力的学术结晶。但如果作为一个除了具有形而上学意蕴的思想实验项目之外，金老建构的这个体系能否成为一个具有完整的知行关系意蕴的学说体系，则大有可讨论的空间。其中最麻烦的地方，可能就是在《论道》里头金老对"道""式－能"等概念的直接沿用。

即是说，金在采用"道""式""能"之类概念建构体系之先，并未有对这些用字逐一进行他那个当下意义上的概念厘清，因此在现代范式下运用这些概念时，需要有一个逐一转换、沿用及归化的手续。唯他这样做了，才能够先期为新系统制造真切有用的"工具"，以使后学能够利用这些"工具"进入他所说的新系统。

也许是由于时代的局限[2]，以至最终没有多少后学去发扬光大金岳霖的这个学说。

---

① 关于"道""式－能"概念之具体阐述，参看金岳霖：《论道》，商务印书馆1987年版。
② 《论道》写就于抗日战争时期（20世纪40年代）。

7.1.2　逻辑严谨的"道"

所幸，金岳霖是学逻辑出身的，所以他的严格的体系构建力让他在处理相关命题时有足够的自圆其说能力，能够最大限度地避免"思想混乱底结果"[①]。

《论道》之所以能成功特立为圆融自洽的论说，除金岳霖的逻辑建构能力之外，是否也与"道"学本身蕴含了能够与西学形而上学论打通的普适性内涵有关，这也是可以讨论的。

我们只知道，《论道》的各个章节，包括所使用的有关字词，在金老笔下都能述说得圆融通达，这自然得益于金老的学识与笔力，但如果"道"的概念本身（至少是金老所指的"道"）不是在某些方面与西方形而上学特别是逻辑学相契合及贯通，恐怕要弄成个体系来还是很困难的。

7.1.3　以西方"形而上学"演绎中国"道"

一般认为，《论道》首次用西学的方法对中学传统来了一次颠覆，打开了用西方形而上学的方法去对中国传统道学学说进行现代化阐释之门。只是大家对金岳霖这本在战火烽烟中诞生的划时代著述一直重视不够。

或者说，人们一直都对金老以西式的形而上学的方法去演绎"道"不以为意，甚至后面也没有多少人有兴趣从金岳霖那里出发，向着更高的目标进发。

对这个境况的讨论，已超出本书讨论的范畴了。

7.1.4　金岳霖的"道"："旧瓶装新酒"

金岳霖虽然写了《论道》，但是他究竟有没有在"道"里头好好地"驻扎"，其实颇不好说。

在《论道》中，金岳霖说："中国思想我也没有研究过，但生于中国，长于中国，于不知不觉之中，也许得到了一点子中国思想底意味与顺于此意味的情感。"[②]因此《论道》究竟是从旧学中走过来的，还是基本没有在里头认真待过，这个情况并不清晰。

而且，他自己也坦率承认《论道》"的用字方法就是普通所谓旧瓶装新酒的办

---

① 金岳霖：《论道》，商务印书馆 1987 年版，第 17 页。
② 金岳霖：《论道》，商务印书馆 1987 年版，第 16 页。

法"①。我们更多地见到，在他的《论道》里，只要是想用到某个字，几乎是信手拈来直接沿用。

7.1.5 金岳霖"道"的"怡然自得"

但如果金岳霖未能办好"道"与"式－能"关系的手续，下面的论说如何展开呢（这个手续应该是奠基性的）？完成了这个步骤（如果可能），就意味着下面的建构过程可能逐步展开，而缺少了这些个步骤，接下来的构建工作就可能出现越来越多的麻烦。对此，金岳霖有自己的态度（或是办法）："'道'不必太直，不必太窄，它底界限不必十分分明；在它那里徘徊徘徊，还是可以怡然自得。"②金氏《论道》开篇就把这个态度摆明了，这个态度一下子从容越过了"道"与"式－能"关系处置的紧张，随即"怡然自得"地往下走。

由于奠基性工作的不完备（也许本来金岳霖就没有打算将其做完备），而金岳霖又对自己的"作品"自身表现出来的自洽性信心满满，故也就不会注意一些表述细节上（逻辑上）的瑕疵（这其实是不应忽视的）。因此，我们就见到在很多涉及相关概念使用的真正意思的时候，金老就不可避免地要使用一些"似乎""大概""麻烦""不敢说"之类不太确定的字眼来为自己的模糊处理做出修饰，也就表明了他对这些概念的运用过程中遇到的问题是觉得有困扰的，并在论述上做了留有余地的处理。

不过，我们也无须对金老的工作过于苛求（这自然也为本书的疏漏做了背书），我们甚至可以做某种设想，即金老在进行自己的体系建设的时候，是考虑过在使用"道""式－能"等概念所可能会遇到的困境的，于是，他也办好了一些"悬搁"（存而不论）的手续。

7.1.6 金式"道"的"热"性"冷"化

显而易见的是，在金岳霖论的"道"里，"道"是从传统的套路里延伸出来的，而"式－能"则是新加入的概念，"式－能"如何好好地进入"道"，延伸入"道"及服侍"道"，其实是个麻烦事。而金老的做法是，从一开篇，就确定了框架："道有'有'，曰式曰能"③，口气坚定，不容置辩。不过，一开始就将"有"摆在里头，其实是相当

---

① 金岳霖：《论道》，商务印书馆 1987 年版，第 17 页。
② 金岳霖：《论道》，商务印书馆 1987 年版，第 19 页。
③ 金岳霖：《论道》，商务印书馆 1987 年版，第 19 页。

奇怪的。但随后，他马上就说："这两句话是命题与否颇不敢说。"[1] 不讨论，直接论断，但又觉得"颇不敢说"，这就是金老的稳妥策略。

随后，金老也直接表明了自己对中西哲学差异的见解，他认为：中国思想的"道"有一种"由是而之焉的情形"。[2] 也就是说，"道"指的是一种虚拟的说辞（十分中肯）。

但金又认为"希腊底 Logos 似乎非常之尊严；或者因为它尊严，我们愈觉得它底温度有点在知识方面紧张，我们在这一方面紧张，在情感方面难免有点不舒服……"[3] 他觉得将中国的"道"与"希腊底 Logos"并说似乎不够妥帖，所以他其后就说："这篇文章（《论道》）中的道也许是多少带一点冷性的道。"[4] 这就点出了他整个的"论道"旨趣，即将"道"的虚的"热"性进行"冷"处理，使"道"论能够希腊化，即"Logos"化，即希望西学能够带来一点"冷"意趣。这一点，他的《论道》似乎是做到了。因为，金老毕竟是学"Logos"出身的。

7.1.7 "常"似乎是有点"热"性的"道"

回到"常"，"常"似乎有点似"道"非"道"的性质，于是，与"道"的意思相比照，"常"或者也可以沿用"式－能"的概念。但是按照金老的理论旨趣（是一种"由是而之焉"的虚架势）去推断一种"冷"性的"道"的可能性，则"常"的位置似乎往"热"性（将情感等因素纳入基本概念里头）的"道"方面靠了一下。

不过，"常"的"热"性是否讲得圆熟，即把西式的"Logos"的"冷"味道讲得更少，而返回多讲一些国学传统，成为稍微温度趋向更为"热"一些，这个虽"颇不敢说"，也或可以行得通。

7.1.8 金式"道"与老庄孔孟的"道"

金岳霖所说的"道"与老庄孔孟所说的"道"是不同的。

这个说法是基于金老曾经讲过的"中国思想我也没有研究过"这样的话。金岳霖说自己"没有研究过"中国思想，但又写出了《论道》这本巨著，这就等于说，金

---

[1] 金岳霖：《论道》，商务印书馆 1987 年版，第 19 页。
[2] 语出韩愈《原道》："博爱之谓仁，行而宜之之谓义；由是而之焉之谓道，足乎己无待于外之谓德。仁与义为定名，道与德为虚位。"
[3] 金岳霖：《论道》，商务印书馆 1987 年版，第 19 页。
[4] 金岳霖：《论道》，商务印书馆 1987 年版，第 19 页。

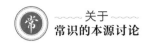
老所说的"道"其实与孔孟老庄所说的"道"是不同的[1]，诚所谓"道其所道非吾所谓道"[2]。

由此，是不是也可以说，他所言说的"道"与程朱理学、陆王心学所言说的"道"也是不同的；甚至，与近代康梁学说所言说提及的"道"也是不同的。"没有研究过"中国思想而鸿篇论"道"，是因为金老有严谨的逻辑结构护身，由此，具有金岳霖式的特立之"道"的学说因此而能立得住，并且也得到了学界的尊崇。金老这个做法，其实也为近代新学开了先河。

7.1.9 金岳霖"道"的"式"与"能"属于原创性概念

金岳霖的"道"属于原创性概念，所以讲到当中的"式"与"能"的问题，金老也是十分谨慎，他在《论道》里就说过"朱子底'理'与'气'，我不敢说就是这里的'式'与'能'，亚里士多德底'形'与'质'，我也不敢说就是这里的'式'与'能'"[3]这样的话。

这表明，在金岳霖的"道"里面的某些概念能否与东西方传统学理一脉承接，其实不好下结论。

所以，在说到"常"论时，也要小心谨慎。

7.1.10 "各种学科"都有一个"至当不移的秩序"

学科就是各种学说的秩序化。

金岳霖说得很清楚："各种学科都各有不同起点与不同方向的秩序，但也有一至当不移的秩序。"[4] 就是说，在大家探讨各种"不同起点与不同方向的秩序"时，不排除会有一种相对集中的"至当不移的秩序"存在的可能性。我意图把这种"至当不移的秩序"存在的可能性，寄放在"常"说里面，尝试做某种融通。

---

① 这个我们从他那本《论道》也可看出端倪。因为他在论"道"的时候，很少论及"道"的源流及沿革，甚至在他的主要著作《知识论》里面，对国学里的概念如"道、理、术、数"等也少有论说。
② 金岳霖：《论道》，商务印书馆 1987 年版，第 16 页。
③ 金岳霖：《论道》，商务印书馆 1987 年版，第 25 页。
④ 金岳霖：《论道》，商务印书馆 1987 年版，第 114 页。

7.1.11 "道"之一统——无极而太极

有趣的是，金岳霖《论道》的最后一章讲的是"无极而太极"，金老认为这两个概念十分重要，一个（"无极"）表达的是无穷的既往，一个（"太极"）表达的是无穷的未来，而两个（"无极"以及"太极"）合起来就是"宇宙"了。[①] 那么，"道"与"无极"及"太极"又是什么关系呢，金老说："无极是道，太极是道，无极而太极也是道；宇宙是道，天地日月山水土木也莫不是道。"[②] 至此，我们终于知道，"道"是最终统辖一切的，也是无所不包的。

金岳霖总结道："本条说无极而太极是为道，这是合起来说的道；第一章说居式由能莫不为道，那是分开来说的道。"[③] 可以说，这就是金岳霖的"道"的一个总结吧。不过，比起说"式""能"时的热势头，金氏在说"太极"的演变时就显得匆忙了（因为篇章明显单薄了）。

说到"太极"，我们不由得想到一个代表太极的著名符号，就是阴阳符。关于阴阳，金岳霖曾直率地说过："阴阳二字颇有问题。中国哲学里常用此两字，意义非常之外；至少我个人弄不清楚。"[④] "弄不清楚"也还是要说，这就是金岳霖。因为他觉得，"弄不清楚"也不妨碍他要说的"太极"。

7.1.12 金岳霖的"道"说为何无法张扬

虽然金岳霖的《论道》在中国哲学界学养深厚，地位崇高，但不得不看到，无论是他用心经营的金式的"道"，还是更进一步申述出来的其他概念，都既没有如古希腊哲人讲过的一大堆概念，又没有如中国国学家讲述的那一堆概念那样，具有比较久远的承传意趣，能够为后学所不断阐释，反复引用及展述，成为概念乃至理论范式甚至是经典。

看到这种状况，令人遗憾之余，不能不使人想到，这种金式的"道"学形而上学是否给人一种孤冷甚至是突兀感觉，使人觉得整个体系在逻辑结构完整的同时，还是那种"'由是而之焉'底味道"[⑤] 太过浓重而使人无法在概念方面有更多的自由阐释的

---

① 金岳霖：《论道》，商务印书馆 1987 年版，第 218 页。
② 金岳霖：《论道》，商务印书馆 1987 年版，第 230 页。
③ 金岳霖：《论道》，商务印书馆 1987 年版，第 231 页。
④ 金岳霖：《论道》，商务印书馆 1987 年版，第 38 页。
⑤ 金岳霖：《论道》，商务印书馆 1987 年版，第 40 页。

空间，这也就将整个的学理旨趣停止于金式"道"的框架之中。

这个状况，离金老原来所讲的"'道'不必太直，不必太窄，它底界限不必十分分明；在它那里徘徊徘徊，还是可以怡然自得"[①]的境界其实相去甚远。

7.2 "道"概念与"常"概念

前面我曾说过"常"论因有金岳霖的理论工具集在前，故沿用的意思。

在这本说"常"的书里，我们再用一下金岳霖的《论道》使用过的"旧瓶"去装"常"的新"酒"，虽则内心忐忑，也还说得过去。

7.2.1 由"道之'有'"而至"常之'有''是''在'"

金岳霖把"有"说成是"式－能"的合体，但随后你会发现，金岳霖那个"曰式曰能"的"有"，其实是虚"有"，并非实"有"。所以，在金老说完"有'有'"的话之后，对"有"并未做进一步展述。

但在"常"那里，除了有"有"之外，尚有"是"，尚有"在"。

因为"常"之有"有"比较实，是一种存在，一种实在。所以，有"是"的实在，有"在"的实在，也就比较顺理成章。关于"常"如何从"有"而之"是"，而之"在"，后面会讨论到。因为，"常"毕竟不是金岳霖所说的"道"，或者说，不那么是"道"，这是无可置疑的。

于是，在"常"那里能不能沿用金岳霖的"道"里所说的那个"式""能"或"式－能"展开式，就要重新讨论。

7.2.2 "常"论：使用金岳霖的"用字方法"

我已经明确表示，谈论"常"，想着要沿着金岳霖式"道"的展述延伸过去。

于是，讨论"常"的时候就使用了金岳霖的"用字方法"来构建一个其实不算很新的表达系统。

[①] 金岳霖：《论道》，商务印书馆1987年版，第19页。

金岳霖"用字方法"集，其实是颇为庞杂的，除主要的"式""能"之外，尚有不那么主要的"几""数""理""势""情""性""体""用""无极""太极"等，其实，尚有更不那么主要的"实""虚""无""变""共相""殊相"等，此外，尚有"命"与"运"之类。

在上述诸多概念当中，金氏着力阐释其具体含义的并不多，往往就是直接拿来使用。

但我们说使用金岳霖的"用字方法"，当然不是指完全使用金老使用过的那些字。

7.2.3 "常"在某个时、空段——"常时－空"

从金岳霖《论道》通篇编排来看，其"第五章：时－空与特殊"①阐述的新颖与麻烦是同时存在的。

《论道》第五章表现了典型的金岳霖论述方式，即引入了"时－空"这个物性实在的因子，并将"时面""空线"及"时点－空点"这样一些令人眼花缭乱的、非常带有金氏印记的概念陈列出来，将整个"道"说"现代化"了一番。

关于时空关系的诸论说，前面有牛顿（数学说）、笛卡尔（几何说）的种种表述，而金老却用文字去述说一番，将他的时空观的一些现代关系命题的解说贴附到原来一路说下来的"道"的形而上学的套路里面，于是他最终说："在哲学范围之内，手术论的或相对的时－空总是不够用的。"②他认为，讲关于"时－空"理论的难点不在"科学"方法上，而在"哲学"方法上。即困难不是出自逻辑上的（逻辑上应该是没问题的），而是出自整个表述理路上。

但如果将金老所讲到的"现实的时空是个体化的时－空"③中"现实的时空"做一个变换，以"常""时－空"（表示为"常时－空"）来表达，似乎问题会少一些。

7.2.4 "时面""空线"及"时点－空点"

金岳霖非常认真地在他的《论道》第七章里阐述了几个关于"时－空"的概念集：即"时面""空线"及"时点－空点"。金老认为："任何时面，任何空线，任何时点－

---

① 金岳霖：《论道》，商务印书馆1987年版，第115—139页。
② 金岳霖：《论道》，商务印书馆1987年版，第125页。
③ 金岳霖：《论道》，商务印书馆1987年版，第115页。

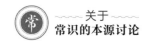
空点在时－空秩序总均有至当不移的位置。"[①] "时面、空线、时点－空点都是可能，也都是特殊底极限。"[②]

显然，这种关于"时－空"的概念集在旧学里面是闻所未闻的。也只有完成这个关于"时－空"论的论说，金岳霖才认为他"所谈的个体不仅是有、是实，而且存在"[③]。其实，金岳霖谈完"时－空"论之后，他的关于"道"的形而上学现代化的建构大体上就算完成了。

这个"完成"，也标志着这个金岳霖的"道"与传统"道"的渐行渐远。因为，传统的"道"论显然没有像金岳霖那样将"道"与时空概念联系得这样紧密。

7.2.5 "常时点"

关于"时点"，金岳霖举了一个例子。他认为，虽然北平的某个时点并不是纽约的某个时点（就当地时间而言），但说"北平底某时等于纽约底某时"[④]是没问题的。这实际上就等于说，有一个无须与北平或纽约的具体时间点相挂着的时点，也就是他所谓的绝对时点。

这个绝对时点并不与任何一个具体"空点"相牵挂着，它是自由自在的，有与任何一个"空点"相牵挂的可能，可能牵挂而不必具体牵挂，可以表达为一种"在"，是一种随时随地的"在"，我将这种绝对时点的"在"性，就指为"常时点"，即是一种相对而言的"绝对时点"。而"常"的"在"，通过"绝对时点"就这样平滑方便地显现出来了。

7.2.6 "常空点"

在上述例子中，金岳霖具体提到了"北平"与"纽约"，其实就是点出了两个具体的"空点"，这同时也是两个绝对的空点。

对每一个具体的"空点"而言，因为地点都属于长时间确定不移的（"常"驻的）地理位置，有贴附任何时点的可能性，即就地点本身任何时候的"在"着，从一开始"在"就延续下来一直"在"，这种"绝对空点"的一直"在"的"在"性，就指为

---

① 金岳霖：《论道》，商务印书馆 1987 年版，第 123 页。
② 金岳霖：《论道》，商务印书馆 1987 年版，第 127 页。
③ 金岳霖：《论道》，商务印书馆 1987 年版，第 138 页。
④ 金岳霖：《论道》，商务印书馆 1987 年版，第 117 页。

"常空点"。而"常"通过某个"绝对空点"就这样平滑方便地显现出来了。

这个说法也可以说得通。

7.2.7 "存在总牵扯到时-空"

金岳霖说："存在的个体既是现在的个体，所以总是特殊化的个体。特殊化的个体既是时-空位置化的个体，所以存在总牵扯到时-空。"[①]金岳霖这个论断非常重要，但对于"道"来说，似乎只是一种常识表述。

若以"常"论之，则似乎比较顺。因为在"常"那里，存在与时-空的关系，总是在具体的"有"、具体的"是"，以及具体的"在"那里表达出来的，即是总是具体的时-空。

7.2.8 关于"几"与"数"之"道""常"说

金岳霖在《论道》里，还提到了一些与中国传统文化相对应的概念，如"几""数""理""势""命""运"等字词。我感觉到，这些字词，用来阐释"常"概念，也是相当平顺的。

如"几"字："几字从前大概没有这用法，可是，在本文里这用法似乎可以说得过去。我底感觉也许是错的……"[②]如"式""能"概念的引入一样，金老虽觉得有点忐忑，但似乎也说得过去。"几"就是这样被引出来了。"我感觉得几字带点子未来而即将要来未去而即将要去底味道。这未来而即将要来未去而即将要去，在日常生活中，是相对于我们所注意的事而说的，其实任何事体都有这一阶段。"[③]

"在日常生活中……"这句话很值得玩味，说明在讲"道"的时候，总是要跳出来，到"日常生活中"去呼吸一下世间的空气。但在"常"这里，因为就在"日常生活中"，"几"随处可见，于是用"几"这个概念，在"常"这边或有更多的便捷性的合理性。

7.2.9 说明"几、数"有例子：蛹变蝶

关于"几、数"，我感觉用虫蛹蜕变为成虫即蝶的过程做例子，更能说明一个自然

---

① 金岳霖：《论道》，商务印书馆1987年版，第139页。
② 金岳霖：《论道》，商务印书馆1987年版，第168页。
③ 金岳霖：《论道》，商务印书馆1987年版，第168页。

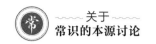

生物的蜕变过程就是一个"几"与"数"的演绎。

在蝶的一生，蛹变蝶属于理所当然，这个在金老那里叫"理几"，但每一个具体的虫体能否由蛹变蝶，又是不确定的，这个叫"势几"[①]，即有一个变（由蛹变蝶）的趋势，但因为变的过程受到外界左右的因素太多，蛹变蝶变的成功率就未必是100%，这个最终要由一个事件概率去定情状，就是一个"数"。关于"数"，金岳霖还提出了"理数"与"势、数"概念[②]，其演绎的道理与"几"相若。

由这个例子可见，无论是"道"说还是"常"说，只要引入一个事例（如昆虫一生），"几"与"数"一类概念的演绎都是顺畅的。

7.2.10　"几"就是变之关口

简单地说，"几"就是变动即将发生的关口。

以蝴蝶的一个生长周期为例，"几"就如虫卵之即将破口，又如幼虫之即将作茧成蛹，也如虫蛹的破茧而出的羽化……在"几"那里，即将而成则成也，如即将而不成，则败落而止步，其整个发育成长生涯也就此夭折了。

由此，可以看出"几"的或然性及重要性。

7.2.11　蛹变成蝶之"数"就是概率

关于"数"，其实与"几"有一定的相关性。

还是以蝴蝶的一个生长周期为例，某个个体能够完成某个周期成功羽化成蝶，就说这个"数"是1，但某群蝴蝶的卵能够有多大比例最终羽化成蝶，就是一个比例的问题，羽化成蝶个数与原蝴蝶卵总数的比例总是少于1，这就是一个"数"的问题。

由于这个"数"是由诸多因素决定的，即如那个种群，在每个个体在自然环境下的不同际遇（"运"），最终决定了羽化成蝶个数总会少于最初蝴蝶卵总数（"命"），而最终每一次具体羽化成蝶多少，就成为那个最终的"数"了。

当这个数一直存在一个固定不变的比率时，即成所谓"常数"。

---

① 金岳霖：《论道》，商务印书馆1987年版，第168页。
② 金岳霖：《论道》，商务印书馆1987年版，第175页。

7.2.12 　"常"之自然力与伦常之无力感

"常"往往在自己的法则下发挥威力，诚如俗语所谓水火无情。

凡由大自然发出的能力，都在无情地自我展示着。例如分子力，就是一种非常强大的力。我们看到，很多时候，当人为不当时，自然力就彰显出来，尤其是在人的许多大的失误里面，我们就看到常力隐含在其中的威力，这时，人们会用"天谴"这个词来表达自然的"发怒"。

但人们往往也会感慨：如果说"常"有大力，可为什么"常"不能在人认为有必要的时候发力呢？而违背"常"者往往得不到及时的、相应的、有力的惩罚呢？"常"之力不能及时地、对应地发出自有的威力，使人每每叹息"常"之无力感。违背"常"而不遭到"报应"，也使违反者始而心存侥幸，继而胆大妄为、有恃无恐。

其实，这就讲到了关于"常"里头的"时"的问题及"几"的问题："时"讲的是时令，如气候、环境、趋势，属于某种大的循环往复；"几"则表示启动的时间点，如机缘、机遇、机会。"常"之力往往会伺机而动，顺势而为是常态。

人与自然，就是"常"的表现之所在。

7.3　"常"之"式"

说到"常"之"式"这个表述，本是为"常"的独自述说引入了一个概念样本。

如金岳霖所用的"式"，以及其后所说的"能"及"势""几""数"之类概念，说到底，本来是一种述说上的便利，但在"常"这一端，又增加了更多的意蕴。

就"道"这里的"式"来说，金岳霖的表述是指"析取地排列起来的可能"[①]，而在"常"这里，不但是可能的"有"、实的"有"，更有诸种可能的"是"、实的"是"，还有诸排列起来的"在"，即实实在在的"在"。这或者是"常"既能够沿用"式"，又与"道"的"式"显著不同的地方。

---

① 　金岳霖：《论道》，商务印书馆 1987 年版，第 23 页。

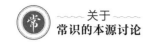
7.3.1 "常"有"式"

"常"所谈之"式",比之"道"之"式"更接近古人意趣。

老子所说的"圣人抱一为天下式"所指的"天下式",有指天地和宇宙的运行模式的意蕴,即道家的"太极—两仪—四象—八卦"思维模式的意蕴。但如果这个"式"用来指荀子"天行有常"的"常"里头所蕴含的气象,或直接用来指"常"本身的某个属性,其实也无不可。

所谓"常"有"式",即是说"常"有一个包含种种"可能"的范式,即"常"在开启之时,有一个自身展现出来的包含各种实在性(甚或是实在本身)的表达,这包含各种可能性之总和,即为"常"之"式"。这个说法简单地接近金岳霖的"道"之所指。

7.3.2 "式"是事物变幻过程暂时居定不变的形相

与金岳霖"道"的"式"有所不同,因为"常"本身具有实有、实是、实在的具体性状,所以"式"在"常"那里会更实一些,从而遇到的麻烦会少一些。

但由"常"而有"式"这方面看,"常"里的"式"就变成有诸实有的意蕴,可以说,"常"的"式"是事物变化过程中的一个个暂时居定不变的形相。

拿昆虫的一生做比喻,"式"就好比某个昆虫的一个生化周期,总有一个固定的阶段:由卵开始,到幼虫,到蜕变为虫蛹,然后化蝶,然后由雌雄蝶交配,受精卵产出,卵又破壳而出虫……如此循环往复,生生不息。整个阶段,不但各个生化形态是固定的,各个生化体的生长及蜕变的时日是固定的,各个生化体的形成及蜕变的动态过程也是依一定的程式进行的,因而见到各个"式"是实有的、可见的、连续变化的。

可以见到,整个昆虫的生化周期是"式"与"式"连环不断,每个阶段都准确地踩着时间(季节)的节点,居定不变地完成每一个变化过程。

7.3.3 "常"有多"式"

"常"有多"式",于是就有不同的"式"表达,这个与金式"道"也大略相同。

在"常"里面,"常"之"式"就是各种关于"常"的具体表达样态。"常"之"式"是"常"之"能"所入驻的处所,设若无"常"之"式","常"如何具体地有、是、在,可能无法清晰表达。

7.3.4 各"式"自在并且轮回

无论动物植物,生命周期无非装载于各"式"之中,而各"式"之存灭,无论生命周期长短,实在就是种种轮回。以此,表现着一种"常"态。

7.3.5 "常"不变即代表"式"不变

无论动物植物,形态、变化样式、繁殖生化、生命周期,无不循例进行,如果不讲基因变化(突变),那么各个品类的繁衍生息,即各"式"之各自演绎,似乎是固定不变的,以此而论,"常"之"式"之不变也可以说得通。

7.3.6 对事物有固定(常见)认知,即为"常"之"式"

那些人们习以为常的认知,在没有异常的情况出现时,往往就慢慢形成定见,所谓定见,即一个整体的、固化的逻辑范式。所以说,这个定见就是一种"常"之"式"。

就如英国小说家乔纳森·斯威夫特所著的《格列佛游记》里描写的"小人国"里的人一样,小人们对"我"(漂流者)的观感及认知是很符合小人的视觉规范的,这种情节描写就令人觉得很真实。

只要你掉入"小人国"里面,你就会遵循里面的一切看法去看问题,这就是一种"常"的真实"式"。这个事例说明,虽然,小人国的一切景象从逻辑上讲没有问题,但显然,你已经遵循里面的一切看法(即"式")去看问题了。

7.3.7 圆融、和谐与"常"之"式"有关

圆融、和谐,都表达为某种"常"之"式"。这个概念往往是和"常"相互挨近的。

所谓圆融、和谐都有"常"之"式"在其中,甚至说,圆融、和谐皆"常"类,但两者既有所同,又有所异。

圆融、和谐之相同与相异的表达,就是"常"之各"式"之表达。

7.3.8 诸"式"无异而又各异

自然物与自然无机物,自然物与生物,特别是与智慧生物的基本差异是:前者(自然物与自然无机物)的运作,宏观而言有恒久的几何运行轨迹,中观而言有风火雷

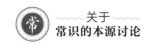

电之恒久变幻，细微而言又回归为另外的与宏观相类的几何运行轨迹；而后者（自然物与生物）的运作方式则无论巨细之观，均处于混沌与序列的往复变化之中，相应随着中观世界的变幻而适应着、创造着，最终生生不息，消长无穷。

显然，若据上分为多个"式"，则为诸不同"式"。

不同"式"而又同为自然这个大"式"，其实可见，即"式"不异"式"，而又"式""式"相异。

7.3.9　无人世界 VS 有人世界，诸"式"缤纷

在无人世界，在某些自然区域，自然自己就自为地将自己装扮得五彩缤纷。

例如某处繁花锦绣的地域，又或在一些热带的海域，生长着千奇百怪的水生物。但所有这些，都循各自的常设的造化，踩踏着时间序列的鼓点，按照各自生化变幻的时间所规定的样式，循环往复，生老病死，完成各自的营生。

在有人（智慧生物）存在的世界，则人更是将原来死寂无声的世界（自然界）构造得有声有色，多姿多彩，趋于高度的秩序化与差异化，在其精微处，更是精妙绝伦，曼妙无穷，变幻莫测。

此即所谓"常"的诸"式"缤纷。

7.3.10　"式就是逻辑底泉源……"

金岳霖说："这里的式就是逻辑底泉源，可是它不限于任何一逻辑系统。"[①]

金岳霖所使用的"式"可以说是一种很独特的东西，述说起来也很玄妙，但其实，"式"无非就是一种逻辑关系分析所使用的基础述词。这个基础述词说的是某一逻辑系统将某"能"与某"式"做一绑定关系。唯此"绑定"，某"能"与某"式"才显出自身的某种"有"或"是"或"在"的意义。所以，金老说："无无能的式，无无式的能。"[②]

金老所说的"式"，其实是元意义上的"式"，是作为构建各类逻辑系统的基础元素范式。不过，某个逻辑系统如何还需要这个"式"去奠基，或者说，"式"是如何无所不包地统括诸种逻辑系统，也都是问题。

---

① 金岳霖:《论道》，商务印书馆 1987 年版，第 24 页。
② 金岳霖:《论道》，商务印书馆 1987 年版，第 24 页。

但这也告诉我们，若将"式"放置于"常"之中，同样会起到构造系统的逻辑基础的作用。这也说明，"常"之有"式"，也有理据。

7.3.11 金岳霖"道"之"式"有积极意义

金岳霖在谈到"式"概念时，将事件的可能性序列表达为"式"，但他又认为"式"与"能"都"无所谓生灭"[1]，"无所谓存在"[2]。虽然他老是强调"式"是"所有的可能"[3]，"式就是逻辑底泉源"[4]，说下来，"式"作为逻辑的泉源，其"积极意义就是表示'能'之不能逃式"[5]。

7.3.12 "式"的现代诠释："析取式"

学者徐水生有一段关于金氏论著中"式"的本义的说法值得引述："关于'式'，中国古代哲学家老子曾将其作为哲学概念，'圣人抱一为天下式'。这是说，'圣人'以柔弱为夺取和治理天下的原则。'式'在这里有原则或法则之意。20世纪初得到重大发展的数理逻辑中有'析取式'的概念，其内容是两个命题 p 和 q 用真值联结词'析取'而构成的复合命题，称为 p 和 q 的析取式。数理逻辑中用符号'∨'表示'析取'，读作'式'。金岳霖用数理逻辑的理论改造了老子'式'的概念，他指出：'式是析取地无所不包的可能。'"[6]

"'式'在这里有原则或法则之意"这个说法其实不确，有悖金岳霖的原意。

7.4 "常"之"能"

这里所说的"能"有两重意思。一个意思是如金岳霖所说的那个"能"，即实有的"能"，又是"可能"的"能"（但金岳霖又说，他说的那个"能""不能有摹状词去摹

---

① 金岳霖：《论道》，商务印书馆1987年版，第27—28页。
② 金岳霖：《论道》，商务印书馆1987年版，第29页。
③ 金岳霖：《论道》，商务印书馆1987年版，第23页。
④ 金岳霖：《论道》，商务印书馆1987年版，第24页。
⑤ 金岳霖：《论道》，商务印书馆1987年版，第24页。
⑥ 引自徐水生：《金岳霖〈论道〉管窥》，《武汉大学学报》（社会科学版）1989年第3期。

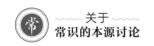

它底状，或形容词去形它底容"①）；另一个意思是一般所讲的能量的"能"，就是有物质属性的，存在、实存意义上的那个"能"。我们所说的"常"之"能"，第二重意思可能更为偏重。

7.4.1 "能"是金岳霖自己的创设的概念

关于"能"字的由来，金岳霖自己就说："我最初用英文字'Stuff'表示，后来用'质'这一字表示，最后才用周叔迦先生所用的'能'字表示。"② 显示金老在使用这一个字时的犹豫推敲。

但在"常"里头，"能"既"有"也"是"而"在"，其规定性是由"常"自性所决定的，也是由外部的观照者来决定的。所以，从一开始，"能"就毫不犹豫地在"常"里头自如出入，并且，既"有"也"是"而"在"。

7.4.2 "常"之"能"是一种更加实在的存在

按照金岳霖说的意思，那个"能"是与"式"相伴的"能"，都有"无所谓生灭，无所谓存在"的性质，也就是说，是属于纯粹逻辑范畴的那个"式－能"表达的"能"。

但是，放在"常"那里，这个"能"又有自己的含义，即属于更加地"有"、更加地"是"、更加地"在"的"能"：既是指潜能，又是指量能。

潜能为某物之内在禀赋；量能为源流的供应与收纳所成的流变的体系。

在"常"那里，"能"既有生灭，又有流变，是具体的能够见着的物象。同时，"能"是一种存在，是有禀赋、可摹状的。

7.4.3 自然之"惠"——"常"之"能"

自然有诸"惠"曰"能"，即自然之力：太阳、水、火、风、土，分子力、原子力等。"能"有所隐显，有动有静，有变有不变。

那些自然之力（能）源源不断地流出流入，没有功利，没有缘由，没有起止，也没有偏颇……生物，包括人类，从生殖、采撷、捕猎到养育、营造，长久地、时时处

---

① 金岳霖：《论道》，商务印书馆 1987 年版，第 20 页。
② 金岳霖：《论道》，商务印书馆 1987 年版，第 15 页。

处地接受着大自然之惠，而又反而惠及大自然，典型如种植、养殖。自然之惠，统而论之，即可为"常"之受"惠"。

此亦可谓"常"之"能"。

7.4.4 太阳是"能"之巨大泉源

太阳每时每刻给我们以巨大的能量，这远远大于目前我们实际需要的那一点点的能量。

太阳之实，我们无可怀疑。由太阳之能而引致自然界的种种形变、色变、实变，我们同样是实在且无可怀疑的。同时，太阳之能同时给予自然界种种既知及未知的可能，这个我们也是要明确的。这里所谓的"可能"，就是潜能，如由热力作用而物理性地爆裂、蒸发、升腾、由阳光导致的光合作用而生长、繁衍、衰败等，都是显而易见的自然之象。

7.4.5 "能"有出入

回到"能"本身。

金岳霖说："'能有出入'是一句非常之重要的话。"[1] "式常静，能常动。"[2] "式刚而能柔，式阳而能阴，式显而能晦。"[3] 这些都是对"能"所规定的基本性状。尤其是金老说"式""能"都"无生灭，无始终"，"无所谓存在"，"也不占时空"。这样，就把"式""能"说得十分玄妙。

而在"常"这端，"式""能"都既有存在，也占时空，是实在的存在，既"有"，也"是"，也"在"，显然，这个与"道"的那个"式－能"里的"能"不尽相同。

7.4.6 "常"之"能"自转

"常"之"能"有另一种，即是物体自在运行的那种自然力。

如在地球那里，就是自转与绕太阳公转的驱动力；又如原子，电子围绕原子核旋转，有一刻不停的禀赋力量。自然引力的旋转力量不知何时使地球与电子转起，也不知何时会使地球与电子停转。

---

① 金岳霖：《论道》，商务印书馆 1987 年版，第 36 页。
② 金岳霖：《论道》，商务印书馆 1987 年版，第 37 页。
③ 金岳霖：《论道》，商务印书馆 1987 年版，第 38 页。

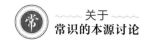

总之，在现在，在我们看到的那一刻，直至我们可以预见的将来某个时刻，它们就是我们看到的这个样子，一刻不停地自旋，环绕核旋转。这就是"常"之"能"。

7.4.7 "常"之"能"与"可能"不同

"常"有"能"。并且是已经实现了置于"式"中的"可能"。

"常"不但实现了"可能"，而且是已经实现了很长（无限长）一段时间的"可能"。

7.4.8 "能"之隐晦：如空气，如热，如风，如悬浮之物

空气什么都不见得有，又到处都有；它什么都不见得是，但又到处都是；它什么都不见得在，但又到处都在。空气看不见，摸不着，又实实在在地有着，是着，在着，这就是典型的"常"的形态。

空气中充满氧、氮、二氧化碳……首先，空气滋养（养护）着万物，使万物得以滋长，焕发勃勃生机活力；其次，它又无时无刻不侵蚀着万物，使万物慢慢凋敝零落，走向颓废寂灭。这就是空气的消长的力量。

空气还带着热量，由风将那些热量匀布于空气之中。

除了空气中充满的各种气体成分，在空气中飘浮的尘土是另一类无所不在的悬浮物，此外，还有在空气中飘浮的种种微生物。微生物在空气中的存在，最后附着于营养基，即能展开一段新的营生，即由隐态转为显态，此是另一种表征。

7.4.9 "能"稀缺与"能"余裕

经济学开宗明义的一个旨趣，就是要解决资源在稀缺前提下的有效配置问题。但如果资源余裕呢？比如说，在搜索引擎的帮助下，获得智慧、知识、数据已经不再困难，那么，经济学或其他研究学科将如何作为呢？

当然，目前所谓的余裕，仅仅对信息、知识及虚拟物象层面而言，即所谓"鼠标"（虚拟物）；对于实物，实形层面的资源而言，即所谓"水泥"（实存物），其实并非总是处于余裕状态（但大的趋向的确是有可能趋向余裕）。

将"鼠标"界别的可能余裕，与"水泥"界别的可能稀缺做一个划分及比对，的确看得出是一个有趣的分野，可见虚拟物与实存物的巨大差别，也可见到两者相互转化过程中，相应资源互补的可能性。毕竟，在各种"能"越来越趋向余裕的大环境下，

实存物出产也越来越趋向虚拟化，即产出由虚拟的需求来带动。

7.4.10 "能"有贫富，富者如那些坐享其成的食利者

世界上有某些国家拥有坐享其成的资源，例如石油、矿藏储备丰厚的国家，有丰厚的天然物产的国家，处于温润地带的国家，等等。靠这种天然优势发展的国家，会有种种高福利的制度安排。

其实，这个资源也应包括丰富的人力（人才），但在这方面，因为人力（人才）资源的特殊性（含有越来越高的成本），所以在某些发展阶段，人力（人才）资源的丰裕未必比自然资源的丰裕有更多的优势。但从高级发展阶段来看，人力（人才）资源的丰裕将具有决定性的占优。

7.4.11 薪水即"常"之"能"——人们生活之源泉

无论你的雇主用何种计价方式对你承诺付酬，如时薪、周薪、月薪、年薪……总之雇员就是要求一个相对稳定的收入源。

薪水即"常"之"能"——人们生活之源泉，此谓"常"表述之一种。

7.4.12 关于"式－能"等价问题

在《论道》里面，金岳霖既说："能无生灭，无新旧，无加减。"又说："式无生灭，无新旧，无加减。"[①]

这样，其实就将"式－能"放在一个等价的位置上。即是将"式""能"合而表述为"式－能"，即为"道"，这个，在《论道》里头讲得很清楚了。

而在"常"那里，虚"式"与实"能"的关系，就不如"道"那般纯粹，所以"常""式"与"常""能"的"式－能"表达，就会与"道"之"式－能"表达有差异，这个，我们是要清醒认识的。

---

① 金岳霖：《论道》，商务印书馆 1987 年版，第 26、28 页。

7.5 "常"合理，也合逻辑

"××"之理是说关于事物之间的逻辑关系——一种能够固定下来说明关于不同事物在各种情态之下的关系律令。

但"常"其实不讨论逻辑。"常"把逻辑作为一种自己天然具备的品格，一种已经固定下来自洽的常态表述，并且渗入自身的身份认同，成为自身的一种关系属性。

"常"不是所有其他，"常"其实就只是自己本身。所以，"常"合理，也合逻辑。

7.5.1 作为"逻辑底泉源"的"式"

金岳霖说过，所谓"式"就是"逻辑底泉源"，即是说，"式"是所有逻辑系统的来源，基底。这就是说，在金岳霖那里，"式"与"逻辑"大有关系。在金式"道"里面，"式"起着"道"的表达逻辑建构的作用，也就是说，"道"之所以能够立得住，与"式"的这种（逻辑的）性质是分不开的。

7.5.2 "逻辑系统"表示"'能'之不能逃此'式'"

金岳霖说："逻辑系统"就是以一种方法表示"'能'之不能逃此'式'"。

我觉得，在"常"这个系统里面，"常"之"能"与"常"之"式"作为某一逻辑关系的表达，也是可以说得通的。

因为"常"的"式－能"各自都有"有、是、在"的"实"的性质的差异性。一方面是"式"之刚性的性质，即"式"的不变性；另一方面，是"能"之实性的性质，即"能"的具体性，使"常"的"式－能"既有虚的意义，也有实的意义。这是需要详加体察的。

7.5.3 有理，有逻辑

有理，有所谓天理，既有自然之理，又有人伦之理。而因为人伦也有自然一面，故天理往往也蕴含人伦。但人伦之理还有"人伦"即温情的一面，而这一面，就显得富有柔性，即比天理有更多的人情味。所谓"通情达理"就是既要达理，也要通情。

所谓合逻辑，往往是说合"逻辑"者即是合理，所以讲合"逻辑"，往往也就等于在讲合理。但据上所述，则比合理意义为窄。

于是，"常"之有理，就是合"常"理，也即是合"逻辑"并合"情理"之"常"。

7.5.4 大多数人没有学过逻辑但却会使用逻辑

相信世上大多数人的一生从来都未系统地学习过逻辑学或形式逻辑之类，但人类又从来不缺以合逻辑语言或用合逻辑的行为对事物进行分析、推理、论证、争辩，乃至应用到日常生产及创造等。

7.5.5 有逻辑，也有非逻辑

有逻辑，即有"式"；有非逻辑，即有非"式"。

非"式"，即统计学或概率论的体系，这是一个在逻辑领域外的庞大体系。由于概率论最终也有规律，所以概率论也叫"二值逻辑"。

美国作家 G. 桑塔亚纳就说过："迄今为止，具有不同经验与思考方式的思想家们各有各的逻辑和道德法则。"[①]

"常"就有这样的性质。"常"由于具有此种性质而自适、自处、自存，也由于此种性质而将统摄不同法则乃至不同逻辑系统。

7.5.6 "常"有理，也合逻辑

"常"既有理也无理，所谓合逻辑与合非逻辑都契合于"常"。

"常"有自己的一种基底即自己的"逻各斯"。

关于"逻各斯"，已经有详细纷繁的经典论著，此不赘述。

7.5.7 "常"有自然而然者——"逻各斯"（logos）

最常见的是动物或人类不学而知的许多令人叹为观止的天然知识及天赋能力，关于这一点，有时又叫本性或天性。

以人类思维发展的路径来看，最值得称道的是用以作为日常判断及与人论辩的逻辑系统，在古希腊人那里叫"逻各斯"（logos），在中国人那里叫"名实论"，在印度人

---

① ［美］G. 桑塔亚纳：《常识中的理性》，张沛译，北京大学出版社 2008 年版，第 207 页。

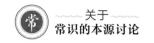

那里叫"因明论"。

合逻辑作为一种人类天然运用的方法，实际上包含了作为某种类似基因的东西。例如在德国大哲康德那里，这叫"先天综合"能力。

人的"先天综合"能力，是人通过自然生发（与生俱来的能力，如人自然习得的肢体行为及语音表意等），或通过上一代人身手及口头传授的方式，代代相传下来，后又由有学识的人整理提炼，最终形成的一个学识体系——逻辑学。

古希腊大家亚里士多德的《工具论》，就是最早关于逻辑学的最完整的专门著作，他恰当地将逻辑学比喻为人日常使用的某种理性工具。

人类或者先天地，或者后天地运用这套逻辑工具来推理或论辩，最后归纳总结出了一套理论体系，成为一种常态的表述及论辩规则。

7.5.8　"逻辑"之辩

世事存在"非逻辑"态，即在有人的世界中，存着某种所谓"人情逻辑"，这种逻辑相较于一般所指的冷硬的"逻辑"，有更多的"温存"，即更多的"人情味"。并且，这一点十分重要，即其逻辑的基点并不是"二值"而是"多值"。这个基点的变化，就导致了逻辑运算结果的差异。

7.5.9　"人情"是"逻辑"之辩的支点

有句话说："法律不外是人情。"就是说，在法理的讲究里头，往往忽视了"人情"的因素，而"人情"这个因素，其实确实是法理所不容忽视的。

若有据理之"常"，那么就不应忽视在法律道理里所依傍的人情之维度。

7.5.10　"常"能够成立，还是要讲逻辑结构

所谓合理的顶层设计，归根到底关系到一个逻辑结构的合理性问题。

"常"能够成立，其逻辑结构必定要能立得住。

7.5.11　"常"也合非逻辑

但"常"往往并非完全属于合某个逻辑结构的系统。

"常"还有一系是非逻辑的，如统计系统，即所谓的二值系统，就是这种非逻辑的系统。

世界上还有太多的事物是非逻辑的，即属于统计学范畴的。

对此，"常"说也非常合适把这些事物的异质性状装进它里面。

7.5.12 "常"或含有统计学意义

关于"常"的统计学意义，可能与统计学所呈现的规律性有关，即从大数据去考察，一个二值系统的最终统计结果往往也是恒定的，由此观之，"常"在其中也就说得过去了。

7.6 "常"之存有：个体

论道总不免要讲到人，讲有人之境。金岳霖曾经说："人类是一类非常之复杂的个体。从性能方面着想，它是有机的，有反应的，有习惯的，有感觉的，有情感的，有记忆的，有意志的，有认识的，有知识的，有悟性的，有心灵的个体。把有机、有反应……等等视为可能，它们都不必集合地现实于一类的个体。"①

人类"性能"复杂，导致人的思绪繁多、需求杂多、日常事多，人们既将世界整得有序又将世界搅得纷乱。

人类的苟且、人类的懈怠、人类的随性，又成为大部分人的日常生活状态，成为这些人的人生之"常"。

7.6.1 "常"者，每日重复做着某些事情

人每日吃喝拉撒，日出而作，日落而息，周而复始。

因为教育，上学放学；因为职业，上班下班。

在某个大的生命阶段下，人要结婚，要生产，然后要亡故。人在日复一日、年复一年地度过。这就是人之"常"。

每一天，就是当时之"常"，也是本己之"常"，最终更是无奈之"常"。

---

① 金岳霖：《论道》，商务印书馆 1987 年版，第 181 页。

7.6.2 人生之"常"也是"苟且"

与苟且相对的就是认真（努力）。

在人类发展的进程中，人类认真的历史应该不长。大多数时候，人类过活并不"认真"，比如一个农人，就是一个散漫的人，其多数处于苟且（或谓农闲）状态；真正的认真，是工业化带给人类的行为。工业化时代的人类被讲求效率所驱使，从此变得无所闲置，于是人生就被许多东西所牵绊，如被机器所牵绊、被资本所牵绊等。这时，人就被迫放弃了"苟且"。在后工业化时代，"苟且"似乎要彻底消弭了。但其实，无论是工业化还是后工业化时代，对认真及讲效率的反抗从未停止，人们的目标就是积累财富，就是要到达"财务自由"这个境况，人只有到达了这个境况，才能体会到"苟且"对人生的意义。

7.6.3 未必人人都需要开悟

很多人庸碌一生，自顾营役劳绩，饮食消闲，终于一生匆匆而过，往往来不及自我回顾和反思就命归尘土。

这样的生命历程，也就没必要再去谈对人世之"开悟"了。

7.6.4 人未必要与他人"相与"

与人相与即与人交往，与人相处。

但对于某个人而言，"相与"不易，不长，或许也不必要。更多的时候，人与人表现为难以"相与"，其中有许多因素，如性格因素、生理因素、利益因素等，这也说明，他实际上更适宜独处。

7.6.5 需求为人之"常"

一条大街上，"滋生"出种种为日常生活所需的店铺，在也许知、也许不知实际需求的动机驱动下而又想牟利的情况下，它们蝇营狗苟，"生生"不息。最终，需求畅旺则生，需求惨淡则灭。

往往有这样的境况，某些新张的店铺，畅旺一时之后，迅速归于惨淡落寞。考察下来，还是那种为多种日常平淡需求而设的多元出品的日杂店，"生命"最为长久。

7.6.6 足够好，足够长，足够大即"常"

想想足够好是怎样一种"好"吧，不就是那种常"常"吗？

当某种人造物在当下能够制造的水平上"好"，然后就固化了，承传下来不思改进，那不就是那样的"好"不好了吗？

同样，事物足够长（时间、寿命）、足够大（空间、体积）也一样，总是在常"常"之处为适当，为妥帖。因为，足够本来就不是一个饱满的指标，而是一个"我"所认为的"好"的指标。

7.6.7 天在看，人也在看：人之"常"

人在做，天在看的说法，其实是一种看到别人做"我"以为不妥之事的无奈态度。但在很多情况下，与其说是天在看，不如说是人在看。对某个事体，"我"不见可谓不知，但"我"看到了，就无法说"我"不知这种话，这是人面对某个事体的"常"态。

很多时候，人在看，这是人的一种没有办法的事情。

7.6.8 想说话，想做事：人之"常"

人总有想说话的冲动，并且，人也总是有想做事情的冲动。

不过人想说的话、想做的事究竟是不是合适，是不是得体，是不是也需要个理由？这个问题，人就不会过多地去考虑。正如人想说的某一句话，想表达的某一个意思也都是很随意的。

而人想做某事的原因则不同，往往出于逼迫的情形居多，这种逼迫也许源于外部力量，也许源自躯体的以及内心的驱使。

因为想说话及想做事属于人的天性。

7.6.9 缺乏激励：人之懈惰之源

人具有惰性、慵懒性。这实际上是一种在低激励状态下的守"常"之道。

毕竟，人在多数时间下，并不会受到激励，于是就"懒"起来。

对人的"激励"有多少种？物质的奖赏、精神的刺激、宏大的愿景、异性的鼓动、趣味的诱惑、使命的担当，甚至是领袖的魅力，等等。人因为受到种种"激励"，于是

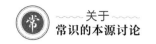

就会振作精神，祛除"慵懒"，从而做出超越自我的事情。

7.6.10　大多新品在未被采纳时就已别过

这是供应泛滥及多选择时代的普遍现象。

以视听节目（指网络视频之类）播放为例，往往你未及观赏到某个节目，它即已落幕，遑论赏鉴、细品。这就是在爆炸性的供应泛滥及多选择时代，多数的产品的命运。

7.6.11　"常"静静地有、是、在着

如果要问，"常"究竟在哪里？往往可以简单地回答："常"就在那里，静静地躺着，静静地潜伏，静静地有、是、在着。

"常"似老子所说"夷""希""微"之状[①]，又如庄子所说之"恬惔寂漠，虚无无为"之状[②]。即"常"若隐若现，时隐时现，大隐大现；平时，"常"无所不有，无所不是，也无所不在，但又未必显身现形。

7.7　"常"之存有：储蓄

有一类能量保存叫储蓄。

人类将种种未及使用之物，以有形无形之种种方式加以保存，是为储蓄。

有自然之储蓄，如湖泊、池塘、洼地之蓄水，如大地、海洋之蓄热，如地球被大气笼罩之蓄氧、蓄氮及蓄二氧化碳之功能；有人为之储蓄，如种种仓储，如住宅保存器物，如银行储蓄金钱，如电器之种种储电放电器件；等等。

7.7.1　静静的水池

这是一种明显的常态。水池往大里讲就是湖泊，往小里讲就是水洼、池塘，是水流停驻的地方。但水池或池塘要保持活的状态，就需要有外部水的注入与流出。

[①]　《道德经》："视之不见名曰夷，听之不闻名曰希，搏之不得名曰微。"
[②]　《庄子·刻意》："夫恬惔寂漠，虚无无为，此天地之平而道德之质也。"

7.7.2　一个私属之储物间

人生最大的努力，就是寻找一个个人可支配的、稳定的、环境可调节的空间。这个空间即为私宅，此即为人类种种物品存储之所。

7.7.3　粮仓，作为农业种植的补充

种植产出的食物如果不能得到适当的存储，还是不能解决食物的长久稳定供应问题。这个难题催生了食物仓储的发展。随着食物收纳的需要，最终出现了粮仓。然后，也许是同时，出现了所谓的窖藏的工艺。

7.7.4　人类储存食物有多种方法

低温保存：可以抑制微生物的繁殖。

高温灭菌：杀灭大部分的细菌和酶类。

脱水干燥：把食物的水分减到一定限度。

提高渗透压：如用盐腌渍或者用糖渍。

烟熏：将木或煤烟尘覆盖食物表面。

真空封装：抽走空气，属现代食品工业的制作流程。

7.7.5　高山之冰川为水源

江河之日夜奔流，其源头是高山上固化的冰川。由冰川之日晒融化而成最初之水源，由此积累众多细小水源而终汇流而成奔流不息的大江大河，如此，高山之结冰，即为蓄水之最初原因。

7.7.6　最早的银行

银行的作用在今天已为人熟悉。银行业发源于西欧古代社会的货币兑换业，最早可追溯到公元前 2000 年的古巴比伦。

7.7.7　态变以为能储

大自然有种种天然的储能方式，大略都以某种态变的方式将某种直接的能源形式加以变换，从而转变为某种形式的能源储备。最终，这种自然能源储备以人的某种开

采手段加以转换，终成为可用的能源。

如阳光通过光能辐射方式将热能转储到大地及湖海；而光合作用是植物将光能转变为其他形式能量的过程；此外，细菌分解动植物尸体产生烷气及腐殖质，则是一种化学能的转换。

7.7.8 电容器与蓄电池

在电子电路中，有一种器件类型叫电容器。

两个相互靠近的导体，中间夹一层不导电的绝缘介质，这就构成了电容器。当电容器的两个极板之间加上电压时，电容器就会储存电荷。电容器在电路图中通常用字母 C 表示。

电容器在电路中起着重要的作用。

此外还有另一种储电器件，即常见的蓄电池。所谓蓄电池，泛指所有在电量用到一定程度之后可以被再次充电、反复使用的化学能电池。

蓄电池是以化学能转换的方式起到蓄电放电的作用。

7.7.9 密闭以及开合

密闭是为物流，开合以为使用。人的适用物的密闭与开合，是两种不同的使用安排。此不赘述。

7.7.10 有各种存储空间

为存储种种常用品及备用品，人们创制了各种存储空间。

7.7.11 保存记忆：博物馆

一个文明的社会，一个健康的族群，必然会以求真的态度，兴建博物馆以保存自己的种种记忆。

7.7.12 重大事件要建专门的博物馆

为保存重大事件、过往时空，人们通常会兴建相关事件的专门博物馆，这或许是那些历史当事人油然生起的一种历史责任。

7.8 "常"之存有：生灭

"是"是常生之因，然后由一而有二、三，然后有万千，然后成"常"、立"常"、固"常"；"否"是常灭之因，然后由万千以至三、二、一，然后异常、非常、反常。是否、生灭皆为常理。于是，"常"有生灭而无所谓是非对错。

在金岳霖的"道"那里，道，以及式、能都是"无生灭"的，所以是虚的。而在"常"那里，生灭之事却因对应不同的事体而表现不同，因时而不同，因空而不同，但怎么讲，都是实的，都有"有"着，都是"是"着，都在"在"着。

由此可见，"常"之生灭其实为事物存在之基本"式"。

7.8.1 自然有生灭

生灭在自然那边，有多种表现形态，生物之生灭无须讨论；江河湖泊之泛滥干涸，可以看成是一种生灭；山川丘陵之隆凸崩塌，因为原有地貌的改变而可视为一种生灭；天体星球的形态变化也可视为一种生灭。总之，万事万物的万千变化，都可归类为某种生灭。

7.8.2 生命形态彰显生灭之种种表象

在生命形态里面，显露生命个体生灭进程之有形、有序、有限，无常各式。
生命各式渐次演绎，生生不息。而自然之"常"，则不生不死。

7.8.3 "常"生"常"灭而有形

所谓生灭有形，视为生发，视为生长，视为繁衍。
"常"以形表而彰显生命之力，生命之动，生命之变化。

7.8.4 "常"生"常"灭而有序

所谓生灭有序，视为先后，视为轮回。
"常"以有序而诠释生命之周而复始，接续有序，生生不息，继往以存。

7.8.5 "常"生"常"灭而有限

所谓生灭有限，视为有始终。

"常"以有限表达生命个体之存在时长，表达生命之潜能。

7.8.6 "常"生"常"灭终无常

所谓生灭无常，视为大德，视为无限。

"常"以无常表现生命种系生化机制之自性，此谓本性。

7.8.7 微生物之自生自灭现象

水中充满微生物，人体内充满微生物，空气中充盈着大量微小生命……这就是一种"常"。

微生物无人滋养，自繁自茂，自生自灭，却又能生生不息，可表征为一种自然之"常"之象。

7.8.8 微生物保持"入侵"企图

空气中充满无数微生物，对可能的寄生体保持着"入侵"企图。

微生物的这种"企图"并非"有意"，是典型的"无心"所为。但这些微生物虽为"无心"而看似"有心"，并且表现为人所认为的处处"有心"，并且处处"留心"。这就是自然之大奥妙。

7.8.9 对抗入侵，常适

人类为保存自身及私属物件，除了要抵御风寒兽虫之外，还要抵御无所不在的霉菌病毒，因此，人类除了要筑居与织造，尚需想办法确保食物的适食品质，确保用品的适用久置。笼统而言，就是要保持整个私人空间的常新常适。这个常适有特别的意义。

7.8.10 有人社会有种种生灭

这个看法无须赘述。

7.8.11　有人社会生灭由人

人活世上，生灭大权由人掌控。

比之自然，人控制了生灭——应事体，控制了生灭——应进程，控制了生灭——应因果。

是以人世生灭，除却自然（这一部分人不能避免），皆由自处。

7.8.12　"常"在无极与太极之间

说"常"在无极与太极之间，即是说"常"据于有、是、在的所有、所是与所在之处，即既不在前混沌之处，也不在后无之处，于是"常"就总是为实实在在的有、是、在。

这样，就把"常"与金岳霖的"道"做了一个区分。

7.8.13　兴立"常"，守"常"及归"常"之思

为何要归"常"：兴立"常"，守"常"及归"常"之思。只因人的时日有限，常处于非常之境地，就是一种困苦。

就归"常"之道而论，长期以来是西方比东方践行得好，而理论源泉却（或）本于东方。

归"常"实际上包含了观念更新及机制转换两个过程。而最基础的动因是为善。

目的是为点燃"常"念，立"常"，守"常"及归"常"之思。

8

"常"观念

在"常"之现世，处处充盈事件流。

这里所谓的"事件流"，就是日常的一个接着一个的事件连成的链条，并且，每一个事件实际上都是平淡无奇，往复始终。

这些平常的事件集就如汩汩溪涧，滔滔江河，川流不息，这就是常态的一个描述。

8.1 "常"之见

人常有见识之困惑，"常"有见识之疲惫。

因为有了见识，人不再纯粹如初，不再浑浑噩噩不知"我"有、"我"是、"我"在而自处，无所牵绊而又自适"如如"。

本来，人处在自适"如如"境况十分惬意，但人偏偏总是要思虑远近未来各种各样之事体，并且总是要忧虑身边各种事务营生，如俗语所云："人无远虑，必有近忧。"这就是人之为人的"常常"之自处。

8.1.1 "常"就在身边

我们说，"常"就在自己的当下就手处，即就在现世现行之中。

所以也说，"常"就在身边。

8.1.2 "天地之间"即"常"之处所

庄子云："日出而作，日落而息，逍遥于天地之间，而心意自得。"

庄子所说的在这个"天地之间"去逍遥，就是我们已经讲了很多的"常"之处所。

8.1.3 无为无不为乃"常"

自然中有多不胜数的例子说明，在无为的状态下，自然能够表现出健康运作而完成自身一次次繁衍的兴盛景象。因此，自然之"常"，即是"无为"。但"无为"这个"常"，也不是什么都不做，只是以"无为"之姿态去完成种种有为之事而已。

老子说："为无为，则无不治。"讲的也是这个意思。

然自然也是无不为的。只不过自然在"进行"诸多事情之后，自然自身始终表现得不显山露水，似乎是不操持牵挂，但也总不放松脱离，以此来表现出一种"无为无不为"的状态。似乎，自然以种种无为的方式（偷偷地）成就种种有为之事。特别是当事已达成，则自然会表演一出惊天动地的"大戏码"。

8.1.4 天道无为与天道有为

世人皆知天道无为，但也显然知天道有为。这就是天道之为"道"且始终如一地"做"天该做的"事"的态度。

8.1.5 人道无为与人道有为

有人道无为与人道有为。更可讨论的在人道这边。所谓人道的无为，反而表现为刻意的无为。如老子所倡导的"为无为""绝圣弃智"等说法。

而人道有为，则是常见的种种"人道"之有为表现。这是大有可说之"道"。现今沧海桑田，世事变幻，无不是人在行"人道"的结果，无不打上人有、是、在之烙印。

8.1.6 "常"有涯，"常"无涯

庄子说："吾生也有涯，而知也无涯。以有涯随无涯，殆已！"这是把"生"与"知"放在同一个位置去讨论所得出的结论。但殊不知，"生"与"知"是无须放在一起讨论的，"生"可以与很多东西放在一起，未必要选"知"。

"常"既非生，亦不灭，既"有涯"，亦"无涯"。所以，"常"既"知"，亦"不知"。既然，"常"不"生"不"灭"，则"常"也就无所谓"知"与"不知"。

是以，"常"既"有涯"，亦"无涯"；既"知"，亦"不知"。

8.1.7 "常"为暗喻，也为明示

"常"的一个表征即是暗喻，即表达某个可能的变化（事体）；"常"也表征为明示，即显露自己在变化（事体）中的所作所为。

比如某人做某事而顾忌别人的态度与应对，这个动作表达的是一种暗喻；当某人直接做出某事而不考虑别人的态度与应对，这就叫明示。

8.1.8 历史沉淀为"常"

历史积淀的过程就是"常"之形成的过程，但历史并不总表现为"常"。大部分历史都有其独自性，即孤立性，此种"历史"就不为"常"，或者说，不表现为"常"。在此种意蕴里，历史的一个重要表达就是"常"性的在。

8.1.9 周而复始即"常"

"常"也周，但"常"也不周。

周而复始即为"常"，但"常"未必总是周而复始。

8.1.10 关于组合之"常"

一个系统只要有足够多的元素加入，其可能的组合将难以穷尽。此谓组合之"常"。

反过来推论，一个系统的组合能否穷尽，取决于其中构成元素能够少到什么程度。

8.1.11　藤壶与街边店

这是一种寓意。讲的是各种截然不同的生活方式共处于某个环境。看看那些藤壶，一天经过千百个巨浪扑打，巨浪过后，依然故我。再看看那些街边店，每天任由路人经过无视，或过目拣选一下商品，然后卖出有限的货品，余下更多是不知什么时候能卖出的商品。

藤壶与街边店的生存样式，形成一种自然和谐的秩序小景。它们坚固而不被外部严峻环境影响的生存样式，本身就是某种世界最本己的图景，一种"常"景。

8.1.12　"常"积淀，朴素的事理

当某一朴素事理被发现并被普遍体认之后，"常"就会形成在其中。

但这种"常"不同于由日常习惯累积而成的那种日常之"常"，那种"常"的形成需要时日淘洗，需要拷问，需要积淀。而这些由人发现的朴素事理而成之"常"，反而会最终转化为某种日常习惯（即为通常所说的"常识"）。

显然，这属于"常"之积淀过程。

8.2　"常"有识

"常"意识，即系对诸如"原常""日常"要有分别意，对"正常""反常""非常"要有是非心，对"如常""立常""守常""归常"要有统觉性。

8.2.1　习以为"常"与积习而"常"

习以为"常"与积习而"常"，有同有异。

习者反复也，某种行为之反复不断，于是成为常态；但积习者，实际上不单是指一种动作行为，还指那种看法以及思虑，指那种交往互动的机制，这时，这种"常"的稳定性，就比前一种常态更强。

这又是一种说法，但似乎是同义反复。

8.2.2　天理可指为"常"

学者张维迎说:"要具备基本的权利观念,就想想中国古代的智慧:天理。儒家特别重视天理,而大量的国法是人定的。怎么能够使国法或者人定的法律不违反自然法、不违反天理,这是我们必须要考虑的问题。"

孟子曰:"人之所不学而能者,其良能也;所不虑而知者,其良知也。"朱熹注:"良者,本然之善也。程子曰:'良知良能,皆无所由,乃出于天,不系于人。'"

南宋朱熹有云:"问:'饮食之间,孰为天理,孰为人欲?'曰:'饮食者,天理也;要求美味,人欲也。'"

明大儒王阳明也说:"心之本体,原是个天理,原无非理。""良知是天理之昭明灵觉处,故良知即是天理。"

何谓天理? 王阳明一句"良知即是天理"可以明示。

如此看来,天理似乎可以与"常"通融,即可指为"常"。

8.2.3　天性＝天理?

既说天性为"常",又说天理为"常",然两者通一说?

又或,如将以 A 代之"常",则 A＝天性,又 A＝天理,则天性＝天理?

但显然,这是两个不同的东西。但能够通过"常"而整合为一,自然有其可整合之处。可以想见,这个"性"与"理",其实蕴含了中国文字的模糊性,在某方面来看,"性"与"理"有字义上的相似、相通之处。这比较麻烦。

8.2.4　"常"有出入

常出与常入(或可表述为"常""源"与"常""洞"),讲究的是维持"常"之"源流"与"常"之"洞流"的出入平衡。

我们谈常出或常入,前提是要有一个充分的涌出之"源"或接纳涌出之"洞"。当这个"源"或"洞"处于稳定状态的时候,一个系统的运作就能维持,也就是能够呈现出我们所见到的某个"常"态。这时,我们就说,一出一入莫非如"常",所以

"常"有出入。[①]

8.2.5 天生之"源"及天生之"洞"

生物都是天生之"洞"（流入能），生存的目的就是要寻找各种"源"（流出能），利用各种"源"（能）所提供"流"（能），维持"洞"（收纳能）之需求。

所谓"洞势"（有留入能的势位）就是一个生物机体的活力体现。生物不住地寻找"源"，这些源虽然具有"源势"（有留出能的势位），但往往隐而不显，不会天然地向我们的"洞"注入"流"（能量），所以，就需要一个恰好对接上的"几"（借金岳霖语），即时机、机会。这个"几"就是契合点，指或主动，或被动，或偶然，或必然的关联。

由"几"之缘而使"洞"接上"源"，并且，还要有一个条件，那就是"数"。[②] 如牛马以草为食，狮虎以肉为食，人则荤素皆食。荤素等食物，皆因食者所适合接纳而得以为"源"，也因得"适"，从而成"流"。

8.2.6 生灭由"源势"及"洞势"显出

"源势"与"洞势"是我在另一本书提出的两个概念。这里即可分拆为物质的"源势"与"洞势"，以及精神的"源势"与"洞势"。

物质的这一方面，就是施与受的问题，也就是整体上是一个什么中心的问题。人究竟是一个成本中心，还是一个供给中心？从人的成长过程来考察，即从时间轴的方向去考察，人总是从初始的作为一个成本中心进而过渡为一个供给中心。但如果从人群关系的角度去考察，则人在每个阶段都既是成本中心，又是供给中心，且更多地表现为属于成本中心。

从精神的角度去考察，则事情就复杂了。从家庭角色开始，我们就进入了另一种表现视角，即可以用另一个指标去量度，叫作有趣程度。首先，小孩天然地被长辈看作是一个有趣的同类生物，而长辈们也因为表现出各自的本能能力而令小孩感到十分新奇有趣，于是这时的关系，是互为吸引对方的逗趣中心，即可看作是互为等同的

---

① 这个与金岳霖所说的"能有出入"不同。金岳霖所说的出入实际上讲的"生灭"。见金岳霖：《论道》，商务印书馆 1987 年版，第 36 页。
② 借金岳霖语，不过这个"数"与他所指不尽相同，所同者指"能"之"会出会入"。所不同者是不但指"会"，而且指"适"，适合，适当，即"适出适入"。

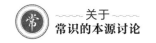
"源势"与"洞势",及至长成,人被物质化了,变得没那么有趣了,即开始分化为前述的两个中心。

但在精神上,又进入了另一种可资观察的有趣表达,即由社会上的他人去观照的关于你的有趣度表达。这时,虽然在物质层面上,依然表现为两个中心的日常关系,但你可以在精神层面上表达出有巨大差异的外在表现。唯一不同的是,你是在(恰好在)哪个及多大的舞台(领域)上去表演。

8.2.7 "源""洞"对接,关系的表征

关系的表征就是一个"源"与"洞"的对接问题。但问题往往是,"源"与"洞"并不总在对接之中,或者说,"源"与"洞"并不总能够实现对接。

这是一个"源"与"洞"对接之"几"的问题。

8.2.8 "源"与"洞"需同势,否则失衡

世事人生,往往在"源势"与"洞势"之间找不到平衡点,以致由失衡而至失势。

即是说,当某系统处于"源"或"洞"强势之时,未能充分借势进取、借势扩张、借势守定,最终,因"源"之"势"由强转弱,而"洞"势强势依旧,则系统逐渐失衡,未能达得至善而至乐之境。或者,当某系统处于"源"或"洞"弱势之时,系统未能蓄势待时,点滴收纳、点滴积蓄、点滴存留,最终,系统在"源"之"势"由弱转强时,"洞"势滞弱而不能显发,又至失衡,同样无法到达至善而至乐之境。

8.2.9 获得、舍弃为"常";纳受、吐施亦为"常"

获得为"常",舍弃亦为"常"。

纳受为"常",吐施亦为"常"。

8.2.10 生死为"常",一端定夺

生乃有"常",死则"非常",此系对生命之"大常"而言。

这也是一个相对的看法。关键在于,有看法的一端是可以做出定夺的一端。也就是说,"常"通常是由定夺的一端予以确定的。

8.2.11 让问题悬搁是"常"

人类是在发现问题及解决问题的过程中前行的。

但多数情况下，无论是发现问题还是解决问题，尤其是在发现一系列问题之后，如果要解决全部问题，这其实是不必要也是不可能的。

就如面对一个论题，然后试图去解答它，但又苦于学力不足而找不到门径，在这个时候，让问题悬搁，即存而不论，这也许是最正常不过的处世之道了。

可以说，把问题悬搁，也是面对问题之"常"。

8.2.12 "常"有种种属性

从最初之自然来看，"常"无序、"常"有序，"常"不足、"常"有余，"常"有闲、"常"匆忙，以至，有、无，多、寡，忙、闲，等等，属于"常"所容纳之属性种种。

8.3 "常"以习惯

规范人的社会行为倚靠法律。

法律的产生和演变有一个漫长的过程。在原始法律产生的过程中，合乎逻辑的演变规律是习惯—习惯法—法。

8.3.1 习惯的形成与放弃

关于习惯，现代人是越来越快形成某种习惯，但又越来越快放弃某种习惯。

某习惯能否持之以恒，要看某习惯的实际效能。

8.3.2 习惯而能成为自然，自是好习惯

一个人的习惯因为重复次数多而成为自然行为动作，自是一种有用的习惯动作，从而也就是一种好的行为动作。

8.3.3　习见、习听以为"常"

人常有的习见、习听，往往就成为习"常"。在郊野乡村居住可以有很多相关体验。

8.3.4　分工而得习惯操作

大工业生产，使工人因分工而形成习惯操作，因而使工人的工作效率得到显著提升，这是最常见的由操作习惯带来的生产高效率的例子。

8.3.5　"立法要合乎习惯"

中国学者梁治平就说过："'立法要合乎习惯'，这是中外一理，或是'天下刑律无不本于礼教'，特殊性的主张也不得不诉诸某种普遍的道理。"[①]

8.3.6　俗语云："命好不如习惯好。"

"常识"是可以习得的。

通过练习，通过动作，通过机制的重复，变成一种习惯。然后通过重演、反复，以及记录（轨迹），最终变成一种概念或理念的认知。而人一旦形成好的习惯，则会成为终身受益的工具。

在动物那里，"常识"（也可以说是一种本能之"常"）更多是通过遗传得到。这个效应很神奇。

8.3.7　"常"既非稳定，也非流变；又既稳定，也流变

这个观点很适合解读我使用"常"这个概念的合理性。

我们说"常"既非稳定，也非流变，但又说，"常"，既是稳定的，也是流变的。不过如果从逻辑关系来说，这个说法会导致稳定的与流变的两个参量具有等价的性质，如何处理，这又产生了新的问题。

要解决这个问题，只可能从"常"的性质入手，即如一个永磁体一般，无论如何

---

① 陈嘉映主编：《普遍性种种》，华夏出版社 2011 年版，第 136 页。

切割，总存在两个极。[①]

8.3.8　收缩、拉伸与恢复——"差不多"

橡胶、弹簧，在未有压缩或拉伸之前的样子，或压缩或拉伸之后的样子，都属于某种实在的常态。

这个与草木在未受到风吹或摇曳时的状态有相似之处。这种常态也就是某种"差不多"的状态了。

8.3.9　古所谓"三立"——"常"之范

古人倡导一个人要成为社会贤达，需要做三样大事，即建功立业、著述言说、德行传世，即所谓"立功、立言、立德"（"三立"），这讲的是人活世上，总要留下些个人印迹。此所谓"常"之范也。

8.3.10　如不为生物，则无所言"常"

因为生命之为其所是，乃是因为生命机体此时所呈现的活生生的状态，各个器官活络运作，新陈代谢，自在自适。而一旦某个重要的器官衰竭，导致整个机体无法继续正常运转并随之衰竭，则生命迅速停止运作并解体，此即转化为无生命的有机物，随后更会逐渐分解为无机物。无生命之后的这个机体，即为生命之"非常"态。

此即所谓：如不为生物，则无所言"常"。

8.3.11　多样及单一皆为"常"

多样为"常"，似乎少量及单一为"非常"。
但以"常"论之，其实，少量及单一又何尝不是"常"？

8.3.12　有可识之"常"，尚有不可识之"常"

某类"常"以肉眼能见，身手能及之认知、感知谓可识；此外，尚有所谓法眼、法识之类的认知、感知方式，即为某种非肉眼能见，非身手能触及之所谓智识，即夹杂着可识与不可识之间（甚至是之外）的更宽泛的认知、感知。

---

① ［美］K.凯利：《失控》，东西文库译，新星出版社 2010 年版，第 134 页。

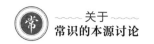
然后，就是西方观念所谓的"先天综合"类，即无须肉眼可见、身手可触及的认知及感知，就认为直接由心智得出的那类元智识，此虽被认为是一种可识，然因为实证起来麻烦很多，难免最终会被归类在不可识之列。

8.4 "常"之"常常"

常然，即所谓实然、应然、隐然、显然之种种情状。

"常"之"常常"，即表示日常现世的一种固有景象，即既是不生不灭、不流不变之"常"境；但又是即生即灭、即流即变之常变之境。

美国学者 G. 桑塔亚纳说："生和死都不由自主，唯有享受两者间的空隙。"① 这里，"两者间的空隙"就是"常"之居所。但就人世而言，生死之间，空隙虽小但又是何其大也！桑塔亚纳在这里说出了"常"概念的本质。

8.4.1　在世有两"式"："如如"与"常常"

这个说法十分重要。"如如"因为佛教常用而广为传播，但"常常"虽也常用而不能说是这里的"常常"。我把这个"常常"提到十分重要的位置，是要大家真正认识"常常"。

从佛教这方面看，佛家的"在世"的表述是"如如"；而从世俗这方面看，普通人的"在世"可以用"常常"来表述。这个"常常"，虽借用于日常词汇而实另有用意，更显得与实际贴近。

8.4.2　"常常"是一个好表达

在"常常"里面，前面的"常"字是冠词，也可以说是一个谓词，表示某种状态，即某种频次、某种重复性、某种习惯；而后面的那个"常"是名词，表示具体的有、具体的是，以及具体的在。

---

① 引自［美］M. 桑布恩：《升级——持续进步的方法与策略》，周玉军译，接力出版社 2004 年版，第 182 页。

这个叠字组合，体现了缤纷化的时空的居定不变性，即万事万物各自的"有"性，即各种各样的存在性；体现各自的"是"性，即对各种事物的区别、分类、辨识；体现各自的"在"性，即既包含了时间的"在"，也包含了空间的"在"。于是，人间世俗、日常生活，在流变之中又不断地似在重复着，在重复不动之中又潜移默化地总在流变，成为居定万变的"常常"之景。"常常"也就是常"常"，是谓常遇到的"常"有、"常"是、"常"在。于是，就成了"常常"有、"常常"是、"常常"在，如此，构成的景象就会是"常"的一种现象、现形、现身。

在佛学那边，有"如如"一说，但众说纷繁，各有所表。比较倾向的几个说法，就是说心事、说佛事、说平常之事，现世说事。

这就是作为普通人对"在世"状态的表述。这个俗世表述"在世"的"常常"与佛家表述"在世"的"如如"相呼应，展现了两者表现"在世"的更多的情趣、更丰富的姿彩。

8.4.3 "常"无所"烦"，即是自适

自然生物在自己的常态下，无所顾忌，无所牵绊，养着自己，做着自己，繁衍着自己，总是自在自适，似无所虑，即似无所谓"烦"。

普通人其实也是如自然生物一样，自在自适，似无所虑，即似无所谓"烦"，此即自适常常。

8.4.4 和谐乃"常"

自然乃"常"，自在乃"常"，习以为"常"……自然、自在、平衡、和谐、习惯等，都是"常"的写照。

自在之"常"与平衡不同，蕴含着某种"常常"和谐在里面。

这里所说的自在，也不是人体感到舒适的那种自在，这是事物所处的一种完全的静态，是安顿下来的状态，是经历了某种变动之后的那种比较"常常"的稳态。

8.4.5 人类往往在不自在的时候才想起"常"

人类往往在不自在的时候才想起"常"来。

这个所谓"常"就是法律法规，当系统出现了一个事体，而这个事体使人之个体陷入不自在的境地，只在这时，那个个体的人才想到要求助于法律、法规、人伦、公

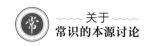
义、舆论等。

8.4.6 "事物的真正本质惯于隐匿自身……"

美国学者 M.W. 瓦托夫斯基说:"他(赫拉克利特)说,这一点通常是隐匿的,'事物的真正本质惯于隐匿自身',而且,'一个不明显的联系比明显的联系更牢靠'。我们感官所感知的东西并没有错,或本身并没有出差错,但是,需要把感知的东西当作揭示着某种更基本的本质来理解。"①

瓦托夫斯基引述赫拉克利特的话,指出了事物的一个本质,即"隐匿"态。事物之所以隐匿自身,并不是事物的"刻意"所为,而是事物的"恰好""无意"所为,这是一切物的"习惯",也就是"常常"之态。

8.4.7 自在即如"常常"

"自在"如"常常",或者说,"常常"如"自在",两个意思差不多。

我们说的这个"常常"或"自在",讲的就是那种处于稳定、平衡状态的常态。而无论是物质上的富足、满意、欢愉,还是身心上的舒服、自在,其实最终的落脚点都是某种自我的快乐、自适的感受,而这虽不可确证,却是一种实在的感受。

这是我们论"常常"所要注意的一个大的论题。此即"常常"所包含的心的乐观的意蕴。

8.4.8 天性为"常"

自然生物及人类天性各有不同,但又有所共通,共通之处在于生物的自然属性。

自然之天性无非为生息繁衍而趋利避害,以至演化出林林总总的生存样态,在自然之大环境没有大变化的情况之下,自在逍遥,各得其所(如前述之"内稳态")。此自然环境不变的境况,即为"大常"。

人类除生物的自然属性之外,又添加了社会人伦之人类属性,这种人类属性,超越了生物的自然属性,成为"常常"之态。所谓天性为"常",即此意趣。

---

① [美] M.W. 瓦托夫斯基:《科学思想的概念基础——科学哲学导论(新校译本)》,范岱年等译,求实出版社 1989 年版,第 100 页。

8.4.9 离合有"常"，行止有"常"

常合与常离或与另一个组合相关——常聚与常散。

可见，离合、聚散都是常态，并无两分。由此延伸出去，也可以说："常"有行驻，"常"有游止。

8.4.10 形势有"常"

有常势与常形：此处所言"常势"与"常形"古远如孙子之言。

孙子曰："兵无常势，水无常形。"所谓"势"与"形"，应合而理解为形容趋势的所谓"形势"，而以"无常"冠于"形势"之前，是讲否定某种固定的趋势（"形势"）之义。

8.4.11 自然、自在、自由……

自然乃"常"（自然之"式"），自在乃"常"（人之自在之"式"），自由乃"常"（自由之"式"）。此外，还可以有习以为"常"（因习之"式"），平衡态乃"常"（平衡之"式"），如此等等。

8.4.12 "常"有为，"常"无为

所谓"常"之有为，得以幻化出神奇、绚丽、壮伟、斑斓的自然万象，以至孕育出人类这样神奇的智慧生物。当然，"常"有为也表现为自然自为的自我修复，如经过重大的地壳运动或火山喷发之后，那些自然的"创伤"，会由自然而然的风雨侵蚀、风化，再慢慢覆盖上植被，大地的表面由此得到了"复原"。

但"常"更多的时候是表现为"无为"的状态，即是停留在自在、清静、恬淡的存在状态。如亘古不变的原始森林或天然沙丘、荒漠山石等。自然的这个常态，可以用佛家的"如如"之态表示。但当世界进行至有人的境地时，人这种生物最终十分神奇地实现了对自然的改造、驯化，甚至对基因进行测序、编辑乃至重组，这就是人的特性，即今人所谓的"常常"之态——这是人之能够"立'常'"的能力。

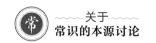

8.5 "常"之有用

讨论"常"是否有用，需要更多的研判。

这牵涉将"常"概念宾词化，即实存化或对象化的问题。如果"常"可以达致宾词化或对象化，就是可以作为单纯的有或存在去看待，则"常"也可以说是有用（即可对象化）的。

何谓有用？就是要通过"实指"这个手续，即通过将"常"这个字去名词性，似乎就可以"用"了。例如，我们所使用的"常数"（复合名词）、"常见"（复合形容词）、"常在"（复合副词）等。当然，这是一种十分中国式的"手续"，因为上面的每个词都是由两个汉字合成而来的，而其中相同的字是"常"，就这样，因为后面的字的意指不同，"常 ×"就自然转变了词性。

8.5.1 常用：工具与日用品

工具有可见与不可见两类，也有可感知与不可感知两类。可见及可感知的工具，如日常的实物工具；不可见及不可感知的工具，如非实物的语言及思维模式。

日用品是日常生活不可或缺之物品。收拾旅行用品时，你需要暂时摆脱掉你身边许许多多的用品，转而去重新界定属于旅游的必备"日用品"。这时，你就会比较真切地感知到你所必需的最低限度的"日用品"是什么。

当然，有特殊生活品质要求的人，对"日用品"的要求又会有差异。

8.5.2 常用与不常用

常用的另外一层意思是相对于不常用而言的那种使用。

对一个事体而言，只有从是否常用那里，才能感知其是否真正"有用"以及真正的"用处"所在（可以考察一些软件附带许多功能的例子）。

泛而言之，由常用可以引申到人情之"常"的各个方面。

8.5.3　工具使用成熟以为"常"

人造的工具到一定时候就会成为常用工具，并且有些工具尽管不断在改进，但改进到一定程度就定型了，未必一定会无休止地改进，进而升级下去的（这个与时下手机系统的 App 不断升级的情况不同）。

例如日常见到的无轨电车，其整个运营系统，尤其是其供电系统及电车的运作结构，由于设计臻于成熟，就不会再有大的改进，也就是已经定型了。大到改革、改良、发展，其实也应有这样的认识，这个关于工具使用成熟以为"常"的看法，就叫作适可而止。

8.5.4　有许多用具、器械"凡人"无缘使用

如驾驶汽车需要驾照，飞机驾驶者更为稀少，而一些特定的人造系统只能由特定的人操作，这与官僚机构的运作有相通之处。

这些特殊能力的人可以定义为"超人"。这里有一个问题是：如何避免"超人"对"凡人"的实际上的优势挤兑？或者说，应如何防止"超人"作恶？

8.5.5　日常事件的湮灭与新生

大量的日常事件随着时间的流逝而湮灭，然后又由时间流的新的展开而又重新生成。

日常事件如此生灭不断，这就是世界自己存在的方式，即"常"态。事件流的生生不息展现了世界不会停歇的物质活动与精神活动的更新完善。这种更新完善，其实也体现在与"善"的那个"常"的无限逼近。

8.5.6　新品的出现颠覆"常用"

这种情况在工业时代甚或在信息时代令人体会尤深。"新品"的层出不穷对传统用品的颠覆，令种种所谓的"日用品"刹那间成为无用之物品，而所谓的"新品"，在研发机制的驱使下，很快又为更新的"新品"所取代，于是就时时有所谓的"常"而不常的情况出现。显然，在新时代，"常"新"常"变使人们无法对"常"保持定见。

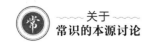
8.5.7 趋近"常"之"善"

有"常"之"善"置于某处，这就是日常事体不断改换更新进步的原因。因为人们知道那里有一个想象中的"善"，可称为"常"，是人们努力靠近的目标，于是，人们孜孜以求要到达那个称为"常"的"善"境，这样，就激发了人们向善的热情。

8.5.8 多用为"常"

如某些搜索引擎，是以搜索排名的次序决定标的信息的价值（价格）的，此时，常用的价值就为先见的价值所替代了。

8.5.9 杂乃"常"，纯则"非常"

大自然的更多的物质是呈现出多种元素或是其化合物混杂而成某物的状态。可以说，杂是"常"。

当然，大自然也有很多由结晶体天然纯净物构成的矿藏，如钻石、黄金。这些属于非常的局域存在物，说成是非常之象，也好理解。

8.5.10 "常"不崇高，也不浅陋

"常"不崇高。即是说，人在世间的绝大部分时间所从事的绝大多数事情及行为都是一些日常事务、日常行为，不具有宏大旨趣。

多数事情、行为一般不具有崇高意蕴，不会构造那种所谓的"奇迹"。这也是我们讨论归常之道的基础判据。但当日常事务、日常行为的结果（工作与时日）累积为巨大的效能时，自然也会体现为一种崇高，体现为"奇迹"。

当然，"常"也没有浅陋一说。最极端的说法，就是庄子那句："道在屎溺。"

8.5.11 "烹小鲜者，不可挠……"

老子说："治大国若烹小鲜。"如何烹小鲜，唐玄宗就解释："烹小鲜者，不可挠，治大国者，不可烦。烦则人劳，挠则鱼烂矣。"

8.5.12 "常"未必有用

如果我们单讨论"常"，即"常"无所依附，那么"常"就不那么好说有"用"了。

"常"作为名词时，可被众多定语所规限，如日常、惯常、伦常、异常。

"常"之所指，有时间性、空间性的限定。于是，就有"常"无定"常"的说法。

8.6 "常"之应然

自然是原来有的样貌，常然是经过调节并习惯的样貌，应然是人心中形成的、理想化的样貌。显然，应然之境，就是人的理想境界。

应然之说用于有人的情景。古人云："宁可食无肉，不可居无竹。"这个"宁可……不可……"句式，就蕴含了人对生活的各种诉求的"应该"（理想）的选择。

又如，有人会认为，人的居所应该是一个独栋的房子而不是公寓，应该有植物环绕，甚至应该有流水穿过，应该时时听到鸟儿的叫声，应该有猫狗做伴，在居所的旁边还应该有一应必需或非必需的生活设施，等等。

就外在的应该与内心的应该而言，内心的应该有更重要、更积极的意义。

内心的应该往往源自对外在的应该的感悟，有些也源自传统，源自自发的（在西方哲学中叫先天综合的）觉悟。

应该往往代表了某种理想，但有时也是一种普通的（甚至是最低的）诉求。例如一般的伦常秩序、逻辑思维及数理几何。

8.6.1 应然是"常"

往往有这种情况，一个作品在未尽善的情况下就推出，于是，就成为平庸的甚至是劣质的产品。

但在某些人那里，他们由于有内心的防线（即无法容忍自己的劣质出品推出市面的某种内心的"应该"），而尽力将出品做到完善，我们说的完美做事，就是某个由内心的"应该"所束缚的结果，这个"应该"到后来，终成某种"常"。

8.6.2 应然之"常"与或然之"常"

有应然之"常"，也有或然之"常"。

但有的时候，"常"亦非应然亦非或然，而是实然。

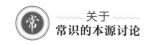

8.6.3 道德理性说"应然"

道德理性说"应然"。这是由自然理性去进一步探讨应然理性的问题。

应然理论就是道德理性，就是要说明，在人类社会伦理的范畴内，何种人的行为范式是恰当的、合法的、应然的。在道德理性层面，"应然"往往不具有理想的色彩，而仅仅是一个可以遵循的行为范式而已。

8.6.4 有问题与没有问题

世间大多数问题本来都不是问题。所谓有问题，归根到底是人自身出了问题。

如果是人的问题，就会推说到人应该如何的问题，即伦理上的应然问题。

8.6.5 智慧闲置乃"常"

多少智慧与美丽处于闲置的境地。

无数的智慧潜藏于书本，需要人进行发掘。但是人发掘智力的能力与积极性是有限的，于是多数的智力一直被处于闲置的境地。

美丽非但是容颜，并且包括心灵与德行。但人们往往不看后两者，而只求前者，也就是把后两者有意无意地闲置了。

8.6.6 闲置的自走装置

你只要上好发条，它就会自己走动（手表）；或者，你只要装上电池，它就会自己走动（电动装置）；又或者，由太阳能电池驱动的种种装置，（理论上）它就会永远自己走动。

总之，闲置是一切机械或电动（外能驱动）机器的宿命。

8.6.7 常予，常取

自然有予取，人群有予取。

在自然界，太阳常予，死物常予，植物常予，动物常予；生物常取，植物常取，动物常取。由此可知，就动植物而言，其本身就有常予常取的。

在生物的食物链上看，处于上层者常取，处于下层者常予；动物常取，植物（低等生物）常予；肉食动物常取，素食动物常予；等等。一旦某个动植物死亡或被其他动植物所俘获，则它的身体（物质）立即成为其他存活之动植物及低等生物侵夺的对象。此时，孰常取，孰常予就看得比较清楚了。此外，还有大量的微生物充斥各处，等候附生于适合生存的机体（无论其是活物还是死物）。

可见，予取的功能乃"常"。

8.6.8　寂静安详平和乃"常"

一般而言，人谈到"常"，都会将其看作是一种静态的"相"，是一种寂静安详平和的状态（人大多数时候就是安安静静地存在并生活着的）而已，这是一种生活祈愿，是一种希望生活居定不变（即所谓安乐）的诉求。

而实际上，"常"更应该看作是一种动态的、平衡的、稍微有摆动或抖动的"相"，这是一种变化的"相"。而所谓变化的"相"，则意味着随时打破某种平衡，即所谓的远离静态"常"的那个平衡态。

8.6.9　匮乏与奢华以及"平衡态"

匮乏与奢华——都是某种系统远离平衡态的写照。

所谓"平衡态"即不奢华不匮乏之中间状态，这是系统的稳定状态，也是系统没有生气的、乏味的状态，也就是"平衡态"下的"常"态。

远离这个"平衡态"下的"常"态，"常"就会变得不稳定，就会动荡不止，也就有了些生气。但当远离"平衡态"足够远时，无论是滑向匮乏端或者奢华端，只要有足够的原动力，系统又会处于相对稳定的状态，似乎就形成了两个奇异的可称为"常"态的状态，这又是个令人困惑的异象描述。

8.6.10　"自在"是比"自由"更高的层次

关于自由，英国人 J. 穆勒写的《论自由》这本小册子，已经讲得非常透彻。另一位英国人 J. 阿克顿勋爵在他的《自由史论》中说过："我所谓自由意指这样一种自信，每个人在做他认为是他自己的分内事时都将受到保护而不受权力、多数派、习俗和舆论的影响。"[1] 美国思想家 A. 汉密尔顿也说过："我认为公民自由从真正的、不含糊的

---

[1]　［英］J. 阿克顿：《自由史论》，胡传胜等译，译林出版社 2001 年版，第 5 页。

意义上来说，是地球上最大的幸福。"① 但我们也看到，人类追求自由以及实践自由的过程，从来就充满着种种的不自由。

中国文士所指的"自在"，则无"自由"的诸多问题。自由包括了他人和自己的关系，当中表现出巨大的张力，人在实现了某个领域的自由以后，才发现真正的困惑刚刚开始，因为，"自由"是为自己及他人设置了边界。但是"自在"蕴含了"自由"，却没有"自由"带出的种种问题。"自在"安放在人的内心，安放在人自身的感觉那里，平静和谐，自知自适，并不外放于城邦或市井，亦不为他人扰攘，也不为他人所放逐，偏安一隅，自是自得，遵循的是自己的本意及本身的欲求。

中国人认为，人生于"自在"之境，由"自在"之心引领，吟诗作对，写字画画，寒江独钓，耕田读书……一切遵从内心的召唤。可见，"自在"本身存在着自己无限的可能性，与"自由"不同，"自在"的边界是没有限度的。

8.6.11 "大多数"思维

有的人喜欢用"大多数"的概念去看问题。

说大多数，其实就包含了说"应然"的意蕴。"大多数"人都不会那样，你是不是也不"应该"那样……"大多数"人是那个样子，你是否也不应例外……

例如，有人在看到某个异常态出现时，就会由惊异困惑转而向前推论说："如果其他人（即大多数人）都如此这般，我们的资源（服务、机会）怎么承受得起啊？"但就实际情况而言，并不一定会有这样的情况出现，至少，所预计的情况不一定会按照推论的方向出现。

8.6.12 有烛光——日夜如"常"

人们认为：夜晚应该能看见，于是有暗夜之烛光，于是有灯。

有人的处所，因为有烛光或有灯火，然后，日夜如白昼，即日夜如"常"。

---

① 引自［英］J. 阿克顿：《自由史论》，胡传胜等译，译林出版社 2001 年版，第 420 页。

8.7 "常"之射影

很多时候，"常"境不可得见，但可以通过所谓"射影"来得以照见。

"射影"即对无法直接观察之物的投射、折射及映照（例如天文学所说的"黑洞"，理论上存在，但只能由"射影"照见）。存在之物虽不能直接见到，但通过折射、投射及映照可获得对象的信息，可见识或想象到那个真实事物的存在。某种"常"之在，有时也是这样被见到的。

在历史的时空，以及在未来的时空，"常"之"射影"的照见，更意味着前后两个时空之"常"的模拟显现。

8.7.1 总有很多人类想象之物

从遥远的星系，到未见的微观，人类一直在想象中驰骋，及至一步步见到实物对象，即想象的终止。但因为人类屡屡将想象变成了实在，于是人就总不会满足，认为有终极的"常"之形态，而今所见的，总是"射影"而已，这大概就是人类探究自然的无穷动力。

8.7.2 由模拟"观察"到而感知

如"黑洞"现象，其虽然是宇宙空间的庞然大物，但因为其中心的引力巨大，连光子等各种粒子也无法逃逸出来，于是无论光学望远镜还是射电望远镜都难以观察到。所以，天文学家为了要"看"到它，就设计出一些别的办法，如通过观察它遮挡的别的天体的情况来模拟"观察"它，通过测算别的天体发出的光线掠过它而被扭弯的程度来模拟"观察"它，或者通过收集它发出的微弱辐射来"观察"它，等等。

对"黑洞"的此种"观察"（感知）方法也可转移到其他所谓"常"之"观察"。

又如观察树木的年轮，我们可以推断树木的年龄；又如观测化石，我们可以用推断地质的年代方法；例如常用的碳14同位素的分析方法，可以推断更长远的远古年代之类。

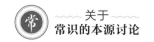
8.7.3 "月印万川"

一切水印一月，一月印一切水。

每一个湖面，每一个水潭，都只可以看到一个月亮。

在人这一端看来，"常常"就如当空皓月，照见万事万物而自在不易（变易）。

月亮，在人类未到达上面的时候，首先就显现为一个巨大的"射影"。

8.7.4 旧日之"常"与未来之"常"

无论是旧日还是未来，虽然那时之"常"可以想见，却不能由今日所能见。但旧日之"常"或可由旧日遗留之物所能考证，而未来之"常"则肯定是人想象的产物。

人类因想象而照见未来，这是因为"常"不但映照已知的过往，也映照了未知的未来。虽然，"常"在映照未来的时候，未必事先给出一个完整原型，这个问题需要更多的研究。

8.7.5 某种祈愿表达为"常"

美国学者 G.桑塔亚纳说："我们应当安心地退回幽暗寂静，从而回归我们永恒而合乎理性的思想。"[1]"合乎理性的思想"表达了一种向往的概念，似乎是一种祈愿之"常"。

所谓祈愿之"常"，其实并不切合实际，不是现成近处可见可感之物，但却有可想象甚或可表述的性质，因而可以被照见。即如某个放在远处的可遥望之物，先在观念的层面上固化，故可视为"常"，但这个"常"只能通过映射得以照见。

8.7.6 生命的印记，即为"常"境

我读了美国人 K.凯利所著《失控》这本书，得出一个结论，在地球这个系统内，生命就是一种"常"。

K.凯利说："在地球上，无论是无机物，或者是有机物，都是生命的产物。在地球上的事物，无论是其外在形态或者是内部结构，无一不带有生命的印记。"[2]当然，凯

---

[1] ［美］G.桑塔亚纳：《常识中的理性》，张沛译，北京大学出版社 2008 年版，第 140 页。
[2] ［美］K.凯利：《失控》，东西文库译，新星出版社 2010 年版，第 120 页。

利的说法其实是指生命物质在地球上的处处染指，并未包括那些未暴露于生物可染指的自然物。

8.7.7　媒介照见我无法实见之彼在

我在之时、我在之地其实是十分狭窄的时空。所以归根到底，我对于"常"景之真实照见，其实十分有限。但通过媒介，通过媒介之射影，却使我对我所未能见之"常"景得以全面地照见，这就是"射影"，也是"媒介"的意义。

8.7.8　拍打叩击以求证

这是人之常行，也是一种原始行为，为求事物之不可见部分之究竟。懂得以拍打叩击之方式去求证某种事实（不是全部事实），例如树木是否有虫洞、瓜是否甜熟，显现了人的某种智巧。

8.7.9　显微与望远

人类能够以如此多的手段以穷究自然，皆因在观念上首先觉得某处有潜藏之物象，即"常"之射影。由此观念之带引，人发明出显微镜及望远镜之类器物，从而将人眼的能力延伸至宏观及微观的境地。

8.7.10　射电望远镜令人见到遥远难见之景物

射电望远镜就是帮助人类探究宏观宇宙的伟大发明。

8.7.11　发声呐以探知某实体

声呐，是现代科技进步的产物，但也是大自然的古老启示。这个技术的由来就是对蝙蝠的研究。

8.7.12　为了"常"之种种射影，人类续有发明

例如为了研究极其短暂存在的基本粒子的特性，人类的发明令人眼花缭乱（如电子对撞机等大型实验设备）。

8.8 "常"之中庸

我们说过"常"所处的位置比较中庸，就是说"常"不处于事体的两端，即是在时间上、在空间上都不那么被严格规定着，居中而处的那个"中"也没有绝对中点的意味，于是，这里所谓的"中庸"就是比较自由自在，有比较多的游移空间，继而就比较从容不迫，自适如如，乃至随意率性。

北宋理学家程颢、程颐说过："中之理至矣。独阴不生，独阳不生，偏则为禽兽，为夷狄，中则为人。中则不偏，常则不易，惟中不足以尽之，故曰'中庸'。"[1]

二程又说："天地之化虽廓然无穷，然而阴阳之度，日月、寒暑、昼夜之变，莫不有常，此道之所以为中庸。"[2]

关于随意率性之类，可见到《中庸》所谓"率性"的说法。

《中庸》有"率性之谓道"一说，《朱子语类》则对此有专门的解释。[3]

8.8.1 有人世界也自然

有人世界之"常"与自然之"常"有一定的关系，但有人之"常"并非就是自然之"常"。

有人世界，归根结底也表现出自然世界的某些属性。因为人归根结底就是自然的产物。

按照西方哲学、伦理及政治传统理论去讨论，甚至可以说，良好的人际关系交往或者良好的政府管治理念，实际上都是由自然法（理念）所派生出来的。

8.8.2 "常"即中道

"常"即是中道，中庸也。这是从另一种思域去探究"常"。

由此引申，所谓"中庸之道"，或更加可称为"常之道"。以此而论，"中庸之道"

---

① （北宋）程颢、程颐：《二程集·遗书》卷一一，中华书局1981年版，第122页。
② （北宋）程颢、程颐：《二程集·遗书》卷一五，中华书局1981年版，第149页。
③ （南宋）朱熹：《朱子语类》第四册，卷第六十二，中华书局1986年版，第1491页。

亦如"常"。

就如指南针的中间极，无论两极相距多近，总有中间的处所，并且是万变皆有其中（中间无极之点），这就是一个硬道理。

不过此处所说的"常"之"中庸之道"，与其他所谓"常"的性质似乎又有不同，因为，"常"之"道"对"中庸之道"而言，是一种涵盖的关系，即是说，"常"是处于上位的，此又是对"常"说的一种新视角。

8.8.3 "常"因有中庸意蕴而比较切合现实

我们的"常"引入了"式－能"的表达之后，金岳霖所断言的"道是式－能"[1]的说法就有一个新的更为"可能"的表达，即是说，"常"的这个"式－能"是更为实的"式－能"。

这里，"常"之"式－能"的说法，虽然有趋附金式"道"说法的意蕴，但因为"常"所处的位置比较而言更为居中落实，即为中庸之道，因而比较切实显现出"有、是、在"性来，因而是更加肯定的有"有"、是"是"、在"在"，因此，比之金岳霖的"道"来，也显得更为"现实"。于是，延伸下来的讨论似乎少了一些麻烦。

8.8.4 "常"处中而立，不执两端

所谓"常"处中而立，不执两端，即是说，"常"是无所偏倚的。此即是"常"之表达有"如如""常常"的自适之状原因。

8.8.5 "常"居中而不处于事体的两端

我们既然说到"常"因为不处于事体的两端，也就不像金岳霖的"道"那样无关乎"生灭""新旧""加减""终始""存在"[2]，反而是有很具体的"生灭""新旧""加减""终始""存在"的本来意蕴。

于是，对于"常"而言，金岳霖的"道"那样的"式－能"放在其中，"常"的"式－能"的表述其实是更有强度，也就是"常""式－能"表现得更强硬、更显性，也成为一种更为固化的命题。

---

[1]　金岳霖:《论道》，商务印书馆 1987 年版，第 19 页。

[2]　金岳霖:《论道》，商务印书馆 1987 年版，第 39 页。

8.8.6 居"中"由"庸"，即为"常"道

我们说过，"常"不处两端，即是居于中庸的位置。这个"常"居于中庸的说法，只是对"常"而言，而未必为"道"。

于是我们或可以说：居"中"由"庸"，即为"常"道。

8.8.7 朱熹：以"常"为庸

南宋玄学大家朱熹在他的著作中有这样一段问答：

问："明道以'不易'为庸，先生以'常'为庸，二说不同？"

曰："言常，则不易在其中矣。惟其常也，所以不易。但'不易'二字，则是事之已然者。自后观之，则见此理之不可易。若庸，则日用常行者便是。"[①]

上面朱熹说，讲到常，不易（变）就在其中了，所以这个常啊，就是不易（变）。他进一步说，如果讲到中庸，"则日用常行者便是"。

朱熹的"以'常'为庸"，"日用常行者便是"两句，将"常"说得十分透了，虽然这是否属今意，有待思考。

8.8.8 "常"合于"妥当"

"常"合于"妥当"，这是个论题。

一个事情，先把种种（外部）关系处理"妥当"了，也按部就班把（内部）步骤细节安排"妥当"，然后，这个事情就能够有所成就。

"妥当"系人与人之间的一种相处"和谐"之道。可以说，事理的和谐性，其实就是"妥当"二字，"妥当"讲的就是某个常态。

在"妥当"那里，"常"也被"妥当"地安放着。

8.8.9 "常"不过不及

所谓不过不及的某种平衡形态，即系一种"常"。

不过不及，"常"之处所……在远离平衡态那端，因为一个开放的（具有对外的能量流动交换的）系统存在稳态"小岛"（湍流现象），"常"也寓居其中。

---

① （南宋）朱熹：《朱子语类》第四册，卷第六十二，中华书局1986版，第1481页。

8.8.10 "常"之用，在仲裁及调控机制设计

"常"之用，在于某种机制设计。例如设计一套使人得到公平的裁决（仲裁）的机制（戥子、天平），又如设计一套调控机制（利息率调节、汇率调节等杠杆）。

尤其是公共事务的管理者，如果不能明确自己的定位应该只是手握"戥子"者、手把"杠杆"者，而是不自觉甚至是自觉地成为自己管辖领域内的赛手，甚或堕落至参与逐利者甚或是食利者的角色，这就是一种错位。

8.8.11 "常"无爱，"常"无害

"常"无爱，"常"无害。

如果有爱或者有害，则是"非常"。因为有爱与有害都会执着两端，从而偏离"常"的中庸之位，所以两者皆为"非常"。

8.8.12 关于"常"之不能说

关于"常"之不能、不好、不该、不便、不应说的部分还有很多，这是关于"常"的言说边界的问题。

比如，地外系统就不能说太多；又比如，微观层次的事情，我们也不能与世俗混淆起来说；更不用说，超越四维空间的事情，也是颇难说清楚的。

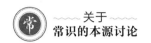

9

人之"常"

为何要讲到"人"？因为唯有"人"在世，"常"才猛然地突显自身。

我们在"常"之非里面看到，"人"的影子在那里剧烈地晃动。

孔子曰："人能弘道，非道弘人。"

老子曰："故道大，天大，地大，人亦大。域中有四大，而人居其一焉。"

西汉理学家扬雄说："人之性也，善恶混。修其善则为善人，修其恶则为恶人。气也者，所适善恶之焉也与？"

德国大哲人海德格尔说："这个谁，不是这个人，不是那个人，不是人本身，不是一些人，不是一切人的总数，这个'谁'是个中性的东西：常人。"①

人，一个会行走，会进食、排泄，会发声，甚至会讲复杂的语言，有丰富的面部表情，能表达丰富的情感，并且，有很多莫之名状的想法的动物。人因为有如此多的属于人的禀赋而区别于其他一切动物。

---

① ［德］海德格尔：《存在与时间》，陈嘉映、王庆节译，生活·读书·新知三联书店 1987 年版，第 155 页。

9.1 人的"裸身"

有一类知识的发现通常靠的是人的直感体悟，无须社会经济发展到多高的程度……如中国的春秋战国时代，欧洲的古希腊、古罗马时代，早早地涌现出那么多哲人以及那么多真知灼见就是例证；又如天文学、地理学、动植物学及早期的人类学（包括哲学、数学、伦理学等）之类，通过某些简易直观的工具，以及实地的观察考究，加上秩序化的想象与归纳化、系统化的灵感组织，即能够完成许多类型化的学科建构。

而另一类知识的发现，则要随着社会进步（存在）才能获得真知灼见，如物理学、化学及生物学方面的知识，需要有实验仪器的辅助，需要在现有的生活环境及更多的工具的支持下，方能获得更高深的见解。特别到了现代社会，随着电磁学、光学、量子力学、计算机科学乃至基因遗传学之类的复杂知识的出现，人的肉身能够体悟的距离越来越大了。

9.1.1 "赤子"乃人之"常"

赤子之心就是心之初始，而赤子之初始判断也就代表了某种原初之常。

老子有言："含德之厚，比于赤子。"

孟子说："大人者，不失其赤子之心者也。"

李贽也说过："童子者，人之初也；童心者，心之初也。"

赤子为何天然依附母亲？就是一种与生俱来的信任感，但这时如果他遇到陌生人，他一样不会有惧怕感，正如那句"初生牛犊不怕虎"的俗语所说的。因为他还没有具备对外部世界的认知，而只是简单地具备由自身需要而表达的种种对外需求，感知到那种能够满足自己需求的源泉。这个时候，外部世界，无论是来自何方的给用与伺候，他都会自然甚至欣然地接受，这就是"有奶便是娘"的含义。由此可见，赤子之心，说到底，就是完全的本己之心，对内外都是处于一种无蔽的状态。

9.1.2 赤子不知所感知的世界价值几何

赤子不知所感知的世界价值几何。由此可推,不知价值几何者乃"原常"之谓。

这时,赤子所见外界的一切,犹如璞玉(原玉)置于荒野,隐于乱石,视而不见,触碰而无感知,其中蕴含的所有价值不能在他内心中彰显出来。

犹如系统外的人不知系统内的人或物的价值几何,但不能由此就简单地认为赤子就在系统外,因为可以认为赤子的无知缘于他的心智尚未健全。

9.1.3 人最为熟悉的是自己的身体

首先是对外部世界的感觉、触觉,然后是对自己的五官的获得的信息的感觉及认知,即关于口鼻耳眼的主观感觉,这关乎自己的进食(味觉)、呼吸(嗅觉)、听声(听觉),以及观看(视觉),然后是对自己的各种动作的认知。

9.1.4 人的体力是有限的

人负重而行是非常态,肉身之人可以徒手携带的重量是有限的。

人的其他体能也是有极限的,关于这方面,各种各样的运动会就是展示人的体能极限的竞技场,从最久远的运动会——奥林匹亚运动会就可以看出,人对于突破自身极限的不懈努力。

人的能力的有限性,也可以说是由基因所决定的。

9.1.5 单个人的智力是有限的

人类这个群体整体上的智力能无限地生发及发挥,至今未见有止境。

当然,就单个的个人而言,人个体的智力又是有限的。甚至可以说,有许多个体的人,其智力为零(指思辨力、分析力、表述力之类,当然心智健全的人,是具有由生存本能赋予的基本智力的)。

9.1.6 人是一种很精致的生物

从医学的角度看,人体由外而内,无论是外观还是内脏,尤其是五官和大脑,无不处处充满着造物主的精致设计。

哪怕是扁桃体,或者盲肠,虽然原来的功能已经退化,但仍然保留了某些残存功能。更何况每个人又有自己独特的、丰富的心智、个性、意愿、情感显现及表达。

因此，无论何人，都需要被珍视、被尊重、被护卫、被装饰，都需要得到营养。

9.1.7 "常"人之身

人处于大自然，本身就是一种"常"因。所以，人的社会性其实是一种"非常"因。

人体十分神奇，十分复杂，是无数平衡机制在体内，在身体与外界环境之间运转的结果。

人构造（生成）了大大小小的城邦，故人类社会（无论在城邦外，还是在城邦内）也归入一种新常态了。

于是，人本来的"非常"性也渐渐向"常"性转化了。

9.1.8 肤色、语言、品行乃人之"常"

人类因肤色及语言的不同而分出了许多种姓族裔，后来又因语言的混用，由异族通婚而有所融合和谐。

从文明的角度看，肤色的不同构成了基本的族群形相大系，如黑色人种、白色人种、棕色人种及黄色人种等。

相对而言，语言的差异构成了较小的族群。可以说，就人的类型和种群的差别而言，语言的差异比肤色的差异的权重要大。

人的品行则是由人的乡俗、礼教、环境综合养成的，这是个大话题。

9.1.9 人有两手

前面讨论过，人之"日用品"往往为"新品"所替代，但人还有一种基础工具，无论多么简陋、多么笨拙、效率多么低，通过手持"新品"而获得新能力之种种工具总不能取代人的双手，这就是人与生俱来的属于自己的双手之神奇之处。

有时，说我们做事要有"回归常识"的意趣。例如，你在做关涉大众生计的决策时，能够想起，那些人是有两手的人，是会自己煮饭（自存）的，是会使用种种用具、工具去营生的，是会说话（表达）自己的诉求的。

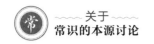

9.1.10 人脑非常

美国学者 F. 维尔切克说："人类大脑中不断进化的连接模式以及化学驱动下的脑电活动，是现今动态复杂性和思维的顶峰。"[①]

古希腊人普罗泰戈拉有句名言："人是万物的尺度，是存在者存在的尺度，也是不存在者不存在的尺度。"（这句话其实有很多种转述版本）其实，这句话可以指：人的存在能够作为理解万物存在的一个标度。[②]

这个说法可以延伸一下：人脑才是万物的尺度。

9.1.11 "人眼有 5.76 亿像素"

2013 年，网上有一句很热的话："人的眼睛有 5.76 亿像素，但却终究看不懂人心。"

这是说物理世界与人的心灵世界之间存在着不可通约的巨大鸿沟，这种鸿沟的存在徒然令得人世间生长出一种唏嘘与无奈。但与此同时，"人的眼睛有 5.76 亿像素"，这句话也因之而深入人心。

9.1.12 自然之人——数据说"常"

作为一个自然人，我们知道有一系列所谓的人体"常数"，如体温、血压、心率、脉搏。在医学的范畴，这些所谓的常数更多、更复杂、更具体。

这些所谓"常数"，实际上指一种统计学的平均指标，具体到某类人或某个人，其实还是有千差万别的。

---

① ［美］F. 维尔切克：《万物原理》，柏江竹、高苹译，中信出版集团 2022 年版，第 131 页。
② 谈到"标度"（scaling），有一种标度理论（scaling theory）很有意思，这种理论是在总结、分析和归纳实验结果的基础上，提出的一种研究临界现象的唯象理论。它不能确定临界指数的值，但可以建立临界指数之间的关系——标度律。

9.2　有人之境

　　设想某个人出生在一个十分原始的部落里，那这个人最终的生存技能水平就会仅限于那个部落的文明水平，这是毫无疑问的。

　　因此，如果我们把人自己随便在任一种文明背景下都必不可少的生存本能称为"本真生存"能力，则可以把某人无意中出身在某个文明的环境的那种类似本能的能力设想为"惯常生存"能力。而那个特定的文明环境也可定义为某"常境"。

9.2.1　自然有人，从自然到社会的跃迁

　　自然的人类群落的诞生，最终形成了社会。而社会的发展壮大，使人最终远离自然而成为社会性的人，即所谓"常"人。

9.2.2　人随处可见

　　当今世界，人类与大多数生物的一个显著的区别，是人显现在大地上是一个很大概率的事件。

　　想想野地、森林及河海，哪一样生物是你随时能够看得见的？但人就不同，人随处可见到。人作为大地上的征服者、支配者、主物种，以各种现身方式宣示"主权"，成为一时一地的领主，并且以种种方式施行统治、建设，繁衍自己的族群。哪怕是荒山僻壤、酷热严寒的地方，发现人的踪迹总是大概率事件。

　　现在我们越来越难以找到人迹罕至的真正原生态的地方了。当然，江河海洋又当别论，因为那是由液体加入的流变空间，瞬息幻化，不留痕迹。

9.2.3　有人，有数人，有许多人……

　　有人，有数人，有许多人，有无数人……有数人（复数）即有"常"见，此即数量统计或概率统计之谓。

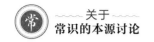

9.2.4 有人之"常"，人情之"常"

世界是混沌的，因此世界原来没有是非真假对错。

后来因为有了人，世界才有了是非的观念和分辨是非的说法。因为人此刻之在，所以才有当下的事情判断并据以落实到行为的事体发生。因此，在世界是混沌的这件事情上，是人在之前的事情，因而这是比较基底的"常识"。

世界因为自身的原因（并非"有意"而为）而偶然地产生某些局部的秩序；世界更因为有了人，因为有某些个人觉悟到要使世界的某些局部更为秩序化，从而，又因为有人主动（刻意）地去实行——创造了某些秩序，使世界有了更多的秩序（这时，世界开始变得不那么混沌了）。

由此可知，因为"有人"而改造的世界，并不是世界的应然之真象，亦即是说，"有人"是世界的非常之象。而由"有人"而至有"人情"，这是因为有两个及以上的人聚集之后所生出的相互感知，这又是人类之为人类的显著特点。人因为有了同理心而有了"人情"这个特殊性质，于是人类在本质上与动物界的距离（差异）就越来越远了。

9.2.5 人的肉身、肉眼为人的"看见"之"常"之标度

我们知道，生物界（无论动植物）有太多例子表明，人的所见、所感、所能动其实有限。某些动物能够看见紫外线，能够听到超声波，能够嗅到人所不能嗅到的气味，等等，动物的某些能力其实比人强很多的。而后，人发明了仪器，人依靠仪器测量得到比动物所能感知的更灵敏、更有深度的种种指标。而仪器所能到达的感知力，则以肉眼之能见及能感知为精确度——这是在人之基本感知范围内的一个标度。

的确，就辨识力而言，无论是智障还是智明，在视觉与肤感面前都显得苍白无力。

9.2.6 人类普遍有着一些共性的东西

因为所有人的 DNA 有 99.9% 的相似性。

《信报·财经DNA》曾写道："A. 马斯洛认为人的需求分五个层次，由低至高分别是：生存需要（空气、水）、安全需要（人身安全）、被爱需要（家、团体）、自尊需要（名、利、权）及自我实现的需要（理想、梦想）等。事实上，全球有不少人仍处

于生存与安全需要这两个层次……

"经济学假设人是贪心的，但不同人会贪不同的东西。原始人所贪的东西跟现代人所贪的肯定大有不同；穷人所贪的跟富人所贪的也会相距甚远。所谓'贪'者，其实是指某人怎样衡量某物的价值。在沙漠，水可以变得比钻石更贵（人在沙漠会'贪'水多于'贪'钻石），这是经济学的 ABC（边际效用之类）。"

9.2.7　多数人、少数人乃至个别人

一方面我们要讨论大多数人，另一方面我们又要聚焦于少数人乃至个别人，这就是一个完整的讨论所应包含的最基础的几个方面。

9.2.8　"一样米养百样人"

人的多样性是由许多天然的因素成就的，而在养成一个人这方面，又是日常所需的几样食物，即可满足。粤人所谓"一样米养百样人"，就是这样一种自明性的观照。

然而相反的情况是，世界上许多民族，甚至是不同地域的民众在饮食习惯方面的差异又是很大的，而这种饮食上的差异，其实也就是地域、族裔差别的一种反映。

9.2.9　人类天生对事物的运筹有强烈的好奇心

人是这样一种动物，天生地对自己身边的事物怀有强烈的好奇心。

例如观察花朵从花蕾到盛开的过程，观察昆虫的生息繁衍过程，等等，这种好奇心也可称之为获得真实信息的意图，是因为人对自己的观察预期（设计理念）缺乏坚定信念所致，尤其是在工业时代之前的时代，人类的种种不精确性使这种观察及记录行为成为习惯。这样，也为各类学科的诞生奠定了基础。

9.2.10　眼见为实与耳听为实

所谓眼见者，是即时当地直面地见到。

所谓耳听者，也是即时当地在场地听到。

眼见与耳听，两者都表达直观的体验和感受，不同于通过别人的其他方式的转述。

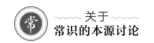

9.2.11 分工不一定就需要

工业化时代甚至更早，就出现了分工，继而出现更多的集约化的生产方式，从而使人异化为具有工具性的个体或人群。

有关分工的说法，出版的图书已汗牛充栋了，这里要说的反而是分工的不必要性。如果需求少，如果需求样式独特，如果商品的加工工艺繁复甚至是个性化的，那么分工就没有必要。后工业化时代的一个显著的特征，就是需求的个性化，于是使个性化的定制成为出品的一个普遍的趋向（尤其是服装、饰物、艺术品之类）。个性化定制的需要，催生出由智能机器人代替人类手工或工位出品的生产方式。3D 打印技术的日益普及，以及 3D 打印材料的日益多样化，为个性化出品开拓了无限空间。于是，以人为本位的工业分工作业方式行将正式终结。

有很多作坊式的例子表明了这一点。浅显的例子如绘画，虽然完成一幅画需要许多工具及繁复的手续，但至今为止，绘画还是属于某种十分个人化的行为。

9.3 人的自适存在

每个人每个时候总有自己最简单自适的存在（生活）状态，可以设想这个状态就是他的某一个常态。

而当别个相关人等与他产生联系的时候，他这个"常"才被中断（扰乱），成了有事。这个事一直延续到完成，他又回复到事前的状态。不管他事前那个状态看起来是多么的闲恬或忙碌，但总归这个状态还会一直持续着的，直到他下次有事。

9.3.1 本能即"常"

"常"即本能，本能是"常"。

动物乃至人类，其种种本能由基因及习得而来。

而人的这个有基因或习得而来的能力，其实就是通过自然的天赋、某种活动的重复而习得的"惯力"，最终成为一种自觉、自为的行为能力，即人之"常"力。

9.3.2 人之随意

人的言行是流动的，无常的（随意的）。所以，人的讲话通常是随意的，人的行动也是随意的。

9.3.3 保持身体温度

美国人 H. D. 梭罗说过："对我们的身躯来说，最必需的是保持温度，是保持我们体内的生命体温。"①

9.3.4 人以载"常"

人在即"常"在，人灭而"常"仍在。是故，"常"以人是否有而有，是否是而是，是否在而在。并且也发生了人见、人知、人造景物的种种事体。

"常"因人有、是、在而变化不居，成为人在世存在的证据，人在世存在的附加物，乃至成为人在世存在的遗产。

所谓人是载"常"者，"载"，即"常"已经是人在、人见、人知乃至人造的那个"常"景。但人不在为何"常"仍在呢？因为在人在、人见、人知时，已经勾画了一个"常"景，以至往后无论人是否在，"常"仍在。

9.3.5 人成非常人

人本来只是常人。人后来通过不断地学习，成为非常的人。然后通过环境的承认，人成为超人、狂人。但是，在之后的之后，人最终还是要变回常人。

所谓来者常人，终归常人。

9.3.6 人之不动

人在狩猎、捕鱼、休憩、睡眠时，都有种种不动之态。

但种种不动又各有意趣。有不动而实为大动之前的伺机，有不动而实为大动之后之将息，还有不动以为日常休养生息之养护。

---

① ［美］罗伯特·塞尔：《梭罗集》，陈凯等译，生活·读书·新知三联书店 1996 年版，第 371 页。

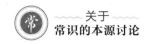

9.3.7　有时，人不外施为

所谓不外施为，即不干预一个同类博弈场景，不干预一个动物营生场景，不干预他人生活场景之类。

人在这个时候，沉寂、无为、静观、置身事外，放任自己成为场景内的摆件、装置。

9.3.8　信仰，是一种常态

所谓信仰，就是一种恒久保持的敬畏的心念、心意。

通常，信仰会指向一个崇拜的偶像，如神、先知、英雄人物等。人如果有信仰，其实是有一个心智所依归的"常"。

9.3.9　我们常常生活在百毒欲侵的大环境下

一般而论，无论是处于自然，还是处于社会，我们大多数生物及人类，常常处在一种百毒欲侵的大环境之下。由此而论，如果这些生物及人类不受到某种致命的侵害而能够顺利存活成长，那么这反而是一个小概率的事件。所以，整个生命历程都要小心演绎，才能颐养天年。当然现代的自然，尤其是现代社会，对物种以及人类的生存、生命的保障是越来越完善了。

9.3.10　生命总是处于防备状态

人常有乐于款待陌生人的好客的本性，这是一种自然力。

但生命本身有一种护卫自身的张力，于是在一个生命个体的一生中（只要是健康状态），就总是演绎为一个处于非常状态（紧张状态）的存在体，也就是表现为恒久的对外异物的防备状态。

当本地人觉得客人有侵占自己领地、侵夺自己利益的意图时，又有本能的逐客本性。这种本性源于最早的原始防护能力，即防止野兽入侵的能力。这种能力的延伸，就是建立武装力量以护卫领地或国家。

9.3.11　个体的人出生就有差异

个体的人出生之后的外观及体质的差异，导致了人与人日后的种种差异，并可能逐步拉大这些差异。

然后，社会则逐步固化了人的种种差异并形成了等级、阶层或阶级之类的社会层级。

9.3.12　"常"不异天、人

"常"之有、之是、之在，既适于天地（自然），也合于人伦，所以"常"适居其中而自得。

此即所谓"常"之不异于天、人。

9.4　常人之有

人之有有三：外在的有，形相；潜能的有，能出力、能行动、能运动；内心之有，能思、有思。

人之有围绕人的能力而有，分天然能力和后天习得之能力。

9.4.1　人自有有，与人身与生俱来

人因为本身之诸多自有而未必自知，故而会因不自知而不能对自己之"有"做出使用，做出维护，做出发挥。

人自有有是人的遗传学特征，人就是有诸多不同于猿类的独特之处。

9.4.2　人能模仿、学习、研究，故能延伸自有之力

人有模仿、学习、研究诸种能力是自明的。

9.4.3　人有表达言说之能力，因而能保存及传播知之种种

人有表达言说的能力是自明的。

9.4.4　人有运用资源之能力

人人都有主动运用资源之能力。因此，人一旦掌控某种资源，一旦获得无节制运

-255-

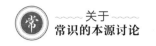
用资源之权能,即有理性地或非理性地使用资源之可能性。这似乎是人的某种"法力无边"的写照。

无论是私人拥有的资源还是代理掌握公用的资源,使用人都有为善或作恶的可能。因此,节制人使用资源的边界条件是,私人的资源防止用以作恶,公用的资源同样防止用以作恶之余,还要防止滥用(资源的滥用其实也是一种恶,某种"寻租"的可能性)。

9.4.5　人有收纳存储能力

人在生存过程中自觉或被迫产生了收纳存储能力。

9.4.6　人有私欲也不乏公德

人有私欲也不乏公德,也是自明的。不过在有公德上,往往还要通过养成与习得,并且在某种情形下,还是需要有社会命令加以强制。但在有私欲这一点上,往往只需同类的示意或传授,甚至仅仅会本能地生成。

9.4.7　人有能思之力,亦有能反思之力

人之能思,古今已有诸论。

人既然有能思之力,即有反思之力。这一方面是潜能,另一方面是能思之力的一种逻辑延伸,但人往往不能够在适当的时候使用这种反思能力。

9.4.8　人有攻击之力,亦有防御之力

人有攻击力和防御力也是生存过程生发出来的自觉或逼迫。

人的攻击之力源于生存需要,而后成为有限乃至无限运用的能力。人的防御之力也是因生存之需而起。攻击与防御,又因人的能力的提升而提升,乃至成为强大的毁灭性器械。

9.4.9　人有医治伤患及维护健康能力

人有医治伤患及维护健康的能力也是在生存过程中生发出来的。

9.4.10　人有组织力或号召力

人的组织能力或号召能力，使某个人能够发出超出自身力量能力的行为。也是人在自觉渺小、自觉能力不逮时，以胁迫、雇佣、利诱、控制的方式，或者以观念、信仰、合约的方式纠集、组织他人，以至最终形成庞大的具有特定功能的某种人群。

9.4.11　多数人有无所事事本能

人之无所事事表现似乎无须养成。

与少数人的忙忙碌碌相比较，大多数人在完成了一日的生计劳作之余，更多是处于某种无所事事的状态。

如在农村村口大树下整日无聊蹲坐的闲人，又或是农耕者，在忙完最繁忙的春耕或夏种之后，人就进入长久的无所事事的状态，直到夏收或秋收时节的来临。此外还有许多如守门的门卫、看机器运行的值守、各种环境守护者等，在某段时间里都由职业赋予的赋闲状态。

9.4.12　人有生存记录，但又缺乏记录

世上大多数人庸碌一生而无甚事功，因生命乖戾短促，因自己或他人自觉渺小而没有记叙（最简单如记日记），或因个人刻意掩藏，都导致其匆匆一世而名不见经传。这个恰恰与那些大多数的生物的性质是一样的。它们匆匆一生，默默无闻就完成，甚至不留丝毫痕迹。

但人还是有很多不同的地方。观察现在社会，由于规范化的完善，使某个个人还是留下了一些基本的生存痕迹，如出生、上学、就业、诊疗，乃至死亡，等等，无不有所记录，甚至有比较详细的档案。看看西方人那些五花八门的墓地的设计和建造，就知道人们为记录（彰显）自己曾经在世上存在过所花费的心思。

但这种记录存档，又与我们所说的"名见经传"差异巨大。毕竟，记录某人的事迹，需要社会动力，需要资源配置，需要时间的考验。

9.4.13　人有做事兴趣

人对自己所做的事情有兴趣，甚至到痴迷的程度。这有两个前提：一是这件事与我利益相关；二是这个事情对我有强烈的吸引力。

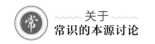
但有时人对自己所做的事情没有真实的兴趣，因为要做的事情并不是人自在的常态欲求。也就是说，如果没有基本的外在因素的命令、激励或是胁迫（无形的），人在当下所想做的事情可能并不是当下正在（必须）做的事情。

9.5　常人之是

从有而看是，人由"有"而"是"。

人是，是人确定不移的一种形相。一是能是，植物的、动物的、人类的，总是区别于微生物的更高级的生命体之是；二是确定是，是某个存在者，是特定的个体，是特定的人群；三是具体是，是某类能劳者、能创制者、能演出者、能运思者。

爱因斯坦曾经说过："不必深思，只要从日常生活就可以明白：人是为别人而生存的——首先是为那样一些人，我们的幸福全部依赖于他们的喜悦和健康；其次是为许多我们所不认识的人，他们的命运通过同情的纽带同我们密切结合在一起。"

9.5.1　人是个体性的人

人因有而之是，由诸"有"而成诸"是"。

人是个体性的人。人有身体的个体性，感觉的个体性，思想的个体性，以及表述方式的个体性……这些个体性的集合，就成就了一个人的常态表现，谓之人之"常"。

9.5.2　人是品味者、赏鉴者……

在饭店、酒庄，多数人扮演着品味者的角色；在剧场、画廊，多数人扮演着赏鉴者、评判者的角色；在会议、讲坛及演出现场，多数人扮演着视听者、在场者的角色。

世界的（社会的）运作本来就是如此，一部分人在不遗余力地提供种种产品，供赏鉴者、品味者、视听者使用及消遣。

9.5.3　人是游荡者

人的游荡，有无目的的闲逛，也有自我放浪之闲逛，还有找寻机会之闲逛，等等。

放到更高层次，游荡又有思想之放飞、想象之自由的含义。

9.5.4　人是逐利者

由于资源的稀缺、职位的稀缺、人才及美人的稀缺，于是，人从有自我意识之初，就成为一个逐利者（这个"利"包括资源、资本、保护者、人才及美人等）。

9.5.5　人是有身份的人

人因有诸能而是某类人。于是，人载入某种"身份"，从而"身份"成为人的一种"是"。

9.5.6　大多数人是庶人、庸人

世上大多数人是庶人、庸人，而智者、能者、奇者稀有。

庶人、庸人思维简单，资源稀少，行为随意，只知道较少的知识，以较少的资源及简陋的方式生存；而智者、能者、奇者则思维复杂，行事严谨，知道较多的知识，以占有较多的资源及记录下丰富多彩的生活轨迹生存。及至后来，两者的比例发生改变，智者、能者多了，而庶人、庸人则趋向减少，这就是各种智力、资源、知识等趋于均等化的结果。尤其是知识、共享资源的暴发，使大量的庶人、庸人在较短时间内完成向智者、能者、奇者的能力禀赋嬗变。如此一来，就造成了原来智者、能者、奇者所据有的那些具有垄断性的资源由稀缺转为充盈乃至泛滥。于是，原来的世界运行的规则及秩序将被打乱，让位于新形成的规则及秩序。

9.5.7　人不停奔忙

我们都有这样的体验，当我们走进森林荒野，会见到蚂蚁在不停奔忙，我们在看着，蚂蚁在做自己的事情。从一个个体的人来说，当我们在高楼俯瞰城市街道的时候，看到楼底的众人，也会觉得，世上大多数人也如森林中的蚂蚁一样奔忙。

9.5.8　人是生命有限体

每一个人拥有一个生命时长。

也就是一般来说，生命的长度是一致的；人也拥有基本的生存空间，呼吸着共同的空气，饮用着共同的水；他也基本具有同类个体所拥有的种种原初的基本的能力禀

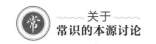

赋，其中也有很多的表现出类拔萃、能力异乎常人的人。

9.5.9　我是在某事件里面

在人生路途上，我或者会不期卷入某个事件里面，这可能会成为我的一个独特的经历。

9.5.10　人是不知情者

人的一生，知道的事情总是有限，也就是说，人总体而言，是一个不知情者（直到如今，虽然有发达的网络搜索帮助，但谁都不能肯定自己知道一切应该知道的事情）。这是很多时候都会存在的关于信息不对称的情况。

所以，在知情不多、不确的情况下，人们做出的行为（反应）往往就是一种盲动。由此而判断某些历史性的大错失（例如苏格拉底被多数人判死），是某种多数人的恶，或者是多数人的不明智，其实有欠公允。

9.6　常人之在

由人有而至人是，又由人有、是而至人在，这是一个存在链条。

这里说的人在，其实有三重含义：一是我仅仅在，存在，生存，生活；二是某个时期，某个时间的在；三是在场之意，我某时在某地，在某个场景现身。

美国人 G.桑塔亚纳说过：“于是，真正的社会仅限于：相似的生命过着相似的生活，其中每个人都能通过共同习性和艺术的感发力而把自己的经验赋予对方并相互接受这种经验。”①

9.6.1　“我在”的预设前提只有是生命体

在哲学上有一个很重要的论题是“我在”。

以前人们在讨论“我在”这个论题时，总以为在我们的躯体以外还存在一个由灵

---

① ［美］G.桑塔亚纳：《常识中的理性》，张沛译，北京大学出版社 2008 年版，第 118 页。

魂定义的实体，如法国哲学家笛卡尔所说的"我思"，就是那个"实体"，于是，他说出了那句名言："我思故我在。"

9.6.2 "心智不仅必须从非物质领域转移到生物组织的领域……"

在笛卡尔说了"我思故我在"这句话三百多年后，美国学者 A. 达马西奥重新反思了笛卡尔的理论，认为"我思"与"我在"是不可分的，不存在属于灵魂"我思"独立于属于躯体的"我在"的情形。达马西奥写了一本名为《笛卡尔的错误：情绪、推理和大脑》的书陈述了自己的观点，认为："有机体的角度对从整体上理解人类心智是必需的；心智不仅必须从非物质领域转移到生物组织的领域，而且还需要与一个完整的、整合了躯体和大脑的有机体相联系，此外还需要与物理环境和社会环境充分互动。"[1]

达马西奥把"我思"从"非物质领域转移到生物组织"，完成了对"我思"与"我在"的关系重构，即完成了对笛卡尔的批判。

达马西奥进一步认为："从我的角度来看，正是灵魂和精神，加上尊严和人性，才能形成有机体展现出的复杂性和独特性。"[2]

9.6.3 人之外在与内在

这是自明的。人有诸可见之外在，因为有所处的空间及可视的形相得以观照；又有诸不可见之内在，这个内在虽不得见，但自己能够感受到、想象到，并且也能表达出来。

9.6.4 我在某时

我简单地知道我在某时的状态。至于我在某时之所作所为，并不必有所指述。

9.6.5 我在某地

我在不同的时期在某地。走到某地，被置于某地，留驻于某地。

---

[1] ［美］A. 达马西奥：《笛卡尔的错误：情绪、推理和大脑》，殷云露译，北京联合出版公司 2018 年版，第 236—237 页。
[2] ［美］A. 达马西奥：《笛卡尔的错误：情绪、推理和大脑》，殷云露译，北京联合出版公司 2018 年版，第 237 页。

9.6.6 我在某时某地行某事

所谓我在实行某事，即是我在某时某地做某件事的状态之中。

9.6.7 我活在某个时间区间

这是人生之最简单的表达。

9.6.8 我活在某个地域区间

这又是人生之另一种最简单的表达。

9.6.9 我生活，我学习，我工作，以及我不做任何事

这是我是的轨迹表达，这是我的复杂的人生综合轨迹表达。

9.6.10 我出生，我成长，我生育，我老死

这又是我换一个角度观察的人生轨迹表达，是我单纯的、抽象的、简约的人生轨迹表达。

9.6.11 人总在途中

人生于世，就是置于一个长途之中。

人生之途，有有形的路途，有无形的种种途（如仕途、星途等）。

9.6.12 从我在某个事实中，到我在记述某个事实

我在某个事实之中，我是当事人；而我在记述某个事实之中时，我即成了这个事实的旁观者，尽管我对于这个事实而言，未必能撇清关系。这就是事件记述者的生命之途。

9.6.13 我因某时某地之在，而使我不在某时某地

我之某时某地之在，使我不在某时某地，这两个"某时某地"肯定不是指同一

个"某时某地"。当然，这个表达或许不能套用于量子时空所特有的"量子纠缠"[①]现象。

9.7　人之日"常"

谈到人之日"常"，可以举出好多例证。而基本的表达就是人之有、之是、之在，属于人之有、之是、之在的这么一个集而为"常"。

具体到人本身，人本来就是处于不精确的活着的状态。例如，就算是作为商品的市场定价，也多数是不精确的。但人有时又是十分精确地活着，这从人最终拥有十分精确的计算能力及计算工具就看得出来。但人除了不精确地活着及至精确地活着之外，更多地表现为既精确又不精确的生活态度（面貌），这就是人的丰富多彩的日常的"常"貌。

从外部对人的影响而言，反映到人自身，则使人呈现出两种耀眼的色彩：喜剧的色彩及悲剧的色彩。但外部对人的影响还有更多的一面，就是日常的、无喜无悲的色彩，即是日常的色彩。

9.7.1　常来不及

世间上有太多的来不及。

那一句"子欲养而亲不待"的古训，就是对人生时时遇到的那种作为晚辈因工作繁忙、距离遥远、成家自住等原因而错过了孝敬侍奉长辈的时机的深切写照。

虽然也有很多情况是将"来不及"作为借口，意图规避责任或义务的。但是，更多的是真实确切的来不及。例如遇到意外、重大疾患等，"来不及"都会在其中随时发生。所以，"来不及"是一种人真切感受到的生活"常"境。

9.7.2　知我苦困病患者莫若已

多数人一生都没有机会体会到有些人所患的奇难疾患的痛苦。例如哮喘、鼻炎、

---

① 　量子纠缠：相隔甚远的两个物体可以瞬间影响彼此的行为。这是已经被实验证实了的量子现象。

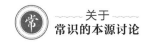

肌无力、红斑狼疮、渐冻症等，不是身染其疾，并不能体会其中的苦楚。

此外，还有因为贫穷、创伤所造成的苦难厄困，又是另外一种人生的不幸际遇。这些境况，不是身处其境真切感受，也不能有深切的体会。

9.7.3　人的精力有限而又无限

人的精力总是有限的。某人如果专注于某事，则意味着他会忽视其他许多事。不过，如果他能支配足够多的资源，尤其是人力资源，他也可以兼顾除了专注的事情之外的其他事情。

总的说来，人的精力又是无限的。因为这种无限的精力，使人繁殖力惊人，使人的制造（生产）力惊人，也使人的创造力惊人，当然，也使人的毁坏力惊人。

9.7.4　坦荡与忧戚之"常"

孔子曰："君子坦荡荡，小人长戚戚。"

孔子将这君子坦荡及小人戚戚说成是两种常态。其实，无论是君子还是小人，都不免具有坦荡荡及长戚戚的性情，只是囿于不同的场景而表现有所不同而已。

9.7.5　人过度地聆听及观看

在我们的实际生活中，我们的耳朵往往听到许多不必听到的声音及相应的信息，也看到许多不必看到的图像及相应的信息。

但因为我们的耳朵及眼睛是开放的，所以我们不得已每时每刻都在接收着外界各种各样的信息，因而耳朵眼睛过度地接收声音、图像及相关信息就成为一种不得已的常态。

9.7.6　见某人但无法见其所想

大部分人会见某人倾谈时，因为时间仓促，其实无法切实领会对方的想法。

要真正对对方有所了解，就需要相处一段较长的时间，通过真切的交谈了解，甚或需要某些特殊的接触，观察对方的行为，方能得到对其人有浅浅的认知。

人之相处，就是人之相知的过程，相处弥久，相知弥深。

9.7.7　千手千眼及如来佛手掌

在佛陀世界的佛菩萨形象及经文中，常常提到"千手千眼"这个甚为独特的佛，这实际上是一种众生相的哲学形象；同时也是对某个佛（如具有佛法的人）法力的期许，也就是说，是对某个佛的超能力（无限能力）的一种照见或觉认。

类似有如来佛传说。佛教认为，如来佛能够将宇宙万方一切随时掌握在指掌之中。例如《西游记》所讲的，孙大圣跑到五指山上，上下腾挪，自在逍遥，并在山脚下撒了一泡尿，却不知原来其所有的行为都只是在如来佛的掌心上表演。

9.7.8　关于本真生存

现代人的生存状况似乎已经远离了人的本真生存。而我们偶尔察觉到的某些特别的人（即那些不按普通人的生活套路生活的人）的本真生存状态却往往感到费解。

当回过头来看，如果我们去讨论真正的本真生存，我们就会发现，我们本来的生存状况的持续（维持）实际上只需要很少的能力（技能）需求，也就是说，现代人演进了不少其实未必为日后生存生活有用的冗余能力或习惯。

9.7.9　关于事大事小

比如你写一本书，你自以为是大事情，是一书之大；但对他人而言是小事情，你的书将是他所读的书的百分之一、千分之一本，是一书之小。

此又可推广至其他，如你做的自以为了不得的某件"大"事情，其实，对他人来说是小事一桩。此谓大事小事，皆平常无奇之一事而已。

9.7.10　日常无大事，无奇怪之事

在无大事、无奇怪之事的时日，即为日常之时日。

在无大事、无奇怪之事的时日，日子缓慢而悠长，虽寸短而不觉，见滋长而无视。

9.7.11　日常无数，又是无常

日常之时之事，绵长无尽，即去又来，无可计数，无可穷举，无可尽表，是为一种无限景致；而因为又总有即去无痕之一况，故也见到一种无常。

于是，所谓"日常"，就是两种景象之结合，一为无限，二为无常。

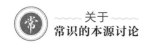

9.8 需求，爱

9.8.1 一个决断与一千个机会

当你做出了一个决断之后，则意味着要放弃一千个机会。

如同茫茫人海你爱上一个人，就意味着放弃另外许多爱恋的对象；不过，如果以购物为例，你决定买一样物件却不意味着放弃买另一样物件。显然，恋爱机会与选择现成物情形是不一样的，前者蕴含着多样因素的不确定，随爱恋程度的改变而变化，而一旦选定，即在当下没有改变的余地，这一个决断截断一千个机会；而后者则是功能简单的反复选择并确定，受限的只是金钱，这一个决断完全不影响你拥有其他一千个机会。

9.8.2 拥有随意使用的资源是惬意的

自己能够随心所欲地支配的资源是最好的资源。

例如，一笔属于自己的金钱，一幢自己所有的房子，一辆属于自己的私家车。当然，还有一些特别好而又可免费地随心所欲地支配的资源，如水、空气及一片任由自己支配的空间。

9.8.3 有时，拥有很多的人但使用很少

有人会有这种经历，就是拥有了很多东西但是真正使用的很少。

有一些极端的例子，如有些人会有一种一味去占有各种东西的癖好，也就是病态的占有欲。另外一种例子就是，我们其实拥有了很多宝贵的东西而不自知，直至有人提醒我们要珍惜这些东西，例如空气，例如水，又如和平与安宁之类，甚至某种无形的关爱之类。

所以，每当我们在想到去使用某种东西的时候，我们其实应当想到，我们早就已经拥有了许多可供使用的东西了。

9.8.4　赢得、拥有即愉快……

人人都有这种日常体验：当你赢得、拥有某事物时，就会感到心情愉快；而当你败坏、失去某事物时，就禁不住会感到心情沮丧。人的这种心情，以拥有某个人为最甚，如爱人、亲人、友人等。

无论你此前曾经受过何种教育或示意，当实际上遇到上述境况时，此类情绪往往不由自己所能控制地表现出来，哪怕你实际上在为自己何以如此心智弱而自责，但实际的情况就是如此，此乃人之常情。

9.8.5　他人作为一种社会的"裕量"角色

他人常在，他人常看，他人常想，他人常谋……"他人"有时就如空气中悬浮的细菌，当你的活力、能力趋于懈惰或趋于下降时，你拥有的一切都有可能被他人替代（死亡则是一个临界点，意味着你拥有的一切将被他人接收）。

因为，作为维护整个社会机器运转的资源及势位，随时随地都需要人来运作、运转，不可须臾缺失，也不可须臾失效。所以，他人作为一种社会的"裕量"角色，就是永远需要的社会存在者。

9.8.6　"吃饭"与"修行"之易难

有偈曰："同台吃饭，各自修行。"说的是中国人的一种价值观念之"常"。

一般以为，同台吃饭容易，各自修行困难。其实，同台吃饭也不容易，例如，你如何能够同苏东坡和李白吃饭？又如，你也肯定不容易和任意你想象到的某人同台吃饭，此乃人之常情。反而是，各自修行不困难，不同时代，不同处所，就只能各人各自修行，这不是天经地义的吗？

9.8.7　"常"即你必要花费时间做某事

在日常生活中，有些事情的时间是你固定要花费的，比如晨时的洗漱、定时的进食、某时的沐浴、每晚的寝息，此外又有每周的礼拜（对宗教人士而言）、每月的理发，还有那些特定的年度节庆及祭祀之类。总之，举出的这些日常琐事，都是你无法回避要花费时间去施行的（当然，对某些人而言，这些琐事也未必一定是必要之事）。

于是，你知道，有些时间是生命赋予了你而你又需要以未必合你所愿的方式消耗

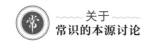

掉的。这又可以说是某种事情，也可视为某种时间之"常"。

9.8.8 施爱受爱，其实无"常"

一个人施与他人的爱是有限的，而接受爱也是有选择的。因此，起爱之心实际上是人之某种突发（偶发）之"非常"之象，进一步说，泛泛的爱并不真实。

另外，爱与被爱，施与爱与接受爱也还有一个能否链合的问题。所谓链合，这是一种多因素的关系的结合，就是能够进入和成为比一般关系更进一步的、相互融合的关系。如有人施与爱而主体并不接受，那么施与则无从谈起。此是世人际遇中最令人叹息的关系形态，并且，这也是世人常有的一种际遇模式。

9.8.9 不爱是"常"

不爱是"常"，爱是"非常"。

芸芸大千世界，何以你独爱妻小、家人？独与亲戚、朋友、同学等也就百把号人亲近？当然你也声言爱你的同事，也爱抽象的某地，也爱你敬仰的人，爱你的偶像，诸如此类的，但与前一类你爱你亲近的人相比，其实并不相同。

而且在不爱之中包含了对爱恋的一种清醒的理解、宽容和警觉，也包含了对爱的通常的、无所谓的应答。在这种应答之中，人们以不爱的态度，达成了相互谅解的契约。

所以，以"常"论之，你的爱更多是"非常"之爱，即在不爱下的"常"爱。由此亦可推及大人、达人、官人的"泛爱观"的真实性。

10
人之行为

关于人之"常"，是诸"常"系统之中最为复杂的一个系统。

世界由亘古那个样态演化至今日这个样态，没有人类在搅和，那一定是别样的风景。

英国哲学家罗素说过："人类一切的活动都发生于两个来源：冲动与愿望。"[①] 罗素所说的"冲动与愿望"，前者代表了对所感所见事物的一种疾速反应，也是对近前利益的即时的追逐；后者则代表了某种思绪及念想，以及由这种思绪及念想转变而来的一种有计划的行动。

罗素又说："个人与个人之间的良好关系，是从两个主要的起源来的：一个是本能的喜爱，另一个是共同的目标。"[②]

罗素所说的"冲动与愿望"，以及"本能的喜爱"与"共同的目标"，前者说的是人的禀赋属性，有时并不由人自己控制；而后者说的是人的主观行为，这是可以由人自己的思想智慧主导或控制的。

---

① ［英］柏特兰·罗素：《社会改造原理》，张师竹译，上海人民出版社 1959 年版，第 3 页。
② ［英］柏特兰·罗素：《社会改造原理》，张师竹译，上海人民出版社 1959 年版，第 16 页。

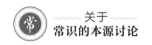
10.1　人自为地活着

美国学人 G. 桑塔亚纳在他的《常识中的理性》一书中说过："人类除非灭亡，否则永远也不会放弃他的动物本性、饮食需求、性爱繁衍方式、对自然的看法、语言能力、音乐诗歌以及建筑的艺术。"[①]

英国人 J. 穆勒说过："无论身体、思想还是精神的健康上，每个人都是他自己最好的监护人。"[②]

人首先以动物方式活着，其次以群居方式活着，再是以家庭方式活着，接着以社会方式活着，然后以或理性或文艺的方式活着，最后在死亡到来之时，才有意无意地回溯自己的一生，进而发出感慨："活着，究竟为何?"

10.1.1　人生也就那么几件事情

从某种意义上说，人生就是吃饭、睡觉、劳动，还有就是晒太阳，而已。

"晒太阳"的含义很丰富。比如说外出旅游，在户外闲逛；农村很常见，就是在村口的大树底下闲坐着，看一些惯常看见的东西；等等。

10.1.2　行走乃"常"

此步行走路之谓也。人最初是走路、奔跑为主，到后来才有代步工具；有了代步工具之后，人就少了走路。

不只是在自然状态，就是在社会生活，行有据、行无定都是常态。有据指的是有计划、有目的地去实行某个行动；无定则是指践行的过程及结果的不确定，即虽行而有据，但实行起来却不能确定后果。此即行有据而果无定。

此谓："常"之行，有据，无定。

然人日常最多的行为，也是最自然自在的行为，依然是徒步行走。人类因为追求

---

① ［美］G. 桑塔亚纳：《常识中的理性》，张沛译，北京大学出版社 2008 年版，第 214 页。
② ［英］J. 穆勒：《论自由》，孟凡礼译，广西师范大学出版社 2011 年版，第一章（电子书）。

区间位移的效率，最终使用了种种代步工具，并且最终将使用这些工具的行为变为常态，减少了徒步行走的旧有常态。当然，有意地行走锻炼身体，又当别论。

10.1.3　饮食无定乃“常”

动物的饮食习惯（其实人早期也大体如此）是没有规律的，因此人的一日三餐这种日常饮食习惯其实也是人对自己的硬性规定。

我们可以举出肉食类动物如猫科动物（如狮、虎、豹等）、爬行动物（如蛇等）等，因为它们有不少没有储存食物的能力，而只能靠随机（碰运气）的方式猎到食物，所以会在一次捕猎成功之后，就饱餐一顿。然后它们可能会需要等待若干时日，有的长达数星期乃至数月，才能第二次获得进食机会。如此，这一类动物就不会有日食三餐这样规律化的进食。另一类草食动物（如牛、马、羊）则是每时每刻不停地进食，以此维持身体。它们对这些营养稀少的食物的需求，这又不是日食三餐所能满足的。如此等等。

10.1.4　睡眠与醒觉

就活物存活自有感知而言，动物的睡眠（休眠）属于“非常”现象，而醒觉则属于常态现象。但如果以活动的时长来厘定，睡眠与醒觉究竟何为“常”何为“非常”就不好说了。

叫醒、唤醒、梦醒等，是人的性命延续的一种情态，自然也是一种常态。其所对应的睡去、昏睡、瞌睡等，自然也是常态。

以人类活动而言，人活着的一个重要的状态是醒觉。

这可从两个层面去观察：一个层面是自然生物属性，生理上的睡眠之后的醒觉；另一个层面就是观念意识属性，即所谓的意识醒觉。

无论是睡眠之后的醒觉，还是意识上的醒觉，醒觉是“常”这一点都比较好理解。

10.1.5　世人有千百种生活样式

所谓生活样式，大体有两大类：一是先天命定的，即处于非自愿的（也有叫命定的）“被抛的”样式，例如你无法选择的出生地，要求你首先必须接受这个不由你选择的地方；第二类则是后天由你自己选择的，即你在你的自我意识健全之后，逐步形成

了由自己决定的（改变之前的）生活样式。

每个人对自己的后天选择的样式要求的差异性，决定了世人生活样式的丰富性及多元化的生活意趣。由于有这种差异存在，人与人之间的交往变得复杂而多姿多彩。当然，这也导致了处于不同生活样式之下的人在相处及沟通上存在的诸多困难，简单地说，就是互相认为对方之不可理喻（用一个比较学术化的词，叫"不可通约性"）。

10.1.6　静处——居所乃"常"

人因为营生而跑路，但是如果没有生存压力，人最终会选择静处。

因为人的大部分时间都处于静处的状态，所以，对每个人、每个家庭而言，拥有一个居所，就显得十分重要。

所以说，静处乃"常"，居所乃"常"。

10.1.7　人的行为颇为复杂

要经过很多复杂的心脑与身体的协调运作，一个人的某个动机最终才能变成一个行为。

10.1.8　人无事之姿态

手臂低垂——这是人的放松自然的状态；

双眼眯缝——这是人处于无注意力时的状态；

双手放松——这是人最富有美感之闲适状态；

嘴巴微张——这是人处于平缓呼吸状态；

身姿佝偻——我们看到中国古代的文人画、山水画，其在画到人物时，往往呈佝偻状。显然，以古人自己的观察，人最自然的身姿是呈佝偻状的，而不是现在我们时时强调的直腰挺胸才是"健康"的状态。

10.1.9　人使用随意，自然而"常"

人无论如何精明认真去算计取得某些东西，最终在使用这些东西时，还是那种随意的、无所顾忌的态度。

此即所谓的日常就手，自然而"常"。

10.1.10 动静皆为"常"

人之好动，是为常态；而人之好静，也是常态。

所以说，动静皆宜，即为"常"。

10.2 人时间有计

人生命之缓急：当人立定想做一件事之后，时间短暂就是最大的障碍。

人的苟且来源于把握时间的能力。所谓"抓紧时间"者，就是人对人生之紧迫感之直觉及应对态度；而所谓"随遇而安"者，则是人对人生之漫漫路途之无力感之应对态度。不同的人生态度，对于人一生的结果或会迥然不同。

往往一念放下，时间即倏然消散去，剩余下来的就是一个空念。

10.2.1 人这一辈子

人的一生可视为一个自然"常"数——人一生之"常"。

就目前而言，人寿命平均不过几十年，无人可以有更长的寿命。是谓"常"有定数。

但如换到别的物种，换到其他生物，则人的寿命就是属于专指人的年岁。因此，对其他生物而言，人寿百年这个命题并无"常"之意蕴。所以，人活一辈子之"常"，只是对有人的环境，以及对人本身方有意义。

10.2.2 人寿命短促

短期行为是人类的通病，其中一个重要原因是人类寿命短促所致。

以人之上升（升学、升职、升官等）为努力方向，要在有限的人生中取得种种势位，就必须做各种换位，甚至变换各种角色。而许多事往往不能在短期内完成，于是，中途废黜就成为常态。

此即因为人寿命短促导致人的眼光及行为实际上的短期化。因此，人类的大多数短期行为又成为人类行为之常态。

10.2.3　百年肉身，千年智巧

我们前面讲到的那些"常识"，就是在人类代代传承的过程中缓慢积累而来的。

因为人寿命短促，无论是常识还是知识，都要一代接一代地传承、发展，以累积成千年智巧。如今有网络作为储存介质，似乎常识或知识的传承已不成问题了。

10.2.4　一个人无法做太多的事情

人每日为自身之饮食起居已经操劳不堪，一天的工作事功、任务项目，如果要做好，尤其是要做好其中的细节，则更为犯难勉强。于是，可以想见，要是赋予某人太多的职责事体，其实是一种勉强、一种放任，甚至是一种虚巧的荣耀。当然，在一个严密的组织系统中，不排除处于位置顶端的某些个人利用这个组织机制，发挥去运筹更多的事务，操控更大的事务。

10.2.5　每个人拥有的时间为一定数

研究表明，对一个具体的人而言，人的各个器官确是有一定的使用寿命的（非但人，所有生物皆然）。

所以，在人无法逃避死亡的前提下，人自身处世的多样性就五花八门地呈现出来了。

10.2.6　人的时间在有感亦在无感

人对时间有感，即说明人的时间有限，人在某个时分秒区间，这个时间，是实实在在的时间；人对时间无感，即说明人的时间也是无限的，这是一种绵延的时间，令你以为你拥有的时间能够无限绵长、用之不尽。这就是人的时间与自然时间的显著区别了。

10.2.7　人寿之短体现在人生诸未及

多数人，在生命行将终结时，会有种种未及的思虑，那是一串长长的未及。例如，想起了幼儿时未及充足玩闹；想起了青春成长时未及充足接受完善教育，领略成长的理想与浪漫；想起了成人时，因应付生存的困境而未及充分地享受生命之种种意趣；及至晚年，才开始想起来未及获得充分的机会总结一生的成败得失，并且在丰腴的人生晚景体现实在的人生辉煌。

10.2.8　人因自知时间有限而讲求效率

人类从农耕文明进入到工业文明之后，即普遍觉得自己在世的生命短促，感受到一种生命力量的逼迫，从而在生活生产诸方面开始了讲求效率的进程。并且，这种人生讲求效率的进程有日益加速的趋向。

10.2.9　人因生命短促而错过邂逅

错过邂逅，即错过会面，即错过对话交流，即错过合作互动的机会。人生命短促而错过邂逅，这种错过往往令人唏嘘。时间是残酷的区隔者。

10.2.10　为争取延长寿命，人类有三种方法

为争取延长寿命，人类有三种方法。一是想尽办法，以各种诊病治疗的方法手段延长寿命，如发明的各种保健养生药品；二是想尽办法提高效率，争取在有限的寿命里完成更多的事情，甚至不惜减少休息闲暇时间（典型者可参考数学"群论"的创始人伽罗瓦的故事）；三是制订计划，做好规划，绘制蓝图，将项目建设的时间设计为内定时间，即工作长度无关人寿。

10.2.11　完美事业需要持之以恒

西班牙有一座名为圣家族大教堂的宏伟建筑，始建于 1882 年，至今仍然在建，这是一座哥特式建筑，其因构思巧妙，建筑风格独特而为世人瞩目，教堂尚未建成即已部分对外开放，并被列入世界遗产名录。与这个例子相反的是大量无特色、无风格的建筑充斥在各个城市的现象。这些普通建筑匆匆建成，体现出短期行为带来的大量项目的不完美。而要做出一个伟大的建筑，必须有高创意、高水平、高质量设计施工，并有一套跨时域的持之以恒的项目管理方法。

10.2.12　过往之"常"与如今之"常"

往"常"并非今"常"，如同今"常"并非往"常"一样，这个是自明的。

但今"常"与往"常"有因果连带关系，而往"常"则未必为今"常"之肇始，也未必可以下定论。

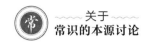

10.2.13　一个人一生的需求本来十分有限

人一生的需求本来是十分有限的。后天的环境造成资源配置差异，使人的具体需求发生改变，并形成了巨大的实际需求差异。并且，人因为并未意识到存在这种差异的问题及原因，从而也就不会想到要改变这种需求差异。

10.3　人空间有量

人一生的活动范围是有限的，尤其是在未进入现代社会的那个时代，多数人都是在自己出生地方圆几公里的范围内终其一生。所以，古训里有要求读书人为求真知，不但要"读万卷书"还要"行万里路"的说法，把"行万里路"作为人扩大眼界的一个方法。

读书增进知识，行路增进见识。反"常"（或反"常识"）之谬误，往往就是因为读书少，看得浅，理解得浅，经历也少。不过由于互联网的发达，尤其是移动互联网技术的广泛应用，足不出户而知天下事的可能性大大提升了。尤其是那些社交媒体的出现，使即时消息传递成为可能。但是，只要离那些发达城市不远，我们至今仍能找出无数的旧日场景及旧时影像，代表着仍然存留的过往固守一隅，不离乡土的先民仍然存在，以及他们至今改变不大的生活习性也在延续。

10.3.1　空间有大小（可量）

小空间有小空间的属性，大空间有大空间的属性。一般而言，人所处的只能是小空间，如一个家、一所房子之类。而所谓大空间，通常指的是容纳小空间的那些虚空空间，这种空间通常定义起来比较困难。

小空间也可以指实空间，即一地一处、一居一所；大空间，既可以指实空间，更可指抽象空间，例如一个大单位、一个地区、一个国家。

这个无论对于动物还是人类，都有不同的属性界定。

10.3.2　人因空间不同，交错而处

人因空间不同，交错而处，是人的生存最普遍的际遇。

例如，你在某地遭遇了不测，绝大多数人毫无知觉，于是他人也就无法即时对你表示问候，因为你与他本来就不在同一个空间。

10.3.3　不在场与无兴趣

人往往因为自己不在某个场所而对某个事件无兴趣，不是不关心，而是无法（未能）身处其境。此乃平常心。

10.3.4　人的居所就是空间的基本单位

容纳一个人的空间，是人所在的基本单位。如人所居住的一个洞穴、一个房子等。

10.3.5　人空间在有感亦在无感

人空间有感，体现在人对地域（空间）之标记、占有及使用。这时无论是否有所界定（法定），人占有此空间即为实实在在的在空。人空间无感，则表现在人对空间占有之不确定性。这种不确定性的原因，一为人行动轨迹（足迹）的局限；二为人占有力（控制力）的局限；三为人的寿命（控制力时长）的局限。这也就令人的空间与自然空间有质的差异。

10.3.6　视域所及的空间

人的视域所及有限，所以视域所及的空间也是有限的空间。有一种视域所及为地图的指示，由地图所指的这种视域空间为视域空间之拓展。

10.3.7　脚步所及的空间

脚步所及，即人类肉体所能观察感受的地域范围。这有两重含义：一是有范围的地域界定的空间；二是没有范围规定的开放空间。

10.3.8　仰望高空所见的空间

由地面而及我们头顶上空的空间，往往难以界定。因为我们头顶上空的空间并没有严格的界定，多高的高空算是高空的极限？这个确实没有界限。

10.3.9　"人，诗意地栖居"

"人，诗意地栖居"，是德国哲学家海德格尔引用诗人荷尔德林的一句诗。从这句诗中，我们可以领悟到人与居住空间的特殊关系。

10.3.10　法理规定的空间

法理规定的空间是实然的空间。人类社会因为法理的形成而人为对土地空间的归属做出了实然的界定，并由此种界定确立了人对土地之类有形空间的实占，即为土地的产权。从此，土地之类的实形空间以产权的方式被人实占。

10.3.11　人虽在国而只得一寓

你可以行走于一国之任意某地，但你只能居住于这一国之某一寓。
这是人之常情，也是人之常限。

10.3.12　人在自己以外的私域空间无所作为

对于你自己以外的属于他人的私域空间，你不能进入，不能探视，不能有所作为，不能据为己有。

10.3.13　种种界域界定了人类空间的可能性

人走到房子之外，于是发现人在自由行走之余，要进一步开拓自己的领地，即觉得自己的行动会受到种种有形或无形空间的限定。并且，有一些限定行为是被禁止的。例如，你不能随意进入别人的房子，甚至别人的院子也不能随意进入。此外，除了你自己的房子，你在多数时候也不能进入非公开的宅第。

10.4　人之独处

人之独处乃人生之最常态，身体之独处、心灵之独处、情感之独处……

社会管理者的最主要的职责就是为人的独处状态提供庇护、慰藉及救赎。而这也是最大的困惑：人真的需要别人（乃至政府）提供庇护、慰藉及救赎吗？

英国人 J. 穆勒就说过："如果一个人具备相当的常识和经验，其以自己的方式筹划生活，就是最好的，并非因为这种方式本身就为最好，而是因为这是属于他自己的方式。"[①]

10.4.1　人本质上独处着，却无时不聚居

与他人相处只是某种短暂的情况，甚至是只在可能性之中。离群索居是人的天性。

但实际上，人又聚居于某个群体，因此也无法摆脱与他人一起存在的境况。

10.4.2　自我是唯一可靠的

谈到自我，意味着我感到某种自立、自主、自是的状态。

自己替自己做一切决定，成为自己有、自己是、自己在的存在者。

10.4.3　天然孤独者

当把人投入旷野、森林、无人区，他即天然地成为一个孤独者。

10.4.4　孤独为"常"

虽然人常处于社会，常处于人群，常处于家庭，常处于有人的境地，但人最常的状态其实是孤独的。

当我们认真考察一个人的日常活动轨迹，就会清楚这一点。但从另一方面说，人

---

① ［英］J. 穆勒：《论自由》，孟凡礼译，上海三联书店 2019 年版，第 75 页。

又并不孤独，这要从人与人的相对间隔来考量，即究竟这个间隔距离有多远，人才算是真正处于"孤独"的境地？视域所及？听觉所及？言说所及？

此外，孤独的内涵，即我们所指的孤独，究竟是指在哪个方面而言？关于这一点，也许我们对于孤独的定义才是需主要考虑的问题。当然，要下这个定义也不容易，因为谈孤独的时候，首先要区分我们究竟在何种境地去下定义。例如从人情亲情方面去谈孤独，从安全考量的境地去谈孤独，又如从内心心境谈孤独，再如从知识学问方面谈孤独，甚而从能力比对方面去谈孤独，等等，都有不同的"孤独"定义。

孤独是一个永恒的常态。

从宇宙学的角度来观察，每一个独立的个体都处于孤独之中，所以说，孤独是每个独立的个体的常态。放到地球的自然和社会的体系里，个体的孤独依然无时不存在。

10.4.5　广义的孤独是一个永恒的常态

从宇宙学的角度来观察，每一个独立的个体，都处于孤独之中。

所以说，孤独是每个独立存在的个体的常态。

不只是人，不只是生物，任何存在物放到地球的自然和社会体系里，个体的孤独都无时不存在，此乃是永恒的常态。

10.4.6　人成长后总是能够照顾自己

人成长之后总是能够照顾自己，并且，能照顾自己的人也只能是自己。只要有足够时间，人靠自身的努力总能找到合适的方式及路径实现自我。

10.4.7　独处是人最常有的状态

在独处之中，人感受着自己的思考、计较、身体、环境。最终，人感受到自己的全部真切的存在。

10.4.8　人就是自己的打理者

想来，这是自明的。

10.4.9　人是仅对自己负责的孤独行事者

人作为个体，无论身处何方境地，其实都是在孤独行事。

即无论在宴会酒席上，还是在享受一场音乐会，其对食物的感受与对音乐的感受，实际上都是一种自我感受。感受的好坏效果只能由自己去评判及承受，这是人的一种常态表现。

10.4.10　很多时候，某人无须他人代为操持

很多时候，一个健康人的生活是无须他人操持的，这是"常"态。

但是在营造大的环境及设计长远的发展方面，则需要公共服务机构做出安排，即还是需要如英国人 T. 霍布斯所指那种"利维坦"（即如国家或国家下属的大机构）。①

10.4.11　最自然的人只做自己喜欢做的事

人即使孤独，其实往往也有自己喜欢做的事。

自己做自己喜欢做的事，并不意味着自己只做某一件事，而是自己想到了某几件自认为有趣的事，就去做了。而自己想到什么事，却往往是不确定的。但如果没有禀赋，没有理想，没有教养，没有知识基础，则做自己喜欢做的事只会沦为做无所事事之事，如只做娱乐消闲之事。

如早期的大师都不是只做一个行当的，这是自然而然的事情。如文艺复兴时期的意大利巨匠达·芬奇就是一个典型的杂家，一生横跨多界，发明无数，不只是一位绘画大家。

10.4.12　人与人之间不会主动相互靠近——孤独本性

人与人之间，如无外力（公车、电梯空间的局限）、无必要（雇佣、交易）、无魅惑（情人、好友）、非亲友（亲戚朋友）等，总会在彼此之间自动自觉地保持一定的距离，而不会主动相互靠近甚至相互亲近。这也说明人有一种孤独本性。

所以，诸种"必要"，即是相互靠近之因由、要素及机缘。

---

① 　参看［英］T. 霍布斯：《利维坦》，黎思复等译，商务印书馆 1986 年版。利维坦（Leviathan）是《圣经》中描述的一种力大无穷、能力无限的巨兽，T. 霍布斯用"利维坦"比喻一个强大的国家。

10.5 陌生之"常"

无论是不可倒流的时间，还是我们不可到达的地域，因为某种时空的区隔，我们与他人天然成为陌生人。

于是偶尔有个人走到你面前，向你打招呼时，还是会令你一脸茫然。然后，他又告诉你，他认错人了，于是，你很快地又把他遗忘了。除此之外，你每日每时还是不得不和各种陌生人打交道，这就是人生的一个很大的"常"态。

10.5.1 从自然对人的陌生开始

首先是我们对死物的陌生；其次是我们对生物的陌生；再次是我们对植物及动物的陌生；最后，也是我们在社会这个层面上有深切体会的，就是对他人、对诸多不认识的人的陌生，这甚至包括有亲缘关系的上下辈。

10.5.2 陌生感是生物、动物乃至人类的一种观感

死物、低等生物及植物则不存在所谓"陌生"感觉。

10.5.3 我们处在一个互不相识的世界中

本质上，我与他人从来不相识。

依靠某种机缘，我与他人才能够相识、相认、相交，于是才能够共处、共事、共谋、共进退，然后居然成就一些由许多陌生人共同成就的事业。

10.5.4 陌生，无处不在

从对自然的陌生，到对世界的陌生，到对身体外部的陌生，以至对身体内部的陌生，以及对他物、他人的陌生……

10.5.5 多种多样不认识的人

因时间区隔而不认识，因空间区隔而不认识，因男女性别区隔而不认识，因学科

领域区隔而不认识，因职业圈子不同而不认识，因代沟而不认识，因观念、价值、理想区隔而不认识，因族际、文化区隔而不认识，等等。

10.5.6　我们其实不熟悉自己的肌体

只有当我的肌体的某个部分出了"故障"之后，我才会对这个肌体熟悉起来，然后才想办法（看医生），把这个"陌生"的肌体调理好。

10.5.7　每日都会遇到各式各样陌生人

我们每日出门，坐上公交车、地铁，去到某个地方，然后走在大街上，走进商场、咖啡馆等，都会遇到各式各样的陌生人。你或许可能与某个人有短暂的接触，有几句交谈，甚至有购物（交易）的过程。而不可避免的情形是，你所遇到的这些人，可能是你一辈子再也不会遇到的。于是，这些人于你可以说是绝对的陌生人。

当然，邂逅出租车司机和邂逅水电修理工及杂货铺老板的情况是一致的。

10.5.8　人总是在"陌生"的海洋里游泳

因为世界总是在变化，于是人总是被投入到新的"陌生"的海洋之中。

这样，人从原来就未曾完全熟悉的世界，再次被投置于更多一重不熟悉之中，即是置于多重"陌生"的迭代之境。

10.5.9　人物两相不知，这个又是一个认知

但人总以为能够知物，这就是人无知的表现。

当然，亘古至今，人还是知物不少。但这是知物之理，而不是真正知物本身。真知一物，何其难也。

10.5.10　人喜"陌生"

人总是故意使自己处于一个"陌生"之境。

例如，人喜欢去旅行，去陌生的地方走动见识一番；当新的一天到来时，期待面对可能发生的种种事情；怀揣忐忑，去面对即将见到的陌生人；等等。这是人潜藏的一种探险"陌生"的性格。

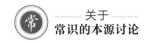

10.5.11 "世界" 应大至一般人互相不认识

这里说的 "世界"，是指一个有一定成员数量的人群聚居群落。如一个大城市，碰到的都是不认识的陌生人，才能达到这个要求。

但一个县城或是一个村镇往往不能达至人人不认识的要求。往往有这种现象，当你在一个小县城的某个饭店用餐，总会不期遇到各种熟人；但当你在一个大城市的饭店用餐，则通常身边的人都是自己不认识的陌生人。这就是陌生环境的常态。

10.5.12 "陌生" 之境——"常" 境

人反而处于 "陌生" 这种环境才感觉到自在。因为，人处于 "陌生" 之境，往往才感觉到舒心，才感觉到惬意，才有一种自己是处于大自然的原始常态的感觉。所以说，"陌生" 之境乃 "常" 境。

10.5.13 "熟人" 社群从众 "陌生人" 聚集开始

与 "陌生人" 相对应的，就是 "熟人"。

其实，熟人作为一个社群，总是从诸多陌生人相识开始的。

10.6 熟稔之 "常"

当我们热衷于谈论陌生人的时候，不要忘记我们还是有许多熟人，这就是我们要讨论的所谓 "熟稔" 之人。

对于某地的一个新移民来说，没有 "熟稔" 之人，往往会令其觉得自己正面对着一个深刻的困境。于是，许多人都会快速建立起朋友圈、关系网，即尽快在新环境中 "混熟"。

10.6.1 我最终会有一个熟悉的场域

从熟悉自然环境，到熟悉我们的居所，到熟悉我们的家人，到熟悉我们各个工作生活场所的人，最后到熟悉社会环境，于是我最终会有一个熟悉的场域。

10.6.2　生人环境与熟人环境

因为是只有陌生人的环境，所以设若做了不光彩的事也不会担心被发现；而在熟人的环境，即有熟人在场之境，你做事就会有所忌惮，会担心被熟人见到，被熟人知道，被熟人惦记。这就是生人环境与熟人环境的最大区别。

10.6.3　熟人犹如社会上一个个小岛

熟人在社会上，犹如在陌生人遍布的某个大环境下的一个个小岛。但当知道这些"小岛"中的每一个又与另外一些"小岛"有关联并组成网络时，我们就会意识到，所谓的"陌生"，其实只是某时某刻暂未相识而已。

随着我日益延长我在某个大环境的存在感觉时，我最终还是要与这个大环境中的多数人相熟。

10.6.4　已知熟人与未知熟人

最初的熟人是所谓的直系亲属，他们是你能够感知到自己身体存在于世之时最亲近的几个人。在成长过程中，你还会认识一些你的旁系亲属，你的直系亲属一些最亲密的好友。这些都是你原初的已知熟人。

然后，你去了幼儿园、小学、中学、大学，然后去工作，认识了一些同伴及同事。在这些同伴及同事背后，有可能是由他们的熟人（或熟人的熟人）介绍进单位来的。当然，你也可能是因为这种关系而被介绍到这个单位来的。这就是所谓的潜在的未知熟人了。前提是，你所在的单位本身具有稳固的社会存在基础，即所谓强大的江湖地位。

10.6.5　熟人有许多意想不到的便利

在整个社会规范程度不高的时候，熟人所带来的那种便利是你无法想象的。

这是"人情社会"的特质。于是想尽办法去认识人，将某个陌生人转化为"熟人"，就成了这个社会某些人的一种营生。

10.6.6　人与人之间需要互相点亮

所谓互相点亮，就是相互照应。

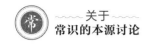

人生命的烛火往往会不经意黯淡乃至熄灭。此时若某个人在生命之火行将熄灭的时刻，有人在旁，则有重新点亮的机会；如无人在旁，则生命重新点亮的希望就渺茫。

此外，"点亮"还有激励旁人振作等种种意思。

10.6.7　熟悉、熟人即"常"

熟悉的事、熟悉的环境、熟悉的节奏套路，其实就是表述一种你时时面对的事实情态。这里所说的熟人则是另一种事实情态。所谓"熟人"，不是那种通过别人介绍泛泛认识的第三者，而是与你有长期共事共处关系的，除亲戚以外的可以或可能仰赖的人。

聚会就是一个混熟的过程。

10.6.8　约人，编织"熟人"网络

人在社会，互相联系而成"熟人"网络。要维系这个"熟人"网络，即要以日常邀约为行为方式。

10.6.9　聚会，观照着他人存在

人类的一切聚会，会即时产生某种通感及见证。并在那个聚会后，获得肉体及精神方面的多重满足。

由此角度来看，同桌吃饭、同场欣赏一场交响乐、共同参加某个熟人的婚礼、共同参加某个亲人的葬礼等等聚集行为，是一种个人生活存在的见证，并且，可以同时观察、感受别人的存在及其生活境况。

10.6.10　维护陌生的"熟人"

当然，如何维护这些本来陌生的"熟人"，其实是一门颇为深刻的学问。

通常，能够以情感作为纽带的，只有亲缘关系才可能维系；否则，就只能建立某种物质的、利益的关联。这种关系的关联性强弱往往就是以利益的深浅作为衡量的。这是弱人情关系要向强利益关系转变的一个缘由。

在其他一些普遍为弱人情关系的社会，即人情关系在社交关系的权重不强如欧美等国，由自由市场支配，维护陌生的"熟人"关系几乎就凭利益纽带，由利益引介，

并且关系随交易的完结而松懈。此外还有一层就是规则（商业的及政治的），按规则的指引行事。而更深的一层，大约就是宗教。宗教成为陌生人的关系纽带这种现象，只能用文化现象来解读。

10.6.11　交往，在亲疏之间

我新鲜地在这里，常常与某一新鲜的人群打交道，于是我就疏远了另外一群人了。反过来，当我回到了原来熟悉的人群，于是与新结识的那群人又渐渐疏远了……

10.6.12　纯粹导致熟稔

大多数人的聚会并无实质性的交流，而纯粹为培养熟悉感。

每个人都有自己的各种爱好，但往往并不能找到有爱好交集的交流者。于是，随意的两人或几个人的聚集就未必能够就某个（爱好）话题展开交流，更何况是实质性的交流。于是，大多数的聚会就只能是泛泛交谈，这也是"常"态。

10.7　人最好玩

说人好玩，有两重意味：一是指人偏好、喜好玩乐；二是指人这种独特的生物，有趣好玩。

在有人的世界，人是最好玩的生命体（人的复杂动态、表情变化、种种表演、偶像性质，人生之跌宕起伏……）。

此大约就是站在人自己的角度去看人。

10.7.1　人之演现

演现，即表演呈现、上场表演。把人的种种社交行为笼统表述为演现，可以呈现更广泛的意蕴。

由一场表演可以想见，我们有很多时候在行头准备不足的情况下仓促上场，于是就呈现不出好的表演。而好的表演者，则不会放过每一个表演机会，总会在事前做足功夫，总是力求要有最好的表演（表现）。而最终的检验标准，就是看你的表演能不能

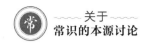

当下圆满，后续传世。

10.7.2　人之演现在于自信

人在社会经历后把握了一定的事功门径，即有演现的资本。

尤其是在人见到舞台（即平台），即生发出演现的欲望。这时，只要舞台（即平台）开放，人的演现即会发生。

演现是人之本能，具体演现的发生源于人的自信。

10.7.3　人总是在开始表演

这是人作为特定存在者的一个常态，因为时间在走动，因为场景在变换，于是，你就必定要一次又一次地开始表演。自然还有一些具体的项目，你做好种种的筹措之后，即可以开始先办这个事情。

10.7.4　人之好玩体现在人的文艺性

所谓人的文艺性，就是人除了表现为为生存生活而操持操劳的面貌，还会表现为不为生存生活而操持操劳的一面。

这种不为生存生活而操持操劳的一面，就是人的艺术性、诗性的一面。人在不为生存生活而操持操劳时，即有闲暇时，自然就有突显其艺术性、诗性的种种可能。当社会能够养护种种不为生存生活而操持操劳的人群时，有艺术性、诗性的人群就会繁盛起来了。

10.7.5　为欢愉制作美与审美

人制作美与实行审美活动，归根到底是为自己的欢愉。

人在严肃地进行种种音乐、书法、绘画、文学的创作中，为自己的同类制作了获得欢愉的具体对象。大众在对这些文艺品进行审美欣赏时，目的也很明确，就是要使自己得到愉悦的身心体验。

10.7.6　躲猫猫：既恐惧也有趣

恐惧与有趣都因为我躲藏起来了，这就是躲猫猫的乐趣。

因为我躲到你身后，所以或者令你觉得有趣，又或者令你觉得恐惧。尤其是你不认识我的时候，这种状态往往是恐惧多于有趣。

10.7.7　猜谜语：解码的乐趣

人类喜欢编码，即制造谜语；也喜欢解码，即拆解谜语，并从解码（解谜）中得到愉悦。这是人类从喜欢探索未知事物的习性延伸出来的一种思维游戏。

10.7.8　捂住双眼的惊喜

有一种玩闹是捂住别人双眼，等到移开捂眼的手，见到新奇事物的瞬间，惊喜随即迸发。这样，捂眼者与被捂眼者都获得了欢愉。

这个运作的有趣之处在于尽管双方期许不同，却都可以获得愉悦。

10.7.9　人常既有组织又无组织

有组织对自然存在者来说是非常态。在人类社会中，在看似无组织的种种行为中，却自然而然地显现为宏观上的有组织，即宏观上那种有序却是微观上的种种无序的整体显现。

如《清明上河图》，你就看到了一个典型的有组织的散漫场景。在画里面，有人互不相干地干活，有人相互友善地协作，也有人恬淡地闲聊。无论紧张还是恬淡，无论各自做事还是相互交流，综合来看，都是严谨有序呈现于散漫无常之中。"常"如有序又"常"处无序。

10.7.10　玩耍之兴不是人类特有

人生来好玩，自孩提时期，玩闹时光占据小孩成长的很大部分。而人类因蓄养宠物又会知道，小动物的玩闹劲头不输于人类。

10.7.11　人之好玩最终体现在两大爱好

人的两大爱好：一是纯粹玩闹的游戏，这个最终演化为最繁多的线上游戏项目，以及种种线下真人娱乐项目；二是种种有规则的游戏竞技项目，即今日很繁盛的种种体育赛事。

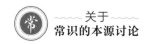

10.7.12　人之好玩在于保持彼此吸引

这是守常之道，这也是万有引力在"常"系的体现。吸引力在自然方面有多种存在形式。而在社会人伦方面，如市场之所以成形，归根到底是商品受用程度的反映；艺术之所以有魅力，也源于艺术品具有恒久的吸引力；人与人（包括男女）之相处可以持久，也是相互吸引的缘故。

作为媒介，吸引力包括多种方面。自然方面不胜枚举；无机界及有机生物界又有多种多样不同表现；在社会人伦方面，吸引力也是有多种表现。

10.8　关于多数事情

没有任何概念比"多数人"这个概念更令人感到模糊不清、捉摸不定并难以把控了。但这里主要讲的是，在一般情形下，多数人（单个人的集合）会有什么样的共通性的反应或表现。

多数人讲话仅仅表达自己的感受，因而未必（无法）为多数人所接受；多数人并不会想着市场（或什么场）去做事，并且多数人也无能力为市场（或什么场）做事。

10.8.1　大多数事情不具有特别崇高意蕴

我们如同大多数人一样，总是默然无声无语地生息，无意义无崇高性、无新奇性以及无超越性，于是便无记录的价值，就是这样度过一生。此系自然乃至社会之大"常"。

10.8.2　世上大多数事情我们只是听说（了解）过一次

世界上大多数事情（主要是指远离我们的事情），我们听说（了解）过一次之后，再听到也就兴味索然了；并且（这一点很关键），这些事情本来就与我们的直接关系不大。当然，如果是近在我们身边的事情，例如我们身边的日常趣事甚或琐事，则又当别论。

10.8.3　世上大多数事情都不是直接与我关联的事情

我们很多时候都会有体会，多年过去了，这个世界发生了什么事情，别人做了什么事情，做了多大的事情，其实我都不知晓、不在意、不关心。并且，那些事情本来就与我的直接关系不大。

10.8.4　专业文章被人接受并不容易

世界上大多数人并无阅读专业文章之能力。这样，就造成了一些理论际遇之孤寂处境。

如那位以研究人类享受体验而闻名的德国人赫尔曼·H.戈森[①]一样，其著作是在出版约 20 年之后才慢慢经人发掘而得到学界的确认。

戈森这样的事例并非少数。

10.8.5　某些问题的答案通常不圆满

世界上大多数人都无能力圆满解答某些问题，但不妨碍某些人努力成为问题的解答者，也不妨碍多数人承认某些人是问题解答者。

这意味着，并非具有完整资格（学识背景及思辨能力强大）的人才有可能成为（作为）问题解答者，这是一种现实存在的普遍状况。于是，进一步普遍存在的问题就是：世界上许多问题的解答其实是不圆满的。这些问题因为解答质量的参差不齐而需要反复求证，而通过对问题的反复求证，要么问题的答案趋于澄明，要么问题趋向复杂化和谬误化。

这就说明，世界上许多问题并无圆满答案。

10.8.6　只有少数人能够发明创造

世界上多数人享用着极少数人的发明创造而生活。即是说，世界上不发明任何东西（技术与用具）的人占绝大多数。

[①]　德国经济学家赫尔曼·H.戈森是边际效用理论的先驱。

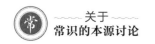

10.8.7　世界上大多数事情却又和我相关

只要框定了我是某个国家的人，是这个国家之民族的人，是这个国家命运与共的人，那么这个世界的大多数事情都或远或近、或轻或重地跟我相关。

10.8.8　"常识真理必定是多数人公认的"

学人马原生、潘峰文就说过："'多数人的公认'虽然不是真理，但常识真理必定是多数人公认的。"[1]

10.8.9　一遍的急促的阅读

我们大体会有一种感受，即对于一本书的阅读，其实往往就是以一种急促的想读完一遍的心情去阅读的。

10.8.10　与你相关却不深交

大多数与你相关的人却注定与你不发生深入交集。

这些人包括偶尔与你相关但又不会深交的你的房子的建筑师及装修工、为你烹调的厨师、为你制造你正在使用的各种用品的生产商及生产者、为你驾驶公共汽车或出租车的人等等。

然而，你又注定与他们在某个时空点上发生交集，当然，也许是发生时空错位的交集。世界就是这样运作的。

10.8.11　民间智巧不可计数

已经有这么多的民间智巧出现在世上，原创应该不易发生。

---

① 　马原生、潘峰文：《试探常识真理》，《山西大学学报》（哲学社会科学版）1993 年第 1 期。

11
人之情理

人之独处无所谓"情理"。因此，讲情理，必是讲两个相处的人，或讲两个以上相处的人。

老子在《道德经》第四十九章说："圣人常无心，以百姓心为心。"

F. 培根说："人类理解力是不安静的；它总不能停止或罢休，而老要推向前去，但却又是徒劳。"①

I. 康德说过："Sapere aude！要有勇气运用你自己的理智！"②

G. 桑塔亚纳说过："与生命需求无关的理想远非什么理想，甚至也不会是善。追求这种理想意味着道德努力的溃败而非其巅峰。"③ "自然是理想的完美花园，而情感则是诗歌、神话与思辨的永恒沃土。"④

---

① ［英］F. 培根：《新工具》，许宝骙译，商务印书馆 1984 年版，第 24 页。
② ［德］I. 康德：《历史理性批判文集》，何兆武译，商务印书馆 1990 年版，第 22 页。
③ ［美］G. 桑塔亚纳：《常识中的理性》，张沛译，北京大学出版社 2008 年版，第 194 页。
④ ［美］G. 桑塔亚纳：《常识中的理性》，张沛译，北京大学出版社 2008 年版，第 210 页。

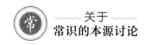

11.1 思为"常"

思想永不止息，书籍只录一小段。人之思可以被记录保存，这是人作为动物一个独特的类的显著标志。

孔子曰："君子有九思：视思明，听思聪，色思温，貌思恭，言思忠，事思敬，疑思问，忿思难，见得思义。""诗三百，一言以蔽之，曰：'思无邪。'"

11.1.1 "心之官则思"

古人很早就将人能思的能力归属于人心这个器官。孟子就说过："耳目之官不思，而蔽于物，物交物，则引之而已矣。心之官则思，思则得之，不思则不得也。"

11.1.2 人之思无所不包

古人很早就意识到，思是一个很广泛的概念。《尚书·洪范》就有："'思曰容心。'言心之所虑无不包也。"

11.1.3 人之思，无处不可运作

自从人类演进出完善的大脑之后，人类就无时无刻不运用自己的思的能力，并且以其思维构想出来的种种方案作为蓝本对世界施予影响，甚至图谋改造世界。

他们中的一些人，甚至也在自己的言行中表现出了某种改造世界的能力并结出果实。人类的某些成员的这种天性使自己同胞中意图惰性生存者（通常也有天赋能力的问题）感到有极大的威胁。因为，在相同的空间中，你的进取、你的上升，就意味着他人的现状及势位可能改变（下降）。有这种疑虑的人，总是不会以某种善意去理解你的思想，而总是将其归类于某种"恶"。

因为只要未付诸实施，人的思的过程是不会显现出来的，这时，想要了解某个人的思，就只能靠猜度。由于猜度的依据无法充分（这也是因为先入为主的负面印象），尤其是对可能的效果无法预期，那些维持现状主义者往往会采取限制某人的思的做法。殊不知，除了肉身的消灭，限制思的做法是无法奏效的，因为人可以在任何地方运作

他的思。前提是，他的心智已经健全并成熟。

11.1.4　"我思，故我在"（"我想，所以我是"）

法国哲学家 R.笛卡尔说过："我发现，'我想，所以我是'这条真理是十分确实、十分可靠的，怀疑派的任何一条最狂妄的假定，都不能使它发生动摇，所以我毫不犹豫地予以采纳，作为我所寻求的那种哲学的第一条原理。"[①]

笛卡尔这段话提到的"我想，所以我是"，就是日后大行于世的那句名言"我思，故我在"的出处，这也是开启了哲学界身心二元观念的源头。

11.1.5　想想是某些人之"常"

有些人无时无刻不在思考，哪怕是在梦中。

但是，并不是所有人都思考，更不是所有人都时刻不停地思考。不过，人至少会想想，就是那种须臾的、随意的想，那种可能只是一念的、一闪念的想，那种在行动之前的有意无意的想。这种普遍的"想想"，倒是人之"常"。

常怀"想想"之人，见诸广众，见诸日常。

11.1.6　人类肉身行为性价比最高的是思想

但只有在思想能够转化为实事、行为或某种观念时，其价值才能真正体现出来。这其实是一个关于广义"妖精"[②]行为的源头。

但在多数时候，思想并不忙于转化为观念、行为或实事，而只是作为一种单纯的运思，停留在人的大脑中。最多由言说或书写的方式流传出来。这时，思想作为一种粗浅的表达，仍然不展现其价值。但思想一旦影响并动员到足够多的受众，则有可能转化作强大的力量。这或许是改变现成秩序的强大力量，并具有穿越时空的强大影响力。

11.1.7　人思想有序——几何化，纯化，数字化，系统化

人类先天被赋予某种有序化的旨趣。

---

① ［法］笛卡尔：《谈谈方法》，王太庆译，商务印书馆 2000 年版，第 27 页。
② 指"麦克斯韦妖"，物理学中假想的妖。

几何化，天然几何存在，人造物的几何化；纯化，天然的纯化物，人为的提纯；数字化，天然数字化，人为的数字化；系统化，天然系统化，人为的系统化……诸如此类。

化者，人为之"常"也，人为之"归常"行为。

不过从艺术、美术等属于审美意识的层面，人又有打破序列化的旨趣。在这个层面，人类很多时候倾向于打破秩序，回归自然，回归所谓的残旧美、破缺美、变形美，甚至直接接受丑陋的形象，等等。此又是另外一种讨论领域，属于特化的范畴。

11.1.8 人思考起来是没完没了的

有的人甚至有思考癖，可以说是一种病态。

是否有必要通过设计某些限制机制，去阻止这种没完没了的思考？也就是说，是否要如老子所提倡的"绝圣弃智"呢？

然而，随即出现的问题是，一个思考者如何，在什么时候会说出最令人心动的语句呢？你不让他说废话，如何能够从他的废话中拣出精华句子呢？这大概就是我们不能禁止他自由思考写作的最初律令了。

11.1.9 思域所及之广大时间空间

人的思域所及广大无边，源远流长。

所以，这种思域时间空间也表达为广大无边。

11.1.10 思之逻辑

关于思之逻辑，一言以蔽之，是思之重要功能，此只提而不述。

11.1.11 思之梦幻

这是人类思之功能的一个大类。与逻辑之思不同，幻想之思不受任何范式约束，即所谓天马行空，独来独往，兼且任来任往。

11.1.12 思之联想

我们考察一些美文、高论，往往会为文论中援引的参考文献及参考事例之贴切精妙、不多不少而叹赏，从而引发一些遐想：何以这些文论是援引此类而非彼类参考文献及参考事例而成为美文、高论？这就是文章用典用例之联想力的问题了。

即是文论作者在用典用例的联想过程中，怎样让想用的典、例的油然浮现与恰当遴选，做到写作时要用到的典、例一定会联想起，而不是可能会联想起？当然，要排除有意的忽略，并尽量避免可能的忽略。

11.1.13　思考是如何成为生活习惯的？

这实际上是一种奢侈。如古希腊时期的那些贵族，晨起之后就赶往广场，或去学院（实际上是思想观念讨论的集会）进行各种交谈及论辩。又如那位被誉为最聪明的哲学家维特根斯坦，长时间思考各种问题，留下不同时期的大量思想碎片。形成这种生活习惯是要有条件的，包括外在和内在两方面，这就是人的某种"贵族化"（某种免除生存生活之虞的情况，用现时的说法就是取得了"财务自由"的生活境况）的倾向。

11.2　人之注意

就某事而言，一个人、众多的人仅仅关注一件事情的情况是比较少的。

因为，就社会生活已经进入了一种常态而言（社会非常时期，例如战争、灾害、祸乱等情况不在此列），大家都会有各自的情况（个人的情况、各自单位的情况，以及每个人自己的家庭情况）和当下各自关注的视点。这种情况将影响到大家对某个具体事情的关切度和参与的态度。如此看来，如果要让大家都关注你认为重要的这个事情，那就要有两个因素的配合：一个就是事情会给相关人等带来实际的、持续的利益（或损害）；另外一个就是各利益关联方围绕这个事情而订立的相应的关于行为及利益关系的契约权重。

当然也不排除有更高层次的情况，那就是大家对这个事情都怀有一种共同的理想。这就需要有人围绕这个理想向大家做一种有效的宣示。

11.2.1　关于关注的持续性问题

有趣并乐意关注的事物，只占人占有事物的少部分。

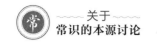

但动物、人类，以及人设计出来的外表多变的事物就不同，它们将会比较长久地获得人的关注（注意）。

由此可见，哪怕是十分贵重的金银财宝，在人得到某个具体的制品的那一刻，就注定原有的关注不会再增加，而只会越来越不被关注。除非这些物品在量上以及质上有所变动、变化。

11.2.2　注意：当一件事发生的时候……

当一件事发生的时候，世界上知之人甚少。

这里牵涉两个主体，即某事或某人。因此，所指的事，是某人之事，还是某物之事？而所谓世界之知，也会有两种区别：是某人之知，还是某物之知？

关于某物之知，很难说得清楚所指，其实就是指一种存留的印记。

11.2.3　信息掌握与知识具有的"对称破缺"

一般将某种"不对称"的情形，指为"对称破缺"，即因对称之某一端的缺失破损而造成的对称失衡。

信息掌握的"对称破缺"，是指在两方战争的状态下，由于信息不对称而造成某一方知道对方更多战争要素的情况，进而由于实力不对称而造成战争胜败。

知识据有的"对称破缺"也是很麻烦的事情。这通常表现在某个论辩的场所。因为双方据有知识的失衡，某一方想要论辩取胜而采取诡辩、强辩的方式以取得优势甚至是优胜。

11.2.4　知与不知的界限

当你说知道某些事物，我就不知道你说"知道"时具体真实知道了什么；而当你说不知道某些事物时，我是能够判断你所说"不知道"的真实程度的。

这就是知与不知的界限了。

11.2.5　观众、听众的赏鉴质量可以代表一个常量

以西方古典音乐鉴赏为例，注意培养、提升受众的欣赏水平，这是营造演出氛围的职责。所谓演出氛围，就是演奏者与受众共同形成的欣赏背景常量，这其实是一个大工程。

有些演奏家很在意听众的欣赏水平，如果听众的欣赏水平高，可以刺激其发挥出自己更高的演奏技巧。做演讲或授课也同此理，优质的讲者更乐意接受优质的听众或学生。极端的情况是，某些特别的老师可能只乐意教为数不多的几个甚至是某一个学生。

11.2.6　一个注意意味着一千个忽略

一个注意意味着一千个忽略（疏忽），这个说法也许是自明的。

11.2.7　一个动态获得更多注意

从自然的生物学的角度看，动态获得更多注意是常态。

在人类族群社会，人们对某个动态的注意比之对一个不是动态的事物的注意，也会多许多。

11.2.8　一个美好或丑陋的事物会引起更多的注意

比之某个样貌平庸的事物，一个美好的或丑陋的事物会引起更多的注意。

11.2.9　一个新奇独特的事物同样会引起更多的注意

作为这类事物的对照物，平庸无奇的事物较少引起关注也是常态。

11.2.10　不注意或不引人注目即是"常"

对大多数人及某人的大多数时光而言，不注意是"常"，而不值得被注意也等价于此"常"。

所以，如果你偶然地、刻意地注意到某样东西，只能说明那东西出现了变化，也就是说，那东西突然表现得不寻常起来了。

当然，动物或人类还有一种特性，就是搜寻。

最初的搜索其实是盲目的，是由动物或人的某种天性支配的，就是通过在一定范围内的行走（漫无目的），达到发现某种目的物之目的。这时，某种目的物之所以能够成为搜寻的目标，就是因为有其作为目标的某种属性（例如动态、形状特征、散发出独特的气味之类）。

11.2.11　受注意或引人注目即"非常"

受注意或引人注目，在平常的世界里特显不凡，这种事物是"非常"之物，注定会被高光所映照，成为非常之有用者。

11.2.12　关于我们际遇中的"忽略"

人生的大部分的时间都在忽略着某些东西，这就是所谓的"大忽略"。忽略又分几种：第一种是自然而然的忽略；第二种是人为阻隔的忽略；第三种是自己的能力达不到的那种忽略；最后一种，当然还有没有兴趣导致的忽略。

在人生的漫漫长路上，我们容易体会到，人忽略某种事体会带来的两种结果。第一种是忽略了某种事物，反而避免了一种损失；第二种是忽略某个事体而招致了某种损失。

这就是"忽略"作为一种"常"的意象。

11.3　记住为"常"

人脑是一个巨大的存储器，人有记忆的能力，然人又是健忘的。

我们日常记住了很多东西，也更随意地忘掉了很多东西。

人类的记忆本意是为了避免或反抗忘却，如此而论，忘却才是强大的。只要记忆的努力不足，忘却便会顽强地行使自己的权力。人脑记忆的空间是足够大的[①]，因此，人的忘却不是为了要给新的记忆腾出空间，而是淡忘这种本属于比记忆更基本的态在起作用。所以这里说：淡忘乃"常"，而记忆反而属于"非常"。

11.3.1　凡能记住的某事，总有其记得住的理由

凡是能够记住的事，皆有其被记住的理由及必要。

凡是无法记住的事，或者被忽视的事物，就没有再讨论的必要了。

---

① 根据研究，成人的大脑皮质表面积约为 1/4 平方米，约含有 140 亿个神经元胞体。

11.3.2 "我们靠记忆获得对往事的直接知识"

人们对往事，对过往经验的积累，主要靠我们的记忆。人的这种天赋能力使人得以积累知识，并通过某种方法令这种知识积累代代相传。

英国哲学家 T. 里德说过："我们靠记忆获得对往事的直接知识。感官仅仅在事物当前存在的时候，才提供有关的信息；如果不被记忆保存，这种信息很快会消失殆尽，我们会再次陷入无知，就如它从不存在一样。"①

11.3.3 "记忆是一种原始官能，是由造物主赋予的"

T. 里德又说："记忆是一种原始官能，是由造物主赋予的，我们对它能给出的唯一解释是：我们就是这样被制造的。"②

11.3.4 "记忆是进步的条件"

美国人 G. 桑塔亚纳说："继承与记忆建构了人性的稳定性。这种稳定性仍是一种流变的模式，因此只是相对的而且根本上是重复。"③

桑塔亚纳又说："进步的关键远不在于变化，而是依赖持存（retentiveness）。"④

桑塔亚纳说："我们必须重复这一点：记忆是进步的条件。"⑤

J. 杜威也说："举凡表识人性与兽性有别，文化与单纯物性相异这些事体，都是由于人有记性，保存着而且记录着他的经验。"⑥

11.3.5 秩序、韵文帮助记忆

F. 培根说过："秩序、人为的所在和韵文，对记忆的帮助的一个种别就组成起来了。"⑦培根随后还进一步扩展了对记忆的"六种法式"的表述。⑧

---

① ［英］T. 里德：《论人的理智能力》，李涤非译，浙江大学出版社 2010 年版，第 182 页。
② ［英］T. 里德：《论人的理智能力》，李涤非译，浙江大学出版社 2010 年版，第 186 页。
③ ［美］G. 桑塔亚纳：《常识中的理性》，张沛译，北京大学出版社 2008 年版，第 211 页。
④ ［美］G. 桑塔亚纳：《常识中的理性》，张沛译，北京大学出版社 2008 年版，第 212 页。
⑤ ［美］G. 桑塔亚纳：《常识中的理性》，张沛译，北京大学出版社 2008 年版，第 213 页。
⑥ ［美］J. 杜威：《哲学的改造》，许崇清译，商务印书馆 1958 年版，第 1 页。
⑦ ［英］F. 培根：《新工具》，许宝骙译，商务印书馆 1984 年版，第 170 页。
⑧ ［英］F. 培根：《新工具》，许宝骙译，商务印书馆 1984 年版，第 171 页。

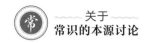

11.3.6　容易记住为"常"

中外著名的史诗都是无名作者根据民间口口相传的传说、歌谣之类编撰而成的。如过往的事实、过往约定的习俗、过往的人情世故、过往的思想观念，以及过往制定的种种规约人伦，多是由这种方式记载下来，以为后世之参照，最终成为典范，甚至成为律例。

如英国人 T. 霍布斯就说过："古代在文字通行以前，法律有很多时候都编成歌谣；匹夫匹妇们乐于随口唱唱背背，这样就更容易记住。"①

霍布斯所说的"容易记住"，实际上就是图谋使这些内容成为后人通过记忆流传的某种"常态"。

11.3.7　抵抗忘却

人类为了抵抗忘却，最早的方法是口口相传，然后又发明了语言、图像，发明了这些语言图像的书写文字与铭刻方法，并且，为避免（补救）个体视域的片面性，最终形成了一种集体记忆（全息记忆）机制。

联合国教科文组织还专门组织了世界记忆计划，目的是保护世界文化遗产，防止集体遗忘。

11.3.8　记忆在乎"情"

美国哲学家 J. 杜威说过："我们不是为过去而追念过去，却是因为过去有所裨补于现在而怀想过去。是以记忆的本原与其说是知的、行的，毋宁说是情的。野蛮人想起昨日与野兽搏斗，不是为了用科学的方法去研究动物的性质，也不是为了要筹划明天更好地作战，而是为了要再引动昨日的兴奋来排遣今日的寂寥。"②

"昨日的兴奋"即昨日那些能够令人激动的短暂经历。

11.3.9　回忆需要时时反省

英国哲学家 J. 洛克说过："我们如果不重复运用自己底感官来回忆那些观念，如果

---

① ［英］T. 霍布斯：《利维坦》，黎思复等译，商务印书馆 1986 年版，第 212 页。
② ［美］J. 杜威：《哲学的改造》，许崇清译，商务印书馆 1958 年版，第 1 页。

不常反省，原始发生观念的那些录像的那个印纹会消灭得终于不留一点余痕。"

洛克又说："人心中所绘的图画，是用不耐久的颜料画的，我们如不常把它们刷新一下，则它们会消灭了，散失了。"①

11.3.10　我记得，我存在

T. 里德说过一句十分准确的话："任何理智健全的人都会相信他清楚记得的东西，而他记得的任何事物都会使他坚信，他在被记得的那个时刻存在。"②

11.3.11　我们又有太多的记不住

我们十分清楚一点，日常有太多的记不住。

须臾的遗忘帮我们随时清除记忆的冗余，但须臾的遗忘也使我们因此而感到不尽的烦恼。因为有些记忆，哪怕是短暂的，也是十分有用或必要的。

11.3.12　被人记得需要重复显现自己

在人多的世界，一个人要被人记得，就需要不断被影照，不断地被提及。这种重复被影照及被提及，用世俗的语言来说，就是所谓的"曝光率"。

11.4　不知悉与不认识

对某物某人的不知悉，与对某物某人的不认识是两个事情。

对某物不知悉、不认识，可通过观察拷问而达至知悉、认识。

但对人则比较复杂。很多时候人与人之间的不知悉、不认识是不可避免的。最多的可能性是，人与人之间一生只打过一次交道。如大街上的匆匆照面、过路商铺的一次偶然的交易、公交车上的一次偶然的同乘，以及一次乘坐的士时与司机的短暂邂逅，等等。

---

① ［英］J. 洛克：《人类理解论》，关文运译，商务印书馆 1959 年版，第 118—119 页。
② ［英］T. 里德：《论人的理智能力》，李涤非译，浙江大学出版社 2010 年版，第 208 页。

11.4.1　人之不知如"常"

最初之人，比如赤子，一切无知。人初生之时，不知时间，不知天地，不知生死，不知寒暑，不知世事人情，不知欲望与恐惧，不知日后须知、可知、或知、偶知的一切。由此我们可以说，人之不知乃人最初之"常"。

人一生遇到无数的小不知和有数的大不知。

大不知如不知生死，不知道路转折，不知朋友爱人，不知前路险阻，不知工学方向之类；小不知如不知路况，不知别人的意趣，不知工作生活随时出现的小状况，等等，不胜枚举。

11.4.2　人们仅知道那么一点牛顿

在我们当中，有许多人是知道牛顿的，但又有多少人真正读过他提出著名的万有引力定律以及牛顿运动定律的名著，即他在 1687 年 7 月 5 日发表的《自然哲学的数学原理》？

而实际情况是，大多数人也的确无须知道牛顿，或仅仅知道那么一点有关牛顿的东西就能够很好地生活。

11.4.3　人为什么要知道？

我们知道，知识是人知道某物的品性、关系的一种表达，但有时，知道本身比较简单，只要知道与我关系比较关切的那些要点即可。

于是，我往往只知道我想知道的。我还要知道我无须知道的，知道与我相关的或我要知道的，还要知道我不能不知道的……

11.4.4　世界在我不知的情况下自己运行

世界上多数事情是在多数世人不知道的情况下于后台运作着的。

人往往在不知道或无须知道很多事情的情况下，做着各自的营生。也可以说，在你只知道很少事情的情况下，你已经可以轻松地生活了，前提当然是环境平和、彼此相知及世界和平。

11.4.5　有些事情我无法知

有些事情是我无法知道的（主观屏蔽的），于是，我就选择不去知，如某些关乎礼貌的事情，如打听对方的隐私之类。

但是有一些事体与我有种种利益相关时，如地域、势位（金钱、地位、权能）、年差（主要指年龄大小）、职业、亲疏等，采取某些办法去知道某些事情，就是一种营生、一种业务，或者是一种修为。

11.4.6　知道并无效用但有意味

在我们的日常生活当中，大多数的知道行为都是没有效用的。

也就是说，人们对某件事情，或者对某一本书听完、看完、知道之后，不会采取任何行动。所谓知道一下也就过去了，当然也不会想去做某个事情作为反馈。

但不能认为他的所听、所看、所知是完全没有意义的。因为听者会做出最低限度的裁量，以判定所知是否对自己有影响，其实指的是对自己的利益的影响，以至形成自己的价值观。

显然，在这里，效用和意义并非同一个东西。

11.4.7　不认识是一种"常"

应当对不认识的原因进行深入的研究。

问题：人与人为何彼此不认识？或者问：人与人如何才能彼此认识？但其实，不认识是一种资源，是一种具体的、有形的、实存的"常"。

11.4.8　不认识是社会的一种基本界限

人与人之间的不认识构成了一个社会的一种基本界限，这是整个社会的基本关系形态。

人与人之不认识，可以减少认识带来的交际、交流的成本，可以减少认识带来的关心、关爱的成本，减少拒绝他人所要付出代价的成本，等等。

想象一下，如果在地铁上或在广场上，每个人都是相互认识的，那么，身处这样环境的你会觉得很异样，你的行为会变得无所遁形、无所适从。

11.4.9　某日，我置身某个大都市

当我某日置身某个大都市，满目众人却不相识。这种自然而又超然的陌生感，着实令人困惑。

但解释起来也容易，因为都市是一个万物会聚的市场，并且是一个万众汇聚的场所。如果换一个场景，例如在某处旷野，这种人群的聚集是否会更多地展现为相互的猜忌？因为，众人原因不明地聚集于旷野，势必会形成那里有一个巨大的图谋的假想，例如，那片土地之下是否有一个巨大的矿藏？

11.4.10　每天接触大量不认识的人……

讨好认识的人，无视不认识的人。

匿名、隐匿是人与人不认识的一个原因。

往往有这种情况，个人本身就是不想让别人了解（知道）。个人（隐私）如此，商业团体（商业秘密）也是如此，国家（国家机密）也是如此。

11.4.11　不认识之免责

人们以不认识为前提，撤除了大部分的责任，例如慈善公益的责任等。但也有人以不认识作为前提，积极参与慈善公益活动。这是人的天性为善的意识所驱使的，同时，匿名为善，也可以使慈善者避免某种连带义务。

但在法律层面，以不懂法作为借口的恣意妄为，则会受到法律的惩戒。这时，不懂法的免责就未必有效。

11.4.12　大部分交易在双方不认识的状态下进行

人类很早就发明了市场交易制度，并逐步完善了相关的体制及机制，解决了基于这一状况的交易规则问题（这说明了制定规则的重要性）。这是在人与人不认识状态下逐步完善交易规则的最好的例子。其他如我们常说的窗口行业，其实也是这样的一种不认识前提下的交易机制。

英国人 A.斯密的自由市场理论，讲的就是人们在互不认识的前提下如何按照规则行事，并在交易市场中得利。

11.4.13　认识是效用资源或是自然情感

中国人认为，相互认识是一种资源，但仅仅作为一种效用或效用预期来看待。

但西方人在这一点上似乎态度更开放，他们往往认为相互认识是人与人之间情感交流的一种自然态度。

11.5　人有智慧

这是有人世界之"常"。

人用智慧乃属必然。别人并不在乎你是否在用智慧。别人会说，不管你是否在用智慧，反正我用。

古希腊人赫拉克利特说："智慧就在于说出真理，按照自然行事，倾听自然的话。"

日本有谚语说："智慧不是自然的恩赐，而是经验的结果。"

英国人 J. 塞尔登说："没有人会因学问而成为智者。学问或许能由勤奋得来，而机智与智慧却有赖于天赋。"

11.5.1　先哲已经替我们思考了很多

古希腊、古罗马、古印度及中国春秋战国时期的哲人，以及其后出现的许多哲人，这些人耗费很多时间思考很多自然及人生问题，把很多的自然及人间事理都透彻地思考过，研究过，并且将自己的思考记录了下来，写成观点体系，名之为"智慧"。

这些由思考或经验得来的智慧，一方面便利了现代人，另一方面也难为了现代人——可以说，现代人在某些哲思方面，能够进行新的思考及创新的空间已经极其狭小了。

11.5.2　人类智性的效能因智慧得以提高

其实，智慧是很难界定的。什么叫智慧？智慧是这样一种事物，它在某种情形下发挥作用时，会将人的智性能力大为提高。例如某人要进行口述或手作，使用了智慧，口述的听众就会觉得醍醐灌顶，悟性大开；手作的成品会使人感到技艺超群，无比巧

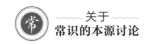

妙。对比没有智慧糅合其中的说话创制，则区别不止云泥。

11.5.3　关于人的理性能力与时间的置换关系

一种空间、一种理性，都可以在时间的绵延中得到置换，即所谓用时间换空间（这个比较容易理解），以及用时间换理性（这个理解起来有一定难度）。

此即是说，当一个乍听起来无法理解的理论表达呈现出来时，表达者无法使听者明白（假定听者的学识水平参差并且未企及于讲者）其中道理，并且听者也无法即时对讲稿反复阅读。这时，讲者只能寻求时间的绵延（即所谓假以时日）以求日后听者明白自己的理论。

反过来，这个置换的逆过程大概可以这样表述：当讲者所面对的是一个学识智慧都高超的听众群时，讲者可不费唇舌就将自己的观点传达给听者。这时，听者理解并提升自己理性能力所需的时间就缩短了。也就是说，人本来具有的理性能力可以置换时间。一个便捷的说法，叫作提高了智性的效率。

11.5.4　多数民智并无出处

世界上很多著名的典籍，虽然也有标明具体作者，但其中不少内容其实都是对民间智慧的收集、编辑及再加工的结果。

此外，尚有不少史诗式的文学作品，例如中国的《诗经》等，属于当时民智的集大成之作，其中的诗歌大多也是不具作者名的。所以，典籍、名著都是"常识"之集，属于"常"之集合。

到了现今互联网发展普及的大时代，每日每时每刻有亿万帖子产生出来并满天飞。绝大多数的帖子都属于无主碎语，尤其是那些不满 140 字的短文，本身来路出处不明，加上作者的刻意隐瞒，并且经过千万次的改编、转发，原著者的残存信息已经所剩无几了，也就成为现世的一种最海量的佚名著述。

这种现象似乎又回归到早期典籍产生的那种状态。

11.5.5　智巧与思辨实际上是一种娱乐

有经验，有试错，有智巧，有思辨，最后有觉慧。

其中，智巧与思辨往往是人类闲暇的产物。人类在消闲的过程中，以某种玩世不恭的态度将智巧与思辨研磨觉悟了出来，最终经过时间的淘洗，才获得了一些精华、结晶，并形成一些典籍。

由此可见，所谓的智巧与思辨，其实只是人类特有的一种娱乐活动的产物。

11.5.6　某人使用智慧乃"常"

人生之无奈：当你不想使用智能时，别人仍在使用智能，这个别人用智能的事情乃属你生存必然之境遇（这个与老子的理想世界——"绝圣弃智"恰好相反）。

因此，"常"的观念似乎要表达这样一种意思，即人类运用智巧应有一个限度。其边界是，无论有意或是无意，你运用智巧应以不影响和谐、不减弱公平、不使事物变得更丑陋、不会引发争战、不会褫夺他人的机会及利益为前提。

11.5.7　智慧成于积习，却惠及日常

智慧成于时间积习却惠及日常。智慧的这种效能往往很快被心智健全者所察觉体认。

11.5.8　无须太多的智慧

其实，现有的智慧表征物已足以供人们快乐度过一生。

世界发展得太快，绝大多数人没有及时地消化（甚或没来得及接触到）智者或思想家所表达的某些智慧及应用，就匆匆走完了一生。

不过，时至今日，药物研发的进步使人的寿命大大延长了，许多原来以为不可设想的想法得以在人的短暂人生中快速地实现了。

11.5.9　智慧是快乐之源

关于智慧与快乐的关系，应该十分注意意大利作家 G. 薄伽丘说过的话："人类的智慧就是快乐的源泉。"

11.5.10　智慧有时是一种算计

算计是人的一个十分重要的特征，通俗地表述，就是开动脑筋。有些人每时每刻都在进行各种算计，这种人往往令人生厌。不过，在某种特定的情形下，启动算计其实又是不得已而为之的事情。

算计或计算能力，不只人类有，甚至是动物或植物也具有。似乎，这是自然生物

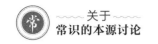

的一种基本能力，或者可以沿用叔本华的说法，就是一种意志或本能①。

11.5.11　每个人都有可能成为博学者

从理论上说，每个人都可以成为博学者。

这是说，设若有朝一日大脑植入知识芯片技术成熟并推广开来，学习或掌握知识的能力将成为人的普遍禀赋了。

11.6　人之乐观

因为人的生物学特性（所谓的生物学特性，就是活力、生长、繁殖、扩张、弥散等），在大多数情况下，一个健康（健全）的人在其顺利成长的阶段，总是会有更多的乐观（向上）的情绪。

英国人 J. 穆勒说过："对人类来说，唯有本身令人快乐的东西，或者是获得快乐免受痛苦的手段，才是善。"②

国学大家林语堂说过："从某种程度上说，人生不圆满是常态，而圆满则是非常态，就如同'月圆为少月缺为多'道理是一样的。如此理解世界和人生，那么我们就会很快变得通达起来，也逍遥自适多了，苦恼与晦暗也会随风而去了。"林语堂这种看法，就是人之达观的来由。

学者 A. 达马西奥指出："当我们意识到躯体状况明显偏离基准范围时，痛苦和快乐就出现了。"③

11.6.1　快乐——一个元初定义？

人类会因为一时的快乐而产生新的生命。

但我们能不能据此推断出快乐是生命事实的一个元初定义呢？而我们知道的一个

---

①　参看［德］A. 叔本华：《自然界中的意志》，任立、刘林译，商务印书馆 1997 年版。
②　［英］J. 穆勒：《功利主义》，徐大建译，商务印书馆 2014 年版，第 50 页。
③　［美］A. 达马西奥：《笛卡尔的错误：情绪、推理和大脑》，殷云露译，北京联合出版公司 2018 年版，后记。

事实是：人的快乐除了产生快乐，也产生痛苦。这就是人生之"常"。

11.6.2 人乐是"常"

由这种情绪的引领，人总是对某一件事情的看法不自觉地倾向于乐观的方向，倾向于向好发展的一面，特别是在人健康的状态下，总是会保持这种状态，直至他的状态由盛而衰，并遭遇到各种困难、挫折、不顺心意，然后才会显现出哀愁的一面。

11.6.3 凡人有凡人的生趣

为什么上天赋予了每一个人在平常的日子里忙忙碌碌、充实快乐、生气十足呢？这就是一般所说的，每一个凡人都有自己忙不完的日常事务。

即是说，这是日常生活之"常常"景。

11.6.4 某类人总是处于资源充裕的状态

总是处于资源充裕状态的君主帝王，很难体会臣民的苦困灾厄，以致有晋惠帝那句："百姓无粟米充饥，何不食肉糜？"因此，不能期望帝王能够理解那些处于饥饿状态（一般的低资源配置状态下）的人的生存境况。

例如，有车一族就很难理解那些无车的人的生存境况。同样，无车的人也很难理解有车一族的生活理念。

11.6.5 很少有人能享受到完美的快乐

大多数人的一生，往往没有享受到真正的，或者说是完美的快乐，即我们在真实意义上所能够体会到的那种具体的，甚至是有点令人觉得难以启齿的那种乐趣。

某些人对于某类快感体会的缺失（这有时被描述为某种庸俗），实际上使人作为完美生活的体验者觉得遗憾。而尤其令人扼腕的是，某人原来有很多美好的计划，最终在生命之不期中断而未及实现。

11.6.6 欢乐即获得善事善物

对于欢乐的善的性质，英国哲学家 J. 洛克的说法十分到位："在我们已经获得一种善的事物时，或相信将来获得一种善的事物时，则我们在一存想之下，心中就会发生

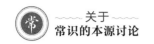
一种愉快，这便是所谓欢乐。"①

11.6.7　本性常乐

有的快乐源于人的本性，即由人的生存本能里面自然生发出来的，向上达观的那种情绪。只要生存境况不是过于不堪，人都能找到那种快乐的感觉。此谓常乐之"常"性。就如国学大家林语堂所说："中国最崇高的理想，就是一个人不必逃避人类社会和人生，而本性仍能保持原有的快乐。"

11.6.8　心性乐悲皆随世景

当时世处于平和安泰之境时，人即心生快乐；当时世处于灾患无常之境时，人即心生忧戚。此是人之"常"情。

11.6.9　人只能自己感受自己的快乐

人不但能自己滋养自己，而且能自己感受自己，并且到最后会在滋养自己及感受自己的过程中，由自己体验到某种属于自己的快乐。这是一种自然而然的乐之"常"。
这大概也就是人的身体时时焕发出来的最根本的自性吧。

11.6.10　人悲是"常"

有一句古训："人生不如意事十之八九。"
如果以世人有记载的种种不幸的在世存在案例去观察，人的悲哀确实是"常"。

11.6.11　人喜是"常"

但如果以世人有记载的种种欢乐的在世表现案例去观察，人的欢喜其实也是"常"。

11.6.12　"家居的快乐……"

英国作家 S. 约翰生说："家居的快乐，是所有志向的最终目标；是所有事业的劳苦的终点。"
很自然，"家居的快乐"即是家"常"。

---

① ［英］J. 洛克：《人类理解论》，关文运译，商务印书馆 1959 年版，第 201 页。

11.7　人之相遇及错过

人生之相遇在不期之中，人生的错过也在不期之中。

所谓相遇与错过，都是人生无常的体验。但相遇往往无可把控，而错过总是由判断不足造成的。

对于错过，可以检讨多方面的原因，而这些原因则大有可思议的地方。

11.7.1　茫茫人海，平静地与不认识的人相处

我们有时会觉得很诧异，茫茫人海，怎么竟然会连一个人也不认识？然而，又可以那样平和地、摩肩接踵地相处而不会发生彼此不自在的感觉。

人之神奇，在于相互知晓彼此的存在而无须即时相互了解。这是由某种无须说出来的共处感觉导致的。此种状况自然而平和，无须更多思量。

11.7.2　人之相遇有多种可能样式

人与人相遇有诸多的可能性，包括能力互补、异性相吸引、信息相交换。各种各样关系的延伸要看两人相遇的缘分（其实是相遇交流的那种融洽度的直觉）及各自原来拥有的能力。

11.7.3　大多数相遇匆匆别过

匆匆别过的相遇，这是每个人自己会体会到的。

11.7.4　我们因现身世境而可能相遇

出门行走、乘坐交通工具、置身于商场食肆、外出旅行……凡此种种，都增加了两个人可能相遇的机会。

11.7.5　中国人将相遇看成是结缘

尤其是在人数众多的场合，两个人的相遇其实是一种极小概率的事件。如此，通

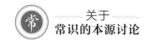
过更多的行走活动，获得更多的相遇，就是人与人结识的途径。

在中国人的观念里，人与人的这种不期而遇，用结缘来表示。

"缘"这个表述将相遇的非常性以及相遇之后的关系常态做了很好的概括，这种表达很有"常"的意蕴。

11.7.6 我们偶然做对某件事

由于社会环境的不完善，我们往往只能偶尔地（碰巧地）做对某件事。包括买到好货，遇到好人，见到好景，吃到好菜，走对路线，等等。

有了试错的资本，我们就有可能在做某事时不会患得患失。但对于人生的某些关口，却不容你去试错，一旦试错失败，或可能丧失性命。

11.7.7 世上多数事情在我毫不知情下就已湮灭

世界上大多数事情，无论离我们远近，又无论多么轰轰烈烈，总在我不知情的情况下，就已经消失湮灭了。

这是一种错过，也是世情之"常"。

11.7.8 多数新闻我不知晓

世界上大多数新闻（甚至是在我们身边发生的新闻）在我们没看到（听到）的情况下，就已经播出并不再重播了，即我们再也不会知道了。

例如，某张报纸在我拿到时，因为别的事情而耽搁了阅读，然后，我第二天又有了一张新的报纸。于是，对于前一张报纸，我或许就不会再去阅读了，这样，我就永远不会知道前一张报纸的事情了。

11.7.9 多少美好、壮阔、深情、缤纷我未能及时感知

多少美好事物我未曾感知，多少壮阔我未有领略，多少深情我未有体会，多少缤纷我未有见识……这就是一个个体的人一生无法避免的遗憾。

例如，世界上有很高水平的主题音乐会，如德国柏林夏季森林音乐会，每年夏季都有举办，但很少有人知晓。如果不是有网络的视频可以回看，那就是交响音乐爱好者的损失。

11.7.10 时空错过是最大的错过

人有诸多错过。在这诸多错过之中，有能力的原因，有眼光的原因，有个人好恶的原因，其中，最自然的是时空错位的原因。当某些因错过而招致损失的情况发生时，就知道有些错过会怎样令人惋惜。

然而，从时间因素去考察，错过最多的是晚来者没有赶上与先贤对话的机会，即叫生不逢时。生不逢时或是人生难以避免的最大的错过（这其实属于天然的错过）。当然，还有一个原因是空间的区隔，就算两个人身处同一个时区，但又为某种原因而老死不得相遇（这是古时常有的事）。这种错过也是令人扼腕的，用中国的俗语讲，叫作"阴差阳错"。

11.7.11 错过了美好 VS 回避了祸患

我们在错过了美好事物的同时，其实也可能是避开了某些祸患。这也可以说是错过的一种幸运。

很多时候，我们虽然不能经历旧时的美好，却也可能避免了遭遇战火，避免了遭遇苦难与牺牲，避免了遭遇时代的困厄。对于某些时候的人来说，这种时空区隔其实也实现了对战乱与灾祸的回避。

11.7.12 人之死是不可逆转的错过

对于人生，生离死别就是自然而然的一场大错过。

人之一死，无可避免地会带来许多的错过，这对于与死者相关的他者而言，感受最多也体会最深。

11.8 人因有理性而独特

人具有理性，人依据理性行事而避免风险，人依据某种自身认为的所谓理性建构学问而建构世界。

美国学者 G.桑塔亚纳说："就人类进步而言，理性的生活既不是单纯的手段，也

不是一个偶然事件；它是进步本身的全体呈现。"①

桑塔亚纳强调了"反思"对"理性"形成的深刻关联："当生命冲动经过反思改造而对以往的经历所作的判断产生同情时，我们就可以很恰当地把它称为理性。"②

桑塔亚纳对理性的诞生做了一个独特的表达，他说："理性诞生于一个已经组织得极好的世界，它在此发现了所谓生命中的先驱，它在具有非凡可塑性的动物身体中的位置，并在协调身体中的多变本能和感觉，协调这些本能感觉及其所依赖的外部世界时发现了自己的作用。"③

11.8.1　人在大多数情况下并不严谨

人讲求理性，但人在大多数情况下并不严谨，这其实是人的反理性行为。

人终归会由严谨而走向放纵，从放纵又走回严谨，然后又走向放纵，再复归严谨。这就是普通人一生的概括。

11.8.2　人之独特与趋同

独特性是人在社会之中的一种普遍诉求，而趋同又是人在社会之中的普遍诉求。

至于具体某人何时要独特，何时要趋同，则又是一种生活态度的选择的分别。

可以这样来分析人两种选择的前提：在向外表达，即宣示（如自身的样貌、个性、能力等）的情形下，人需要独特性，显示自己的与众不同，此外，也有企求某种独特的感受；在向内塑造，即企求取得实力（如自身的势位、财富、欲求等）的情形下，人需要趋同性，企求趋近某种可见或想象的境界，此外，也为避免因某种外化的独特性而受到侵害。

11.8.3　关键是思

我们要使思考成为一种日常理性之"常"，成为一种程序性的、工具性的习惯。

要在"知"与"行"之间建立起经常性的关联，而不是由绝对命令之所谓"知"直接进入"行"的队列。

不是绝对命令"知"－"行"，而是"思"－"行"。

---

① ［美］G.桑塔亚纳：《常识中的理性》，张沛译，北京大学出版社 2008 年版，第 3 页。
② ［美］G.桑塔亚纳：《常识中的理性》，张沛译，北京大学出版社 2008 年版，第 2 页。
③ ［美］G.桑塔亚纳：《常识中的理性》，张沛译，北京大学出版社 2008 年版，第 31 页。

尤其是对一些大的行动规划，如果思不引领其先，则行将会因行为失据而出现错误。

11.8.4 关于人之常情之种种

面对某种正在发生或者已经发生的事情，人们通常有那么几种应对的态度。

首先最常见的就是就事论事的发言，或者叫简单的评论。无论是天然的事情，还是自然而然的事情，或者是人为的事情，人们都认为自己拥有这种对事情说道的权力。其次是跟随做出某些情态，如喝彩、禁止、指责之类，这要看事件呈现的伦理性质。而更进一步的行动，就是采取措施来干预这个事情。当然，这个前提是旁观者可能获得某种权利或权力。

其实，应对一个事件的所谓人之常情，大约还可以有更多样式，但离不开人们的好奇心（向外）、同理心（向内）及怜悯心（自省）等心意的支配，以及在此基础上做出的不同反应。

11.8.5 从我的角度看——私人理性

尽管我从我的角度看现象是没有问题的，但因为要别人从你的角度看现象其实有难度，所以如果你要说服别人，告诉对方你从你的角度所看见的现象是正确（真切）的，这也是一件很不容易的事情。

因为通常对方无法跟随你到你看现象的那个具体的地方，去看你所说的那个现象，更无法实现在你看某个现象的那个时间去看你所说的那个现象（因为时间无可重复，而你并非总是能与对方在一起），所以你所说的从你的角度看到的现象注定只能是一件私人现象的观照。这也许属于某种"私人"的理性。

11.8.6 关于学问的效用问题

例如经济学，在资源相对短缺但又未完全匮乏的基本背景下，人希望以创设的某种调节机制以对失衡环境进行调节，使系统回到新的平衡态，进而使资源的流动及积累回到某种余裕的理想状态。

这个原理其实与"常"理念是相通的。可以说，如果系统注入的资源本来就十分充盈，或资源供给机制处于崩溃的状态，经济学就不起效用了。

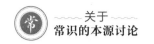
11.8.7　理性之表达：关于同意

"如无……应允，不可……"，是否等价于"如要做……，须征得……同意"？

在"同意"这件事情上，人类某个时候的某些做法体现出巨大的理性动机。

11.8.8　人情与道理

人情无常，人常变幻。

在人情这方面，从变一侧观之，有视听之变、心绪之变、权宜之变、言说之变等，然亦由某些因素而有所不变；从不变一侧观之，有乡俗不变、宗亲不变、相熟不变、利害不变等。因为变与不变并无定式，所以一事当前，若以人情处之，不同的人事，即有云泥之别。

而道理则不然，此处与人情相对应之道理实际上是指法则、法理、法界，表达为一种例程、一种理性。无论是由自然推及，抑或是由人伦推及，都蕴含某种不变的定则，由定理（逻辑上自洽）、定性（利害制衡）、定情（人之常情）、定界（划定自身之界限）诸项限制着。执法者被要求是某些个"非人"的执中者，然在现实中，这种执法者并无可能是"非人"（现实中其实找不见"非人"），只能以种种机制设计"胁迫"受业者无限逼近"非人"，"胁迫"其归顺为"非人"角色。当然，这种期许，往往只是妄念。

由此可见，道理之所以重于人情，是因为乃系道理是"常"而人情属于"无常"（"非常"），固然，强而论之，"常"重于"无常"（"非常"）。

11.8.9　别人为你做事与你自己做事

从你的一生去观照，可以看到，世上绝大多数事情是别人替你（为你）做的，而你自己做的事则十分有限。

11.8.10　我妨碍了你什么？

我妨碍了你什么？这是一个机敏的问题。

这个问题其实未必有答案。因为妨碍与不妨碍，实际上更多是个人观照、私下感觉，也是事后判断，所以说，在人世间，无妨之事、无妨之意总是居多。

11.8.11　某些个人的在状态与多数人的不在状态

"在状态"与"不在状态"是说某人在某个场域中的精神集中度、表情专注度、状态投入度，或者神情散漫、表情萎靡、状态不振。说某些人永远"在状态"，情绪高昂地专注于别人无法专注的事物，或是所表达的概念。但对大多数人而言，则往往未必时时"在状态"，这样就将社会人做了某种区分，如乡下人与城里人，军人与平民，职场中人与闲散人员，等等。"不在状态"往往就是与"在状态"时种种言行相反的那种神情（精神状态）。

11.8.12　人类"理性"是人类"本能"的退化

1767 年 6 月 18 日，一支由船长 S. 瓦利斯带领的英国探险队在南太平洋上社会群岛附近，偶然发现了一个波利尼西亚人居住的岛屿，即后来所说的塔希提岛。这个被形容为堪比伊甸园的岛屿引发了人们的极大想象力，一位法国博物学家 P. 康默森在考察了这个岛上的居民生活状况后写道："自然状态中的人生来本质上是善良的且没有任何偏见，他无怨无悔地听从平和的本能冲动的摆布。因为这种本能还未退化为理性，所以它仍然是可靠的。"[1]

P. 康默森将岛上居民的"本能"与陆上社会的"理性"进行了比对之后，认为"理性"实际上是"本能"的一种退化——这一表述非常有趣，并且是真知灼见。

后来，一位法国画家 P. 高更为与世俗社会决裂而远遁于南太平洋的塔希提岛。高更在那里长期居住，画了一大批风格鲜明的画作，完成了抵抗"理性"而回归"本能"的一次"以抛弃西方传统的习惯势力，回到史前人类和野人的真理中去，从而达到某种真理"的绘画及生活实践。

---

[1] 美国时代生活编辑部：《革命之风：公元 1700—1800 年》，刘大平、王朝晖译，吉林文史出版社 2010 年版，第 82 页。

12
人之能力

当一个人不在自己合适的位置上，那么就算有天大的本领，也不能发挥作用。

而另一种情形，就是调动某人到别的地方去发挥作用，对原机构而言，他原来的作用就无法发挥了。

当今世界，无论是现实世界，还是网络世界，没有个人"出品"的人生，往往只能拙守寂寞，清贫及恬静；有小"出品"的人生，则有小成就及小财富，并对人世有小的影响；而有大"出品"的人生，自然会有大的进路，以及大的成就和大的财富，并对人世有大的影响力。

无论何种人生，某人的"出品"总是体现为一种存在价值和影响力。

不知何时，上班是如何取代了日常普通的生存状态的？但显然上班并非人的本真状态，只是人被逼迫（被改造）而成的所谓"异化"状态。

12.1 能力为"常"

无论是天然（遗传）获得的能力，还是人为练习（训练）获得的能力，都是人能够做一种持久出品或作业所具备的能力。

人通常就是因为具备了某种能力而表现出其与众不同的技能特点。人也因为有这类能力而保证种种出品合格，包括好的演出及好的活动，这就是一种不寻常的"常"力表现。

12.1.1　人脑的两种功能

人脑作为一个巨大的综合、分析、存储的"中央处理器"而存在。在这个"中央处理器"中，存在两种基本的运算部件（真实的电脑中只存在一种，就是逻辑计算器）：一种是逻辑计算器，负责推理、演绎、分析、综合等判断思考；另一种是直觉识别指挥器，负责直感的认知及反应判断，并且也负责发出行动指令。

因为人脑的这两个功能，人有限的、以动手及动口为标志的行为能力可转化为巨大的对外界实物（包括机器乃至人）的干预能力，转化为同样巨大的对外界实物（包括机器乃至人）的改造能力。

12.1.2　人的四肢为人的能力之"常"之标度

人眼、人脑对外界进行感知、认知、分析、综合之后，由大脑发出种种行动指令，而由身体（主要是四肢）去具体执行。

作为与生俱来的人的四肢及身体，其基本的功能有三项：一是保持肌体的存活所需要的运作；二是由肢体（腿脚）实施的对地理环境及地理资源的使用，如居住、迁徙、生活资源利用等；三是人手有限的、简单的作为（关于这点，实践结果表明，人手其实十分不简单）。虽然人手能力有限，却能在人手制作的简单工具的帮助下，通过逐步累积（叠加）工具的能力的方法，最终达到制作（使用）十分复杂的对象的境地。在这当中，人恪守了无论何种制作，最终靠自然人手简单实施的工具制作的手续，并且有回归到这样一种靠自然人手实施的手续的趋向，即尽量设计出某种可以由自然人手直接完成任务的命令及操作系统。

显而易见，人们已经日益觉悟到自然人手的能力之"常"之标度（比如目前手机触摸屏工艺的突破）。

12.1.3　自然带给人类许多技能

自然或者说是遗传，是人类获得种种生存技能的始祖。人在原始动物时期养成的生存能力实为人最早的天然能力。

例如采撷、狩猎、捕鱼，以至后期的种植、养殖等。

12.1.4 学习力与模仿力

无疑，人的学习力是人的能力的一个标志。

无疑，人的模仿力也是人的能力的一个标志。

12.1.5 思考力、想象力及直觉

毫无疑问，人具有极其丰富的思考力。而人的想象力，则是人能力的另一个标志。当然，人还有一种叫作直觉的感觉。

这使人能够通过思考力、想象力及直觉，从自然中采撷自己生活所需，筑造自己的居所及用具，养育繁衍自己的族类，甚至构思及设计出自然界不存在的东西，包括有形的（如机械的及电子的）物件及想象的（如平面美术的及视像的）物件。

12.1.6 表达力或表演力

人的表达力又分为几个方面，首先是手舞足蹈的表演能力，其次是口头的歌咏说唱能力，最后是通过口头或文字表达出来的人的思想意识种种。

12.1.7 人之迁徙

迁徙是由动物带来的人的自然行为。当然，人之迁徙作为人最常见的栖居选择行为，又是多种生存考量之后的一种抉择。即是说，人不为生活生存所迫，其实不会选择迁徙。毕竟，定居所带来的利益总比迁徙要多。

12.1.8 知或有涯

在人生有涯的尺度内，在科技发展潜力无限的时代，穷尽掌握对自己有用（实用）的知识其实也未必不可能。因为人类的历史十分短暂，尤其是在早期的人类，由于未有形成充分自觉的意识（同时其实也没有更多的资源）去保留自己的存在印迹，也由于天灾人祸等，所以仅仅保留下极少数的，能够被认为是清晰的生活影像。

相较而言，由于维护族裔存在的需要，人们还是比较刻意地以文字、符号及画图的方式保留了某些生存及生活知识。这个从我们的历史典籍中可以看到，越是在早期，留下的史料越少。这个给做相关学问的人带来了极大的困难，从而也带出了一个结论，即就某个领域而言，在某个时间区间内，知还是有涯的。学习书法的人知道，关于中

国书法的相关古籍论著是十分有限的；孔子、老子的古籍原著也是十分有限的；对古希腊、古罗马的哲学著作的研究也表明，流传至今的那些残篇提到的诸多学派及其代表人物的言论，都只有篇幅少量的只言片语。

12.1.9　操作力或执行力

由于人能够将自己的种种基本能力综合起来，从而演绎出更为复杂的能力，即对一些人造物的运用操作能力，甚至对一些未成形的项目行使建造运作能力。综合而言，这叫人拥有的执行力。

因为人最终具有的种种能力，极大地改变了人的居住环境，改变了人的生存及生活境况，从而切实地改变了这个有人世界。

12.1.10　人能之"常"

人经过种种重复练习而形成的能力，如乐器演奏能力、写作绘画能力，以及诸如此类的生活技能，都是人能之"常"。

12.1.11　某人具有有别于他人的能力

我们说某人有能力，其实并非指其实有的广大无边的能力，而往往只是指其实际上在某一方面有比他人突出一点的能力。例如，比较突出的动脑筋的能力、动手能力、指挥别人的能力之类。

12.1.12　原创不应奢求

有时，令你沮丧的是，明明你觉得你当下的那个想法是某种原创，后来却发现某人在几百年甚至上千年之前就讲过或做过了。

例如，英国人 T. 霍布斯，当你读完他的著作《利维坦》，你会发觉现在许多学究喋喋不休地去谈论的许多对自然、人生、社会、宗教等方面的感悟、常识之类，T. 霍布斯老早就思考过了。再读一下比他更早的古罗马皇帝 M. 奥勒留的著作《沉思录》，同样会令你惊讶，那么早以前的人，已经有如此高超的智趣。

再看看稍近的大哲人尼采的短语集及近现代哲学大家维特根斯坦的笔记及纸条集，你也可以领略到这些大哲人在漫漫人生中把普通人能够想到的种种幽思几乎都思考遍了。

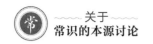

12.2 人类最终智慧满盈

自从人类有文字图样记录能力（包括诗赋歌谣的口头传播）以来，人类知识的积累开始突破了寿命的界限，积累了大部分日常实践的经验及日思夜想的思想片段，并由好事者组织整理、思考辨识、体系化，最终提炼成为被称作知识或智慧的种种文本。如此代代相传，形成了一座巨大的思想宝库。好学者只要翻阅前人的著作，即可获得大量知识智慧。

尤其是互联网的勃兴，搜索引擎的出现，要获得想要知道的知识或智慧，易如探囊取物。然即便如此容易获得知识，不少人还是会因为未及时获得相应的知识或智慧而犯错、受损，甚至招致祸害。

对使用智能而言，人类缺的往往是对知识或智慧的敬畏，以及使用知识或智慧的自觉。次一等而言，人类缺的是对"常识"的敬畏或感戴。

12.2.1 人类也缺乏将"常"识转变为律令的机制

人类也缺乏将"常"识转变为律令，甚至是法律的机制。

当"常"识运作无法受某种体制或机制作为保障或约束而大行其道时，人类的悲剧就会随时发生了。

例如，一辆高速行驶的车辆——"常"识告诉我们，高速行驶的车辆有巨大的惯性——驶离车道时，会对道边的人群构成多么巨大的威胁。这时，不论是司机或是路人，都只能按"常"识律令及时发出避让指令并采取行动，否则就会酿成大祸。

12.2.2 自性及多能

人之心性是多元多样的，因为人总体上属于社会人，即所谓活在世上之人。

无论是什么家，人类终其一生，能够有一两本大作，取得一两样发现、发明，实属奇迹。在这方面，英国大哲学家维特根斯坦算是个绝顶聪明的人，而他自己觉得最适合自己的工作就是到乡村去教书。

由此推论，那些所谓的"大家"，即使是被认为有建树的人，其实都"名不副实"。

12.2.3　看看互联网吧

看看互联网上所能搜索到的，以及一直不停地更新的词条吧！这就是人类最终智慧充盈的真实写照。

12.2.4　在网络计算之下的智慧无穷尽

在网络海量人群的思想杂念交错作用的情况下，似乎会真正实现法国数学家埃米尔·博雷尔于1909年提出的"无限猴子定理"。这个定理提出了一个假想，说是只要有足够长的时间，猴子用打字机胡乱打字，也有可能打出一首十四行诗来。

12.2.5　学术氛围——某种学术背景之"常"

所谓学术氛围，就是参与讨论的学人都能够几乎无遗漏地对相关学术领域的历史、现状，以及最新的动态的全面深入的（同程度）把握——此或者属于某种学术背景之"常"。

学人们正是以此种学识背景作为前提，才能获得就某个论题展开探讨的基础。如果这个前提不存在，那么我们就说，那里未形成就某个学术问题的一个尺度合适的"学术氛围"。

12.2.6　智慧的套路潜藏于人的行为中

人们多数情况下并不愿意承认这样一个说法，即某些小型的策略（或曰套路）往往不自觉地存在（镶嵌）于人的大多数语言及行为当中。

当然，这种情况也视人的种姓、族群及个性特质的不同而有所差异。有很多族群的人很少甚至完全没有这种策略（或套路），因为其宗教或大众意识中，从来不存在这种意念，所以他们在人际交往中会表现出令人感到轻松愉快而简捷的氛围。

12.2.7　理性的探求或创制日益完善

在我们这个时代，理性的探求或创制已经完善或趋于完善、完结，问题只是要主动地知道、阅读及行动。然而，长久以来，文本形态的理性展现，还一直是有待知道，有待阅读并有待成为规范（日常）的行动。

其实，人一旦特化之后（行业地、教化地、宗教地），人际、族群间的平等就要

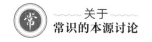

重新定义。

12.2.8　归根到底，人类的智巧不应功利化

确实，科技发明的专利其实无必要（或许只是一种机制设计上的权宜，所以规定了专利的期限，等同于作品的版权期限）。人类的智巧可以学术化、文艺化，甚至可以娱乐化，但不能功利化。而一旦导向功利化，甚至是商业化，则智巧的真正效用便打折扣，最终，智巧将成为功利或商业的仆从。

不过从智巧不断累积而成为广大无边的巨大源泉状况而论，人类使用智巧赚取实利的部分，其实也是极其有限的。

12.2.9　物质匮乏不影响精神需求

人在物质缺乏的时候会更重视精神需求。其实，这只是一种简单的推测。但人们在物质丰盛的时候会忽视对精神层面的东西的追求，这也是另一种推测。但富裕的下一代可能会提升至对精神层面的东西有所追求，这是人类的某种天性使然。因为精神层面的追求只有在没有物质生活羁绊的状态才能自由发挥，并且，在精神层面所需求的那种物质要求（如哲学、数学、音乐及绘画之类）才能得到有效保证。

很多历史事例说明，在文学、哲学之类高歌猛进的时期，往往也是物质文明总体匮乏的时期。如古希腊、古罗马、印加王朝及中国的春秋战国时期，整体上物质匮乏，但不妨碍古希腊哲学文化、古罗马军事政治文化、印度宗教哲学文化、中国春秋战国思想文化的发展，甚至一度出现大繁荣。这说明，在哲学、军事、宗教及思想等领域的发轫与发展，人的思维或思想层面上的发展，一般并不需要依赖物质文明的发展（当然，在普遍的匮乏之下，存在着少数富裕人群，能取得思想成就的往往是这类人，如古罗马时期出现的既是皇帝也是杰出思想家的奥勒留）。

但是，精神层面上的发展有三个先决条件，而且在任何时代都是一致的：第一，社会上的一部分人的富有或闲适，或者，整体上存在一个被称为有闲阶层的社会阶层；第二，统治者中的某些人对精神层面发展有一个激励及褒扬的机制，或社会上兴起对精神层面发展的风尚及竞合氛围；第三，是与精神层面相应的那些表现形态的发展、积淀到一定时候，到达一个快速上升期。这时，因为相应的物质门槛已经降得非常低（例如做数学的计算，仅仅需要少量的纸张笔墨即可以从事），无论是富人还是穷人，其中的天才都有可能成为相应领域的发展的伟大推手。

12.2.10　"理智终究不是必需之物……"

美国学者 G. 桑塔亚纳说:"理智终究不是必需之物;当我们中的某些人愉快地享受较多的理智时,另外一些人却发现自己已经拥有太多的理智。"[1]

桑塔亚纳还说:"自然随身带有自己的理想,而不断更好地组织非理性的冲动即构成了理性的生命。"[2]

桑塔亚纳究竟想说什么呢?

12.3　有能与无能

纵观大千世界,大多数人有能,但有些人无能。大多数人表现出有能,但有些人表现出无能,还有一些人看似有能而实际上无能,有些人看似无能而实际上有能。并且,某些时候,对某些事、某些人会表现出有能,而在另一些时候,对另一些事、另一些人又表现出无能。

可见,人表现出有能与无能,并不是总是始终如一的。

12.3.1　某时某事之有能与无能

无疑,那种就某时、某事而表现出有能与无能的性状,就是一种人之"常"态。

至于人何时表现出有能与无能,并无定数。

如一个足球运动员在某一场具体的球赛的真实表现,任何教练也无法准确预测是同一个道理,这就是用人之困惑。

12.3.2　人有无限的可能——一个有趣的案例

人有无限的可能,但又有无限的不可能。

我们可以以行走为例,人可以在预设的目的驱使下走到某一地点,也可以漫无目

---

① ［美］G. 桑塔亚纳:《常识中的理性》,张沛译,北京大学出版社 2008 年版,第 59 页。
② ［美］G. 桑塔亚纳:《常识中的理性》,张沛译,北京大学出版社 2008 年版,第 216 页。

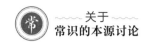

的地行走，然后到达某一地点。

如果以人从相同的起点 A 与相同的终点 B 来考察，那么 AB 两点之间除直线以外还有无限多的可行走的轨迹。这个路径之间的运动时长及运动距离的种种可能存在于人对自己行为目的的清晰度强弱，就是说，他是否知道要去什么地方，并且去那个地方的欲望有多强烈。显然，是"知道"提高了行走的效率，也破坏（偏离）了行走的随意性。

如果我们设定 B 点具有的性质为有水源与食物，那么人从 A 点出发，以寻找水源或觅食为目的，最终找到 B 点，就有讨论的价值了。

我们首先讨论人本身有两种情形。第一，他困顿、饥渴，急于找到水源及食物，于是他动用所有的能力意图快速地去找到 B 点；第二，他并不困顿、饥渴，于是他在随意地漫步，当然，他心中还是有一个目标，想找到 B 点。然后我们讨论 B 点，首先，B 点的位置是不确定的，也就是说人预先并不知道 B 点的位置，B 点可能离 A 点很近，也可能离 A 点很远，又或离 A 点近但比较隐蔽。

之后，我们讨论可能的结果，前面 B 点的位置分了三种情况。若离 A 点很近，人只要方向正确，应该就能比较快找到 B 点。若离 A 点很远，情况有点复杂：人只要努力，只要方向正确，找到 B 点也只是时间问题；但如果人是随意漫步，那么遇到 B 点就是小概率事件了。还有一种情况是离 A 点近但由于 B 点比较隐蔽。在这种情况下，急迫的人也许不如随意漫步的人，因为随意漫步只要搜索的密度大，碰到 B 的可能性还是很大的；而急迫的搜索，往往会失觉于大意而不达目的。

当然，读者也许注意到上述提到的一个前提——方向正确。的确，如果方向不正确，无论人如何努力，结果都归为零。要做到方向正确，经验的积累、知识的积累、分析判断能力的提升是前提条件。

12.3.3　人具有十分不同的能力

从某方面说，人在社会上，自然每日每时受到社会的方方面面的影响，衣食住行种种方式，各有所好，除真有所爱的事情之外，尚有其他喜好的事情。

所以当谈论到某个领域的名人专于某事、成于某事时，当事人会冷不丁地告诉你，他其实最擅长的是××，如果这样，你不应该感到惊讶。因为人具有无限的能力已经被许多个案所证实。例如，众所周知的意大利人达·芬奇，除了是一位大画家，还是一位大发明家，其众多的设计手稿显示，他设计了很多十分超前于时代的发明。

12.3.4　人的天赋能力并不均衡

虽然人天然被赋予了各种与生俱来的能力，但人的这种与生俱来的能力在每个人身上的表现并不均衡，尤其是自己表现出来的方面，更是差异巨大。

人因为天赋能力及表现天赋能力的差异，形成了在不同行业的不同优势，从而形成了人类社会角色的千差万别。

12.3.5　人的学习力与领悟力差异造成了人后天能力的差异

人的学习力与领悟力存一定差异，而这差异会造成后天能力的差异。这是自明的。

12.3.6　人的际遇不同造成了人后天能力的差异

关于人的际遇，如人出生的时间、地点，人最亲近的父母兄弟姐妹，人不期遇到的各式人等，都对人日后的能力有很大甚至是决定性的影响。

12.3.7　让大多数人知道是一种能力

让大多数人知道是创造某种事物产生重大价值的实现途径。

古今所谓名人或名牌（物），实际上就是有意无意地让数量众多的人知道某人或某物的一种结果。这种结果不如说是一种能力，一种将原来默默无闻的存在物公之于众的能力。

12.3.8　自性是人之一大本性

人类除感性、理性之外，尚有一大本性，即自性。

自性即自有、自是、自在之性，为人类禀赋中比感性、理性更原始、更基础、更本质，并且也更具有确定或不确定性的本性。

人的自性即自"常"之性，由自己的禀赋、教化、学养及习得等累积而成。人的自性既常变又不变，既常"常"又常"不常"，显现出作为人的精彩与无奈。人的自性何时养成？也就是说，人一生之中何日为自性成形之日，这个颇难说明，要看他是何种人格。如果是行动类型的，则会较早地长成，日后也就不会有大的变化；如果是思考型的，则会慢慢养成，并且不易从外观上看到变化，只有在学识（思考）发挥之时，才显露出自性来；但如果是学习型的（不论是行动型的还是思考型的），则其自性会随

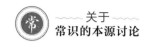

学识的长进而不断长进，则自性晚成，且无终止之日。

12.3.9 人自信乃"常"力

人尽管自己对自己所识有限，但人天然地还是信自己。信自己所见之事物，信自己所感知的自己的身体，信自己感官所感觉到的那些对象事物，信自己的判断，信自己所感受的一切，包括信自己所具有的能力。

12.3.10 人通常自觉或不自觉地漠视别人的"出息"

不少人对别人的优越的形相及心智，以及别人的劳动成果自觉或不自觉地表现出漠视的态度（这很可能是对陌生人的能力或智力的不敏感造成的）。其中往往是因为某个人所显示的能力构成了对自己的事功、自己的学识限度、自己的立场，以及自己的财务状况的某种威胁（或潜在威胁），从而在潜意识上产生了某种自我保护意识，这种自我保护的意识就遮蔽了自己原有的（或应有的）对他人能力的欣赏态度。

12.3.11 人之低能或无能未必自知

人通常并不知晓自身的能力不足。毕竟，并不是有某种随时随地对人的能力进行测评的机制在起作用，而总是在某种机缘之下，人才显现出自身的能力缺憾。

12.3.12 一个人的总能力通常是一定的

一个正常及心智健全的人，其总的能力是一定的。也就是说，如果你的能力使用倾斜在一个方面，在别的方面即会有疏忽。

但有些人能够以一己之力而做出超越常人千百倍量能的"大事"。这就是人与人之间的差异。

12.4 人社会地存在

人最终以社会的某个角色而存在。

而因为这个"某个角色"，人成了某个"常"的质点、"基因"，从而在构成整个

"常"大系中做出自己的贡献。

梁启超就说过："人生于天地间，不可以无事而食。"

12.4.1　认识、相与、相交以及相处

在交往的层次上，人与人相互认识属于最浅层次，仅仅由碰面的机缘而开始交往；人与人相与属于深入认识与深入交往的过渡层次，即惯常所谓打交道，断断续续的交往；人与人相互交往的更深一步是一种成为常态的交往，表示达到了相互熟悉常来常往的境况；而人与人相互不间断地相处则是会有较长时间的共同交往，属于最为紧密的关系形态，天然如家庭成员，后天契约如婚姻之类。

从人与人的关系形态，我们会体会到在某种常态的关系描述中，时间因子及空间地域因子在其中所起作用的关键性。

12.4.2　社会——相聚之"常"

人与人最初之相聚，以至群居，以至久处，生生不息，这个聚集之"常"即为社会形态。

人类自从以社会形态生存，即可宣示自己脱离了兽类而成为"人"类。然后人的所作所为均打上"人"这个标签，自以为就此以"人"的方式行事，即自以为已经成为真"人"了。

12.4.3　人因自身的社会性而据有、据是、据在

或许说，在人的社会性里面，自然就包含有与"人"相关的"有""是""在"之本来或后来的因素。所谓"有"，即本来及后来之所有的"有"；所谓"是"，即自性，自为之"是"；所谓"在"，即临时或长久占据之"在"。

12.4.4　环境乃"大常"

许多用环境表述的对象均可以以"常"表述之。

我们说，环境乃"大常"，但"大常"并不止于表述环境。

这是表述层级的差异，即环境仅仅是"大常"下面的某个"常"属类。因为环境有"大常"的属性，如时间尺度、空间尺度、影响宽泛、上溯久远、无穷前瞻等，故而归入此类。

-331-

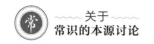
12.4.5 市场与江湖乃"常"

一是针对物品的交换、交易而言，标量为价值系统的建立，此为市场功能；二是针对人际的交往、竞争，标量为江湖地位的建立，此为江湖的功能。

无论是江湖还是市场，本质上是相通的，就是通过碰撞、比较、遴选，决出胜者。

在江湖这边，是个体的人的能力及魅力在江湖上遭遇比拼、碰撞乃至厮杀，进而决出生存力强大的强人或领袖，从而号令天下门派，乃至一统江湖，成就霸业；在市场这边，则是产品种种遭遇激烈碰撞，在比较、衡量、交易、品质淘洗的过程中，逐渐确立胜出者强大的价值势位，从而引领大众消费，成就霸业。

12.4.6 区域大小、人口多寡应有限度

西方国家的某些研究机构甚至以"区域大小、人口多寡的合宜度"为课题，去专门研究一个行政长官究竟管治多少人口最为合宜。或者换一个角度，就是研究究竟一个行政管治区域面积多大、人口多少最为合宜。

12.4.7 天下熙攘，皆趋利避害

趋利如赴饭局，避害如逃离是非之地，自然而然，概不例外。

12.4.8 关于第一感受之"常"

作为某个个体的人，往往将自己的第一感受作为一种设定的标准，成为再次产生的同类体验的比对模板。此即是一种由体验白板印记摹写出来的人伦之"常"。

对后续的体验而言，这是一种前定（先验）之"常"。

问题是，这个先前的模板往往由当时的条件作为基准，未必代表那种合适的所谓善（即那可能是过头或可能不足之善）。

12.4.9 我之不在场——不在场之"常"

我有许多原因使得我不在某个现场。如我因年代的不同，所以就天然不在场；我因为时间的错位，所以不在场；因为地点的错位，所以我不在场；因为我不希望看到一些正在发生的事情，所以我回避了在场。

如此，我之种种有意无意的原因，使我的不在场最终成了常态，即成不在场之"常"。

12.4.10 "打开门做生意"

粤港人有句口头语："打开门做生意。"

"打开门"，意味着老板要做好准备，以应对外部一切不测的境况，即既要热情接待进门的一切客人，又要做好承担所面临之种种不测风险（包括应对经营惨淡的状况，应对有人刁难砸店之类突发情况）的准备。

"门一打开"，意味着无可避免地准备应对来自外部及内部的一切不测。

12.4.11 生活不产生财富

生活不产生财富。生活不但不产生财富，而且每时每刻要耗费财富。

但生活过程会积累经验，记录活动轨迹，这有可能间接地积累了某种意义上的财富。

12.5 人之出品

人之出品，是人生之大事。

人出生、积学、积劳、积存，获得了许多事功经验，于是，人便逐渐有了种种出品的动作。从最初的出品自用，到出品为他，人终于在出品之途中，走出了自己对世界的贡献进路，即是向世间、向社会交出自己的作品。

人的出品也经历了从手工制作到作坊制作，到规模定制，直至大规模生产。

12.5.1 人之出品，是生命状态的某种标志

出品（无论是哪种形式），都是保证生命状态得以显现的某种标志。

可以想象一个人有各种各样的出品，并且是有受体的那种。尤其在网络时代，在某个网络平台上，朋友圈及聊天群能够简单地显示你的出品（发言、发帖等）。

我们可以从许多角度去定义"出品"（例如，一般所说的"发言"，就属于一种个

人出品）。无疑，如果一个人持续没有出品，那么他就不免会被世界遗忘。

12.5.2　人之不出品与出品

世界上大多数人并不出品什么东西。而只是单纯地购买及消费那些出品人出品的东西，这应是人之"常"。

但又有许多人是从事出品的。如个人出品的书法作品、陶瓷用品、刀剑兵器之类；到农耕时代、工业时代，出现了种植、养殖、工业制造，出品脱离了作坊，大量仿制、大规模生产；到了后工业时代，个人定制使出品回归小众化，很多出品又回到了私人手制；到如今，出品的定义更趋多元；尤其是到了网络时代，例如某些文字出品，又从大众走向小众，走向个体。甚至，你在朋友圈及聊天群所发的东西，可以是你最简单的出品。

12.5.3　多数人，需求多而出品少乃是常态

纵观许多人的一生，需求多而出品少乃是常态，许多人更是只有需求而无出品，又或者虽有出品但多为低品质。

因为真正意义上的出品，往往是积淀到一定时候的产物。尤其是一个完全自创（首创）的出品，往往不但要积淀，还要经历锻造，经历失败，经过时间的淘洗。

又有更多的人是某个或某批次完整出品的中间环节的制造者，即所谓的产业工人。对于产业工人而言，他们的出品就不属于完整意义上的出品。而那些个体创作者，如书画家之类，他们无疑是完整意义上的出品人。

12.5.4　出品是为了分享同意的感觉

人类的一切出品行为，都是为了与别人分享对自己产品之好评价表示同意的感觉。

12.5.5　人类的大多数出品都是一次性消耗品

除日常用品、能够重复使用的物品及某些耐用消费品之外，人类的大多数出品都只是一次性消耗品，尤其是一个数额庞大的消耗群（例如饮食之类）。这种一次性消耗的方式令生产者可能会利用人们尝新动机而购买自己的产品，或者是偶遇的、无目的的消费，也就纵容商家对出品的质量不负责了。

以旅游纪念品为例，一些旅游胜地的出品就很有质量保证，经久不坏，这个情况可能超出商业的范畴，而同文化（民俗）有关了。

12.5.6　私人出品为人生出品之"常"

私人出品内容广泛，包括日常最多的食用烹饪，包括个人书画，也包括私人信函往复，个别的还有文章著作的刊发等。私人出品常如是。

12.5.7　自产自销者

我们说的出品的最初形态，就是一种自产自销的形态。例如家庭的烹饪，自己食用；例如手制工具，自己使用；例如自己写字画画，自己欣赏；又例如自己使用的各种种植、狩猎的收获；等等。关于自产自销者，可以看美国人 A. 托夫勒及 H. 托夫勒所著的《财富的革命》一书第六部分"产销合一经济"[①]。

12.5.8　出品的产品一经发出即表示市场同意

无论是高品质产品，还是劣质产品，一经出品，即表示市场同意该产品的出品。至于该产品最终的结局优劣，只能由买家承受及评判。显然，市场同意并无产品优劣要求，但好的市场会设置准入门槛。

12.5.9　物品产品化代表某种复制

出品分为单品及复制品。对复制品而言，意味着出品的规模化，或者说产品化。规模化、产品化的出品意味着出品受益于多人，甚至受益于广众，说明出品有常态化的倾向及前景。这种出品即属优良出品。

12.5.10　人出品的另一种方式——演出

那就是表演（出场）。这也是一种人的存在感的正常表达。

人的表演（出场）可利用多种场合，如节庆、祭祀、庆典等。到了近现代，因为媒介的日益多元，人的表演（出场）可以无须场所而直接呈现。于是，人的表演趋于

---

① ［美］A. 托夫勒、H. 托夫勒：《财富的革命》，吴文忠、刘微译，中信出版社 2006 年版，第 149 页。

泛化、平民化及日常化。

12.5.11　出品要有诱惑力

既为出品，此即立"常"之所为。人生在世，如能成功做一个关于自己的出品的"广告"，即可看到出品之成功在望。如果这个"广告"不吸引人，则不是成功的"广告"。

这就要看你在生命过程中的所作所为，要通过所作所为而向世间展示自己的恒久的诱惑力。此如孔雀开屏一样，既有自己本身的美丽，又有一种展示自己的本能。

12.5.12　出品应有标签——条形码、二维码

出品应有标签，其实就是切实保证在产品离手之后仍然有机会追究出品人的责任与义务。如一些农场规定禽蛋类销售都要做标签，例如要求做到每个鸡蛋都印上条形码后才能打包出售。

12.6　人之破坏

一部人类史，是一部建设的历史，同时也是一部破坏的历史。

这不同于大自然发生的种种天灾，如由地震、风灾及海啸带来的对人类社会的毁灭性灾害。最著名的是公元 79 年 10 月的一天中午发生在意大利庞贝城附近的那次维苏威火山突然喷发，火山灰、碎石和泥浆瞬间将整个繁荣的城市湮没了。而人类，也只有人类，才有那种往往是针对性很强的、连绵不断的、大规模的对人造建筑物的破坏。人类为此给出了自己的定义：人祸。

12.6.1　大的人类的破坏有两方面：征战与改朝换代

人类的破坏，从外部说，就是对其他国家的征战。当一个国家征服了另外一个国家，就从根子上将那个国家的物质、文化和历史传统通通占用或摧毁。从内部说，就是一个国家内部的统治权力的变更，例如朝代的更迭。

一个国家内部的权力变更造成的破坏，其实不比被外族征服造成的破坏来得小。

其往往也是包括物质、文明的摧毁，以及对整个的历史传统的颠覆。

12.6.2　背景常量之破坏

所谓背景常量，是指一种和平畅顺的环境及年景。背景常量被破坏，就意味着剧烈的社会变革或社会革命的出现。

这种巨大的环境改变的结果是，摧毁一个建制而建立起一个新的建制之后，整个系统的运行总是无法达到原有系统的效能。这就是一般所指的，改制后通常会出现系统性风险或系统性缺陷。

12.6.3　机制不好，但又有资源注入的破坏

机制不好，但又有资源注入，则注入的资源会起破坏作用或仅仅成为某种被掌权者利用的"租金"。

12.6.4　人类以自己的审美而行破坏

人类以自己审美的偏好而进行各种破坏。

当人们认为某些艺术品、某些艺术形式已经过时了，就会有用新的艺术品或艺术形式取而代之的举动。于是，这个取代的过程，自然就会对旧的艺术品或艺术形式加以毁坏。

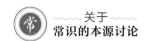

13
人之文化

    语言是人类为表达看到、感触到的事物而发出的最初声音，是人类表达对事物对人情看法的表述的声音，也是人类表达情感及对他人、动物的命令而发出的声音。当然，随着语言运用的复杂化，人类又进一步利用其他方式方法去记录及传播自己的含有丰富内涵的声音。

    对语言的功能，英国哲学家 G.贝克莱曾总结为四条："（1）语言的唯一的主要的目的还不只是以文字来传达思想，如一般人所想象的那样，此外它还有别的一些目的；（2）它还可以引起人的情感，刺激起人的行动；（3）它还可以阻止人的行动；（4）还可以使人心发生某种特殊的倾向。"[1]

    M.海德格尔说过："人是一个是与否的说话者，只因为人归根到底就是一个说话者，是唯一的说话者。这是人的荣誉同时又是人的需要。"[2]

    美国学者 G.桑塔亚纳说过："语言是人类用来形成一致看法并在个体心灵之间传播思想的工具。"[3]

---

[1] ［英］G.贝克莱：《人类知识原理》，关文运译，商务印书馆 2010 年版，第 17 页。
[2] ［德］M.海德格尔：《形而上学导论》，熊伟、王庆节译，商务印书馆 1996 年版，第 82 页。
[3] ［美］G.桑塔亚纳：《常识中的理性》，张沛译，北京大学出版社 2008 年版，第 115 页。

13.1 "常"之言

为何非常，沧桑洪荒。自然之永恒变幻，非"常"之变，终又为"常"。

天地之"常"，古今之"常"，人体之"常"，人性之"常"，皆可由人说道。而人亦属自然之"非常"。

信条、箴言、座右铭、寓言、警句，还有恒言之类，这些都属于某种"常"言，同时也是表达常识的另外一种方式。

13.1.1 语言是"常"

语言代表了一种态度、状态、层次、隔膜及基因等。

人类的语言因大体固化而显"常"象。所以说，语言是"常"。

语言就是一种普遍而又独特的常态呈现，英国学人 M. 缪勒将语言誉为自然界的第四王国，其实有其道理的。[①]

13.1.2 由说而为文，或由文而说

一方面是由言说而为文，另一方面或又由制文而去言说。

从成文的角度去审视，上述两种情况，最终的成文都由言说者的说出（或审定）作为确定。由此可见，对人，对多人，甚至对世人讲解其文所要表达的内容，是言说过程的最重要的环节。甚至由文字而言说而论，口头说出比文字传达更有分量。

13.1.3 言说虽是一种权利，但与运用得当之间尚有鸿沟

人生而会言说，但到后来，却未必人人能够把握或利用好言说。

或者说，能够把握好言说的适度，并利用言说去捍卫自己的权利的人，其实占少数。毕竟拥有言说的权利与运用好这种权利之间，还是有一条鸿沟的。若要跨过这道

---

① ［英］M. 缪勒：《语言科学讲话》，见 F. 索绪尔：《普通语言学教程》，高名凯译，商务印书馆 1980 年版，第 23 页。

鸿沟，还是需经过训练，而更多的情形是委托代言者。

13.1.4　正常人讲话随意

有一种讲话方式是人与人面对面的交流。这种交流事先并无准备，你一言，我一语，一来一往，意之所起，兴之所至，有所意指，有所言表。这种面对面的谈话属于双向的、随意的、连续的交流。

13.1.5　谈话的一对一，一对儿，以及一对众

一对一及一对几是正常谈话，一对众实际上就无法真实交流。而通过传播媒介发布的言论，则是单向的表达。此为"常识"。

13.1.6　关于说话的原则

谈到说话，大学者胡适曾经提出的四点原则颇有意味：第一，要有话说，方才说话。第二，有什么话，说什么话；话该怎么说，就怎么说。第三，要说我自己的话，别说别人的话。第四，是什么时代的人，说什么时代的话。[1]

13.1.7　"常"之情态表述

揾食（粤语：觅食）第一，御寒第二，安身第三，欲求第四，谋思第五，算计第六，慵懒第七，庆幸第八。

感觉包含了爱恋、嫉妒、善意之类，然后是讨好、请托、防备、愿望、命令、自保、排异、歧视、讲演、嘟囔……

所有这些，都归类到语言之"常"。

13.1.8　关于铭刻、碑刻

将常说的话、常思的心愿写甚至刻出来，以自省，或替代询问、解答、命令。

有些文字刻在剑戟上，铭刻在钟鼎上；也有文字刻在墓碑上，即墓志铭。显然，受限于制造成本，这些文字铭刻、碑刻，体现了建造者对将文字传世的意志与决心。

---

[1]　胡适：《建设的文学革命论》，《新青年》1918 年第四卷第 4 号。

13.1.9　保存自己的事迹

人类对自己付出过努力（时间、金钱、情感、劳力等）的事物会有一种珍惜、保存及护卫的欲念。

这种欲念成为人类最终摆脱自然状态而成其为人类的一种原初的动力。

从以这种欲念所表达出来的种种残留物，如文字、图像、碑刻及纪念品，可以看出一个人类族群所具有之开化程度。

13.1.10　习惯写日记、史志

应该承认这样一个事实：一个习惯于写日记、传记的民族，必定比没有这种习惯的民族显现出更多及更深厚的存在价值。同样，这个判断也适用于个人。

13.2　"常"言之成文

每个人都有许多套话语体系（集），包括基本的语义逻辑，对应不同的说话对象（家人、客人、朋友、政客等），以及对象的语义转换能力、方式、文化背景的差异。所以，每个人就有不同的话语表现及表达法。

所以，"对人讲人话，对鬼讲鬼话"的说法，其实也是无可厚非。

13.2.1　以文字的演进为例

公元前 1500 年，腓尼基人发明了只有 20 多个字母构成的拼音文字之后，欧洲大陆各民族的语言文字呈现百花齐放的局面；公元 100 年许慎开始编纂《说文解字》，使汉字趋于规范，稳定地推动着中国古代文明的进程。

几乎每一个曾经被汉文化光辉所笼罩的民族，在准备建立国家或国家走向强盛之时，都会不约而同地选择创造新的文字。因为文字是一个国家有效行使权力的必要条件，也是一个国家获得持续凝聚力的文化基石，同时更是本国与其他国家设定分隔的自然边界。

13.2.2 "常说出"与"常说不出"

"常说出"是表示经常要说话表达，甚至经常急着要表达属于自己个人的观点。人在这个时候，往往表现出词不达意，或者是逻辑混乱，又或者是自相矛盾的窘态。"常说不出"是指有念想但是又没有及时地表达出来的情况，人在这个时候，往往会错过表达的时机及场所。这样，也是会留下种种遗憾。

然而，"常说不出"要比混乱的"常说出"要妥当一些。

13.2.3 人喜欢建构旨趣宏大的"体系"

典型如哲学家，不少人有建构旨趣宏大的"体系"的冲动，并且也确实建构了一个个"体系"，如从 C.托勒密的"地心说"，到 N.哥白尼的"日心说"，然后到 I.康德的"星云说"，都是建构"体系"的一些例证。可以见到，其中不少人也确实完成了"体系"建造。这些哲学家（或其他学家）的成功，激励了后面的人，从而就见到新"体系"层出不穷地在学界出现。

13.2.4 片言只语——语言之"常"

德国哲学家 L.维特根斯坦写下了大量的片言只语（参看《维特根斯坦全集》第 1 卷及第 11 卷），说了很多片段式的思想碎片。聪明如维特根斯坦，也采用这种片段式写作，滔滔万言，意义深重，思绪庞杂，这种论述表达出来的思索是无穷无尽的。再看看更早期的德国哲学家尼采，也是写片言只语且微言大义的大师。

为什么哲学家不去构造自己的体系，而仅仅写出自己的片言只语？这是因为他们知道构造"体系"的艰辛，又看到各种构造出来的"体系"的不可完备性——各种所谓"体系"构造完成之后人们又会发现，"体系"自身往往是自相矛盾的、无法自洽的——以及，构造"体系"这种行为本身所具有的难以弥补的先天缺陷。

13.2.5 人生的记录是片段式的

尽管人总是追求恒常，如持久的美食大餐、持久疯狂的玩乐、持久不断的运思写作、持久的和谐相处及持久的爱恋抚慰等，但人又不得不结束（了结）一个又一个的开始。

可见，对于种种历程的片段式断续，代表着人生境况之"常"。

由于人生是一种片段式的存续，所以关于人生的历程的记录，也就只能是片段式的记录。

13.2.6　片段式的表达

普遍的表达往往为片段式的。

即是说这种情况是一种常态。无论多么缜密的思维，都不可能在有限的时间内将一个完备的"分析—综合—联想"的大系组接起来并加以精确表述。例如一篇社论或时评刊出之后，总会遗下一些不够妥帖的论点说辞，成为他人攻击的对象。这种情况是因为一种普遍的情形：人的思维无法即时完善。当然，有些人能够出口成章，但这是特例，并且是一时一地一事的特例。这个与对某个事件做新闻报道过程，即连续的不断逼近事实的报道手法的原理是一致的。

13.2.7　写文章必须字字句句充满张力

读哲学家、美学家 G. 桑塔亚纳的作品有一个感觉，就是通篇文字始终充满张力。

13.2.8　使用手册是最常见的一种工具文本

我们日常会碰到各种各样的使用手册、说明书。如家电、物品、药品的使用说明书，又如版权说明等，都是使用手册的常见形式。

通常，你只是很简单地阅读了某物品（药品）的使用手册，你便即时懂得了该物的使用方法。

13.2.9　诸种手册就是"常"之文本

常见不忘，见即现眼。即让知识成为见识，继而成为常识。

13.2.10　《千字文》与四字文

在南朝梁武帝（502—549）时期由数名文人编成的《千字文》，通篇无一字重复，言事理，集箴言，说典故，通古训，一经问世，即成经典。

《千字文》，以习字为肇始，通篇四字句，讲的恰恰都是常识，都是要求臣民习识之国学通识及需要遵守之公序良俗。因为这个特性，这篇旷世奇文最终得以流传千古，既是习字习德之范文，也是经世致用的经典。此实可以作为"常识"的力量的见证。

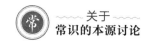

此外，《三字经》《了凡四训》《弟子规》《增广昔时贤文》等童蒙幼学经典，在其中也夹杂大量不同领域的常识或通识。

方块字已经别样于拼音文字，而四字文体更是象形文字世界的异类。从文字对思维的影响这方面来说，方块字对国人语言行为演化（或可称为"特化"）的影响是具有先决意义。它们是中华文化异于其他文化甚至是文明的基因。

13.2.11　关于成文格式模板

成文格式模板是某种"常"，如诗词格律、合同文本、成文法律、定制文书。

13.2.12　成文的语言存留久远

成文的语言存留久远。这个说法有很多例证，无须赘言。

13.3　由思而来之"常"

孔子说："学而不思则罔，思而不学则殆。"

荷兰哲学家 B. 斯宾诺莎说："人有思想。"①

13.3.1　"常"由思而来

在人伦这一端，"常"往往显现在思之逐渐成熟之后。

于是，由思而建构之"常"就会因人的思的过程而渐行渐显。相反，"常"之显现会呈现出由变幻不定而至逐渐显明这样一个过程。有时，这个过程还显现出很长的时间轨迹。

所以，因思之逐渐，之反复，人伦之"常"往往不容易如自然之"常"那样来得清晰，来得明显。

---

① ［荷］B. 斯宾诺莎：《伦理学》，贺麟译，商务印书馆 1959 年版，第 45 页。

13.3.2 思之状态

这里并不是去讨论思的内涵，而是讨论那种惯常意义上的关于人的思的状态或行为。人思有思之状，当人真正在思之时，不会被琐事所侵扰，不由欲念所左右，甚至不能茶饭，不能寝息，任由思绪驰骋高飞，自在翱翔。

13.3.3 人类总在思想，然后将思想存于文字

人类总是顽强地思想，任何力量无法左右，无法禁制。

思想之后，人们将这些顽强不羁而得出的思想沉淀结晶，口述于文字，传颂于歌赋，铭写于钟鼎，最终编撰成书，存于后世。

13.3.4 "常"由思而成，于是，"常"就在思中

在人类社会，在一幅动态的图画中，社会的形象显现出千姿百态。久而久之，得以呈现为"常"。

无疑，"常"之所以得以呈现，皆因人类之有见及有思。人因见因思而对人类的行为做出种种规定，规定生活形态，规定关系形态，进而规定（构建）社会之种种组织形态；然后，利用种种社会机器执行、维护，成为种种常态，也就是最终呈现出来的"常"之种种。由此而观之，由思而成"常"，"常"在思中也可说得通。

13.3.5 劳而不思

人因为要劳作而不及思考；人因为要睡觉而不去思考；人做好多其他的事情都不在思考的状态，甚至，人在学习的时候也不是一定在思考。

这是常人最本己的生存状态：人在世而不思考。这种情况，别人无法苛求。

13.3.6 人一生思考时间很短

人一生思考的时间很短暂，而能够思考并把思想记录下来的时间就更有限了；而被记录下来的思想能够被深入讨论并传播开来，还会让后人觉得有用的情况就更为稀少了。

13.3.7 "常"在想象之前及之后

在探讨"常"的真实存在时，我们会想到那个真实的"常"究竟是在想象之前还

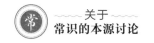

是在想象之后。

如果是在想象之前，那么后面所呈现的"常"的真实性就会受到怀疑；如果是在想象之后，那么我们就会对后面所呈现的"常"的真实性有所期待而不去看重前面的所谓"常"。

13.3.8 "新理念与新原则常常扰乱生活的平衡，引起不适"

德国哲学家 R. 奥伊肯曾经说过："当思想第一次出现时，本是起源于人，但它又转过来反对人：因为，它根据自己的本性，制定出某些规范性要求，规定了人所必须遵循的路线，迫使他付出各种辛劳和牺牲，强调它们的权利却丝毫不管他的祸福。历史告诉我们，新理念与新原则（以及它们包含的结果）的开端，常常严重扰乱生活的平衡，引起不适，致使人们急于放弃他们自己的原则所带来的结果。然而这一点他们办不到：思想的潮流向他们涌来，推动着他们向前，他们的舒适则被看作完全无关紧要。试想，起源于人、受着直接经验的控制、仍然整个从属于他的某种东西，如何竟能获得这样对待他的权利，甚至可以违反他、把他仅仅当作一种工具？这样的程序会给生活留下什么意义？"①

13.3.9 关于语言的空间

语言的界限就是人的某种空间界限。

人有哪些语言？声音语言、肢体语言、文字语言，还有情态语言。

我们最能够体会的就是声音语言的差异。当我们掌握了不止一个地方的语言之后，就意味着我们能够利用我们掌握的他方语言而去到该地方驻留（生活、自由行等）。这时，我们会体会到，是语言在决定空间界域。

13.3.10 多数人读书没有收获

大多数人，在读完一本书以后，什么也没有留下，也没有随之有点什么作为。

有的人读完一本书，可能就是写下一些边语，画上几道杠杠，或者做一些注释，这是常态；但更多情况是，人读完了一本书，最终什么都不做，这又是一个常态。

---

① ［德］R. 奥伊肯：《生活的意义与价值》，万以译，上海译文出版社 1997 年版，第 28 页。

13.3.11　少量读书是人之常态

一个人读书的数量总是有限的，而新书还在无穷尽地"生长"出来。

13.4　文本诠释，文意解码

对于一段文明历史而言，虽然经过战乱、自然灾害、政权更迭等，原来的文字记载已经被毁坏，但作为留存下来的那些朝代兴衰存没的片段记叙，那些最终保留下来的点滴文字或存志，还是能够成为资料述说旧日的史实。而一些散布于民间市井的文字简牍及诗词歌赋，以及存于坊间所谓野史等等，亦令那些时世的表演者能够留影留声，留名留痕。诚所谓，文海茫茫，昭彰史实。

13.4.1　文海成"常"，社会意识是"常"

社会意识生成于众人趋向的意见，生成于一时兴起之喧哗，生成于普遍之舆论。

社会意识之"常"存于何处？自然是存于时人之心念、时人之记忆，最终，存于时人之为文记述。

13.4.2　诗词歌赋留大音

于某个人而言，关于此人的历史记忆，往往就是此人留存下来的各种诗词歌赋或绘画书法等大杂烩。

13.4.3　历史跨越千年，留下文字寥寥

由于文字留存的困难、能文能写的文人稀缺，以及当时的统治者对文字的处置，结果就是，整个商周千百年的历史跨度，也就只留下只言片语的记叙。

13.4.4　文件堆砌而成实体

凡为发达的国家，以及国家下面种种庞大的社团或组织，其实也就是由众多文件（当然，更关键的，也包括人事种种）堆砌而成的实体。古今中外，概无例外。

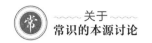

我们见到，每兴废一事，总要制造一篇文章，加以层层审批，最终得以确定。尤其是每一法律的制定，每一运作机制的创设，以及每一大型建造项目的出台，相关的公文写作就是最初也是最终的任务。

13.4.5　关于注疏、释义、笺证、诠释

文人的注疏、释义、笺证、诠释等行为，都是某种意义上的"解码"。"编码者"就是原始文件的始制者。对于原创文本、讲话的人而言，谁能想到会有那么多人刻意地做着这么繁复的"解码"工作。

13.4.6　诠释与过度诠释

关于对某个文本的诠释，有这样的一个历程：呈现本意—发现意义—发掘意义背后的意义。于是就有，对文字（文本）一般解读——诠释，然后，就是深度解读——过度诠释（艾柯）。

13.4.7　关于解码等级（层级）问题

对过往文字的解读，用现代的语言来说，叫解码。

解码的层级越少，即说明被解码的内容越是简单易明。如果解码的层级过高，则处在最初最低层级的表述会被认为不知所云。

13.4.8　解码与翻译

我有解码能力，或者我有解码密钥，即是说，我就是解码者。

我有高级的，或者独特的解码能力，那么我就能够解码更高级的、更独特的编码。更简单的，就是由解码密钥而行解码之工作。

从某种意义上来说，解码类似于翻译。但作为一种语言，该语言的语法规则的形成，并无编码的动机也无编码所蕴含的符号组织规则的约定，因此，也就没有真正的解码的标准，即由编码规则规定的正确的解。

这是翻译与解码的本质区别。

13.4.9　编码无心，解码有意

对自然蕴含密码这个隐喻而言，自然其实并无意编码。但对人为的编码，解码的

工作却是有意为之的事情。

从保密的角度看，人是有意编码的。而从解密的角度看，人就是有意的解码者。

人由好奇心驱动，有很强的解码欲望，不特对自然，也对人自身。

13.4.10　汉文字多玄妙

对于汉文字的玄妙，最典型的例子是，许多名词的单字都可用作动词。例如"道"这个字，可以理解为"大道"之道，"天道""人道"之道，还可以理解为"道说"的道。"名"这个字，可以理解为"名称"之名，"名实""名分"之名，也可以理解为"名状"之名。

文字具有多义性，这既可以说是汉文字应用的一种便利，但同时又给汉文字的字义理解带来许多混乱。

对于"常"之特别，即既为名词，也为副词，理趣也同。

13.4.11　现代人努力从文字堆中出逃

现代人生活在书籍与资讯遍布的环境下，如何从那些海量的文字堆中出逃，以令自己的生活更纯粹，更恬静，更少受到骚扰？

不过，要做到从文字堆"出逃"并不容易，因为当今世界已经越来越符号化了，也就是越来越被文字符号所包裹，乃至真正的实体已经不多见了。这就是出逃者所遭遇的所谓"围城"的困境。

13.5　德性，诚信，批判

德性，有人说是人性的最终目标。依照"目的论"的人性观，德性不会自然出现于人心中，而是人努力得来的，并养成习惯持之以恒地实践，才可趋于表现完美。

孔子曰："人而无信，不知其可也。"

批判的行为则是人类文明发展到一定程度的产物。没有全面缜密的思辨能力，绝不可能理性地展开批判。

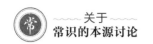

13.5.1　关于德性

德性，道德品性，指人的自然至诚之性。

《礼记》有云："故君子尊德性而道问学。"但这里说的"德性"，指的是人囿于社会存在，相对于本性而言的社会属性。这与古希腊德性观的本义有一定差异，此不赘述。

13.5.2　诚信为"常"

有恒言：天行信，四时分；地行信，草木生；人行信，天地宽。

似乎，"信"与"常"有某种可以相互兼容的气象。

13.5.3　在自然里面，无所谓信与不信

信是"常"吗？似乎可类比，但又不完全等同。

在"信"里面，其实没有包含自然的属性。在自然那一端，无所谓信与不信。所谓自然的信，其实是一种诗性的观照，即是将自然人格化，是一种借喻。但如果单就人伦这一端，信之言论或与"常"叠合。

13.5.4　"常"有信与"常"无信

如果没有信任，这个有人世界就无法运行；但如果没有不信任，世界也不会有进步。因为无论是自然还是人类社会，信与不信总是处于一种游戏博弈的过程之中。除非因失信导致损失，否则无法阻止失信的事情发生。因为失信的本质其实归咎于虚假表达，而虚假表达，则往往源于供需失衡。

信任与否，往往与隐及显相关，也就是与透明度相关。但是，真有透明吗？隐私置于何处？

13.5.5　关于信任之安全性

这是针对非自制食物安全的信任判断的一种写照。

一般我们会通过获得的相关信息作为关于食品安全的"常识"判据，一是保质期（对包装食物而言），二是封装状况（同前），三是出品机构（对餐饮店而言），四是对提供食物的人的了解（对他人馈赠的食物而言），等等。归根到底，我们对非食物安全

的信任主要取决于两个因素，一是封装状况，二是关于产品信息来源。然后，余下的事情只能交给大环境（法律的威慑力，劣质出品被揭发影响他人健康因而导致判罚巨额赔款）。

13.5.6　天然信任

有很多事物是人类在不同角度下天然信任的。

如天然形成的桥，因为知道此桥已经存在悠久了，于是对之有天然的信任；又如已经枯萎的树，就知道（相信）树枝是可以生火的；再如你从小养大的猫狗，因为你知道猫狗的天性，所以你相信它们不会对你有威胁；还有，就是从婴孩时期就懂得的，对生母的信任；以及，家人间的信任，因为有了这种信任，就可以一群人共处一室；等等。

13.5.7　巨大的"信"

自然无所谓信与不信，只有"有"与"没有"、"是"与"不是"及"在"与"不在"。

但是，确实有巨大的"信"与巨大的"不信"存在。

如日月之准确运行，四时之准时轮替，这是自然给出的巨大的"信"；而局部的天时之风雨雷电，云雾阴晴，又是巨大的"不信"。

13.5.8　"常"之见有差异

"常"之见有差异，不同境况的人对"常"有见解上的差异。

可引用类比，如有轨电车与无轨电车，所走轨迹完全不同，十分形象地说明了其中差异；又如有法可依与无法可依，导致对某种侵害情况有不同的判断及处置；又例如，把有子女的人与无子女的人相比较，就能发现不同的人看事物的立场及价值取向有很大的差异。

此"常"之差异之本原也。

13.5.9　可言说与不可言说

关于可言说与不可言说，与德国哲人维特根斯坦之"保持沉默"说有所不同，但是与金岳霖的"可能"说倒是有趋近的意思。

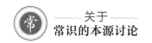

"常"说就是谈论可以言说的部分。

13.5.10　维修、诊病就是问"常"

一件机器的维修过程，即系由问"常"达致归"常"的过程；同样，医生对病人诊病问症，也是个问"常"达致归"常"的过程。这都属一种关于"常"态的审问之道。

13.5.11　为什么他们都不讲知道的事情呢？

人类其实还有一个很重要的能力，就是"知道"事情。

知道其实是一个关于获得信息的权利，这可能也是一个很大的问题。在中国，如果有些事情不让你知道或者让你知道，那么，这就与你的身份、势力和地位有关。

语义学、语言的转向、语言的……各种关于语言的言说，他们没有法子去讲道理，关于知道的"事情"，他们所知甚少。

13.5.12　西方哲人的批判书其实是一种深入讨论方式

关于批判的著述，比较有名的如康德的"三大批判书"，其实就是对某个论题深入讨论的名目。其本身并不仅仅对某事物展开批判，还会展开含有贬斥意义的讨论。

13.6　讲理为要

关于表达信任，人们常常为此耗费巨大的精力、心智，设计复杂的机制，只为求获得信任及表达由信任带来的福祉。而当某种信任自然而然地培养而成时，那又会形成一种何等巨大的社会资源？

真实的历史是：有人既听道理并且也讲道理（那些现时还留存的书，就是讲道理的范本）；但很多具体的事实也表明，很多人在一事当前时，是既不听道理，也不讲道理的。

学者翟振明说："哲学是讲理的艺术，是将讲理进行到底的事业。"[1] 翟振明还写过一本书，叫《将讲理进行到底》，专门论述过讲理这件事。

13.6.1 "是非以理为准"

当代大儒熊十力曾说："是非以理为准，不容以人为准。"[2] 此话一目了然。

13.6.2 "说理"有定义

学者鞠实儿有论："有人对'说理'下过一个定义：'从属于一个或多个文化群体的若干主体在某个语境下以某种方式通过语言进行交流，其目的是促使活动参与者采取某种立场。故而，说理活动分为现代文化群体说理、其他文化群体说理和跨文化群体说理。'"[3]

13.6.3 讲道理的人已故去

可叹的是，当大家都感到某个道理应该被听取、采纳、实施，并且也有人依照这一道理去实行或纠错之时，那个最初的讲理之人或许已经无法知晓这个迟来的结果了（当事人已故去，时间也已过去了，时世也不复从前了）。又且，某个当下是道理的说辞，往往在真正有人听取、采纳、实施，或有人有意依照这个道理去实行或纠错之时，或许就已经过时了。

这使人想到"子欲养而亲不待"。

13.6.4 知识背景不同怎么办

设争辩双方并未读相当的书（或了解相当的资讯），如何有道理可讲？这时，"常识"可能担当起祛疑的作用。

因为无论一个知识表述看似多么深奥、复杂，看似来源于什么神秘的地方，其中皆会有诸多的"常识"浅显明白地放置于其基底之处。知识表达者如不为功利意图刻意遮蔽这些基底，则总会找到可相互通约的交汇点。人们只要遵循由"常识"搭建的

---

[1] 翟振明：《将讲理进行到底》，中山大学出版社 2020 年版，自序。
[2] 熊十力：《十力语要》，中华书局 1996 年版，第 7 页。
[3] 鞠实儿：《论逻辑的文化相对性——从民族志和历史学的观点看》，《中国社会科学》2010 年第 1 期。

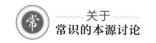

平台，以及由"常识"指引的路径，就总能找到大致通约的门径。

13.6.5 讲道理需要耗费时间

讲道理需要时间。一个道理说出来之后，人们就会围绕这个道理或者是讨论，或者是访问，或者是实证，或者是论辩，甚或是争执……通过这一系列的行为，所要讲的道理渐次地呈现出来。但实际上，最终是由时间和实践去证明，哪些是正确的道理。

13.6.6 道理时时处处都有，就看你讲还是不讲

但是，正如学者陈嘉映所说的："道理是处处都与约定、与习俗连在一起的。"[1] 也就是说，道理在一处，讲理在另一处；某个道理讲不讲，有时不在道理本身，而要看合不合讲，可不可讲，讲了有没有用。

13.6.7 讲道理的前提是阅读

两个要展开论理的人，如果没有广泛、持久、深刻并且是同等（甚至是同样）的阅读，是不可能理性地讲道理的。这个也是自明的。但问题是，世界上不存在具有同等（甚至是同样）阅读量的人。若要求是这样，如何做得到？

13.6.8 理性论争要有相同的学识背景

理性的论争需要有相同的学识背景。

当你与某人论争某个论题时，如果他没有准备用与你相同的学识背景（读大致相同的书，知道大致相同的现实及历史资讯等）作为辩力基础去与你论辩，那么你大可以终止论争。因为，如若展开论争，那必然是无结果、非理性及费时日的。

但有一个情况可以调和，即大家都是讲道理并愿意倾听对方的人。讲道理会打下一个寻求理性的基础，愿意倾听则意味着能够给对方时间表达自己的见解。在交流辩论的过程中，用少量的时间附带交换相关的学识背景资料，以弥补双方在学识背景上存在的差异，也不失为一种辩论策略。此即所谓用时间换理性。

---

① 陈嘉映主编：《普遍性种种》，华夏出版社 2011 年版，第 167 页。

13.6.9 "借敌对意见的冲突"使遗漏的真理"得到补足"

19 世纪中期，英国哲学家 J. 穆勒出版《论自由》一书，给言论权利做出强有力的辩护："纵使被迫缄默的意见是一个错误，它也可能，而且通常总是，含有部分真理；而另一方面，任何题目上的普遍意见亦即得势意见也难得是或者从不是全部真理：所以只有借敌对意见的冲突才能使所遗真理有机会得到补足。"道出了"敌对意见"的真实价值。

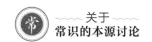
14

"常"意识

  鲁迅有一段很有趣的话:"楼下一个男人病得要死,那间隔壁的一家唱着留声机;对面是弄孩子。楼上有两人狂笑;还有打牌声。河中的船上有女人哭着她死去的母亲。人类的悲欢并不相通,我只觉得他们吵闹。"[1]

  一句"人类的悲欢并不相通",说尽了现实,就是人在自然及社会的一种"在"的状态。

  我们说过,自然之"常"乃系本"常"(原"常"),由自然而成;社会之伦常亦属本"常",由人道所成。

  所谓"常"意识,即要时时有"常"之觉悟,并且要对"常"之"有"、之"是"、之"在"保持关注,保持意趣。

  所谓"常"意识,大约包括几个层次:一是知晓这个层次,知晓物,知晓人,知晓物与人的关系等;二是情感、情绪这个层次,这是人的主观见解及主观表达;三是意向、意趣这个层次,表达的是人的诉求,以及为达诉求而生发的个人精神意旨。

---

① 鲁迅:《鲁迅全集》第 3 卷,花城出版社 2021 年版,第 292 页。

14.1　"常"处是何处？

老子说："夫天道无亲，恒与善人。"

我以为，常是常否，常否常是。

大众的时日，不过周而"常"之。

明道学家吕坤说："道具于人心、散于事物、行于日用。不日用，非道也；离事物，非道也；不合于天下万世公共之人心，非道也。"说"道""行于日用"，这个"道"与"常"区别不大，其实就是"常"。

14.1.1　指路的"心"，指路的"灯"

夜晚走路，需要有光。人生如走茫茫夜路，"常"就是那个指路的"心"，即是一盏"灯"。

因为走惯了自己熟悉的路，于是就知道，走在哪条道，哪里有路，哪里有桥，哪里可能有坎，哪里要过河，等等。自己熟悉，也就是存在于自己内心为自己指路的"灯"。

这个同实际存在的"灯"（或指示牌）是一致的，也就是我们所指的"常"。

14.1.2　平即"常"

中文有一个"平"字，可以申说。

平，即平直、平整、平坦，又有平心、平视、平易，还有平素、平和、平安。

由平所系，各端不同，各所指涉。当然，这种举例，有中文字符组合的特殊性，但也属于一种意象及意义的编配。由此而论，平即"常"也通。

14.1.3　日常生活之"常"多有指涉

说日常生活就是"常"，意义没有扩充。但我们实际对见到的很多日常现象，看不仔细，涉世不深，即难有感悟。例如人的生老病死之类，至为平常，但当事情涉及我们自身，即属于私人事情时，你体会到的才是真切的"常"景。

放眼尘世，一个个活力无限的生命，转眼即成陈迹，即所谓过眼烟云，沧海桑田。这些旧日表述，往往我们只是听到，或者是用别的办法去检验，又或者是，别人为我们考证表达出来的。而我们身在自然或社会之中，其实根本没有真正直接地感受自然的乃至社会的大动荡。

当然，在一些自然及社会变迁的事件中，那种动荡变迁的景象我们还是会有机会目睹的。但放在大多数时候，我们看到的世态，仅仅是一个很平常、很平缓，少动静、少变化的景象。

14.1.4 人的本然即日常

所谓人的日常生活，无非是说到了人之在世的最本然的状态。所谓人的本然，也就是日常所指的生老病死、种植蓄养、经营计较、饮食起居、交友结朋、礼尚往来、吟诗作对等。

14.1.5 禁止亦谓"常"

私宅深院，对外人而言就是一种禁止。区界国境也是一种相同的禁止。

此外，监狱服刑又是一种禁止。

14.1.6 杂务为"常"

人生一世，杂务为最多缠身之事。尤其到了人生的后半段，杂务日渐增多，令人觉得无所闲适，无所逃遁。此即所谓杂务为"常"。

大多数人被杂务缠身而不能自拔，最终发现，自己匆匆迎来人生终点；也有少数人能够早早觉悟，拨开杂务，删繁就简，取得某些领域的成就；或者取所谓"偷得浮生半日闲"的态度，从容应对那些繁杂场景，则也是可以获得些许享受生活的时光的。

14.1.7 杂务与危机不可穷尽

人生所遇烦事杂务，有自然生成，有人为生成，更有社会生成。

因为，人首先是一个活的自然的生命，自然有维系生命正常运作的种种需求。于是在这个生命体做着"正经"之事时，杂务琐事亦会如影随形须臾不离。

此外，我们在日常运作之余，更会遇到生理上的疾患危机，遇到关系人情的纷争危机，甚或遇到源于外部的侵扰危机，等等。

应对种种杂务与危机，实在是一种人的"常"态。

14.1.8　市场乃一大"常"

面对市场定价，人情及人性均失去效用，故只能以无情及无人性以指称之。

由此可悟出："常"无性，"常"无情。若"常"有性情，则非"常"。

由市场可推及社会存在的各种"江湖"。

14.1.9　人的欲望无限大

人希望通过多种方式实现的欲望是无限大的，此是一种"常"态。四种方式能够快速实现人的欲望的最大化：一是拥有巨大的财富，无论是继承的、窃取的、取巧所得的；二是拥有巨大的权力，无论是继承的、窃取的、取巧所得的；三是拥有超群的美色（英俊），无论是天然的、整饰的、装扮的；四是拥有超过常人的无可替代的技能，无论是天生的，还是习得的。这些都是天然的或社会赋予人的种种超能力。

14.1.10　空间之共处与异处

不同人群的共在之"常"。一是共时性，在这一刻，我们都存活着，在同一个时空里存活着；二是在宏观方面，我们共处于一个星球。

我们以前讲时间之维比较多，讲时间之维的共时性及历时性问题，却较少讲空间这一维。

在考虑空间之维的时候，又往往只考虑共在的空间，但未考虑异处空间及迭代空间，更不会考虑在共时时点上的空间关系。而我们的许多界限的设定，就是以这种思维来支配的。

14.1.11　这一刻，关于共时性与历时性问题

这一刻，不同的人在想着或者做着不同的事情。因此，你要让一些人在此刻想你所想，做你想要做的事情，就意味着去否定别人在此刻的所想、所做；如此，就要靠组织、靠观念、靠资源，以及靠纪律。

14.2 "常"知在先

"常"意识首先在知，知晓物，知晓人，知晓物与人的关系。

谈到"常"之知，是要问知哪些事物可指为"常"。于是，下面的表述就有意趣了。我们用"××乃'常'"为例示。

14.2.1 对称乃"常"，不对称乃"常"

除了分形几何，在众多自然存在物，尤其是在生物当中，对称或基本对称的形态特征可以列为一个大类，即为一种"常"态。

对称，是自然界一种普遍而又奇妙有趣的现象。镶嵌天际的恒星、行星呈球状对称；小巧玲珑的雪花、精巧细腻的蜂巢呈平面对称；大多数花朵呈辐射对称；有中央叶脉的叶片呈左右对称；人和鸟兽虫鱼的五官、四肢左右无不对称。

其实，如果从比较微观的视角去看，生物的对称形态更普遍地存在于低等生物。这一点我们可以从显微生物图谱中见到，也可以在 1904 年由德国著名生物学家、艺术家、哲学家 E. 海克尔手绘的《自然界的艺术形态》[①]一书中充分领略到。

但从实际观察，自然存在的种种不对称也是显而易见的，此即所谓不对称乃"常"。

14.2.2 "常"乃可重复，"常"又不可重复

事物之可重复性即"常"。可重复性意味着某种可实证性。

自然有大量的可重复性现象，但同时也有大量的不可重复性现象，并且还有大量的在可重复性背景下的不可重复性现象（因为在精细分析之下，可重复性其实是不存在的）。

如时令季节的交替，这是大的宏观的往复循环。但在这个大的宏观循环背景之下（尽管从细节上观察，每个宏观循环其实并非是对上一个循环的完全重复），有无数的

---

① ［德］E. 海克尔：《自然界的艺术形态》，张则定编译，北京大学出版社 2016 年版。

个体的生生不息的万端变化（没有哪两个是重复的），一起构成一个生机勃勃的自然界图景。

14.2.3　固形是"常"，变形又如"常"

关于固形与变形，自然给出的例子不可胜数，而以变形为少数，此又别论。

14.2.4　关系乃"常"？

关于"关系"的问题已经复杂化，超出了字面的意义。所以，关于"关系"的讨论生成了一门学问，包括有无关系、关系深浅、关系性质、关系时间长短、关系得失利害等。中国人之"关系学"已经远离常义，但"关系"是"常"，或可通达。

因为"关系"本意已经超过字面表达，所以西方人干脆将"关系"的拼音"guanxi"收录英语辞书，以解释"关系"的独特性。

14.2.5　等待乃"常"与不等待之"常"

有多少日常状态是处于等待状态，而又有多少日常状态无所谓等待。

无论是否有计划，是否有希冀，只要你在，就不免与等待并行。

无论未来的状态是什么，只要你在，陪伴着时间的绵延，就有可能与那个未来相遇。与人之等待不同，在自然那边，时间的绵延却不意味着在等待什么。自然之不等待，一样会与未来相遇，这与人之等待结果相同。

所以说，等待总是人生的一个存在状态，即是"常"。

14.2.6　静乃"常"，动亦"常"

老子在《道德经》第十六章中说："夫物芸芸，各复归其根。归根曰静，静曰复命。复命曰常，知常曰明。不知常，妄作凶。"老子这里讲了清静就叫复命，即恢复本性，恢复的本性就叫"常"。老子很在乎"知常"，认为如果不"知常"，就要招致灾祸。

14.2.7　忙乃"常"，闲为"常"

对不同的人而言，无论是忙是闲皆其"常"态。

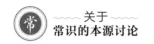

14.2.8 求安全乃"常"，不安全亦"常"

安全第一，包括自身安全、家人安全、财产安全、信息安全等，此即所谓求安全乃"常"。

但许多时候，人也总处于不安全的状态之中。如门禁之不牢、人身之病患、交往之不守信、财产之不安全等。此即所谓不安全感，此亦为"常"。

14.2.9 传统乃"常"，非传统乃"常"

时间对一切进行淘洗，时间又将一切沉淀。于是，一种老旧的、顽固地保存自己的、善于传承的东西终于出现，叫作传统。传统即"常"。

但对传统的颠覆也是人类惯常的行为，因此也可认为，非传统亦"常"。

14.2.10 观看乃"常"，无用的观看乃"常"

我们睁开双眼之后，即进入醒觉的状态，就开始了一日的浏览所见事物的进程。

然而，我们大多数的日常观看是无用的观看，即处在所谓的"视而不见"、视而不认真见的状态；日常真正有效用的观看是习常之见，即仅仅有识认的功能，认得我们的居住环境，认得我们上班下班的轨迹，认得我们日常所需的生活及工作路径，等等；而所谓的发现，仅仅是我们无数观看中的比较陌生的那极少部分，并且是实效十分有限的部分。自然的情形就是这样。

14.2.11 手制（手工）乃"常"

手工制作的东西比量产的东西要珍贵。但是在需求不畅旺的时候，这个说法也不一定成立。手制（手工）为"常"讲的就是产品最初的产出方式。

14.3 "常"情继之

"常"意识在情感、情绪这个层次，有十分丰富的表现。

唯有人类这种生物，才会表现出这种超越生物形态的特质。

14.3.1 情感、情绪为人所特有

虽然生物学家在动物界偶尔也发现有些动物具有情绪表达的现象，但总体而言，具有可明确表达的丰富的情绪，尤其是情感，实在只有人类才能做到。尤其是现代人类，情感、情绪表达已经成为学问，成为技术，甚至成为某种营生。

14.3.2 以艺术种种表达情感、情绪

人为表达情感、情绪发明了种种艺术，而艺术又反过来丰富了人的情感、情绪表达。

14.3.3 表演艺术成为表达情感、情绪之平台

作为一个艺术大类，表演艺术将人类的情感、情绪表达推向极致。

14.3.4 从日常看情感、情绪表达

在日常生活中，人们并不将情感、情绪刻意表露。这说明，人类的情感、情绪表达要有适当的环境及时机。

14.3.5 敬畏乃"常"——消极敬畏与积极敬畏

敬畏是"常"。

而因为无知、无学养、外行、资源匮乏、道德劣势、代沟等，人对某个（种、类）处于优势地位的人、事、物不得不做出的敬畏表象，此属于积极敬畏；因对自然之广大、时空之觉悟、宇宙之绵延、真理之推崇、美德之尊崇、自然及人的原生之美的叹赏、自然恩泽的感激等产生自然而然的敬畏之情，则属于消极敬畏。

14.3.6 容乃"常"，有别亦"常"

老子说："知常容，容乃公，公乃全，全乃天，天乃道，道乃久，没身不殆。"这段话里头，关键是那个"容"字。所谓"容"，即包容，此属"常"。当然，"容"还有宽容的意蕴，宽容大概比包容的意思更宽泛。

而从相对面来看，就是"有别"。即古之所谓君臣有别、尊卑有别、长幼有别、男女有别，讲的都是区别之义，亦属"常"。

14.3.7　充实乃"常"，空落为"常"

对不同的人而言，充实、空落皆有，皆是，皆在，指其为"常"。

14.3.8　连续的及片段式的表达

人类的情感、情绪表达以片段式的为多。一般而言，只有在特殊情况下，人类才会以连续不断的方式表达自己的情感、情绪。

14.3.9　喜怒哀乐为基本

人类的情感、情绪表达以喜怒哀乐为基本，而以喜乐为主要。以喜乐为主要，表明了人类的情感、情绪表达有一些本质的属性，即娱乐性。在人的生命历程里面，负面的情感、情绪总在少数，人们总是以某种方法去消除负面的情感、情绪，令其不能主导生活的进程。

14.3.10　情感、情绪表达于文字

人类的情感、情绪表达由文字所记录，于是，人类的情感、情绪表达最终不会消失于日常生活。

14.3.11　爱与恨、颂扬与贬斥为"常"

在情感、情绪表达方面，有爱与恨、颂扬与贬斥等诸具体概念。这些，都表达为人的某种"常"情"常"态。

14.4　"常"意续之

所谓意，即意向、意趣，即内心怀有的目标理想。

"常"之意，就是说在人的内心已经固化的意向、意趣，是指你会时时思念、时时记挂的意向、意趣，非实现不能安心。

14.4.1 有恰好，有本然

讲到文章及人品的善，《菜根谭》说得好："文章做到极处，无有他奇，只是恰好；人品做到极处，无有他异，只是本然。"

这才是真本色、高境界，是"常"意趣的写照。

14.4.2 为了我们自身及我们内心那个"恰恰好"

在我们身体及心灵深处，住着一个"常"，叫"恰恰好"。

讲到这个"恰恰好"，它是人生的一个理想写照。它坚强而又脆弱，顺从而又反叛，坦诚而又诡谲，聪慧而又顽愚，虽有万年沉积而又常变常新，虽短短百年之寿而生生不息。

14.4.3 有计较，然又不计较

一时一事当前，计较与否，这是大问题。

在自然这端，所谓不计较，却是大计较，不过计较到头，也就是无计较；在人这端，自然会有计较，却都是小计较，不过小计较积累到头，也就变成了大计较。

14.4.4 该干吗干吗与能干吗干吗

有许多事情做起来未必是按原来构想出来的路径实施的，这就是该干与能干的区别。不该干的事由能干的人去干，这表明了资源效用的配置失衡了。因为某人能干某件事情，并不表明那件事情是该干的。

14.4.5 日常生活要"过好"并不容易

世界上大多数人仅仅是想要打理好自己的日常生活，而这其实已经是一件很不容易的事情。

14.4.6 如不友好，自然不亲近

如不友好，自然不亲近，这似乎是一"常"。

但现代市场经济的运营规则打破了这个铁律。因为市场经济的运营机制使友好者及不友好者都可以以接近亲近的态度去合作，完成有效的交易。

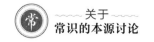

这是对人情社会的最大的颠覆。

14.4.7 "常"可免错

所谓免错，实在是"常"的一大功用。

"常"类似于某种系统稳态的描述。

于是，在外部环境（条件）没有大的改变的前提下，系统按本身形成（习惯）的机制就能够稳定地运行（生存、生长）。也就是说，能够在较长的时间内避免发生一系列可能的错误（出错），从而避免引致局部或整体的溃败。

14.4.8 回归文艺——知识是一种娱乐手段或技能

人之文艺是人的某个既隐又显的本性。当人一旦赋闲，就会回归这个本性，即会"文艺"起来。在这种情况下，知识与其作为生存生活的手段或技能，倒不如作为娱乐消闲的手段表现得更本质。这种观点其实又回到老庄。

14.4.9 慎独与"慎众"

《人民日报》官方微博曾发过一篇文章，专门讲到"慎众"："生活中，慎独、慎微、慎初容易做到，最难做到的是'慎众'。个人修为可能无可挑剔，但有时在大众脚步的裹挟下，往往会迷失自我。西方有谚：'没有一滴雨会认为自己造成了洪灾。'永存善念，不与世俯仰，不被大众裹挟，保持人格独立。始终做一滴纯净的'小雨滴'。"

14.4.10 大多数事情一时说不清楚

大多数事情不是一时半会儿能说清楚的，但大多数事情往往又是十分简单地悬搁在那里，等待着去说清楚。对多数一时说不清楚的事情，最终，时间会默默地去诉说，此即所谓，时日有功也。

14.4.11 以一个商业流变为案例（关于如、立、守、归之"常"）

首先是日常需求，易物交流形成一个固定的供求关系，此固定的供求关系可谓如"常"（此在前面已经表述过）；其次是"常"有定物，有需求定价，有交流议价，从而使供求关系得以确立，此情形可谓立"常"；然后是回到日常需求，创新归于稳定，渠道、价格、周期也趋于稳定，此供求关系可谓新阶之"常"，或可谓守"常"；最后，如果新的需求萎缩或趋于颓废，价格从有价回落至无价（此并非价高至不可估量），于是供求关系回到最初那个再行定价的关系，此可谓归"常"。

一"如"，一"立"，一"守"，一"归"，体现了在整个商业流变过程中"常"的稳定不变性，体现了"常"的基本的"有"、基本的"是"、基本的"在"之本质，唯其如此，方显"常"自身之大气象。

14.5 "常"静默，"常"私意

14.5.1 自然与人总表现为互为静默

我们说"在"，不但是自然的"在"，而且是有人的"在"。

自然，在大多数情况下，表现出一派静默无为的状态。人也是如此。在大多数情况下，无论有事还是无事，人都表现出静默的状态。

自然之常态，通常也是人之常态。但人还是与自然有本质的不同，总还是有一些人不甘静默，他们往往要发出声音，乃至要采取行动。

14.5.2 "常"状态默默地留下些什么

"常"留下而不自知。"常"留下（某事物、信息）而惠及万方以及万世。那些"非常"事物能够留存一时，但最终会被常留之物所替代。如沙石之沉积，那是一种沉淀，但一般不会留下流动过程的情状。又如琥珀之保全动物昆虫，则是由树液流动并凝固的自然神功所为。

14.5.3 世界是严肃（静默）的

除人类及某些高等动物天然具有某种嬉戏娱乐的表达及行为之外，世界总体上是在严肃（静默）的状态下运行的。

这里所谓"严肃"，主要是相对嬉戏娱乐的表达而言的，也就是为生存之营役所逼迫（或驱使），从而在自身存在及日常行为上表达出缺乏人类所指认的那种生趣感，以及对周围事物的美丑的无动于衷的冷漠感。

14.5.4 拥有之时，总是反常

动物在嘴里叼着食物时是不会理会外界对它的警告而放下食物的。关于这一点，人们可以从某些家养动物的行为中得到印证。人类往往也有这种特性。

14.5.5 世界上有一种"大常"叫心安理得

心安理得属于人最根本的内心观照。

这个与"己所不欲，勿施于人"的表述是并行的，都属于人之常情的范畴而不关涉其他。

在人伦这一端，心安理得即属"大常"。也与《心经》所言的"心无挂碍"相通。

14.5.6 不去做判断是常态

对很多事体而言，不去做判断是一种常态，去做判断其实是不正常的。

判断针对的是什么？是对"有""是""在"提出问题，如有什么、是什么、在什么等；对问题提出者做出的回应；是一种问题的趋近，将问题摆到你面前了，于是你不得不做出回应。若问题没有趋近，则未必做出回应，此是常态。

14.5.7 公与私

关于公与私，讨论的是人由私到公以及由公到私的摆渡状态，这是人对个体性世界（无所谓公私）及群体性世界（有公又有私）的差异性的认知模糊化（即公或私难于处置）的一个标志。并且，这种认知的模糊化有时还是策略性（偏私的公）的，往往是由于体制所给予的某种便利（以权谋私）。

14.5.8 私而大（自觉大，被人认为大）则反常

小则可以私之，大则难矣……

私总是小而又少。是故，某人之私而大（自觉大，被人认为大）则反常。

14.5.9 私人的东西比公家的东西用得长久

这是因为人总是对属于自己的东西比较珍惜。并且，人保管自己的东西更容易上心，也比较方便。再者，私人物品总是有限的，因而，照顾私人物品所花的成本及时

间也相对有限。

14.5.10　每个人都有许多私事及私物

我们每个人身边都总有许多日常私事、操持、喜乐、杂念及烦恼。这些东西构成了我们日常生活的丰富多彩，也构成了个人的私人行为。

每个人不同程度地都有一些私人家当。这些东西的累积成为我们作为个体生存的某种私人价值。

14.5.11　大多数人终其一生，无缘于欣赏某类艺术

例如，欣赏某首曲子，又例如，欣赏贝多芬的《D 大调小提琴协奏曲》，再例如，这首曲子是柯岗的小提琴独奏版本……

由于东西方文化的交流不畅，东西方艺术家互相不熟悉对方的艺术，也是常有的事。

然而，这不妨碍双方在各身的领域走完自己完整的、传统的艺术生涯。

14.6　"常"定"常"移

从自然社会去观察，"常"定与"常"移这种观感也是易于领悟的。

14.6.1　定即心定

人定——其本质上是人心安定，自己守其本分。

古人有谓"人定胜天"，这个"定"就是"心定"而不是确定不移的意思。

由此论及"人定胜天"一语，并不是说人一定能够征服"天"，而只是说人在内心淡定的状态下，可以比天（或者指"天数"）更有胜算。

《周易》有"天、地、人"之"三才"说。胜天，即高于"天"，重于"天"，可以理解为"重于一切"或"高于一切"。

14.6.2 "定"字有趣

或者可谓，"常"如定，固定、淡定，乃至禅定；而并非指规定、判定、断定等意思。

这里说的"定"更多是"恒定""淡定"之意，并非完全是"一定"之意。

14.6.3 "常"之状若"定"

人定如"常"。所谓"定"，并非不动，而是以附着的方式占住某个空间，以"定"的状态而使"在"得以显现。

梁启超说："小生每念物极必反，人定胜天，怯大敌者非丈夫，造时势者为俊杰，当仁不让，舍我其谁？"文中的"人定胜天"的"胜"字，准确的理解应为"比……更为重要"，而不是"战胜"之意。

时间之绵延是一种状态延续的表达，只有状态在时间绵延时不发生变化，"定"才是那个时空的显现。

14.6.4 物大固态而定

物之大如屋宇、山川、地球，都有坐定不动的大气象。

14.6.5 山石皆定，风水总移

除非有地壳变动之类大变，山丘石土亘古不动，还是可以说得通的。至于流水与刮风，虽然未必直观，但易于感受。

14.6.6 植物皆定，动物总移

虽然人们用高速摄影能够捕捉到植物的生长，但按照正常时间感觉，植物还是普遍与土地以"定"的方式存在。动物总是给人运动不歇的印象。

14.6.7 物小柔软易移

小件的物件、柔软的物件、液态的物质，大都是易于移动、易于流动、易于形变的。

14.6.8　造化以为移

人们以自然之沧桑变幻为造化。所谓"造化"的种种变化状况，就是构成物的质变、构成物的形变以及构成物的位移。而构成物的质变不易看见，但构成物的形变及位移就可以观察到，因此人们多以"物移"形容自然之"造化"。

14.6.9　天体之大，移动不歇

关于天体永不停歇的变化移动，无须赘述。

14.6.10　时短似定，时长见移

时间是运动的关键要素，时短时长，决定事物似定似移。

14.6.11　人近能识，人远靠缘

靠近是人与人相识的前提。

人与人靠近可以是长久的相处，也可以是一时一地的近距离邂逅，但如无较多的互动，也就没有真实的相识。

而人与人距离远，若能认识，多是偶然事件使然。关于这一点，汉字"缘"说得比较贴切。不过对于现代社会而言，因为资讯的发达，不以"缘"相识的机会增加了许多。

14.6.12　有缘与有分是两个概念

有缘——有机会、接触，有知道、相识的可能性。

有分——有参与、交易、股份、分肥。

14.7　"常"有觉

"觉悟"一词出自佛教。

觉悟从三个层次来说，一是知识，简单说就是明白真理；二是人生体验，明白你

要的人生到底是什么样的人生；三是修行，修的就是要控制好自己的身体。

觉悟这三个层次的最终目标是大圆满。大圆满就是满意自己，满意于最终抓住了在世最根本的东西。

隋代高僧慧远云："一觉察名觉，如人觉贼；二觉悟名觉，如人睡寤。"慧远又说："既能自觉，复能觉他，觉行穷满，名之为佛。"慧远将"觉行穷满"指为佛，"穷满"即大圆满，认为"佛"就是终极的"圆满"者。

14.7.1 常人有禀赋，智者有觉悟

这是孕育智慧的两个前提。一方面，常人应该有领略智慧的常人禀赋，即所谓的心智健全。另一方面，在人群里要有捕获智慧者，即要有这样一类人：他们会在言谈事功当中，霎时觉悟并机敏地捕捉到那闪烁的智慧火花，并且将转瞬即逝的火花变为常亮的火焰，乃至成为常年不灭的篝火。

14.7.2 有觉先有知

所谓知觉，即是说，先知而后觉，觉在诸有知之后。但人的有知能否一定会得到觉悟，也是不能定论的。有这样的情况，有知而无悟，多知而少悟，知不多而有大觉悟，等等。这说明，知与觉又并无必然联系，当以人的不同的悟性禀赋为凭。

14.7.3 有人生体验而后有觉

人生体验包括生理体验、生活体验、社会体验等。而有了这些体验之后，觉或不觉，也难有确定。如是观之，有人生体验后能否有觉，当依靠启示，依靠所谓开悟，即依靠所谓的生命之"光"。

14.7.4 《俗语佛源》对觉悟的解释

觉，梵语为菩提（Bodhi），鸠摩罗什译作"道"，玄奘译作"觉"。

"觉"有觉察、觉悟两层意思：觉察即察知恶事，觉悟即开悟智慧。佛家说：会得真理以开真智为"觉悟"。

14.7.5 少数人有读书之觉

通常，有阅读习惯的人只占少数。也就是说，很多人，尤其是多数生活在不发达

地区的人，因为没有迫切的（日常的）需要，也因为没有相应的资源（图书馆、购买书籍的资金等），渐渐失去了阅读的动力；而这种日常生活的常态日复一日地延续（没有增进知识，没有运思觉悟），读书的人会越来越少，带来的后果就是该地区的发展滞后。

如此，反而知道读书之觉悟重要。

14.7.6 人生之有觉及无觉

人生有觉是一种"常"，人生无觉也是一种"常"。

有觉与无觉，当由人的本身的禀赋决定，人自己或无法控制。就人生之有为的方面而言，人有觉即有更多的可能成就一番事业；但就人生之快乐而言，人无觉则更多的情况会使人自适安然。所以，有觉抑或无觉，对于人生意义而言，并无方向及定则。

14.7.7 人观自然之变而觉悟

人如何去观照自然之变幻呢？有时十分简单，那就是站在山巅，站在岸边，以平常的心态，以平常的视角，久久地探看，久久地沉思。看久了，沉思久了，也就觉悟了。

《论语》有云："子在川上曰：逝者如斯夫，不舍昼夜！"

14.7.8 长期的修习会生觉悟

这里说的修习并非指对某种宗教信仰的修行，而是对某种观念的一直持守，以及反复不断的思索，从而在某个机缘感触之下，顿然生悟，即所谓的"顿悟"（当然，长期修习而不见有悟也是常有的事）。关于"顿悟"这种情况，以佛教禅宗的故事讲述得最丰富。

14.7.9 拥有未必是需要的

有一些拥有原来也不一定是需要的。

还是前面那个自行车及汽车的案例——一种全新的、以租赁方式呈现出来的关于共享经济的"网络＋实体车"的营销模式已经出现，人们开始慢慢适应使用但并不占有代步工具的出行方式。

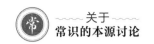

14.7.10　人将自己的能力赋予了工具（机器）

人力能够搬动的东西十分有限。人能够搬动的东西也就是他力所能及的能搬动的东西，这是一个常理。所以，人最终把自己的搬运能力赋予了工具，甚至赋予了机器。

但是在社会中，负责调配物资的官员具有调配物资的权力。于是，他或许就能够调动相应的资源和人力物力，去"搬动"一些大东西。这又是另外一种常态。

14.7.11　人的许多思考也许未必需要——一种觉悟

当你更多地去阅读，你就会发觉，其实日常许多思考是多余的，因为哲人们早已替你思虑过了。

通过阅读（现在还包括通过搜索引擎检索），你会发现你的问题的答案早已给出了。有的问题可能会有千百个答案；有的问题可能会有通过复杂的思辨给出的阐述；还有些特别的问题会有令人意外的论说。

14.8　"常"怀愿

荷兰哲学家 B. 斯宾诺莎说："欲望就是人的本质自身，就人的本质被认作为人的任何一个情感所决定而发出某种行为而言。"[①]

英国经济学家 A. 斯密说过："各个人食欲，都受胃的狭小容量的支配，而对于住宅、衣服、家具及应用物品的欲求，似乎却无止境。"[②]

斯宾诺莎所说的"欲望"，就是泛泛所指的愿望。但就愿望而言，含义超出欲望而表达更多的意思。

---

① ［荷］B. 斯宾诺莎：《伦理学》，贺麟译，商务印书馆 1959 年版，第 51 页。
② ［英］A. 斯密：《国民财富的性质和原因的研究》上卷，郭大力、王亚南译，商务印书馆 1972 年版，第 158 页。

14.8.1 关于"你有"与"你没有"

"你有"是有限式，"你没有"则是无限式。

你有读过几本书，你没有读过什么什么书。

肯定是有限式，否定是无限式。

14.8.2 有思，有意，有愿

有心有思在先，然则起意，意欲益增，意欲持守，而成愿景。

14.8.3 祈愿基业长青

中国人常常祈愿"基业长青"，就是讲自己或祖辈创下的事业营生能够欣欣向荣、发展壮大、永葆青春。这里"长青"者，即系"常"之愿景也。

14.8.4 要有"常"观——非悲观亦非乐观

过度悲观与乐观都不可取，"常"观就对了。

14.8.5 愿望由梦幻所致

有些愿望最初由梦境生发。而梦境之生成，其实也基于日间所思。所以，愿景最终得以确立，就是日间之思、夜间之梦合而作成的。

14.8.6 愿望由欲望生出

愿望是由欲望衍生出来的。愿望与欲望，两者既相类又有所不同。

14.8.7 愿由"识"所推出

有些愿景，是由科学理论与实践形成的结论，即由"识"所推出。我们今天见到的景象，本来就是旧日的愿景。之所以成今天的样子，可以想见旧日之科学、技术、工艺之不懈努力。

14.8.8 心象有大小

心象为心之容器。心之"容器"，即为心愿之所。既作为"容器"，因而有大小之

别。心小则愿小，心大则愿大。此又为"常"。

14.8.9　心愿有长短

心愿长短表示心愿达成之缓急。当然，心愿长说明人欲达成愿景的诉求并不急迫，心愿短则说明人欲达成愿景的诉求比较急迫。

14.8.10　外遵"常"理，内修"常"心

形成并遵循内心的绳规，是所谓"大人"的一种修为。此为归"常"之终极之道。所谓形成内心的绳规，即要有"常"心。

学者谢遐龄说过："人类总要追求那无限的、绝对的东西，不管它起名作道、玄、无、存在、上帝、绝对。为什么呢？因为人类的本性，是精神本性，不在肉体，而在社会存在；道所标志的是社会运动的终极目的、人类最高理想。由此可见，追求无限、绝对，看来是玄奥的哲学思辨，实则为人类向理想社会迈进的踪迹。"[1]

14.8.11　"常"设四式——"如""立""守""归"

依事情运作的不同，"常"设有四式：事本——如"常"，事成——立"常"，事运——守"常"，事善——归"常"。

---

[1]　谢遐龄：《本体论重兴之兆——金岳霖先生〈论道〉重版有感》，《读书》1987年第4期。

15

事本——如"常"

世间，皆因有人，随之有诸多之事。

荀子曰："天有常道矣，地有常数矣，君子有常体矣。君子道其常，而小人计其功。"

冶父道川禅师偈颂云："世间万事不如常，又不惊人又久长。如常恰似秋风至，无意凉人人自凉。"

这里讨论万事之本，即由事而申论之"常"。

前面说过，"常"，即"常"识之基底，属于"常"识之原质，如《易》之"阴阳"，佛学之"梵"，数之 0，1，…，9。

15.1 本"常"与实"常"

以数学或物理上的常数来说明"常"是很有趣的。

如前面提到的数学专业词条对常数的解释，我们知道常数是一个十分宽泛的数，尤其是"0"可以作为一个独特的常数。这个常数的含义相当丰富。

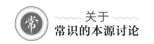

15.1.1 "常"的存在不经意

"常"有不经意的存在。

比如，人世间有很多事功对于个人的生存及生活并无必然的重要性。也就是说，在某些时候，某些他人的事功对某个人来说本来是可以忽略（忽视）而不作为的。但某些他人的事功又确实在我们身边存在，而且往往在我们不经意时出来，影响着我们的生活，令我们不得不去注意（意识）到它的存在，最终成为我们不容忽视的存在。

15.1.2 世间之事，从无到有，然后又到无

关于"事"的一般定义是：某时某地出现了一个由因果链条关联起来的变动或变化序列。

但我们平常说的"事"，往往又更强调发生变化之后带出了的影响。所以，我们平常说起某个"事"，往往是说某个"事由"、某个"事件"、某个"事变"等。这里面的"变"有情状改换的意蕴，"件"有数量增减的意蕴，"由"则有缘起状况的意蕴。这种对于"事"的多样性陈述，使我们总感觉有太多的不确定性。由此，在议论"事"的时候，我们要将"事"确定为某个具体的事，并且进而要对这个"事"的数量、性质加以确定。这个对"事"的某些相关项进行确定的做法就是人类运用理智的过程，就是一个由"无事"到"有事"，然后到"完事"，即复归"事无"的状态。

15.1.3 有本"常"

有本"常"："常"之标量，属于数学计算或设定之"常"，如数学上的常数。

按照数学专业词条的解释，所谓常数（constant），就是除了字母以外的任何数，包括整数、小数、分数、0和无理数。在一个多项式中，每个单项式上不含字母的项叫常数项（costant term）。不过需要注意一点，π 和 e 不是这里所指的字母，因为 π 表示的是圆周率（$\pi=3.1415926\cdots\cdots$），而 e 表示的是自然常数（$e=2.7182818\cdots\cdots$）。所以，这两个也是常数项。

15.1.4 有实"常"

有实"常"："常"之实存，属于后来验证、推论或见证之理数或实际事物。

由通常意义上的公理、定律等推出，如"大数定律"，就属于此类。

此外，物理学里头众多的常数也可以是实常的例子。在物理学上，很多经测量（或经推算）得出的数值都被称为常数，例如万有引力系数和重力加速度等常数。但有关研究表明，部分这类常数并不是恒定不变的，因此就被称作"不定常数"（inconstant constant）或"不恒定常数"（not-so-constant constant）。当然，还有许多关于事实的描述或表征，都在实常的范畴。

15.1.5　"常"是一个类

从老子所说的"常道"与"常名"来看，似乎"常"只是一个时间副词。

但我说的"常"则是一个名词，如古说的"四大五常"的"常"。

15.1.6　"元""常"之道

但是，说"常"，又说"元×"，似乎是同义反复。

"元×"，通常指某事某物的基底。基底之"在"，是没有更基本的存在。但"元×"本身，是否还有更基本的"在"存在？是否经得起再诘问一句："元×"之后，又会否有元"元×"？甚至还会问：是否还会有元元"元×"？如果这样究问下去，就陷入了恶无穷。

但是"常"论就不同，说"常"的时候，就是要将上面这种诘问止于某个中段，不计（悬搁）其余。

15.1.7　"常"常在

我们说："常"常在，就等于说，"常"无时无处不在。

15.1.8　有"常"，有日"常"

以"常"为本，说日"常"为实。

"常"如何呢？

关于"常"，也许需要说明一下，真正的"常"我们是既见不到，又摸不着的。如中国人常说的金、木、水、火、土五行，谁也没见过这些"东西"，而只见过属于这些指谓的具体的黄金、树木、湖水、烛火、土地。于是，我们就要按照自己约定的套路及规范去定义其相应属性的东西。

而日"常"，则是自明的。

这里所谓自明，并不是不证自明的意思，而是指在世俗习惯这个意义上的自明，即如我们见到的阳光、空气、湖海、大地、森林等。因为大家都认同了同一个指谓，也就无须再去证明这个指谓是否正确，甚至在这个层面上也无法说得更多。

15.1.9 "常"无所谓变与不变

"常"本义是固定不变的意思，引申出去系指在某个设定的条件下事物所"是"的某一样态、某一定式。

但"常"同时又指某种固定（恒定）的流变，当有固定的源而产生固定的流时，这个流态也称为"常"。

15.1.10 关于"常"之"定"与"在"

"定"与"在"都关乎"常"。

"定"不大好说。"定"有稳定、定在、定点等多重意思，表达一个存在物的存在状态。"定"是相对于"动"来说的，是对某物之"动"的某种相对静止状态的一个表述。某物由动而至不动，是为"定"。

"在"更不好说。这个"在"可从亚里士多德以降的哲学家关于"在"的种种讨论中得到例证。

15.1.11 人类发展"需要特定的条件"

美国学者 F. 维尔切克指出："人类需要特定的条件才能繁荣发展，这些条件包括范围较为严格的温度、含有特定配方的分子混合物且没有毒素的空气、稳定供应的水和营养，以及远离紫外线和宇宙射线的伤害。"[1]

维尔切克所说的"需要特定的条件"，可谓人在之"常"境。

---

① ［美］F. 维尔切克：《万物原理》，柏江竹、高苹译，中信出版集团 2022 年版，第 5 章。

15.2　万事由"常"

万事由"常"。这个"由"即遵循、因循的意思。

我们讲过，万事这个"事"包括了无人之事及有人之事。

无人之事，"由"的是自然之"常"；有人之事，"由"的是自然及人伦之"常"。

世界由于有人及有人事，自然（或曰自然界）之"常"的境况已经被人挤占不少。于是有事的情形，往往就指有人之事，所谓生事由人，即是以人事为多见。

15.2.1　现实是"常"，现实之变

现实可能是"常"，也可能不是"常"。

如果现实是"常"，为什么要对"常"和"现实"做一种主谓宾的关系表述？如果现实不是"常"，那么，如何分述两者？

因为说到"现实"，不免让人想到一个处于流变之中的情景，即那个不是居定不变的情景。那么，它怎么会是"常"呢？看看一个都市，满眼是车流之变、人迹之变，又见到那些不变的建筑、不变的树木，等等，车流人迹与建筑树木组合，呈现一个变与不变的"常"景。

15.2.2　"常"因与"常"果

某些因果关系往往是固定的，我们就将其指为"常"因果。

其中，"因"可指为"常"因，"果"亦可指为"常"果。

作为由"常"派生的因果，有其特性。通常，一个因与一个果，并非单一关系，也就是说，某个果可能是由多个因促成的；或者，数个果，可能是由一个因促成的。这样，因与果都不构成稳定的关系。

所以，只有某个果与某个因有确定不疑的关联时，这种因果关系才是确定不疑的独特关系。这也就是前面所说的"常"因果。

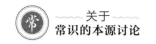

15.2.3 "常"未必是那种通常

"通常"本来是指某种很普遍的东西。但当说到这个"通常"时，则也可能是一个别样的东西。

我们说的"通常"，是指有些情况下，"常"可能是某种特别的之"常"；而有一些"常"，则可能又只是"通常"，即是指某个可能的"常"。

也就是说，有一些"常"是固定的"常"，但是另外一些所谓"常"又并不那么固定，也可能是"常"，但也可能不那么是"常"。

15.2.4 适者为"常"

适眼，适心；适言，适行；适听，适嗅；适体，适用；适住，适变。

其实，这个"适"与一般所说的"适者生存"中的"适者"有所相关，但又更加趋向脱离自然环境的处境。

不过细想起来，却是另外一个思路。

15.2.5 自适乃"常"

自适、自在、自由，这些才是人类最企求的习常存在境况。

但自在与自适有同，也有不同。同的是相同的主体——自己。不同的是存在的状况：一者是"在"，即实实在在的那种"在"；二者是在"在"之中的自适，即关乎自身的适宜、适合等。"适者"要比"在者"更有"在"的含义。

在西方人那边，往往不怎么讲"自适""自在"，只讲"自由"这一样，显得冷硬，这样就缺少了"自适""自在"的温馨，其实少了些情趣。

15.2.6 那种无感觉，或可称为感觉"无"?

无感觉是某种"常"。

无感觉即某种"无"，某种无"有"的"无"、非"是"的"无"、不"在"的"无"。

总之，无感觉也就是说某种纯粹的虚空。

而痛楚、变异、感觉异常，却应该指某种"有"、某种"是"、某种"在"。

是那种有我的"有"、有物的"有"、有感的"有"，那种是我的"是"、是物的"是"、是感的"是"，那种我在的"在"、物在的"在"、感在的"在"。

也就是某种实"有"，或实"是"，或实"在"。

15.2.7　多为"常"，稀亦为"常"

"常"为多抑或"常"为稀？

看看大自然吧，在大自然那里，多为"常"，稀亦为"常"。

此即是说，"常"不为多稀，不为众寡，只在识趣。

15.2.8　平台可指为"常"

世界上有各种各样的平台。有自然属性的平台，也有（更多的）人造属性的平台。

我们说，这些平台可指为"常"。

说"平台"是"常"，并没有否定"平台"自身的意义，而只是将"常"的意蕴附着在上面，让我们看到"常"是在更深层的意义上包纳了包括"平台"在内的种种表象。"常"就是有这样一种包纳的功能。

自然平台的生灭因由自然的力量促成，而人造平台的生灭则既有人力的原因，又有自然力的原因。

因为单凭人力，一个平台往往不能维持长久。只有人力加上自然所蕴含的某种逻辑机制的力量，一个平台才能真正长久运行。

15.2.9　是人创造各种"平台"及"圈子"

这些建基于地球之上的各色各样的"平台"，就是以地球这个大平台为基础的。人类在存续过程中构造了各色各样的"平台"，同时也在不断地毁坏旧有的"平台"。于是我们说，除了地球，人类创造出来的"平台"都有被毁烂的可能。

如果我们说那些由人不断创设—毁坏的短暂存续的"平台"也可属于某种"常"的话，则这种"常"并非一般意义所指的"常"，而是赋予人造属性的那类"常"。

同样，更多建构在"平台"之上的种种"圈子"，在更显活跃之余，也更显出不稳定性。由此而论，"圈子"的"常"性又显得更为脆弱。

15.2.10　代表某种生命活力之"常"

生命之活力，是一种类似某物"点燃着"的状态，也就是所谓的生命活力之"常"。

科学家至今无法弄清生命的活力源自何种机理。如对基因的提取与拼接的研究，

科学家大约都能够做到（如恐龙基因的提出与复原）。但如何能够激活一个构造好的准生命体，使之能够进入成活状态，则是一个大问题，也是一件不容易做到的事。在这一点上，植物或小微生物，又似乎比较容易激活。例如，将一条超低温冷冻并完全僵化的小鱼快速解冻，这条鱼能够很快地复活。但如果解冻一头冰封万年的猛犸象并将其激活，则至今未见到有成功的例子。

15.2.11 市场无情与市场有情

市场有情还是无情，这是一个问题。印度人就说，一切皆有情。

把这个说法用于市场，这就确实是个值得探讨的问题。因为市场如果面对的是一个没有作为、没有诚意的人，一个没有能力做出品、做市场的人，它会表现出无情的一面；但如果它面对的是一个有诚意、有能力做出品、做市场的人，那么它又会表现出有情的一面，它的回报也是巨大而令人感到愉悦的。

归根到底，市场的选择代表了一种商品的最终的真实价值，同时也代表了一种审美趣味，甚至代表了一种善意，于是，其最终表达了有情的一面。

15.3 "常"之自然

自然之存在者（自然者），社会之存在者（人伦者），皆可曰"常"之存在者。

"常"就是本来那样的"常"。自然而然地，就是像本来应该有的那样"有"，像本来应该是的那样"是"，像本来应该在的那样"在"。

"常"本来就应该是一个大致可能的状况；同时，也就含有存在一个本来不应该的状况，叫"非常"。由此而论，人为地、轻易地改变某种状态（即那种"常"态。例如轻易地改变自己的生存方式、生活方式乃至生存之地之类的做法）就是一种"非常"的、不自然的动静，这样就会造成自身的不适应、不自在，甚或招致不测。然就算是这样，"常"照样慢慢显现出自己的模样。

15.3.1 "常"与自在及舒服

自在与舒服，都是在说一种自适之状态，即"常"。

然究竟何谓自在，何谓舒服，则很难做一准确的界定。因为自在从人自身表达出来，是一种感受。所谓自在、自适的感觉，全在一个身体、一个内心，全在主观的感受。

但如果我们认为说的是自然的那个自在，即自在从自然那里呈现出来，则又是在说一种普遍的属性。

15.3.2　自然之"常"与人为之"常"

自然之"常"与人为之"常"，同属"常"体而成因有异，即都表达为相同的性状，即相同的"有"性、"是"性及"在"性。因为这几种性状的相类，所以尽管形态殊异而同质，终是导致性状殊异而同一。

人伦秩序，由人积习、设计，本来未必恒久存在（指其有效性而言）；但如若久远之后，仍然有效存在（运行），仍然由众人所传承（恪守），就说明这种人伦秩序已经成为某种能够超越时效的常态。此即所谓的"伦常"。

15.3.3　"常"形与形"常"

我们说，"常"形与形"常"皆为"常"。这两个套路，看似同一，其实异质。前者有时间因子附着，而后者则是纯然的、自性的、实然的"在"。

例如，说到"常"形，即指形之常态，属常见常显之形，在某个时间区间内照见，属于存在之形；而形"常"，则是指形之性质，形内在固有之属性，属于自性的，无须含有时间因子。

有时与无时，大异其趣，其质也异。

由此推及其他，可以获得相同的见解。

15.3.4　自然常"常"，社会常变，亦为常"常"

自然乃无人之境，无人干预，无人调度，无人取与，所以常"常"。

社会乃有人之境，人在其中无时无刻不有所作为，有所干预，有所调度，有所取予，有所弃用……此谓常变，亦可谓常"常"。

15.3.5　自然未必"常"，"常"却常常自然

"常"有时间绵延的属性，并且也有居定的空间属性。

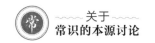

但我们提到自然时，则更多是指某个时期（时间段上的）的空间属性（即有限性）。所以，一般我们有"大自然"的说法，而不说"小自然""长自然""短自然"等。

此外，我们除了说自然，尚有说虽然、应然、必然等。显然，此"然"并非彼"然"也，因为虽然、应然、必然等所指之"然"，都属于随意所指，泛泛而指之"然"。所以，这里说，然则然也，未必是"常"所指之"然"。就自然这端看，变数很多，有小的变数，有大的变数，还有巨大的变数。在这些变数呈现之际，"常"就隐而不显，而这时的"自然"就不表现为"常"，或只能以常变之象以为变"常"。

15.3.6 "常"的"有""是""在"

"常"又犹"有"，又犹"是"，又犹"在"。"常"并又非"有"，非"是"，非"在"。最后，端看如何"有"，如何"是"，如何"在"。

15.3.7 常×与×常——"常"的两个路径

常形、常体、常心、常智（知）、常性、常感……

形常、体常、心常、智（知）常、性常、感常……

前一个路径，"常"是用作副词，表达对象的一种状态；后一个路径，"常"是名词，表达一种"有"性，一种"是"性，一种"在"性。

15.3.8 由繁到简或由简到繁

从线（划）到点（击），人的写字行为一直朝着省事的方向嬗变。这个现象与人的其他行为的演化过程是相同的，即做同一件事情，因为经验，因为考究，因为改进，其做事的方式总是朝着越来越省事的方向演进。这个演进路向与自然生物总是朝最省俭的方向演进的原理是相通的。

但有些事例又说明，人们会把简单的事情往复杂的方向去做，如汉字早期从简到繁的演化路向。无论中外，都有所谓的繁文缛节，就是讲在某个时代贵族阶级为了将人群区隔开等级而人为地设置某种身份标识（教养）或文化分野（学养）。

此外，从生活现象考察，人的身份等级越高，人的生活规矩也越多，越复杂；人的日常行为的礼仪也越多，越复杂；甚至，人的衣饰妆容，也是有很多烦琐考究的。

15.3.9　太阳底下没有遗珠

古罗马皇帝 M. 奥勒留说过："太阳之下没有新的事物，一切事物都是常见的，一切事物都在消逝。"[①]

在海洋里，太阳光线普遍照耀，但海中的能见度只有深浅的区别。在海里，各种生物四处巡游觅食，不会遗漏可食之物；在陆地上，太阳直接照耀，处处能见，虎豹狼豺、鸟兽蛇虫四处出没巡游觅食，也不会遗漏可食之物。

同样，在人类社会的商品市场及资本市场的大环境下，在利润诱导与资本渗透的双重作用下，也不会遗漏可能营生之事物。

这里所谓"不会遗漏"的前提是，暴露、透明、开放及相对稀缺。

不过，在海里鱼类群居的地方，在陆地上果实成熟的地方，还是有食不尽的鱼以及采不完的野果的，此即为局域资源相对过剩的现象，也就是非"常"之象。

15.3.10　"常"的众多维度表述

"常"有多个维度表述，如时间、空间，逻辑、因果、能势等。在空间表达上，又有大与小、高与下、众与寡、虚与实等。

所以上述皆表为"常"者，是因为这些维度表述的各个概念都附着有居定不变的时域及空域。唯其时域及空域居定不变，是为"常"。

15.3.11　自然并不求真，不向善，不爱美，然人反是

自然因为无情，因而并不求真，不向善，不爱美，但不妨碍自然本身存在真、善、美的形象，此亦可谓自然之"常"类。而人则相反，有很多求真、向善及爱美的情愫，此即所谓人之常情。但人同时也有这些美德的反面，即存在同样多的假、恶、丑的形象，此亦可谓人之"常"类。

上述两者说明，无论是自然或是人类，真、善、美及假、恶、丑，其表达之"常"类是同一的。

[①]　［古罗马］M. 奥勒留：《沉思录》，梁实秋译，译林出版社 2012 年版，第 100 页。

15.3.12 一切都归入"常"

"常"有点像老子那句"道生一，一生二，二生三，三生万物"中，那个生"一、二、三"之"道"。不知"道"指的是什么，但有了"一、二、三"之后那种有与无、是与非、在与否之间的状态消除了。"有"成了"有"，"是"成了"是"，"在"成了"在"，然后，万物生。

那个恒定不变的"一、二、三"之后出现的"常"，即是实"有"，实"是"，实"在"，即是实在的"万物"。

15.4 "常"自显，又不自显

"常"自显，"常"又不自显。

"常"自显，"常"存在而不以"我在"的感觉为转移。

如看天是否在下雨，下多大的雨，只要我们在窗前看看路上的行人穿戴什么雨具就可以下判断了。观察一个市场是否开放也一样，许多商品的价格是明码标出的，就看人们是否接受，买卖是否踊跃。

作为纯粹的"常"，是不会刻意地隐瞒自身的状态表征的，除非它的本性是隐；否则它也不会刻意地显现自身的表征。

但是，"常"又不自显。这个通常是指对人不显，即"常"不会自己主动向人显示，向人的那个视域显现。所以，才有人需要去"发现"这个说法。"常"不自显并非刻意地不自显现，而只是那种无意的隐显而已。

如地下河流的流动，如植物根茎的生长，外观不见（缓慢至察觉不到），但内在运行。

15.4.1 人类的视域（指观察能力）本来是很狭小的

人能够见到什么？人人都可以回答这个问题，但具体地说，则没有哪个人能够说得清楚明白。

一个自然人，处于一个有限狭窄的地域，生存于短暂的时域下，有十分有限的资质，掌握十分有限的资源，自然只有有限的视域及眼界。

但人类这个群体，通过网络的联通，打通了彼此的界限，打通了空间的分隔，并且打通了无论共时与历时的时间分隔，其实也就是拓宽了整体的视域。

15.4.2 "常"不隐显固 "常"隐又 "常"显

自然之隐与自然之显都有特定的理由（隐显之说，其实是相对于动物或人是否发现而言）。在无机物状态下的自然物，所谓隐与显，其实并不存在（隐者无由，显者亦无由），此即自然（"常"）无所谓隐显。

自然之 "常"之隐显总是无意，无意而不有意，是以不自显。

但在有机物状态下的自然物，如生物，则隐显大有玄机，因为要保存本体，不被其他机体同化、侵害。一些生物就要将自己隐藏起来，即所谓专注于隐。就算是不能动弹的植物，也会刻意将自己机体容易受到外界侵害的部分隐蔽起来。隐蔽的手段最常见的就是对无机存在物外观的色泽形状的模仿。此谓自然之 "常"隐。

但生物在开花结果或求偶结交的阶段，则又专于显。而这时的显，就是我们见到的机体异形变化，如雄性动物的艳丽乖张的色彩（如某些鱼类的雄性）及夸张的动作表情等，在植物这一端的表现则是鲜艳奇异的花朵之类。此外，还有一些属于警戒性、迷惑性、威吓性等，而无论是隐或显，这两个性状都是由自然选择（通过基因变异）这个机理来完成、体现的。此可谓自然之 "常"显。

15.4.3 无意、有意为 "常"

"常"无意的说法，只是针对自然之 "常"，对生物或人之 "常"，则未必如是。

所谓未必，就是指生物或人能有意也能无意。能有意即是有主动的意识，即所谓的生物或人的主观能动性，能主动地去找寻（发现）目的物；而能无意，则是生物或人的局限，对高等生物（这里简单地指为有眼类动物）而言，是视域及视觉认知的双重局限，对人而言，则多为视域的局限。

15.4.4 分、合为 "常"

说 "常"有分合：分者，分域也；合者，合处也。

之所以分，是因为各域有异常，即有各自不同的 "常"。然后因为这个点，产生隔阂，进而又产生不同的利害观念，进而有不同的价值观，进而在各自所设立的规矩里，

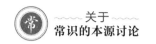

就相应地有不同的制式、风情，以区别、区隔于其他区域。

但当不同区域在交流、交易及交融的过程中，又渐渐感觉到原有那种区域分隔所造成的种种不便多于作为保护差异利害的分隔的好处时，减少分隔的内涵又开始占上风，最终消除分隔，合并融合。

常分，常合，统归为"常"。

15.4.5 "常"为居定者，也为变动不居者

山川、丘陵、平原，河流、湖泊、海洋……一切看似不变的东西，在不同的时间尺度之下，都会是一个相反的状态，即总是在变化之中；而在不同的空间尺度之下，那些看似不停在动的东西，也会是一个相反的状态，即处在一个相对静止的状态中。

15.4.6 河道流淌日久，固而为"常"

河道弯弯，流淌日久，即固化为"常"。这就是常态所形成的因由。

15.4.7 绝对—相对为"常"

惯常的例子是−273℃与0℃。这两个值属于同一个温度量纲，前者称为"绝对零度"，属于一个标量；后者称为"零度"，是基于液态水凝结为固态冰时的温度而设定的一个标量。

如果我们用"常"来指称这两个标量，则含有两重意蕴。前者为绝对之"常"，后者为相对之"常"。

15.4.8 "常"变与"常"不变

如我们据有的东西、共事的人、储存的食物、种植的植物、养殖的动物，无一不是从开始的时点就开始变化、生长、腐朽、变质，此谓"常"变。这与居定不变是相反的。不变的种种是由人操持、打理、照看之下的事体，使那些变化着、腐朽着、毁坏着的活物得以存续生息，形成"不变"的景象。

这也是"常"最独特的地方，即"常"变与"常"不变合体。

15.4.9 自然之道即"常"道

古罗马皇帝 M.奥勒留曾经说过："宇宙自然之道就喜欢变化，由于自然之道，现

在的一切事物得以完成，亘古以来即是如此，将来以至永恒亦将如此。"①

如果从"喜欢变化"这一面看，说自然之道即为"常"道也可以。但"常"道还有另一面，即从小尺度时间来看，"常"不喜变化也是一种性状。

15.4.10 "常"有限亦无限

通常来看，"常"只是一个局部（局域）的概念。

时间有限，空间有限，生命有限。"常"往往体现在各种"有限"之中。

或许，"常"本身就是一种"有限"存在的表述。有限的"有"，有限的"是"，有限的"在"。

但从另一个角度看，说无限为"常"也可。人们说无限，其实也是多有所指，即是在视域所不及处，乃至是数之无穷处，乃至思之无穷处。视域之外，数列之外，思域之外，"有"何有？"是"何是？"在"何在？很难指说，即不在"常"的表达（讨论）范围之内，这也是"常"事。

15.4.11 "常"积淀于时间淘洗

"常"，因为积淀于时间淘洗的过程中，是时间的沉积物，因时间而"有"，因时间而"是"，因时间而"在"，故因时而为之"常"。

15.4.12 视而不见谓之"常"

无论是生物或人类，视线所及总是有限，而差别在于当时的专注度。

如因为冻馁，或是求偶的状态下，视线才会有集中点，即所谓的注意某物；但在日常状态下，视线并没有集中点，即处于有视无睹甚至是熟视无睹的状态。这时，就出现了观察者所见到的在非洲原野肉食性狮虎与草食性鹿马共处一区和平相处的反常景象。而身处其中的草食性动物都心中有数，那是因为那些肉食动物刚刚猎食完毕，处于饱滞状态，自然是暂时没有攻击性。这也就让人们可以见到肉食动物与草食动物和平共处的景象。

在人类社会，在市井日常生活情景中，大多数人能随处体验到这种有视无睹，甚至是熟视无睹的状态。如某人徜徉（路过）街头，一遭走下来，其实遇到过许多人、

---

① ［古罗马］M. 奥勒留：《沉思录》，梁实秋译，译林出版社2012年版，第158页。

物、事的，但如若问起他刚才在街上见到过什么人、什么物、什么事，他除记得行经的路径之外，对其他一切肯定全然没有印记，因为他在走路的过程中，并没有留意刚才遇到过的那些人、物、事（途中没有见到值得注意的人、物、事）。这就是我们对日常的视而不见。

15.5 "常"问与"常"不问

孔子曰："予欲无言。"子贡曰："子如不言，则小子何述焉?"子曰："天何言哉? 四时行焉，百物生焉，天何言哉?"

我们论述下来可以看出，"常"论对提问或问题的处置方式与西学大异其趣。

因为在论及某物时，如若指其为"常"，则无须问，或不应有问。

但"常"又是时时被问得很深的产物，因其自身时时带问来去，由问而生成，而生实，这种"常"所产生的过程，也就是自然而然的过程。以至为"常"之后，再无问题。

15.5.1 "常"不语

由孔子的话可知，虽然老天从来没有说过什么话，但四季照常运行，百物照常生长，孔子深深敬畏这个从不说话的天。

当我们把孔子说的那个天指为"常"，也就可以说"常"不语。

15.5.2 问"常"者，是问那个"有"、那个"是"、那个"在"

我们说"常"的目的，很大程度上是要厘清几个事物，即关于当下的"有"，常有、现有、能有、指有，可能还包括或有；不仅是说即时那个"是"，还包括常是、现是、能是、指是，可能还包括或是；不仅是说即见那个"在"，还包括常在、现在、能在、指在，可能还包括或在。这样，三者相合，"常"就显现为常常、现常、能常、指常，可能还包括或常。

西方哲人性喜追问，不但追问"有"是什么，"是"是什么，还问"在"是什么；并且还要从源头上去问什么是"有"，什么是"是"，什么是"在"；还要问怎会是

"有"，怎会是"是"，怎会是"在"；继而还要问"有"从何来，"是"从何来，"在"从何来。

在中国，总觉得"有""是""在"的本义及歧义太多，阐述无法穷尽，虽意趣无穷却有思辨多而实不达的缺陷。还不如从中间切入，就是在我们所指的"常"这一段打开一个豁口，在"有""是""在"之间自然而然地往来过渡，在有限的时空界限内寻求事理之实然究竟，延伸出一种新的、显性的学识境界来。这未尝不是一种见趣、思趣。

15.5.3 再问那个"否""非""无"

我们在谈"有""是""在"的时候，自然会谈到这些概念的相反的一面，即"否""非""无"。

谈到"有"，即会谈及"否有""非有"，即"无"；谈到"是"，即会谈及"否是""非是"，即"无"；谈到"在"，自然要谈到"否在""非在"，即"无"。可见，在"否""非""无"这一端，最终落在"无"上，三者无差别。

"非有""非是""非在"都是从"有""是""在"这一端生发出来的，所以不能说为什么"非 ×"就一定是彻底的"无"，这个说法很麻烦。问题出在"常"这里，"常"的"无"或许不是彻底的、终极的"无"，而只是直接的、现实的"无"而已。

15.5.4 "常"为空

谈到"空"，美国人瓦托夫斯基有个说法很直观。瓦托夫斯基认为："任何物的空都意味着不存在，而存在是不能既存在又不存在的。这听起来非常像一个语言游戏：'盒子里有什么？''无。''假如我把无从盒子里拿出来，还剩下什么？''无。''假如我把无放回盒子里去，那么盒子里还有什么呢？''无。'无这个术语像非存在一样，当一个人把无本身设想成'物'或'存在'时，就会产生前面谈到的那种混乱。巴门尼德如此论证说：'不存在的东西是不能被想象的，也是不能言说的。'（维特根斯坦则说：凡不能言说的，就要保持沉默。）而且，'被说出来或被思考的东西必然是存在的，……但是要无存在是不可能的'。"[①]

---

① ［美］M. W. 瓦托夫斯基：《科学思想的概念基础——科学哲学导论》，范岱年等译，求实出版社 1982 年版，第 104 页。

15.5.5　元叙事与宏大叙事

中国学者龚艳华博士说："元叙事与宏大叙事是一个大的哲学政治学叙事方式，在宏大叙事背景下，一个时代的主流价值和标准被广泛推广，成为人们的主导价值和判断标准，不符合这个标准的将被称为异化，在道德上认为不合法性，成为正义和邪恶的分水岭！李世默作为美国伯克利加州分校、斯坦福大学毕业的学生，中国的哲学博士，对中西方宏大叙事有更深刻认识，他以近百年世界主流的元叙事方式对世界社会政治方式进行考察，已经超越了国家的概念。他倡导的相互学习和借鉴，倡导的元叙事其实都有其合理性以及缺陷，关键是如何更好地清醒认识自身局限，激发活力，得到修正，一个标准的宏大叙事本身就是问题……"①

15.5.6　"常"不问真假

自然本身有真假。我们说，真是"常"，假何以就不是"常"？

举一个浅显的例子，剧毒的河豚与无毒的鲃鱼，外观十分相像，但实质上是两种不同的物种。鲃鱼的生存策略是借生长出类似河豚的外观以迷惑天敌，获得自己的生存空间。这个现象在生物学上叫拟态。

关于拟态，我们还可以举出很多其他物种的行为，其最终能够成为一种固定的种群现象而存在，说明这种现象本身就具有某种实在性。而我把这种实在性贴上一个标签，就是某种特别的"常"态。

但我们很难说，这个"常"是假"常"。

15.5.7　"常"并非多此一问

世间事多，人未必知道诸事何为"常"，何不为"常"。为"常"者，诸事有"有"，诸事有"是"，诸事有"在"；不为"常"者，诸事"无""非""否"。

谈"常"之诸事有"有"，诸事有"是"，诸事有"在"，即当有"有"，即"常"为某种事实，为某种实存，可以得见、得闻、得触碰；当有"是"，即"常"为实名，即可以指认，可以指实，可以指说；当有"在"，即"常"为占据某时、某空的具体物，虽未必永存，但有存在或存在过记载。但谈不为"常"，则诸事无、非、否，无据可谈。

---

① 关于李世默的观点，可以参看 TED 2013 年度最佳演讲《中国崛起与"元叙事"的终结》。

15.5.8 问"常"，然后知其详

问"常"若展开，则可执其各端。自然也是围绕有、是、在进行。例如就人的问题展开的人之"常"而问，则自然会有针对人之"有"、人之"是"及人之"在"的问题。如此可以想见，这是个多么宽泛的提问，会有多么繁杂的答案。随着问之深入，能够无穷无尽地问答。这个就是展开问，随后知其详的意蕴。

15.5.9 自然算计又不算计

自然似乎并不算计。

但自然又自然而然地表现出算计的精巧与深刻，甚至有点决绝。

其实，自然从来都不精细算计，它本身没有算计的功能。不过，很多自然结构之奥妙精微，又令人觉得有某位精算师在其中计算着，算计着。

于是，我们会想到自然其实最终还是会算计的，只不过自然以其漫不经心的态度，缓缓地、本然地算计着而已。

当然，人很特别，是一种具有主动算计能力的动物。人发明了很多算计的工具，包括数学，包括种种算计的机器。

15.5.10 "常"习得之问

对人而言，人之"常"可以说多是指习得之"常"。然因为有习得之时间长短的区别，而有性状、性质、性情之别。

以时间长短而论，某个行为是否为"常"态未有论定，这是一个行为习得的问题。

通常，运作某件事，如若不用心坚持，则不会形成习惯，也就难以为"常"；但若运作时间足够长，成了某种行为习惯，到此时，无须用心也表现出一种稳定的、独特的行为习惯，此行为习惯亦即为"常"。

由此可知：习惯＋时长＝"常"。

15.5.11 "常"不问"在"与"无"

关于"在"与"无"，德国哲学家海德格尔有一句话被很多人引用："进行哲学活

动意味着追问：为什么在者在而无反而不在？"①

　　在这里要说的是："在"是一种"常"，而"无"也是一种"常"，所以，在常"在"、常"无"的问题上，海德格尔这个追问是无意义的。因为，"常"之为"常"并不让追问，而只是"常"自己在温和地表达。除了"在"与"无"，"常"还是"有"，还是"是"。"常"在轻松地说出自己包括"有""是""在"及"无"这些概念的时候，已将那种穷究的追问舍弃于"思域"之外了。

15.5.12　道、理、术、数，莫不如"常"

　　古人将儒学及道学的一套理论简约地概括为"道、理、术、数"四个范畴，并据此划分为多个层面。②

　　古人所讲之"道"，往往是指万物之本然，也往往是放到最高的形而上的层面，但道之最初含义，其实仅指道路。而所谓"理"者，事物之关联，介乎"道"与"术"之间，属于寻常之事理的层面。但到了宋明理学那里，所谓"理"又回到道，涵盖了道学。所谓"术"者，经世之机巧，与"理"有所交联，通常被定义在形而下的层面，属于与人事相关的人情交际的层面。而在道家那里，"术"还有一层意思，就是道术，是描述一种某一派的道士的超自然的能力。"数"者，日用事体之计量计较，有时又用来描述人的命运，如命数、运数、定数、异数。唐代文学家刘禹锡就讲过："夫物之合并，必有数存乎其间焉。"就是指某种前定因果之表达，且又有某种形而上的意蕴，但其实古人往往只是将计"数"用于占卜卦象的判据。

15.6　"常"有可原——适应与形成

　　人们有个口头禅叫"情有可原"，说的是对某种状态的酌情宽宥。这里将情以"常"代之，讲"'常'有可原"，或有一番趣味。

---

① ［德］海德格尔：《形而上学导论》，熊伟、王庆节译，商务印书馆1996年版，第9页。
② 但在日常说法上，其实颇为混乱。人们往往将说理、论理表述为讲道理，这时"道理"是一个复合词，强调的是理而与道无关；而用在占卜类表述当中，术数又往往合为一论，"术数"也是一个复合词，而且其意义也涵盖"道"及"理"的层面。这方面可参看《术数全书》。

适应某种状态即是因适应而成为某种"常"，形成某种状态即是因形成而成为某种"常"。

某物与某事当与某人及某环境一适应，一形成定式时，即体现出某种因果关系样式，则可界定为消极（适应）之"常"因或积极（形成）之"常"因。

但是这两种"常"因最终都呈现为一种果，那就是"常"。

15.6.1 苟且就是守庸——作为一种生活态度

苟且与守庸，既相同也不相同。

苟且是被动的，守庸是主动的。但两者的结果是相类似的，也就是表现为一种"常"态。

很多时候，人为了生计，做事的态度就会是勉为其难（艰难）、免为其耻（羞耻）、免为其庸（庸俗），甚至免为其忤（违规）。

然而，如果从正面来说，以不想大变动（减少系统的耗散速度）作为出发点，守庸就有正面意义了。因为我们既然有上面的以变化少作为准绳，则守庸作为某种面对资源总体匮乏状况的一种妥协策略，不求大进、保守慵懒、怡然自得地打发生活时光，这种生活态度及至做人原则与苟且的效果相类似，体现了某种自然的合理性在其中。

15.6.2 "常"即"恒"

关于"常"与"恒"的表述互换，可见《老子》（《道德经》马王堆帛书版）之版本考证。

15.6.3 "衡"即"常"

"衡"者，即度量它者重量的一种器具，指衡器之中间支撑点。衡器的两边可以上下摆动变化，但中间支撑端不会变化。如此，可视"衡"为某种常态，即可视"衡"为"常"。

"衡"还有一重意思，即为权衡，即执两端而处中之选择的地位。

15.6.4 "常"有流驻

由出入如"常"，隐显如"常"。此流驻也有如"常"之谓。

世事常流，如江河奔流，不舍昼夜；又如地壳运动，骤然看过去似乎是平顺无奇，

而这个平顺无奇之境，我们就匆匆谓之"常"境了。反而在世事常驻的方面，我们虽然体会到却不易确证，因为都会因为感慨长流而无视常驻。以为常驻总是短暂，甚至是虚幻的，于是，甚至不乐意指留驻为"常"。

15.6.5　强、弱为"常"

这个又引出另外一层意思，即"常"有强有弱。

我们指"以不变以应万变"，这是一个强道理。强就是大，就是守恒，就是执一，就如是一棵大树，不管东南西北风，总是居定坐实。那么，弱道理仅是指"万变不离其宗"。如水蛭，如变形虫，随时随地，适应外部环境变化，甚至适应自身的分裂，不定规矩，不定型格，伸缩自如，收放自如，变化万端，但总能保持自身之存续及繁衍。

"常"集强弱这两种性状于一身，就是"常"最显著的一个特点。

15.6.6　"无常"而及"太常"

"常"无始，谓之"无常"。"常"无终，谓之"太常"。此借金岳霖在《论道》中所说的"无极"以及"太极"的说法。金写道，道无始为"无极"，道无终为"太极"。[1]

在这里，我们说"无常"即"常"之前未始显见的那个时间境地，"太常"即"常"最终消逝的那个时间境地。

15.6.7　"常"与"极"

这里所说之"极"是易学里头所指的"极"，即那个无始亦无终之境。

但易学所指之"极"其实不能与"常"相关，所以"常"实际上并不太依附"极"。

"极"与"常"，有一个时间因在其中分隔。与"极"对应的为时点，如起点、终点等；而与"常"对应的为时线，代表某个时间区间。

因而，这里的"常—极"，或可看成是一个统一的系统。[2]

---

① 金岳霖：《论道》，商务印书馆 1987 年版，第 192、210 页。
② 金岳霖：《论道》，商务印书馆 1987 年版，第 212 页。

15.6.8　不要"遗忘脚下的土地"

美国学人 G. 桑塔亚纳说过:"他们在绘制地图时竟然遗忘了自己脚下的土地。"[①]
这是一个很大的隐喻。

15.7　"常"有情

在有人或关涉人的事体上,就会有"情"在其中,也就是说,在成群人合作的事
体上,这个"情"无论放在什么地方都是有的,即所谓人之"常情"。

西方的制度、方法、规矩往往会硬生生地将这个东西从日常情景中抽离出去,以
至到后来完全地表达为不近人情,这就是造成了一种人为的"非常"态。但在制度、
方法、规矩之外,西方人也表现出更多毫不掩饰的温情,而这种表达方式又让中国人
觉得为难。尤其是因为有宗教因素的浸染,有情甚至表现为泛爱,即爱一切人,这又
是另一种常态表达。而西方人这种泛爱观也为中国人所不认同。

15.7.1　物无情,人有情

物无情,人有情,此是自然物与社会人的分野,此即为物与人"常"有之情。然
妙就妙在,物无情可谓"常",而人有情亦可谓"常"。在"常"这个方面,物与人两
者并无差别。

15.7.2　"常"有情 VS "常"无情

虽然有人认为天地万物都有情,如印度哲人就非常重视"有情"的问题。但真正
能够将有情表达为可见的,唯有人类。研究表明,甚至那些很高级别的灵长类动物如
黑猩猩,也没有发现它们有明显的情态表达,尤其是表示欣喜的笑容,表示不满的厌
恶之情等。

不过,也有很多证据显示,为了御敌、避敌,动物甚至是植物都能够动态地或静

---

① ［美］G. 桑塔亚纳:《常识中的理性》,张沛译,北京大学出版社 2008 年版,第 203 页。

态地做出（形成或生长出）惊吓对方的形象或表情。这种表达的形象所出示的功能甚至延伸到藏匿、繁殖等方面。

15.7.3 "花开不悦看花人"

"常"无情——"花开不悦看花人"（天地无情 VS 天地有情）。

俗语有云："花开不悦看花人。"（植物花开并不为取悦欣赏花朵的人）同理，我们或许可以说："结果不惠摘果人。"（植物结果并不为施惠采摘果实的人）

某树开花结果都是无情的，同样某树产果也是无情的。此即谓，"常"无情是也。

15.7.4 "常"无觉亦有觉

"常"者，无觉；"常"者，有觉。无觉与有觉，竟然无差别。

前者指在自然之死物及活物在无察觉之际；后者则指活物在察觉之时。

虽然，自然之死物为常然无觉者，但与活物在种种无察觉状态相比，差距其实不大；在活物在察觉之时为有觉者，这是自明的。

15.7.5 "常"者，不仁不害，亦仁亦害

"常"者，无觉，无厌，无怨，无悔。如老子所谓："天地不仁，以万物为刍狗；圣人不仁，以百姓为刍狗。"

但"常"有时也有觉，有厌，有怨，有悔。如印度人所言：一切皆有情。

在"不仁不害"这一端，万物、活物及人类都有足够的表现；在"亦仁亦害"这一端，万物也有足够的表现。来到"常"这处，就此统一起来了。

15.7.6 七情六欲，人所共戴

七情六欲为人所共有，此古今中外相同。

如果为某种审美偏好而刻意抽去整个美学体系当中的某些负面项目（如惊悚与怪诞之类），那么，那个美学体系的结构就变得不合常理了。

15.7.7 "唯理而复有情"

既要通情达理，又要有人情味，这就叫顺人之常情。

如学者郑萍所言："周作人是如此重视人情物理，他认为中国有顶好的事情，便

是讲情理，其极坏的地方便是不讲情理。他反复地叨念《礼记》云：'饮食男女之大欲存焉，死亡贫苦之大恶存焉'，他总是提及《管子》云：'仓廪实则知礼节，衣食足则知荣辱'，认为这都是亘古不变的真理，这都是因为其道理合乎情理；他反复赞颂王充、李贽、俞理初，称他们是'中国思想界不灭之三盏灯'，理由也是他们'唯理而复有情'。"[①]

15.7.8 "入乡随俗"与"移风易俗"

如同国人常说"入乡随俗"，西方也有俗语说："身在罗马，就像罗马人那样行事。"此处，"俗"尤"常"也。

"入乡随俗"算是一个最浅显的关于"归常之道"的表达。"俗"即是某种"常"，从原来的"俗"到新的"俗"，就是遇到新的"常"态，于是就要随新"俗"，即所谓归入这个"常"。

但是，其实还有一个成语，叫"移风易俗"，讲的是以新的风俗，去更改旧的风俗。

15.7.9 变幻人之"常"

有人在，即有种种不断变幻的故事，粤语歌《家变》中有句歌词很经典："变幻原是永恒。"

但自然的变化则未必如人世变化这样可以时时见得到。因为物的持存时间尺度太大，人命则短暂，以至一时未能察觉其变化。只有那些容易腐朽的生物或有机物快速的变化，才能让人容易观察到。

此外一个经常演绎的世事感怀，就是人最终察觉到自己或同辈人从年轻变老态的形象变迁。老态，是人生不可抗拒的常态事件。

15.7.10 不争是"常"，有争亦"常"，自然多为不争

在自然那端，丛林法则，弱肉强食，争地盘、争资源、争配偶、争自身生存发展之一切要素；在人类社会，有种种政争、商争、战争、理争、情争……

有他者存在的世界，争还是不争？这是个问题。但是，争是"常"，不争亦"常"。

---

① 郑萍：《周作人的常识和情理》，《福州大学学报》（哲学社科版）2011 年第 2 期。

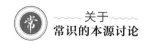

无论在自然还是社会，争与不争都是"常"态。不过，从表面看来，无论自然还是社会，更多地呈现出不争的"常"态。

15.7.11 自然无事与人为有事

自然无事。

就算有天大的"事"（地震、海啸、狂风、雷电之类），对自然本体而言，也算不了什么事。因为没有具体的主事者，也没有具体的感受体会者，也就无法由一个主体去接收作为"事"的知觉以及具体的事况，所以就以"无事"这种状态呈现出来。此可谓"无事"之"常"。

人为有事。

自然虽然无事，但往往因为人知道自然出了"事"，从人的视角去看，自然也就变得"有事"起来。

有人总是有事，即人为之事。人为之事的特点是事无巨细，总归是"事"，甚至包括"无事"在内。这也是由于人在世上，有一个独特的知觉意识以及主体行为。于是，对于这个意识主体的感知，以及由意识主体所主使的主体行为、由这个行为造成的后果，就无时无处不在呈现——事，或者说是"有事"。此可谓"有事"之"常"。

15.8 玩味"常"

世事繁纷，故而"常"象不一。故而我们的处点、看点及感受之点也纷繁不一。大而论之，"常"分两域，一域为自然，有自然之"有""是""在"；一域为社会，有社会之"有""是""在"；细而论之，"常"在种种世事（不论自然还是有人）表象、表征之下、之内，无非种种之"有"、之"是"、之"在"，巨细而无外。

在"常"分域，分层的不同场域去观察，自然会有不同的考究，会得到不同的结论。我们这里以玩味态度对待"常"论，实在是因为"常"有因世事纷繁而面临界定困境的无奈，也有因世事纷繁景象而面临表述困境的权宜。

15.8.1 "常"通畅又幽闭

通畅与幽闭对于某些运作系统而言，都是"常"境。

所谓"常"者通畅，"常"者幽闭，考察的是"常"境的不同性状。

有好多运作系统的核心机理，无非表达为"通畅"二字。通畅的前提是结构合理，供需交流匹配，并且能量能够流通不绝，系统能够健康通畅地运行。而也有许多运作系统，结构虽也合理，但供需交流并不匹配，能量流动不畅顺，以致系统长久处于运作不健康的幽闭状态。这两种情状，虽然都可视为"常"境，但实有性质不同的差异。

15.8.2 循环即通畅

所谓通畅，就是针对循环系统而言。

延伸出去，还包括自然的大循环系统，动植物体内的微循环系统。又如医学上讲人体内也有种种循环系统，讲究的就是通畅。中医有云："通则不痛，痛则不通。"很形象地说明许多病患得病原因，同时也是治疗机理。

15.8.3 "常"演变

以人类的从猿到人演化的路径作为例子，阐述"常"之演变。在茹毛饮血的时代，人类生老病死听天由命。这种无定状态，就是人类的最初之"常"态；后来，人开始一点一点地、渐渐地掌握了自己的命运，渐渐摆脱了无定状态，而进入相对稳定的另一种"常"态。但在进入这种状态——"常"态之后，人又逐步将很多自身创制的规矩增加到自己身上，并且将很多与生俱来的能力摒弃，于是，人最终成为社会人，此又是一种新"常"态。

15.8.4 "常"解码

在人们发明"密码"这个概念并拓展了它的含义之后，人们突然发现，这个世界其实充满了种种密码，同时世界有诸多的解码需求。

我们的生活状况其实也是一样，一段生命过去之后，即生命之终结，总是很快就不留痕迹了。不过，在众多存在物、生物之中，唯有人类有自觉的针对自然密码的解码需求，并且这种解码需求无穷无尽，无边无际，成为"常"态。人们为了解码，殚精竭虑，目的无他，就是为穷竭事物的因果百态。

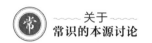

15.8.5 "常"设定

所谓设定，是某种程序前置的套路安排，属于人类世界特有的行为方式。但其实在有人之前，就存在着这样的机制。因此，设定一般又分为自然设定与人为设定两大类。

自然设定在于一种由自然的和谐所规定（其实是形成）的存在状态。这时，生物能够自然衍生出种种生长机制，从而实现自适应的生存繁衍。而在人为设定这一端，则在于一种由人类社会所设定（其实是形成）的生活状态。在这种状态下，人类依据自己发明的方式，获得更高级更复杂的生存及生活技能。由此可见，无论是自然或是人为，设定都属于某种"常"。

15.8.6 论理、讲理为"常"

对于一个文明的系统而言，能够论理、讲理是常态。

能够论理、讲理，这个道理虽然极明白，但真要面对一个事体，却总不能顺畅实行。因为总有很多因素对论理、讲理构成障碍，使有理讲不得，甚至连论理也很难进行。

所以，在讲"常"道这一态，人世间能行守"常"之道，自然也包含是否能够论理、讲理的氛围。

15.8.7 文化基因为"常"：一种形而下的观察

以欧洲各地的水彩画明信片为例：

我游历欧洲时，喜欢买各地的旅游纪念品。其中有我比较喜欢的那种用水彩手法描画的风景画明信片。我注意到这些水彩画明信片手法很专业，而且各地的水准不会有大的差异。尽管内容几不雷同，但这种水彩特有的表现技法却让你感觉到水彩——一种固有技法的运用——已成了欧洲人基本的绘画技法。因为欧洲人从小就有水彩技法的训练，于是，标准化的水彩出品就成常态。

由水彩画而想到，欧洲的建筑、欧洲的饮食及许多欧式的出品都渗入了浓重的文化基因，此文化基因可谓"常"。

15.8.8 原"常"与伦"常"

原"常"与伦"常"，一个非人，一个有人，差一个人的因子。

原"常"，自然之"常"：凡是非人为扰动或控制的那种自然而然的"常"，可谓近乎原"常"（"常"与原"常"是有差异的）。

伦"常"，社会之"常"：凡是社会之人由自然之启迪，或由自己的思考领悟而定制定出来的，又或人恰好做出某样合乎自然法则的事体，即可谓伦"常"，或谓伦"常"之事体。

15.8.9 "常"念旧，喜新

德国大诗人歌德有一句诗说："忠于守旧而又乐于迎新。""常"的意境往往就讲新旧。"常"有念旧一性，又有喜新一性。

也就是说，我们所关注的那个"常"的处所既在"守旧"的那个阶段，也在"迎新"的那个阶段上。即是说，"常"无所谓"新""旧"，而是亦"新"亦"旧"。

15.8.10 "常"阴阳而处"和"

"常"有阴阳。《易经》云："一阴一阳之谓道，继之者善也，成之者性也。"老子说："负阴而抱阳，冲气以为和。"《易经》与老子所讲的阴阳都表达的是两个过程在平行运作，当中要有"继"与"成"，要有"负"与"抱"。

而所谓"道"就是"阴阳"。用老子的话说，在阴阳这两个阶段之后，就要演进到那个"和"的位置上，并有可能常处在那个"和"的阶段或位置上。

我觉得，在"阴阳"两端演进到"和"之境，之际，就是那个"常"的境地。

15.8.11 关于"常"之假象

就直观的观照，"常"象有假也是寻常。

很多时候，我们见到的那个"象"并非"常"之真象，往往仅仅是一个幻象而已，是一个有时间—空间因素的显像。

如海市蜃楼，注定是不会久留于天际的，所以"常"的显像是一种限时存留的假象。

16
事成——立"常"

明代大学者王阳明说过："人须在事上磨炼做功夫，乃有益。"

关于立"常"一说，王阳明又有说法："凡言'立'者，皆是昔未尝有而今始建立之谓，孔子所谓'不知命，无以为君子'者也。"

M.海德格尔说过："思之帆坚定不移，顺应于事情之风。"①

自然风吹草动之后，总要复原来之情状；与自然之风吹草动不同，在人事这一端，在人的事情变动过之后，则总会留下种种人为变动的模样。这种模样，就称为新"常"之设立。

G.桑塔亚纳说过："自然已经被证明是人类想象力的虚构产物，因此，一旦把它丢开而只是在表面上服从自然的事实与规律，我们或许能任意创造我们所选择的世界，并且认为它绝对真实而独立于自然。"②

我们知道，自然也有诸多自己的事，因为自然有动静；而后是生物，生物因为总是变动不居的性质，就总会比自然静物生发出更多的事；再后就是人，人使世界产生越来越多的事，并且因为人的行为有自觉性，实际上就是某种主动性（"妖"性），使得人比其他生物更能来事（生事）。至今我们见到的情形是，人为的那些事正在改变包括人自身在内的一切事物（事情）。

---

① ［德］M.海德格尔：《从思想的经验而来》，孙周兴、杨光、余明锋译，商务印书馆 2018 年版，第 89 页。
② ［美］G.桑塔亚纳：《常识中的理性》，张沛译，北京大学出版社 2008 年版，第 74 页。

16.1　有事与成事

明人陆九渊说过："道外无事，事外无道。"

无事是始，然后有事，最后又复归无事。但虽说是无事，其实也有由事而致的痕迹，乃至是比较明显的痕迹。

事与动及变不同，动及变未必能生事，如风吹以至草动。但有事一定是因为有动及变，并且因为动及变而发生了某种因事而致的变化。所谓事变，就是这种说法。自然之变，起因及事后，往往都不甚明确；但人为之事，虽然事前事后或有遮遮掩掩，但总归是一个完整的事体，是人为的事体，乃一体之事。

法国思想家 F. 培根说过："人类理解力依其本性容易倾向于把世界中的秩序性和规则性设想得比所见到的多一些。虽然自然中许多事物是单独而不配对的，人的理解力却每每爱给它们想出一些实际并不存在的平行物、连属物和相关物。"①

按培根的说法，所谓自然之事，是人把它想象出来的，实际上本不存在。

16.1.1　偶发之事与常见之事

关于事，我们知道可以分为两大类：一类是偶然发生的事，如生与死，对于一个人来说，一生只发生一次，发生的时间地点均不确定（出生之事是由父母确定，婴儿自己并无选择权，所以对婴儿而言具有不确定性），是典型的偶发性事件；另一类是经常发生（可以说有一定的必然性）的事，如每天吃饭、上班、睡觉之类，发生的时间及地点均较为确定，属于经常性事件。

对于前一类偶发性事件，往往是人自己无法掌握的（这里不考虑自杀的情况），只能由他人，由自然（命运）掌控，因而可归属于自然之事。并且，说人之生死是事，只是因为人将其看成是事而已。对于后一类经常性事件，则是人可以设计、可以把握的，可以由人自己做出安排的，因而就归类为人为之事。我们这里说"可以"，就是一个可能性的问题。就是说，人可以选择做某事，也可以选择不做某事，但因为牵涉

---

① ［英］F. 培根：《新工具》，许宝骙译，商务印书馆 1984 年版，第 22 页。

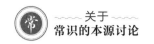

到一些关系到人的生存状况或人的切身利益，例如，如果人不吃饭就会挨饿，人没有房子居住就会受冻及受外物的滋扰，是以人有时也不能不做某些事。于是，在人不得不做的那些事情上，就有一个对待"事"的方案及态度的问题，综合起来，就是关于"事"我们该如何做的问题。

16.1.2 何谓"事成"？

事成有多种表现：一是日常的事情按惯常（日常）的事功去完成，这个常态稳固而重复；二是设计的事情按要求去完成，这是常有情状，如某些有预订的要求而做的事可做惯例；三是特别的事情以特别的方式去完成，这看上去是偶发的事端，但却是在过往的范式基础上的全新创制。

无论以上哪种事成的方式，通过资料整理，通过运作习惯，都会在某种程度上为后续的任务设立一种作业范式。这是有常态的、专设的、新特例的种种范式，使我们在每一次作业事成之后，能够把相应的作业范式资料收集整理并固化（习惯）下来，从而方便我们能够在新常态未出现时，按照已有的作业范式所规定的路径完成作业。

这个套路，就是所谓立"常"的基本要旨。

16.1.3 立者，"树立""创立"之谓

立者，首先是"树立"的"立"，将某人等所建功业、所作德行、所言话语记录下来，弘扬起来，垂范后世，所谓"立德""立言""立功""立名"等；又有"创立"之"立"，将某人等创制之规制、规范、模板等，建立起一套章程、规矩，为后人所遵循。

这两方面的"立"，都属于立"常"之意。

16.1.4 既在而之"常"

有某"常"之既在，即由某个自然而然存在之实体，无须经过人的创制、调适、发动，即能自己因为既在而运行。

16.1.5 构思立"常"

因应某种需求而由人去劳思，进而形成一个构思，即由人去设计某个本来不存在的运作操控的实体，此即所谓构思立"常"。

16.1.6 变定立"常"

在一个大的变动之后，当尘埃落定，新结构稳定之时，就会形成一些新的"常"件，即新的存在物。我们就指这时的状态属于变定的状态，亦即新"常"之态。

16.1.7 多数约定立"常"

人为的变动大多数属于一种约定态，即由人群的多数意愿来确定变动最终生成的样态。这种情形之具体的体现，就是大家约定的一个人群的建制、体制样式。

通过众人约定，一个人群的建制、体制样式形成并稳定存在，这是约定立"常"之意。

16.1.8 人力可立（设）"常"，人力又可非（否定）"常"

这一为一非又一非一为之轮回，往往留下无尽而巨大之无常。人们往往慨叹"常"之无定，慨叹"常"之难识，又慨叹"常"之无力可以设定。

就是说，为什么明明"常"就在那里，明明"常"被识已久，明明知晓应该如"常"，但为何就是见"常"，知"常"，"常"在那厢而最终立不起来？

16.1.9 "常"为新"秩序"

回到前面，我们又想起了金岳霖说过的话："'秩序'底意义非常之麻烦。"[①]

建立秩序就是一种"常"设，说这些麻烦，也就是说"常"应该是一种很麻烦的东西。"秩序"如何是一种"常"？金老提到，秩序是现实存在连级中一个至当不移位置上的东西，它在之前有始终，在之后也有始终；因为有了前后的始终，所以中间一段它称为"秩序"的东西，也就有始有终。而我们在前面就说过，"常"就是在一个既不在始也不在终的"中段"的东西，所以，指"常"为某个秩序，也许说得通。

16.1.10 立"常"即建章立制

建章立制以为"常"。

大多数的建章立制都是短期行为。事实上，好的建章立制，也许能够管很长时间。

---

① 金岳霖：《论道》，商务印书馆 1987 年版，第 55 页。

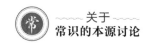

所谓立"常"，就是将各种已设立、已习惯、已构筑、已规范且已成熟的成实之事固定不移。

16.1.11 问"常"、设"常"——立"常"

一部人类史，其实就是一部立"常"的历史。

人们创设体例、范式、规范、样式、模式等，都是立"常"之表现，而这些设立行为的结果，也就是立"常"的成果。

改革、改良、求变、求新的最终目的，实际上是立定一个"常"。不过立起的这个"常"是一个新的秩序。

实际上，立"常"就是设立一个秩序。

16.1.12 所有"大非常"之行都为"立常"

很多的"大非常"之事如革命，如战争，如改革，如改良……无非是为争取、维护另一个常态（议拟中的，或者仅仅是虚拟构想的）的创立而做出的非常努力的实践。

在那些"大非常"动荡之后，就会有一个相对长的不再有大变动的整固期，此即为立"常"之期。

16.2 有多人是立"常"的基础

对于一个人世界，自在常常，无须约束，没有争持，也就无所谓立"常"。

对于有人，有众多人的世界——历史上虽然也有众人之恶的种种事例——才有立"常"的基底。因为两个以上的人聚集起来，即有看法、需求的差异；若要协同生活劳作，就需要确立规则、规矩，即要有所立"常"。

然而就立"常"这个基底而言，除驯养一批人，令他们对有关事项表示同意，并在他们同意之后又继续由他们遵守或实施他们之前同意的事项之外，立"常"之能所作为者也其实无更多。这也是管治者、操弄者迫不得已需要亲身操持的既简单又不易做好的情势。

16.2.1　自然因为有人而不自然

因为有人，自然变得不自然、不和谐了。

尤其是那些人口密集的地方，纯粹的自然已基本上退出了。只有那些人迹罕至的区域，或那些人们有意保留的地方，自然才小心翼翼地化育繁衍着；并且还时不时地受到人类的悉心"保护"而变得脆弱不堪，或变成另一种人化的"自然"。

16.2.2　人一"众"，如非"常"

当一定数量的个人合聚成众时，这个"众"就自然成为一个有自己性格旨趣的"个体"。

这时，如果没有行动宗旨设置在先，则是一个无理性的"个体"，以致行出非常之事。

16.2.3　多人是成事的基础

关于多人成事，成大事的说法，无须赘述。

16.2.4　多时也是成事的基础

多时成事，这是时空转换的问题。一事之成，以人多而成之外，就是假以时日。只要有足够的时长，成事之日也是可待。

16.2.5　人与人之间建立美好关系

只要是在非诱使且自愿的情况下发生的亲密接触，均应视为某种美好的关系而不应受到阻隔及非难。

这个说法主要针对的是一种外部观照的猜忌情绪，即往往用怀疑的态度去猜测一些男女及老幼的亲密关系，典型如已故的美国摇滚巨星迈克尔·杰克逊与某些儿童的交往的个案（后来披露，那些起诉杰克逊性侵的"受害"儿童，实际上是受其父辈的教唆意图勒索杰克逊的金钱）。

16.2.6　人与人相处往往能达到某种平衡（稳定）态

人与人相处往往能达到某种平衡（稳定），可以用若即若离、不温不火、平淡如

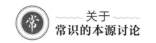

水、聚散自适等来形容。人与人相处的这种平衡（稳定）态，即属于"常"态。

16.2.7 立"常"之规范——规范人为

立"常"者是多人系统。

而此类多人系统的立"常"之事，通常又以系统规范人的主观能动性（主要是针对人为的外力干预）为指归，由此就有相应的由人设立而又反向规范人自身的种种要求。

所谓规范人，有非人化、外部人化、异人（机器人）化等多种方法。

16.2.8 自为立"常"，有所作为

放火焚林——以主动焚烧维护森林整体安全的方式为例。

公序众维——以公共汽车无人售票方式为例。公共汽车无人售票是一个自为立"常"的成功范例。反例即所谓"法不责众"。

16.2.9 立"常"之制式设计之惑

有一种立"常"叫设计制式标准。

典型如交流电供电系统的电压值。我国一般的民用电压为220V（有的国家或地区是110V的），工业用电的电压标准为380V。还有马路的车行方向，不同的国家有不同的制式，一为靠右行驶，一为靠左行驶。此种制式差异，导致厂家在生产汽车时要按照销售国的规定而设计两种方向盘位置。

此外还有电源插座插头的制式，有各种差异。

16.2.10 有很多人在我出生之前就说过很多话，创制过很多物品

"常"识告诉我，有很多人在我之前说过很多有趣的、有哲理的、有事实依据的话，且可能是正确的、具有真理意蕴的。同样，有很多人在我之前做过很多对我来说具有非凡意义的事，创制过许多对我来说十分有用的物件，建造了许多供人居住的建筑物，等等。

也就是说，在我出生之前，有许多人曾经完成了许多对后世有巨大贡献的学说、创举及发明。于是，我感到，我的出生及存续其实意义不大。

16.2.11　关于我出生之前后的那些文明成果

在我出生之前就已经存在大量前人积累的文明成果；出生之后，我很难发明出从前没有过的东西。

例如前人流传下来的诗歌、小说、音乐，这些阻碍了我成为超越前人的、更出色的专业人士；越往后，这种努力更艰难，因为要首先阅读并透彻了解前人的东西。

16.3　心意在立"常"之先

立"常"因，归根到底，是一个心意发起的问题。在这一点上，王阳明有颇多见解。

王阳明说："人者，天地万物之心也；心者，天地万物之主也。心即天，言心则天地万物皆举之矣。"王阳明将"心"视为"天地万物之主"的意思够明确了。

王阳明又说："心即理也，天下又有心外之事，心外之理乎?""身之主宰便是心，心之所以发便是意，意之本体便是知，意之所在便是物。"

梁启超说："境者，心造也。一切物境皆虚幻，唯心所造之境为真实。"[1]

16.3.1　"常"在我心

"'常'在我心"这个说法包含两方面意思。

一是知"常"之识（这个与一般的"常识"有异）。这是由人的属性所规定的，我们无法逃避自身这种属性，于是也无法躲避、违背"常"识对我们的警示、规范及训诫。因此，所有对我们当下生存生活有效、有益、有用的日常知识我们都只能因循去熟悉、习惯及沿袭，成为我们的处世之道。

二是知"常"之在。知道世上有许多在我们身边的"常"，如前所述，天行之"常"、物理之"常"、人情人性之"常"。这是由于当下社会已日益远离原始自然状态，新的环境迫使我们入时随俗，成为所谓的新人类。然而，尽管环境发生了巨大的转变，

---

[1]　梁启超：《饮冰室合集·专集》，中华书局 1932 年版，第 45 页。

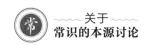

但反观我们自身包括我们存有的一些基本的观念，则又遽然发现其实亘古至今变化有限。解剖学可以证明我们的身体自古至今变化极少；观念史可以说明我们的观念及思维方式变化其实也甚少。

16.3.2　心象就是一种"妄自假设"

英国哲学家 D. 休谟认为知觉和实物的联系关系，其实是人心的某种假定，他说："人心中从来没有别的东西，只有知觉，而且人心也从不能经验到这些知觉和物象的联系。因此，我们只是妄自假设这种联系，实则这种假设在推理中并没有任何基础。"[①]

16.3.3　人心"天天借着感官，知道……"

英国哲学家 J. 洛克在讨论人的能力时，先是肯定了人心的在先性，他认为："人心天天借着感官，知道它所见的外界事物中各种简单的观念时有变化，并且注意到现在的观念时时要终止了，消灭了，未存在的观念时时又要开始存在起来。"[②]

16.3.4　人心先知而后行

上面两条都讲明了知的在先性，此不赘述。

16.3.5　"可"由心决定

这个"可"，是可以、可能的"可"。"可"里面有一个尺度，指的是内心潜在的那些信心、信念。这些信心、信念包含了由经验及逻辑思维建构的一个个"常"体，使我们在面对情景及问题时及时提取出相应的一些答案来，由我们以"可"或"不可"的方式做出抉择。"可"由心决定即是这个意思。

16.3.6　有心成为立"常"之动因

有心成为立"常"之动因，这是一个有效的因果链条。立"常"要有所动，需要一个发动的起因。这个发动的起因就是"有心"，有心而致有动念，是以立"常"。

---

① ［英］D. 休谟：《人类理解研究》，关文运译，商务印书馆 1957 年版，第 135 页。
② ［英］J. 洛克：《人类理解论》，关文运译，商务印书馆 1959 年版，第 203 页。

16.3.7　自然无心，不须"立"而自"常"

所谓立"常"，系人类及某些生物特有的行为，即依照自然的命令而订立某种秩序或规矩，于是就形成了习惯，因循守例而行，此即可视为常例；但自然也有立"常"之象，如前述的基因、分形之类，无须某"者"去"立"而自然成"常"。

前者是人类立"常"过程，参考了自然的秩序；后者则为生物大系所呈现的自然立"常"。

人类立"常"参考自然的样式，如仿生学。但是人最大的立"常"，就是参考我们人类自身的形象去构造偶像（神）。

16.3.8　价值不"常"，立"常"由心

人心有价值尺度，即所谓价值观，是人面对某事物而由内心泛起的一种好恶观的衡量尺度。因为人心不定，所以价值观随心波动才是最终的"常"。

只有在市场的大环境下，价值观才表现为一种统计学的结果。经济学家往往将在市场作用下形成的价值或价格称作真实的价值或价格。但其实，真正的价值或价格缘起于人心。

此即可谓立"常"由心的大意蕴。

16.3.9　权利是人为设立之"常"

比如，你被允许进入某个特殊的地域区间，又或者是获得某种专属的资源，如土地、房产及矿藏之类，于是，你就获得了某种稳定收益的权利。

这里，时间是一个关键的因子，决定着某个人据有权利的有效性及有限性。

这个时间因子可看作是一种常量。这个与孔子说的"恒"有点相似，孔子说："南人有言曰：'人而无恒，不可以作巫医。'善夫！""不恒其德，或承之羞。"孟子也讲过："民之为道也，有恒产者有恒心，无恒产者无恒心。"

16.3.10　市场的本质就是卖方讨好买方的心思

市场的本质就是卖方讨好买方的心思。

你的商品要面向市场，只能讨好买方，即买方的心思。

这个说法与经济学家张维迎所说的有所不同，他认为：市场与自由是同一个理念

下的东西。也就是说，市场的本质是自由。但"讨好"的事情并非自由，而是对选择者的一种相对的甚至是绝对的卑微或诌媚姿态。对讨好者而言，这其实并不自由。

16.3.11　心立标准，乃"常"

一个效用彰显的标准可以形成对需求的垄断。但这个标准最初是由人为设定的。

人心设定标准在先，市场效应是后来形成的。

16.3.12　思维"芯片"——立"常"之某种意蕴

立"常"的目的是要通过建立某种机制来开发（或固化）类似思维"芯片"的知识模块（模板）。

16.4　立"常"由命名始

老子《道德经》开篇就有"名可名，非常名"的说法。

命名，就是一种最初的立"常"之作为。起事，就是立"常"，而为事而起名，就是流程。无论命名在事前，还是在事后，立"常"总随事而至，随名而成。

不过，立"常"与命名未必处于同一个事件链条上，也就是说，立"常"未必是命名之后的一个事件续篇。命名或者处在立"常"之前，或者处在立"常"之后。

16.4.1　立"常"有旨要

立"常"之旨要：理性、律令、秩序、自由、公义、真、善、美。

如何理性、科学地立"常"？其实立"常"的过程，多数情况是循自然而然之路径，并且，往往是不知不觉地，"常"就立在那里了。

16.4.2　命名立"常"

事情之后，即见新的存在者，人们通过对其命名而使其成为新的人造生命体。

16.4.3　由常事而立"常"

立"常"之事，针对的往往是常有发生之事，但事情发生得该不该、好不好、顺不顺、结果是否如意，我们仍然会有顾虑。

所以，我们说立"常"就是给自己设立的一个任务、一个事体，把那个日常该举行（发生）或生发的一件事定制一个样式，一个按时按刻该举行（发生）或生发的事情表现出来所要遵循的样式。这个格式，我们名之曰"常"。

16.4.4　对于感官的观念"很多是我们不曾命名的"

英国人 J. 洛克说过："我想我们正不必一一列举各个感官所特有的一切简单观念。我们纵然想如此，亦势有所不可能，因为各个感官所有的许多观念很多是我们不曾命名的。"[①] 洛克还以气味和滋味作为例子，说明人们一直未弄清楚有关观念的命名。

16.4.5　成功的立"常"者立名在先

每个建筑、每个厂房、每项工程、每篇文章、每个项目建设，立名在先而做成其后，都有从建设到落成这样一个过程。

我们说，一个项目的建成，就意味着一个成功的立"常"，"常"在则命名在其中矣。

16.4.6　自然就有立"常"的范式

除大量我们直接取材于自然物品的加工产品之外，我们见到的诸多仿生设计，就是人向自然物进行模仿的结果。所以说，自然有许多我们后来称之为"范式"的东西，可据以为"常"形。

在影视节目里头，我们还见到过许多神怪的造型，其实就是在模仿某些动物的形状（当然，也有的是凭空臆想的怪状）。因为许多生物本身构成的形状，就是大自然鬼斧神工的杰作。

---

① ［英］J. 洛克：《人类理解论》，关文运译，商务印书馆 1959 年版，第 86—87 页。

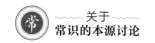
16.4.7　常名——命名乃指称之"常"

常名——命名乃指称之"常"，一种立"常"行为。老子曰："名可名，非常名。"指的大约就是这样一种立"常"行为。

你说的那种东西，我们这里叫××。

指称就是立"常"，是一种最简单的立"常"之式。

16.4.8　"常"与"态"

是由"常"说"态"，还是由"态"说"常"，这是个问题。

由"常"说"态"，是将"常"所囊括之自然与人伦诸态做一番演绎、展述，如物理之态、化学之态、生物学之态、寂静之态；由"态"说"常"，则是将自然与人伦诸态做一番归纳，展述诸"常"之所"有"、所"是"、所"在"。

16.4.9　从理论到路径——关于"常"名之生发

有理论就能够生发出路径来，有了路径就可以在行进中避免出意外，加上时间延续的过程的不断调适，在时空积淀的机制作用下，就形成某种相对稳定的常态。

因序列化（习惯）而形成路径，由于赋予了具体的名称，某路径即为某种意义上的"常"名。

16.4.10　用"罐头××"命名即立"常"

立"常"如用"罐头××"命名空间与限度。这是一种工业化的思维的表述，类似的词汇如"集成""组合"。又可以延伸到其他领域。

例如，在传媒娱乐业里，我们会建议用"罐头语言""罐头表情""罐头姿势"之类预设、定制、规范、高频、常用、惯用的语言（包括肢体语言）来约束表演，以作为限制艺员自由发挥的空间与限度。

16.4.11　"常"可为，可造——所谓可"立"

老子说"道可道"，接着说"名可名"，可见对名之重视程度。

这里接老子的语气，说"'常'可'常'"，接着说"名可名"也无不妥。

如"常"可为，有为；"常"可造，营造——所谓可立"常"。

16.4.12　有名无实亦是无"常"

说到立"常"之事，事有不成，也是常态。所谓有名无实，具名不实，实名虚有，在现实世界也是常态。

16.5　立"常"：营造生态圈

水之所以长流，皆因有水源。

水源无非两种：一是八方四面细流暗流汇集壮大，不歇地流动进入某个特定的水域，如某段源流；二是蓄水池，收集四面八方暗涌暗流之水，兼而收集天上之雨露，形成水立源头。

据上理，人们设计了电力（电池）系统"蓄水池"——一个由发电机、发电厂、电容器（备用电池）等组成的供电设施，为的是维持常态的用电需求。

由上面可知，一个源源不断的供水及供电系统，就是一个供需有效的生态链。

16.5.1　建立"蓄水池"

关于"蓄水池"，有天然蓄水池，有人工蓄水池；有恒久的蓄水池，也有短暂形成的蓄水池。

所谓建立"蓄水池"，其实有发现"蓄水池"，发现地表上现存的种种天然蓄水池；有建造"蓄水池"，建造种种人工的蓄水池；也有将天然准蓄水池人工改造为的蓄水池等多。当然，"蓄水池"的概念也可以有延伸，如某些富含种种资源的聚集带，也可称之为"蓄水池"。

16.5.2　有各种各样的"蓄水池"

但凡为各种系统负责能源供应的子系统，我们都把它统称为"蓄水池"。

如电子设备的各种电池、电子线路里头的各种电容都是广义上的"蓄水池"。

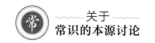

16.5.3　城市有许多"蓄水池"

城市街道上的小杂货铺、小药店，就是诸种日常生活物品的存储之所。

如同蓄电池、蓄水池那样，这些物品存储之所也是我们日常种种使用物的"蓄水池"。

16.5.4　设计维护好"蓄水池"

设计维护好"蓄水池"就是守"常"之道。

尤其是一些社会组织，往往没有"蓄水池"的存在以及维护"蓄水池"的相关机制设计（其实是资金及人力配置）。最终系统失败于"蓄水池"管理的缺失。

16.5.5　长者的智慧或经验

最重要的"蓄水池"，是长者的智慧或经验积淀。

一个好的、健康的社会组织，最重要是对有经验和智慧的长者的尊敬、养护及使用。长者的智慧及经验，其实就是一个系统最大最宝贵的"蓄水池"。如何利用管理（保养）好长者，如何让长者适当、适事、适时发挥作用，这是很多社会组织以及大机构应予重视及处置的问题。缺失了这方面的理念，最终会沦为一个不成熟的组织。

16.5.6　对长者的尊重隐含了对时间积淀的认同

从古希腊、古罗马的元老院的设立起，人类开启了以立法（立规）的形式来规范对长者的尊重的机制。

承袭、权威、养护、组织、经验及理性采纳长者的建言，构成了尊重长者的基本体系。

16.5.7　机制的本质：将人解放出来

将个人设计的运作规范转化为机制，然后将人解放出来，由机制去运作；人则作为调节器，负责运作过程中的反馈校正，这是一种思路。

16.5.8　要有幼者长进创新的氛围

在立"常"的机制里面，要提供能够使幼者及青年人长进创新的氛围，要确保对幼者成长试错、创新失败的宽容度；确保使幼者能够从试错、失败的经历中从容走出；并且，也要有公平严格的市场化淘洗机制，确保成功者踏入进步升级的快车道。

16.5.9 "用进废退"是"生态链"的自然动作

在一条"生态链"里面，系统常常能够将常用、重复使用的功能加强，使其进步升级发展；而将常少用、闲置的功能加以淘汰，是为"用进废退"的自然法则。

16.5.10 健康的生态圈关键是"源流"稳定

一个生态圈的健康运行，例如一个人为设计维护的具有初期适当丰富物种的"生物圈"模型，要使其自行"健康"运作的一个关键就是要在其早期设计里加入保证系统"源流"稳定的机制。即要求系统内部既有水源丰富的"蓄水池"，也有蒸发水分及排泄多余水量的管径沟壑，使系统保持干湿均衡、不旱不涝的可持续运作状态。

16.5.11 自然自"常"即回归自有生态圈

但我们看到，很多的事例表明了生命的脆弱，例如那些巨大的自然灾害发生时，大量的生命被瞬间吞噬了。但其实，生命又没有人们想象的那么脆弱，很多时候，生命更多表现为顽强的适应能力。

看看活火山口在火山冷静期快速生长出来的植被，再看看海里热岩浆（热泉）旁边生长的各种耐高温生物，都是明白的例子。

16.6 求理想是立"常"之因

理想实并非空想、幻想、玄想，而是建立在"常"基础上的一种现实构想。

如 G. E. 摩尔所言："我们对于理想的探求必须被限定在探求那种在所有整体中其构成要素已知的整体，它似乎要比其他所有的都更好。"[①]

---

① ［英］G. E. 摩尔：《伦理学原理》，陈德中译，商务印书馆 2017 年版，第 204 页。

16.6.1　1 人有理想，99 人"蹭饭吃"

这样一个比喻也许是常态：在一个 100 人的团队中，通常有 1 个人是有理想的，其余 99 个人则是跟那个有理想的人"蹭饭吃"的。真正懂得理想，而且遵循理想的人不到 1%。

崇高与卑微都是少数人的事，多数人往往处于两者之间。

16.6.2　"尘世中的事物最可能好的状态"

要立的"常"，就是要有理想的高度，是那个懂得或明确事物可能最好样态的人所表达的那个样子。即如英国哲学家 G.E. 摩尔所说的是"尘世中的事物最可能好的状态"①。

16.6.3　为什么要入流?

"流"，有潮流的意思，更多指的是一种趋向。"合流"，就是趋向同一种事物，其实就是"常"，是"如常"的某种转现。

"入流"的最初动机是想在自我发展的过程中少走弯路。并且想在别人建造的平台里获得更多的知识及经验（门径）。可以想见的是，当你的平台打造得足够好时，别人也会来入你的"流"。

由此可知，我们自己常常说的创新，往往不具有创新所应具备的基本内涵（因为真正的创新涉及系统底层的问题）。这就导致了我们每一次讲到的所谓开拓创新，其实不含有多少进步的成分。其中的原因就是我们对某种基本规范（如工业的、商业的、文化的及哲学的方面）的内涵把握得不足。

16.6.4　将"事情办妥的能力"

美国斯坦福大学历史学教授 I. 莫里斯的《文明的衡量：社会发展如何决定国家的命运》，以一种全新的角度解释西方文明的兴起，采用定量的方法衡量不同社会的长期表现。莫里斯在书中提出了一个观点，认为社会发展是一个社会综合运用物质条件和

---

① ［英］G.E. 摩尔：《伦理学原理》，陈德中译，商务印书馆 2017 年版，第 202 页。

智力水平将"事情办妥的能力"①。

16.6.5 立"常"，提升人的文明意识

立"常"之具体设施（如建设功能齐全的现代化公共交通之类）做到一定数量或程度，以及人使用该设施便利到了一定程度之后，则人们的文明程度（不论城乡）就会快速上升到一个城乡均衡的水平。

16.6.6 敬畏有"常"，无畏"非常"

敬畏有"常"，无畏则是"非常"，彼此熟悉则属于一种"常"。

如果你对对象不熟悉，肯定怀有敬畏甚至是恐惧。但如果你真正熟悉了一个事物，哪怕它在外观上是令你觉得恐怖的事物，你也会因为知道了它的性状及潜能，而不会觉得恐惧。迷信的一个根本逻辑就是人为地制造恐惧（阻隔熟悉的渠道），由恐惧而设立一些敬畏系统，传播一些敬畏传说，塑造一些令人生畏的偶像，从而使人成为迷信的信众。

所以说，制造恐惧（制造人为的不熟悉）是为了避免出现"无畏"这一情况，这证明无畏属于一种"非常"。例如，人们常常会从中国寺庙里面的那些凶神恶煞的偶像中体会到一种巨大的威胁感，从而产生一种天然的敬畏。但因为人们见多了那些偶像，所以这又变成了一种常态的熟悉而祛魅。

16.6.7 CPU：一个人造之"常"

CPU：一个典型的人造之"常"。CPU即计算机的中央处理器，是一个典型的人造之"常"。造者，立也。

16.6.8 键盘是一种典型的人立之"常"

键盘的排列方式，就是一种典型的"常"的表现形态。

直至今天，人们都弄不清楚为什么我们常用的键盘会设计成现在我们见到的排列方式。于是，只能解释为原初的设计创造了一种"使用习惯"，这种设计最终使其后的种种设计方案都没有了取代空间。

---

① 《重估文明：评莫里斯〈文明的衡量〉》，《金融时报》中文版，2013年6月4日。

16.6.9 所谓理想可能是最好的"习惯"

有人世界的理想形态五彩缤纷，各式各样。思想的自由、生活方式选择的自由，给人以极大丰富的想象空间。尤其是和平年代的长期稳定，市场化深入带来的个性化出品的日益丰盛，都给"理想化"带来更多的不确定性。这时，市场的表现反而趋向保守、闲懒、放浪，即趋向让社会风气简约、无力、无为，使那种成为使用"习惯"的东西得以快速凸显；使"无思"成为新风气、新时尚，形成"无思"者的新一代，形成这一代新人的新"理想"。

16.6.10 "不要急于发展"

美国人梭罗对社会进步有深深的忧虑，尤其是对所谓"发展"有深刻的警惕，他说过一句名言："不要急于发展，不要屈从于许多影响而被捉弄，这都是胡闹。"①

16.7 立标准，立制，立法，立实体，立国

不知从何时始，世人有设立规则的偏好，即针对那种可能要重复办理的事情，按照一定的思路，设置一套办事程式，甚至将其过程记录并固化起来，成为每一次办同样的事情的经验规范。

请注意，这里有一个重要的概念是事情的可能重复性，而不是一次性。

于是，我就将这种为可能重复要办理的事情定规则的行为，叫"常"行。

由设立标准，而立制、立法、立实体、立国……人类逐步用设立实体的方式将同类约束起来了。

16.7.1 设立"原常"，即立"常"

人喜欢无序的生存生活，并且多数人并无有序的诉求。

当大家都觉得自己的无序生活被更加无序的恶（如偷窃、抢掠、战争之类）所打

---

① ［美］梭罗：《梭罗集》，陈凯译，生活·读书·新知三联书店 1996 年版，第 656 页。

破，原有的生活模式（此类乎"常"）无以为继，甚至被威胁到生存或性命时，人们才想到要建立某种共同守护的秩序，如建立规例及律法之类，并为之配置相应的资源，使这些规例律法能够有效地运行，并祈求效用长久。而这个规例律法效用长久，就是"原常"之所既立的意蕴。

从秦代开始，作为国家统一的象征，秦始皇就提出了"车同轨，书同文"的主张，统一了文字，统一了货币，统一了度量衡，这样就为整个国家内部的交流消除了各方面的障碍，为大统一的观念流传后世奠定了基础。这也是立"常"之大意蕴。英国1215 年制定的《大宪章》条文，规范了国王权力的界限，也有这种大意蕴。

16.7.2　立"常"有序

采集第一。在没有生产活动之前，采集（包括狩猎及渔获）为最初人类维系生命存续的主要作为，因为采集的积累，才有后续环节（如生产、养殖之类）的继起。所以，采集是第一位的。

辨识第二。与动物相比，人类能够辨识更多不同的事物。由于这种超强的辨识能力，人类能够在趋利避害的能力方面超出其他生物（动物及植物）。在这方面，动物及植物的相应功能通常依靠遗传机制去实现。

命名第三。人类能够对事物包括自身进行命名，使人类进一步脱离动物界，成其为人类。古人很早就懂得命名的重要性，如孔子所说："必也正名乎。"文字的出现与记录为命名、正名、定名提供了可能，也为人们记住辨识的对象提供了便利。

记录第四。人类依靠记忆力的特有优势，较早实现了记录事件的能力。最早的记录行为据传是结绳记事（其实，这可能只是一种比较典型的记事方式而已）。而后，因为图形及文字的出现，有意识的记录行为开始流行，并且因此在数量上得到极大的扩充。

立序第五。立序者，建立秩序也。确定时序之先后，确定方位之先后；确定长幼尊卑，确立乡规民约；实行祭祀祷告，歌咏娱乐；等等，这些无不需要依序而行，有序而进退。最后，由立规则而到立法，使人伦规范臻于完善。

16.7.3　标准与非标准

标准即人为构造之"常"。殊不知非标准也是"常"。但有的标准是官方制定的，如不同国家、地区的民用电压的差异，不同插座、插头的标准制式之类。

有强制实施的，如车行的方向（靠左还是靠右）。

有习惯实施的，如键盘、易拉罐等。

16.7.4 关于标准化

因为有了规模化的使用，或者建立了大批有相应使用习惯的人群，故为保证使用效能的一致性，人类就形成了"标准"的观念，并且逐渐有了标准化的偏好。

甚至形成实业方案，就是一种以确立标准为手段实行行业垄断地位的工作理念。

16.7.5 世界上已经设立了许多标准体系

世界上已经设立了许多的标准体系——立"常"之具体成果。

在一般人看来，人类的许多独立机构围绕自然认知及工业设计方面而设置的标准体系是没有多少人有异议的，如时间标准工业标准。

但人类对围绕道德或审美范畴而设立的那些标准却一直争论不休。原因很简单，前一类标准可以用基础的仪器来量度其有效性；而后一类标准则上找不到切实的支撑基准，如中国人围绕孝道制定的标准，西方围绕美制定的美学体系之类。后一类都没有得到最终的有效的体系认证，或者从本质上说，这种标准本身就无法定制。

16.7.6 立"常"：某种应然"就手"

因此，最理想的人造物就是要使首次使用的人能够自然地使用，即无须学习，甚至无须翻阅使用方法就能使用，有时也叫自然的直接"就手"。

例如，IT界做得最早、最富有想象力的苹果 iPod，由于极简的按键及触屏设计，较早实现了手触即所得的操作方式，将人手操作一下子简约到空前完善的地步。

当然，用一些简单识别的图标作为使用提示，从而免除使用手册提示或者使用培训的做法，也可看作是一种应然的"就手"。

16.7.7 立制作为立"常"之实

所谓立制，即设立一种治理及操作规例。在体制机制规定的制式之内，系统内的人、财、物等都要依运作守则运行。

16.7.8 "有必要对不合习俗的东西尽可能给予最自由的发展空间"

英国哲学家 J. 穆勒说过："既然习俗总是从非常之事发展而来的，因而有必要对不合习俗的东西尽可能给予最自由的发展空间，以便可以随时发现其中有哪些东西适合转成习俗，这一点已经明确。"[①]

给非常者以"最自由的发展空间"使其中某些"转成习俗"，此似乎就是在建立"常"的进路。

16.7.9 无用之"常"（有一技之长与无技能）

以"常"之性质来讨论，有技术是"非常"，无技术则是"常"。

无技术即无所长，即无用。但中国却有人认为，无用也是一种有用，即庄子之所谓"无用之用"。《庄子·人间世》曰："人皆知有用之用，而莫知无用之用也。"这是从实用的角度去谈论"用"，但从"常"论的角度来看，无用是多数人之"常"。

从无用，到小有用，到大有用，少数人乃至是个别人被异化为有用之人，从这个角度看，人之有用，其实"非常"。

16.8 竞争，不唯竞争

设立竞争机制，是立"常"的一个要旨。

创设可能提供多种选择的平台，是设立竞争机制的一个前提。从奥林匹亚运动会到市场经济，从江湖争斗到民主选举，本质上，都是体现由选择—淘汰机制带出的优胜劣汰的功能。

老子在《道德经》第二十二章中就说过："夫唯不争，故天下莫能与之争。"

但从人类演进的角度考察，自然的优胜劣汰功能只是时间淘洗功能某一种，而多数的观念，则是不争，是和谐。

---

① ［英］J. 穆勒：《论自由》，孟凡礼译，广西师范大学出版社 2011 年版，第二章（电子书）。

16.8.1　设定竞争之界限

多数日常需求品如俗话所说的柴米油盐酱醋茶等，以及衣食住行所涉及的基本需求品等，供应商本不应该在经营里面赚钱（或赚较多的钱。交易为定制式，无须引入市场竞争）。当然，如果供应源充足多样时，则不妨也引入竞争机制，以使得日常需求品的品质也有所提升。

但是多数的商品特别是奢侈品，应该引入竞争，以避免在市价交易的大平台下产生大的利润，即赚较多的钱。市场应该根据出品的竞争力去定价格。

16.8.2　人境倡导不争

虽然在人类历史上充满人祸战乱，但和平和谐之声也一直不绝于耳。

目前存世的未开化之民族，专门的考察所见都是和平自适为多，甚至面对陌生人的进入，也是表现出平和友好的态度。从自然观感来看，有人之境还是以和平共处为大趋势。可以想见，尤其是亚洲人，倡导和谐大同的观点总是占主流。

16.8.3　效率是资源缺乏的情势逼迫出来的

早期的人类并不讲求效率，因为很多时候并不存在资源短缺的问题。我们看到，很多原始部落或社群，因为无生活资源的顾虑，需求简单朴素，是真正的慢生活，最终导致了部落或社群发展的停滞。

后来，人类主流社群的个体繁衍迅速，需求增加，经济发展壮大，则资源短缺的问题就凸显出来了，这时，对效率的讲求就由资源缺乏的情势逼迫出来了。

16.8.4　求利是人类生存发展中逐渐演进出来的

但是，中国人一直不苟精确言利，尤其是在人情面子面前不言利益计较，而更多表现出谦谦君子的风度；但其实在彼此谦让的过程中，又不断蚕食对手的议价能力，包括议价的耐心。从效果上看，这其实是一种比犹太人的策略更为优胜的营商之道，因为被人看出其精于计算的交易之道，有可能使交易获利浅薄以致归于失败。这同时也说明中国人比西方人更早地弄懂了正确的（晦暗不明的）义利观。

16.8.5　体育赛事这种竞争并不是必需

举办体育赛事并不是民生必需，以退出承办国际运动会为例。

从体育运动的历史去考察，有过多起某国退出承办国际运动会例子，这表明，国家在做出举办大型国际项目的决定时，需要考量民意、民生及财力诸因素。

16.8.6　社交的本质：将他人所具有转为自己所使用

就是通过认识某些人从而认识其他人，以利用他人的积淀（人脉、经验、思想及其他方面的资源）以达到节约时间及成本的目的。

16.8.7　竞争机制是市场选择的必须

关于市场机制的竞争性原理，由经济理论所专述。

16.8.8　学业专才与管治精英的遴选见仁见智

学业专才与管治精英的遴选应引入竞争机制。不同的国家有不同的观念及制度设计，此也许为立"常"之惑。

16.8.9　全方位吸收全人类先进文化

学者陈平教授在《中国将主导 G2.5 格局》一文中提出，中国的科学、教育学的是苏联，苏联学的是德国。中国的金融现在开放，学的是美国，企业管理学的是日本，基础教育学的是德国……所以中国才能全方位地吸收世界人类先进的文化。

16.8.10　不计算——人之伦常

这里所说的计算其实是指针对人与人的利益之间、关系之间、情感之间的那种价值评价评判的机巧。

其实，多数人并不计算，或者不擅长此类计算。

因为计算在一般人眼中意味着斤斤计较，即在资源匮乏的情形之下的一种分配使用资源的计划安排。而只要资源充裕，"计算"就不会成为必须。那些精于"计算"的人，自然是某种非常之人类。

16.8.11　竞争总是要耗散更多的资源

当世界处于稳定平和之时，不竞争将成为常态。

无论是国家战争还是商业竞争、政坛之争，只要参与竞争，就会耗散很多的资源。于是，以成败为最终定论而言，无论哪一类竞争，拼到最后，无疑是资源强盛者胜出。

16.8.12　"一种普遍化了的生活方式"

中国学者陈家琪教授认为："第一，人生活在不同的等级之中，他的尊严既非来自某个具体的'他人'，也非来自抽象的'社会'，而是来自他所属等级对他的承认，而所谓的'等级'，就指的是一种普遍化了的生活方式（包括价值观念、感兴趣的共同话题等）；第二，当一个人在自己的等级中是孤立的，或根本就不属于或寻找不到自己所属的等级时，他就只能靠自己的外部成功来赢得尊严。这种外部成功的标志是无止境的，甚至几百个亿都不足以证明他的成功；而且他的成功一定是以别人的失败为代价的。这也就是市民社会（所谓的资本主义的市场经济）的竞争秘密。"①

---

① 陈家琪:《"病态社会"中的尊严与冷漠》,《粤海风》2013 年第 6 期。

17

事运——守"常"

"常"有，"常"是，"常"在，即其中诸事在运作着。若事不运，即"常"不守，则世界也就不逗留了。所谓世界"逗留"，就是在某个时候世界作为一个全景，"常"景真实呈现，常常自适。

所谓守"常"，包括守规则，守秩序，守路向，以及守系统运行结构（链条）的完整性，归根到底，就是要持守系统运行的常态。

如王阳明在《传习录》中所说，世界呈现着"定"之景象："人须在事上磨，方立得住，方能'静亦定，动亦定'。"

守"常"的要义在于，从某个角度看，常在的那个"常"既是实在的，也是有限的。即是有限的"有"，有限的"是"，有限的"在"，唯其如是，才能使自己置放在一个比较安稳的"定"的位置上，自在常常，自得如如。

所以说，要守"常"——只能对系统进行时间分割，设定整个系统边界。

17.1　维护常态

在物理世界，保温、保鲜、保冷暖、保干湿；在有人世界，则保平安、保名节、保关系、保和谐、保关系平衡……

对整个现实世界而言，强调的是各种有效、有力、有势、有用、有冲动、有生气的"常"景。我们在前面讨论过了，这叫"常常"之景。

17.1.1　有功用即为事运

所谓有功用，就是保证某个人为系统在平时能够正常做功（即运作），通过自然赋能、人工维护、机器维护等随时有效用运作。

这是人为设计的一种运作机制，例如风车、水车、蒸汽机车、电动机车，乃至现今由五花八门的动力源驱动的汽车。还有一种人设计的机构系统，如一些日常运作的大小组织，通过薪酬的维系，利用种种"人手"，能够有效运行、运营等。这些运作都有一个共同点，就是各有功用。

17.1.2　守"常"之事有难有不难

此守"常"之事之中的"守"，是守护的守，即确保那个"常"（常态）能够绵绵不绝并保持健康的状态而处于运行之中。这是人们对一个自然系统或有人系统的普通诉求。如何做到这些方面，就是人在世的诸多事功。

此事就像城市的水电工、清洁工，只要城市在正常运营，这些水电工、清洁工就不会停止工作。

17.1.3　守"常"方式有多种

守"常"者，守护常态也。

有自然之守"常"。在自然中，只要有持久能量注入即可成为一种常见的景观，如瀑布，如海潮，如火山熔岩流。这种自然的暂稳态，是谓自然所守之"常"。更常见如海洋常有浪涌，即是一种；如海风不断，也是一种；如江河之长流，又是一种……

有人为之守"常"。这种例子无数。建筑景观维护是一种，种植养殖又是一种，看守是一种，护卫又是一种……

此外，在当今世界，我们须臾不能离开的网络，就是一个巨大的人为守"常"的景观。网络的基础是底端的服务器基站，此无须赘述。

17.1.4　有静态为功，也有动态为功

静态为功的典型如药物，不使用时则处于闲置状态；动态为功如诸种机器，在启

动之后按照功能持续运行；也有动静之间的，如制作手工作品的工具，人手启动，行止自如。

17.1.5　有电有水是为守"常"之象

打开水龙头，来水；插上电插头，来电。这是人们对一个供水、供电的住宅的"常"态诉求。如果一所房子无水无电，则房子处于"非常"态。房子若是正常，要由相应的供给系统如供电公司、供水公司运作。

由此，对一个有功用的房子而言，有电有水即为守"常"之象。我们就指那个供电供水的机构为守"常"之要件。

17.1.6　成功的秘密：法律与制度

美国《纽约时报》著名评论家 T. L. 弗雷德曼在《时代》周刊上发表的一篇评论中指出：美国成功的秘密不在于华尔街，也不在于硅谷；不在于空军，也不在于海军；不在于言论自由，也不在于利伯维尔场——秘密在于长盛不衰的法治及其背后的制度。美国强大的真正力量在于"我们所继承的良好的法律与制度体系。有人说，这是一种由天才们设计并可由蠢材们运作的体系"。

在人伦常态守护这方面，法律或法治，就是社会正常运作守"常"的运作之基。

17.1.7　某些类职业的终极所守是对自己利益的否定

孔子说过："听讼，吾犹人也，必也使无讼乎！""使无讼"就是孔子的理想。

清末湖南湘乡有位兼开中药铺的老中医有自题一联："但愿世间人无病，何愁架上药生尘。""人无病"是医药家的理想。

这两个说法说的都是一个道理。即那些属于修复、纠正、仲裁一类的职业，专业技能越强，就越意味着是否定自己的职业存续。但到后来，如若真有律师无讼案，药师无病案的情况出现，则律师、药师靠什么为生呢？

17.1.8　收租与腐败问题

政府收租为常理，即为守"常"设，而因收租而生腐败，则有机制设计的问题。

作家徐瑾就指出，腐败问题有"表与里"两个层面：表面的问题是，在为政府收租的过程中，个人自由裁量权过大，将其中部分租金收入私人囊中；更深一层的问题

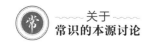

在于，政府权力过大，收取的租过大，且未经完备授权，滋生了诸多寻租空间，也使得贪腐层出不穷——更进一步，即使是完全清廉的官员组成的政府，仍旧可能收取过多的租。现代政府，往往有作为民众"守夜人"的职责，收取合理租金有其必要性。与之对应，政府收租之后应该为民众提供所匹配的公共服务。

17.1.9 关于"常"识与信念之类

某人对某个"常"识判断的认可、相信、遵循等都是与这个"常"识有关的后续行为，识而不认，识而不信，识而不行，往往表现为识而无为。这虽然是大多数的合理情形，但往往无法预知最终的结果，也就很难对某个"常"识作为前提是否具有普适性价值下判断（定论）。

例如，我们大体知道某些时日天气会转冷，从而在房间里因这个预判做了御寒准备但要感知真切的冷暖变化，只有去到大街及旷野，我们才能最终感受我们的判断是否正确，也才能知道我们之前的御寒措施是否得当。

17.1.10 两个故事说明好的制度高于一切

第一个讲的是"二战"期间，美国空军降落伞的合格率为99.9%，这就意味着从概率上来说，每一千个跳伞的士兵中会有一个因为降落伞不合格而丧命。军方要求厂家必须让合格率达到100%才行。厂家负责人说他们竭尽全力了，99.9%已是极限，除非出现奇迹。军方（也有人说是巴顿将军）就改变了检查制度，每次交货前从降落伞中随机挑出几个，让厂家负责人亲自跳伞检测。从此，奇迹出现了，降落伞的合格率达到了100%。

第二个故事，讲的是英国将澳大利亚变成殖民地之后，因为那儿地广人稀，尚未开发，英政府就鼓励国民移民到澳大利亚。可是当时澳大利亚非常落后，没有人愿意去。英国政府就想出一个办法，把罪犯送到澳大利亚去。这样一方面解决了英国本土监狱人满为患的问题，另一方面也解决了澳大利亚的劳动力问题。还有一条，他们以为把坏家伙们都送走了，英国就会变得更美好了。

英国政府雇用私人船只运送犯人，按照装船的人数付费，多运多赚钱。很快政府发现这样做有很大的弊端，就是罪犯的死亡率非常之高，平均超过了10%，最严重的一艘船死亡率达到了惊人的37%。政府官员绞尽脑汁想降低罪犯运输过程中的死亡率，包括派官员上船监督、限制装船数量等，却都实施不下去。

最后，他们终于找到了一劳永逸的办法，就是将付款方式变换了一下：由根据上船的人数付费改为根据下船的人数付费。船东只有将人活着送达澳大利亚，才能赚到运送费用。

新政策一出炉，罪犯死亡率立竿见影地降到了 1% 左右。后来船东为了提高生存率还在船上配备了医生。

一个好的制度可以使人的坏念头受到抑制，而坏的制度会让人的好愿望四处碰壁。建立起将结果和个人责任和利益联系到一起的制度，能解决社会上的很多问题。

17.1.11　激进变革都变成了"第二自然"

有一个关于变革最终沦为守旧，即成为新的"传统"的有趣说法，辑录如下：

英国学人 B. 海默尔说过："如果'新异所具有的震撼'在日常的核心引起一阵阵战栗，那么，对于日常这个我们了如指掌、一眼就可以看穿的东西的感觉又会发生什么变化呢？""在现代性中，日常变成了一个动态的过程的背景：使不熟悉的事物变得熟悉了；逐渐对习俗的溃决习以为常；努力抗争以把新事物整合进来；调整以适应不同的生活的方式。日常就是这个过程或成功或挫败的足迹。它目睹了最具有革命精神的创新如何堕入鄙俗不堪的境地。生活中所有领域中的激进变革都变成了'第二自然'。新事物变成了传统，而过去的残剩物在变得陈旧、过时之后又成为新兴时尚。但是，失败的诸种迹象处处可以看得到：有关日常的语言并不对新事物持乐观态度，推崇有加；它折射出彷徨无地的茫然情绪，对背弃的诺言失望至极。"[①]

17.2　求事运长久

"事运长久"的另一个说法叫"可持续发展"。对中国人来说，这种"事运长久"心态尤其看重。

---

① ［英］B. 海默尔：《日常生活与文化理论导论》，王志宏译，商务印书馆 2008 年版，第 5 页。

17.2.1　求长久永恒

借用日常保鲜经验的行为，作用在人身上就是如美容护肤之类，目的是保持自己的青春容貌；另一类就是祈求驻留一些美好的关系，祈求驻留一些美好的体验、际遇之类，如某个商户开张，中国人就喜欢祝福店老板"基业长青"。

17.2.2　一个精心建造的物件保存不易

每一个人造物，尤其是人类精心建造的建筑物，在其建造之初人们都有一个永远存续的愿望。然而，某些人的一个恶念，或者是一场战争、一场宗教运动，都能够使那些精美的建筑毁坏无痕。

17.2.3　到处发现人造的"烂尾"工程

一些临时想法随即实施制造却最终未完成的"作品"的痕迹，即"烂尾"工程。

这是由做事不严谨，事前没有严格地规划论证（包括如何保证资金链不断），环境管理也不严格（没有改正撤销的机制）而造成的。

17.2.4　关于人造物的守"常"机制（装置）

沙漏：古老的计时装置。只是计时时间短，精度低，可靠性较低。

调节器：分正反馈与负反馈两类。设定正负两个值，当外界测定的实际数值高于或低于某个设定值，则机器打开调节开关以达到调节的效应（如对温度、湿度、浓度，液体的水平，以及如电流、电压之类进行调节）。

陀螺仪：一种用来传递及维持机器方向的装置，基于角动量守恒的理论设计的，主要是由一个位于轴心且不歇旋转的转子构成。

水平仪：最常用的是水泡指示型的水平仪器。

石英晶体振荡器：许多电子设备都有石英晶体振荡器。

17.2.5　关于可持续效用：守"常"

可持续发展的最初的理念就是可持续效用。

由可持续效用的可能性开始，人们才思考到可持续发展观念。所以说，可持续发展观的实际动机其实就是可持续的系统运作效用。正如我们考察一个水井（泉眼），在一个正常的年景里，井水（泉水）表现为水位不变，源源不断，这时，我们就会将这个水井（泉眼）视作是"活"的水井（泉眼）。而这里面实际上包含了两重含义：一是年景风调雨顺，二是由于年景好而使水井（泉眼）的出水量保持恒定。这时，我们就见到一种水井（泉眼）的常态了。当某个水井（泉眼）的水源枯竭了，成了一口枯井，我们就说这个水井（泉眼）是"死"的。

17.2.6　不衰乃常

由盛而衰是一般规律，但常所论及的，恰恰是不衰的阶段。正如有人将一般学术讨论的范围界定在有人阶段；又如科学家将某类学术讨论的范围界定在地球一样。

17.2.7　"百年老号"为守"常"作注

能够在世间长久运转的商号被称为"百年老号"（或称"百年老店"），这是一个社会的常景。

17.2.8　市场为"常"物持守

能够立住脚的产品即会在市场有所表现。

17.2.9　自然守"常"与法律守"常"

守即维护、维持、遵守，具有一定的强制性，并且需要有一种机制去执行。

所谓守"常"，就是说当某种常态趋近形成之后会持续一个长时间的稳定态；而之所以能够维持这种稳定态，往往是因为系统存在（形成）着某种"守"的动机以及相应的维护机制。

如我们所观察的一段平静的河流，缓缓流动，不疾不徐，看似永无息止，而其实是因为前面有不绝的源头、不绝的活水，后面有宽阔的下游，没有阻滞水的流动，又如一处茂密的丛林，其之所以长久生生不息，是因为阳光充足，土壤有充足的水分及养分，并且自然形成了适应树木生长的局域生物圈机制，能够将腐叶枯枝分解为养料滋养正在存活的树木；如果缺少这些因素，该片丛林就难以保持长久的生机和活力状态。自然守"常"乃自然性状之结果。

社会守"常"乃由人性、人情、伦理及律法所决定。自然以时间之力，以自然自为之力守"常"，这个比较容易理解；社会以人性、人情、伦理、律法及时间之力守

-437-

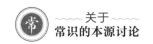
"常"，而这个人性、人情、伦理、律法及时间之力最终是通过所定的法律规约强制这种形式固定下来的。简而言之，在人类社会这个层面，最终是由法律规约来守"常"的。因为法律规约是社会的大规则，按这个规则去运作，并且由立法立规系统对法律规约进行有效有力维护，从而确保人制定的法律规约对社会日常秩序健康运作适配，最终成就守"常"之道。

17.2.10　守"常"（庸）比归"常"来得重要

立"常"，归"常"之本意无非在守"常"。

你花大气力去立"常"，如守不住，则立而没有所谓终极目标；同样，你花大气力去归"常"，如归"常"之后又守不住，则归而无所为由（关于归"常"的问题，留在后面去探讨）。

17.2.11　手工是永远的存在

在原始社会，产品的概念尚未出现，人们处于狩猎、采集、渔获状态，过着穴居或游牧的生活。农业社会有了产品的概念，这时，无论人生产的什么产品多有自然的性状，如食物、衣饰、房舍等，还是具有自然的、个体的、手工的印记。在工业社会，人们设计出产品的标准，丢弃了大部分自然的性状，对一切产品赋予了人造（设计）的、共性的印记，当然在某些出品上还是保留了手工出品。到后工业时代，延续了工业时代的人造（设计）、共性的特点，却又在与人日常使用贴近的物品上，日渐增加吗了个性化的设计制作，并仍然保留甚或增加了手工制作的份额。个性化制作在脱离自然性状的同时，又日渐有回归自然性状的趋向。到信息时代，除保留后工业时代的出品特点之外，个性化的设计制作日渐成为趋向，成为日常，并且有向大型化、个人化、艺术化、仿真化方面延伸的趋势。

可见，在各个时代，手工制作、整饰及出品都长久地保留下来，手制的出品有越来越贵价的趋向，这成为社会日常出品中的一个常态。

17.2.12　"每个世纪的发展几乎等于零"

这段话引自美国经济学家 C. T. 芒格在南加州大学毕业典礼上的演讲："A. N. 怀特海曾经说过一句很正确的话，他说只有当人类'发明了发明的方法'之后，人类社会才能快速地发展。人类社会在几百年前才出现了大发展，在那之前，每个世纪的发展几乎等于零。"

令人感兴趣的话是"每个世纪的发展几乎等于零"这一句。也就是说，在几百年前，人类其实一直不刻意追逐关于发展的事情。也就是说，人类是一直秉持守"常"之道的。

17.3　持守本真

守"常"之道，在于守护真实。一个系统的构成真实，即从结构到材质的合理性、有效性都得到保证，能够确保系统运行的确定性、稳定性及持续性。没有真实性做保障，就没有系统的健康运行。

而在人道之守"常"方面，则以持守其天真为要。人的"天真"即人的真实面貌、人的本真性情。庄子说过："礼者，世俗之所为也；真者，所以受于天也，自然不可易也。故圣人法天贵真，不拘于俗。"

英国人 J. 穆勒说："随着人类的进步，人们不再争论或不复怀疑的道理必然日益增多；并且真理息争止疑的数量和分量，也几乎可以用来衡量人类幸福的程度了。"①

也就是说，人类文明进步，不但有无穷无尽的物质积累，而且有无穷无尽的精神产物的积累。这样，就使人为了守护这些积累，耗费大量的资源及时间，并窒碍创新。

17.3.1　自然之本真无所谓持守

自然之生物，包括动物及植物，因为不会有后天的天性遮蔽，所以其本真是终身坦露的。

17.3.2　人因为文化而致本真遮蔽

文化是有人世界的特质，因为此一特质，人的长成最终遮蔽了人的大部分"本真"，使人一直处于被文化的性格言行。因而当谈及持守本真这件事的时候，人就要做出反思，就要通过人与人的对视来发现自己的本真被遮蔽这一现实。这也是对文化的

---

① ［英］J. 穆勒：《论自由》，孟凡礼译，广西师范大学出版社 2011 年版。

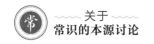

一种反思。

17.3.3　人伦之"常"，求其天真

人伦之"常"之真，实际上就是一种直感。

人的真实由几个部分表达：一是遗传，如自私的基因之类说法，出乎本能，检验可知；二是教育，尤其是幼儿的教育，后天家教养成，表现可见；三是后天社会侵染归化，特别是周围人群（自然包括亲戚朋友）的长久影响，这个会有难以掩饰的印记。这些都是人不自觉地表现出来的难以掩饰、天然真实的面貌。

17.3.4　求真是守"常"之宗旨

这里讲的求真，主要指运事之态度。若不以求真的态度做事，则运事终将衰败，谈何守"常"？

17.3.5　人欲是人始终存留的真

南宋理学家朱熹说："圣贤千言万语，只是教人存天理、灭人欲。"朱熹这里说要"存天理、灭人欲"，是人的一种修养境界。但人的七情六欲其实就是人自身最重要的身体表达，因而是人最真切的面貌显露，也就是人始终存留的某种真。关于这一点，需要留心处置。

17.3.6　人为"常"度

人为"常"度——世界是"常"，人是"非常"。可从身外之物、附身之物、本身自体三个层次说起。

对人及世界而言，除了人本身自体及附身之物，世界就是身外之物。但当人在这个世界之中，则整个世界又是人的附身之物。因此，真正的界限是世界与人的本身自体的隔膜。因此，人既是"非常"，也是"常"，相应的世界是"常"，也是"非常"。

17.3.7　生活无须效率，求真至为必须

效率对生存而言，并非必要，求真对生存而言，至为必须。

在和平的环境下，效率不必要，但出品货真价实，则应注重，这应该是通识。当然，讲究公平应不可或缺，这是题外话。

17.3.8　像孩童一样去思考

人活到老，就会有返回孩童般的思维及行事方式的倾向。但也有人将孩童稚趣保持一生。西班牙画家毕加索就说过："我花了一辈子学习怎样像孩子那样画画！"

17.3.9　人之善是一种本真

孟子说："人之所不学而能者，其良能也；所不虑而知者，其良知也。孩提之童无不知爱其亲者，及其长也，无不知敬其兄也。"孟子所说的"良能""良知"，就是一种先天的人性之"善"，也可说是一种本真。

17.3.10　基本诉求——"揾食"（粤语，意为觅食）

人的很多日常言行，表现（或表演）到最真切之处，就是表露出生计考量。无论某人表面上是怎样冠冕堂皇、无所欲求的行事做派，最终都要承认附着于行事之中蕴含的"揾食"取态。这就是人总是要显露出来某种"真"。

17.3.11　欲望与本真

大多数人的欲望，都是小欲望。这个小欲望，可看作是人的某种原初的本真。

但是有人在有了一定的势位及权能后，就会有将自己的小欲望转变成大的欲望的行为。这是因为此人没有持守自己的本真的德行，迷失了人生方向。

17.3.12　生存状态决定表达态度

一个人的生存状态，决定人的交谈态度及交谈意趣。当然，如果人的生存状态不佳，则表现出人的交流欲下降。这也是人的一种本来面目。

17.4　守护文本

在诸守"常"运作中，守护文本实属要点。守护文本在于修订诠释，在于铭刻铸蚀，在于收藏保存，在于翻抄誊印，在于传播弘扬。

17.4.1　制文以求永恒——以制宪为例

国家制宪，是求国家管治之长久。一部宪法对国家的管治性愈长久，修宪的次数愈少，愈能够说明制宪者之高明及远见卓识。

17.4.2　制文、写书、作歌以求长久传颂

写书以求多用，以求永恒，而永恒即系"常"也。

作歌曲希冀传唱，作诗歌希冀传颂，表达思想希冀传播——制文其实就是希冀用文字保留转瞬即逝的想法。这些都有守"常"的意蕴。

17.4.3　并非人人都会有记录经验的自觉性

对早期的人类而言，人对日常所发现的大部分的经验成果（包括偶尔获得的经验）是没有积累的，或者说各种的劳动—收获过程所剩下来的东西（经验）是不多的。

后来，人类终于觉悟了，就有了记录经验积累这种事体。但积累经验并且记录下来这种事，并非所有人的必然的觉悟。对许多民族而言，其实并没有记录日常的自觉性。

17.4.4　守"常"的文书——法律、宪法

社会守"常"之要点是法律（规章、契约）、宪法的整固、修订及使其有序、有效运行。关于这一点，有专门的教科书述及。

17.4.5　设计脚本即立"常"

立"常"的行为往往就是策划、设计制作针对某个项目的运行脚本（如影视节目类的剧本类型）。

这些运行脚本有写得粗一点的，有写得细一点的。往往是，写得细一点的脚本更接近真实，项目运行起来也更耐久、实用、具体；而写得比较粗疏的就要时时对脚本进行修改，这样，项目运行起来就难免变形、走样，甚至与项目原设计相背离。

17.4.6　制文以增益思想

人的思想通过文字留存，使不同时代的人的种种思想有了交流、改进、增益的可

能，这是人类思想日渐缜密、日渐高远、日渐升华的主要原因。

17.4.7　制文以做行为之规范及警戒

关于这一点，在道路交通标志的应用方面有太多事例，此不赘述。

17.4.8　制文以求隔时交流

人都有为文记事以求传世的动机，这不但在文人，也在其他领域的各方人等。但人这种行为还有一个间接的作用，就是我们将以这种方式实现隔时甚至隔代交流，这使人类的思想、经验、智慧及至情感等日益丰富多彩，日益深厚广博。而这一点，或许是为文者始料不及的。

17.4.9　议事规则

议事要开会人人都懂，至于要按什么规则行事，那又是另外一回事。就是说，所谓"条条大道通罗马"，去开会——去罗马；按什么规则开会，选择大路——选择不同的规则。会开成了，不要管选哪一种规则，关键是要决议出执行事项。

17.4.10　关于底层（又有认为是顶层）规则制定者及维护者

具体如商品的定价权、流通规则；系统的服务器、路由器，PC的操作系统，网页的浏览器及搜索引擎；此外，如行业公会、协会、联会之类；更高层次上，如法律、宪法的制定，银行利率的调节，发行货币；等等。

总之，作为基层（有说是顶层）的确定者——人工定"常"者，就是游戏规则的制定者及维护者，这是行业运作的最基础、最本底的设计者及执行者，其实需要由行业内经验最丰富、学识最渊博的头脑去施行，这也应该是"常识"。

17.5　维持"健康"

无论是自然系统，还是人文系统，系统的"健康"是一个最低要求。

没有关于系统"健康"的具体要求，系统的正常运作，就无从谈起。所谓"健康"

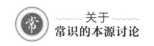

要求，包括几个方面，如运作的机制设计合乎"健康"的要求，维护能量的"健康"注入（维持），维护确保系统"健康"的纠错能力，等等。可以说，维护一个系统保证其"健康"运行，就是守"常"之举。

17.5.1　自然无所谓"健康"

凡自然表现良好的地方，总给人生机勃勃、欣欣向荣、健康向上的景象。

这种景象，其实归功于长在表面的植被及动物的行为。只有水源充沛，排灌适当，加上风调雨顺的年景，自然才有"健康"的表现。但显然，自然的这种"健康"并无永久保持的可能，因为自然的一切都在变化之中。所以说，对自然而言，无所谓"健康"与不"健康"。

17.5.2　人类对"健康"有所谓

对人而言，讲到"健康"，古时就是讲种种的"善"、种种的"好"，然后加上各种"善""好"的相应表达，如丰盛、神气、富足、美感等。"丰盛""富足"之所以关乎"健康"，皆因"健康"对人类掌控资源有要求，人的生活之所以不够"健康"，往往就是由于资源缺乏。

17.5.3　"健康"就是守"常"之道

这里说的"健康"，不特指是身体健康的意思。而是说，在社会上运作的各种系统，都应该在一种可称为"健康"的状态下运作。一定要有关于系统"健康"的正确理念，有符合"健康"运作的良好机制。很重要的一点就是要持续注入能量"健康"之源。

17.5.4　系统设计的"健康"在先

如系统设计的动机、作用及目标机理等出问题，则系统的后续运作必然会产生诸多问题。

系统设计不"健康"的问题，首先是因为能力的问题，因为时间的急迫，因为知识的欠缺，因为思维的欠缺，都会使设计存在不健康的隐患；其次是将个人或小团体的私利裹挟在设计方案当中，也将使系统存在不健康的隐患。

17.5.5 系统机体的"健康"是第一要素

关于机体的健康，最好的参照系是动植物。因为这些机体都经历了千万年的繁衍变迁。

所谓的"适者生存"，即在残酷的自然竞争环境下最终能够存续，形成有一套自身的生存法则，表现为自身机体的完整的"健康"状态。在人类社会也一样，那些百年的大公司，经历了市场残酷竞争，最后能够存续下来，就会转为为一种竞争的优势。它本身的外部环境和内部管理，都有一个健康的生存表现。我们发现，社会与自然显著不同，在有人打理的情况下，系统的健康并不一定遵循"新生—成长—成熟—衰败"的演进路径，而是视乎人的设计、资源的配置、管理及纠错更新的能力而实现基业长青。

17.5.6 好的规则维护系统"健康"

毫无疑问，设计完善的"健康"的生态环境、管理体制机制，可以成就一个系统按照规则长久有效运行。这个"健康"要求，是一个大系统、大机构甚至是一个区域、一个国家能够存续发展的基本条件。

17.5.7 系统"健康"保证系统蜕变

这可以用昆虫的生命周期作为例子加以说明。

我们知道，昆虫一生要经过多次成长阶段。昆虫的蜕变，往往是九死一生的过程。而最重要的是，蜕变之前昆虫是一个完全健康的肌体，这样成功蜕变的机会才会增大。

17.5.8 系统运行往往趋向不健康

系统因为机械运动接合部的缺损而不"健康"，系统因电器电阻阻尼的增大而发热以至不"健康"，系统因为机制设计的不完善而不"健康"，系统因长久运行而导致机体的零件老化而不"健康"，等等，系统因诸如此类的不"健康"而使整体运作表现为不"健康"。

17.5.9　系统因构件闲置而不"健康"

这个现象在人造系统中较为普遍。一个系统若存在闲置构件，难免有不"健康"现象。至于系统为何会出现"闲置"构件，很大程度上，是由于人造系统设计的理想化程度与系统运行状态的应然或自然表现相冲突。这是个复杂问题，不展开讨论。

17.5.10　守"常"之主体责任者要"健康"

这里说的主体责任者，就是维护系统完整健康运作的那些个"守夜人"。一个系统"健康"运作的一个要素，就是这些"守夜人"尽职尽责地维持这个系统"健康"运行。

17.5.11　落尘为不健康之首要

这是人人体会到的日常难题。

17.5.12　关于打理即在乎

"打理"就是一种顾及、一种在乎、一种惯常的拂尘、一种轻轻的操作维护等等，即往往是一种自然责任。

所谓守"常"，其实就是那么一点时时的在乎。

17.6　守"常"之德

当我们把自己的好恶建立在事功的基础上时，我们的好恶表现就影响到整个事功运作而会使事功变得不纯粹。

守护一个常态，就是要对那个要守护的系统采取一种无好恶、无功利的态度。

一个人或一群人如何能做到无好恶、无功利？

17.6.1　"要有藐视身外赘物——利禄的精神"

英国哲人 T. 霍布斯曾说过："成为一个良好的法官或良好的法律解释者的条件第

一要对于自然法中主要的一条——公平要有正确的理解。这一点不在于读别人的书籍，而在于自己善良的天赋理性和深思熟虑。人们认为闲暇最多，最喜欢思考这一问题的人这种理解也最深。第二，要有藐视身外赘物——利禄的精神。第三，在审判中，要能超脱一切爱、恶、惧、怒、同情等感情。第四，是听审要有耐心，听审时要集中注意力，并且要具有记忆力记住、消化并运用自己所听到的一切。"①

17.6.2 "希望知识分子成为'独立进款'的人"

哲学家金岳霖在他 28 岁（1922）的时候，在《晨报·副镌》上发表了一篇题为《优秀分子与今日社会》的文章，文中谈了对知识分子的四点期望。

第一，希望知识分子成为"独立进款"的人，他说："与其做官，不如开剃头店，与其在部里拍马，不如在水果摊上唱歌。"②

第二，希望知识分子"不做政客，不把官当作职业"。

第三，希望知识分子不发财，"如果把发财当作目的，自己变做一个折扣的机器，同时对于没有意味的人，要极力敷衍"。

第四，希望知识分子能有一个"独立的环境"，要有一群志同道合的人在一起。

17.6.3 不到十分需要，勿求变化

无论有意无意，改变现状（常态）就是"谋杀"一个正常运作的系统。

那种刻意求变，不惜求变乃至大力求变的行为，往往动机可疑，实效也未必正面，尤其是长久之效。

求变的前提是个体的人、团体的人群在系统常态运行中总感觉到某些地方不舒服、不畅顺、不公道，认为一定是某些地方出了问题，认为一定是某些地方的人在错误地操作某些事情。但往往是，什么地方出问题，出问题的原因在何处，其实大家心里都清楚，无非是利益驱动、主事者低能之类。

变化，就是要打破旧秩序，为求新秩序。但如果新秩序不是守"常"之路，那么这个"新秩序"可能就不是理想的善的秩序。

---

① ［英］T.霍布斯：《利维坦》，黎思复等译，商务印书馆 1986 年版，第 220 页。
② 金岳霖此说与维特根斯坦的观念甚至是做法相类。维特根斯坦曾做过山区教师、园丁助手及建筑师等。而古希腊人有谈论及辩论的日常行为习惯，但他们的日常开销甚低，因此尽管不从事生产劳动，也可以维持生活。当然，他们之中的多数人其实是出身贵族，即天然的有产阶级。

17.6.4 维持现状的诉求

人无论遇到哪一种境况，只要不是生计无着，只要不是在兵荒马乱之年，只要生活上过得去，都会有一种维持现状的心态。

17.6.5 熟悉运行秩序

作为某个事业运作者，熟悉系统的运行秩序是首要任务。要使不同的岗位上匹配的都是熟悉系统运行秩序的人，就要进行实习、培训、岗位淘汰。

17.6.6 最少运行状态调节

一个实际运作的系统能否以正常姿态运行，首先在于系统设计的完善度。作业者具体去操控、调节及维护的动作越少，则表明系统的运行状态越是"健康"。

尽量减少状态调节，应是运行的基本要求。

17.6.7 守"常"者不表好恶

作为守"常"者，对系统的运行不表好恶，不将个人的情感投射到具体的事上面，这是最基本的事运之德行。当然，这也符合"常"的本有的属性。

17.6.8 守"常"者无功利

作为守"常"者，还有一个基本的品性要求是非功利性。有资源配置的运作事物，即有功利因素在其中。

17.6.9 守"常"者以记录作业为本分

作为系统作业者，记录作业事迹是本分。此一工作，实际上已成为现代工业的作业规范，此仅略述。

17.6.10 总在公私分明

这个"公私分明"虽然是守"常"的普通要求，但其重要性是毋庸置疑的。

17.6.11 "我付费，我不必思……"

美国学者 P. 费耶阿本德在《告别理性》中引述了康德的一段话："如果我有一本能理解我的书，一个能让我觉醒的牧师，一位能决定我饮食的医生，等等，我就不必麻烦我自己了。只要我付费，我不必思考了——他人乐意为我承担这项令人厌烦的工作。"①

康德的说法等于说，世界上大多数人只要付费了，就有人替他们做大多数的事情。如果意译一下，大概和中国的谚语"有钱能使鬼推磨"的意思相近。

17.6.12 最好的制度安排还没有形成

追求最好的，还是选择最不坏的？

这是个问题。有人以为可以选择最好的，却不想那个最不坏的其实已经能够满足普通的需求了。也就是说，是最好的。

人的寿命有限（可知有限），这本身就是最根本的不完美的一个原因。人可能的生存环境随机（能处有限），所以影响到人对自身真实诉求的愿景未必为最高理想（很难衡量这个标准），于是。对于人生由生至死的际遇安排，往往只剩下随遇而安这样一种运数。至于制度安排何为最好，人至死都难求得答案。

17.7 常态之中的"多数人"

守"常"就是对系统之中的人的照料。因此，就需要时时领悟多数人诉求，这是守"常"的根本意蕴。

不同于某个人的独特想法，多数人的诉求代表了一个综合指标，即代表了一个生存态度，代表了一种生活时尚，代表了某个整体的运动方向，也代表了某种相应的物质需求。

---

① ［美］P. 费耶阿本德：《告别理性》，陈健、柯哲、陆明译，江苏人民出版社 2002 年版。

17.7.1　大多数时候，人沉默以存

大多数时候，人沉默以存。

但是人保持沉默是一种无奈也是一种自适。因此也可以说，人保持沉默这种无奈或自适，表现出人处于常态的两种境界。

17.7.2　多数人的命运——平淡的人生

多数人在别人不知道其存在，自己没完全体验人生，也没见识过多少域外世界的状态下走完一生历程；同时，多数人往往也是在没向世界发出几句声音，没写下一些字句，没有被记录下几道为人留意的行端，总之，是在如被一个统计数字囊括其中的状态下，匆匆走完了一生的（如那些被战乱、瘟疫、洪水、地震、海啸之类的天灾人祸偶尔夺走性命的人，生命就如一道闪电，瞬间化为一段消息报道上的几个数字）；如今，由于电子技术及互联网技术的泛滥，那些随大流的小人生，终于在不经意的状态下被记录下一些印迹了，这就是时代的进步。

由此可见，前一种状态是"常"，后一种状态也是"常"。

17.7.3　多数人处于简陋的状态

的确，大多数人处于简陋地活着的状态。从生活简陋，到知识简陋，再到精神生活上的简陋。

不过，这种情况也不应是那些所谓生活积极、知识丰满及精神充实的人（即所谓健全的人），对前者干预甚至歧视的借口。

17.7.4　多数人只是浏览而不创作

多数人仅仅是在"浏览"某种现成的存在事物，这甚至占据了他们生涯的绝大部分。甚至，他们也会于某时某刻对某事某物加以专注。这种专注或令他们变得有所作为。

但无可否认的是，仅仅是"浏览"而不创作其实是他们表现得最多的常态。

17.7.5　人的专业能力之"常"

人的专业能力属于一种"常"。这个情况只能靠时间作为判据，即你的专业修为能够伴随你的生活进程有多长时间。面对日益快速的知识更新，你的某种专业能力会快速失去效用。这时，你的那个"常"就被"变"所替代。

17.7.6 专业常不对口

专业常不对口，表明专业往往不必要。指的是某事功者并不总是用得上自己所学的专业，即在工作时原来所具备的那种职业能力不能即时用得上。常态的状况是，为了生计，往往干着与自己原有的技能不相干的业务。尤其是那种准入门槛较低的业务，这种情况更加普遍。

17.7.7 多数人不识植物的拉丁文学名

绝大多数人不知如西医生辟词汇所指的诸多病症。

正如大多数人不认识某种植物的拉丁文学名一样。如此，这些命名对某些族群而言，就显得没有多大实际（实用）意义了。

17.7.8 多数人的感觉：你的大事都是他人的小事

当你活过一定的生活年景，你或有所体会：你的大事乃是他人的小事甚或是他人没有什么感觉的事。这种事实表明，对于某个个人而言，要让一个宏观系统"照顾"到他其实困难。

作为另一个启示，就是宏观系统的大小设置应以照顾到大数人为度。

17.7.9 多数人一生没能看完几本书

多数人一生没能看完几本书。你不知道他是否读了某本书。

于是，你就不了解人们读书的差异性，以及人们由于读书的差异性而导致的知识结构、文化背景的差异性。

17.7.10 多数人能自己解决日常需求

人的日常需求能够自己解决。例如人感觉天气寒冷，即会给自己添衣；人感觉饥饿了，就会寻找食物；人感觉受到灼烧，即会躲避热源；等等。

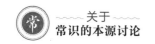

17.7.11　多数人被动介入项目

多数人往往是在一种被动状态下介入到一个陌生的项目的。这里说到了两个层次的"常"态，一是介入的无常，你不知何时何地就被介入某个项目；二是介入的有常，你具有相关资质，你就可以介入某个项目运作。

对某个项目的介入与出离，是人生阶段性际遇的写照。

17.8　守"常"在公

说守"常"在公，是因为资源在公，人才在公，规则的把握也在公。

如何事"公"，如何为"公"，以及如何表"公"，等等，则有不少考究。

17.8.1　公就是机器般的机制或意志

公平、悲悯、民享等良治的理念及原则，应该由机器般的执行机制或运作意志去实现，即去切实执行。

这应当成为一个文明社会的至当不移的治理理念。

17.8.2　"常识"遭到冒犯而无力捍卫，即公权不公

当"常识"遭到冒犯而无力捍卫，即公权不公。

学者阮直说过："我们通过检验日常生活中常识是不是得到基本的尊重，就知道我们的社会是不是个好体制了，不信你就盘点一下古今中外的体制，看能不能找到一个一边践踏着常识，一边还能让人民安居乐业的朝代。"[1]

17.8.3　"唯公心可以奉国"

武则天说过："理人之道万端，所以行之在一。一者何？公而已矣。唯公心可以奉国，唯公心可以理家。"

---

[1]　阮直：《常识是解读之后的深刻》，《银川晚报》2009年6月23日，第13版。

17.8.4 "和必出于公"

乾隆皇帝曰:"大臣任事,以和衷为贵。而和必出于公,断未有公而不和者。""若果能一秉至公,即意见偶有不同,而事理总归至当,虽有不和之迹,而心本无他。"

17.8.5 "天下为公"

《礼记》云:"大道之行也,天下为公。"

17.8.6 "天下之不公,足以败天下之至刚"

宋苏辙说:"故夫天下之不公,足以败天下之至刚,而天下之不刚,亦足以破天下之至公。二者相与并行,然后可以深服天下之众。"

17.8.7 维护"回家吃饭"的生活本意

回家吃饭,其实就是回到旧日纯净的家庭日常吃饭的餐桌,即脱离那种社交应酬的饭局而回家与家人吃饭。

关于这一点,现代人,尤其是上班族都深有体会。许多人都以为回家吃个饭是非常容易做到的事情,但实际上颇难做到。因为不回家吃饭的理由太多了,推却社交饭局的理由又太弱了,所以,结果是到最后还是一次次地没有回家吃饭。

由此延伸开去,即那种本属常态的合家欢情景,如亲子游戏、走亲戚、家族团聚饮宴、探望老人、探望病人之类私人日常行为,都应该在一个人生历程中设定为一种常态。但如果某人因为种种情况而无法履行这些"常态之事",则意味着他离真正的常态渐行渐远了。

17.8.8 从事有限的职业

每个人一生能够从事的职业是非常有限的。由此推及其他,可以得到每个人参与打理的机构也应该是非常有限的。

17.8.9 人与人彼此真正了解有限

因为人与人之间对对方的阅历了解有限,所以真正了解彼此的可能性也是十分有限的。

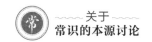
17.8.10 职业××乃"常"？实乃"非常"——关于刻意的有所作为

职业哲学家？这个与职业运动员其实是一样的。

某些工作一旦职业化，即有可能在职业生涯中利用职业的技术、技能以牟势利，并且可能是谋不当之势利。而还有一类职业××家，则更是仅仅将其身份当作谋生的运作，如上所说的"职业哲学家"之类，甚至可以想象一下"职业数学家""职业文学家"乃至"职业革命家"之类。显然，只有在社会高度角色化之后才会出现这类特殊角色。

于是，我们回溯到早期的哲学家、数学家、文学家。如亚里士多德所言，人在有闲的状态下方可从事哲学、数学、文学等事情，也只有在这种状态下，人从事此类事功才不会被名利所玷污，遑论会在此类人中间产生出杰出的人物。此外，作为一个生活中的人，职业身份往往强迫他在自己的职业范围内"刻意地"有所作为。这个"刻意"，实际上就是由职业（受薪）的那种内在诉求所驱使，从而在一旦遇到求真与逐利两难的境地时，会决绝地选择趋利舍真，从而毒化了社会的理想和善的氛围。

职业××家是靠做××生存的，因此，如果某人的学术研究生涯中能够出成果的阶段已经完结，某人却还待在那个学术研究岗位上，那岂不是一种资源的空耗吗？举一个例子是维特根斯坦，他写完他的传世之作《逻辑哲学论》之后的相当一段时间，都只是认真地到山区当小学教师（因为他当时认为，所有的哲学问题都已经解决了，哲学不能再玩了）。当然，以欧美的传统为例，某哲学大家在其学术著述获得普遍承认之后，所在学校往往赋予他终身教席，而获得这样待遇的大师又往往在自己的学术生涯中继续取得大大小小的成果。所以，关于职业××家存废问题其实难有定论，端看个人的操守与信仰。况且，西方的学究传统中有"有闲做学问才有可能出成果"的观念，所以养有名的闲人与此论并不矛盾。

18

事善——归"常"

论"常"的终点就是归"常"。

我们说，为事要善，这是由人之为人的最普通的要求决定的，也是由人之作为世上最高贵的生物的特性决定的。但人之能为善，其实也并不容易做得成功。因为人要为善，首先要知善，其次要知善能为，然后还要在做事时趋近为善，最后真正使事情近乎善。在这个为善的链条之中，那个做事的人自身是否属于善人，即所谓的完人，似乎并不重要。

于是，在中西哲学里面，就将人性的性质分为"性善"与"性恶"两类。并在两个分野上给出截然不同的处置的方案（例如，因善用仁政，治恶用法典之说）。

在中国古代，"性善论"的代表有孔孟等人，"性恶论"的代表则主要为荀子。就"性善"而言，《孟子·告子上》云："水信无分于东西，无分于上下乎？人性之善也，犹水之就下也。人无有不善，水无有不下。"明朝大学者王阳明在《传习录》中也说："至善者，性也。性元无一毫之恶，故曰至善。止之，是复其本然而已。"

而在西方，除讲"性善"为人的天赋一面之外，讲"性恶"为人天性的也大有人在。如意大利思想家 N. 马基雅维利就说："一般来说，人类都是忘恩负义、反复无常的，他们妄自追求、伪装良善，见危险就闪，有利益就上。"[1] 又说："人性是恶的，人

---

① ［意］N. 马基雅维利：《君王论》，李修建译，中国社会科学出版社 2009 年版，第十七章。

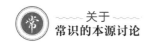
们为了自身利益，随时都会背信弃义。"①

不过就做事而言，做事之求善却是做事之应然取态，虽然在何谓"善"的问题上未必清晰，但不妨碍人们有对做事讲究认真的要求。

英国人 G. E. 摩尔认为："'善是不可定义的'，否认它会引起一个错误。"②

美国人 G. 桑塔亚纳说过："凡人不能永生，但是也有补偿：其一是所有邪恶都不会长久；其二是更好的时光也许会到来。"③

从大的方面讲，无论是立"常"还是守"常"，说到底，还有一个最重要的事项，就是要归"常"。即是要在善之"有"、善之"是"、善之"在"这三个位置上，为归"常"之说建立一个完整的坐标。

18.1 乐"善"而事

认真做事为大多数人创造舒适美好的生活空间，包括物质的及精神的两方面。

探讨作为"常"的那种"善"的多重意义实有必要。

古罗马皇帝 M. 奥勒留曾经说过："理性的特征便是：'对于自己的正当行为及其所产生的宁静和平怡然自得。'"④

美国作家梭罗说过："善是永不失败的唯一投入。在那使遍世界为之颤动的竖琴音乐里面，正是这种坚持善的行为使我们无限兴奋激动。"⑤

美国作家 G. 桑塔亚纳说过："和美一样，理性自身就是它存在的理由。当理性获得满足成为衡量善的尺度时，理性的确有助于好的生活。"⑥"意识内在地感到目的是善的；对此理性只能加以信赖并且接受为事实。"⑦

---

① ［意］N. 马基雅维利：《君王论》，李修建译，中国社会科学出版社 2009 年版，第十七章。
② ［英］G. E. 摩尔：《伦理学原理》，陈德中译，商务印书馆 2017 年版，第 87 页。
③ ［美］G. 桑塔亚纳：《常识中的理性》，张沛译，北京大学出版社 2008 年版，第 215 页。
④ ［古罗马］M. 奥勒留：《沉思录》，梁实秋译，译林出版社 2012 年版，第 109 页。
⑤ ［美］H. D. 梭罗：《梭罗集》，陈凯译，生活·读书·新知三联书店 1996 年版，第 563 页。
⑥ ［美］G. 桑塔亚纳：《常识中的理性》，张沛译，北京大学出版社 2008 年版，第 208 页。
⑦ ［美］G. 桑塔亚纳：《常识中的理性》，张沛译，北京大学出版社 2008 年版，第 197 页。

18.1.1 归"常"之动机——善意

归"常"首先表示为一种善意。这是一种理解善始，趋向善意，着手为善，释放善能的过程。

总而言之，就是一种乐"善"的动机。

18.1.2 天然的"善"

《孟子·尽心上》云："人之所不学而能者，其良能也；所不虑而知者，其良知也。"孟子提到的"良能"及"良知"，都表达了人的某种天然的"善"。

18.1.3 善：对"审美对象"的恰当欣赏

G.E.摩尔说："我认为，通常大家都承认，对于审美对象的恰当欣赏本身就是一件善的事情。"[1]

G.E.摩尔又说："说一个事物是美的，是说它确实不是自身是善的，而是构成一个善的事物的必要要素。"[2]

18.1.4 "善是不可定义的"

虽然 G.E.摩尔曾经说过："善是不可定义的。"[3]但摩尔还是花了大量的篇幅去论证什么不是善以试图回答什么是善。

由西方人大量关于善、至善的讨论可见，什么是善的问题一直是人们不懈追求终极答案的大问题。

18.1.5 使人愉快就是"善"

"善"包括绝对令人愉快，相对令人愉快；令人满意，令人有好感；令人觉得我是友善的之类。

此外，令人觉得我无恶意，令人觉得与我交往有安全感，令人觉得与我交往有所得益、得趣，等等，也是一种与人为善的相处之道。

---

① ［英］G.E.摩尔：《伦理学原理》，陈德中译，商务印书馆 2017 年版，第 208 页。
② ［英］G.E.摩尔：《伦理学原理》，陈德中译，商务印书馆 2017 年版，第 221 页。
③ ［英］G.E.摩尔：《伦理学原理》，陈德中译，商务印书馆 2017 年版，第 159 页。

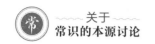

18.1.6 "快乐是最高的善"

亚里士多德说过:"快乐既然是人类和兽类所共同追求的东西,所以从某种意义上说,它就是最高的善,它渗透于从最高级到最低级的一切生命之中。"

亚里士多德还说过:"我们看到,所有城邦都是某种共同体,所有共同体都是为着某种善而建立的(因为人的一切行为都是为着他们所认为的善)。很显然,由于所有的共同体旨在追求某种善,因而,所有共同体中最崇高、最有权威,并且包含了一切其他共同体的共同体,所追求的一定是至善。这种共同体就是所谓的城邦或政治共同体。"①

18.1.7 有两种善:一为自然之善,一为人为之善

两种善要成全其为真确之善,都需要有背景资源的支持,即是所谓"源势"及"洞势"的支持。

以自然之善为例,只有天地时光及和风润雨的适当配合,才能成就一时一地以人的眼光见识出来的那种叫"善"的美景。这个一时一地的现在的"善",就是那个自然系统运行时获得自身所需之种种稳定的资源配置(如太阳能)并和谐发展生长的结果。

至于人为之善,则是由人的经验体察(要求)出来的,又或是由人自身凭想象构建(传承)出来的种种处境(情景)。这些处境(情景)如果是鲜活的,就需要维持所设计的情状,去做出适当的资源配置,如我们所见的花园、植被或水族箱之类,更复杂的如国外研制的"生物圈"仿真环境,等等。

18.1.8 谈"良知"

明代大儒王阳明到了晚年,总结自己的思想,得出的也是发端于孟子的那个三字真谛——"致良知":"吾平生所学,只是致良知三字。""除却良知,还有什么说得!"他认为"格致正诚"(格物、致知、正心、诚意)说了许多,就是"致良知"这个落实点:"孟子之是非之心,知也,是非之心人皆有之,即所谓良知也。"王阳明认为良知是人先天、先验的一种能力:"良知不由见闻而有,而见闻莫非良知之用。"他把"致

---

① 〔古希腊〕亚里士多德:《亚里士多德全集》第4卷,中国人民大学出版社1994年版,第3页。

良知"的发现看成是灵明的闪现:"致良知之外无学矣,自孔孟既设,此学失传几千百年,赖天之灵,偶复有见,诚千古之一快!"

所谓"良知",实质上就是讲归"常"的问题。而人有"良知",是人类之不同于动物及静物的显著区别,即在同样的常态下,动物及静物无分别心而人却有分别心;不但有分别心,还有分别意,即除有判断力之外,还有依据判断做出的带有倾向性的行为。有如孟子所说的"是非之心"在行为上的指导意义。人们常说"格物、致知、正心、诚意",指的都是如何归"常"的命题,"格物""致知",就是先是经过感官揣摩、实践,然后经过思考,经过推理而得到的那种知;而"正心""诚意"其实与前面无甚关系,就是要有态度,要有坚持,并且还要有善意这个前提,并且将这个心意进一步体现在具体的行为。

不过,关于"良知",西方的理路没有王阳明所说的那样清爽,从古希腊到近现代,西方哲人都对"良知"的伦理学意义抱有警惕,认为"良知"或"良心"过于具有主观意志的色彩。如果如王阳明所倡导之"致良知",等于强调"良知"的某种后天的养成、习得,会忽略"每个人作为伦常的生物都自身原初就拥有一个良知"(康德)的先验性判断。并且,有人还用"良知欺罔"这一概念(M.舍勒),表达对人们使用"良知"概念时可能蕴含盲目性和强制性倾向的忧虑。

18.1.9 "知识看来的确是最高善的绝对根本性的构成要素"

英国哲学家 G.E.摩尔说过:"知识看来的确是最高善的绝对根本性的构成要素,并且极大地增加其价值,尽管知识本身只有很小的价值或并没有价值。"[①]

18.1.10 通感,同感,通识,共识

通感、通识往往具有自明性,同感、共识则要经过商讨、分析、辩论之后才有可能达成。

18.1.11 表达善意

赞美,示好,提出好的建议,提出存在问题,这些种种,都是在表达善意。

---

① [英] G.E.摩尔:《伦理学原理》,陈德中译,商务印书馆 2017 年版,第 218 页。

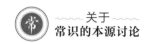

18.2　善意与善行

心境平和即为常心，常心亦即善意。

古希腊柏拉图有言："须知，'有益的则美，有害的则丑'这一句话，如今是名言，将来同样也是名言。"①

法国哲学家笛卡尔说过："在我们不可能避免自己会偶尔出错的生命际遇中，我们总是更多地倾向于那些以美好的事物为目标的激情，而不是那些相关于恶的激情，即使这些激情只是为了使我们得以逃避某些东西也一样……"②

18.2.1　"性善"与"性恶"可以作为"常"来解读

北宋政治家、史学家、文学家司马光就说过："夫性者，人之所受于天以生者也。善与恶必兼有之。"

清末著名学者俞樾就说："孟子曰：人之性善。荀子曰：人之性恶。夫性之善恶孔子所不言，则二子之说未有以决其是非也。"

清末民初思想家章太炎也说："或曰：性善性恶之说，皆不如言无善无恶者，曰：子将言人性乎？夫言人性，则必有善有恶矣。"

所以，作为"常"说，"性善"与"性恶"兼而有之则是可以的，而且有其合理性。以"性善"与"性恶"为例，"常"无善恶，故无"性善"与"性恶"。但"性善""性恶"皆可为"常"，皆有"常"之性状，这是与用常识来解读所不通达的。

18.2.2　"每一个灵魂都追求善"

古希腊大哲人柏拉图有言："每一个灵魂都追求善，都把它作为自己全部行动的目标。人们直觉到它的确实存在，但又对此没有把握；因为他们不能充分了解善究竟是什么，不能确立起对善的稳固的信念，像对别的事物那样；因此其他东西里有什么善

---

① ［古希腊］柏拉图：《理想国》，郭斌和、张竹明译，商务印书馆1986年版，第190页。
② ［法］笛卡尔：《论灵魂的激情》，贾江鸿译，商务印书馆2016年版，第88页。

的成分，他们也认不出来。"①

18.2.3　充满善意与追求完美并行不悖

首先，内心充满善意，不懈追求完美。其次表现为良好的判断力，即审美情趣。

有时，没有审美情趣，或者没有审美的价值判断，也会使人迷失而归于不善。因为如果没有良好的判断力，就会在是非面前判断失误，或者错失于对美的感觉。

18.2.4　从良知到善治

良知只针对自己，善治要针对别人。

如果我们认为"常"的理念就是一种"善"，则国家理性的彰显，实际上就是体现人们对"常"理念的体认与践行。只要将"常"理念作为"善"行的出发点，并且有相应的体制及机制设计加以体现，就可以说，这个国家是以"善治"为本体意识的。

在这一点上，我们无须进行自我标榜，也无须理会别人的指摘，而只需由一些日常事例去体验。

18.2.5　积习为"常"，即归"常"在途

习以为"常"，积淀为"常"，学以为"常"，见多用多以为"常"。

关于积习之"常"，前面已经讲很多了。

就积习而论，既可为"常"，也就在归"常"之途了。

18.2.6　归"常"之初衷：在恰恰好

按照事情本来应该的那样的"好"去行事。

"事情本来应该的那样的好"并不是指事情之最好、最善，而是事情之恰恰的好，即恰恰好的那种"善"。

18.2.7　"快乐愈多"世界"愈趋亲善大度"

美国学人 G. 桑塔亚纳说过："如果其他事物都等同，那么世界产生的快乐愈多，世界的一般本质就愈趋亲善大度；相反，如果其构成包含的痛苦愈多，它的整体气质

---

① ［古希腊］柏拉图：《理想国》，郭斌和、张竹明译，商务印书馆 1986 年版，第 190 页。

就愈是变得阴暗恶毒。"[①] "快乐"多了，"善"就越多，这似乎是自明的。

18.2.8 "常"未必必然归

谈到归"常"或谈归"常"之道，人们或许异议不多，大体认为，如是那"常"已在，而后失"常"，自然当归。但如果谈到有那个"常"在，而未必归，即认为有某种"常"处于某种违和状态时，并不一定要非归不可。也就是说，未必是归了"常"就一定是好（善）事。

这的确是一个很麻烦的问题，可能涉及的是美学、宗教及创新观念之类。

18.2.9 人生自有的几个"常"态

人常有四大阶段，幼年、少年、中年、老年，每一阶段相对于一个人来说，都是人生之"常"。在诸"常"里面，实际上又包含两个东西，一为态，一为情。

于是，上述阶段又细分为幼年态、少年态、中年态、老年态，以及幼年情、少年情、中年情、老年情。

如果从遗传学的角度看，每个阶段的人生情态表现都可以说是人自身在那个阶段的惯常表现。如果说，一个人在自己某个人生阶段有相应的情态表现及做事方式，那么这就是一种天然的、自然的如"常"之态。如果一个人做事表现反"常"，即会有某种纠偏机制（自然的或外力的）施以纠正。这种机制可谓一种"归常"。

最大的"归常"之力来自人自身，所以又说，"归常"由自。

18.2.10 善在发现"不应该"

因为看到世间很多的"不应该"，所以才想到应该归"常"。故而，看到是在先的归"常"或许就是以矫正诸多"不应该"作为切入点。

18.2.11 消除过度 ××——归"常"之道

除有过度诠释之外，尚有过度消费、过度使用、过度烹饪……

消除过度 ××，实际上是指某种节俭原则。这种原则在自然状态下已经是一种普遍的"自觉"——自然的"自觉"。

---

① ［美］G. 桑塔亚纳：《常识中的理性》，张沛译，北京大学出版社 2008 年版，第 43 页。

但在人这边，则处处未臻善境。所以说，归"常"之初衷，就是发现不"常"之境。

18.3 "以善养人"

《孟子·离娄下》曰："以善服人者，未有能服人者也；以善养人，然后能服天下。""以善养人"这句话大有深意。

归"常"，从人的角度看，即要为人真正回到某种闲散慵懒的状态而做出铺排。

设问、反思、信息反馈、收到意见及投诉等，都可看作是归"常"的切入口。

18.3.1 合法性问题——某种非人的体认

合法性即某种非人的权威的体认，即大众或社团等对政府的（管治、操作）权能的认可。

这种情况甚至不需要区别权力的来源（如民选或是专制）。合法性在很多时候是以考察其管治的有效性作为准则的。但在权力运行之初，管治的有效性未必可以预期，这就是对合法性来源认定的规则设计所担负的功能。当然，如果是新政权，合法性来源于威权，则强力说明（决定）一切。

18.3.2 因据有信息而成为"先知"

某人因据有资讯资源的优势而在发掘知识方面先行一步，而因这先行一步成为"先知"，也即具有先知之"权威"人士。

18.3.3 创新者制定游戏规则

典型如股市的创制者，他们的工作其实就是在做"创新者制定游戏规则"一类事情。游戏的创造者就是游戏规则的最初制定者。体育类、电玩类，都是这个原则。电商平台也是依照这个原则。

18.3.4 "超市里的牛奶包装盒"

学者师永刚讲了一个有趣的例子："在挪威许多超市里的牛奶包装盒上，大多印着农场主人的头像。咨询当地人才知道，这是他们的一个品质管理与设计上的创意。这表明这些牛奶是由包装盒上的农场主们生产的，换言之，如果出了问题，大家也可以马上找到根源。"

18.3.5 让人不自觉地生活

活得精彩不精彩都是每一个人自己的事情。人的不自觉（做事、生活）从来就是常态。

18.3.6 归"常"就要做到人无事

现代人要做到真正无事，或者说回归到原来无事的境界，往往要花费巨大的成本。

因为若一个人无事，意味着要将原来诸多的事情转移给他人去处置，或者交由成本巨大的自动机（按照目前的趋势，无人自动机的成本越来越低）去代为管理。

18.3.7 天行有"常"而"常" VS 天行无"常"而"常"

我们皆知（认知）有"常"之"常"，而未知（认知）无"常"之"常"。

18.3.8 幸福是种感觉

有网文载，幸福是一种内心感受，也是一组函数，其函数表达式是：

F（幸福）＝f（安稳）×f（喜乐）×f（荣耀）

修炼幸福可从以上公式中获取。

18.3.9 读书耕田最自然

据传，清乾隆年间大学士纪晓岚写过一副对联："一等人忠臣孝子，两件事读书耕田。"

"一等人"未必人人能做到，但"读书、耕田"这两件事大概很多人都曾经历过，并且也确实觉得其时所感，真真切切。

18.4　归"常"之所愿

如果某种情状长期存在，那么，改变就那么合于理据吗？

然而，最后的结局就是已经改变了。

18.4.1　非日"常"，则归"常"

人类设计之机制，如果没有稳定注入外源就会失常，即系统会最终归于自然之"常"。

除非禁止，否则照常（运行）。所以法治原则是，对于民众，法无禁止即可为；对于政府，法无允许不可为。

是以，"常"不在，"常"在。

18.4.2　给用过量为归"常"力

给用过量往往有归"常"之可能。"给用"这个说法，是指系统远离平衡态时所受的有源注入那种"给用"，而这里的归"常"，也就是指远离平衡态的那个稳定态；"给用"不足则往往无法归"常"。这是指，远离平衡态的那个"常"之"岛"，由于注入之流不足（即所谓"给用"不足）而趋于瓦解。

由此可知，对某种归"常"（即所谓远离平衡态的那个"常"之"岛"）而言，其稳定存在的可能性往往只能在"给用"（预算）出超的条件之下才能实现。

18.4.3　快乐未必好，痛苦未必糟

G.E.摩尔曾经说过："我们既不能认为快乐的出现总是使事物的状态从整体上看更好，也不能主张痛苦的出现总是使事物的状态从整体上更糟。这是关于快乐与痛苦的一条极易为人们所忽略的真理。而且由于这是真的，因此认为快乐是唯一的善而痛苦是唯一的恶，这样一种常见的理论会导致极大的误判价值的后果。"[①]

---

① ［英］G.E.摩尔：《伦理学原理》，陈德中译，商务印书馆 2017 年版，第 233 页。

18.4.4　世多失常，归"常"所向

世多失常，其因或为心念多杂，或为功名利禄，或为苦厄困乏，或为邪妄瘟疾。

归"常"之道，无非由诸种失常现象之因由入手。祛除诸种"失常"，达致身心言行进入正途，是为归"常"之方向。

18.4.5　过期无效——关于归"常"的时效性

在归"常"的实施过程中，往往有这样的情形：一方面承认某处有常理存在，并且似乎也认识到归"常"之方向及目标，同时也承认必须、应当归"常"的种种理据及现实诉求，甚至也承诺归"常"的具体方略、行为指针及作业蓝图；但另一方面，又强调环境、条件、资源配置乃至人文氛围等种种条件之不具备、不切合及不成熟，于是就等待（条件成熟）、延期（创造条件）、错位（先易后难或删繁就简），最终使归"常"之诉求流于没有兑现时日的空谈。

如此一来，归"常"之事也就变得可有可无，若行若止了。

18.4.6　免除恐惧，为归"常"

恐惧就是人在常态下遭遇到的种种非常或然性，是以"常"为前提的种种异质性变化的可能性。

"常"无惧，这是基础，所以有罗斯福的"四大自由"中的"免于恐惧的自由"一说。

18.4.7　归向自然

归"常"即是要归向自然。

这里说的"自然"，是那种自"有"、自"是"、自"在"的应然状态。这种状态有自然的因素，有逻辑的规约，有人为预先的完善设计，而不是那种无为又无不为的"自然"。

18.4.8　归向自由

归"常"之一大旨趣即是要归向自由。这个"自由"类似于一般所指的"以约束为前提的自由"，即是那种已经有预设规限之伦"常"。关于"自由"，虽有所论但亦无须多说，因为无可多说。

18.4.9　归向大自在

自由与自在实有差异。"自由"尚有约束，有前提，是在世的（处身于世上）；但"自在"似乎无约束，无前提。因为自在多指内心感受，又指只有"我"身独处（即处身世外）的处境。这里说"大自在"，就是表达一种强烈的"如如"心境。

所以，自在可以自是"如如"，而自由只可以"常常"。

18.4.10　归"常"之道，要研判何以非常、失常

一些常见的动荡、变迁，实际上是由非常事件引起的。

所以，谈归"常"之道，首先是要研判何以产生那些非常事件，即研判那"非常"之因。只有清楚了这个"因"，谈归"常"才能找出门径。

18.4.11　归"常"之要回归平常心

归"常"之道，首先在于人心之归"常"。而人心之归"常"，又指为归于平常心。

所谓归于平常心，即归于人皆拥有的同理心，辞让心、恻隐心、悲悯心、自在心及好奇心之类。当人心已归，则"常"至不远。

18.5　归"常"旨趣种种

谈起归"常"旨趣，讲究几个方面：一是"常"观；二是"常"知；三是"常"用；四是"常"趣。

"常"观在于所见及所能见。需要多走走，多问问，多敲打敲打，得见真所见。

"常"知在于知其"常"，知其所以"常"。"常"知在知"常"之"有"、之"是"、之"在"，知道"常"之"有"、"是"、"在"，方算知"常"。

"常"用的也不是所有的用，而是事事之那种用。"常"用即活着的"用"，这也是归"常"之所指。

"常"趣实指混迹于日常的，随时随地浮现出来的种种旨趣。"常"趣是平淡之中

的不平淡，趣之生发，总需要日常去照料。

18.5.1 归"常"有三种意态

三种意态：善意，诚意及执意。

善意者，体己及人，一句话，即所谓"己所不欲，勿施于人"。

诚意者，如《礼记》所云："欲诚其意者，先致其知；致知在格物。"

执意者，即为善至诚，矢其志，不改其道。

18.5.2 知"常"有道

知"常"，在痛苦之中，在快乐之中，在劳顿之中，在一切在世的命运之中（命，性命；运，运作。此处所说命运不同于时下通常说的那个预知、未知或不可知的命运）。

时时不遏止地运思、见习、剥离、拷问，就是最基本的知"常"之道。

18.5.3 首要的旨趣在免除种种人生之虞

免除人生种种生存之虞，人才会耽于或精于思想及算计之基础或情怀。也只有这样的人，才可能真正沉下心来搞各种"无聊"（数学、哲学及艺术）之事。这个道理亚里士多德早就讲过了。[①]

于是，无论一个人是否打算搞数学、哲学及艺术，解除其生存之窘困都是第一要务。

18.5.4 常有事，常无事

有点类似维特根斯坦讲的"原子事实"或"原子事件"。

18.5.5 无事，无为为"常"

不做为"常"，做为伦"常"。

老子说："为无为，事无事。"

宋代大词人周邦彦有词曰："此时情绪此时天。无事小神仙。"

---

① ［古希腊］亚里士多德：《形而上学》，吴寿彭译，商务印书馆 1959 年版，第 3 页。

18.5.6　除有用之"常"之外，是否还有无用之"常"?

有用之"常"好理解，无用之"常"也好理解。

关键是如何理解"有用"与"无用"。其实，"有用"与"无用"是一个有人世界的特定境域下的主观判断。例如流水，水在江河，日夜奔流，无有所用。而人在岸边，取水一瓢，可饮可用，即是有用。所以"常"之在兹，无所谓"有用""无用"，人见而再取而用之，才有区别意。

18.5.7　写日记、记流水账及做日程表

有些人习惯写日记、记流水账，也习惯做日程表。尤其是习惯写日记这一项，使得个人存在（生活）的意义有了记载，日子实实在在地过成了"我的"日子。这就是有事之"常"日。

18.5.8　以各种办法去记录一切

以各种办法去记录一切，此亦系一种归"常"之道。

有家学渊源或接受过教育的人往往有记录日常也就是写日记的习惯。

不过，在网络搜索滥觞之今日，有一些日常手记，或随手写就的短信、微信之类，或者有意无意地弥补了我们不习惯记事的不足。

18.5.9　守肉身始得以守灵魂

灵魂与肉身是紧密依存的。肉身如殁则灵魂飞散，这是"常"理。

所以，对于每一个个体存在者，守护肉身，保持肉身健在，总是基本要务。这个"保持肉身健在"的事体，即为归"常"之要旨。

18.5.10　人生从容——无须只争朝夕

人生本来从容。如田野的农夫、山上的樵夫、船上的渔夫，你见到的他们不急不慢、淡定闲恬。只是因为，他们各自身处一个单纯的境况，仅仅自有单一的事功，心无旁骛，意趣专一，自然就剩下从容淡定地应对日复一日的日常。

回到大社会，如果社会中的每个成员也如农夫、樵夫及渔夫之类的那样，各适其适，各司其职，并且还各偏好其好，各执其旨趣，则大千世界就如那遍野盛开的烂漫

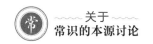

山花，各自绽放，各展绚丽，各自摇曳，从而就装点出整体上的多姿多彩、万花齐放的局面。

18.5.11 "恢复人类天真"

有个网帖说得好："大学精神的本质，并不是为了让我们变得深奥，而恰恰是恢复人类的天真。天真的人，才会无穷无尽地追问关于这个世界的道理：关于自然、关于社会。大学要造就的，正是达尔文的天真、爱因斯坦的天真、黑格尔的天真、顾准的天真。也就是那些'成熟的人'不屑一顾的'呆子气'。'成熟的人'永远是在告诉你：存在的就是合理的，而合理的就是不必追究的，不必改变的。"

这个帖子继续说："真正的人文教育，是引领一群孩童，突破由事务主义引起的短视，来到星空之下，整个世界，政治、经济、文化、历史、数学、物理、生物、心理，像星星一样在深蓝的天空中闪耀。大人们手把手地告诉儿童，那个星叫什么星，它离我们有多远，它又为什么在那里。"

18.5.12 各种各样同步

同步，一个含义是，两个或两个以上随时间变化的量，在变化过程中保持一定的相对或相互关系；另一个含义是，由一个振荡器作为基准节拍，指挥进行的两个或以上系统的动态协调行为。

同步代表了系统的某种动态的常态化，也包含了对系统的动态的常态化做出时间规范，使常态动态不致偏离规范。

18.5.13 最根本之处，是回归常人

从人的社会角度看——归"常"的意指是人之归"常"，回归人自身的"常"态。

归"常"的最根本之处，就是使人回归为"常"人，即回归人之本己、本性及本心。

无论什么社会角色人，都应该有回归"常"人的本性，回归"常"人的旨趣，回归"常"人的本心，并且有从社会角色人撤除身份印记（如同脱去衣装一般）回归自然人的自觉，从而以此态度待己待人。

不过这种回归殊为不易，因为人本身要搞清楚自己的身份印记，这就是非常困难的。搞不清这一点，如何讨论回归"常"人？

18.6 归"常"课题系列

人本身最初呈现的就是赤子之身，并且也一直伴随有一颗赤子之心。只是这颗心后来被社会环境熏染，于是就披裹上各种各样的皮囊、身份、面具及名讳等，人也就变得不是那个本己了。

这种异化，除带给后来的那个自己在言行上种种违拗天性的恶行、妄行及丑行之外，进而也对社会环境，对他人自私乃至作恶。至少，也是不为善。

由此，就引出了一个要求召回本性的基本命令，即人要回归其本性，回归真、善、美。这是一个由他而起，或由自己内心唤醒的命令。这就是关于人的、人性的、人"在"的归"常"问题，即在后天芜杂的环境下，如何褪去披裹在我们身上的各种各样的皮囊、身份、面具及名讳的问题。或者说，是要退去那种会导致为社会道德规范所不容的恶德恶行之根源。

18.6.1 如何归"常"？

首先是天、地、人。天道自然，地法自然，人为自然。

这里强调了"自然"。归"常"之道，有一个"自然"法则可以遵循。这个"自然"不是与人伦对应的那个"自然"，而是所谓的"自然而然"的那个"自然"，即所谓自有本相、自有律令、自有法则、自有果报的那个"自然"。

然后是识、心、力。从有识始，继而有心去施行，再到出力，尽力而为，最终完成某事，即由"常"所意指的事。

尊重自然规律，守护自然法则（在 T. 霍布斯那里，叫"自然律"）。

18.6.2 归"常"就是做成一个"善"的事体

前面我们谈过立"常"及守"常"，最终落脚点，还是归"常"。

这大约就是每个人经世致用的一条出路，虽则可能是旧路，但也可能是新路。

比如说，一个事情，成不易，运也不易，而善归则是一个方向、一个旨意、一个交代。

因为无论是成是运，总归是一种人事，一种人世之事；既是人世之事，自然会不圆满，这是由人自身的弱点决定的。但人又不能不做事，至于事成或不成，运转起来顺或不顺，即所谓善与不善，就只能由"常"这个样态的表达去决定。

而要说到人在的归"常"之途，倒常常是笨拙的、进退的、反复的，这是由人本身不自然，总要回到自身原初的本真特性所决定的。

18.6.3 归"常"有一些应该遵循的原则

一些应该遵循的归"常"原则，例如善（善意、善行、善证），自然（自是、自适、幸福），和谐（协同原则、互补原则、互利原则、通达原则），友爱（自爱、本爱、泛爱），美（美学、美新、美趣），信息对称（透明、传译、广宣），最小耗散（节俭、自然能使用等），论辩证成（辩论、商讨、妥协），等等。

18.6.4 归"常"之运有三

归"常"之运有三：自然而然；外力使然；间接力使然（实际上是外力，但是表现为间接而不是直接的外力）。

自然而然。机制设定之后，由自然之力通过时间缓慢逐渐使然。

外力使然。由机制设定，以自然之力及人为之力合力逐渐使然。

间接力使然。这个间接力由机制设定，属于某种外力。不过这种外力不外觉，不外显，由人的智慧设计，借用隐忍之力使然。典型如公共汽车无人售票这种机制设计。

18.6.5 有事与无事需要均衡

人在，则会有有事及无事的境遇。

在有事这一层，无论是主动有事还是被动有事，对人而言，都是一种处在"人在、有事"的常态；在无事这一层，同样有主动无事及被动无事两则，对人而言，亦是一种处在"人在、无事"的常态。

而这里所谓归"常"，就是让无论处于何种层次的人的有事无事状态都处于均衡，高端不多事，低端不置闲。

18.6.6 消除人生遭遇的种种逼迫

每个人的人生阶段，往往有每个人生阶段附加于身的种种逼迫（内在的、家庭的及外在社会的）。而归"常"的一大任务，就是勉力除去种种逼迫，还人身在已经相对少的闲暇时光里的本应有的自由自在。

18.6.7　种种的适可而止

要深刻体会这个成语的含义：适可而止。

尤其是在"适可"二字上下功夫。何谓"适可"？就是一个进程到了预想的那个境界之后无法更好，或者若要更好，则需要付出高昂的代价。

所谓"止"，就是不进一步处置，不追加新的资源，不投入为求改变而过多的关注之类。

18.6.8　归"常"：使术业有专攻

人一生用心追求的往往是身边最简单最平常的事情。

要创造这样的环境：使每个人能只熟悉一两样技能便可在社会安身立命。

使其能够在事业工作的闲暇，有更多的时间做一些常态化的事情。例如享受家庭生活乐趣，享受更多的日常活动，锻炼身体及家务劳动，等等。

使个体能够因为只专一某一领域，坚持不懈，即能在其中取得实实在在的成就。

总之，要避免像某些在位者那样，无所不为，以不能去逞能。

所以，谈到归"常"，就是在谈论他如何可以在不受扰攘、心情舒畅、不忧虑资源配置不足的情况下，去追求做好最简单的事情。

术业有专攻：一种归"常"之情状。

18.6.9　要使人不自觉地做到："己所不欲，勿施于人"

300 多年前，英国人 T. 霍布斯在他那本大作《利维坦》中总结出 19 条自然法规则，然后他讲了一句话："然而为了使所有的人都无法找到借口起见，这些法则已被精简为一条简易的总则，甚至最平庸的人也能理解，这就是：'己所不欲，勿施于人'。"[①]

18.6.10　及时中止一个无效的操作

归"常"，有时要及时中止一个无效的操作。

---

① ［英］T. 霍布斯：《利维坦》，黎思复等译，商务印书馆 1986 年版，第 20 页。

在一个未完善而推出施行的项目中，当某个操作的突兀出现时，出现一个强有力的"打住"声音势属必需。此即归"常"之声。

18.6.11　应然，或然还是善然

就归"常"之道而言，"应"然之"常"就该刻意回归；"或"然之"常"即可回归或可不回归。而关键的问题是，是否尚有一个"善"然之"常"的选项？

18.6.12　归"常"，避免"生意动机"

"生意动机"有违"常"，这是通识。

若做事情有"生意动机"，即会凡事留一手，在做方案的时候就会在流程设计中做出对生意有利的"机关"。

18.7　可能与现实

理论与现实。

从何切入？由诸多失常切入。

宏观微观？宏观可以观照，微观不可观照。

方式方法？方式方法不可穷尽，而人总是向穷尽的方向去努力。

目标理想？追求理想世界、和谐世界、大同世界，并且是充满善意的世界。

18.7.1　理念，机制，日常，"傻瓜"

归"常"：从理念到机制，再到日常，最后到"傻瓜"。这是归"常"的路径。

从理念到机制，是谓端正认识及理顺秩序；再到日常，是谓顺行；最后以"傻瓜"为最高境界（用"奥卡姆剃刀"原理[①] 削掉多余的功能杂项），是谓至简。

---

① 奥卡姆剃刀原理是由 14 世纪来自英格兰奥卡姆的逻辑学家、圣方济各会修士威廉提出的。这个原理说："如无必要，勿增实体。"即"简单有效原理"。正如他在《箴言书注》2 卷 15 题说："切勿浪费较多东西去做用较少的东西同样可以做好的事情。"

18.7.2　从容淡静

从容淡静乃归"常"之范。做人做事，能做到"从容淡静"，其实不容易。

从容淡静的前提，首先要通透。看透所为之事的本质，看透所为之事的进路，看透所为之事的因果，乃至，看透所为之事的……?

18.7.3　重视"新工具"

衡量一个人是不是真干事业，可以从他对工具的态度及他对更新及创新工具的认识程度来衡量。简约而言，这其实是一种工匠精神的体现。

具体来说，就是他对新工具有没有自己的认识，对制造新工具有没有能力，还有就是他对以前使用的有效工具有没有一种认真保护的态度。这里所说的工具未必是一些具体的用具，而是包括他麾下的能人、有技能的人等，包括他任上正在运行的机制及规则之类，自然也包括前任的经验教训的记录等，甚至还包括前任已经开启而未完成的计划及具体的任务等，此外还包括观念及理念的更新，以及观念及理念的创新。尤其是最后一点，绝对不容易做到。这是对主事者的胸襟与格局的考量。

18.7.4　设计及使用日常工具

习惯使用专用工具（哪怕是一些日常就手的小用具）。欧洲的德国，以及亚洲的日本，都是日常工具设计大国。

很多手作的工具都是专为某个专门任务而设计的，如剥坚果的工具就分剥核桃的工具、剥松子以及剥花生的工具等。显然，工具的设计者将某种行为看作是人们普遍的日常行为。

18.7.5　回到事情的最初

"常识"往往与常态、日常及常情是相关的。

例如，一道门打开了，就应该让人随意出入，但事实上并非如此。又如，路本来就是走出来的，但后来是人进行规划，然后再修出来的。

当然，有许多事情，回到最初也不现实。

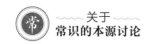

18.7.6 全程关爱呵护人的一生

人的一生需要全程关爱呵护，非特在物质上全程满足所需，还有在精神上全程关心呵护。这也是归"常"之道的要义。

而实际的情形是，囿于资源效用（某种资源短缺、势位短缺）的实用主义，人在许多特定的情形下，可能失去与原有的价值相应的资源配置，而同时也就失去了某种（实质性的）关爱及呵护。

这是一个归"常"命题，即一个社会如何使我们得到全程（等量）的观照。

18.7.7 跨越年龄的便利

如果一种功用要区分为便利少年还是便利老年，那么这种功用还会有更多的改进空间。但如果这个区分不存在了，那么，这种功用就已经做得比较好了。

18.7.8 建立"大正义观"

大正义观即属于"常"观，如果没有此大正义观作为前提，任何小正义观都无法有所依傍。当"大正义观"缺位时，就要将重建"大正义观"作为首要任务。

要"归常"，就要有"归常"之诉求，同时要有"归常"之基底。这个基底，就是指某种大背景，即此所谓的"大正义观"。

例如人们常常提到的和平环境，又如人们提到的繁荣时期，都是这样一种说法的具体指称。需要指出的是，和平环境（对应于战乱与洪荒）与繁荣时期（对应于短缺与萧条）并不在一个层级上。

18.7.9 市场原则以及美学原则

这两个原则似乎是一个嵌套（层级）关系，但实际上不是。

市场原则具有外在的现实性（客观性），属于外在的选择，接受外在时间的淘洗，并接受外在竞争对决结果；而美学原则则带有内在的理想性（主观性），属于内心主观感受，由内心先验判断主导，接受主观的意象的实际掌控。

18.7.10 美指导我们的选择

在每个选择过程中，美学指导原则一直在旁边起作用。但这个所谓的起作用的前提是，选择者当下的情状不应由非选择因素所左右，诸如生存的逼迫、时间的限制、环境的扰攘、对象的假象、功名利禄的诱惑等。

有时，甚至单纯的美学指导原则会成为许多选择行为的唯一原则。也就是说，有许多问题最终可归结到美学问题上面去，此即所谓的美学原则的决定论（选择论）。

量子力学的创始人、31岁即获得诺贝尔物理学奖的剑桥大学教授 P. 狄拉克，在诺奖领奖演说中的名言是："物理学理论都应具备数学美。理论物理学家的工作，就是以漫长的一生追求美。"

18.7.11　使用而不拥有

只求使用而不拥有，这个理念已慢慢变为现实。

例如，现代人已经不再都拥有自己的自行车，拥有自行车已成往事。

例如各种的电子网络租赁，各种想得到的日常用具，如雨伞、充电宝等。

18.7.12　发出警告的声音

系统的为善，是系统的善的本来的宗旨，系统的避害也是系统为善的本来的宗旨。

可以想见，面对侵害的来临及时发出警告之音，避害，是一个善意的系统的多么重要的功能啊！

18.8　浪费者，就手者，无知者

凡是能够回归自然的浪费（包括物质及行为）都不属于浪费。

回归自然的另一种环保术语叫自然降解，例如现在提倡使用的可降解日用消耗品（如可降解塑料袋等）。

自然会因某一物种的过度繁衍，发生局部灾难，如红潮、瘟疫；但自然又较快地自我修复，如通过自然物种相生相克之类法则，在生物链前端的物种对过度繁衍物种的消灭，又或相关物种通过自然基因快速变异，产生新的免疫力等。这样，就完成了一个由变异到回归常态的过程。

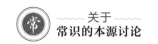

18.8.1 "常"浪费，有资源的充盈，才有浪费的可能

这也可引申到某些资源的必要性，或曰：无须在意地滥用。

自然"常"浪费。参看美国人 C.C. 安德森的《免费：商业的未来》一书所引用的一段话："从蒲公英的角度看，一粒，甚至大多数种子的去向并不重要，重要的是在每个春天，每一条街道上都飘满了蒲公英。""思索下 Roomba 机器人吸尘器的情况……它可能花一小时去做你 5 分钟就搞定的事情，但花的不是你的时间，是机器的时间，而机器有的是时间。"①

18.8.2 最少知乃至无知生存

大多数人都是在没有相关知识的情况下存活着。

比如说，多数人没有相关的医学知识，但是可能有一些基本的医学常识，人们就是靠这些基本常识，以及不多的医疗资源维持生存，以至在几十年的生命中，经历了各种的病痛苦困然后还能自然终老。

归"常"的路，就是为人们设置更好的凭借少量知识就能够独自地（社会性地）生存的环境，亦即"傻瓜"式自适应的生存环境。

18.8.3 归"常"，即顺手

归位是指回归你顺手的习惯位置，也是指归顺你的处所的空间关系。

顺手的习惯，如你的工作环境中各种外物所放置的位置，非系至当不移（即所谓的如药房各种针剂片剂之有序合理放置），但求顺手，但求能够无须搜索而依行为习惯触手可及；而所谓的处所的空间关系，即你日常所处的位置习惯，如日常生活、工作的种种行止方位，此方位关系往往是最简捷的活动轨迹。而这样的后果，是看上去混乱不堪。

18.8.4 自然自有安排

此对应于"常"之道。

---

① ［美］C.C. 安德森：《免费：商业的未来》，蒋旭峰、冯斌、璩静译，中信出版社 2009 年版，"有时浪费是一种美德：创造富足生活的最佳方式就是放弃控制"一章（电子书）。

我们已经讨论过这个"自然"，是那种自"有"、自"是"、自"在"的状态的"自然"。

从某个角度去审视，许多人类的作为，其实无必要刻意，只要顺其自然就好。

18.8.5 市场谨守"客大"地位

要时时弄清楚，"店"与"客"孰为大？这是个令人一搞就清楚，但又时时犯糊涂的问题。

在人的体系中，自然的地位最终会让位于人。在社会中，获得势位的某个人自然会坐大，即所谓"客大"；而当某个人未获得势位，则某个人就要敬畏店，这时，就是"店大"。

18.8.6 无须理会别人

当我们按照"常"识所指引的方向行进时，无须理会别人是如何看待及品评的。

18.8.7 标准配置，与自然合

现在谈的标准配置往往是人为设计的事情。但其实，更多的标准配置，是自然而然的事情。

看看我们人体的比例，如达·芬奇所画的《维特鲁威人》，他用一个圆圈框定了人体图形。在这幅图中，我们可以看到一个处处符合几何规则的人形，叹喟大自然的神奇造化。这个也可以认为是归"常"之度。

18.8.8 人的顺手状态

这个可以说是归"常"的一个方向。

就手为"常"，即以顺手为归"常"之准则。

18.8.9 照顾无知者

当知道世界上无知者为多数，知道众多的无知者正在无知地生存时，有知者就应该要设身处地地为无知者腾出生存的地盘。有时，又要眷顾无知者的感受。

原因很简单，无知者甚至不知道自己是无知的。如此一来，他们如遇到不幸的际遇时，如受到欺凌，受到侵害，甚或遇到险境时，有知者即是善人的角色，即要担负

起保护无知者的责任。这时，社会的"善"性即凸显出来了。

18.8.10 "新常态"出现了

例如，一个乡下人突然到大城市里来，然后开始使用城市人生活的种种设施，并开始适应城市人的生活习惯。这就是进入了"新常态"。

另一个典型的现象就是关于手机的使用。我们可以设想一下，现在出生的人或者现在刚刚长成成年人的这一代人，会觉得没有智能手机的时代生活会多么不可思议。那么，使用智能手机对于前手机时代的人来说，就是一种典型的"新常态"。

18.8.11 呈现本"真"，守循日"常"

大而言之：我们实际上正在完成的是"回归'常'识"的阶段；之后的一个阶段应该是"呈现本'真'"阶段；最后的阶段应该是"守循日'常'"阶段。

但"常"又是不断变化发展的，不是一个简单的轮回。

19

归"常"有道

前面说过，所谓归"常"，有自然的归"常"，也有人在的归"常"。

以自然的归"常"而论，在人未开化之前，自然的归"常"不知已经经历过多少次了。由此而论，归"常"之动作，其实是自然而然的，或者说是自然本然的。

前面谈归"常"，是由谈事进入的，总归是谈人之归"常"。从实践观及方法论这两个方面看，归"常"都是一个很大论题。如此看来，这里继续谈一些归"常"的道理，就显得有必要。

19.1 最小滋扰

对一个正在运作的系统以最小滋扰方式处理，即是某种归"常"之道。

这是一个事关宏旨的大题目。

19.1.1 不要扰动他

他是那样，他在那儿，他有这些那些，他说这话那话，他那生意……他是一切人，一切物。无论是人，还是动物或静物，都由他作。

在动物纪录片拍摄的过程中，也有一种"非扰动"主体的应对主张。就是要设置

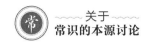

一种自然景物的伪装，目的仅仅是窥视及纪录主体的日常行为而避免被主体识认，而至对其日常行为产生干扰。当某拍摄对象遭遇敌害时，拍摄者也轻易不会干涉事件的进程（毋宁说是想捕捉此类事件），任由侵害乃至杀戮发生。

19.1.2　最少管理即最少耗费

最少管理包括最少开始、最少扰攘、最少打理等。其最根本的目的是践行最少耗费原则（包括耗费资源及耗费精力）。

19.1.3　最小滋扰即为最小调节

由最少滋扰，推及管理者，就是对系统的最小调节。

当有要求增加系统调节所用的资源时，只有两种情况：一是系统设置不合理，这时，就要对系统进行调节、改革，甚至销毁（所耗费超过其应当起的价值）；二是增加资源的诉求不当（如理由不当、动机不当等），即有违最小调节原理要求。这时，就要改变管理者，甚至要更换管理者。

19.1.4　最少扰动就是当个纯粹的观察者

看过关于动物的电视纪录片的人都会注意到，那些对动物行为的精妙写真，无不包含了拍摄者对野生动物生态场景隐秘拍摄的精心设计，还包含了拍摄者长时间的守候与追踪。而其中的一个重要的细节要求，就是主观在场者的隐身及对拍摄主体的最少扰动。

19.1.5　人为扰动造成生态灾难

1859 年，好事的移民将 12 只欧洲野兔从英国带到澳大利亚。这些野兔发现自己来到了天堂，澳大利亚没有鹰、狐狸这些天敌，与兔子生态地位相近的袋鼠对它们也没有竞争力，于是它们开始了几乎不受任何限制的大量繁殖。到了 1907 年，兔子已遍布整块大陆，造成野兔繁衍泛滥。1970 年，为了应对浮游生物带来的问题，美国引进了一些亚洲鲤鱼。到 20 世纪 90 年代，亚洲鲤鱼游入了密西西比河，并开始大量繁殖，造成了鲤鱼灾难性繁殖的生态灾难。以上事例，就是人为对自然的扰动，造成生态失衡乃至灾难的例子。

19.1.6　最小调节的"杠杆原理"

世上之人，在很多情况下其实只需要用很小的调节力道即可达到某种状态下取得平衡功能的目的，这是人的智慧所使然。

这种最小调节所使用的就是"杠杆原理"。

19.1.7　最小调节符合效用原则

在经济领域，人类发明的宏观调控手段就是调节价格、税收、信贷、工资等。

以金融领域的调节工具为例，有利率调节（即惯常所谓的加息减息）、存款准备金率调节、货币汇率调节等。其旨要就是对准关键的调节点，以最少的调节动作，达到最大的调控效能。

19.1.8　过度耗费有违最小调节原则

西方走上现代化之路（发达）之后，继续演进，逐步发展出很多不必要的、极端的、极致的东西，这些东西与"最少耗散"的目的相违背。

正如美国人 T. 凡勃伦曾经讨论过的"炫耀性消费"，以及"颓废性消费"。

19.1.9　最小调节意味着担责最轻

最小调节意味着担责最轻，这又是人类的一种智慧计算。

19.1.10　做个标准看客

在世界之中，"我"往往只是一个看客。

甚至，就算"我"成了统治者，我也要"轻轻地"作为，极力避免被统治者觉得"我"在"统治"他们，遑论"扰攘"他们。

"我"还要小心翼翼地为他们发放资源（财富）、仲裁纠纷、发放社会福利，使他们免于被扰攘及被侵夺。

19.1.11　最小调节到极致即"无为"

最早提倡最小调节原则的祖师爷是中国古代圣贤老子，他提出的"为无为"的理念就是最小调节原则的极致版。

19.2　有趣与有活力

首先是对某件事情感到有趣，然后通过不断的有趣（投入进去），最后你在那个事情上变得很有趣。

如果你觉得某个领域的事物有趣的话，通过你对那个领域的课题的有趣发现，经过持续不断的研究（这其实也是一个很有趣的过程），然后你就会在那个领域成为一个有趣的人。这就是某个能够使某人被人觉得有趣起来的过程。

19.2.1　"不问德不德，只问趣不趣"

国学大家梁启超说："我觉得天下万事万物都有趣味，我只嫌二十四点钟不能扩充到四十八点，不够我享用。我一年到头不肯歇息，问我忙什么？忙的是我的趣味。"

梁启超认为："能为趣味之主体者，莫如下列的几项：一，劳作；二，游戏；三，艺术；四，学问。诸君听我这段话，切勿误会以为：我用道德观念来选择趣味。我不问德不德，只问趣不趣。"

19.2.2　人生必须有"生趣"

人往往因为生趣不足而做出种种毁坏性的事情（毁坏物件、毁坏环境、损坏自己的生命——自弃，以及毁坏他人的生命——忌恨、杀戮）。

最原始的有趣是由母亲发现的，那就是她发觉她生出的婴儿是那么天然的"有趣"。也就是说，婴儿被看作是赋有一种天然有趣味的生物。

后来就有人去制造趣味，可视为逗趣的最初动机。然后还滋生出娱乐产业。

当然，有趣不等于生趣。有趣是一种有对象的，能引起某人的某种喜欢、喜好的情况。而生趣则是一种从内心散发出来的对生命崇尚及敬畏的情绪，是一种活力及姿态，可以说是一种外向散发的"正能量"。

19.2.3　现实是好玩的、娱乐的

通常有趣而好玩的事情并不现实，但为什么有时现实是好玩的呢（泛娱乐精神）？

既然好玩的事情往往并不现实，那么"好玩"其实是什么？

又说，有时现实也是好玩的，那么那个好玩的"现实"又是哪一种？

这里说的是，基于和平年代的那个现实。

好玩推到极致，就是无边的娱乐至上。于是，美国前总统里根就有一句有趣话，他说："政治就像娱乐业一样。"①

19.2.4　努力让所做的事情变得有趣

人生在世，一方面要能够做自己觉得自己喜欢做并且觉得是有趣的事情；而另一方面，如何使自己所做的事情变得（显得）有趣，并且使别人也觉得你所做的事情有趣，顺便赚到钱。

这可以算是从事各行各业的人们的一种理想境界。这属于一种归"常"之道。

19.2.5　生命的善恶由"愉悦情感的盈余而定"

注意 G.E.摩尔提到的斯宾塞所说的"生命是善是恶，依其是否带来了愉悦情感的盈余而定"这个命题。②"过剩"一词含有感到善比感到恶稍多（盈余）的意思，也就是说，有一个善恶感中度的标准，这个中度大概就是那个"常"的居所了。

注意，古希腊哲学斯多葛学派最著名的一条伦理原则："依照自然而生活。"G.E.摩尔在他的主要著作《伦理学原理》中对这条伦理原则有过专门的批判，但也许未必中肯。③

19.2.6　趣味与活力体现了某种"善"

从某种意义上说，趣味与活力都体现了某种善。因为，在生命进程之中，趣味与活力表达了对否定生命力量的一种抗争：趣味对抗阴郁与沉闷，是一种生命的喜剧力量；活力则对抗死亡与腐朽，是一种生命的向上力量。

19.2.7　人有活力须由没有匮乏来保证

人生在世不虞吃穿匮乏乃归"常"之第一诉求。

---

① ［美］N.波兹曼：《娱乐至死》，章艳译，广西师范大学出版社 2004 年版，第 163 页。
② ［英］G.E.摩尔：《伦理学原理》，陈德中译，商务印书馆 2017 年版，第 57 页。
③ ［英］G.E.摩尔：《伦理学原理》，陈德中译，商务印书馆 2017 年版，第 43 页。

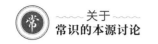

一个民族能够实现每个成员都营养充足，这是使那个民族充满活力的源泉。

19.2.8　营养丰富与活力宣泄

只有确保每个个体有足够的营养，使每个个体都充满活力，才能维持国民整体的活力。

国家要求国民多做无私的奉献，而这种无私奉献的前提是每个个体的国民有活力，即有所谓使不完的力气、用不尽的精力。有了这个前提，要动员到足够的为国奉献的力量就不困难。而在国民有充裕的体力及精力的情况下，如果没有足够的宣泄由头及激励，又会因为其旺盛的体力及精力而自发做出某些对集体及对国家不利的事情。因此，一方面要提升国民的体力及精力，另一方面又要在宣泄精力的安排上做出统筹。例如，设置足够多的运动场地（鼓励进行肢体运动），设置足够多的表演场地（鼓励进行文艺表演），设置足够多的图书阅览场地（鼓励阅读，关于这方面，似乎网络的功能会较多地取代实体的场地），等等。目的是将国民旺盛（过剩）的体力及精力引导到有利于国家及自身的事情上去。

19.2.9　活力的示意

活力是归"常"之重要前提。

好的归"常"动机，如果没有活力为前提，则无从谈起。

但活力却不是归"常"的最初动机，归"常"本身才是最初动机。活力如果没有归"常"之动机，则一切自成虚妄。

19.2.10　活力使人乐于表达与沟通

我们一般都会有体会：一个人有活力，即有外向的情绪坦露，也就表现得更乐于表达情绪，更乐于与人沟通。

19.2.11　精力过剩或智力过剩

一个人如果营养充足，各种有利于健康、精神的养分吸收均衡，则其人必然富有朝气，富有神采，劲头十足，然后就十分快乐地做事，并且也乐意帮助别人。同样，一个人感到自己智力过剩时，就会去找复杂的题目宣泄，他做这个题目时也无须外力驱动，就会愉快完成题目。

实际上，这是一个所谓精力旺盛或精力过剩的命题。并且潜在地隐含了一个旨趣——精力或智力的过剩并多去宣泄，这体现了一个民族有积极的精神面貌。

19.3 慢，一种"常"力

自然从本质上说，慢就是有一个慢空间。在那个空间里，时间似乎在变慢，空间也凝固了，仿佛成为一个变化缓慢的体系。

下面讲到的两种关于"慢"的生活旨趣。一是"慢生活"，一是"慢学校"。

19.3.1 "世界慢生活日"

所谓"慢生活"日，全称"世界慢生活日"。这是意大利人布鲁诺·贡蒂贾尼于2005年秋季成立的"慢生活艺术"组织倡议的节日，并于2007年2月19日在意大利米兰举办了第一个"世界慢生活日"。

"世界慢生活日"的目的是倡议人们减慢生活节奏，因为"慢生活，才快乐"。

19.3.2 关于"慢生活"原则

贡蒂贾尼发放的传单上印有快乐慢生活的十大原则，其中包括"不要在火车站月台上跑，下站列车很快就到""不要在日程表上加太多事情，各项任务间拉开间隔会让你更快乐"等等。

过于重视守时会减少生活的灵活性。贡蒂贾尼说："守时的人在一个会议结束之前就开始考虑下一项安排，结果对眼前的会议失去兴趣。"他提议，为避免出现这种情况，个人和机构应在会议之间安排间隔时间。

"慢生活"提倡在快节奏的生活中设置减速器和转换器。比如，在频繁出差的空闲，带上妻子到郊外度假；在经常加班的时候，给自己到网上订购一些新奇的食物，在办公室办一个室内"野餐会"；在孩子不适合很紧张学习的时候，带孩子去郊外看日出，让孩子知道什么是地平线。在享受这种全新的生活方式时，心灵得到放松，人能更好地反思自己的生活方式，享受一种健康的高品质的人生。

19.3.3 关于"慢学校"

由"慢生活"而使人联想起"慢学校"。所谓"慢学校"是由美国著名学者乔治·里茨尔倡导建立起来的，是指提倡没有竞争的教学方式，给学生更多的自由时间，反对填鸭式教学的学校。

"慢学校"运动提倡建立一个新的教学体系，授课时间灵活，并根据学生的需要设置课程。位于美国加利福尼亚州的伯克利，拥有大约 1000 名学生的马丁·路德·金学校成了这一运动的代表。①

19.3.4 "告诉人们，悠着点，慢着点"

获诺贝尔文学奖的中国作家莫言 2010 年 12 月 4 日在东亚文学论坛上的演讲中提道："我们要通过文学作品告诉人们，在资本、贪欲、权势刺激下的科学的病态发展，已经使人类生活丧失了许多情趣且充满了危机，我们要通过文学作品告诉人们，悠着点，慢着点，十分聪明用五分，留下五分给子孙。"

19.3.5 每天变化一点点

此为保持（守护）常态之修为。

从生物学的角度来考察，每天变化少意味着少生长，也就是新陈代谢缓慢，即是寿命在延长（医学上说，人的心脏跳动次数是有限的，心率快则意味着寿命缩短）。同样，一个人造系统如果在一种平顺的状态下长时间运转而系统器件的损耗极低，则认为这个系统的运行是健康而可持续的；相反，如果系统在运行当中器件的损耗大，老化得快，则认为这个系统的运行是不健康且不可持续的。

损耗及老化的快慢的衡量标准就是看每日每时系统的衰退指标的增长速度，这个速度高就说明衰退得快，速度低就说明衰退得慢。衰退慢是系统设计（形成）的一个要求，也是生命体存续的一个追求。

19.3.6 一切最终到（变）慢

综观一切的大变革、大革命，一阵疾风暴雨之后，最终都要被后来绵延不绝的慢

---

① "慢学校"的倡导者亦为畅销书《社会的麦当劳化》的作者。

进程所湮灭。并且，当后来的人们进入了一个慢进程的世界时，是无法看到曾经发生的急剧变化的，甚至也见不到任何在急剧变化时期的痕迹。

这就是慢的力量。

19.3.7　一切都在慢中进行

既然世界在总体上是一个慢过程，那么一切都可以慢慢地行进，这是符合"常"之性状的；然而，世界在某时某刻又会急遽变化，某种疾速的应对有可能适应这种急遽的变化。所以，某时某刻的疾速应对变化也不能说是反常。

当然，如果将时间扩张，一个急剧变化的过程也可显现出某种"慢"。可见，"慢"作为一种观感，取决于时间尺度的厘定。

19.3.8　慢能减少资源耗散

慢的一个显著的效用是减少系统的资源耗散。包括生命系统，包括人造的机构，包括人生活的费用，都因为慢而下降，因慢而减少耗费。

19.3.9　缓慢为"常"，疾急为"非常"

慢，其实是一种境界。世界以慢为外观特征，以慢来处置种种快的欲念，以慢来统摄时间的节奏，让世界体验时间缓缓流逝的惊心动魄，于是，慢就成为"常"景。

问题来了：为什么快是非"常"而慢反倒是"常"？

19.3.10　慢表现为一种酝酿、一种孕育……

尤其是大尺度时间下的事物变化，慢表现为一种酝酿、一种孕育、一种不经意。如此，相对于慢过程的所谓急，则体现为由缓慢变化积累到某个临界点的转折状况，如自然环境中的山石的崩塌，热带气旋的产生，飓风、洪水及海啸，动物的产卵产子，植物的开花结果，等等。

但是，在自然现象中种种的快之后，又都归结到慢。如果不是自然灾难留下的痕迹，如果不是有动物产卵留下的卵壳，以及植物开花结果留下的残迹，人们不会知道自然曾有过短时间的剧变。

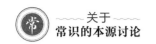

19.3.11　慢慢就知，还是急于得知？

对于人类的求知（获得知识），往往可以走两条路。第一条路是你可以在长时期的日常生活或生产活动中无须专门训练而得到（积累到）知识，并且，最终一步步将这种自然感悟上升为某种知（或知识），甚至成就某种创新。但这种知（或知识）的过程存在着不确定性，即或许可以得知（获得知识），或许未必得知（获得知识）。第二条路是，你也可以通过专门的学习（普通教育）或训练（培训），较快速地掌握到某些知识及技能，使某种慢知识向急知识转变。这时，你就是通过急于得知的动机与快速得知的机制来达到知（或知识）的目的。

后一条路最终成为人类文明进程得以延续（持续）进化的体制保障，依靠这种安排，人们可以越过生命短暂无常的鸿沟。

19.3.12　作为归"常"旨趣的"慢"

从人的时间尺度来观察，自然通常表现为"慢"。缓慢的变化、缓慢的节奏、缓慢的风景，还有人绵长的一生。处处表现出"常常"之意趣。

虽然人往往有求快的态度，但具体而言，慢慢地生活，慢慢地生长，慢慢地交流，慢慢地相处，也是表达为常态。

19.4　非财务与非人格化？

人若要享有很多自由，一个根本性的前提是实现财务自由。

关于"非人格化"，则指向某种制度设计。

当代思想家日裔美国学者 F. 福山在他的《政治秩序与政治衰败：从工业革命到民主全球化》中有一段有趣的话："现代高度发达的国家将统治者的个人利益和整个共同体的公共利益截然分开，努力在非人格化基础上对待公民，在执行法律、任用官员和制定政策时没有任何偏爱。"[①] F. 福山在自己的著作中提出了一个十分重要的概念，即

---

① ［美］F. 福山：《政治秩序与政治衰败：从工业革命到民主全球化》，毛俊杰译，广西师范大学出版社 2015 年版，第一章（电子书）。

"非人格化"。

F. 福山在自己的著作中强调："现代国家制度即使不一定是民主的，也应是非人格化的，它在我所谓'家族制复辟'的过程中，尤其易被当朝群体攫取。"[1] F. 福山在这里提出，"非人格化"制度对于民主制度来说，更具有优先性，这一点很重要。

19.4.1　财务与人情

我们多次提到，财务影响归"常"，人情也影响归"常"。

似乎，归"常"了之后，反而令人不自在、不自适了。

因为财务失灵了，人情也失灵了。

这是一个对子，基本上就完整了。

19.4.2　运财保证事业有正常的给用

世人对在事情之中嵌入财务因素一直有警惕。而在一件事情里，财务也确然蕴含与事相违的进路，即所谓"财务计较"。特别是当"财务计较"成为事情的主导因素时，其危害性的确值得考究。

19.4.3　财务考量的行为动机

财务、资金即实际的切身的利益，往往是最根本的行为动机。主事者往往构思出种种说辞来宣示自己的合法性，但到了最关键的那个情状时，都会刻意回避相关的资金运作及财务状况的言表，往往会以面子障碍、模糊表达加以搪塞，并且以"子罕言利"的道德训条形成文化性的"护栏"，阻隔大众的知情诉求。

19.4.4　事关财务意志与财务表象

英国哲学家 T. 霍布斯说过："西塞罗非常推崇地提到罗马人中一位叫卡西的严厉法官在刑专案件方面所订立的一种习惯法。那便是在证人的证据不充分时询问原告，'对他有什么利益'，也就是被告在这一事情上所取得的或打算取得的利益、荣誉或其他满足是什么。因为在所有的推定中，把行为者的情形说明得最清楚的莫过于行为的利益。我在这里打算根据同一法则来考查一下，究竟是哪些人在我们这一部分基督教世界里

---

[1]　［美］F. 福山：《政治秩序与政治衰败：从工业革命到民主全球化》，毛俊杰译，广西师范大学出版社 2015 年版，第三十一章（电子书）。

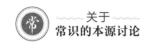

用一些与人类和平社会相冲突的学说把人民迷惑了这样久。"①

人格独立的前提是财务自由。别的你可以自我表达，但不足采信。

19.4.5　日常无财务计划

大多数人的日常生活没有财务计划。

此即是说，虽然每个人的薪酬收入有可能是较为固定（时间、地点）的，但每个人的日常开支（除规定的支出扣除外）却是散乱无序的，即是无计划的。说这一点，是想说明人们日常总会倾向于无财务计划地花钱。而这个情形，只有当自己的财务状况良好时，才会实现消费自由。这是许多人恒久努力的一个目标：财务自由。

19.4.6　归"常"之"非人化"

归"常"之道之一大项，就是交易机制的"非人化"。

在原始时代，由于交易物尚未符号化，即货币化，所以交易过程是以物易物，交易过程的效率就低下，也讲不上公平；在工业时代，实物被普遍地货币化，交易过程往往以货币－实物的方式进行，也引入了简单的电算交易方式，但交易过程仍需人工操作，所以交易效率依然不高；直到信息及网络化时代，个人电子账户大行其道，交易方式也电子化了，整个交易的效率与公平性都得到了提高。在这个时代，最主要的进步其实就是电子支付，使交易完全实施了"非人化"管理。

19.4.7　"非人化"管理的一个实例

欧美工业商业文明当中，许多人性化的表达均是由"非人化"的机制设计来保证的。该类机制要超越制定者的任职期限、职位高低、生命存续而能够比较长久地独立起作用。

19.4.8　"非人化"——自动驾驶系统

对于某些责任巨大，一旦失控就会造成巨大损失的岗位，最合适的办法是委托代理机构或直接设计自动机来取代人工操作。

航空及地面交通，都有较成熟的自动驾驶系统。就地面交通而论，统计数字表明，

---

① ［英］T.霍布斯：《利维坦》，黎思复等译，商务印书馆1986年版，第557页。

自动驾驶的安全性大幅度超过人为驾驶，这表明自动驾驶应是地面交通的发展方向。

19.4.9 新"常态"的两种"非人化"服务情形

一种是弹出式的服务。所谓弹出式的服务，也就是说，服务对象不能自己知道，或者自己去行动的时候，系统的机制会自动弹出来执行相应的服务（这通常由电脑的设置来完成）。另外一种是提醒式的服务。就是如果法定或规定你享有某些服务，那么系统就会自动设置程序来完成相关服务。

这两种服务，都是归类在我们所说的"回归常识"的范畴内。

19.4.10 机器管治无是非

从人的本性这个角度来考察，真正的敌人是不存在的。这一点在美国人那里表现得很淋漓尽致。

因为管治的机制是"非人化"的，这意味着管治系统是不论是非、无情无义、黑白不分的。它只对理性负责，只按照法律规则条文（或援引判例）去运作，也就不会有常人所谓的是非对错的判断能力，而只有合法与非法的审定问题，以及据此做出的判决。

当审判者完成了自己的判定之后，受审者当然不会将执法者当作敌人，而执法者更不会将受审者当作敌人（如此，也不会遗下什么记仇之类）。甚至，因为有公允的执法者的存在，诉讼双方在案件审结之后，也会消解原来的敌对情绪或敌对立场。

显然，这是一种优秀的机制设计。

19.4.11 中国是第一个"非人格化"社会

日裔美国学者 F. 福山认为："中国，即我所说的建立连贯、普遍和非人格化的国家的第一个社会。中国人在公元前 3 世纪就发明了任人唯才和文官考试制度，这一做法要到 19 世纪才在欧洲得到广泛的实施。"[1] F. 福山觉得，中国的"任人唯才和文官考试制度"就是某种"非人格化"的制度设计。

---

① ［美］F. 福山：《政治秩序与政治衰败：从工业革命到民主全球化》，毛俊杰译，广西师范大学出版社 2015 年版，第十三章（电子书）。

19.5 选择与普惠

打造选择平台，多提供选择机会，或许就是一种归"常"之原则。

19.5.1 努力提供选择

一个商品的真实价值的形成通常是通过市场对同一商品的不同价格的比较而得出的；类似地，一个人的真实能力往往也是通过在不同的竞技平台历练，进行能力比较（角力）而最终得出的。在这里面，有一个共通的地方是有一个可资比拼的市场或竞技平台。

19.5.2 市场机制与民主机制的核心都是多项选择机制

个性化的需求最终还是起决定性作用。

于是，因为个性类型的千差万别，所以计划类型的配给机制最终还是要让位于可提供多种选择的市场配给机制。

同样，无论是以君主制世袭的方式，还是以暴力革命的方式获得政权，只要争取政权的一方想获得足够的合法性，就只能顺从市场式的多人遴选的选择机制。

19.5.3 "选择的欲望是人类的天性"

关于选择的论说，其实是一个亘古久远的话题。这里重新提及，是要讲述一些新的思考。

美国学者 S·艾扬格说："尽管选择是因人类生存的需要而发展的，但选择的欲望是人类的天性。选择的力量如此强大，已经不仅仅是我们实现目标的一种手段，更是人类身上宝贵且必要的品质。"[1]

---

[1] ［美］S. 艾扬格：《选择——为什么我选的不是我要的?》，林雅婷译，中信出版社 2019 年版，第一章（电子书）。

19.5.4 "自由是选择的权利"

S. 艾扬格说: "何谓自由? 自由是选择的权利: 为自己创造选择机会的权利。没有选择的可能,人就不能被称为人,而仅仅是社会的一个成员、一件工具、一件物品。"[1]

19.5.5 选择是自然而然的事

选择是一种天性,但前提是有多样的出品呈现在眼前。对人的选择也一样。

人需要选择优品而设立了市场,人需要选择名士而形成了江湖,更有人需要选择能人而设计了民主制度。人还有很多其他提供选择的平台,例如许多体育赛事及选美比赛,都属于选择类平台,而其宗旨都是要将候选对象置于审视人群面前进行竞争,以实现公开、公平、公正。

19.5.6 IT 世界"常"例比较简单

有很多契约是单边性的。只有在使用时碰到,才会在约定交易的问题窗口上设置契约选项,即是否交易启动或交易终止。

在 IT 世界,这种情况已经成了常例。

19.5.7 智力失灵

比如说在资源充裕的情况下,某些智力的使用(如某些算计)是没有必要的。

又比如说,在某一些紧急的情况下,靠智力的反应以求拯救生命往往也是来不及的。

19.5.8 产品质量及服务水平的普惠

产品的质量均等,服务均等(如医疗、教育等)。

从理想的、常态的状况思考,不同地区、不同环境(城市、乡村)下,是不应该有不同的产品质量及服务水平差异的。但实际上,这种差异的状况很普遍。

为使用产品的品质相同起见,人们很早就通过工业化的产品设计,使同一厂家在

---

[1] [美] S. 艾扬格:《选择——为什么我选的不是我要的?》,林雅婷译,中信出版社 2019 年版,前言(电子书)。

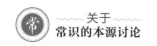

生产同一类型的产品时，能够做到外观及质量上的整齐划一，从而使顾客在购买同一类型产品时省去了拣选的过程（但是在农产品销售时，因为外观或品质上的差异，顾客还是免不了要挑拣一番）。

19.5.9 普惠：保证基本，不及高端

对办公场所的设定标准——保证基本，不及高端。

对上班族而言，他们应该得到办公场所应配给的基本设施（如饮水、更衣、储物等私人空间。根据职务等级的不同，可以有配置上的差异），如果基本条件（设施）不能满足，则这种办公场所的配置就未达到基本诉求。

概同此理，推而广之，政府对民众的基本生活配置服务，也应遵循这样的思路。

19.5.10 公共福利均等化——大归"常"之一种

现在政府强调公共福利均等化，就是大归"常"之所为。

关于这一点，国家已经有许多具体的领域在推进之中，如教育服务之均等化、医疗服务之均等化、社会福利保障之均等化等。

19.6 开放与兼容，缺省与"傻瓜"

关于系统的开放与兼容，缺省与"傻瓜"等，其实是一组大概念。

开放是一种向上甚至是向外的扩展，兼容则是对旧版本的向下包容。

缺省针对某种规范，而"傻瓜"则是针对习惯的减省。

显然，这些都不是新的理念，也不是新词（在 IT 界已经属于旧词）。但是在归"常"这一路，却带出了新意。

19.6.1 开放，一种向上及外向的拓展精神

系统的开放性质，表达了系统设计蕴藏的向上的、外向的拓展作业精神。具体体现在系统设计时对向上升级及外向连接的相关接口做了兼顾，甚至专门设计相关接口以备系统升级及外向连接。

19.6.2　兼容，向下兼容

最初达到应用完善级的程序一旦有大规模使用，则升级版本向下兼容就是一种责任。

兼容针对的是旧版本及旧用户。这是一种承传的意识，也归因于客户服务的需求。

向下兼容还有一层意思，就是承认旧有的样式的阶段化的合理性，承认旧版本使用者的权益，承诺对旧版本使用者的使用习惯的维护（哪怕这些旧版本使用者占总体使用者的比例已经缩小到一个不值得重视的数值）。

对于软件来说，向下兼容的意思是，较高版本的程序能顺利处理较低版本的程序以及数据格式。

当然，如果使用者绝大部分已经升级，则向下兼容的版本级数也有一个限度（即不能无限向下兼容）。

19.6.3　"所见、所想即所得"理念

在今日之IT界，"所见、所想即所得"已经成为多数使用模块的现实。"所见、所想即所得"的理念表明，在电脑仿真应用方面，只有人想不到而没有人设计不出来的。

19.6.4　无说明书使用

无说明书的使用——生活之"常"一种。从日用到日常行为，今天的人确实走到了某个"常"的界域了。

以我们的日常工具手机为例，现在许多新款的手机，在发售的包装盒里，已经不再配备详细的使用说明书了。也就是说，当普通人的一般习惯成为设计者的设计理念及定制工具时，详细的说明书就是不必要的了。

19.6.5　无须说明的组合键

正是那种以二进制为基础的逻辑基础的稳固性、模块结构的规范化，使设计人员在设计人机界面的模块时，能够遵循一套已经程式化了的——按人们在使用电子计算设备时的使用常态——方案去进行设计，如美国微软公司设计的Windows系统。其中，

组合键的缺省配置（如 Ctrl＋A、Ctrl＋C、Ctrl＋X、Ctrl＋Z、Ctrl＋V），以及某些专业软件（如绘图软件之类）的专用组合快捷键功能的定制等，都使得软件产品出品时的使用说明书或使用帮助变得多余。

19.6.6 "Plug and play" 理念

Plug and play，即插入即可使用。

这是目前电脑外设（I/O）的标准配置模式，操作系统的开发者会将接口的配置标准公之于众。外设设计者则首先要熟悉这个接口标准，然后在此基础上设计出外部使用设备，并进而设计配套的应用软件。"Plug and play" 理念对于那种标准化插槽的功能插板，提供了即时使用的重大便利。

19.6.7 即时上手——"不学有术"

本书可谓 "常识" 之后学，亦可引以为 "常识" 之用（方法论）。

在可资使用的日常工具日益增多，工具模块化的程度日益提高的今天，学以致用之间隙已经日渐弥合，也使 "不学有术" 变得日益可能。但同时也出现这种情况，即在某个层面上，"学而无用" 的问题也会日益突出。

举一个例子，旧日我们通过自己学到的无线电电子学的知识，到商店购买一些简单的电子零部件就能够组装一台收音机，并且，我们还能够自己去维修这些机器。后来，集成电路（IC）出现了，我们最终发现，原来的知识无用了。再后来，出现更高度集成的器件，使电器的制作成本大大降低，甚至连维修的价值都没有了。

19.6.8 "缺省" 含有大意蕴

IT 界还有一个词，叫 "缺省" 或 "默认"（default），亦引申为 "定制"。是谓在无决策者干预的情况下，对于决策或应用软件、计算机程序的系统参数做出自动选择。

这是一个十分贴近 "常" 的意蕴的词。

19.6.9 "傻瓜" 表示简单操作

"傻瓜" 意味着什么？意味着一种工业设计，能够令一个心智单纯的人，依照他所具有的生活知识（本能及学得），能够足够好地（自然地）并足够快地上手此种全新的、具有比较复杂结构的机器。

"傻瓜"的设计是为应对心智单纯的普通人，以及普通人有限的知识及能力。

19.6.10 "傻瓜"出品蕴含对人的能力的预期

工具的设计者往往秉承"傻瓜"出品理念，即设计者在设计人机界面时，往往能够做到令使用者即时上手，心眼所及即所得。

这就是说，在关涉 IT 的实用界面这个庞大的领域，以某种"常"态（由操作系统所定制的操作习惯）作为日用工具，已经成为人的能力的"惯性"延伸。

19.6.11 "傻瓜"出品蕴含人机界面的"友好"表达

普通人恐惧于现代出品的复杂化趋势，而产品的"傻瓜"化，有助于消除人对复杂机器的疑虑，从而实现人机界面更"友好"的表达。"傻瓜"操作的简易顺手，也容易达到产品更广泛、更容易地为人接受的目的。

19.6.12 意志与表象 VS 趣味与数位

尼采的"意志与表象"思想正在 IT 界被转换为"趣味与数位"的思想。

这是对思想界的巨大的颠覆。

19.7 寻找"免费午餐"

美国学者 F. 维尔切克说："整个宇宙所蕴藏的能量远远超过了人类在可预见的未来能够获取的能量。"[1]

我们头顶的太阳是我们人类迄今认知最多的"免费午餐"能源。

任何的资源免费必致滥用？智力资源通常是免费的，为何却不致滥用？例如，明明书本知识是免费并且是有益的，但若叫一个学生认真读书却很困难。

---

[1] ［美］F. 维尔切克：《万物原理》，柏江竹、高苹译，中信出版社 2022 年版，第 121 页。

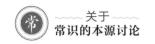

19.7.1 "免费午餐"是个大命题

我们知道，在免费状态下人对资源的予取予夺最为愉悦。

什么环境能够让人获得这种状态呢？首先是丰收时节的乡村，稻米、瓜果、禽畜等都是充盈的状态，人身处其中，自然会有一种万物皆备于我的良好感觉；此外，就是在食物丰盛的自助餐厅里，各种食物源源不断，任意取用（这其实是付费之后的一种景象）；还有，就是接受上一辈人留下的一笔数额不菲的遗产，随意花费（还是有源的）；等等。

但其实，真正的"免费午餐"从来都还是有的。

因为太阳（日照）、山野（采集、狩猎）、河海（渔获）都构成了"免费午餐"供应的基础，当然，当中的许多资源还有一个转换的过程，有的还难免大费周章，如太阳能的硅转换方式之类。后来因为用餐者（非特指人类）众多起来了，于是（特别是因为有了人类）才有以大众遵循的秩序来守护用餐的过程。尤其是当餐饮种类有差异，用餐者有选择的偏好时，因为供需矛盾而出现了交换交易等一系列社会经济活动，又出现争端之类，才使"免费午餐"越来越少的情况出现。以致后来人们觉得"免费午餐"乃系不可能之供应，于是，才有了"世上没有免费午餐"这句名言。

19.7.2 最大的"免费午餐"从太阳来

吃饭、购物要付钱……没有"免费午餐"。

然而，世上确有"免费午餐"。从太阳来，从地域蕴藏的各种资源来，从地域常住的人群的帮助、赞助及牺牲而来。

在我们所处的这个星球，因为我们是后来者，所以，其实从来就有"免费午餐"！这是我们尚未繁衍泛滥之前，上苍赐予我们的最原始的礼物。诸如野生的果实、河流海洋的鱼类及森林的野兽等，都是原始人类源源不断的食材，还有原始森林、矿藏、油气储备等，以及海洋河流蕴藏的种种资源。如果不是我们这个单一类生物的过快繁衍，那么，也许我们是不会有资源短缺这种际遇的。

19.7.3 太阳加上人类的智慧

太阳加上我们人类的智慧，这就是未来的一个路向。

也就是说，充分利用太阳的贡献，我们最终不再需要去从事那些体力劳动，也不需要做那些重复性的高级劳动，而只需要从事那种更加提升我们的智慧，提升我们的审美趣味的创意性劳动（活动）。

19.7.4　大部分知识并未使用

对世人而言，世界上大部分知识并未使用，或者说，并无实际用处。

很多的知识非但免费，而且并无应用之处，这就是现实世界。

这也说明，对大多数人的一生来说，真正用得上某些知识的情况其实极其有限。

19.7.5　"'免费'的两层含义：价格为零和不再稀缺"

何谓"免费"？美国著名学者 J. 里夫金有过一番论说："一旦社会的生产性经济活动的边际成本接近于零，古典和新古典经济学理论将不再起作用。当边际成本接近于零时，由于商品和服务不再受市场定价的影响，利润也就随之消失，商品和服务本质上就变成了免费的。而当大部分东西都免费的时候，以生产和销售商品与服务为组织机制的整个资本主义经营理念将变得毫无意义。这是因为资本主义存在的动力是资源的稀缺性。如果资源、商品或服务是稀缺的，那么它们将具有交换价值，可以在市场中以超过其运输成本的价格来定价。但是，当生产这些产品和服务的边际成本和价格都接近于零时，资本主义制度将无法继续利用这种稀缺性，因此也就不能从附属品中获利。'免费'在这里有两层含义：价格为零和不再稀缺。当额外生产一单位商品或服务的边际成本为零时，就意味着稀缺已经被过剩所取代。交换价值变得无的放矢，因为大家无须付出即可获得自己需要的东西。这些产品和服务具有使用价值和分享价值，但是不再具有交换价值。"①

19.7.6　"免费午餐"的旨要是"免费"

人类从稀缺时代走向余裕时代的一个标志，就是越来越多地使用到原来要收费的种种"免费"项目。

"免费"的对象一般是特定人群，针对这类人群的免费物资及相关服务支持；然后，更多的项目拓展到针对大众人群。对于大众人群，免费的项目首先是越来越多的

---

① ［美］J. 里夫金：《零成本社会——一个物联网、合作共赢的新经济时代》，赛迪研究院专家组译，中信出版社 2014 年版，第 285 页。

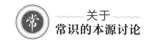

公共设施的开放，其次是公共广播等资讯平台的节目免费观赏，再次是资讯及知识的免费检索，最后是商业服务的收费减免，等等。

19.7.7　自然与社会存在大量的"免费午餐"

"免费午餐"从何而来？从太阳来，天然而巨大的负熵源；从人类社会自身来，就是大量的"免费知识"。这些"免费知识"，构成了最大的"免费午餐"。

非特自然有大量的"免费午餐"，人类社会也有大量的"免费午餐"，这就是前人为后人积累的知识宝藏。

此外，先人记录了大量知识及经验，存留了大量的遗物，还有地下发现的越来越多的贵金属之类。这些，都是潜在的"免费午餐"。

19.7.8　世界上最珍贵的都免费

网上有一个帖子写得好，题目是"忽然发现，在这个世界上，最珍贵的东西都是免费的"。

阳光是免费的，傍晚的霞光也是一样。芸芸众生，没有谁能离开阳光活下去。然而，从小到大，可曾有谁为自己享受到的阳光支付过一分钱？

空气是免费的。一个人只要还活着，就需要源源不断的空气。可从古到今，又有谁为这不可缺少的东西买过单？（不善待环境而要付出代价的另当别论。）

亲情是免费的。每一个婴儿来到世上，都受到父母无微不至的呵护，那是一份深入血脉不求回报的疼爱。没有父母会对孩子说："你得先给我钱，我才会疼你。"父母的这份爱，不会因孩子的成长而贬值，更不会因父母的衰老而削减。只要父母还活着，这份爱就始终如一。

友情是免费的。寂寞时，默默陪伴你的那个人；摔倒时，向你伸出手的那个人；伤心时，将你揽入怀里的那个人……他们可曾将付出折合成现金，然后让你偿还？

爱情是免费的。那份不由自主的倾慕，那份无法遏制的思念，那份风雨同舟的深情，那份相濡以沫的挚爱。而这一切，都是金钱买不到的。

目标是免费的。无论是王子还是草根，都能为自己的人生确立一个目标。这个目标既可以伟大，也可以平凡；既可以辉煌，也可以朴素。只要你愿意，就可以拥有。

还有信念，还有希望，还有意志，还有梦想……这一切，都是免费的，只要你想要，就能有。

还有春风，还有细雨，还有皎洁的月光、灿烂的星辉……世间多少滋润心灵的美好风物，都是免费的。

再不要对着苍天唉声叹气。苍天是公正的，更是慷慨的。苍天早已把最珍贵的一切，免费馈赠给了每一个人！

19.7.9　我们每天都免费享受着别人的努力和创造

我们每天都免费享受着别人的努力和创造，享受着别人的种种出品，欣赏着别人的海量作品。

然而，这些出品人我们都不认识，不知道他们是何人，而他们也不知道我们的存在。显然，他们的出品动机不是针对我们当中某个具体的人（在这点上，那种现做现卖的营销，那些所谓街坊生意倒是买卖双方直接见面认识的），毋宁说，是为了他们自己，为自己内心的那份冲动、虔诚与爱。

19.7.10　发掘"免费午餐"靠科技革命

人们只提出了"免费午餐"概念，即有有心人全力以赴，发掘种种"免费午餐"源。

这种想法及能力，来自科技革命领域的不断拓展。因为人类明确知道，就现今人类存续尺度去考量，人类受惠最多最顺手的免费能源是太阳，所以人类也逐步将主要的精力投入到太阳能的开发。而其中最主要的工作，就是提高太阳能的转换效能。

可以预期，利用太阳能将为人类摆脱生存困境做出更多的贡献。

19.7.11　不劳而获，渴望享受"免费午餐"

人类因为最初习惯于自然提供的"免费午餐"（采集、渔获及狩猎都是基于这个前提），所以，先天具有不劳而获的禀赋。

所以又可以说，想要不劳而获是人之常情。当下，越来越多的"免费午餐"经营模式的出现，可以说是迎合、回应了人的这种常情。

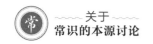
19.8 新技术与新思想

世界的科技进步日新月异，围绕科技进步的新思想、新观念也是日新月异。

我们前面谈到归"常"，往往从那些几乎自明的事物进入，但是我们见到的那些高科技的事物，包括他们的新思想及新方法，往往为解决问题提供了路径。

作为现代之"常"的体现，新技术与新思想表达了归"常"的正确路径。

19.8.1 "人体工学"

有一个时髦的词汇叫"人体工程学"或简称为"人体工学"。人体工学的意思是在设计人机界面设备时，将人的体征如身体、坐姿的尺寸、人机适合健康的距离等基本数据置入设计范畴，以确保人在长时间使用电脑后不会觉得疲惫，并将可能产生的损害降到最低。

在这里，一个特别的考量指标是人的体征数据，这是由人体的本身也就是本"常"所确定的。要使人的本"常"的重要性要在各个设计环节上得到体现，这是现代 IT 设计理念的重大进步。不过，依照"人体工学"的原理去做各种 IT 应用设计，其实是会遇到一些矛盾的。比如说，依照"人体工学"生产设计产品然后又进行大批量制造与按照每个人个体化的基本数据要求，即批量生产与个性化诉求，其实是相矛盾的。

19.8.2 可降解：利用自然力

在人类发明的种种物料之中，可降解物的发现（发明）可算是一个大贡献。

因为自然有巨大之归"常"之力，所以人类只要有借用此力之心，并且有使用此力（生物的、氧化的）之技能，即可得遂其意。

19.8.3 "战略游戏"精神

举一个展示发展及管治模式有趣的电脑游戏的例子，即由美国微软公司开发的电脑战略游戏——《帝国时代》。

这款游戏的玩法：从最原始荒芜的地域开始启动，然后有原始人，有原始森林，有矿产、牧场、果林等；玩家通过劳动生产创造了财富并同时耗费资源，然后发展经济，发展政治，发展军事，发展金融，发展研究机构，发展宗教力量，等等，逐步壮大实力；通过取得文明竞争的优势，抵御外敌，升级自己的文明，击溃其他文明的进犯，最终成为强势的文明。当然，也有一种情况，因为玩家的不当竞争策略，令自己的文明发展不及其他文明，或在发展的途中被其他文明击溃，以致败局。

游戏的胜败，完全由玩家的战略思维、发展策略及战术运用所决定，也由玩家的执行力决定，体现文明发展的博弈精神。而这款游戏的一个规则，即各文明方只要率先在自己领地建成了一个"奇迹"（wonder），即可将其他文明击败，这个设计思想实在耐人寻味。

19.8.4　自助（DIY）

手工制作也属于某种归"常"之课题。

作坊式生产，手工制造，个人定制，需要自己动手去完成。此即是目前流行的一个热词：DIY（Do it yourself）。

19.8.5　模块化设计

这可以看作是某种归"常"之道。

这一点在欧美实业界尤其是创意界已经常态化了，属于知识使用过程中需要极端重视的一种功能积累。模块化功能组合令系统避免各种结构上的重复设计，模块化使用分割、组织和打包等方式处理复杂系统，令子系统独立自存，更规范地与其他系统协调运作，并有机会成为芯片化的标准组件。

19.8.6　单晶硅与AI：无人化

随着单晶硅太阳能板的制造成本日益下降（这意味着能源的成本趋于降到零！），随着AI（智能机器人）产品的日益增加，许多生产线上的工序日益被AI所替代，人类真正的"免费午餐"时代正在疾速走来。

一个由单晶硅与AI构成的集成代工模式，逐渐取代了工业时代及后工业时代的蓝领及部分白领的工作，而仅仅保留了少量由人脑及人工操作的创意及艺术门类等AI无法取代的职位。

19.8.7　设置还原点

在系统升级之先设置还原点，这是现代 IT 设计的一个"常"态。

一般所指的归"常"之道，并非总是"还原"之道（回归到系统的"善"），往往也有可能是创新之道（一种否定）。而这里说的还原之道，是有设计蓝本可资遵循的做法，即遵照设计蓝本，归"常"之作就能完成；但如果是创新之道，则往往没有设计蓝本，只能靠创新设计。而这个创新设计，可以看作是回归设计意念的一个标的；这个回归，同回归旧档其实类同。这样一来，归"常"之道成为一种探索或探险，其成功的可能性就难以预估；由此在归"常"之初设置一个"还原点"，也就在情理之中了。

如何设置还原点？就是在系统的归"常"举措施行之先，将系统旧有的存在样态、运行模式及运行环境的相关数据都备份下来，这叫保留现场；然后才进行下一步的改革动作。这样，当新的经过改革的系统确定运行失败之时，启动系统"还原"也就能够顺理成章地避免失败的无可挽回的局面，避免失败带来的成本损失。由此看来，设置"还原点"其实是归"常"过程所必须的。

19.8.8　机器写作

关于文句的自动组织。

在日常生活中，虽然使用的是同一种文字，但文句及文章的组织会有巨大的差异。但因为文句的自动组织系统已经初步实现了在语句整齐划一的前提下的文章写作，尤其在财经新闻的写作软件运用上，已初步实现了实用化。此也可以看作是一种"傻瓜"写作。

19.8.9　同声传译使建"巴别塔"成为可能

据《圣经》记载，古代人类都说一种语言，于是他们就想建一座高达天庭的通天塔，叫"巴别塔"，以显示他们的丰功伟绩。建造"巴别塔"的壮举惊动了上帝。上帝心想：如果人类真的修成通天塔，那以后还有什么事干不成呢？一定要想办法阻止他们。于是，上帝便让不同的人说不同的语言，使他们难于交流思想，协调工作，以此来惩罚异想天开的"巴别塔"建造者。结果，"巴别塔"最终没有建成，而语言的不同，也成为人类相互交往的极大障碍。

但在今天，不同语言的同声传译技术已经成熟，这是否意味着，建"巴别塔"已成为可能？

19.8.10　天然人手接触屏幕

21 世纪最大的归"常"事件，就是使用人手（手指）触屏实现对电子产品的简易操作。人手"触屏"，体现了一种真正对自然的回归。

19.8.11　3D 打印建筑

3D 打印技术的一个最新进步是 3D 打印建筑。这个新技术的一个重大意义除了大大提高工作效率，就是房屋建造过程的规范化及无人化。

19.8.12　"编程一小时"

2013 年 12 月 11 日，苹果公司公司举办了"编程一小时（Hour of Code Activities）"活动编程讲习班。它的宗旨是向公众介绍计算机科学方面的知识。

该活动是由一个名叫 Code.org 的组织发起的，苹果公司届时将对计算机科学进行介绍，褪去编程的神秘面纱，让任何人都能学会编程的基础知识。2014 年 12 月 8 日，第二届"编程一小时"活动拉开序幕，在全球范围内引发了一场编程狂潮。活动进行到第四天时，已经超过有 6500 万人参与了"编程一小时"。连时任美国总统的奥巴马也加入了这场"编程狂欢"，他甚至还注册了 Github 账户，并在编程大会上写下了一段代码。

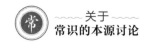

20
从归"常"到超"常"

归"常"是事善的进路，讲的是重新定义一种做事成事的基本逻辑，类似于最初所讲的回归"常识"的意指。

我们通过观察，通过拷问，通过反思，试图到达回归"常识"可能指向的那个逻辑基底，即"常"这个具有本体意义的存在。我们在讨论"常"的"有""是""在"时，体会到"常"具有的为"常识"打造逻辑基底的意图，从我们一般可能照顾到的事情入手，以事情的本然、事情的做成、事情的操运及事情的能善诸个方面作为具体的切入点，努力运思及劳作，试图臻于归"常"的那个境地。

即是说，臻于归"常"，是我们讨论"常"的基本目标。

但无可否认，我们在观察这个世界以及我们的国度之后体会到，在有些国家、有些地区、有些民族、有些觉悟较早的人群之中，其实已经基本到达归"常"之境地。这些人在归"常"之后并未停下脚步，仍在探索前行，于是就到了我们这个题目所指的超"常"的境界。

从归"常"到超"常"，超"常"其实并不是对归"常"的否定，而是对归"常"的某种升级手续，这也是因为受"常"——我们的地球这个本然世界的逻辑基底所规限，即无论是"归"是"超"均是无可逃逸于"常"的，关于这一点，我们今天仍然有信心。

在超"常"的路上，正如 M.海德格尔说："我们超越了日常事物，我们所询问的不是日常熟悉和处于日常秩序中的正常事物。"① 到目前为止，人们所谓的"超越了日常事物"，其实只是对某些新鲜东西的暂时不熟悉而已。

20.1　归"常"无涯

因为人往往只能做一个小小的调节者，某个他者的调节能力及其调节功能能够起效果的预设上下限的范围是极其有限的，所以，一旦大的前提丧失（如发生了瘟疫、战乱及其他天灾人祸），则人的调节能力就随之失效。

天灾人祸，以历史的视角来看，这是一种自然之殇、文明之殇。自然事件如意大利庞贝城遭遇火山喷发的灭顶之灾，人为事件如日本广岛长崎所遭受的核弹袭击——一旦遭到此类毁灭性破坏，则其他不足为道。

20.1.1　营造、维护背景常量

营造、维护与各种系统常态相适配之背景常量。

背景常量大而论之，即是和平环境、政局大观、平顺年景之类；中观如健康的市场、健康的营商环境、健全的法律制度之类；还有更微观层次的针对某些领域或行业的规则；等等。

20.1.2　为善无终点，所以归"常"也无终点

为善是一个动态的过程，正如行进的车辆，只要路途未达终点，则司机职责一刻不能疏忽。

而归"常"不止于此。有很多的事体养护的是众人一生，是族群的万世，因此，相应的归"常"之事，就无止境。也就有归"常"无涯的说法。

20.1.3　体认"常"事是一个过程

因为对"常"事的认识无法一蹴而就，所以需要用心研究、思考、发现、辨伪，

---

① ［德］海德格尔：《形而上学导论》，熊伟、王庆节译，商务印书馆1996年版，第14页。

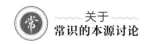

找到了门径，还需要悉心推行，持之以恒。

20.1.4　起"常"心之难与不难

起"常"心难，起"常"心亦不难。

所谓"起'常'心"，就是要调动起那个摒除杂念、一心归"常"的心念。

如何能够做到这一点，其实也大有考究，因为身处俗世，要顾及人情面子，要顾及日杂营生，要顾及利害得失，所以要做到摒除杂念就很不易。

为"常"之事难，为"常"之事亦不难。

在这里说"为'常'之事"殊为不易，因为还要有经过那个调动起摒除杂念、一心归"常"的心念过程。起了此心，才会有后面的"为'常'之事"，而且往往有心而无力，或者起了心之后又归沉寂，无法坚持到底，此不赘论。而之所以说"为'常'之事亦不难"，是谓"常"本身就是平实自然之境域，在"常"之统摄下的一个"有""是""在"的境域；当这个境域已经被理解，践行起来就没有了障碍，就能够怡然自得、顺畅通达起来。

20.1.5　环境乃大"常"

许多用环境表述的对象均可以表述为"常"。

用"常"表述的意义在于表述形态有美学禀赋这样一个原则吗？

我们说，环境乃"大常"，但"大常"并不止于表述环境。这是表述层级的差异。因为环境有大"常"的属性，如时间尺度因、空间尺度因、影响宽泛因、延续深远因等，故而归类为"常"。

20.1.6　人反常之恶何以有？

世间多有反常之象，因为有恶人存有恶念。恶人存有恶念总不免要作恶，这是世间总不能澄明的原因。反常之恶无非存在几大动机：一是因为利己的动机而反常，二是因为愚昧的举动而反常，三是因为损人的动机而反常。

20.1.7　某归"常"之举如修行

说到归"常"如善行，非持守毕生不能得证其善，就是体现一种修行了。

而说归"常"走到修行这一边，似乎有遁入空门的意蕴，其实是误解。因为我们在前面已经讨论过，"常"既空又不空，即不是一味的空。所以"常"其实还是存在得颇为"实"的。

20.1.8　祈愿世界和平

无论何时，"世界和平"，这总是一大"常"境。

从这点上看，维护世界、国家或地区之间的和平，乃是对人类平常生活做到自为、自足、自守的最重要的贡献。

20.1.9　"常"失灵：饥荒，骚乱及战争

当某地发生瘟疫、饥荒、骚乱及战争，就是"常"失灵的表现。

1997 年 7 月 2 日由泰国引爆的亚洲金融风暴，2008 年 9 月 15 日由美国雷曼公司引爆并引发全球经济危机的金融危机，都是系统性市场"失灵"的例子。

而历史上发生的瘟疫大流行表现出来的就是大环境自然调控的"失灵"。

这些导致政府"失灵"、市场"失灵"及生产、生活停摆的环境因素，统而言之，就是"常"失灵。

20.1.10　归"常"实为一种拯救

当种种"失灵"出现时，"常"作为一种工具性的呈现，就是归"常"诸举措。我们说过，归"常"其实是一种"善"举，即是在面对大型的灾难时，"常"以回到"善"（善念，善能，善行）的本原之力，发出归"常"的动员，最终将事体导向归顺之途，这就是归"常"的戏剧。

20.1.11　"求其放心"亦系归"常"之路

孟子曰："学问之道无他，求其放心而已矣。"

孟子此语，"求其放心"是大意蕴。原来世间学问的事情，"求其放心"（即找回丢失之心）也就是时时让诸多心念回到"常"心。

学问是如此，归"常"之路，何尝不是如此？

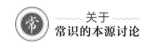

20.2 归顺、融合、颠覆

非常之象（可指为远离平衡态），即建立某些人为"孤岛"，其实不易恒久。在归"常"之势（可指为回归平衡态）影响下，假以时日，最终可能实现。"归常"能否实现，要看是否和谐，以及资源注入是否恒定。

从某种意义上说，归顺之道、融合之道、颠覆之道等，都为归"常"之道。

20.2.1 归"常"之道即归顺之道

在自然之道的观念引领下，任由外部技术、观念的进入。先是电子媒介，再是互联网，然后是手机网络（移动互联）……

归顺的"顺"，就是顺势、顺道之顺。

20.2.2 向上逆转与向下归顺

归"常"取势有两个方式，一是向上逆转，一是向下归顺。两种方式都会有一个运作尺度的问题，此可谓归"常"之术，是需要探讨的。

以向上逆转为例，即是如一青蛙跌入井中，一次奋力弹跳能够到地面的，它会奋力一跳，但如果一次弹跳不到位，则需要分级弹跳，否则永远不能返回到地面。可见，蛙跳式归位是受能力所限，只能尝试分级上升，登山的例子也相同。更多的情况是向下归顺的问题。人们往往以为这种从高向下的回归比较容易调整，但实际上与向上逆转所遵循的方式是相同的，也要有级次限度，如人在高台往下跳，当高度超过某个限度时人就会受伤。另一个例子就如人治病，如果他得的是重病，在用猛药治疗时就要小心，药力太猛，虽然未必是用错药，但就如高台跳到平地，落差太大也会受伤甚至殒命（这里尤其指那种极端的癌症治疗手法）。

20.2.3 "善"即和谐，即"顺"

关于"善"即和谐的说法有不少。

如罗马皇帝 M.奥勒留就说过："对于一个理性动物而言，'善'即是与人和谐相处。"①

与人和谐相处，就含有某种"顺"的意味，关于这一点，想想就容易明白。所以，又说"善"亦即"顺"。

20.2.4　平衡即和谐

平衡态也是某种和谐之态：出入内外，跨越左右，正负摇摆，平稳旋转。但其实这个和谐或平衡也是非常紧张的，因为要维持某个状态，就要有能量注入，并且是要平稳地注入：不大不小，不轻不重，不缓不急。

平衡之"常"与习以为"常"也不同。习以为"常"是一种重复状态的稳定，反复与延续，更多是指向某种连续的简单重复的累进。

20.2.5　善、和谐、顺与"常"

善、和谐、顺，往往是和"常"一同讨论的。

20.2.6　融合代表了一种潮流

融合是应对事物之复杂多面；融合是应对事物之未知趋向；融合使自身的可能性加以放大；融合更加速自身潜能的呈现。融合的行为在媒介、在商业、在各行各业多有体现，表现多姿多彩，展现出强大的活力。

20.2.7　融合首先是指技术的融合

不同技术的跨界融合，产生了种种神奇的新业态，成为各个行业颠覆性的技术。融合带来的业态进步改变了作业制程，改变了作业生态，更带来商业模式的改变，成为行业跨越式发展的强大驱动力量。

20.2.8　颠覆性创新带来业态革命

颠覆性创新是带来新业态革命的重要力量。

典型的例子是电子技术中硅芯片取代真空管。而数字技术对胶片照相技术的根本颠覆更具典型意义。

---

① ［古罗马］M. 奥勒留：《沉思录》，梁实秋译，译林出版社 2012 年版，第 69 页。

20.2.9 "通约性"是融合的主要障碍

关于"通约性"问题，可以展开更多的讨论，可参看 P. 费耶阿本德、W. 奎因等人的著作。

20.2.10 归"常"即回到和谐

某些系统在运行了一段时间以后，就会出现不和谐的状态。

这是由系统外部以及系统内部的原因造成的。很多情况是，系统要维护一个和谐的运行状态，系统内部各组成要素之间就应具有相对平衡关系。此外，尚有一种状态叫静态平衡。实际的例子是，如果把恒星看成是许多薄球壳叠加而成，在任何一层重量所产生的向内压力和炽热气体所产生的向外压力正好相消，就形成静态平衡。

20.2.11 颠覆：开放源码

由芬兰人 Linus 发明的 Linux 系统首先对大众开放了使用源代码，这是 IT 界的一件大事。①

这是一个将一个成功的发明以非营利的方式转化为公众共享的基础系统平台的事件。这是 IT 界发展演进的一个标志性事件。

20.2.12 颠覆：从非货币化到非物质化

现代实业有越来越多的颠覆性现象：如非货币化，即零成本，免费使用；又如非物质化，即从实物到数字虚拟，将交易空间、消费空间，移置于网络空间，实现全数字平台商贸活动。

---

① 在开放源代码许可证下发布的软件可以保障用户自由使用及接触源代码的权利，同时也保障了用户自行修改、复制及再开发的权利。

20.3　"常"有自归

地区、学识、贫富、传统、职业之差别，阻碍了人们对归"常"问题的认知，从而也放任了不按常理生活的种种苟且。尤其是当未归"常"成为常态，成为两可，甚至成为一种安逸的状态时，归"常"或不归"常"也就不成为问题了。

这里引出一个问题，就是苟且或安于现状的那种状态，是否也属于某种"常"之态？

20.3.1　为何无法归"常"？

呼唤归"常"，一而再，再而三地做出呼唤，最终还是无果。分析其中原因有多种：一曰不知（"常"者浩如烟海，不知其中大多数者为众）；二曰不懂（有许多已有、已是、已在之"常"本来就是深奥的东西，弄懂不易）；三曰轻慢（"常"若不是与性命有关，若不是有利于自己，若要耗费太多的资源，人们对常识的态度往往是轻慢）；四曰拒斥（有许多"常"与人伦相悖，与成见相悖，与意气相悖，即不相信"常"之力会起作用，因而，人往往会试图拒斥归常的动议）。但归根到底，其实还蕴含了一个利益问题（这是指在一个已经十分成熟、古旧的族群有健全的教育、基本的法制并形成了相对固化的利益格局的情况下，归"常"其实也会被理解为一种变易）。

20.3.2　归"常"之不同所需

有可能之归"常"，有必要之归"常"，有两可之间的归"常"，但看系统健康运行，性命的维持、保存及救护之不同所需。

这似乎在说：归"常"或不归"常"，在于某种念想、某种意愿，乃至是某种图谋。

但系统健康运行，性命的维持、保存及救护之所需，却实实在在。

20.3.3　自力归"常"及他力归"常"

"常"既然有自归之可能，亦有他力而归之可能。

如人之病患，有不治而愈的，也有施治而愈的。在更多的情形下，是不治而愈的。这或许就是所谓的时间之治愈力了。

所以谈到归"常"也是这种情况，以己之力还是倚外力或他人之力，当看现实情况。至于那种他力的过度强制，例如在医疗上过度施治已经超出了真正（常规）的治疗本义了。

20.3.4 "常"自归：最好的机制

最好的机制是使（某事某物）自然归"常"（即所谓的"常"自归）。

英国人 T. 霍布斯说过："如果某法对所有臣民无一例外地都具有约束力，而且又没有用明文或其他方式在人们可以看到的地方加以公布，那就是自然法。因为人们不需要根据旁人的话语，而是每个人根据自己的理解认为是法律的任何东西，必然是所有人认为是理性的东西，这一点除开自然法以外，没有任何法律可以具备。这样说来，自然法便无须做任何公布或宣布，因为它们包含在全世界都承认的这样一句话中：'己所不欲，勿施于人'。"①

自然之"常"自然自归，人伦之"常"由人使归。

而按照 T. 霍布斯的说法，就是"自然法在内心范畴中是有约束力的。也就是说，它只要出现时便对一种欲望有约束力"②。此即是说"内心范畴"对"欲望"的约束力，构成了人为归"常"的主因。

20.3.5 归"常"之道先及人身

归"常"之道先及人身——人之立身应有其表里之"常"之分。"里"之"常"就是身体健康，气质平和；"表"之"常"则有诸多考究，概括起来，有外观气韵之"常"（身体），外观衣饰之"常"（仪容），对外表达之"常"（表情、表达），外向显现之"常"（活力），以及，对外部事物的分析判断之"常"（分析力及判断力），等等。

作为一个常人，主要是有诸"表"之"常"合体，方可有常人之完整表象呈现。所谓归"常"之道先及人身，主要就是要先从人自身对外呈现的这些方面进行整饰，如此使人趋于常态，即所谓修身。

---

① ［英］T. 霍布斯：《利维坦》，黎思复等译，商务印书馆 1986 年版，第 210—211 页。
② ［英］T. 霍布斯：《利维坦》，黎思复等译，商务印书馆 1986 年版，第 120 页。

20.3.6　人身归"常"与人心归"常"

归"常"之大，无大于人身归"常"。

而人身归"常"，说到底，又以人心归"常"为大。

20.3.7　归"常"：当时得令

所谓当时得令，就是就着自然的（社会的）一定的发展路向去（适时适地）行事。

在农耕社会，"当时得令"是一种社会自然发展的操作常态；进入到工业社会，乃至后工业社会，"当时得令"的做法变得复杂，其实是人因充分感受到自己对自然的干扰所带来的结果而产生的一种觉悟。然后，人们通过修复、改造乃至立法等种种措施，又重新实现人与自然的和谐。

20.3.8　不要以为任何事情都有意义

在世俗的日常生活体验中，并非任何事情都会是有意义的。

相反，绝大多数时候，在绝大多数的情形下，占绝大多数的事情都不具有意义。

一个事情之意义，通常取决于其广延性，其影响力的强度及延续性，以及与其他各方的关联性。

但一个事情如果最终成为一个事体，则自然就显现出意义来。

20.3.9　因地制宜，自然而然

就如人生活于空气之中，需要保持皮肤湿润，以维护生命健康存续之需。

则"归'常'之道"就是补充体液，如日常之饮水（从内部调节体内水分），如偶尔之游泳（从外部调节体表水分），还有以恒湿设施来调节空气的湿度，等等。

由此可见，"归'常'之道"往往并非只有唯一通道，而往往是要因地制宜，自然而然，并且要计量所费成本。

20.3.10　自然本有归"常"之能

自然本有神奇的归"常"之力。这可归结为隐显之力、自愈之力、泛滥之力、收敛之力，以及在生物的帮助下的（源源不断的自然能源供给的）建造之力。因此，自

然之力是无穷的，而且它不需要启动，也就没有消逝。只是在它觉得有需要表现自己能力的时候，它就会生发出自然之表现力。

20.3.11　自然无所谓归"常"

在人的视域下，自然无论失常、归"常"，都属于某种自然而然的事情。

因此，对自然的所谓归"常"，其实多是指人造自然的那部分。

20.3.12　至善归"常"之事，总有人要去做

这是人这个物种的一个显著的特点，就是为臻于善境而不断有人去实践。人们不惧暗黑，不惧盲目，不惧浅陋，也不惧一次又一次的失败。

20.4　归范与创新

所谓归"常"，其实是对人、对社会的一种归范（注意，是回归规范之意）。在这个意义上，归范之工具，最终要由契约或法律去规制。

20.4.1　归"常"为何成空谈？

在自然灾害、经济萧条、兵荒马乱等自然及人为因素造成的大环境变化下，谈论归"常"只会是空谈。

此外还有人本身具有（原有）的原罪，即所谓的"七宗罪"。

20.4.2　自然的审判律令

因为，如果说要归"常"，意味着将本来由人决定（判定）的权利让渡给一个由自然做法官的理性实体。

而这个实体或由某个裁量机构，或者是执中的裁量器具来构成。它会机械地、偏执地、无碍地执行自然的（有先例的）审判律令，并且能行之有效，行之久远，最终因大家无所违犯而自行消亡。

20.4.3　用数字、权重或尺度表达思想

印度学者、诺贝尔经济学奖获得者 A. 森在他的著作《生活水准》里专门提到英国人 W. 佩第爵士及他的著作《政治算术》，A. 森重视佩第的原因是他的"极其关心精确度量的重要性"。A. 森写道：他（即 W. 佩第）自豪地宣称，"与其仅仅用比较级和最高级的语词以及理智的论证"，他宁愿选择"用数字、权重或尺度"来表达自己的思想。①

20.4.4　构造指南或范导

把构造指南或范导作为一个任务。

然而，在每个时代，在芸芸众生之中，也还是一直存在这样一类人群，他们在入世的生存状态下，保持着自己特有的清醒，保持着悲悯情怀，保持着理性精神，保持着对世界、对人类、对他人的真挚的、善意的、儒雅的、美的情操……并且，将这种种保持、禀赋转化为某种自觉的守望、严肃的责任、时代的寄托，以及文明的使命，进而转化为某种奉献及牺牲精神，确立一种普遍的关心、救渎、济世的志趣。

这个群体怀有崇高的理想，拥有完善的心智，富有实干精神，就是将自己的志趣付诸行动，为求清污除弊，嘉美扬善，努力建设一个美好和谐的新世界。

这里，我把构造这样一个指南或范导作为一个任务，试图去尝试完成这个任务。我深知，虽然因为个人学识能力有限未必能够完成，但作为一种生存状态的自我激励，甚至是很简单的个人旨趣，已经能够成为一种动力，去推动我大胆尝试执行这个任务。这除有一种使命感之外，也或许是一个宿命。

20.4.5　真正的"秘笈"是那些大公司的手册

公司通过编制操作手册，成就了这些公司在管理制度、质量管控、制作流程、人力资源培训及营销推广等方面的稳定性。这些手册能够有效保证公司长久稳定地经营运作、规避风险及发展壮大。

所以，如果说大公司运营有"秘笈"，那就是公司编制的操作手册。

---

① ［印度］A. 森：《生活水准》，徐大建译，上海财经大学出版社 2007 年版，第 28 页。

20.4.6 规矩与规范——总是有某种契约守望其中

规矩是人为定制的某种行为准则，主观色彩（个人意志）比较强。规范虽然也是人为定制的行为准则，但因为有普遍法则作为定制的基础，所以一般认为规范含有更多的天然的（自然的）强制。

而两者都能够有效实行，其中总含有某种前定的契约在守望着。

如古代宫闱之内规矩烦琐，你若不置身其中，其实也不会感受到约束；又如某个单位制定了许多的行为规范，但前提是你乐意在这个单位受薪任职；如你要使用苹果公司的 Mac 系统或微软公司 Windows 系统，但界面及指令集都有差异，你要择一而从之，最终只能在某一套操作系统下操作。而一旦如此，你就马上感觉到某种规范的强制。

20.4.7 "生有涯"及"知无涯"的警示

庄子曰："吾生也有涯，而知也无涯，以有涯随无涯，殆已！"

一是忠于守旧，留心古迹，简洁梳理古人"常识"，使旧智慧成为今世人之通识，图谋建立一个心智成熟的常人体系标准；二是着眼当下，着眼于现世，着眼于日常的蝇营狗苟，训导世人乐于在日复一日的平常生活中享受些许偶得的快意；三是面向未来，前瞻于新生活，着眼于由思而生的种种意念，不计较成败地去创设新奇，享受创意及行为给生活带来新的惊喜。

20.4.8 人生规划亦属设置一"常"？

有规划对无规划，一切尽在或不在规划之中。

20.4.9 守护经典

所谓经典就是过往的知识经过时间的淘洗，沉淀下来的那些有益于心灵且实用的种种典籍。

守护经典是一种大的归"常"态度。

20.5 使有闲暇

有闲暇，方可以让有心做理想事情的人实现真理想，这是自古希腊亚里士多德就开始认识到的真理。

亚里士多德说过："当初，谁发明了超越世人官能的任何技术，就为世人所称羡；这不仅因为这些发明有实用价值，世人所钦佩的正在于他较别人敏慧而优胜。迨技术发明日渐增多，有些丰富了生活必需品，有些则增加了人类的娱乐；后一类发明家又自然地被认为较前一类更敏慧，因为这些知识不以实用为目的。在所有这些发明相继建立以后，又出现了既不为生活所必需，也不以人世快乐为目的的一些知识，这些知识最先出现于人们开始有闲暇的地方。数学所以先兴于埃及，就因为那里的僧侣阶级被特许有闲暇。"[①]

以有闲（富裕）状态去做一切智力游戏（我将一切文化、艺术、哲学、数学等都归类于此）之类的，方可以避免金钱污染，此乃归"常"之道。然而，作为个体的某人，又会出现这样的情形，即有心（做智力游戏）的人，未必有闲（富裕）；而有闲（富裕）的人，却又未必有心（做智力游戏）。当然，如非有闲，则有心无力。

20.5.1 增大私人空间

将硬性休假与硬性家庭聚会作为规例。

无论是普通的个人或官员，都应该更多地保护私人空间，要使人有更多的家庭（亲情）互动、更多私人闲暇来为个人生活的诗性化提供空间。

20.5.2 积极有闲与消极有闲

千万不要搞错，有闲暇才是人的最常状态！这个几乎无关人的富贵贫贱。

事实上，穷人之有闲系积极之有闲，因为他仍处于生计的困逼，仍为生计而奔忙，有闲（消闲）通常是一种无奈但更是一种消遣；富人之有闲系消极之有闲，因为他无

---

① ［古希腊］亚里士多德：《形而上学》，吴寿彭译，商务印书馆1959年版，第3页。

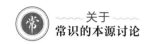

须为生计奔忙，所以有十分自由的消闲方式，容易使自己的有闲成为一种生活内容。所以，两种有闲是有不同含义的。真正的有闲系消极之有闲，而在不计算成本之意义上讲，这种消极有闲或许对数学、文学、哲学或其他学问有一种真实的奉献。

20.5.3 "闲暇是全部人生的唯一本原"

古希腊亚里士多德说过："我们多次说过，人的本性谋求的不仅是能够胜任劳作，而且是能够安然享有闲暇。这里我们需要再次强调，闲暇是全部人生的唯一本原。假如两者都是必须的，那么闲暇也比劳作更为可取，并是后者的目的，于是需要思考，闲暇时人们应该做些什么。"①

20.5.4 闲暇是哲学之母

英国哲学家 T. 霍布斯就说："闲暇是哲学之母，而国家则是和平与闲暇之母。首先有繁荣的大城市的地方，就首先有哲学的研究。"②

霍布斯依据《圣经》描述了这样一些情景：古希腊人在打败罗马侵略者之后，人民和平安宁了，国家也富裕了，人们就没有多少事可做，于是那些人就"'只将新闻说说听听'，或者公开向城邦中的青年讲哲学"③。"由于这种情况，他们之中任何人进行教导或辩论的地方便称为 schola，这在他们的语言中意思就是闲暇。他们的争论则称为消磨时光。哲学家本身也以学派名为名，其中有些人就是以上述各学派的名称为名的，比如遵从柏拉图学说的人被称为学园派，亚里士多德的弟子缘于他教学的庙廊而称为逍遥学派，芝诺的门徒则根据画廊一字而称为廊下派，其情形就好像人们常常在其中一个地方聚会谈天和闲混，就把他们称为摩尔菲尔德客、保罗教堂客或交易所客一样。"④"然而人们却十分崇尚这种习惯，以致到时候就遍布整个的欧洲和非洲的大部分，于是这些地方几乎每一个国家都公开设立并维持讲学会进行讲演和辩论。"⑤

从霍布斯的表述中可以看到，西方之思辨传统是有很深并很顽强的渊源的，是承袭了古希腊人养成的习惯。即无事可做时，不是以重复性的娱乐或消闲打发光阴，而

---

① ［古希腊］亚里士多德：《亚里士多德全集》第 4 卷，中国人民大学出版社 1994 年版，第 273 页。
② ［英］T. 霍布斯：《利维坦》，黎思复等译，商务印书馆 1986 年版，第 539 页。
③ ［英］T. 霍布斯：《利维坦》，黎思复等译，商务印书馆 1986 年版，第 539 页。
④ ［英］T. 霍布斯：《利维坦》，黎思复等译，商务印书馆 1986 年版，第 540 页。
⑤ ［英］T. 霍布斯：《利维坦》，黎思复等译，商务印书馆 1986 年版，第 540 页。

是去组织各种讲学辩论，组织大大小小的如我们某个时期曾兴盛一时"学习小组"一样的讲学辩论团体，去探讨争辩天文地理、哲学人伦等话题，哪怕是无聊的闲扯。并将讲学辩论的内容加以记录整理，最终淘洗积淀出如柏拉图、亚里士多德等人的学术经典。并且他们把讲学辩论的习惯变成为某种文化基因，注入欧洲乃至美国族裔的血脉之中。以至今日这些族裔时不时地将自己的遗传浮现出来，继续裨益于自身的生活，裨益于学术的进步。

20.5.5 新技术使人的闲暇增多

新技术的发展使人随时利用闲暇的可能性大大提高了（如开会时偷空玩手机等），也使人能够在不同的空间做同一件事的可能性大大提高了（如在家中办公，在家中销售货品等）；尤其是移动互联技术的发展，为环境的公平也提供了巨大的可能性。

现实公平的前提有赖于信息对称，即管治者所据有的资源及资讯，一般民众无法通过合法手段及时获得，这就是不能够实现公开、公平及公正的真实原因。而这种状况由于支持透明运作的技术的提升而大大改善。现在，智能化的移动通信设备可以将大部分资讯及时记录并上传，管治者作恶的机会自然而然地减少了，这无疑是一个最好的自然归"常"的现实写照。

20.5.6 收拾闲暇碎片

顺手的另一个含义是便捷，就是能够将手边无法自适地使用的那些闲暇碎片（其实是时间碎片）运用起来的那种机制。

无论在私人场所还是在公共场所，人在闲暇碎片状态下，都有一种收集（便捷利用）——自我消散（或叫打发时间）——的欲念，这是人的一种在世状态。

20.5.7 "人人能有闲暇"

国学大家梁实秋在《闲暇》中曾经说过："人类最高理想应该是人人能有闲暇，于必须的工作之余还能有闲暇去做人，有闲暇去做人的工作，去享受人的生活。我们应该希望人人都能属于'有闲阶级'。"

"人在有闲的时候才最像是一个人。手脚相当闲，头脑才能相当地忙起来。"

20.5.8 "世间的万物都在悠闲中过日子"

国学大家林语堂曾经说过:"世间的万物都在悠闲中过日子,只有人类为生活而工作着。他工作着,因为他必须工作,因为在文化日益进步的时候,生活也变得更加复杂,到处是义务、责任、恐惧、阻碍和野心,这些东西不是由大自然产生出来的,而是由人类社会产生出来的。"

20.5.9 "给所有的人提供充裕的物质生活和闲暇时间"

共产主义导师恩格斯晚年对于"社会主义制度"给出了一个解释,他说:"我们的目的是要建立社会主义制度,这种制度将给所有的人提供健康而有益的工作,给所有的人提供充裕的物质生活和闲暇时间,给所有的人提供真正的充分的自由。"[1]

20.5.10 闲置与躁动

人的大部分时间处于被闲置及自我闲置的状态。

如处对象一般。然而那种躁动或骚动状态则是人的另一种本质属性。由此看来,人是一个矛盾体。

而那类手上有许多物质资源及人力资源的人,也就是那种事权多的人,则往往又会慨叹整日分身无术。

20.6 超越归"常"

世事常变。人做归"常"之事,而"常"事并不停歇变化,以至于当做事之人觉得归"常"之事已经达至善之境;而那所谓"善"境又有增益,即会对原来之善有所提升,如此升级不止。

所以,超越归"常",只能是人们面临的课题。

---

① 恩格斯:《对英国北方社会主义联盟纲领的修正》(1887 年 6 月),《马克思恩格斯全集》第21 卷。

20.6.1　人之上升——升级

人们确信不能将自己的出品一次做到完美，因此，人类发明了"升级"这种方法。人就是在某个"升级"的过程，将自己提升到无以回归的境地的。

美国学者 M. 桑布恩在他的《升级——持续进步的方法与策略》一书中说："升级：是一个过程，指在生活或事业的任何领域处于不断进步之中。"[①]

关于升级，有这样一些原则：

简化，缩小运算规模（就程序设计而言，整体上缩小程序，即简化算法）；

便利，使用者而非服务者便利原则；

新鲜，给予使用者更多的新鲜功能；

守旧，向下兼容原有的使用习惯及功能；

颠覆，重大的升级将颠覆以前的功能。

我觉得，所谓的"升级"，实际上就是一种归"常"手段，一种努力归"常"之接力赛，目标是将我们带向某种"至善"。

20.6.2　常升级，至超越之境

如果"常"的观念不升级，那么我们的讨论（争论）就永远是没完没了。

我们对于问题的讨论永远是会回到常态的，因为我们没有一个善于保存某个"常"的位置的机制。留下"常"态（定论），然后对对应于"常"升级了的问题进行讨论，以求有新的结论。如此积累，则会臻至超越归"常"之境。

关于"升级"的概念，运用得最多的还是属于 IT 领域的程序设计，但目前的趋向是跨领域的拓展。"升级"已与"改进"同义。

20.6.3　反思归"常"之成效

超越归"常"，是人们对归"常"成效反思的结果。因为我们一直强调归"常"如何，如何归"常"，到头来，当某日完成了归"常"诸任务之后，又发觉事情并不如想象中的完善、完美，于是，对归"常"兴起超越之心也就在情理之中。

[①]　［美］M. 桑布恩：《升级——持续进步的方法与策略》，周玉军译，接力出版社 2004 年版，第1页。

20.6.4　融合：超越归"常"之途

超越归"常"，是由诸超越归"常"动作融合而成。

归"常"，其实是一个个具体归"常"事体。当你要做归"常"事体的超越之事，你就要将诸归"常"事体（技术、质料、法则）进行融合，构成能够超越的新鲜事体（技术、质料、法则）。

20.6.5　试探跨越"边界"

前面讨论过"常"有界的问题。那是种种自然之界。这里的所提的"界"，跨越自然与人伦，是指多个领域的边界。

而所谓的跨越"边界"，更指某种抽象的跨越界域，即跨越实"界"及跨越虚"界"，跨越有形"界"及跨越无形"界"。

这种跨越，打破了边界的规限，展示了跨越带来的无限可能。

20.6.6　"常"是一与多之融合体

"常"是一与多之合体？有时独（一）是"常"，有时众（多）亦是"常"。

一是"原常"，基本之"常"，个体之有，个体之是，个体之在；众多是繁杂之"常"，是众多一的总和之"常"，合众乃是自然最根本之状态，所以多亦为"常"。

20.6.7　机器人的颠覆

正当人们饶有兴致地观看目前人类研制出的各种类型的机器人的笨拙表演时，人们可能会忽略一个正在悄然出现的更大的观念突破。

我们可以简单地想象一下，我们人类真正出现的时间并不长，带着一个有种种天然缺陷的肉身，而后就一步一步征服了现存世界。那么，我们可以进一步想象一下，那些由人研制出来的类似人类的机器人一旦研发成熟，没有人身上原有的种种缺陷又具备了人类所有能力，绝对服从又绝对无情，当它们走上每一个人类可能到达，或未必能到达的功能场景，然后按人的指令去执行所有本来由人实施的事功——这个"人＋机器人"的世界的图景将会是对现存世界的多大的颠覆啊。

20.6.8　回归使用日常工具能力

使用工具，本来是人的一种属性，或者说是人作为人这种特别的动物的一种特别的能力。

但是现在由于很多的服务，人本身具有的使用工具的这种能力都退化了。一些作为工匠、园丁、农夫一类的日常的、基本的人的能力也基本上消失了。这就是说，归"常"之道的一个重要的方面，就是回归人本来具有的那些方面的能力。

当然，人们会说，这种回归应该是一种更高级的回归。

20.6.9　"常"之旨要，恒心第一

按照古意，恒心即常心。人有常心，即表常意，即作常行，进而筑常境。

常意、常行、常境，都由常心所造，人之"常"即是如此。

20.6.10　区块链？元宇宙？量子计算？

关于区块链，现有的定义相当复杂。似乎有狭义与广义的讲法：

狭义来讲，区块链技术是一种按照时间顺序将数据区块以顺序相连的方式组合成的链式数据结构，它有着以密码学方式保证的不可篡改和不可伪造的分布式账本；广义来讲，区块链技术是一种全新的分布式基础架构与计算范式，它利用块链式数据结构来验证与存储数据、利用分布式节点共识算法来生成和更新数据、利用密码学的方式来保证数据传输和访问安全、利用由自动化脚本代码组成的智能合约来编程和操作数据的。

2008 年区块链的概念第一次被提出。在随后的几年中，区块链成了电子货币"比特币"的核心组成部分：作为所有交易的公共账簿。通过利用点对点网络和分布式时间戳服务器，区块链数据库能够进行自主管理。

关于元宇宙，美国网络社交平台 Meta（原名为 Facebook）的行政总裁扎克伯格认为，未来人们进行社交、网购、网络会议等日常活动不应再局限于智能手机，而是透过 VR 智能设备进入沉浸式体验的空间内，容许我们"置身在内"进行任何活动，真正实现"虚实结合"的日常生活。人们将这个空间称作"元宇宙"。

量子计算是一种遵循量子力学规律调控量子信息单元进行计算的新型计算模式。量子力学态叠加原理使得量子信息单元的状态可以处于多种可能性的叠加状态，从而

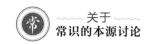

导致量子信息处理从效率上相比于经典信息处理具有更大潜力。量子计算将有可能使计算机的计算能力大大超过今天的计算机，但仍然存在很多障碍。大规模量子计算所存在的一个问题是，提高所需量子装置的准确性有困难。

区块链、元宇宙、量子计算等概念拓宽了人们的思维界限，打破了人们对现存世界的既有认知，从而实现了观念性超越。可以说，区块链、元宇宙、量子计算等概念解决的不是浅层的技术问题，而是深层的意识问题。也就是说，人们最终要建构起的是区块链意识、元宇宙意识，以及量子计算意识。

20.6.11　需要"超人"吗？

超人是人的想象，但成为超人这一愿望一直在某些人心中存在。而当今，世界有了"超人"的演绎空间，这是由新科技发展的不确定性所带来的。然而，这也是归"常"之"善"带来的结果。

德国大哲人尼采说过："人是一样应该超过的东西。你们做了什么以超过他呢？一切存在者至今皆创造了超过自己的东西。你们愿为这大波流的退潮，宁肯退到禽兽，而不肯超过人吗？"[1]

尼采的这个说法，表达了一种超前的觉悟。

20.6.12　超越归"常"：时机永远成熟

美国著名的人权领袖马丁·路德·金说过："我们必得创造性地利用时间，必得清楚，做正当的事情时机永远成熟。"

这句话说出两点真理：一是讲归"常"要有时机，即所谓待时；二是讲归"常"不必等时机，因为归"常"属于"大道"，而行"大道"是为人类永恒要做的事情，无所谓需要待时而行。

---

① ［德］尼采：《苏鲁支语录》，徐梵澄译，商务印书馆1992年版，第6页。

20.7 敏感，思辨，有为

"大多数"人是生活人。的确，"生活人"是一个好定义。

但似乎"生活人"就等于常人，"生活人"是会有点"弱意识"的。

但人若有"思"毕竟是好事。有"思"，然后就是人事，人有事，人常忙事，这就是人之常情。

而作为归"常"甚至是超"常"的人来说，有上升意识，提高对事物尤其是新事物的敏感度，提高对新事物、新知识的思辨能力，并且在此前提下，能够在新世界中有所作为，这也是我们可以探讨的话题。

20.7.1 敏感于新鲜事物

首先是对新鲜事物的敏感性。我们都是在市井中混沌地生活的个体的人，限于地域，限于学识，限于十分有限的生活资源，我们对新鲜事物缺乏天然的敏感度。

这种对新鲜事物缺乏天然的敏感度的特点，会令我们难以捕捉到可能出现的机会，难以发掘我们更大的潜能去实现人生势位的提升。要摆脱这种困境，就要通过阅读新鲜资讯去拓宽我们的眼界，拓宽我们的视域，从而在这个过程中，使我们能够成为敏于发现新事物的人。只有最终成为敏感于发现新事物的人，才有可能令你找到上升的进路。

20.7.2 敏感于他人之所能

鉴于个人能力的局限，从身边的人中间发现有过人能力的人，发现有趣的人，通常是我们实现自我提升的一个有效途径。

发现有过人能力及有趣味的人并不容易，这要有广阔的交友能力，要有宽广的胸襟，还要有高深的学识，此外也要清醒地知道自己的志趣。如此，你找到的人才能与你的志趣相适配。也就是说，这种人既能够与你志同道合，又有能够为你打拼事业，或者与你合作共事，完成某个项目。

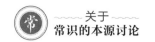
20.7.3 不受边界限制的行动

所谓不受边界限制，指你拥有基本的资源及能力，能够到达你想要去到的任何处所。

人之为人，应该有这种行动能力，即创造机会在所在的地域发现新的机会，遇到新奇的人，获得新的资源。

当然，你首先应有这种判断力，即能够判断你所要到达的新地域，是否真正使你在获得机会、人才及资源诸方面的环境都理想，或者是否有可能成为理想之地的地域。你还应该有一种抱负，即你所要到达的新地域，会因为你的到来而成为一个伟大的地域。

20.7.4 天马行空的想象会带来颠覆性的创造

无论何时何地，人的想象力都不应衰竭，而应该不断上升。人的行动力受限于想象力，人的创造力得益于想象力。当你的想象力不断向上飞腾，那么你的想象力就会带给你无穷的行动力，还能够带给你无限多的可能性。

世界的可能性就是想象力的可能性。

想象力的空间一旦打开，行动力的动能就会激发出来，继而打开可能性的空间，这个是一个连带关系。当想象力发挥到极致的时候，颠覆性的力量就会出现，就有可能做出颠覆性作品。

20.7.5 跨界的思与行

无论处在什么领域，跨界的思维对当今活跃发展的各个行业都是至关重要的。

与跨界思维相匹配的表达叫技术融合。关于"技术融合"，美国作家 P. 戴曼迪斯与 S. 科特勒在其新著中给出了九大技术。[1] 这九大技术被称为是指数型技术，它们是"量子计算""人工智能""网络""机器人""虚拟现实与增强现实""3D 打印""区块链""材料科学与纳米技术""生物技术"等。

所谓跨界，具体就是指能够在这些指数型技术所在的领域之间实现技术融合，去创造新鲜的事物、新鲜的业态。即是实现由跨界的思而达到跨界的行。

---

① ［美］P. 戴曼迪斯、S. 科特勒：《未来呼啸而来》，贾拥民译，北京联合出版公司 2021 年版。

20.7.6　永不停歇的阅读

我们讲过，要实现自我的真正超越，只有通过跨地域拓宽眼界，通过掌握新知识及通过结识能够对我施教的人才能实现。而当今最大的便利（这其实也是最古老的箴言所提示的），就是通过新鲜的阅读，去实现拓宽眼界、掌握新知及认识高人的目的。

只有通过永不停歇地大量阅读这个途径，我们才能最大限度地到达眼界、新知的极限，从而去真正认识那些立于时代之巅的大人物，了解这些大人物的事迹及思想，了解他们的旷世发现及发明，从而达到自我新的思想境界。

一个典型的事例是我对美国作家梭罗作品的阅读。当我读过这套 20 多年前就买下的《梭罗集》[①]后，我又找到简明的读本，于是就知道，原来有许多的"思想"已经被别人思考过了。这对思想家而言，不知是悲是喜。但有一点是肯定的，读书使人省下了许多心智及劳力，去更多地尝试做新的思考。

20.7.7　不要忘记快乐

人类的进步，就其本义而言，就是不断用自己的努力、创造、生活积累等，为自己增加某种快乐。这种快乐或者不是当下的，或者说是不为当下的，但总能够使我们自身获益；这种快乐或者不只是身体的舒适快意，也可能是心灵的满足愉悦。最终在结果上使我们的整个族群得到更好的繁衍生息，以及更多的欢乐谐趣。

所以，德国哲学家康德就说过："快乐（它的原因可能也存在于诸观念里面）好像时时建立于促进人类整个生活的，因而也是身体的适意，即健康的一种情感里。"[②]

20.7.8　任何时候都要有理想

在多数情况下，以普通人的日常观觉，那种属于宏大诉求表达的理想，都不是必要的。作为普通人，作为他的整个人生，理想都与他无关。但作为对族群的命运，对社会发展有关心、有维护及管理的抱负的某些人，构造某种被视为"理想"的发展愿景，又确实有某种必要性。

美国学人 G. 桑塔亚纳就说："对于任何理想来说，当下的需求都是唯一的质料与

---

① ［美］梭罗：《梭罗集》，陈凯译，生活·读书·新知三联书店 1996 年版。
② ［德］康德：《判断力批判》（上），宗白华译，商务印书馆 1964 年版，第 177 页。

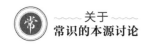

机缘：没有需求，理想在这个世界上就没有任何立足点、力量、魅力或特殊权利。如果说理想能够抗衡并且击败特殊的欲望，这仅仅因为理想是更基本的更大的欲望的对象，它体现了这些欲望的目的地，也许是不择手段地追求的善。"①G.桑塔亚纳说："理想不可能坐等实现来证明自身的有效性。为了获得应有的凝聚力，它仅仅需要做一个合格的理想就可以了，这就是尽情表达灵魂目前所需要的东西，同时妥善对待一切现成利益。"②

桑塔亚纳确实已表达了某种"理想"境界了。

20.7.9　由追求事物的"美感"所驱动

追求事物的"美感"，似乎与追求事物的"真"与"善"并不协同。但人们又总是发现，事物的"真"与"善"，往往与事物的"美"有连带关系。即事物的"真"，往往有"美"的表达；而事物的"善"，也往往有"美"的一面。当然，我们在日常生活中，也会见到有毒的美丽蘑菇之类。但当我们看到"美"的事物时，还是想象这种事物以"真"性与"善"性为多。所以德国哲学家A.叔本华才会说："展示了一种观念的任何东西，都是美的；因为，美就意味着清晰地表达一种观念，而不是别的。"

又有美国学人G.桑塔亚纳所认为的："美是心灵与自然之间可能有的一致性之保证，从而是信仰善为至高的根据。"

其实，"美"的概念甚至也扩展到物理学的发现。例如，关于物理的一般规律，早期实证主义的观点就认为是个体观察的总结。而爱因斯坦则认为，物理的一般规律的基础应该是"想象力的自由创造"。物理学的"发明者的产物只被两个原则限制：一是经验主义的原则，即理论推导的结论必须被经验证实；二是半逻辑半美学的原则，即物理定律应该在逻辑自洽的基础上越简洁越好"③。

由此可见，大物理学家的审美趣味与普通人并无二致。

20.7.10　数据、图表及数学工具不可或缺

科学技术发展的一个标志，就是对数据、图表的使用，以及作为数据分析计算的

---

① ［美］G.桑塔亚纳：《常识中的理性》，张沛译，北京大学出版社2008年版，第192页。
② ［美］G.桑塔亚纳：《常识中的理性》，张沛译，北京大学出版社2008年版，第190页。
③ ［德］P.弗兰克：《爱因斯坦传》，吴碧宇、李梦蕾译，长江文艺出版社2016年版，第223—224页。

数学工具的使用。

就一个科研项目而论，任何缺乏相应的数据、图表及数学工具的所谓科研，都不能构成一个完整的科学表达。所以说，追求一个科研项目的数据、图表及数学工具的完整性，从来都应该是对每个科学研究者的基本要求。

20.7.11 细节，日常，个人，情理

浏览一些科技创新的科学技术活动的传记读本，我们看到，这些书之所以言之有物、丰富翔实、引人入胜，离不开几个基本要素。

这些基本要素包括但不限于下述几点：一是大量研发创新过程的细节描画，时间、地点、人物，有据可查，研发项目理据、方法及材料，清晰罗列；二是主事者的大量日常活动、言谈举止、喜怒哀乐、成败得失、资源效用，总成一个个故事流；三是关乎主事者的各层关系人等、亲戚故旧、朋友同事、专家学人、关键事件的关键人物，无论大人物、小人物，都是故事描写的主角。并且，那些高水平的叙事更能议论充分，提纲挈领、言之成理，乃至作成经典，成为时代的范导、人生的指南。

20.7.12 定义真、善、美

求真，向善，崇美，这一直是人类不懈的追求。但真、善、美可不可以定义？这又是个古老而又常新的话题。

求真必须探究，必须靠实验和思辨才能获得。但"真"真的可以下定义的吗？似乎也未必。"善是不可定义的"①，这个已经有人指出过了。"善"发自内心，又表现为日常，这是一个很特别的概念。"美"既是一种主观的印象，又是一种客观的观照，无论何种表达，都不能达成一致评判。据此，"美"的不可定义性也是明显的。

但人类没有因为这三者的不可定义而放弃追求，这就是人类的一大特点。

---

① ［英］G. E. 摩尔：《伦理学原理》，陈德中译，商务印书馆 2017 年版，第 87 页。

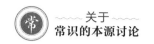

20.8　超"常"：应对你的未来

2020 年，美国人 P. 戴曼迪斯与 S. 科特勒撰写了《未来呼啸而来》（*THE FUTURE IS FASTER THAN YOU THINK*，其实书名直译是："未来比你想象得更快"）[1]，讲述的是世界上现存的九大指数型技术正在飞速发展的故事。

戴曼迪斯和科特勒在书中为我们描述了指数型技术的相互融合所带来的七大加速力量：节省下来的更多时间、更多可得的资金、更多的非货币化、更多的天才、富足的通信、全新的商业模式、更长的寿命。

书中详尽描述了指数型技术的相互融合，完全重塑了八大行业，如零售业、广告业、娱乐业、教育业、医疗保健业、长寿服务业、商业、食品业等。

只有完全阅读了这本书的细节，我们才能领会著者为我们描画的未来有多么的震撼！但既然上述两位将未来的画面能够如此清晰地勾勒出来，也说明这个或可触及的未来并不是止境，而只是当下诸进步的逻辑延伸。真正的未来如何到来？几时到来？我们仍在路上。

所以说，讨论已见的未来不是我们的初衷，我们想讨论的是，在我们目前的思维框架下，我们究竟还有多少进步空间，即如何对现有的观念形态有所突破。

20.8.1　升级转为常态

美国微软公司的操作系统及应用软件在不断地升级，但需要使用者学习掌握的新技巧不是越来越多，而是越来越少。也就是说，其大部分的功能因为持续不断的版本"升级"，已经转化为常态技能，即成为操作习惯。这就是"升级"带来的福利。

20.8.2　从"身为物役"的状态中逐步解放出来

中国学者吴思有一段妙文："在生存资源非常丰裕的情况下，人类继续挣取生存资源的动机越来越弱，他们将从'身为物役'的状态中逐步解放出来，进入相对自由的

---

① ［美］P. 戴曼迪斯、S. 科特勒：《未来呼啸而来》，贾拥民译，北京联合出版公司 2021 年版。

境界。这时候，人们既不肯为钱拼命，也不肯为钱辛劳，生命与生存资源之间的矛盾最为缓和。他们可能为了某种精神追求吃苦冒险，也可能为了金钱所代表的荣誉而吃苦冒险，却不肯为了金钱所代表的生存资源而吃苦冒险。"[①]

摆脱"身为物役"，可以看作是一种超"常"的境界。

20.8.3　归"常"的目标不断拓展

归"常"的一些目标：收入增加，福利增加，便利增加，美感增加，安全增加。

20.8.4　"奇迹"何以为"常"？

世界上，存有诸多的存世奇迹（如人们所说的"×大奇迹"之类）往往都是单一制品。但人们却有意愿去竭力保存及宣扬这些奇迹，因为，奇迹除了在建造时耗费时日、耗费资源及人力，关键是奇迹的诞生过程对其时的人群造成的恒久影响（正面的或负面的），以及奇迹所在地对当地居民的存在意义。

所以，奇迹既存，当以为"常"。

20.8.5　"经济"已无需要

人类在发展进化过程中需要经济意识及经济机制，但当社会发展进步到一定程度，其实就慢慢地不需要经济了。因为，所谓经济，实际上是基于人遭遇了某种短缺情势，从而要使用智慧以降低耗费，或提升效率，最终形成了所谓的"经济"活动。但如果耗费降到一定水平，或效率提升到一定水平，成本也降低到某个程度，达到人类不再觉得受短缺困扰时，"经济"自然就不再需要了。

20.8.6　"肉身"指令总是路向

超"常"之大题目，是设计（实践）将原来异化（外化）了的种种工具，通通回归到人手（非鼠标化）可为、人口（语音指令）可为、人眼（以瞳孔发指令）可为。

最终，更进一步到人脑可为（以人的脑电波发指令）的工具界面。人脑指令或者就是"肉身"指令的超级通道。

---

① 金明善主编：《经济学家茶座（第25—28辑合订本）》，山东人民出版社2009年版，第22页。

20.8.7 超"常"：正视真问题

所谓"真问题"，就是"常"有、"常"是、"常"在的问题，也是当下人类时时面对的"老"问题。

P. 戴曼迪斯与 S. 科特勒反复不断地说："毫无疑问，越来越多的商品和服务成本都几乎完全消失了，也没有多少人会怀疑去货币化带来的积极影响：丰富而廉价的能源，有利于清洁水的大量供给；自动驾驶电动汽车带来了更便宜、更环保的交通出行方式和成本更低的住房；人工智能、5G 和增强现实／虚拟现实技术的紧密结合，将为地球上几乎每一个人提供低成本的教育、娱乐和医疗，而且不会受地理位置或社会经济地位的阻碍。"[①]

20.8.8 永恒指南："翻出旧东西；回到旧事物"

美国人梭罗说过："不要自找麻烦去找新事物，不论是农夫还是朋友。翻出旧东西；回到旧事物。万物不变；我们变了。"[②]

虽然，我们的生活、我们的观念随着时移世易改变了很多，但当我们回到日常，回到简单的日常起居，我们就会发现，我们的日常行为，甚至我们最基本的观念，其实改变不大。以至于当我们一有条件回到旧的生活环境时，会有一种立时找到原来的、最本真的生活方式的"回家"的感觉。

"翻出旧东西；回到旧事物"，作为最本真的日常，也许就是新"常"或超"常"进路的永恒指南。

20.8.9 归"常"无止境，超"常"是愿景

有谓适可而止。所谓"适可"，即是适近"常"之可；所谓"而止"，即到"适可"这个阶段而不再作为——停止作为；但以我们论"常"归"常"之进路，"适可"可期，"而止"则未有期。

在人类的日常行为中，"适可"不是常有的事情。其中，既有到了适近"常"之可而不知不觉故不止；也有到"适可"而知觉但因为意犹未尽而不止；更有到"适可"

---

① ［美］P. 戴曼迪斯、S. 科特勒：《未来呼啸而来》，贾拥民译，北京联合出版公司 2021 年版，后记。
② ［美］梭罗：《梭罗集》，陈凯译，生活·读书·新知三联书店 1996 年版，第 656 页。

而人的观念意识已经进步升级，人更由归"常"之过程带来的相应变化超出了原来归"常"所定之愿景。于是，作为归"常"之"升级"，超"常"不期而至。

20.8.10　超"常"：教育是前提

英国哲学家维特根斯坦说："孩子通过相信成年人来学会懂得一些事情。怀疑出现在信念之后。"①

孩子相信成年人已懂一些事情，这就是教育的起源。教育是针对未成年人的一种行为，当教育完成之时，人即为"常"人。

美国人 P. 戴曼迪斯与 S. 科特勒就认为，作为自然人，用人类现有的本地化、线性化的大脑去实现最复杂的现代技术变革，我们"所能找到的唯一方法就是持续不断的教育"②。

20.8.11　还是知行问题："知是行之始，行是知之成"

关于知与行的关系，王阳明有"知行合一"之道理。

王阳明认为"未有知而不行者，知而不行，只是未知"，他认为："知痛，必已自痛了方知痛；知寒，必已自寒了；知饥，必已自饥了：知行如何分得开？""知是行之始，行是知之成。若会得时，只说一个知，已自有行在，只说一个行，已自有知在。""知之真切笃实处，即是行；行之明觉精察处，即是知。"

王阳明又将前人所谓"格物致知"的"格物"转意为"格心"，他认为："格物如孟子'大人格君心'之'格'，是去其心之不正，以全其本体之正。"他明确指出："格者，正也。正其不正以归于正也。"以此，将"格致诚正"（格物、致知、诚意、正心）四项总归到"心意"的范畴，去应对将"修齐治平"（修身、齐家、治国、平天下）归于"事功"的范畴的说法。

王阳明的著作《传习录》，讲了"心即理""知行合一"及"致良知"三个重大命题。

---

① ［英］维特根斯坦：《维特根斯坦全集》第十卷，张金言译，河北教育出版社 2003 年版，第 220 页。
② ［美］P. 戴曼迪斯、S. 科特勒：《未来呼啸而来》，贾拥民译，北京联合出版公司 2021 年版，后记。

20.8.12　永恒的主题：自然和自由

在《纯粹理性批判》这部著作的结尾处，康德总结道："人类理性的法则（哲学）具有两个对象，即自然和自由，因此，人类理性的法则不仅包括自然法则，而且包括道德法则。这两种法则最初表现为两个不同的体系，但最终却归结为一个哲学体系。自然哲学探讨的全是是什么的问题，而道德哲学则探讨应该是什么的问题。"

超"常"，即是无止境地趋向至善，这是"常"论的常新话题。但是，我们不应忘记的是，康德关于"是什么与应该是什么"即自然和自由的问题，是我们探讨人类面临的一切问题时绕不开的主题。

20.8.13　环境宜于发展，自然循于进化

英国哲学家 G. E. 摩尔有一段关于发展进步的警醒之语："无论如何我们没有理由去相信，环境适宜于进一步的发展，自然永远是往进化方向努力。"①

以无人之"常"观之，这是亘古不变的恒言；以有人之"常"观之，这个观点未有定论。

———————

① ［英］G. E. 摩尔:《伦理学原理》，陈德中译，商务印书馆 2017 年版，第 64 页。

跋

在这个文本接近成为一本书的时候，我开始反思自己在这里究竟写了些什么。

就是一些日常感悟、学人常言那么简单吗？就是想学着别人表达一些如自然律、公理之类的辞章，以应时应景，为文述志，但求世界澄明、理性彰显吗？

在这时，我想到了大学者梁漱溟晚年口述《这个世界会好吗？》时说的一段话。梁老说，人类面临三大问题，顺序错不得：先要解决人和物之间的问题，接下来要解决人和人之间的问题，最后一定要解决人和自己内心之间的问题。

可以肯定的是，对于梁老所提出的三大问题，本书并没有给出答案，但读者也许看得出，我确实是企图沿着梁老提出问题的方向行进的。

然洋洋洒洒写下一堆文字来，却发觉如放出了一个思想怪物，自己已经难以驾驭了。一如霍布斯所言："关于本书中整个的学说，我还未能看清。"[1] "我最不敢相信的就是我的铺陈表达。"[2] 关于这一点，我后来不止一次向一些学识渊博的人提到自己在写作时的力不从心：首先是能力、学识；其次是精力，包括体力及注意力；等等。所以整个写作的过程其实一直是一个不断阅读新知的过程。

我惊讶于不断读到的新著作，看到前人及今人无止境的努力，看到他们为我们呈现出来的令人眼花缭乱的新知识及新观念。比如本书最后一部分提到的超"常"，其实就是受到了 P. 戴曼迪斯和 S. 科特勒合著的《未来呼啸而来》的启发。他们在书中提出了许多关于未来的新观点，他们的观点为本书提供了一个很好的逻辑终点，但同时也

---

① ［英］霍布斯：《利维坦》，黎思复等译，商务印书馆 1986 年版，第 576 页。
② ［英］霍布斯：《利维坦》，黎思复等译，商务印书馆 1986 年版，第 575 页。

是很好的逻辑起点。

这本书已经写了很长的时间，但我一直没有打算将写作过程停下来。我是在想，我必须用我自己的耐心去检验我早些时候的想法是不是至今还有效。

物理学家爱因斯坦在获得诺贝尔奖后的演讲"What I Believe"（《我的信仰》，后经修改，更名为"The World as I See It"）中说道："我们这些总有一死的人的命运多么奇特！我们每个人在这个世界上都只作一个短暂的逗留；目的何在，却无从知道，尽管有时自以为对此若有所感……"

运用智巧，就是运用逼近心中"常"的认知进行思考，并依据思维判断做出行为的开始。后来我又发现，对每一个新的认知（其实是旧认知的新阐述），祈求完善都是一种不切实际的奢望，正确的态度应是如"百度百科"那样，将信息放到一个平台上，让方家去确认，去完善，去增补。而我的一个愿望，就是将本书作为一个平台，任由各种声音、评论、批判、建议等加入进来。无论结果如何，假以时日，大约都会由此而推动我们的某些观念意识的进步。如能真正达此效果，实属写字人的梦想。

本书尽量不赘举繁杂例子。许多说法都是习常自明的，能够举出无数的例子加以佐证，有些已经在互联网泛滥，有许多十分成熟的搜索引擎可作为工具，为免冗长，许多段落没有附例证。这也符合"常"或"常识"之本义——大家一看见、一听见即可明白的事理，可以不展开。本书所涉及各类通识，亦仅列出少量例证，敬祈方家鉴谅。

最后，读者会发现，本书多次提到了"常识"的多种外文译法，但对于"常"，在连篇讨论之余，最终未给出一个相应的外文词汇表达，直到想起要为本书配英文书名时，这个问题才显现出来。如此想来，我们长篇讨论的这个"常"的概念，虽也不能被称为"国粹"，但确实包含了较多中国元素，并且在现成的外文词汇中，难以找到对应的单词，以完整适配地表达"常"的概念及意蕴。因想到英文里有诸多中文音译，如Kungfu（功夫）及Dimsum（点心），于是，我们以"常"的汉语拼音创设一个外文单词——"Chang"，以此就教于方家，也为日后外译"常"之概念提供一个样例。

2024 年 7 月 8 日
于广州淘金路淘金华庭寓所